KB076037

여행자를 위한
나의 문화유산답사기

1

중부권

유홍준

여행자를 위한

나의 문화유산답사기 1

중부권

창비

답사여행객을 위한 『나의 문화유산답사기』

이 책은 『나의 문화유산답사기』 국내편 여섯 권의 내용을 여행객들이 실질적으로 이용할 수 있도록 세 권으로 재구성한 한정판 답사 가이드북이다. 비록 한정판이지만 이미 출간된 책을 굳이 권역별로 묶어 펴내게 된 것은 순전히 독자들의 요청에 응한 것이다.

애당초 내가 처음 '답사기'를 저술할 때는 독서를 위한 기행문이었다. 그 때문에 1권, 2권, 3권, 매 권을 펴낼 때마다 되도록 여러 지역을 두루 아우르면서 문화유산의 다양한 면모를 보여주려고 노력했다.

돌이켜보건대 『나의 문화유산답사기』 첫 책이 출간된 것은 1993년 5월이었다. 그때는 세상의 관심사가 서구의 선진 문화에 쏠려 있어 내 것을 등한시하고 우리의 옛것을 가볍게 보는 풍조가 만연해 있었다. 나는 이런 문화적 분위기에 대한 강한 거부감을 갖고 이 책을 집필하면서

"우리나라는 전 국토가 박물관이다"라고 호기 있게 외치며 시작하였다.

그런 사정으로 첫째 권은 국토의 다양한 면모를 보여주기 위하여 경주의 화려한 통일신라 유물에서 한반도 땅끝의 유배 문화에 이르기까지 문화유산의 넓이와 깊이를 증언하는 데 온 정성을 쏟았다. 그러면서 행여 독자들이 나의 주장에 동의하지 않을까 봐 "아는 만큼 보인다"고 사십 대의 패기로 강하게 밀어붙이기도 하고 "사랑하면 알게 되고 알면 보이나니 그때 보이는 것은 전과 같지 않으리라"라고 호소하기도 하였다.

그런데 뜻밖에도 독자들이 거의 열광적으로 호응하였다. 자신들의 생각을 대변했다는 듯이 나의 견해에 공감을 보내왔다. 이에 힘입어 나는 둘째 권, 셋째 권을 연이어 펴내면서 이 기회에 독자들에게 우리 문화유산의 미학을 깊이 있게 소개해주고자 했다. "종소리는 때리는 자의 힘만큼 울려퍼진다"는 고유섭 선생의 말씀을 이끌며 전문적인 미술사 용어와 미학적 해석을 곁들여 석굴암 한 편을 무려 3부작으로 집필하였고, 안동의 선비 문화를 이야기하는 데 책의 4분의 1을 할애하기도 했다.

이렇게 1997년까지 5년간 세 권을 펴낸 뒤 사실 나는 이 시리즈를 거기서 끝맺을 생각이었다. 그러나 『나의 문화유산답사기』는 운명적으로 나를 붙잡고 놓아주지 않았다. 아무도 기대하지 못했던 '북한 문화유산답사기'를 쓰게 된 것이다. 나는 그것을 시대의 부름으로 받아들이고 두 차례에 걸쳐 북한을 한 달간 답사하고, 금강산을 철 따라 네 번 더 오르며 두 권으로 펴냈다. 거기까지가 『나의 문화유산답사기』 '시즌 1'이다.

이후 나는 스스로 본업이라 생각하는 한국미술사로 돌아와 『조선시대 화론 연구』 『화인열전』 『완당평전』 저술에 전념했다. 그러는 사이 세상이 많이 바뀌어 공직에 불려나가 4년간 문화재청장을 지내고 내 나이 환갑에 다시 학교로 돌아왔다. 이제 나는 『한국미술사 강의』를 집필하는 데 전념할 생각이었고 또 그렇게 했다.

그러나 『나의 문화유산답사기』가 여전히 나를 놓아주지 않았다. 정말로 오래전에 쓰인 이 책을 여전히 독자들이 찾으면서 나는 개정판을 내지 않을 수 없었다. 어떤 독자는 태어나기 전에 쓰인 글이기에 시대 상황과 맞지 않는 이야기도 있었고 문화유산의 현장과 거기로 가는 길이 너무도 달라졌기 때문이다. 그래서 나는 2011년, 출간 18년 만에 개정판을 내기에 이르렀고 내친김에 기존의 답사기에서 언급되지 않은 지역에 대한 미안함 때문에 제6권을 펴내면서 '시즌 2'로 들어가게 되었다.

그러다 제7권 제주편을 한 권으로 펴내자 많은 독자들이 이 책은 제주도 여행 가이드북을 겸하게 되어 아주 편리하고 좋았다는 반응을 보내왔다. 그리하여 제8권은 남한강을 따라 내려오는 답사기로 저술하였고 지금은 '서울편'을 집필 중이다. 이렇게 되면서 독자들로부터 기왕에 나온 답사기도 권역별로 묶어서 충실한 여행 가이드북이 되게 해달라는 요청이 들어오기에 이른 것이다.

이리하여 기존의 두 권을 한 권 분량으로 재편집하여 보니 중부권, 전라·제주권, 경상권 등 세 권으로 묶을 수 있었다. 처음 이 책을 기획했을 때 20여 년의 시차를 두고 쓴 글들을 한 권 속에 섞어도 괜찮을까라는 걱정이 있었다. 또 기행문학이 여행 책으로 격이 떨어지는 것이 아니냐는 우려도 있었다. 그러나 내 글은 꼭지별로 단락 지어 있어 독서에 큰 무리가 없었고 여행 가이드북으로 된다고 해서 품격이 떨어지는 것은 아니라고 생각하였다.

나는 아직 『나의 문화유산답사기』의 최종 형태에 대해 생각해본 적이 없다. 그러나 이렇게 권역별로 재구성하고 보니 얼핏 이런 생각이 든다. 본래 글맛이란 시대감각을 넘어설 수 없는 것이다. 육당 최남선의 『심춘순례』는 당대의 명문이지만 지금 시대의 독자는 읽기 힘든 옛글로 묻혀 있다. 다만 글 속에 담긴 내용만이 살아 있을 뿐이다. 『나의 문화유산답사기』도 어느 순간에는 글맛을 느낄 수 없는 옛글이 되어 독서의 대상으로서는 생명을 다하게 되고 내용만 살아남아 답사여행의 길잡이가 될 것이다. 그렇다면 『나의 문화유산답사기』의 최종 형태는 답사여행의 안내서로 마무리하는 것이 현명하다는 생각도 들었다.

이리하여 『나의 문화유산답사기』는 중부권, 전라·제주권, 경상권에 이어 서울편까지 국내편이 네 권, 북한편 한 권, 일본편 두 권, 그리고 앞으로 쓰일 중국편 두 권으로 재구성할 수 있게 되지 않을까. 내 여력이 된다면 국내편이 더 늘어날 수도 있다. 서울편이 두 권으로 될 수도 있고, 섬 이야기와 섬진강변의 '산사 순례'를 쓰면 전라도편이 한 권으로 독립되고 제주도는 섬 이야기 편으로 들어가게 될 것이다. 이런 생각에서 이번 경상도편에서는 진작에 써둔 창녕 답사기를 추가해 넣었다. 이런 미완의 작업 때문에 일단 한정판으로 펴내게 된 것이다.

인생이 마음대로 안 된다는 것을 잘 알고 있지만 한편으론 의지대로 방향을 바꾸어갈 수 있음도 안다. 『나의 문화유산답사기』는 내 인생 설계에 없던 일이었지만 결국은 '전 국토가 박물관이다'라고 외친 내 의지대로 국내는 물론이고 북한과 중국, 일본까지 아우르는 기행문이자 여행 가이드북으로 나아가고 있는 것이다.

다시 돌이켜보건대 이 모든 일이 지난 20여 년간 독자들의 전폭적인 지지와 요청에 응하면서 이루어진 것이다. 그 점에서 나는 누구보다도 복 받은 저자라는 행복감에 젖어든다. 독자 여러분의 성원에 진심으로 감사드리며 부디 이 책이 국토박물관의 여행 가이드북으로 오래도록 널리 이용되기를 바란다.

2016년 6월
유홍준

여행자를 위한

나의 문화유산답사기 1

차례

원주의 문화유산과 폐사지

일러두기

1. 이 책은 『나의 문화유산답사기』 국내편 제1권 '남도답사 일번지'(초판 1993; 개정2판 2011), 제2권 '산은 강을 넘지 못하고'(초판 1994; 개정판 2011), 제3권 '말하지 않는 것과의 대화'(초판 1997; 개정판 2011), 제6권 '인생 도처유상수'(2011), 제7권 '제주편: 돌하르방 어디 감수광'(2012), 제8권 '남한강편: 강물은 그렇게 흘러가는데'(2015)에 수록된 글을 권역별로 묶어 세 권으로 재구성한 것입니다.

2. 재구성하여 편집하는 과정에서 본 책의 띄어쓰기 및 표기법, 도량형 등을 통일했으며, 몇몇 연도 등을 구체적으로 밝혔습니다.

3. 서로 다른 시기에 집필하여 출간한 여섯 권의 책에 실린 글이므로 각 글의 맨 뒤에 집필 시점과 개정 시점을 명기해두었고 2016년 현재에 변화된 내용에 대해서는 일부 수정하거나 부기(附記)했습니다. 다만 한정 특별판이기에 글의 전체적인 맥락을 고려해 원래의 본문을 대폭 개정하지는 않았음을 밝혀둡니다.

회상의 백제행

말하지 않는 것과의 대화

석촌동 고분군 / 돌무지무덤 / 몽촌토성 / 하남 위례성 /
김충헌공 묘비

숙조로부터 온 편지

백제를 만나러 가는 길은 아주 매혹적인 답사가 될 것으로 기대하기
쉽다. 금강변의 공산성과 무령왕릉, 백마강 부소산성과 정림사탑 ……
초등학교 시절부터 국어와 국사 시간에 배워서 익히 알고 있는 이 유적
들은 우리 머릿속에 은연중 그려본 백제의 숨결, 백제의 아름다움을 보
여줄 것으로 부푼 기대를 갖게 한다.

그러나 그런 기대로 떠나는 백제행은 반드시 허망의 여로가 되고 말
것이다. 공주와 부여 어디를 가도 '저것이야말로 백제로구나' 하는 감탄
사가 절로 나오도록 가슴 저미게 다가오는 가시적인 유적은 없다. 그저
비운의 왕국이 남겨놓은 처량함의 연속이라고나 할까. 이 점은 같은 옛
왕도라도 경주와 다른 점이며, 고분벽화와 을밀대, 평양성이 남아 있는

평양과도 다를 것이다.

그래서 나는 항시 답사의 초심자는 절대로 공주와 부여에 가지 말라고 충고해오고 있으며, 비록 답사에 연륜이 붙었다 할지라도 성공하기 힘들 것이라고 되도록 기대치를 낮추게 하곤 한다.

이것은 결코 나의 편견이 아니라 수많은 답사객들의 푸념과 낭패감에 근거한 것이니 나는 한 제자가 보내온 편지를 그 물증으로 여기에 제시할 수 있다.

한국미술사 수업 시간에 슬라이드를 보다가 고개 숙이고 조는 옆모습이 마침 화면에 비친 창강(滄江) 조속(趙涑)이 그렸다는 「숙조도(宿鳥圖)」에 나오는 졸고 있는 새의 자태와 비슷해서 그때부터 '숙조' 또는 '조는 새'라는 예쁜 아호성(雅號性) 별명을 갖고 있는 제자 아이, 그러나 이제는 다 커서 대학에서 한국미술사를 가르치고 있는 숙조 양이 몇 해 전에 보내온 편지는 참으로 안타까운 것이기도 했다.

선생님, 이번에도 저의 백제행은 여지없이 실패하고 말았습니다. 백제를 찾아가는 길은 왜 이리도 허망하고 스산하기만 한지요. 제가 지닌 백제의 유적 지도란 보물섬을 찾아가는 지도처럼 애매하고 소략할 따름입니다. 백제에 관한 옛 기록과 연구서를 찾아보기도 했지만 백제의 아름다움, 백제의 마음을 구체적으로 설명해준 것이 없었습니다. 선생님, 백제는 어떻게 만날 수 있을까요.

숙조의 이 편지에 대하여 나는 답장을 쓰지 않았다. 실상 그의 물음에 구체적으로 답할 별도의 연구가 내게 있는 것도 아니었고, 또 비장의 답사처가 따로 있는 것도 아니었다. 그리고 숙조가 보내온 편지의 행간을 보면 나에게 답장을 요구하는 것이 아니라 죄 없는 어미에게 일없이 퍼

| 전(傳) 창강 조속의 「조는 새」 | 조는 새의 모습을 빌려 우리네 서정의 한 단면을 잡아내고 있다. 이 귀여운 작품은 17세기의 대표적 화조화로 「숙조도」라고도 한다.

붓는 노처녀의 푸념 같아서 그저 들어주는 것만으로도 내 임무를 다하는 것으로 생각했던 것이다.

돌마리 옛 무덤

그러고는 얼마를 지나 숙조가 나의 연구실로 찾아와서 다시 백제행의 미궁을 얘기할 때 나는 그가 현실적으로 이 문제를 풀어야 할 무엇이 있음을 직감하고 슬슬 더듬수로 짚어보니 새 학기부터 한국미술사 첫 강의를 맡게 되면서 백제 미술을 어떻게 가르칠 것인가를 목하 고민 중임을 알게 되었다. 그때 나는 10여 년 전 내가 똑같은 처지에 있었음을 기억해냈다. 백제의 미술을 가르치면서 구체적인 말로는 집어내지 못하면서도 연방 백제의 미학을 말했던 것과 백제 고분의 실상을 파악하지 못하여 헤매던 것이 생각나서 나는 선생이 된 제자에게 내가 제시할 수 있는 자료를 모두 제공해주고는 석촌동 백제 고분을 함께 답사까지 하게 되었다.

서울의 잠실, 석촌동, 올림픽공원과 아시아선수촌아파트를 잇는 길을 백제고분로라고 이름 붙였는데, 그 길 한복판에 나라에서 공식적으로 이름 붙인 '백제초기 적석총(積石塚)', 내가 사적(私的)으로 부르는 '돌마리 옛 무덤'이 있다.

지도와 도로표지판만 믿고 처음 여기를 찾아가는 사람은 아마도 백제고분로를 몇 차례 왕복하다가 끝내는 포기하고 말지도 모른다. 왜냐하면 안내판에서 분명 화살표와 함께 백제 초기 고분이라고 쓰여 있는 것을 보고 따라왔는데 어느만큼 가다 지하차도를 지나면 뒤쪽에 있다는 표지가 나오기 때문이다. 그래서 다시 되돌아가면 반대로 뒤쪽에 있단다. 무엇에 홀린 것 같기도 하고 농락당하는 느낌도 든다. 알고 본즉, '돌마리 옛 무덤'은 터널식으로 뚫린 지하차도 바로 위에 있는 것이다.

석촌동 일대는 백제시대엔 지배층의 공동묘역으로 흙무덤과 함께 적석총이라고 불리는 돌무지무덤(북한 용어로는 돌각담무덤)이 떼를 이룬 것이 특색인데, 세월이 흐르면서 흙무덤들은 다 농지로 변해버렸고 돌무지가 가득한 들판에 민가가 모여 돌마을 또는 돌마리라고 불렸었다. 그런데 일제 때 지적도를 만들면서 한자어로 석촌동이라고 표기하게 된 것이다. 1970년대에 들어와 잠실지구 종합개발로 택지가 정비되기 직전까지만 해도 100여 호가 오순도순 살아가는 한강변의 안마을로 황포돛대가 머물던 나루터이자 병자호란 때 인조가 남한산성에서 내려와 무릎 꿇고 항복했던 치욕의 장소인 삼전도(三田渡)가 여기이며 송파 산대놀이의 고장이기도 하다.

그 많던 돌마리 옛 무덤들은 다 없어지고 오직 8기의 무덤이 남아 있었는데 도시계획 입안자가 알고 했는지, 와보기나 했는지 백제고분로라는 새 길을 설계하면서 하필이면 마지막 남은 백제시대 돌무지무덤 제3호분과 제4호분 사이를 지나가게끔 하는 바람에 고분 지역은 양쪽으로 갈리게 되었고, 무덤은 귀퉁이가 잘려나가며 공사장에서는 인골이 교란되기에 이르렀다. 이에 뜻있는 사람들이 4년 동안 보존·복원 운동을 벌여 마침내는 1985년 7월 1일 대통령 특별지시로 살아남게 되었다. 당시 정부는 519억 원이라는 '천문학적인 액수'를 보존·복원비로 책정했던 것으로 이형구(李亨求) 교수는 증언하고 있다.(『한국 고대문화의 기원』, 까치 1991)

무덤의 생리와 무덤의 논리

돌마리 옛 무덤에 가는 도중 차 안에서 나는 숙조에게 평소 고분에 대해 내가 갖고 있는 지식과 소견을 펼쳐놓았다. 고분의 역사적 성격을 올바로 이해하지 못하면 삼국시대 미술을 제대로 설명할 수 없는데, 고고학을 전공하지 않은 사람들은 이 방면에 접근하기가 마땅치 않아 그 가닥을 잡느라고 한참 헤맬 수밖에 없었던 나의 억울한 경험과 그 과정에서 느꼈던 고고학의 낭만과 매력을 얘기해주었다.

"10만 년 전 네안데르탈인부터 인간을 슬기로운 사람이라는 뜻으로 호모 사피엔스라고 하는데 사실 나는 뭐가 슬기로운 것인지, 그 시대 인간이 다른 동물보다 슬기로운 것이 무엇인지 체감되는 바가 없었어요. 징그러운 해골바가지 사진과 털이 많고 구부정한 상상도만 보았으니까. 그런데 이라크 샤니다르 동굴에서 발견된 사람의 이야기는 아주 감동적이야. 한 6만 년 전 인골로 추정되는데 이 인골의 가슴 부분엔 새까만 가루가 얹혀 있어서 이것을 비커에 담아 면밀하게 조사했더니 놀랍게도 그것은 꽃잎이 마른 것이었더래. 스무 가지 종류의 꽃잎들이었대.”

“그러면…… 시체에?”

“그렇지. 그 시신의 가슴에 꽃송이를 얹으면서 죽음을 애도하고 죽은 자와 마지막 이별을 하는 의식을 그렇게 행했던 흔적인 것이지.”

숙조는 무엇을 생각하는지 아무 말 없이 창 저편으로 고개를 돌리고는 좀처럼 내 말이 뒤를 이을 기회를 주지 않는다. 사실 그 원시인 네안데르탈인이 죽은 자의 가슴에 꽃송이를 바쳤다는 것은 충격적이고 신비하고 매력적인 이야기다. 이 단순하고 엄연한 사실이 저 탐구심 강한 학도의 학문적 상상력을 가동시킨 것이 틀림없다. 나는 교육은 이래야 한다고 믿고 있다. 스스로 사고하고 상상할 수 있는 계기를 부여하는 것이 창조력을 길러주는 첩경이라고. 어느 정도 시간이 지났을 때 나는 다시 무덤 이야기를 시작했다.

“그러니까 우리가 알고 있는 인간의 최초의 의식은 장례식인 거지. 그리고 사람이 살아가는 생활 방식 중에서 가장 변하지 않는 보수성을 보여주는 것이 장례 방식이래요. 그래서 새로운 장례문화를 갖고 있는 집단이 이주해오거나 획기적인 문화 변동이 일어나지 않는 한 바뀌지 않는 것이 무덤 형식이라는군. 그래서 무덤이 바뀌면 그 문화가 완전히 바뀌었다는 것을 의미한다는 이야기까지 있어."

　숙조가 학생일 때 나는 '해라'를 했는데 이제는 나도 모르게 '하오'체가 섞여나온다. 나의 이야기가 서서히 본격적으로 나갈 기미를 보았는지 숙조는 가방에서 공책을 꺼내 내 얘기를 메모하더니 아예 삼국시대 무덤의 종류와 그 성격을 말해달라는 주문까지 하였다.

　"삼국시대 고분이 종류가 많은 것 같지만 크게 보면 돌무덤과 흙무덤 두 가지밖에 없어. 그리고 고구려와 신라는 무덤 형식이 아주 단순해요. 고구려 고분은 기본적으로 돌무지무덤〔積石塚〕과 돌방흙무덤〔石室封土墳〕두 가지고, 신라 고분은 돌무지덧널무덤〔積石木槨墳〕에서 돌방흙무덤 등으로 변해갔어요. 이에 반하여 백제 고분은 도읍을 세 군데로 옮겨가면서 무려 여섯 가지나 나타나지. 한성시대에는 돌무지무덤·돌방무덤〔石室墓〕·움무덤〔土壙墓〕이 있었는데, 웅진시대에는 돌방무덤에 흙무덤〔封土墳〕·벽돌무덤〔塼築墳〕이 새로 생겨났고, 사비시대로 가면 돌방흙무덤으로 정리돼요. 이처럼 무덤의 복잡한 양태는 곧 백제라는 국가의 형성 과정이 복잡했던 것을 그대로 반영하고 있는 것이야. 돌마리 옛 무덤들은 바로 그 백제 고분의 다양성과 함께 백제인은 누구인가를 말해주는 마지막 물증인 셈이지.

　현재까지 발굴 결과와 연구 성과로 미루어본다면 고인돌시대가 끝날 무렵 한강 유역엔 움무덤, 독무덤을 주로 만든 마한의 소국(小國)들이 자리잡고 있었는데 돌무지무덤의 풍습을 갖고 있는 고구려 유이민(流移民)들이 내려와 지배하는 바람에 양상이 복잡해진 것으로 해석하는 것이 보통이지. 실제로 석촌동의 내원외방분(內圓外方墳)이라는 돌무지무덤을 발굴하니까 그 밑에 움무덤과 돌곽무덤이 깔려 있었음을 알 수 있었대요. 이후 고구려의 돌방흙무덤이 전해졌고, 공주에는 중국의 벽돌무덤을 본뜬 것이 만들어졌지. 부여에서 일부 굴무덤이 만들어졌던 것은 백제의 독자적인 문화를 만들어가려는 또 다른 노력으로 볼 수 있다는 거야."

"그러면 삼국의 무덤이 다르기만 하고 공통점은 없나요?"

"있지. 삼국이 저마다의 풍습대로 무덤 형식을 만들었지만 결국에 가서는 돌방흙무덤을 세련시킨 것이 최후의 형식이 되었지. 고구려가 이 문화를 주도했고 백제는 한성시대 방이동 고분에 이미 나타났고 신라는 고신라 말기에 가서 받아들이는데, 아무튼 돌방흙무덤은 삼국의 민족적 동질성을 말하는 중요한 근거가 되고 있어요. 그리고 또 하나의 공통점은 무덤의 위치가 평지에서 구릉으로 옮겨갔다는 사실이야."

"무덤이 평지에서 구릉으로 옮겨간 데는 특별한 뜻이 있나요?"

"확실히야 알 수 없지만 돌방흙무덤의 형식과 함께 나타난 것으로 보고 있지. 기본적으로는 인구가 늘어나니까 농경지 확대의 필요성이 생겨나서 무덤 영역이 산으로 올라가게 됐다고 이해하는 것이 보통이지. 그러나 김원용 선생이 이것을 좀 다른 시각에서 해석한 것이 있어요.(『한국문화의 기원』, 탐구당 1992) 왕이나 호족이 평야를 내려다보는 높은 능선 위에 장방형의 석곽을 만들고 그 위를 거대한 봉토로 덮어서 평지의 무덤들보다 장대하고 위압적으로 만든 것은 이것이야말로 정말로 자손과 신하를 감시하고 보호하는 조상의 유택(幽宅)이라는 인상을 준다고 해석한 것이야."

"해석의 뜻이 굉장하네요. 고고학에도 그런 정신사적 해석이 있었나요?"

석촌동 고분공원의 정경

석촌동 고분공원은 천신만고 끝에 살아난 흔적이 역력한데, 빽빽이 들어선 연립주택 단지의 한가운데를 차지하고 있어서 결국은 집들로 포위된 무덤의 모습이 되었다. 따라서 답사객이나 관광객으로서는 유적의 주변 환경이 마음에 들지 않고 기껏 마련된 주차장은 동네 사람들 차지가 되어버렸지만 역으로 얘기하자면 돌마리 사람들은 바로 이 고분공원이 있기에 녹지를 제공받았고 휴식 공간을 획득하게 된 셈이다. 이런 것을 일러 조상의 덕이라고 해도 지나침이 없을 성싶다.

택지 분양에서 간신히 남겨놓은 어린이놀이터가 이 주택단지의 유일한 공유 공간이 되어 그 유명한 삼전도비조차 어린이놀이터에 있었고, 돌마리 노인정도 어린이놀이터에 붙어 있는 판에 이 넓은 공간으로 숨통을 열어주는 데 고맙지 않을 돌마리 사람은 없을 것이다(삼전도비는 근래에 석촌호수로 이전됐다).

언제 가보아도 고분공원은 한가한 노인네들의 차지다. 날이 더우면 솔밭에서, 날이 서늘하면 양지바른 데서 얘기꽃을 피운다. 기와돌담을 높게 두른 고분공원은 동쪽에 정문, 서쪽에 후문을 내어 출입구를 삼았다. 그런데 이것은 결과적으로 동서 두 동네를 연결하는 통로가 되어 등·하굣길 어린이들이 삼삼오오 줄지어 지나가는 것을 볼 수 있는데 이는 차라리 즐겁고 평화로운 정경이다.

지금 고분공원에 온전히 복원되어 있는 고분은 4기. 발굴된 뒤 바닥 평면을 드러내놓은 상태에 있는 것이 4기다. 4기의 고분 중 흙무덤은 하나고 나머지 3기가 모두 돌무지무덤인데 그것도 기단식이라고 해서 네모뿔로 올라간 것은 남한 땅에선 여기밖에 없어 이것이 이 고분공원의 하이라이트다. 그런데 아무런 예비지식 없이 와서 그저 안내판을 따라 고분을 하나

| **석촌동 토광묘 제3호분** | 이 일대에는 여러 종류의 무덤이 산재하는데, 이런 움무덤이 가장 오래된 것으로 추정되고 있다.

씩 음미해보는 관람객은 영문 모를 일련번호에 금세 홀려버리게 된다.

석촌동 제1호분에서 제4호분까지는 돌무덤으로 그런가보다 하겠지만 석촌동 제5호분은 흙무덤이고 그다음엔 석촌동 토광묘 제2호분, 제3호분이 나오는데 제1호분은 공원 안에 흔적도 없고(2016년 현재 일부 복원됨) 내원외방분은 일련번호도 부여받지 못한 듯 이름만 적혀 있다. 무덤들의 존재 양태가 무질서한 데다가 그것을 분류한 것은 더 무질서하니 웬만한 고고학자도 이 상황을 가늠치 못할 것이다.

게다가 제5호분 안내문을 보면 "분구는 내부 구조 위에 흙을 다져 쌓아 덮고 그 위에 강돌과 막돌을 섞어 한 벌 깐 다음 다시 그 위에 흙을 엷게 덮은 즙석분구(葺石墳丘)이다"라고 우리말은 우리말이로되 거의 알아들을 수 없는 '말갈어' 비슷하게 적어놓았으니, 누가 그것을 이해할 것이며 누가 여기에 와서 백제를 배우고 느낄 수 있겠는가.

근초고왕의 무덤을 바라보면서

8월의 폭양이 내리쬐는 뜨거운 날이었지만 고분공원엔 방학숙제 하러 온 초등학교 학생이 말갈어보다도 더 어려운 안내문을 열심히 베껴 쓰는 모습도 보이고, 외롭게 서 있는 늙은 회화나무 그늘 아래에선 할머니 서너 분이 이쪽을 쳐다보며 오가는 사람을 구경하면서 느리게 부채질을 하고 있었다.

우리는 땡볕을 피해 돌담을 타고 줄지어 심겨 있는 솔밭을 걸으면서 솔가지 사이로 돌무지무덤을 바라보며 제3호분 쪽으로 다가갔다. 아직 뿌리를 내리지 못한 것인지 영양 상태가 나쁜 탓인지 소나무들이 너무도 힘들어하는 것이 안쓰러웠다. 소나무가 죽을 때가 되면 솔방울을 많이 맺는다더니 버티다 못해 이제 세상을 떠날 채비를 하는 소나무 한 그루는 삭정이가 다 된 마른 가지에 그래도 솔방울을 새까맣게 매달아 종자 번식의 본능을 남김없이 보여준다.

발아래 뒹구는 마른 솔방울이 발부리에 걸려 생각 없이 차버렸는데 공교롭게도 모형으로 복원해놓은 '석촌동 토광묘 제2호분' 움무덤 바닥으로 굴러들어갔다. 지난해 가을엔 여기에 빨간 단풍잎 몇 개가 예쁘게 누운 것을 보고 적요(寂寥)의 감정과 생사의 상념을 느꼈는데, 지금 굴러든 이 솔방울에서는 차라리 새 생명의 기약이 느껴지는 것은 무슨 까닭일까. 그것도 하나의 씨앗이라는 생각 때문이었을까, 아니면 아직 스산한 가을바람이 불지 않아서였을까.

우리는 석촌동 제3호분이 훤하게 조망되는 소나무 밑 돌의자에 자리를 잡았다. 공원을 만들 때 이곳 돌의자들은 아주 친절하게도 아니면 천진하게도(?) 의자 바닥을 사람의 궁둥이 모양으로 깎아놓아서 앉을 때마다 속으로 고맙다고 말하고 겉으로는 멋쩍게 웃는다.

석촌동 제3호분, 계단식 돌무지무덤은 명물이다. 이 계단식 돌무지무덤은 본래 고구려 무덤 양식으로, 장수왕의 무덤으로도 추정되는 장군무덤〔將軍塚〕은 모두 일곱 단으로 구성되었는데 한 변이 30미터, 높이가 11.28미터에 이르는 장대한 것으로 유명하다.

그런데 여기 있는 석촌동 제3호분은 기단의 폭이 50미터나 되니 장군무덤만 못할 것이 없는데 다만 높이가 3단 이상을 오르지 못한 채 3미터 정도에 머물러 위용이라는 말은 나오지 않는다. 그 대신 안정된 자태에 기품이 있고 전아(典雅)한 멋이 풍긴다. 무덤 둘레에 듬직한 자연석을 기대어놓은 것도 고구려식이지만 막돌을 이 맞추어 반듯하게 쌓은 인공적인 직선의 날카로움이 자연석에 눌려 수그러들 듯 감추어진 모습에서는 백제의 미학이 보여주는 공교로움이 느껴진다. 저렇게 늠름하면서 푸근하고 안으로 껴안은 힘은 크지만 겉으로는 온화하게 보이는 이 무덤의 주인공은 누구일까.

『삼국사기』에 보면 개로왕조에 "욱리하(郁里河, 한강)에서 큰 돌을 주워 곽을 만들고 아버지의 뼈를 묻었다"고 하였으니 왕족의 무덤임을 의심하지 않는데, 여기에서 나온 유물들은 대개 4세기 것이므로 고고학자들은 백제 영토를 최대로 확장했던 근초고왕(375년 사망)의 무덤으로 추정하고 있다.

돌무지무덤의 내부 구조에 대해서는 발굴자들의 유식한 해설보다도 북한 사회과학원에서 펴낸『조선고고연구』에서 설명한 것이 이해하기 쉬울 뿐 아니라 우리말을 참 예쁘게 사용한 좋은 글로 나는 기억하고 있다.

돌무지무덤의 짜임새는 대체로 비슷하다. 먼저 땅을 고른 다음 그 위에 강돌을 몇 벌 깔아서 기단을 마련하였다. (…) 곽실 바닥은 동글납작한 강돌을 한두 벌 깔고 그 위에 잔 강자갈을 펴놓았다. 곽실 한

| 석촌동 제3호분 | 기단 한 변의 길이가 50미터나 되는 이 거대한 돌무지무덤은 백제를 강국으로 일으킨 근초고왕릉으로 추정되고 있다.

옆에는 주검을 놓았는데, 널(棺)을 쓰기도 하고 주검을 칠성판 같은 데 그냥 놓기도 하였다. 무덤은 홀로묻기를 기본으로 하였으며 함께묻기를 하는 경우에는 곽실을 나란히 붙여서 마련하였다.

나는 자리를 털고 일어나 솔밭을 다시 걸으면서 제4호분 작은 돌무지 무덤 쪽으로 갔다. 제3호분에 비하면 아무것도 아닌 것 같지만 그래도 온화한 기품과 당당한 맛은 잃지 않고 있다.

"저 4호분과 3호분은 어느 것이 먼저인가요?"
"4호분을 나중 것으로 보는 모양이더군. 내부를 보면 고구려식하고는 달리 남쪽 가운데 복도가 달린 네모난 석실을 만들고 거기를 진흙으로 메운 특이한 구조래요. 그래서 고고학자들은 한강 유역에서 지역화한 형식이라고 보는데, 김원용 선생은 이것을 요컨대 '한강판(版) 적석총'이라고 불렀어.(『한국고고학개설』, 일지사 1977) 어때, 이렇게 말하니까 이해하겠지?"

"선생님은 삼불 선생님께 직접 배우셨어요? 강의 때도 그렇고 여기 와서도 삼불 선생님 얘기를 많이 하시네요."

"난 미학과 학생이고 선생님은 고고학과니까 직접 제자야 되나. 다만 강의를 하나 들었고 사회생활하는 중 그분의 소위 일배화(一杯畵) 때문에 화가와 평론가 사이로 인연이 닿았지. 그래도 나는 선생님 글을 통해 사숙했고 인간상 자체를 무척 좋아했어. 『노학생의 향수』 같은 수필집 속에 서려 있는 정직성을 한없이 부러워했으니까."

그런 중 내가 삼불 선생에게 받은 감화는 아무래도 학문적인 것이었다. 무엇보다 고고학적 유물들을 해석함에 있어서 존재 양태에 대한 사실적 규명을 철저히 지키면서 한편으로는 이를 뛰어넘어서 유물의 배후에 서린 정신을 읽어내려는 태도였다. 그중에서도 「죽은 사람들과의 대화」라는 글은 지금껏 내게 잊히지 않는 감동을 주었다. 그날 답사 뒤 연구실로 다시 돌아왔을 때 나는 숙조에게 이 글을 『뿌리깊은나무』 1978년 2월호에서 복사해주었다. 지금은 김원용 산문집 『나의 인생 나의 학문』(학고재 1996)에서 이 글을 쉽게 만날 수 있지만 그때는 보기 힘든 글이었다. 나는 이 글의 첫머리를 지금도 거의 외울 수 있을 정도로 자주 되새겼다.

개가 대변 보고 뒷발질하는 것은 적이 냄새 못 맡게 흙을 덮는 시늉이지만, 시체를 흙으로 덮는 것은 사람만이 할 수 있는 일이다. 사람이 사람을 묻기 시작한 것은 무서운 시체를 덮어버리거나 육신을 영혼의 거처로 보고 지하에서 내생(來生)을 길이 살라는 생각이었다. 지하가 아니고 하늘로 오른다는 믿음도 있었지만, 그 경우에도 육신을 제대로 묻어서 생활의 터전을 가져야만 가능한 일이라고 생각하였다. 그래서 사람들은 힘닿는 대로 큰 무덤을 만들었다. (…) 그런데 이렇게 애써서 만든 남의 무덤을 파헤치는 것이 고고학 임무의 하나다.

삼불 선생의 글 속에 서려 있는 이러한 철학적 사색과 예리한 직관력에 감복하면서 나는 당신께서 고고학이 '죽은 사람들과의 대화'라고 했다면 내가 하고 있는 미술사는 '말하지 않는 것과의 대화'라는 생각을 하게 되었고, 지금 나는 바로 그 제목을 걸고 이 글을 쓰고 있는 것이다.

몽촌토성을 가면서

석촌동 고분공원을 나서면서 나는 내친김에 숙조를 데리고 몽촌토성(夢村土城)으로 갔다. 올림픽공원 한쪽에 치우쳐 있는 몽촌토성은 백제의 역사만큼이나 무관심 속에 팽개쳐져 있는 아름다운 토성이다.

올림픽대교로 이어지는 강동대로, 또는 잠실 시영아파트와 마주 보며 난 풍납로를 지나가면서 올림픽공원 쪽을 바라보면 부드러운 곡선을 그리면서 율동감마저 느끼게 해주는 능선이 여간 눈맛을 상쾌하게 해주는 것이 아니다. 사방 어디를 쳐다보아도 고층아파트와 상가 건물만이 즐비한 이 지역에 저렇게 곱고 연한 자연의 곡선이 존재할 수 있다는 것은 거의 기적에 가까운 서울 사람들의 천복인 것이다. 그리고 그 복의 근원은 역사와 문화유산의 힘에서 나온 것이다. 돌마리 옛 무덤과 매한가지로 올림픽단지를 만들 때 마침 여기에 몽촌토성이 남아 있었기에 저러한 녹지공원이 형성될 수 있었던 것이지, 그렇지 않았다면 절대로 이런 자연 공간을 남겨놓을 20세기 인간이 아니다.

몽촌토성은 오래전부터 백제시대의 토성으로 전해져왔을 뿐, 그 정확한 내용이 알려진 바도 없고 이미 토성으로서 기능을 상실한 지도 오래되어 그 옛날 성안엔 민가들이 모여 촌락을 이루고 성벽과 언덕에는 여기저기 무덤들이 들어선 야산으로 변해 있었다. 석촌동 돌무지무덤은 사라지고 돌마을이라는 이름만 남겼듯이 토성이 감싸안은 동그만 마을엔 꿈마을, 몽촌이라는 이름만이 전해져왔을 뿐이다.

내가 잠실 시영아파트에서 신접살림을 하고 있던 1970년대 후반만 하더라도 천호동에서 성남으로 가는 자동찻길은 바로 몽촌토성 서쪽 벽을 타고 지나가게 되어 있었다. 그러다가 88올림픽을 위한 체육 시설의 건립 지역이 몽촌토성을 중심으로 한 강동구 방이동 일대로 확정됨에 따라 서울시와 문화재관리국(문화재청)은 이 몽촌토성을 유적공원으로 정화하여 보존키로 함으로써 1984년 6월부터 몽촌토성발굴조사단이 구성되고 서울대박물관이 이 일을 맡게 되었다.

3년간에 걸친 발굴조사는 뜻밖에 많은 성과를 얻어낼 수 있었고, 몽촌토성은 곧 하남 위례성이라는 유력한 학설까지 낳게 되었다. 발굴·복원한 결과 몽촌토성의 총면적은 6만 7천 평. 성의 모양새는 자연 구릉을 최대한 이용하여 불규칙하지만 대체로 타원형 또는 마름모꼴 형상으로 남북 최장 730미터, 동서 최장 540미터이며 성벽의 총길이는 약 2.3킬로미터인 것으로 드러났다.

토성의 높이는 대개 30미터나 높게는 43미터 되는 곳도 있으며, 동쪽의 외곽 경사면에는 생토를 깎아내어 경사를 급하게 만들고 게다가 경주의 반월성처럼 도랑을 깊게 판 해자(垓子)까지 설치하였으니 토성으로서는 완벽한 모습이었다. 더욱이 동북쪽 외곽에 약 300미터 길이의 바깥 성을 일직선으로 쌓아서 보강하고, 성의 북쪽 외곽 경사면에는 목책을 단단히 설치한 것으로 보아 북방의 침입을 대비했던 것임을 알 수 있게 되었다.

성을 이루고 있던 구릉이 지금은 네 군데 끊겨 있어서 둥글게 감싸안은 토성의 맛과 멋에 큰 손상이 생겼지만 그 자리들이 모두 성문이 있던 곳으로 생각하면 모든 것이 다 그럴듯해진다. 토성 안쪽에서 보면 가운데 부분에 작은 구릉이 있을 뿐 경사가 완만하고 높은 대지에는 건물터가 보이는데, 최몽룡(崔夢龍) 교수는 성안의 인구 수용 능력을 대체로 8천 명 정도로 추산하였다.

1995년, 서울시는 '정도(定都) 600년' 행사를 거창하게 치렀다. 그러나 그것은 조선왕조의 한양 도읍을 말할 뿐, 백제의 수도 위례성(慰禮城)의 존재는 완전히 무시한 것이었다. 온조가 고구려계의 유민 집단을 이끌고 남쪽으로 내려와서 한강 북쪽에 먼저 자리잡은 것을 『삼국사기』에서는 기원전 19년으로 기록하였으니 2천 년도 더 된 때의 일이고, 이후 한강 남쪽으로 궁실을 지어 옮긴 것이 기원전 5년이라고 했으니 1996년은 '하남 위례성 정도 2천 년'이 되는 기념비적인 해인 것이다.

이처럼 엄연한 사실을 놓고도 서울 정도 600년을 아무도 의심하지 않는 것은 참으로 유감스러운 일이다. 백제를 말함에 있어서 우리는 항시 이런 식이었다.

멸망한 비운의 나라라는 생각만 앞세울 뿐 백제가 이룩한 문화적 성숙에 대하여는 말하려고 하지 않는다. 망한 것으로 치면 결국 고구려는 안 망했고 신라는 안 망했으며 고려, 조선은 또 안 망했는가. 그럼에도 불구하고 경주와 평양과 개성과 한양에서는 옛 왕도의 영광을 새기고, 왜 유독 백제의 부여와 공주에서는 슬픔의 자취를 찾고 서울 하남과 하북의 위례성에 대해서는 아예 존재조차 인식하지 않고 있는 것일까.

숙조가 백제행에 번번이 실패했다는 것은 따지고 보면 백제에 대한 우리의 오해와 무관심에 그 원인이 있었던 것이다.

하남 위례성과 몽촌토성

몽촌토성을 발굴하면서 많은 유물들이 수습되었다. 백제시대 질그릇과 기와편이 많이 출토되었고, 3세기 중국 서진(西晉)시대의 회유도기(灰釉陶器) 파편도 발견되어 이 토성이 3세기 이전에 축조되었다는 사실이 확인되었고, 많은 집자리와 지하 저장구덩이까지 조사되었다. 그 모든 것을 감안해서 역사학자와 고고학자들 중에 일부는 몽촌토성을 곧 하남 위례성이거나 위례성을 보위하는 군사시설로 추정하고 있는 것이다.

백제의 역사가 기록의 망실로 인하여 올바로 복원되기가 힘들기 때문에 천생 고고학이 이를 뒷받침해줄 수밖에 없는데 유감스럽게도 백제 고고학은 신라 고고학에 비할 때 이제 시작하는 수준밖에 되지 못한다.

대표적인 예로 백제왕국의 역사 678년 중 근 70퍼센트의 기간을 지낸 하남 위례성의 위치를 확인하는 작업조차 본격적으로 이루어진 바가 없다. 그래서 학자들은 저마다의 근거를 내세우면서 달리 주장한다. 그 중 구난방의 난맥상은 어지러울 정도다. 그런데 그 주장의 내면을 보면 대개는 자신이 존경하는 인물의 설을 따르거나 자신이 발굴한 지역에 의미를 크게 부여하는 경향도 없지 않아 있는 것 같다. 그것은 인간의 일이기에 어쩔 수 없는 사항인지도 모른다.

일연스님을 존경하는 분은 그분의 설에 따라 충남 직산을 주장하며 이는 천안 지역 향토사가의 대대적인 지지를 받고 있다. 다산 정약용을 존경하는 분은 경기도 광주 고읍(古邑)설을 따른다. 그런가 하면 두계(斗溪) 이병도(李丙燾)는 춘궁리 일대를 지목했고, 윤무병(尹武炳)은 이성산성(二聖山城)을, 김정학(金廷鶴)은 풍납동의 바람들이성(風納土城)이라는 주장을 폈다. 그러다 몽촌토성 발굴 이후 김원용, 최몽룡 등은 여기를 하남 위례성으로 보는 신학설을 내놓았는데 현재로선 이 몽촌토성설이 다크호스라고 할 수밖에 없다.

『삼국사기』에서 하남의 위례성에 대해 말하기를 "하남(河南)의 땅은 북쪽으로 한수(漢水)를 끼고, 동쪽으로 높은 산에 의지하고, 남쪽으로 비옥한 들을 바라보고, 서쪽으로 바다를 향하고 있는 천험(天險)의 지리에 있다"고 한 것에 몽촌토성이 꼭 들어맞을 뿐만 아니라 북쪽의 풍납토성과 아차산성(阿且山城), 남쪽의 이성산성 등이 여기를 중심으로 포진해 있으며 가락동·방이동·석촌동의 백제 옛 무덤떼들은 곧 위례성의 외곽으로 해석하는 것이 유리하기 때문이다.

몽촌토성이 위례성이라는 주장에는 적지 않은 반론이 있다. 우선 몽촌토성에서는 근 500년을 영위한 왕궁터의 위용을 알려줄 어떤 유적이나 유물이 나오지 않은 상태다. 이 점에 대하여 발굴자들은 아직 극히 일부만 발굴한 상태라고 소극적이고 궁색한 대답만 할 뿐이다. 그래서 나는 아직 이 학설에 적극적으로 동의하지 못하고 있는 것이다(근래에는 풍납토성의 본격적인 발굴 결과 풍납토성은 위례성, 몽촌토성은 군사시설로 인식하고 있다).

몽촌토성이 저 잊지 못할 하남 위례성일지 모른다는 개연성을 지니는 것은 하남 위례성이 가상 속의 존재가 아니라 역사 속의 실체라는 사실을 간직한다는 큰 뜻이 있음을 강조하고 싶은 것이다. 백제가 가상의 나라가 아니라 우리네 정서 형성의 한 부분을 차지한 고대의 왕국이듯이.

몽촌토성의 조각과 목책

몽촌토성을 답사할 때면 언제나 그랬듯이, 나는 숙조와 갈 때도 북2문을 택했다. 그렇게 하는 것이 몽촌토성의 외곽을 조망하면서 들어갈 수 있고, 올림픽공원에 포치되어 있는 저 해괴한 201개의 현대 조각을 효과적으로 피해서 들어갈 수 있는 유일한 통로이기 때문이다.

올림픽공원 안에 설치된 조각 작품들을 보면 그 하나하나는 세계적인 대가들의 수준급 작품일지도 모른다. 그러나 어느 조각도 이 장소에 어울린다는 생각을 갖기 힘들 정도로 작품들은 주변 환경과 맞지 않는다. 아무리 명곡이라도 잔칫집에서 장송곡을 연주할 수 없듯이 해괴하고 위압적이고 난잡하고 파괴적이고 기계 의존적이고 정서 불안 노출적인 이른바 현대 조각품들은 몽촌토성과는 그 성질이 정반대인 것이다.

그러한 문제가 어떻게 해서 생겼는가는 『서울올림픽 미술제 백서: 무엇을 남겼나?』(얼굴 1989)에 자세히 밝혀져 있듯이 문화에 대한 총체적 안목에서 계획된 것이 아니라 문화에는 거의 문맹이면서도 군대를 지휘하고 체육 선수를 훈련하듯 우악스럽게 조각공원을 만들다보니 조화와 질이 아니라 근수와 허명을 좇게 되어 이 모양 이 꼴이 되고 만 것이다. 우리의 못난 선배들이 저런 흉물을 남겼고 죄 없는 우리의 후배, 후손 들은 그 뒤치다꺼리만 물려받게 될 터이니, 저것을 어떻게 활용할 것인가에 대해서 심각하게 고민해야 할 과제는 모두가 우리 몫이라 할 것이다. 그 정답은 아주 쉬운 곳에 있다. 만약 저것들을 국립현대미술관이나 다른 곳으로 옮겨 야외조각공원을 별도로 만들기만 한다면 조각공원도 명물이 되고 몽촌토성도 안정된 분위기를 찾을 수 있을 것이다. 그러나 그렇게 행할 안목도 소견도 의지도 예산도 우리에겐 없다. 그것이 20세기 우리의 문화능력이다.

북2문으로 들어가 해자를 옆에 끼고 참나무가 고목으로 자란 토성의 옆길을 걷다보면 홀연히 목책(木柵)을 만나게 되는데, 생전에 본 일도 없고 상상하기도 힘든 너무도 뜻밖의 유물인지라 저것이 과연 실제일까

| **몽촌토성의 능선과 목책** | 유연한 곡선을 그리는 능선의 스카이라인에는 우리가 공주나 부여에 가서 만나는 온화한 백제의 분위기가 서려 있다. 토성 곳곳에서 목책을 세웠던 자리가 나와 이를 복원해놓았다.

한 번쯤 고개를 갸우뚱거리게 된다. 그러나 목책은 분명 발굴조사에 따른 것이고 이것은 특히나 다산 정약용이 『강역고(疆域考)』에서 말한 위례성의 목책 설명과 일치한다. 이렇게 가상같이 보이지만 실제이기 때문에 몽촌토성이 더욱 신비롭게 느껴지기도 하는 것이다. 정다산은 "위례성은 백제 시조의 수도"라고 설명한 다음 그 주석에 다음과 같은 내용을 붙였다.

위례(慰禮)라고 하는 것은 방언으로 대개 사방을 둘러싼 큰 울타리를 뜻하는 것으로 위리(圍哩)라고 하는데 위리와 위례가 소리가 비슷해서 생긴 것이다. 목책을 땅에 세워 큰 울타리를 만들었기 때문에 고로 위례라고 불렀다.

이런 구절에 이르면 정다산의 연구에 다시 한번 경의를 표하게 된다. 지금부터 200년 전에 이런 연구를 하면서 민족의 역사적 실체를 밝히려고 했던 노력 자체가 오히려 경이롭다.

나는 이런 이야기를 숙조에게 사설을 늘어놓듯 풀어놓으면서 몽촌토성을 충청도 사람들의 느린 동작을 흉내 내듯 천천히 돌았다. 집자리에도 가보고, 토성 위를 걷기도 했고, 역사관에 들러 유물을 살펴보기도 하였다. 역사관에서 몽촌토성과 석촌동의 출토 유물을 본 것까지는 좋았으나 진열실에 모조품을 진열해놓고도 모조품이라고 확실하게 표시해놓지 않은 것에는 깜짝 놀랐다.

역사관은 박물관과 달라서 교육을 위해 모조품을 얼마든지 전시해도 좋을 것이니 이를 위해 모형을 만들었다고 흉 될 것이 없다. 오히려 당당히 표기할 때 더 멋있는 게 아닐까. 아무튼 몽촌토성 역사관에서 깨진 것은 죄다 진짜이고 멀쩡한 것은 죄 가짜이다.

한여름 무더운 날이었지만 몽촌토성 가족놀이동산에서는 여러 모임이 있었고, '○○화수회(花樹會)' 안내판도 여럿을 볼 수 있어서 이곳이 시민들의 모임 장소로 널리 쓰임을 보고 우리의 삶 속에서 역사적 공간이 시민공원으로 적극 활용되고 있는 참으로 드문 좋은 예라는 기쁜 생각을 갖게 되었다. 그러나 역시 몽촌토성은 호젓한 산책이 제격이다.

나는 잠시 쉬어갈 요량으로 숙조와 함께 저쪽 솔밭 아래 조선시대 한 선비의 무덤이 있는 곳으로 갔다. 그곳은 토성 안에서 가장 야취(野趣)가 있는 곳으로, 베고니아를 열지어 심어놓은 인공적인 꽃가꿈보다도 성글게 자란 강아지풀이랑 철 늦도록 피어 있는 분꽃과 철 이르게 피어난 쑥부쟁이 같은 우리 땅의 들꽃들이 더 좋아 저절로 발길이 옮겨지는 곳이다.

솔밭 아래쪽 무덤의 주인공은 조선 숙종 때 우의정을 지낸 충헌공(忠

憲公) 김구(金構, 1649~1704)다. 무덤 앞에는 아주 듬직한 신도비(神道碑)가 있어서 노론의 골수였던 청풍 김씨의 세력을 실감하게 되는데, 글씨는 서명균(徐命均)이 썼고 전서(篆書)는 유척기(兪拓基)인지라 글씨를 아는 사람들은 퍽 좋아할 비석이다. 그런 중 내가 이 무덤에 특별히 관심을 갖고 있는 것은 무덤에 바짝 붙어 서 있는 까만 비석 때문인데, 그 뒷면을 읽어보니 비석 전면의 큰 글씨는 '석봉한호집자(石峰韓濩集字)'라고 쓰여 있는 것이다. 참으로 반가운 얘기다. 중국의 명필 왕희지와 구양순의 글씨를 집자한 것은 예도 많고 또 당연히 있을 수 있는 일이니 신기하지도 않다. 그러나 조선의 명필 한석봉을 집자한 것은 사례도 드물고 그 뜻은 자못 깊은 것이니 그 정신 속에서 우리는 17세기에 일어났던 자기 문화에 대한 자긍심, 요즘 말로 쳐서 민족주의 열풍의 실상과 참뜻을 새삼 느끼게 된다.

검이불루 화이불치

나는 솔밭에 마련된 벤치에 앉아 무덤을 바라보면서 숙조에게 이런저런 얘기를 해주고는 나는 지쳤으니 너 혼자 가서 잘 읽어보고 오라고 했다. 그러면서 또 그 앞에 놓인 한 쌍의 양(羊) 조각이 아주 잘생겼으니 앞뒤 옆으로 두루 살펴보고 또 조각을 손으로 직접 만져보며 깊이 음미해보라고도 했다. 숙조는 내 말대로 무덤가로 내려갔다. 엊그제 온 비에 길이 젖었는지 멈추었다간 살짝 뛰고, 가만히 가다간 풀숲을 젖히면서 길을 바꾸어가며 내려갔다. 내려가서 내가 시킨 대로 까만 비석의 앞뒤 글씨를 읽는 것이 보였다. 그런 다음 양 조각 앞으로 가서 요모조모를 살피더니 또 시킨 대로 양의 머리와 등을 쓰다듬어보고 뒷다리를 매만지다가는 갑자기 무엇에 덴 듯 양손을 급히 떼는 것이었다. 그러고는 가만히

| 충헌공 김구의 무덤 | 토성 안에 남아 있는 유일한 조선시대 분묘로, 비석과 돌양 그리고 신도비가 세워져 있다. 이곳은 몽촌토성에서 가장 한적하고 야취가 있는 곳이다.

양의 뒷다리를 들여다보더니 슬며시 내 쪽을 보고 눈을 흘기는 것이 멀리서도 역력히 보였고, 얼굴색이 붉어진 것은 보지 않고도 알았다.

양 뒷다리에 붙어 있는 것은 무슨 이물질이 아니라 석공이 조각하면서 이 양이 수놈인 것을 확실하게 새겨놓은 것인데 그 석공의 장난기가 내게 전염되어 놀린 것에 천진한 숙조가 그만 넘어간 것이었다.

나는 몽촌토성을 좋아한다. 아무것이 없어도 몽촌토성은 토성이어서 좋다. 서울에 흙이 얼마나 귀하던가. 이곳이 비록 위례성이 아닐지라도 백제초기 사람들의 살내음이 있어서 좋고, 남들은 무어라 하든 능선의 부드러운 곡선이 여린 율동으로 흐르는 데서 백제의 숨결을 느낄 수 있어 좋다. 그리고 그것을 지금 사람들이 즐거운 산책로와 모임 장소로 사용하고 있어서 좋다.

이쪽저쪽 토성 길을 두루 산책한 다음 몽촌토성 해자 한쪽 구석 왕골이 우거진 곳에서 연못을 내려다보며 쉬었다. 호수는 인간의 마음을 차분하게 해주고 조용한 서정을 불러일으켜준다. 그래서 예부터 조상들은 연못을 애써서 만들었다. 백제의 수도였던 공주 공산성엔 연지가 둘 있고, 부여엔 궁남지가 있듯이 이 몽촌토성에도 해자를 겸한 연못이 있다. 그리고 연못엔 연꽃과 오리가 있어야 제격이다. 이런 생각을 하고 있을 때 대여섯 마리의 물오리가 줄지어 헤엄치며 우리 쪽으로 왔다.

| **돌양의 뒷모습** | 무덤에 세우는 수호상으로서 돌짐승 조각은 보통 추상적인 경향이 강하지만, 이 돌양은 석공이 수컷임을 강조해놓아 그 해학이 절로 웃음을 자아내게 한다.

"오리다! 오리탕집이 있나보지?"

"선생님은! 여태 연못의 시정을 얘기하시더니…… 기르는 짐승을 어떻게 잡아요? 보신탕집에선 개를 안 키우는 걸 몰라요?"

"그렇던가? 숙조도 소견이 많이 늘었네. 그러면 여기서 발굴된 나무 오리는 본 적 있나?"

"그런 게 있었어요?"

"서울대박물관에 있는데, 잘생겼어. 신비감도 있고. 그러고 보니 오리에 대한 우리의 관념에도 많은 변화가 있었네. 청동기시대 사람들은 장대에 오리를 조각하여 매단 솟대로 오리를 신성스럽게 표현했고, 원삼국시대 사람들은 제기(祭器)로 오리형 도기를 만들어 썼고 고려 사람들은 청자에 포류수금(蒲柳水禽) 문양을 넣어 서정의 표정으로 오리를 그렸고, 조선시대 사람들은 원앙으로 바꾸어 금실 좋음을 상징했는데 나는 지금 오리탕이나 생각하고 있으니."

좀처럼 식을 것 같지 않던 여름 햇살이었지만 날이 8월 중순에 이르니 별수 없이 누그러지면서 저물녘엔 맥없이 시들어간다. 이제 자리를 털고 일어나 연구실로 돌아가려는데 숙조는 머뭇거리며 무언가를 물어보려고 한다.

"뭘 말하려고 망설이지?"

"선생님, 아까부터 묻고 싶었는데요, 돌마리 옛 무덤에 가서도 그렇고 몽촌토성에 와서도 그렇고 백제는 여전히 보이지 않아요. 선생님은 백제의 아름다움 혹은 백제의 미학을 한마디로 뭐라고 말할 수 있으세요?"

"안 보이기는 나도 매한가지야. 어쩌면 백제는 회상 속에서 느낄 수 있는 것인지도 모르지. 부드럽다, 온화하다, 친숙하다, 우아하다는 말로 백제를 설명하는 사람도 있지만 그런 표현으로야 백제를 말했다고 할 수 있겠나. 나는 김부식이 백제의 미학을 가장 정확하고 멋있게 핵심을 잡아 표현했다고 생각하고 있어.『삼국사기』「백제본기」시조 온조왕 15년, 그러니까 기원전 4년 항목에 이런 말이 나와요. 춘정월(春正月)에 궁실을 새로 지었는데 '검이불루 화이불치(儉而不陋 華而不侈)'라고 했어. '검소하되 누추하지 않았고, 화려하되 사치스럽지 않았다'라는 뜻이지. 나는 그것이 백제의 정신이고 백제의 마음이고 백제의 아름다움이고 백제의 미학이라고 믿고 있어. 그 말을 새기면서 백제의 유물을 보아봐."

숙조는 내 말이 떨어지자 속으로 몇 번인가 검이불루 화이불치를 되뇌고 있었다. 슬며시 눈을 감고 음미하는 것이 이 말을 아주 외우려는 기

세웠다. 그러고는 입을 열었다.

"그러네요. 금관을 보아도 그렇고 백제의 전돌이나 와당을 보아도 역시 그렇고요. 그런데 선생님은 그렇게 좋은 말을 왜 여태 안 하셨어요?"

"안 하긴, 800년 전 『삼국사기』에 김부식이 글로 썼는데 누가 하고 말고가 따로 있나. 그의 『삼국사기』를 보면 백제를 애써서 깎아내리려고 한 의도가 역력한데 오히려 그가 백제의 미학을 가장 잘 규정했다는 것은 참으로 역설적인 얘기야, 그렇지?"

연구실로 돌아오는 동안 차 안에서 숙조는 계속 '검이불루 화이불치'를 노래하듯 되뇌고 있었다. 말하지 않는 것과의 대화를 통해 검이불루 화이불치의 미학을 읽어낸다는 것은 곧 하나의 유물은 하나의 명저만큼이나 위대한 정신의 소산임을 증명해주는 것이다. 숙조는 오랫동안 찾아 헤매던 문제의 해법을 구한 선승처럼 계속 검이불루 화이불치를 얘기하고 또 얘기하며 즐거워했고, 나는 그가 즐거워하는 것이 즐거웠다. 그런 기쁜 마음에서 나는 그에게 검이불루 화이불치를 차라리 숙조의 노래로 삼으라고 해서 우리는 함께 크게 웃었다.

우리의 차가 이윽고 영동 세브란스병원에서 성수대교 쪽을 향하여 나의 옥탑방 연구실로 가는데 갑자기 숙조가 창 오른쪽을 보란다. 운전하면서 스처지나는 바람에 무얼 보라고 한 것인지 잘 몰랐다.

"뭔데?"

"동물병원인데요, 상호가 닥터 베토벤이에요. 재미있죠? 그런데 그 옆에 써 있는 말이 더 재미있어요."

"뭐라고 썼기에?"

"말할 수 없는 존재의 아픔―동물병원."

"재밌네. 그러면 '말하지 않는 것과의 대화'는 무엇이지?"

"말하지 않는 것과의 대화…… 그것이 미술사네요."

1996. 9. / 2011. 5.

정지산 산마루에 누대를 세우고

공산성 / 정지산 / 대통사터 당간지주 / 무령왕릉 / 곰나루

강남에 자리잡은 뜻

공주는 백제의 두번째 서울, 당시 이름으로 웅진(熊津), 곰나루였다.
고구려의 한 갈래로 남쪽으로 내려온 백제인이 처음 정착한 곳은 한강
남쪽, 이른바 하남의 위례성이었는데 이제 다시 고구려의 침공을 피해
급히 남쪽으로 내려가 자리잡은 것이 금강 남쪽의 공주였다.

백제인에게 강을 건넜다는 것은 각별한 뜻이 있었다. 도강(渡江)은 후
방으로의 후퇴가 성공했음을 의미하며, 북에서 압박하는 침입에 대비한
천혜의 일차 방어선 확보와 또 토착세력을 남으로 밀고 내려갈 새로운
기지의 마련을 의미하는 것이었다. 그래서 고구려의 평양, 고려의 개성,
조선의 한양이 모두 강북에 위치함에 비해 백제의 도읍은 위례성이건
웅진성이건 강남(江南)에 있었다.

옛사람들이 금강이 휘감고 도는 공산성(公山城)의 모습을 보면서 대동강이 부벽루를 끼고 흐르는 풍광과 닮은꼴이라고 하며 양자의 친연성을 새삼 말하곤 했지만, 평양은 대동강 강북에 있고 공주는 금강 강남에 있다는 사실은 보통 차이가 아닌 것이다.

금강은 채만식이 『탁류』 첫머리에서 아주 실감나게 묘사했듯이 우리나라 강으로서는 아주 예외적인 물줄기를 갖고 있다. 대동강, 청천강, 한강, 영산강은 동에서 서로 흐르고, 예성강, 섬진강, 낙동강은 북에서 남으로 흘러내리지만 금강은 전주 무악산에서 발원하여 북쪽을 향하여 출발한다. 이것이 영동과 대청호를 지나 조치원에 와서는 방향을 급히 서쪽으로 틀고 또 공주를 지나면 다시 남쪽으로 향하여 부여, 강경을 지나면 비로소 서해바다를 바라보며 장항, 군산 쪽으로 흘러나간다. 남에서 북으로, 동에서 서로, 북에서 남으로, 다시 동에서 서로 오래도록 에두르고 휘돌아 흐르면서 알뜰살뜰 저축하듯 냇물을 모아 마침내 공주에 와서 강다운 강이 되니 공주는 한 나라의 도읍이 될 만하였고, 금강은 공주와 함께 역사의 전면에 부상하게 되었다.

아름다운 공산성의 산책 코스

서울 사람들이 강남을 개발하듯 오늘날 공주는 금강 북쪽을 신시가지로 만들어 아파트도 많이 짓고 버스터미널도 그리로 옮겼지만, 원래의 공주는 금강 남쪽 공산성 주변이다. 강변에 바짝 붙어 금강을 내려다보며 버티듯 뻗어 있는 공산성을 바라보면서 공주대교를 건널 때 우리는 공주에 왔음을 실감하게 된다. 우리는 답사 때 이를 '공주 입성'이라고 말하곤 했다. 지금도 공산성 아래쪽에 시청·법원·경찰서 등 관공서가 들어서 있고 공산성 바로 옆은 전통의 재래시장인 산성시장이 자리잡고

| **공산성에서 바라본 금강** | 남쪽으로 밀려내려온 백제는 공주 금강을 건너면서 산자락에 도읍을 정했다. 이것이 웅진성이다.

있으며 그 너머에 무령왕릉이 있는 송산리고분군이 있다.

공산성은 475년 고구려 장수왕의 침공으로 개로왕마저 피살되자 문주왕이 급히 내려온 뒤에 자리잡은 금강변 천혜의 자연 산성으로 왕궁이 세워지기도 했다. 당시의 이름은 웅진성이었고, 토성(土城)으로 생각되며 지금의 석성(石城)은 임란 이후 산성을 증축할 때 세워진 것이다.

금강변을 따라 동서로 길게 뻗은 공산성은 해발 110미터, 전체 길이 2.2킬로미터로 그리 좁지도 넓지도 않다. 동서로는 성문이 설치되어 있고 남북으로는 공북루와 진남루라는 2층 누각이 있으며 성안에는 왕궁터와 임류각(臨流閣)터, 만하정(挽河亭)의 백제시대의 연지, 영은사(靈隱寺)라는 절터, 쌍수정(雙樹亭)이라는 정자가 있다.

공산성을 한 바퀴 돌아보는 것은 답사라기보다 산책이다. 보통 한 시

| **공산성 금서루** | 공산성의 서쪽 대문인 금서루로 오르는 길은 가파른 비탈이어서 석축이 겹으로 펼쳐진다.

간, 길어봤자 시간 반 걸리는 이 답사 코스는 아마도 공주 답사객이 가장 사랑할 산책길이 아닐까 싶다. 어느 경우든 서문으로 들어가 다시 서문으로 나오게 되는데 먼저 공북루로 올라가 금강을 굽어보며 진남루로 돌아 나올 것이냐 아니면 백제 왕궁터가 있는 진남루를 보고 금강을 따라 거닐다 공북루에서 갈무리하고 내려올 것이냐 둘 중 하나를 택해야 한다.

나는 대개 후자를 택한다. 일단은 백제의 왕궁터를 보아야 여기가 문주왕 원년(475)에서 성왕 16년(538)까지 63년간 이어온 웅진백제 시절에 동성왕과 무령왕이라는 걸출한 임금이 나와 백제의 개방적이면서 세련된 문화의 기틀을 잡았던 현장임을 체감할 수 있기 때문이다. 왕궁터라고 해야 건물 주춧돌만 남아 있고 새로 지은 임류각도 예스러운 멋을 지니지는 못했지만 『삼국사기』 동성왕 22년(500)조에 "왕궁의 동쪽에 높이가 5척이나 되는 임류각이란 누각을 세우고 또 연못을 파 기이한 새를

| **공산성 만하루 연지** | 공산성에서 백제의 분위기를 가장 잘 보여주는 곳은 만하루의 연지인데 계단식으로 쌓아올린 석축의 구조가 절묘하다.

길렀다"고 한 기록을 생각하는 것으로 백제 왕실의 자취를 어렴풋이나마 상상해보게 한다.

　그리고 발길을 금강변으로 돌려 산성을 거닐면서 답사 아닌 산책을 느긋이 즐기다보면 공산성에 유일하게 남아 있는 가시적인 백제 유적인 암문터의 연지를 만나게 된다. 가지런한 석축을 여러 단 쌓아 만든 네모난 이 연지는 견실하면서도 부드러운 느낌을 주어 역시 백제의 아름다움이란 것이 이런 것이구나라고 가벼운 찬사를 보내게 된다. 연지 위에는 만하정이라는 누각이 있어 거기에 오르면 한쪽으로는 금강, 한쪽으로는 연지를 번갈아 바라보며 푸근히 쉬어갈 수 있다. 그리고 공산성의 가장 높은 곳에 우뚝 서 있는 공북루까지 금강을 따라 성벽을 거니는 것으로 공산성의 산책 아닌 답사를 마치게 된다.

공북루 정자에서

내가 공산성답사를 공북루에서 마무리하는 것이 좋다고 한 것은 한 시간 남짓한 산책 끝인지라 쉬어감에도 안성맞춤이고 여기서 내려다보는 금강의 풍광이 정말로 아름다워 정자에 앉아 느긋이 마음을 갈무리할 수 있기 때문이다.

공북루에서 서쪽을 바라보면 공주대교를 사이에 두고 바로 앞 강변에 높은 언덕이 우뚝 서 있는데 이 산이 무령왕릉의 송산과 잇닿아 있는 정지산(艇止山)이다. 공주의 지형은 마치 큰 배가 정박하고 있는 형상인데 그 닻을 내린 곳에 해당한다고 해서 배 정(艇) 자, 머무를 지(止) 자 정지산이다.

백제문화권 개발계획으로 공주에서 부여까지 금강을 따라 '백제큰길'을 내면서 금강에 새 다리가 놓이고 이 강변길은 정지산에 터널을 뚫어 지나가게 되었는데 그때 공주박물관에서 정지산을 발굴하면서 백제시대의 건물터와 저장구덩이, 목책의 구멍, 백제 질그릇 파편들이 쏟아져 나와 여기는 '단을 쌓고 하늘에 제사 지냈다'는 천단(天壇)터로 추정하게 된 곳이다.

동쪽으로 눈을 돌리면 멀리 구석기시대 유적지인 석장리(石壯里)까지 내다보이며 계룡산 산자락이 검푸른 잔산(殘山)으로 그림처럼 걸려 있다. 정자의 참멋은 거기에 앉아 풍광을 즐기는 것인데 예로부터 정자를 세우는 것에는 단지 한가히 구경하는 것을 넘어선 큰 뜻이 있었다.

조선초의 대문장가 서거정(徐居正)은 어린 시절을 공주에서 보냈고, 공주10경(景)을 노래한 바도 있었는데, 지금 어디를 얘기하는지 모르지만 아마도 이 공북루 같은 경관을 갖고 있는 공주 관아의 정자에 취원루(聚遠樓)라는 현판을 붙이고는 왜 그가 '멀리 있는 것을 모두 모은다'는 뜻으로 이름을 붙였는가를 이렇게 말했다. 그의 「공주 취원루기」라는 천

| **정지산에서 바라본 풍광** | 백제시대에 제단이 있었던 곳으로 추정되는 정지산에서 사방을 바라보는 전망은 공주 제일의 경관을 제공한다. 세모꼴로 솟아오른 여미산의 맵시가 일품이다. 산마루에 '자연보호' 입간판이 세워져 있다.

하의 명문에 나오는 구절이다.

누각을 세우는 것은 다만 놀고 구경하자는 뜻만이 아니다. 이 누각에 오르는 사람으로 하여금 들판을 바라보면서 농사의 어려움을 생각해보게 하고, 민가를 바라보면서는 민생의 고통을 알게 하며, 나루터와 다리를 볼 때는 어찌하면 내를 잘 건너갈 수 있을까를 생각하며 (정치가 그렇게 원만하기를 기대해보고), 나그네를 바라볼 때는 어찌하면 기꺼이 들판으로 나오기를 원하게 할 것인가를 궁리하며, 곤궁한 백성들의 생업이 한두 가지가 아님을 보면서 죽은 자를 애도하고, 추운 자를 따스하게 해줄 것을 생각하게 한다. 산천초목과 새, 짐승, 물고기에 이르기까지도 이렇게 생각하지 않을 수 없으리니 이는 멀리 있는 사물에서 얻어낸 것(聚遠)을 누각에서 모으고, 누각에서 모은 바를 다시 마음에 모아서, 이 마음이 항상 주(主)가 되게 한다면 이 누각을 취원루라고 이름 지은 참뜻에 가까울 것이요 목민자(牧民者)의 책임과도 멀지 않으리라.

옛사람들은 이렇게 자연에 대한 관찰과 인식을 곧 인격의 함양과 경륜의 사색으로 연결시켰다. 혹자는 그까짓 정자 하나에 그렇게 큰 의미를 부여할 것이 있겠느냐고 대수롭지 않게 생각할지도 모르겠다. 그런 반문과 반론에 대해서는 세종 때 경륜가였던 하륜(河崙)이 충청북도 청풍에 있는 한벽루(寒碧樓, 지금은 청풍문화재단지로 이건)에 부친 기문(記文) 중 나오는 다음 구절로 훌륭하게 답변을 대신할 수 있으리라 믿는다.

정자를 세우는 일은 한 고을의 수령 된 자의 마지막 일거리[末務]에 지나지 않는다. 그러나 그것이 잘되고 못됨은 실로 세상의 도리와 관계가 깊은 것이니, 하나의 누정이 제대로 세워졌는가 쓰러져가는가를 보면 그 고을이 편안한가 곤궁한가를 알 수 있고 한 고을의 상태를 보면 세상엔 도덕이 일어나는가 기우는가를 알 수 있을지니 어찌 그것이 하찮은 일이겠는가.

날이 갈수록 인문정신이 잊혀가는 이 시대의 세태를 생각하면 서거정의 취원루기, 하륜의 한벽루기 같은 옛 인문학자들의 글이 새삼 가슴에 다가온다.

공산성의 사계절

계절로 말하자면 공산성은 겨울날 눈이 덮였을 때가 가장 아름답다.

산성의 고목들은 나뭇잎을 다 떨구어 시야를 막는 것이 없어 성벽도 정자도 성안 마을의 납작한 집까지도 모습을 드러내 정겹고 운치 있게 느껴진다. 늦가을이면 참나무, 느티나무의 노랗고 누런 단풍으로 요란하지 않은 맑은 가을빛을 만끽하면서, 발길에 닿는 낙엽을 싫지 않게 걷어차며 누구나 사춘기때 한번쯤은 읽어보았을 '시몽, 너는 좋으냐, 낙엽 밟는 소리가'를 생각하면서 발끝마다 '시몽인데, 시몽이구나' 하면서 거닐어도 보았다. 산성은 방위 목적상 본래 그늘이 적기 마련이어서 한여름엔 가지 말라는 경고성 교훈이 있지만, 젊은 시절엔 이를 무시하고 땡볕 아래서 천둥벌거숭이처럼 돌아다니며 성벽 아래 빈터에 탐스럽게 자란 도라지, 옥수수, 참깨, 열무를 보면서 계절을 가득 느끼기도 했다.

개인적으로 나는 공산성을 좋아하여 철마다 가보았다. 그러나 공산성은 공주 사람들의 가벼운 산책을 즐기는 그야말로 산성공원이어서 중년과 노년의 부부가 호젓하게 거닐기나 좋은 곳이지 누구나 열광적으로 반길 답사처는 절대 아니다. 공연히 여기에 초등학생, 중·고등학생을 데려왔다가는 공주뿐 아니라 백제의 이미지를 망치기 십상이니 공산성 답사 때는 이 점을 누누이 다짐받고 데려올 필요가 있다.

웅진성이 고려에 와서 공산성으로 바뀌고 임란 뒤 우리나라 모든 산성을 재정비할 때 이 공산성도 정비되어 백제의 웅진이 아닌 조선의 공산성 자취도 곳곳에 남아 있는데, 쌍수정(雙樹亭)이라는 곳은 인조가 1624년 이괄(李适)의 난을 피해 이곳에 머물다가 평정되었다는 소식을 듣고는 두 그루 나무에 벼슬을 내려주었다는 곳이다. 그러나 나무는 죽어 없어지고 정자만 복원되어 있다.

또 임류각 한쪽으로는 명국삼장비(明國三將碑, 충남유형문화재 제36호)라는 세 개의 비석이 보호각 속에 모셔져 있는 것을 볼 수 있다. 이 비는 정유재란(1597) 때 왜적의 위협을 막고 선정을 베풀어 주민을 평안하게 하였다는 명나라 장수 이공(李公), 임제(林濟), 남방위(藍芳威)의 사은 송덕비다. 본래는 1599년(선조 32년)에 금강변에 세워졌던 비석인데 홍수로 비석이 매몰되어 흔적을 알 수 없게 되자 1713년(숙종 39년)에 다시 세워졌다. 그런데 일제강점기에 일인들이 비석에 왜구(倭寇) 등의 글자가 나오는 것을 싫어하여 이를 지워버리고 공주읍사무소 뒤뜰에 묻었던 것을 1945년 해방 후 다시 땅에서 파낸 다음 지금의 위치로 옮겨놓은 것이다.

그러나 조선시대 공주가 당당한 고을이었던 것은 무엇보다도 공산성 서문 초입에 장하게 늘어선 목사·현감들의 공덕비에서 볼 수 있다. 한때는 공주에 관찰사가 있어 충청도가 공청도(公淸道)였던 시절도 있었기 때문에 목사의 공덕비도 보이는 것이다. 이 비석거리는 모르긴 해도 전국에서 손꼽을 만한 것으로 공주의 역사적 힘을 은근히 과시하는 유물로 되었다.

대통사터 당간지주

공주는 급하게 피란오면서 자리잡은 곳인지라 도시로서, 더욱이 한 나라의 도읍으로서는 너무 좁고 비탈이 많다. 그래서 성왕은 부여로 천도했고, 지금은 강북을 개발하며 뻗어나가고 있는 것이다. 그래서 예나 지금이나 도회다운 맛이 적다. 백제의 유적지라고 해야 무령왕릉 이외에는 딱히 찾아갈 곳이 마땅치 않으니 웅진백제의 향기를 느끼고자 공주를 찾은 사람으로서는 답답한 일이 아닐 수 없다. 그래서 나는 학생들에게 공주를 각인시키기 위해 시내 반죽동에 있는 대통사(大通寺) 절터를 데려가곤 한다.

대통사는 『삼국유사』에 전하기를 성왕 7년(529)에 양나라 황제를 위하여 지은 절이라고 한다. 이는 양나라와의 친선관계를 그렇게 나타낸

것이니, 요즘으로 치면 한미우호동맹을 상징하는 교회당 같은 거라고 생각하면 되는 것이다. 기록상으로 명확한 이 대통사는 한동안 어디에 있었는지 알지 못하였다. 그러다 일제강점기에 공주 시내 반죽동에 통일신라시대 당간지주(보물 150호)와 백제시대의 아름다운 석조(石槽)가 있어 이곳을 발굴한 결과 '대통'이라는 명문이 새겨 있는 기와편이 수습되어 여기가 대통사의 절터인 것을 알 수 있게 되었다. 발굴 결과 중문, 탑, 금당, 회랑터 등 1탑 1금당의 가람배치인 것까지 확인하였지만 유구를 다시 묻어버리고 이후 민가가 들어서 지금은 당간지주만이 제자리에 서 있고 석조는 국립공주박물관으로 옮겼다. 또 근래에는 여기서 수습되었다는 통일신라시대 쌍사자받침대를 공주박물관에 기증하여 석조와 함께 옥외전시장에 전시되어 있다. 이 두 석조물은 비록 상처를 받았지만 명물이어서 공주박물관을 답사하기 전에 다녀갈 만한 곳이기도 하다. 요

| 대통사터 쌍사자석등 | 대통사터에서 출토된 것으로 전하는 석등의 간주석. 사자 두 마리가 마주 보고 있다.

즘은 제법 넓게 유적공원으로 정비하여 당간지주가 당당한 모습으로 서 있고 공원 주위 민가의 돌담엔 능소화가 해마다 여름이면 장관으로 피어난다. 이것이 웅진백제 시절을 증언하는 유일한 공주의 절터인 것이다.

모든 유물은 제자리에 있을 때 제빛을 발한다는 교훈을 대통사터처럼 절실히 느낀 적이 없다. 그럴 수만 있다면 석조건 쌍사자석등받침이건 이곳 대통사터 제자리에 있다면 이 땅의 역사적 가치가 얼마나 달라질까를 생각해본다. 미국의 실용주의 철학자 존 듀이(John Dewey)는 박물관이라는 것이 잘못되면 생기 없는 '문명의 미장원'(beauty parlor of civilization)으로 전락할지도 모른다고 경고했고, 프랑스의 평론가 테오필 토레(Théophile Thoré)는 '명작의 공동묘지' '사후의 피난처'가 된다고 걱정했는데 대통사터 유물들이야말로 그렇게 되고 말았다.

공주에는 대통사터 이외에 서혈사터 등 여섯 개의 절터가 확인되었지만 웅진백제시대의 절로 확인된 것은 대통사뿐이다. 정말로 아쉬운 것은 시내 수원골 밤나무 단지에는 수원사(水源寺)라는 유서 깊은 절이 있었는데 고층아파트로 포위된 지 오래되어 폐사지로서의 자취마저 잃어버린 것이다. 수원사는 『삼국유사』에서 화랑의 미륵선화 사상을 설명하면서 "공주 수원사에 가면 미륵을 만날 것이다"라고 했던 바로 그 절터다. 그래서 신라 화랑 사회에 널리 퍼졌던 미륵 사상의 시원이 여기였던 것이니 그 역사적 의미는 말할 수 없이 큰 곳이다. 그러나 그 절터는 이렇게 사라지고 오직 사철 밤낮으로 콸콸 솟아오르는 샘물이 있어서 수원(水源)이라는 그 이름의 유래만을 짐작할 따름이니 정말로 아쉽고도 아쉬운 것이다.

송산리 고분군과 무령왕릉의 발견

아무리 공주가 남루한 역사도시로 전락했다고 했도 당당히 웅진백제의 도읍이었음을 말할 수 있는 것은 송산리 고분공원에 있는 무령왕릉(武寧王陵)이 있기 때문이다. 공산성과 마주보는 산자락에 위치하여 걸어서 불과 10분 거리다.

무령왕릉이 있는 송산(宋山)은 높이 130미터의 나지막한 금강변의 구릉으로 백제시대에는 왕가의 묘역이었던 모양이다. 그러나 세월이 흐르면서 비바람에 봉분은 무너져 땅으로 환원되고 그 자리는 다시 소나무가 그득한 야산으로 바뀌었다. 그리고 또 세월이 지나면서 야산엔 다시 산소가 들어섰는데 여기는 은진 송씨의 무덤이 많아 송산소(宋山所)로 불리게 됐다는 것이다. 이는 금강변의 다른 구릉인 한산소(韓山所), 박산소(朴山所) 등과 함께 얘기되는바 이것이 과연 각 성씨의 종친 묘역의 이름인지, 고려 때 천민들의 집단 거주지인 소(所)의 이름에서 유래한 것인지는 언뜻 알 수 없다. 고려시대 망이, 망소이가 공주에서 일으킨 노비반란이 하도 유명해서 더 그런 생각이 들기도 한다.

그러던 것이 일제시대에 도굴이 횡행하면서 제1호분부터 5호분까지 모조리 도굴되면서 송산리 고분군은 고고학적으로 부각되었다. 이 다섯 무덤은 모두 돌방흙무덤이었는데 1927년 무렵 파헤쳐진 것으로 알려졌다. 그리고 1932년에는 제5호분 옆, 무령왕릉 앞에 있는 제6호분을 가루

| 송산리 고분군 | 송산리 언덕에는 현재 7기의 고분이 확인되어 있는데, 무령왕릉 위쪽 송산리 제1호분 자리에서 내려다보면 공주의 예스러움이 살아난다.

베 지온(輕部慈恩.)이라는 공주고보 교사가 총독부와 교섭해서 발굴했다.

송산리 제6호분이야말로 임자를 잘못 만나 영원히 돌이킬 수 없는 상처를 받고 말았다. 무령왕릉이 출현하기 이전까지 백제 왕릉의 간판스타는 단연코 이 6호분이었다. 유일한 벽돌무덤인 데다가 사신도까지 그려져 있어서 백제 문화가 중국, 고구려와 교류한 구체적인 물증까지 제공해주었던 것이다. 그런데 이 무덤을 발굴한 가루베는 출토 유물을 고스란히 자기가 챙기고 무덤 바닥을 빗자루로 쓸어 말끔히 치운 다음 총독부에는 이미 도굴된 것으로 보고하였다. 그리고 해방이 되자 가루베는 강경에 있던 이 훔친 유물을 트럭에 싣고 대구로 가서 대구 남선전기사장으로 골동품 수집에 열을 올렸던 오구라(小倉)와 함께 무슨 수를 썼는지 귀신같이 일본으로 가져갔다. 가루베는 이렇게 도둑질, 약탈한 유물을 가지고 『백제 유적의 연구』라는 저서를 펴냈다. 그는 1969년, 죽기 1년 전에 송산리 6호분 관계 사진 자료를 그의 공주고보 제자인 이성철 씨(전 문공부 문화국장)에게 보냈는데 일련번호 26번까지 붙어 있는 사진 중 제10번, 아마도 유물 노출 상태의 사진만은 빼놓고 보내왔다.(정재훈 「공주 송산리 제6호분에 대하여」, 『문화재』 제20호, 1987) 결국 우리는 아직껏 그 유물의 행방도 사진의 행방도 모르는 상태로 안타까움만 더할 뿐이다. 학자들은 이 6호분을 무령왕 앞인 동성왕 아니면 뒤인 성왕 두 분 중 한 분의 무덤으로 보는데, 통상 아래쪽 앞에 있는 것이 나중 무덤이므로 성왕의 무덤으로 보는 설이 유력하다.

그런데 이 '날파리' 고고학자 가루베는 정작 무령왕릉 자리는 무덤이라고는 생각지 않고 제5호분과 6호분을 위한 인공 주산(主山)의 언덕 [圓丘]으로 판단했던 것이다.(輕部慈恩 『百濟遺跡研究』, 吉川弘文館 1971, 55면) 그래서 그는 이 언덕에 올라서서 기념 촬영을 하기도 했으니 이는 참으로 다행스러운 오판이었다.

이 5호분과 6호분은 도굴되고 발굴되는 과정에서 천장이 훼손됐다. 그로 인하여 큰비만 오면 무덤 안으로 물이 스미는 바람에 1971년 여름부터 장마를 앞두고 배수로를 만들기 위하여 뒤쪽 언덕을 파내려가게 됐는데 그것이 무령왕릉 발견의 단초가 되었다. 그 날짜가 6월 29일이다.

삼불 선생의 참회록

무령왕릉의 발굴은 세기의 대발견에 값할 몇몇 일화를 남겼다. 그것은 이집트의 '투탕카멘' 발굴 뒷얘기인 '미라의 저주'처럼 으스스한 것이 아니고 곰나루 전설처럼 귀엽고 소박한 일화다.

하나는 전통적으로 땅을 팔 때면 귀신께 신고하는 고사를 지내는데,

개토에 앞서 돼지머리를 놓고 제사 지낸 바로 그 자리가 무령왕릉이었다는 사실이다. 또 하나는 배수로공사 중 무령왕릉을 발견한 분은 당시 공주박물관 김영배(金永培) 관장이었는데, 그는 7월 4일 밤 산돼지에게 쫓겨 도망다니다가 결국은 집까지 따라온 돼지를 보고 비명을 지르며 깨어나는 꿈을 꾸었단다. 그리고 그 이튿날 무령왕릉을 발견했고 사흘 뒤 무덤 맨 앞에서 만난 돌짐승이 바로 꿈속의 그 산돼지와 같아서 또 한 번 놀랐다는 것이다.(정재훈 「무령왕릉 석수」, 『박물관신문』 제87호, 1978. 11. 1)

세번째는 발굴책임자였던 당시 국립박물관 김원용 관장의 얘기다.

무령왕릉을 판 다음 해인 72년 말에는 뜻하지 않은 일(사모님 계가 깨진 일)로 파산(破産)이 되었고, 남의 차를 빌려 타고 무령왕릉으로 가다가 길에서 아이를 치는 등 불행의 연속이었다. (…) 큰 무덤을 파면 액이 따른다는데 우연의 일치인지는 몰라도 무령왕릉 발굴은 나에게 가슴 아픈 추억만 남겨주었다.(「고고학: 자전적 회고」, 『진단학보』 제57호, 1984)

삼불 선생이 무령왕릉으로 큰 상처를 받은 것은 당신께서 참회록에 가까운 고백과 사죄를 기회 있을 때마다 글과 말로써 토로했기 때문에 널리 알려지게 되었다. 삼불 선생은 생전에 고고학계의 원로로서 매스컴에 자주 등장했다. 그럴 때면 기자들이 묻지 않아도 "무령왕릉 발굴은 내가 잘못한 것이다"라는 말을 먼저 꺼내곤 했다. 내가 확실하게 기억하는 것만 해도 회갑 기념 문인화전으로 신문마다 인터뷰할 때도 그랬고, 정년퇴직 때 또다시 매스컴과의 인터뷰에서도 사죄하듯 고백했다. 직접 글

| **무령왕릉** | 무령왕릉은 벽돌로 축조된 아름다운 공간으로 벽돌마다 연꽃이 새겨져 있다. 가로세로의 조합으로 정연하게 축조되었다. 벽돌 넉 장을 뉘어 한 장 높이가 된다.

로 남긴 것만 해도 「죽은 사람들과의 대화」 「무령왕릉의 발견과 발굴조사」(『백제 무령왕릉』, 공주대학교 백제문화연구소 1991), 「고고학: 자전적 회고」 등이다. 도대체 무슨 죄를 그렇게 크게 지었기에 그로부터 25년이 지난 시점에도 사죄를 하고 있는 것일까. 그것은 마치 조지프 콘래드(Joseph Conrad)의 소설을 영화로 만든 「로드 짐」에서 주인공 피터 오툴이 한번 지은 실수를 잊지 못하고 이후 자신의 성격과 행동을 끝까지 구속하는 모습을 연상케 하는 것이었다. 인간은 누구나 실수를 한다. 문제는 그 실수를 어떻게 처리하느냐에 인격이 나타나는 법이니, 그런 참회란 때로는 영광보다 위대하게 비치는 것이기도 했다.

숱한 소문의 무령왕릉 개봉

1971년 7월 5일 배수로공사 도중 한 인부의 삽이 무령왕릉의 벽돌 모서리에 부딪혔다. 공사책임자인 김영배 관장이 그 벽을 따라 파들어가보니 아치형의 벽돌이 나타나기 시작했다. 그곳이 바로 무령왕릉의 입구였다. 김영배 관장은 작업을 중지시키고 이를 문화재관리국에 보고했다.

보고받은 문공부장관(당시 윤주영)은 김원용 국립박물관장을 단장으로 하는 발굴단을 파견했고, 7월 7일 오후에 현장에 모인 발굴단원들은 이튿날(7월 8일) 아침에 무덤의 문을 열기로 하고 대기하고 있었다.

한편 이 무렵부터 전축분 출현의 뉴스를 들은 서울의 기자들이 모여들기 시작하였는데, 해질 무렵부터 내리기 시작한 비가 호우로 변하면서 입구에는 물이 고이게 되고 그것이 불어서 무덤 안으로 역류할 위험이 생기게 되었다. 발굴단은 비를 맞으며 꿩의 바깥쪽 모서리를 파헤쳐서 쏟아지는 빗물을 밖으로 흘려 내보내야 했고, 이 급조된

| **처녀분으로 발견된 무령왕릉 입구** | 무령왕릉 발굴 당시 벽돌무덤의 입구는 이와 같이 밀폐된 상태로 있었다. 이처럼 도굴되지 않은 상태로 발견되는 무덤을 고고학에서는 처녀분이라고 이름 지어 부르고 있다.

배수구 설치가 끝난 것이 자정 30분 전이었다. 이 갑작스러운 비는 결국 새벽에 끝났지만 '왕릉의 입구를 파헤치자 천둥 번개와 함께 소나기가 쏟아졌다'는 과장된 소문이 공주의 거리거리에 퍼졌다.(「무령왕릉의 발견과 발굴조사」)

그리고 이튿날 무령왕릉은 역사적인 개봉을 하게 되었다.

8일 아침 5시에 발굴단 간부들은 보도진과 함께 현장으로 가보았다. 밤새 지켜준 경찰관들에 의해 무덤에는 이상이 없었고 물도 잘 빠져 있었다. 이것이 무령왕릉일 줄은 꿈에도 생각 못 한 발굴단은 막걸리, 수박, 북어뿐인 간단한 제상으로 위령제를 지내고 김원용과 김영배가 드디어 폐색부(막아놓은 부분)의 맨 위 벽돌 두 개를 들어냈다. 그때가 4시 15분이었다. 두 사람이 맨 위 벽돌을 한 장씩 뜯어냈을 때 안에

| 입구의 서수(瑞獸) | 무령왕릉 입구에는 돌짐승 한 마리가 이 무덤을 지키고 있었다. 그 앞에는 묘지석과 동전이 수북이 놓여 있다.

있던 찬 공기가 스며나오면서 따뜻한 바깥 공기에 일순간의 결로(結露) 현상을 일으켰다. 그것은 자동차의 에어컨을 틀었을 때 흰 수증기를 내뿜는 것과 마찬가지의 현상이었다. 그러나 무령왕릉의 그 한 줄기 흰 공기는 또 와전되어서 문을 열자 오색의 무지개가 섰다느니 바깥 공기가 일시에 안으로 들어가서 모든 유물이 순간적으로 부서졌다느니 하는 소문이 퍼졌다.(「무령왕릉의 발견과 발굴조사」)

마침내 무덤이 열려 안으로 들어간 김원용과 김영배는 소스라치게 놀라지 않을 수 없었다고 한다. 무덤 조성 후 한 번도 개봉되지 않은 처녀분을 만난 것이었다. 김영배는 꿈에 본 멧돼지처럼 생긴 돌짐승을 보고 크게 놀랐고, 김원용은 입구에 놓인 무령왕의 묘지(墓誌)를 보고서 더욱 놀라지 않을 수 없었다고 한다. 이것이 꿈인지 생시인지 모를 감격이었다고 했다. 사실 수많은 왕릉이 발굴되고 도굴되었지만 그 무덤이 어느 왕의 무덤인지를 확실한 기록과 물건으로 알려준 것은 무령왕릉이 처음이었다. 그러니 흥분하지 않을 수 없었던 것이다. 거기서부터 삼불 선생의 참회록은 시작된다.

일본의 어느 유명한 고고학자는 그런 행운은 백 년에 한 번이나 올까말까 하다고 나를 축하해주었지만, 이 엄청난 행운이 그만 멀쩡하던 나의 머리를 돌게 하였다. 이 중요한 마당에서 나는 고고학도로서 어처구니없는 실수를 한 것이다. 무령왕릉의 이름은 전파를 타고 전국에 퍼졌고, 무덤의 주위는 삽시간에 구경꾼과 경향 각지에서 헐레벌떡 달려온 신문기자들로 꽉 찼다. 우리 발굴대원들은 사람들이 더 모여들어서 수습이 곤란해지기 전에 철야작업을 해서라도 발굴을 속히 끝내기로 합의하였다. 철조망을 돌려치고, 충분한 장비를 갖추고, 한 달이고 눌러앉았어야 할 일이었다. 예기치 않던 상태와 흥분 속에서 내 머리가 돌아버린 것이다. 우리나라 발굴사상 이런 큰일에 부딪힌 것은 도시 처음인 것이다. 그런데 그 고고학 발굴의 ABC가 미처 생각이 안 난 것이다.(『죽은 사람들과의 대화』)

한 달이고 두 달이고 제자리에서 차분히 조사했어야 할 발굴작업은 결국 단 이틀 만에 유물들을 모두 수습하여 박물관으로 옮긴 것으로 끝났다. 매스컴의 극성에 밀린 판단 착오였다. 당시 사진기자들은 보도 경쟁을 한 나머지 함부로 들어가 청동숟가락을 부러뜨린 일도 있었다고 하니 그때의 상황을 미루어 알 만한 일이다.

그러나 이 실수는 단지 김원용 자신만의 실수가 아니라 1971년, 한국 문화의 실상을 남김없이 보여주는 것이었다. 당시 김원용 관장의 나이는

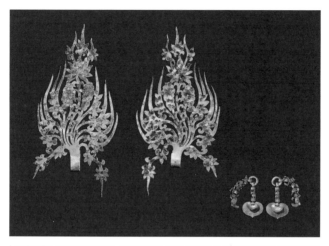

| **무령왕릉 출토 왕의 왕관과 귀걸이** | 무령왕릉의 출토 유물은 왕과 왕비의 것이 확연히 구분되는데 왕의 것이 보다 장중하고 화려하다.

49세였다. 그는 그 나이에 우리 고고학계의 원로 역할을 해내야만 했다. 누구도 믿으려 하지 않겠지만 "1945년, 해방이 되었을 때 남한에는 대학에서 고고학을 전공한 사람은 단 한 명도 없었다".(『고고학: 자전적 회고』) 그런 제로 상태에서 근근이 고고학을 이끌어오다가 이런 엄청난 세기의 대발견을 감당치 못한 우리 고고학계의 한계였을 뿐이다. 무령왕릉 발굴 이듬해에 발굴조사 보고서를 작성할 때 역사학의 이병도 박사가 그 노령의 연세에도 「무령왕릉 발견의 의의」를 논한 것이나, 금석학자 임창순(任昌淳) 선생이 「매지권(買地券) 명문(銘文)」을 해석해낸 모습을 보면 학문의 축적과 원로의 힘이 무엇인가를 실감할 수 있다. 그런 큰일을 당했을 때 흔들림 없이 "그건 그렇게 하는 게 아니야"라고 한마디 해줄 수 있는 원로가 없었던 것이다. 오히려 우리에게는 다른 '어른'이 있었다.

| **무령왕릉 출토 은잔과 은팔찌** | 은잔에는 산수무늬가 아주 정교하게 새겨져 있고 왕비의 은팔찌에는 '다리'라는 공예가의 이름이 새겨져 있다.

왕릉 출토의 금제장신구들을 들고 장관과 함께 박정희 대통령을 찾아갔다. 이날 박 대통령은 몹시 기분이 좋은 표정으로 유물들을 들여다보더니 왕비의 팔찌를 들고 '이게 순금인가' 하면서 두 손으로 쥐고 가운데를 휘어보는 것이었다. 그러니까 팔찌는 정말 휘어졌다 펴졌다 하는데 아차 아차 하면서도 어찌할 수 없는 순간이었다. 가슴은 철렁철렁하였지만 소년처럼 신기해하는 대통령의 표정을 지금도 잊을 수 없다.(「고고학: 자전적 회고」)

팔찌를 휘어보는 박 대통령이 더 천진한 것인지 이것을 기록으로 정직하게 남겨둔 삼불이 더 천진한 것인지 모르겠는데, 그 천진한 정직성 덕에 이런 비화까지 공개될 수 있게 된 것이다.

묘지를 쓰면서 토지신에게 땅을 샀던 백제인

무령왕릉의 답사는 국립공주박물관의 무령왕릉 출토 유물 전시품을 보았을 때 비로소 의의를 지닐 수 있다. 국립공주박물관은 무령왕릉 출토 유물을 전시하기 위하여 새로 지은 것이니 이 유물을 보지 않은 무령왕릉 답사란 겉껍질 구경에 불과하다.

무령왕릉 발견의 가장 큰 의의는 수많은 삼국시대 고분 중 피장자가 누구인지를 확실하게 아는 첫번째 왕릉이라는 사실이다. 경주 시내 남쪽에만 155개의 고분이 있고 지금까지 6개의 신라 금관이 출토되었지만 출토 유물의 피장자가 확인된 예는 하나도 없다. 고구려도 집안(集安)의 모두루무덤[牟頭婁塚], 덕흥리의 유주자사 진의 무덤만 알려졌지 왕릉은 밝혀진 것이 없다. 따라서 무령왕릉 출토품은 백제뿐만 아니라 신라, 고구려 나아가서 일본 유물의 편년을 잡는 기준이 되었다. 더욱이 무령왕릉의 지석(誌石)에 적혀 있는 기록이 『삼국사기』와 단 하루도 틀리지 않고 일치한다는 사실은 우리 고대사의 기록에 대한 정확성을 보증해준 첫번째 쾌거이다.

또 하나는 그동안 백제의 미술, 백제의 문화에 대하여 심정적으로만 언급하고 구체적인 유물이 부족하여 실증적으로 말하지 못했던 것을 어떤 면에서는 신라, 고구려보다도 더 정확하게 말할 수 있는 계기를 갖게 됐다는 사실이다. 백제가 멸망한 뒤 뒷전으로 밀려나 있던 백제의 역사를 다시 무대 위로 부상시켜놓은 것이다. 김부식의 『삼국사기』는 고려의 정통성을 신라에 두고 기술함으로써 백제사를 축소한 혐의가 있고, 고고학적 유물도 신라 것이 양적으로 우세하여 백제는 항시 부차적으로 설명되었는데 이제는 오히려 여기서 기준을 잡게 되었다. 그래서 무령왕릉은 1,300년간 땅속에 묻혔던 백제의 역사를 지상으로 끌어올렸다는 말

| **무령왕릉 출토 매지권** | 무령왕릉엔 지석이 따로 없고 왕과 왕비가 무덤을 쓰기 위해 토지신에게 땅을 매입한다는 매매계약서가 놓여 있었다.

까지 할 수 있게 한다.

　왕관이나 팔찌, 뒤꽂이 같은 금속공예에서는 '화려하지만 사치스럽지 않았다'는 백제의 미학을 확인할 수 있고, 무령왕릉에서 출토된 연화문 와당을 보고는 '검소하지만 누추하지 않았다'는 표현을 실감할 수 있다.

　그런 중 내가 가장 감동받은 유물은 지석 중 매지권이다. 무령왕릉에서 출토된 두 장의 지석을 두고 묘지(墓誌)로 보는 견해와 매지권으로 보는 견해가 나뉘어 있는데 그 명칭을 무어라 하든 이 지석의 내용은 우리에게 많은 교훈과 시사점을 준다.

　돈 1만 닢(枚). 이상 1건(件). 을사년 8월 12일에 영동대장군(寧東大將軍) 백제 사마왕은 상기의 금액으로 토왕(土王), 토백(土伯), 토부모(土父母), 지하의 여러 관리 및 지하의 지방장관에게 보고하고 남동 방향의 토지를 매입하여 무덤을 쓴다. 이를 위하여 증서를 작성하여 증명하게 하며 (이 묘역에 관한 한) 모든 율령에 구속되지 않는다.(「매지권 명

문」, 임창순 옮김『무령왕릉』, 문화재관리국 1973)

사마왕은 무령왕의 생전 호칭이다. 영동대장군은 양나라에서 무령왕을 백제의 왕으로 인정하면서 부여한 칭호로, 사람들은 이 부분에서 민족적 자존심에 상처받곤 하지만 당시 동아시아를 이끌어가는 중심부 국가가 국제 질서의 안정을 위해 주변부 국가의 존재를 인정해주는 일종의 명예박사 학위 같은 권위의 표시였다.(이병도「무령왕릉 발견의 의의」,『무령왕릉』)

이 묘지석의 내용은 묘를 쓰면서 토지신에게 땅을 구입한다는 것인데 이런 풍습은 중국 도교 사상에서 유래한 것으로 알려져 있다. 그러나 그 풍습의 연원보다도 더 중요한 것은 이런 식으로 자연에 대해 겸허한 자세를 지켰던 고대인의 마음이다. 현대인들은 돈만 있으면 얼마든지 땅을 사서 사유재산으로 삼을 수 있다고 생각하지만, 옛날에는 절대로 그럴 수 없었던 것이다. 인간이 살아가는 터전인 땅에 관한 한 왕도 마음대로 못했다는 사실이 너무도 아름다운 겸손으로 비친다.

무령왕릉의 금송 관재

무령왕릉은 왕과 왕비의 관이 우리나라에서는 나지 않고 일본에 많이 자라고 있는 금송(金松)으로 만들어졌다는 사실 때문에 여러 가지로 주목받고 여러 가지 추측도 낳고 있다. 이는 식물학자 박상진 교수가 이 관재를 현미경으로 관찰하여 밝혀낸 것으로, 그에 따르면 일본 남부 시코쿠와 규슈 남부 지방, 그리고 나라(奈良) 근처 고노산(高野山)이 금송 식생의 중심지다. 금송은 매우 단단하고 습기에 강하여 일본에서는 신성시되며 불단과 지배층의 관재로만 사용되었다.

무령왕의 계보에 대해서는 여러 설이 있는데『삼국사기』「백제본기」

에는 동성왕의 둘째아들로, 『송서(宋書)』에는 개로왕의 아들로, 『일본서기(日本書紀)』에는 개로왕의 동생인 곤지의 아들, 즉 동성왕의 이복형으로 기록되어 있다. 동성왕과 무령왕은 나이가 비슷한 것을 보면 형제였을 가능성이 높다.

『일본서기』에 따르면 461년 개로왕은 임신한 후궁을 동생 곤지와 짝지어주고 일본으로 가게 했는데 후궁은 규슈 가라쓰(唐津) 가쿠라시마(各羅島)에 도달할 즈음 갑자기 산기가 돌아 사내아이를 출산하였다. 그가 바로 무령왕이라고 한다(그래서 가쿠라시마에는 공주대 교수를 지낸 김정헌 화백이 제작한 기념비가 세워져 있다). 그는 어릴 때부터 키가 크고 외모가 수려했으며, 성격이 인자하고 관대하였다고 한다.

무령왕은 501년 동성왕이 좌평(佐平) 백가(苩加)가 보낸 자객에 피살되자, 뒤이어 백제왕에 오른 다음 나라를 안정시키고 고구려와 말갈의 침략을 물리치고 또 양나라와의 우호를 적극 추진하여 백제 문화가 아들인 성왕 대에 와서 꽃필 수 있는 기틀을 마련했던 것이다.

이런 기록과 금송 관재로 인해 요즘 텔레비전, 소설, 심지어는 역사서에서도 백제가 마치 고대 해상제국이었다, 일본의 26대 천황 게이타이(繼體)가 무령왕의 동생이다라는 식으로 과장해서 혹은 황당하게 꾸며내는 일을 부쩍 많이 보게 된다. 이 점을 어떻게 생각하느냐고 내게 물어올 때면 나는 문외한이라고 외면하고 만다. 실제로 그 이상 아는 것이 없다. 아무리 애국적 관점이라도 사실로 증명되지 않은 것은 말하지 않는 입장이다. 다만 금송의 실체가 그렇고 보면 무언가 우리가 아직 규명하지 못한 한일 고대 교류사의 한 과제가 있다는 생각만을 속으로 지니고 있다.

이 문제와 연관하여 우리가 더욱 분명하게 밝혀야 할 과제는 양나라와의 관계다. 양나라로부터 영동대장군이라는 명예직을 부여받고, 무령왕릉에서는 양나라의 백자와 청자네귀항아리가 출토될 정도로 대외 문화 교류가 이루어진 것을 어떻게 볼 것이냐는 문제다. 분명한 것은 무령왕 대에 들어와 백제는 더욱 국제적인 감각과 무대를 경험하게 되었고 그로써 지방적 낙후성도 벗어날 수 있었다는 사실이다. 다시 말해서 동북아시아 문화의 보편적 성취를 따라잡으려는 노력을 통하여 자기를 성숙시킬 수 있었던 것이다.

우리는 외래문화에 대해 방어적인 자세를 취하는 것이 민족적으로 옳다고 생각하곤 한다. 그러나 무령왕 때의 이러한 대담한 문화적 개방이란, 바꾸어 말하면 그렇게 개방할 수 있는 자신감의 표현이기도 했다. 발달된 외래문화의 충격을 무작정 거부하다 스스로 몰락하고 만 예가 세계사에는 무수히 많다. 무령왕은 양나라 문화를 단지 모방한 것이 아니었다. 발달된 그 문화의 자극을 받아 백제 문화를 국제적 수준으로 발전시킬 계기를 만들었던 것이다. 그 성과는 그의 아들 성왕이 찬란한 백제 문화를 부여에 가서 꽃피울 수 있던 밑거름이 되었다. 무령왕릉에서 보이는 대외 문화 교류를 나는 그렇게 이해하고 있다.

아름다운 여미산과 곰사당의 돌곰

나의 공주답사는 앞이든 뒤든 항상 곰나루에서 시작하거나 끝마무리를 한다. 무령왕릉이 있는 송산리 고분공원 아래쪽 금강변, 공주 시내를 관통하여 흘러내려오는 제민천(濟民川)이 금강과 만나는 곳이 곰나루다. 말이 나루이지 나루 구실을 잃은 지 이미 오래고 강물도 무상히 변하여 지금은 나루터가 어디라고 정확히 가리키지 못한 채, 금강에 길게 가로질러 걸쳐 있는 허름한 옛 다리인 금강교 언저리 어디쯤이라고만 짐작할 따름이다. 지금 곰나루로 가는 길은 금강을 따라 공주에서 부여로 가는 백제큰길에서 들어가게 되어 있고 국립공주박물관 맞은편이기 때문에 답사 일정이 대개는 무령왕릉, 국립공주박물관, 곰나루로 이어지게 된다.

곰나루 금강변에는 아름다운 솔밭이 있어 나라에서 명승 제21호로 지정하였다. 곰나루 솔밭 아래 흰 백사장 너머로는 아름다운 여미산(余美山)이 항시 강물에 엷게 비친다. 그 아련한 풍광을 보면 절로 백제를 그리는 회상에 잠기며 역사적 상상의 날개를 펼 수 있게 된다.

공주는 그 옛날에는 고마나루라고 부르고 한자로 웅진(熊津)이라고 적었다. 그래서 일본에서는 지금도 웅진이라고 쓰고 고마나루라고 발음한다. 그 웅진은 나중에 웅주(熊州)라거나 혹은 곰주라고도 불렸는데 고려초(940) 전국의 지명을 한자식으로 바꾸면서 곰주를 공주로 고친 것이 오늘에 이른 것이라고 한다. 공주는 이렇게 곰과 각별한 인연을 갖고 있으며 그 사연은 곰나루 전설로 전해지고 있다.

곰나루 전설이란 어찌 보면 아주 소박하고도 초보적인 설화에 지나지 않는다. 그러나 설화란 그것이 말해지는 방식에 따라서 아름답기도 하고 슬프기도 하고 샤먼의 신령스러움을 느끼게도 되는 것이다. 곰나루의 별스러울 것 없는 전설은 참으로 고맙게도 곰사당 앞마당에 있는 웅신단비(熊神壇碑)에 미려한 문체로 새겨놓은 것이 있어 읽는 이의 가슴에 애잔하게 다가온다. 비문의 찬술자는 공주사범대학(현 공주대학교) 백제문화연구소로 되어 있다.

  금강의 물이 남동편으로 휘어돌고
  여미산 올려다뵈는 한갓진 나루터
  공주의 옛 사연 자욱하게 서린 곳
  입에서 입으로 그냥 전하여온
  애틋한 이야기
  아득한 옛날 한 남자

| **곰나루 웅신단** | 금강변 솔밭에서 발견된 '돌곰'을 모신 이 사당은 곰나루의 전설을 지켜주는 유일한 유적이 되었다.

큰 암곰에게 몸이 붙들리어
어느덧 애기까지 얻게 된다.

허나 남자는 강을 건너버리고
하늘이 무너져내린 암곰
자식과 함께 강물에 몸을 던진다.
여긴 물살의 흐름이 달라지는 곳이어서
배는 자주 엎어지곤 하였다.

곰의 원혼 탓일까 하고
사람들은 해마다 정성을 드렸는데
그 연원 멀리 백제에까지 걸친다.

공주의 옛 이름 웅진, 고마나루
그 이름 여기에 아직 있어
백제 때 숨결을 남기고 있다.

이 비가 세워져 있는 '곰사당'은, 1972년 바로 이 자리에서 백제 때 유물로 추정되는 돌조각의 곰이 출토되어 이 돌곰의 오리지널은 공주박물관에 진열하고 그것의 약간 큰 복제품을 만들어 모셔놓은 사당이다. 그래서 곰사당이라고 부르는데 공식 명칭은 '웅신단'이다.

| 돌곰 | 단순한 형태로 추상성이 강한 조각인데, 한편으로는 주술성과 원시적 건강성이 느껴지기도 한다.

곰사당은 비록 근래에 세운 것이지만 공주의 어느 유적 못지않은 답사처가 되었다. 아름다운 솔밭에 그윽하게 자리잡은 것, 조선시대 향교의 대성전을 본떴으나 알맞게 축소한 사당, 낮은 기와담을 예쁘게 둘러친 것, 좋은 석질의 자연석에 아름다운 문장으로 새긴 웅신단비 등이 20세기 문화에서는 보기 힘든 조순한 맵시가 살아 있다. 그 역시 '검소하지만 누추하지 않았다'라는 백제의 미학을 이끌어 말하고 싶어진다.

곰나루에서 출토된 '돌곰'은 아주 소박한 기법으로 되어 있지만 만만히 볼 유물이 아니다. 앞다리는 곧추세우고 몸 뒤쪽은 한껏 웅크린 채 고개는 위로 치켜들고 먼 데를 응시하는 듯한 자세로, 어딘지 조금은 쓸쓸한 인상을 풍기고 있다. 그것은 곰나루 사연을 연상한 탓일 수도 있지만 정지된 몸체에 약간의 움직임을 부여한 고개의 기울기에서 생기는 느낌일 수도 있다. 이 '돌곰'의 표현 기법은 사실적인 묘사를 추구한 것이 아니라 어떤 상징성을 위한 왜곡과 변형을 가한 것으로 절묘한 명작까지는 못 되지만 그 단순성의 취지만은 살아 있기 때문에 나는 가벼이 볼 작품이 아니라고 말하고 있는 것이다.

지금 공주에 가면 이런저런 20세기 기념 조형물들이 즐비하고 거기에는 대개 곰들이 사실적으로 조각되어 있는데 그 형상들이 참으로 가관이다. 그중 우리를 매우 '유쾌하게' 해주는 조각은 금강교 북쪽 입구에 세워진 공주시민헌장기념비의 곰이다. 이 조각은 세 마리의 곰이 등을 서로 돌려대고 앞발로 큰 공을 떠받치고 있는 형상으로 일종의 단결을 상징한 것 같다. 그런데 보는 사람마다 마치 아기곰 세 마리가 무거운 것을 들고 벌서고 있는 것 같다며 절로 웃곤 한다. 이런 현대 조각들에 비할 때 곰나루 오리지널 돌곰의 조각이 오히려 더 현대적 조형성을 획득했다고 말하고 싶어진다.

웅신단 비문을 다 읽은 사람들은 누구나 글 첫머리에 나오는 여미산, 이름도 아름다운 여미산이 어느 산이냐고 묻곤 하는데 그럴 때면 강 건너 뾰족한 삼각 봉우리를 가리키며 그 생김새가 제비꼬리 같아서 연미산(燕尾山)이라고도 부른다고 알려주면 답사객들은 한참 동안 거기에서 눈길을 떼지 못하곤 한다.

곰나루와 연미산 사이로 흐르는 금강을 따라 내려가면 이내 부여 구드래 선착장에 닿게 된다. 새로 뚫린 백제큰길은 금강 동쪽 산자락을 타고 사뭇 금강을 따라가는 환상의 드라이브 코스다. 백제왕조가 웅진에서 사비로 가는 데 63년이 걸렸지만 지금 공주에서 부여까지는 20분 만에 갈 수 있다.

1996. 11. / 2011. 3.

산에, 언덕에 피어날지어이

능산리 고분군 / 부소산성 / 정림사터 / 부여박물관 / 신동엽 시비

백제의 왕도 부여 소읍

부여를 처음 방문하는 사람들이 한결같이 하는 말이 있다.

"세상에, 부여가 이렇게 작을 수 있어요?"
"아니, 부여가 여태껏 읍이었단 말예요?"
"아직도 관광호텔 하나 없다구요?"

부여는 정말로 작은 읍이다. 인구 3만 명에 시가지라고 해야 사방 1킬로미터도 안 되는 소읍(小邑)이다(2010년에야 규암에 리조트가 문을 열었다). 그래서 가람 이병기 선생도 「낙화암」이라는 기행문에서 부여의 첫인상을 "이것이 과연 고도(古都) 부여란 말인가라는 생각이 들었다"며 그 허망

부터 말했다.(김동환 편 『반도산하』, 삼천리사 1941)

부여에 대한 이런 허망은 어쩌면 우리 머릿속에 은연중 들어앉은 부여에 대한 환상 때문에 생기는 것인지도 모른다. 부여는 백제의 마지막 123년간 도읍지로 백제 문화를 찬란하게 꽃피웠다는 성왕, 위덕왕 시절 위업도 들은 바 있어서 고구려의 평양, 신라의 경주에 필적할 백제 왕도의 유적이 있으리라 기대해보게 하는 것이다. 최소한 공주만 할 것도 같다. 그러나 막상 부여에 당도해보면 왕도의 위용은커녕 조그만 시골 읍내의 퇴락한 풍광뿐인 것이다.

부여행 답사를 인솔할 때면 내가 이쯤에서 곧잘 인용하는 얘기가 하나 있다. 별로 좋은 예는 아니지만 그래도 부여에 대한 저간의 사정을 잘 말해주는 얘기다. 일제시대 때 한 일본인 문사가 쓴 기행문집(野上豊一郎 『草衣集』, 相模書房 1937)을 영남대학교 도서관 '동빈(東濱)문고'에서 보게 되었는데, 거기에 부여 답사기 한 편이 실려 있었다.

그가 부여에 가게 된 것은 경성제대의 미학 교수인 아베 요시시게(安倍能成) 같은 친구들이 조선반도에 왔으면 그래도 부여를 다녀가야 할 것 아니냐고 권해서였다는 것이다. 마침 총독부에서 「유람자의 편의를 위하여」라는 관광안내 지도를 만든 것이 있었는데, 그중 금강산, 경주와 함께 부여만은 3도 채색판으로 2만 5천분의 1 지도에 지명을 영문으로까지 표기해놓아서 큰 기대도 갖게 됐고, 또 부여에 가서 그 지도를 잘 이용하기도 했다는 것이다. 그런데 정작 부여에 도착하니 시가지라고 하는 것이 함석지붕과 나무판잣집들이 두 블록 정도 줄지어 있는 것이 전부였고, 그 안쪽으로는 울타리도 없는 초가지붕에 박이 널려 있는 평범한 시골 풍경뿐이어서 도저히 자신이 생각한 부여가 아니었다는 것이다. 부여를 다녀온 뒤 그가 다시 친구들을 만나서 부여를 가본 적이 있느냐고 물으니 모두들 아직 못 가봤다고 대답해서 또 한 번 놀랐다고 했다.

부여는 이처럼 가보지 않은 자에게는 환상을, 가본 자에게는 실망을 주는 곳으로 어떤 답사객은 "꼭 네다바이당한 것 같다"고까지 했다.

'관능적이고 촉감적'이라는 육당의 부여 예찬

그러나 그분의 눈을 의심할 수 없는 가람 선생이나 육당 선생은 부여 답사를 허망하다고 말하지는 않았다. 그들은 부여에서 느낀 그 허전함까지를 백제답사의 한 묘미로 말할 수 있는 눈과 가슴이 있었다. 사실상 부여를 부여답게 답사하는 방법을 내가 배운 것은 바로 그런 구안자(具眼者)들의 길라잡이에서 힘입은 바가 컸다.

그중에서도 육당(六堂) 최남선(崔南善)이「삼도고적순례(三都古蹟巡禮)」에서 보여준 부여에 대한 사랑의 예찬은 눈물겨운 것이기도 하다. 육당은 말년에 친일 행각으로 오욕의 종지부를 찍고 말았지만 전라도 절집을 찾아간『심춘순례(尋春巡禮)』와 이「삼도고적순례」는 우리나라 근대 기행문학의 백미이고 내가 쓰는 답사기의 원조 격인 희대의 명문이다. 이 글은 1938년 9월 1일부터 15일까지『매일신보』에 연재된 것인데 원래는 강연한 것을 받아쓴 것이라고 한다. 육당은 삼국의 도읍이 저마다 각별한 인상을 풍기고 있는데 그것은 지형에서 오는 것도 있고, 문화의 내용과 유물의 상황에서 말미암은 것도 있다면서 부여를 평양, 경주와 비교해 이렇게 논했다.

평양에를 가면 인자한 어머니의 품속에 드는 것 같고 경주에를 가면 친한 친구를 대한 것 같으며, 평양에서는 무엇인가 장쾌한 생각이 나고 경주에서는 저절로 화창한 기운이 듭니다. (…) 평양은 적막한 중에 번화가 드러나고 경주는 번화한 가운데 적막이 숨어 있는데, 백제의 부여는 때를 놓친(실시失時한) 미인같이, 그악스러운 운명에 부대끼다가 못다 한 천재자(天才者)같이, 대하면 딱하고 섧고 눈물조차 피어오릅니다. (…) 얌전하고 존존하고 또 아리땁기도 한 것이 부여입니다. 적막할 대로 적막하여 표리로 다 적막만 한 것이 부여입니다. (…) 거기에서는 평양과 같은 큰 시가를 보지 못하고 경주와 같은 풍부한 유물들을 대할 수 없음이 부여를 더욱 쓸쓸히 느끼게 합니다마는 부여의 지형으로부터 백제의 전 역사를 연결하는 갖가지 사실 전체가 한 덩어리의 쓸쓸함, 곧 적막으로 우리의 눈과 마음에 비추임을 앙탈할 수 없습니다. 사탕은 달 것이요, 소금은 짤 것이요, 역사의 자취는 쓸쓸할 것이라고 값을 정한다면 이러한 의미에서 고적다운 고적은 아마도 우리 부여라 할 것입니다.

육당의 부여에 대한 사랑의 예찬은 이처럼 끊임없는 사설로 이어져 만약 삼도 고적을 심리적으로 나눈다면 고구려는 의지적이고, 신라는 이성적임에 반해 백제는 감정적이면서 더 나아가 관능적이고 촉감적인 고적의 주인이 될 것이라고 했다. 그래서 결국 "보드랍고 훗훗하고 정답고 알뜰한 맛은 부여 아닌 다른 옛 도읍에서는 도무지 얻어 맛볼 수 없는 것"이라고 찬미했다.

육당의 이런 부여론에 동의하든 안 하든 우리는 부여에 가서 마주치는 무너진 나성(羅城)의 성벽이나 사라진 옛 절터의 주춧돌은 물론이고 부소산 산자락을 낮게 타고 오르는 허름한 흙담집과 울도 없는 뒤란에서 아무렇게나 자란 키 큰 옥수숫대를 보면서도 백제의 여운을 느낄 수 있을 것이다. 그러나 그게 어디 쉬운 일이겠는가. 그래서 부여는 역사의 이면을 더듬는 고급반 답사객의 차지고, 인생의 적막을 서서히 느끼면서 바야흐로 스산한 적조의 미를 겸허히 받아들일 수 있는 중년의 답사객에게나 제격인 곳이다. 그래서 웅혼한 의지의 산물과 인공(人工)의 공교로움 속에서 삶의 희망과 활기를 찾는 청·장년의 눈에 부여는 그저 밋밋하고 심심한 답사처이고 그 스산스러운 아름다움이라는 것도 그저 청승아니면 궁상으로 비치기 십상일 뿐이다.

부여답사의 시간 배정

부여에 가면 쉽게 구할 수 있는 고적안내 지도나 관에서 발간한 관광안내 책자를 보면 부여는 무척 볼거리가 많은 것처럼 표시되어 있다. 그러나 대부분은 폐허지로, 가봤자 안내표지판도 없는 논이거나 산비탈일 뿐이다. 찾아가보라고 표시한 것이 아니라 옛날엔 그랬다고 그냥 써놓은 것으로 이해하는 것이 좋다.

그런 유적지로 추정해보건대 옛 부여는 참으로 아름다웠던 듯하다. 부여의 도성(都城)계획은 아주 정연한 단순성의 미학으로 이루어진 것이었다. 백제 사람들이 했으니 얼마나 멋있게 했겠는가. 부소산은 해발 100미터밖에 안 되는 낮은 산이지만 북쪽으로는 백마강이 둘러 있고 남쪽으로는 들판이 전개되어 피란살이나 다름없던 공주 시절에 일찍부터 여기를 새 도읍지로 봐두었으나 국내 정세가 불안하여 미루어오다가 비로소 성왕이 천도하였다고, 역사학자들은 사비성의 유래를 설명하고 있다.(유원재「웅진시대의 사비 경영」, 『백제문화』 24, 공주대학교 백제문화연구소 1995)

그 백마강을 천연의 참호로 삼고 부소산을 진산(鎭山)으로 하여 겹겹의 산성을 쌓고서, 남쪽 기슭에 왕궁이 자리잡았다. 그러니까 지금 부소산성으로 들어가는 정문 일대가 왕궁지로 추정되는 곳이다.

여기를 기준으로 해서 남쪽으로 육좌평(六佐平) 관가가 펼쳐지고, 그 남쪽으로는 정림사, 또 그 남쪽으로는 민가, 다시 남쪽으로는 궁남지(宮

南池)가 자로 잰 듯 반듯하게 전개됐다. 그리고 부소산성에서 두 팔을 뻗어 부여 읍내를 끌어안는 형상으로 나성이 둘러져 있었으니 강과 산성과 집들이 어우러진 당시 부여는 참으로 아늑하면서도 질서 있는 도성이었음을 능히 짐작하겠다.

그러나 그 멋진 부여의 옛 모습을 옛 모습 그대로 보여주는 것은 거의 없다. 왕궁터는 사라진 지 오래고, 나성은 다 허물어져 끊어진 잔편을 찾기 바쁘고, 궁남지는 옛 연못의 3분의 1도 복원하지 못했다. 지금 부여에 가서 백제 유적으로 만나는 것은 오직 정림사 오층석탑 하나뿐인 셈이다. 또 있다면 반은 뭉개진 부소산과 가난한 물줄기의 백마강이 있을 뿐이다. 부여에 대한 답사객들의 허망과 당혹감은 바로 여기서 나오는 것이다. 그래도 마음만 바로 세운다면 부여에서 백제를 회상하며 백제의 미학을 배우고 백제의 숨결을 체득하는 것이 불가능하지 않다. 그것이 부여의 저력이며, 답사의 뜻이기도 하다.

부여답사는 답사 순서와 시간대를 적절히 배정하는 것이 아주 중요하다. 나는 수십 번의 시행착오 끝에 이제는 부여답사의 일정표를 하나의 모범답안으로 다음과 같이 제시하기에 이르렀다.

서울에서 출발하든 광주 혹은 대구에서 출발하든, 또 공주를 거쳐 오든 곧장 오든 오후 서너시에는 부여 초입에 있는 능산리(陵山里) 고분군을 들르는 것으로 부여답사를 시작해야 한다. 그래야 우리는 왕도에 들어가는 기분을 갖게 되며, 거기에서 나성의 등줄기를 어깨너머로 바라보며 부여로 들어갈 때 곧 부여 입성(入城), 백제행을 실감케 된다.

능산리 다음 코스는 부소산성이다. 부소산 산책길을 거닐면서 영일루(迎日樓)에서 백화정(百花亭)까지 누정(樓亭)마다 오르면서 굽이치는 백마강 물줄기와 부여 읍내와 그 너머 산과 들판을 바라보면서 호젓한 부소산성을 맘껏 즐기고 숙소로 돌아온다. 만약 여름날 해가 길어 시간이 허락된다면 규암선착장에서 유람선을 타고 백마강을 거슬러오르며 낙화암 지나 고란사선착장에 내려 부소산성을 거닌다면 그 즐거움은 더욱 클 것이다. 저녁식사 후에는 구드래나루터로 산책 나와 구교(舊校) 제방 길을 따라 걷기도 하고, 백마강 땅콩밭으로 내려가 달빛 어린 강물을 바라보기도 한다(지금은 땅콩밭에 코스모스가 장하게 피어난다). 이튿날 아침 일찍 산보 삼아 여유롭게 걸어 궁남지와 정림사 오층석탑을 답사하고 돌아와 식사를 한다. 부소산성은 저녁이 좋듯이 궁남지와 정림사탑은 아침 안개에 덮여 있을 때가 아름답다. 아침식사 뒤에는 국립부여박물관에 진열된 백제의 유물을 한 시간이고 두 시간이고 차분히 감상한다. 그리고 부여를 빠져나가기 전에 백마강변의 나성 한쪽에 세워져 있는 불교전래사은비와 신동엽 시비를 보고 나서 임천의 대조사로 혹은 외산의 무량사로 향하는 것이다.

사정에 따라 순서를 바꿀 수도 있겠지만 그럴 경우 답사의 맛은 반감되거나 아니면 황당함을 감내해야 한다. 예를 들어 새벽에 부소산을 오르면 안개에 휩싸여 백마강을 볼 수 없을 것이며, 한낮에 정림사탑을 보는 사람은 아침 안개에 휘감긴 은은한 자태 대신 광고판이 어절한 시내 건물이 장막처럼 둘러진 폐허의 상처만을 맛보게 될 것이며, 대낮의 궁남지는 차라리 방문하지 않음만 못할 것이고, 능산리를 마지막에 들르는 것은 후회스러울 것이다.

외지에서 부여로 들어가는 길은 세 갈래가 있는데 그중 부여를 가장 아름답게 보여주는 길은 은산 쪽에서 오다가 규암에서 백제교를 건너 들어오는 길이다. 이 길은 백마강을 건너면서 부소산과 읍내를 바라보는 정경이 곱게 펼쳐져 아담한 옛 고을을 충분히 느낄 수 있게 해준다. 그러나 이 길로 해서 부여에 올 답사객은 그리 많지 않다.

또 하나는 논산에서 석성을 거쳐 들어가는 길인데, 이 길은 부여 다 와서 능산리에 고분군이 있어 여기를 부여답사의 출발점으로 삼음으로써 무리 없이 옛 도읍에 대한 인상을 심고 갈 수 있다.

그런데 답사객들이 가장 많이 이용하는 공주에서 들어오는 길은 풍광이라고 해야 싱겁기 짝이 없는 언덕길을 어느만큼 달리다가는 느닷없이 남의 집 뒷문을 열고 안방으로 곧장 들어가듯 부여 읍내에 당도하게 되므로 사람들은 때로는 당황스러움을, 때로는 황당함을 느끼게 된다. 그래서 공주로 해서 올 경우에도 먼저 능산리 고분군을 답사하는 것이 좋다고 하는 것이다. 능산리에서 부여 초입까지는 불과 2킬로미터밖에 안 되니 그것을 돌아갔다고 할 사람은 없을 것이다.

능산리 고분과 모형관의 무덤들

능산리에는 10여 기의 고분 중 7기를 정비하여 고분공원으로 만들어놓았는데 그것은 정말 멋지게 잘해놓았다. 20세기 인간도 이렇게 잘할 때가 있구나 싶을 정도로 잘해놓았다. 능산리 고분군 산자락 반대편에 백제고분모형관을 유적 자체에 대한 방해 없이 세운 뜻부터 훌륭하다. 모형관 안에는 서울 가락동 제5호 돌방무덤, 영암 양계리의 독무덤, 부여 중정리의 화장무덤 등 종류별로 아홉 개의 무덤 내부를 해부하듯 재현해놓아 그 까다로운 백제의 분묘 구조를 한눈에 이해할 수 있게 해준다.

뿐만 아니라 무덤의 구조는 그 자체로도 건축 작품 같기도 하고 설치미술 같기도 한 조형성을 지니고 있다. 나주 흥덕리의 특이한 돌방무덤은 쌍분(雙墳)의 구조도 신기하지만 측면의 돌쌓기가 아주 예쁘다. 또 부여 중정리 당산 무덤의 뼈단지들은 이승과 저승을 다시 한번 생각게 하는 실존적 의미까지 풍긴다. 그 가운데 누가 보아도 가장 멋있는 무덤은 공주 시목동(柿木洞) 돌방무덤이다. 그것은 시신의 집이 아니라 신전의

| 능산리 고분군 | 사비시대 왕릉 묘역으로 온화한 백제의 분위기가 잘 느껴진다. 여기와 인접한 곳에서 백제금동용봉향로가 발견되었다.

축소판인 듯 장중한 종교적 감정조차 일어난다.

　사실 나는 처음엔 왜 시목동 돌방무덤이 다른 무덤보다 강한 인상을 주는지 잘 몰랐었다. 그저 구조상 세모형 지붕이 주는 엄숙함으로 이해했다. 그런데 나중에 몇 차례 가보고 나서 그 이유를 알았다. 다른 돌방무덤들은 2분의 1로 축소한 모형임에 반해 이것만은 실물대 크기로 만들었기 때문에 상대적으로 강렬한 느낌을 준 것이었다. 기왕이면 다른 3기마저 실물대로 해주시지…… (이 고분전시관이 근래에는 능사전시관으로 바뀌어 옛 답사객을 서운케 한다.)

　능산리 고분군은 예부터 왕릉으로 전해져왔고 또 사신무덤 같은 특수한 예를 볼 때 더욱 왕릉으로 추정케 된다. 그러나 그 모두 왕릉일 수는 없다. 왜냐하면 사비시대 백제의 왕은 모두 여섯 분인데 그중 성왕은 공주, 무왕은 익산, 의자왕은 중국에 그 무덤이 있는 것으로 생각되고 있으니 위덕왕, 혜왕, 법왕 세 분만이 여기에 해당되는 셈이다. 그렇다면 능산리는 왕가(王家)의 묘역이거나 어느 왕, 아마도 위덕왕을 중심으로 하는 신하들의 딸린무덤(陪塚)이 된다. 아무튼 귀인의 무덤인 것은 틀림없다.

신라의 무덤에 비할 때 이 백제의 무덤들은 초라한 느낌을 줄 수도 있다. 그래서 부여 사람 중에는 "우리도 무덤에 흙을 들입다(많이) 갖다부어 경주처럼 우람하게 해야 관광객이 많이 올 것 아니어!"라고 천진한 주장을 펴는 분이 끊임없이 나온다. 그러나 인간의 이지가 발달할 대로 발달한 6, 7세기 상황에서 무덤을 크게 만든 것이 곧바로 발달된 문화를 의미하는 것은 아니다. 더욱이 당시는 고분미술시대를 지나 불교미술시대로 들어서 있어서 고분과 금관에 쏟은 정열을 사찰 사리장엄구에 바쳤다. 그들이 지녔던 권위에 대한 예의를 다했으면 그것으로 무덤의 역할은 끝난 것이다. 그런 뜻에서 나는 백제의 무덤들이 훨씬 인간적이고 온화한 품성을 지녔다는 생각을 해오고 있다.

능산리 고분군은 잔디가 아주 잘 자랐고 여기에 올 때마다 그 잔디밭에 뒹구는 아이들의 천진스러운 모습을 보게 되는데, 다른 데 같으면 관리인이 호루라기를 불면서 난리를 쳤을 테지만 여기는 그러는 일이 없다. 노는 아이도, 보는 어른도 모두 평화로운 미소를 띠게 된다. 나는 그것을 또한 고맙고 기쁘게 생각한다.

능산리 고분군에 오면 나는 항시 한쪽 켠 솔밭을 따라 마냥 걷는다. 그리고 맨 위쪽 무덤까지 올라가 거기서 7기의 무덤들이 만들어낸 곡선을 그림 그리듯 따라가보기도 하고 그 너머 들판과 낮은 능선을 따라 시선

| 백제금동용봉향로 | 백제 금속공예의 난숙함을 유감없이 보여주는 이 금동향로는 디테일이 아름다워 연판과 산봉우리마다 100가지 도상이 조각되어 있다.

을 옮겨보곤 한다. 그럴 때면 육당이 말한 "보드랍고 훗훗하고 정답고 알뜰한 맛"이라는 것은 꼭 이런 정취를 말하는 것 같았다.

능산리 고분군은 최근 몇 년 사이에 더욱 유명해졌다. 그것은 고분모형관이 있는 바로 옆 논에서 그 유명한 백제금동용봉향로가 출토되었기 때문이다. 이 자리는 원래 절터로 전형적인 백제의 가람배치인 1탑 1금당식 구조인데 공방(工房)으로 생각되는 자리에서 이 향로가 발견됐다. 그리고 목탑 자리에서는 화강암으로 만든 사리감이 발견됐는데, 이 사리감에는 "백제 창왕(昌王, 즉 위덕왕) 13년(567)에 공주가 사리를 공양했다"는 내용의 글자가 쓰여 있어서 이 절은 왕궁의 원당사찰, 말하자면 백제의 정릉사(定陵寺)였던 것으로 추정된다.

조만간 발굴작업이 끝나면 건물지의 주춧돌을 드러내놓고 가람배치를 확연히 보여주도록 정비해놓을 것이니 이 절터는 그 출토 유물과 함께 대한의 명소가 될 것이고 능산리 고분군은 덩달아 큰 이름을 얻을 것이 분명하다(2016년 현재 절터는 정리되어 있고 전시관에서 그 복원 모형을 볼 수 있다).

사비성의 실체는 '부여 나성'

뿐만 아니라 능산리 절터 서쪽 산등성이에는 부여 나성의 한 자락이 남아 있어서 이 일대의 유적 가치가 더욱 높아진다. 나성은 백제의 수도 사비를 보호하는 외곽성으로 우리가 사비성이라고 하는 것은 이 나성을 의미하는 것이다. 웅진에서 사비로 옮기는 538년을 전후하여 쌓은 것이 분명한데, 이 성은 진흙판을 떡시루 앉히듯 층층이 얹어쌓는 판축공법(版築工法)의 토성이어서 오늘날에는 인력이 너무 많이 들어 옛 모습을 도저히 복원하지 못한다. 몽촌토성처럼 보이는 바와 같이 성 외벽은 급경사를 이루게 하고 성벽 안쪽은 완만하게 다듬어서 말을 타고 달릴 수

| **낙화암에서 본 백마강** | 부소산성의 누각과 정자들은 모두 이처럼 아름다운 한 폭의 강변 풍경화를 연출한다. 나는 그중에서 이 경치를 제일로 치고 있다.

있을 정도로 했고, 곳곳에 초소가 있었다.

부소산성에서 시작해 산자락과 강줄기를 따라 사비 고을을 감싸안으며 축조한 이 나성은 약 8킬로미터 되는데, 그 동쪽으로 둘러쳐진 나성의 잔편이 지금 능산리 절터 옆에 완연히 남아 있는 것이다. 언젠가 때가 되면 나성과 절터와 고분모형관과 고분군을 한데 묶어 능산리 사적공원을 만들게 될 것이고, 그때 가서 우리는 더 이상 부여에 대한 허망을 말하지 않아도 좋을지 모른다.(2015년 부소산성, 능산리 고분군, 정림사지, 나성이 유네스코 세계유산으로 등재되었다.)

우리가 부여 하면 듣고 배워서 알고 있는 것이 백마강, 낙화암, 부소산, 고란사 등이다. 조금 주의 깊은 사람이면 학창 시절에 정림사 오층석탑을 배운 것(사실은 외운 것)을 기억할 것이고 능산리와 부여 나성 같은 것은 죄다 초면인 셈이다.

그래서 부여에 오면 우선 부소산에 올라 낙화암에서 삼천궁녀가 떨어졌다는 '거지 같은' 전설의 절벽과 백마강을 내려다보고, 고란사에 가서 고란초라도 봐야 부여에 다녀왔다 소리를 할 수 있을 것 같은 생각을 갖게 된다. 바로 이 점 때문에 부소산에 오르는 사람은 또다시 부여를 욕되게 말할지도 모른다. 엉겁결에 보는 낙화암은 그 스케일이 전설에 어림없고, 고란사는 초라한 암자로 절맛이 전혀 없으며, 부소산성이라는 것은 말이 산성이지 뒷동산 언덕에 지나지 않는 것이다. 한마디로 모든 게 잔망스러워서 무슨 전설과 역사를 여기다 갖다붙인 것이 가당치 않다는 생각이 절로 날 것이다.

그러나 부소산은 결코 그렇게 조급한 마음으로 무슨 볼거리를 찾아오를 곳이 못된다. 부소산성은 그냥 편한 마음으로 걷는 것만으로 족한 곳이다. 거기에서 별스러운 의미를 찾을 것 없이 고목이 다 된 참나무와 잘생긴 소나무를 바라보면서 봄이면 새순의 싱그러움을 보고, 여름이면 짙푸른 녹음과 강바람을 끌어안고, 가을이면 오색 낙엽을 헤아리고, 겨울이면 나뭇가지에 얹힌 눈꽃을 보는 것으로 얼마든지 즐거울 수 있는 곳이다. 세상천지 어디에 이렇게 편안한 한두 시간 코스의 산책길이 있단 말인가.

그런 중 부소산이 정말로 아름답게 느껴지는 때가 따로 있다고 주장한 사람이 있었다. 지금은 어디로 갔는지 알 수 없지만, 한동안 사비루에 걸려 있던 한 현판의 시구에는 "늦가을, 비 오는 날, 저녁 무렵, 혼자서" 여기를 찾을 때에 비로소 부소산의 처연한 아름다움을 만끽할 것이라고 했다.

'의자왕은 죄가 없도다'

부소산은 부여의 진산이면서 동시에 국방상 최후의 방어진이 되므로 산 정상과 계곡에 흙과 돌로 성을 쌓아 보강하였다. 그것이 부소산성이 며, 산성 안에서 군량미를 보관했던 군창(軍倉)터와 이를 지키던 군대 움막이 발견됐다. 그런데 이 산성은 꼭 군사적 목적만이 아니라 산성 남쪽 자락에 자리잡은 왕궁의 원림 구실을 한 듯 곳곳에 누정이 세워져 있다. 바로 이 누각과 정자는 부소산에서 내다보는 전망 좋은 곳을 택한 것이니 우리는 그 누정의 생김새를 유적이라고 살피는 것보다도 그 누정에 올라 그 자리에 쉼터를 세운 옛사람들의 안목과 서정을 기리면서 그 풍광을 즐기는 것으로 훌륭한 답사가 되는 것이다.

부소산성의 산책로는 여러 갈래가 있지만 정문으로 들어가서 영일루, 반월루, 사비루, 백화정, 낙화암, 고란사를 보고 나서 서복사터 옆문으로 나오는 길이 제일 좋다. 그 산책에서 일어나는 감흥과 감회야 제각기 다를 것이니 내가 군이 누정마다 사견과 사감(私感)을 일일이 말할 필요는 없을 것 같지만 그중 영일루 하나를 함께 가보고 싶다.

영일루는 본래 영월대(迎月臺)가 있던 곳으로 가람과 육당의 기행문에만 해도 분명 '달맞이대'로 되어 있는데 어느 순간에 왜 '해맞이'로 바뀌었는지 알 수 없다. 누대에 기문이 걸려 있어 읽어보니 그런 사연은 없고 쓸데없는 경위만 장황하게 늘어놓았다.

1919년 송월대터에 군수 김창수가 임천군의 객사 건물을 옮겨 짓고 사자루라 일컬었으나 영일대에는 누각이 없이 반세기가 지나 전임 군수 권의직 씨가 교육장 조남윤 씨와 협력하여 구 홍산군 동헌 정문인 집홍루의 건물을 이곳에 옮겨 지으려는 추진 도중에 권군수는 논산군수로 전임되고 불민한 몸이 뒤를 이어 준공을 보았으니 이로써 이 사업은 완성되었다.

1964. 8. 부여군수 박욱래 적음

아무튼 지금의 영일루, 원래의 영월대를 옛사람들은 부소산 최고의 경관이라고 상찬을 아끼지 않았다. 가람 선생은 그것을 이렇게 예찬했다.

영월대를 찾았다. 이 산의 가장 높은 곳이다. 좋은 전망대. 이 산을 강으로 두르고 봉으로 둘렀다. 그 봉들은 천연 꽃봉오리다. 현란한 꽃밭 속이다. 호암산, 망월산, 부소산, 백마강 할 것 없이 주위에 있는 멀고 가까운 산수들은 오로지 이곳을 두고 포진하고 있다. 나는 이윽히 바라보다가 포근포근한 금잔디를 깔고 앉아 그 놀라운 영화와 향락을 고요히 그려보았다.

그렇게 볼 때 비로소 부여가 보이는 것이다. 나는 차라리 가람의 이 글을 새겨 '군수 인수인계판' 같은 글 옆에 걸고 싶었다.

그러나저러나 나는 이태 전까지만 해도 이 영월대에서 달을 맞아본 적이 없었다. 그러다 그해 여름 답사 때 시간상 여유가 있어서 달맞이를 가겠다고 나서니 회원들이 주르르 따라나왔다. 그래서 답사회 총무에게 입장료 좀 지원해달라고 하니까 총무가 하는 말이 지난겨울에 왔는데 6시 넘으니까 안 받더라는 것이었다. 그런 줄 알고 갔건만 막상 부소산성 매표소에 당도하니 입장료를 내라는 것이었다. 까닭을 알아보니 부소산성의 입장료는 오전 8시부터 오후 6시까지가 아니라 '해 뜨는 시각부터 해 지는 시각까지'라는 것이다. 참으로 묘한 제도라고 감탄했는데 사실 이런 발상은 충청도가 아니면 나오지 않는 것이다. 충청도 사람들의 속내를 쉽게 알 수 없고, 간혹 외지인들이 멍청도라고 놀려대지만 결코 그렇지 않음은 이 입장료 받는 제도에서도 볼 수 있다.

손재수가 있기는 했지만 그날 밤 부소산 영월대에서 맞은 '백마강 달

밤'은 정말로 멋있었다. 그 황홀경에 문득 내 머릿속에 떠오르는 시구가 하나 있었다. 어느 옛 시인이 읊었다는 '강산여차호 무죄의자왕(江山如 此好 無罪義慈王)'이다. 풀이하자면 '강산이 이토록 좋을지니 의자왕은 죄가 없도다'.

답사의 하이라이트는 정림사터 오층석탑

내가 제시한 일정표에 따르면 부여의 아침 답사는 정림사터로 산보 가는 것이다. 한적한 시골 소읍인 부여의 아침은 언제나 고요하고 백마 강에서 일어나는 안개가 은은히 덮여 있다. 그래서 부여는 더욱 초연한 분위기를 띠게 된다.

부여답사에서 하이라이트는 아무래도 정림사터 오층석탑이라고 해야 할 것이다. 정림사탑은 멀리서 보면 아주 왜소해 보이지만 앞으로 다가 갈수록 자못 웅장한 스케일도 느껴지고 저절로 멋지다는 탄성을 지르게 한다. 본래 회랑 안에 세워진 것이니 우리는 중문(中門)을 열고 들어온 위치에서 이 탑을 논해야 한다. 이 탑의 설계자가 요구하는 바로 그 자리 에서 볼 때 정림사탑은 우아한 아름다움의 한 표본이 되는 것이다. 완만 한 체감률과 높직한 1층 탑신부는 우리에게 준수한 자태를 탐미케 하며 부드러운 마감새는 그 고운 인상을 말하게 하는 것이다. 헌칠한 키에 늘 씬한 몸매 그러나 단정한 몸가짐에 어딘지 지적인 분위기, 절대로 완력 이나 난폭한 언행을 할 리 없는 착한 품성과 어진 눈빛, 조용한 걸음걸이 에 따뜻한 눈인사를 보낼 것 같은 그런 인상의 석탑이다. 특히 아침 안개 속의 정림사탑은 엘리건트(elegant)하고, 노블(noble)하며, 그레이스풀 (graceful)한 우아미의 화신이다.

만약에 안목 있는 미술사가에게 가장 백제적인 유물을 꼽으라고 주문

한다면 서산 마애불, 금동미륵반가사유상, 산수문전(山水文塼) 등과 함께 이 정림사 오층석탑이 반드시 꼽힐 것이며, 나에게 말하라고 한다면 정림사 오층석탑이야말로 검소하지만 누추하지 않았다는 백제 미학의 상징적 유물이라고 답할 것이다. 극단적으로 말해서 100개의 유물과도 바꿀 수 없는 위대한 명작인 것이다. 이런 것을 일컬어 세속에서는 '백고가 불여(不如)일부'라고 했다. 풀이하여 '고고춤 백 번보다 부루스(블루스) 한 번이 더 낫다'고 했듯이, 정림사탑은 폐허의 왕도 부여의 '부루스'이다.

정림사 오층석탑의 구조를 정확히 실측한 사람은 석굴암을 측량한 요네다 미요지이고, 그 구조의 미학과 양식적 전후 관계를 밝힌 것은 『조선 탑파의 연구』를 저술한 우현 고유섭 선생이다.

우현 선생은, 우리나라 석탑의 시원 양식인 익산 미륵사탑은 목조탑파를 충실히 모방한 것으로 다만 재료를 돌로 한 목탑이라고 할 수 있음에 반하여 정림사탑은 이제 목조탑파의 모습에서 떠나 석탑이라는 독자적인 양식을 획득하는 단계로 들어선 기념비적 유물로 평가하면서 이 탑의 특색을 다음과 같이 설명하였다.

이 탑에 있어서 소재의 취급은 저 미륵사탑과는 판이하여 외용(外容)의 미는 소재 정리의 규율성과 더불어 율동의 미를 나타내고 (…) 각층의 수축성과 더불어 아주 운문적인 미를 갖고 있는 것이다. 소재 조합의 정제미뿐만 아니라 소재 자체의 세련미도 갖고 있어서 온갖 능각(稜角)이 삭제되어 (…) 매우 온화한 평탄면을 갖고 있다. 더욱이 지붕돌은 낙수면의 경사가 거의 완만하여 수평으로 뻗다가 전체 길이 10분의 1 되는 곳

| **정림사터 오층석탑** | 부여에 있는 유일한 백제시대 유적으로 우아한 아름다움의 상징이 된 석탑이다. 1층은 성큼 올라서 있고 2층부터 5층까지는 알맞은 체감률을 지니고 있다.

에서 약간의 반전을 나타내어 강력한 장력(張力)을 보이고 있다. 또 각 지붕돌 끝을 연결하는 이등변삼각형의 사선은 약 81도를 이루어 일본 법륭사 오층탑과 거의 같다. 곧 안정도의 미를 볼 수 있다.

우현 선생의 이런 분석은 결국 정림사탑에서 느끼는 그 미감의 동인 (動因)을 잡아내는 작업인데 그것은 한국미술사 연구에서 최초로, 모범적으로 보여준 양식사적 해석이었다.

석굴암을 측량하면서 통일신라 때 사용한 자가 곡척(曲尺, 30.3센티미터)이 아니라 당척(唐尺, 29.7센티미터)이었음을 밝힌 요네다는 백제 때 사용한 자는 곡척이 아니라 고려척임을 또 밝혀냈다. 고려척은 고구려척의 준말로 동위척(東魏尺)이라고도 하는데, 일본 호류지 등 아스카시대의 여러 건축에 사용한 것으로 신라의 황룡사, 익산의 미륵사 등도 고려척을 사용한 것이다. 1고려척은 약 1.158척(35.15센티미터)이다.

고려척으로 측량한 결과, 요네다는 이 탑의 설계에서 기본 단위는 7척에 있었음을 알아낼 수 있었다. 1층 탑신 폭은 7척, 1층 총높이는 7척, 기단의 높이는 7척의 반인 3.5척이고 기단 지대석(址臺石) 폭은 7척의 한 배 반인 10.5척이다. 그런 식으로 연관되는 수치를 요네다는 기하학적 도면으로 제시하기에 이르렀다. 그리고 요네다는 정림사탑의 아름다움의 요체는 체감률(遞減率)에 있는데 그것은 등비(等比)급수 또는 등차(等差)급수적 체감이 아니라 기저부 크기의 기본 되는 길이에서 발전하는 등할적(等割的) 구성으로 되어 있음을 밝혀냈다.

신비로운 비례의 파괴

예를 들어 1층부터 5층까지 각층의 높이를 보면 층마다 10분의 1씩 줄어들어 결국 1층은 6.9척, 2층과 5층을 더한 것이 7척, 3층과 4층을 더한 것이 6.9척이 되므로 대략 7척과 맞아떨어진다. 또 1층부터 5층까지 탑신의 폭을 보아도 1층이 7척이고, 3층과 4층을 더한 것이 7척, 2층과 5층을 더한 것이 7.2척이므로 이 또한 대충 7척과 맞아떨어진다.

그런데 요네다는 모든 수치 관계가 대략만 맞는다는 사실을 그대로 용인하고 그 정도의 차이는 여러 돌을 쌓기 때문에 수평고름을 하기 위하여 시공 때 상하면을 약간씩 다듬은 데서 생긴 오차로 보았다. 그러나 과연 그럴까? 나는 그렇지 않다고 생각한다. 그렇다면 왜 높이가 아닌 폭까지 그런 차이를 보였을까. 백제의 건축가들이 그런 식으로 대충 설계했을 리가 없다. 거기에는 그래야만 했던 이유와 깊은 뜻이 따로 있을 것이다.

요네다가 제시한 측량에 의하면 모든 수치에서 5층이 관계되면 반드시 다른 층보다 약간씩 커짐을 알 수 있다. 그러니까 5층은 4층까지의 체감률을 적용하지 않고 약간 크게 만들었기 때문에 요네다가 제시하는 치수들이 약간씩 빗나가고 있는 것이다. 나는 이 점을 이렇게 이해하고 있다. 5층이 약간 커야만 했던 이유는 도면상의 문제가 아니라 완성된 탑을 절집 마당에서 바라보는 입장에서 보았을 때 실제로 느끼는 체감률 때문이라 생각한다. 즉 5층이 약간 커야 보는 사람 입장에서는 비례가 맞다고 느끼는 것이다. 정림사탑의 설계자는 바로 이 점까지 고려하여 설계했던 것이다.

이 점은 고대국가 시절의 조각과 건축에 자주 나타나는 고대인의 체험 논리이다. 석굴암 본존불, 경주 남산 보리사 석불은 얼굴이 크게 되어 있다. 아이들 표현으로 짱구라고 할 정도로 눈에 두드러지게 머리를 크게 한 것은 아래에서 올려다볼 때의 비례감에 맞춘 것이다. 감은사탑은 2층과 3층의 탑신 높이가 똑같은 치수지만 탑 앞에서 보는 사람의 시각

| 납석여래좌상 | 군수리에서 출토된 이 불상은 고개를 살짝 기울여 더욱 친근감이 감돈다.

에서는 3층이 약간 작게 느껴지는 것과 같은 원리다. 그러니까 도면상에서는 7 : 7.2로 나타나지만 실제 느끼는 체감으로는 7 : 7이 되는 것이다. 이 실제 체감에 적용될 비례를 위해 고대인들은 슬기롭게 도면상의 비례를 파기한 것이다.

부여박물관 가이드라인

나는 부여답사에서 국립부여박물관을 들르지 않으면 백제답사가 아니라 부여 지방 풍광기행에 불과하다고 말한다. 부여답사의 핵심은 어쩌면 이 박물관 관람에 있다 해도 과언이 아니다. 국립부여박물관은 종합

| 규암리 출토 금동보살입상 | 본래 불상과 보살상은 당시의 미인관을 반영하고 있는데, 특히 이 규암리 출토의 보살상은 어여쁜 맵시를 하고 있어서 미술사학도들은 '미스 백제'라고 부른다. 이 보살상은 특히 뒷모습도 아름답다.

박물관이 아니라 부여를 중심으로 한 백제문화권 지방박물관으로서 아주 특색 있게 꾸며져 있다. 그러니까 지상에서 사라져버린 백제의 유산을 땅속에서 찾아 다시 지상에 복원한 것이 국립부여박물관인 것이다.

선사실에 들어가면 이 지역 청동기 문화의 큰 특징인 '송국리형 문화'가 출토지별, 종류별로 세심하게 전시되어 있다. 여기에 전시된 청동유물들은 서울의 국립중앙박물관 못지않은 양과 질을 보여준다.

역사실에 들어가면 고분 출토 유물들이 전시되어 있는데 그중에서 백제의 큰 항아리를 보는 것은 정말로 큰 기쁨이다. 그렇게 부드러운 질감과 우아한 곡선의 항아리를 만든 사람은 백제인밖에 없다. 그리고 산수문전에 나타난 그 세련된 조형미는 여기서 말로 다 설명하지 못한다. 산봉우리를 살짝 공그르면서 윤곽선을 슬쩍 집어넣은 기교와, 구름과 소나무를 문양으로 처리하면서도 생동감을 부여한 것은 거의 마술에 가깝다. 사실상 화려하지만 사치스럽지 않았다는 백제의 미학을 단 하나의 유물로 표현해보라고 할 때 여기에 표를 던지는 분이 많다.

　불교미술실에서 우리는 백제 불상만이 갖는 여러 표정을 만나게 된다. 삼불 선생이 주장한 백제의 미소를 여기서 다시 만나게 된다. 군수리 절터에서 나온 납석여래좌상을 보면 고개를 6시 5분으로 갸우뚱하게 기울임으로써 그 친숙감이 절묘하게 살아나고 있다. 본래 좌상은 입상보다 권위적이기 쉽다. 그러나 약간 고개를 기울임으로써 근엄한 자세가 아니라 인간적 자태로 환원된 것이다. 이는 절대자의 친절성을 극대화하면서 그 인자한 모습을 담아내려는 조형 의지의 발로라 할 것이다.

　또 규암리에서 출토된 금동보살입상을 보면 그 수려한 몸매와 맵시 있는 몸가짐, 귀엽고 복스러운 얼굴에서 당대의 미인, 말하자면 '미스 백제'를 보는 듯한 착각조차 일어난다. 뒷모습이 유난히 예쁜 이 보살상은 한때 일본에 약탈될 뻔했다가 구사일생으로 살아남았는데(이구열 『한국문화재 수난사』) 얼마 전에는 보물에서 국보로 승격시킨다는 보도가 있었다(1997년 국보 제293호로 지정됨).

　그리고 나는 구아리 유적에서 나온 나한상(羅漢像)의 강렬한 인상을 잊지 못한다. 광대뼈와 골격이 또렷하여 그 표정이 확연히 살아 있는데 이 나한의 얼굴에 서린 고뇌의 빛깔은 모든 인간이 이따금 드러내고 마는 인간 실존의 비극적 표정의 하나라고 생각하고 있다.

그러나 불행하게도 우리가 지금 만나고 있는 불, 보살, 나한상이 모두 소품인지라 그 감동의 폭이 작다고 불만을 토로하는 이가 적지 않다. 그런 분들의 아쉬움을 한 번에 달래주는 유물이 청양 본의리에서 출토된 테라코타 불상좌대다. 저 큰 좌대에 앉아 있을 불상은 어떤 모습이겠으며, 저 맵시 있게 반전된 연꽃에 어울릴 옷주름은 어떤 것일까를 생각하노라면 금세 보

| **나한상** | 테라코타로 제작된 이 나한상은 수도자의 처연한 아픔을 극명하게 표현해내고 있다. 백제 미술의 또 하나의 명작이다.

았던 백제의 불, 보살, 나한상 들이 열 배 스무 배 크기의 영상으로 다가온다. 그런 가운데 백제의 숨결은 살아나고 백제의 미학은 고양된다.

그러나 꼭 크고 웅장해야 위대하다고 생각하는 것은 잘못된 가치관일 뿐만 아니라 거의 병적인 현상이다. 환경운동가들은 요즘 '작은 것이 아름답다'며 절제의 정신을 부르짖고 있는데 그런 소극적인 뜻이 아니라 적극적인 사고로도 '작은 것이 위대하다'는 격언이 있다. 그것을 소중현대(小中現大)라 한다. 즉 '작은 것 속에 큰 것이 다 들어가 있다'는 뜻이다. 이는 명나라의 문인화가인 동기창(董其昌)이 작은 화첩에 역대 명화 대작들을 축소하여 복사하듯 그려보고는 그 표장에 '소중현대'라고 적어서 유명한 말이 된 것인데, 나는 지금 우리야말로 소중현대의 철학을 배워야 할 시점이며, 그것을 백제의 유물들이 시범적으로 보여주고 있음에 감사하고 싶은 것이다. 요컨대 백제의 미학은 '검이불루 화이불치'에

'소중현대'를 합치면 제격을 갖추게 된다고 믿는다.

백마강변의 신동엽 시비

이제 우리는 부여를 떠날 때가 되었다. 임천 대조사, 외산 무량사, 보령 성주사로 백제행 그다음의 여로를 위해 떠나야 한다. 부여를 떠날 때면 나는 몇 번의 예외는 있었지만 백제교를 건너기 바로 직전 백마강변 나성 한쪽에 조촐한 모습으로 세워진 불교전래사은비와 신동엽(申東曄) 시비에 꼭 들른다. 멀리서 보면 우람한 반공열사비에 눌려 존재조차 보이지 않지만 일본 민간단체에서 마음을 담아 감사한 사은비는 우리가 따뜻한 마음으로 받아들여도 좋을 감사의 뜻이 서려 있고, 친지와 유족이 뜻을 모아 세운 신동엽 시비에는 우리의 소망, 백제의 혼이 서려 있어 거기를 차마 그냥 지나치지 못한다. 신동엽은 현대 한국문학사상 최고의 시인이자 부여가 낳은 최고의 시인이며 내 마음의 스승이시다.

나는 생전에 그분을 뵌 일이 없다. 신동엽이 세상을 떠난 1969년에 대학 3학년이었으니 뵐 처지도 아니었다. 그러나 그때 내게 현실과 역사의식을 가르쳐준 것은 신동엽이었다. 그 당시 나는 루쉰(魯迅)과 신동엽으로 내 의식을 키웠고 마음을 다스렸다.

나는 처음엔 신동엽 시 중에서 역사의식이 넘치는 「껍데기는 가라」와 「금강」을 좋아했고, 나중에는 현실성이 극대화된 「향아」 「종로 5가」를 좋아했다. 그리고 지금은 「산에 언덕에」 같은 맑은 서정의 노래를 더 좋아한다. 신동엽의 「산에 언덕에」에는 짙은 그리움이 있다. 어쩌면 우리들 모두가 찾고 찾아야 할 그런 대상에 대한 그리움이 넘쳐흐른다.

나는 우리나라 예술 속에서 그리움을 노래한 몇몇 대가를 알고 있다. 한 분은 김소월(金素月)이다. 그분의 시는 거의 다 그리움으로 가득하다

| **신동엽 시비** | 부여가 낳은 민속 시인 신동엽의 시비는 백마강변 나성 한쪽에 세워져 있다. 여기에는 그의 명시 「산에 언덕에」가 새겨져 있다.

는 느낌이다. 「초혼」 같은 시는 그리움에 지쳐 쓰러지는 모습까지 보여준다. 소월이 보여준 그리움이란 항시 이루어보지 못한 어떤 대상에 대한 애절한 동경의 그리움이었다.

이에 반하여 이중섭(李仲燮)의 그림은 잃어버린 행복에 대한 그리움으로 가득하다. 그는 멀리 떨어져 있는 아내와 아들을 만나고 싶은 그리움의 감정을 황혼녘에 울부짖는 「소」 「달과 까마귀」 「손」에 실었다. 그는 개인적으로 겪는 그리움의 고통을 보편적 가치로 전환하는 데 성공했고, 그래서 그의 그리움에서는 살점이 떨어지는 듯한 애절함이 느껴진다.

그러나 김소월과 이중섭의 그리움에는 치열한 현실 의식이나 역사 인식이 들어 있지 않다. 역사의 아픔과 그 아픔을 넘어서는 희망까지를 말하는, 역사 앞에서의 그리움은 신동엽의 차지였다. 그의 「산에 언덕에」에는 그런 그리움의 감정이 남김없이 서려 있다. 지금도 백마강변 나성

에 세워져 있는 신동엽 시비에는 이 「산에 언덕에」가 조용한 글씨체로
잔잔하게 새겨져 있다.

> 그리운 그의 얼굴 다시 찾을 수 없어도
> 화사한 그의 꽃
> 산에 언덕에 피어날지어이.

> 그리운 그의 노래 다시 들을 수 없어도
> 맑은 그 숨결
> 들에 숲속에 살아갈지어이.

> (…)

> 그리운 그의 모습 다시 찾을 수 없어도
> 울고 간 그의 영혼
> 들에 언덕에 피어날지어이.

그런 그리움의 시인 신동엽, 부여에서 태어나서 숙명적으로 백제를
사랑하며 백제의 마음으로 살고 싶어했던 신동엽이 마음속에 그린 백
제는 과연 어떤 것일까? 만약 그런 것이 있다면 우리는 그것을 '회상의
백제행'의 마지막 여운으로 삼아도 좋지 않겠는가. 그의 장시 「금강」 제
23장은 다음과 같이 끝맺는다.

> 백제,
> 옛부터 이곳은 모여

썩는 곳,
망하고, 대신
거름을 남기는 곳,

금강,
옛부터 이곳은 모여
썩는 곳,
망하고, 대신
정신을 남기는 곳

1996. 12. / 2011. 5.

내 고향 부여 이야기

5도 2촌 / 외산면소재지 / 휴휴당 / 반교리 청년회원 /
반교리 돌담길 / 무량사 사하촌 / 만수산 산나물 / 마늘쫑

5도2촌, 2도5촌

농업, 농민, 농촌의 몰락이라는 것이 어제오늘의 일이 아니지만 날로 가속화하여 그 끝이 어디인지 가늠하기 힘들다. 우리나라 인구 5천만 명 중 농민의 수는 점점 줄어 2011년 현재는 350만 명에 불과하다. 부여군의 경우 2001년만 해도 9만 명이던 것이 해마다 2천 명씩 줄어 지금은 7만 명을 유지하고 있다.

한 연구에 의하면 앞으로 20년 안에 농민 100만 명만 유지할 수 있다면 그나마 다행이라고 한다. 기존의 나이 든 농민이 세상을 떠날 뿐 새 농군은 태어나지 않는다. 10여 년 전 경상도 답삿길에 어느 면소재지에서 동네잔치가 벌어져 무슨 잔치냐고 물었더니 그해는 면에서 세 명(!)이나 출생신고를 한 경사가 있었다는 것이다. 그 전해에는 한 명도 없었

다고 한다. 이 아이들이 자라 초등학교에 가게 되면 입학생이 많아야 세 명밖에 없어 면단위조차 초등학교 한 곳을 유지할 수 없게 된다.

농업과 농민 문제는 나의 전공이 아니라 무어라 말하기 힘들다. 그러나 날로 폐가가 늘어가는 농촌 마을을 저렇게 방치해둘 것인가는 문화적인 문제이고 국민 모두가 고민하고 해결해야 할 과제다. 농촌 마을이 사라진 우리의 자연 풍광은 상상이 되지 않는다. 답사를 다니면서 방치된 문화유산보다 내 가슴을 더 아프게 하는 것은 을씨년스러운 폐가가 늘어나는 시골 마을의 모습이었다. 저 폐가들을 누가 어떻게 채울 것인가. 나는 이런 문제의식을 갖고 외국의 사례를 검토해보았다.

그러던 중 2001년 러시아를 방문해서 작은 실마리를 얻었다. 소련이 해체된 후 이들은 시골에 있는 협동농장을 도시인에게 분양했다. 그것을 '다차'(Dacha)라고 했다. 그 결과 모스크바, 상트페테르부르크에 사는 도시인이 주말이면 괭이를 차에 싣고 시골집 다차로 가서 자연과 함께 사는 것이었다. 나는 저것을 벤치마킹해 한국형으로 개발하면 우리 시골 마을이 살아날 수 있겠다는 생각을 했다. 도시를 떠나 귀향, 낙향한다는 것은 인생의 중요한 결단을 요구하는 일이다. 그러나 도시의 삶을 유지하면서 시골 생활을 곁들이는 것은 즐거운 선택일 수 있다. 그리하여 시골의 즐비한 폐가에 도시인이 들어가 살면 도시인도 시골 마을도 함께 윈윈할 수 있다는 생각이 들었다.

도시에서 닷새, 시골에서 이틀을 지내는 5도2촌(五都二村)의 생활을 하다가 은퇴 뒤에는 2도5촌을 하며 산다면, 그것이 곧 우리나라 농촌 리모델링의 한 기본 개념이 될 수 있다고 생각했던 것이다. 나는 기회 있을 때마다 이 5도2촌론을 폈다. 많은 사람이 내 주장에 공감했다. 공주시는 아예 '5도2촌의 도시'라는 기치를 내걸고 도시인을 불러모으고 있다. 나는 5도2촌을 나부터 실천하기로 마음먹었다. 집사람도 묵시적으로 동의했다.

제2의 고향, 부여

나는 서울 사람이다. 때문에 사실상 내 가슴속에는 고향이라는 정서가 없다. 영남대 교수 생활을 10년 넘게 해서 대구는 나의 제2의 고향이지만, 오랜 숙원인 시골 생활을 해볼 요량으로 또 다른 제2의 고향을 찾았다. 시골집 고향을 갖고 있는 사람들을 늘 부러워했는데 이제는 나도 고향을 가질 수 있게 된 기분이다. 더욱이 남들은 싫든 좋든 거기가 자신의 고향일 수밖에 없지만 나는 이제 내 맘대로 선택할 수 있게 된 것이다. 그러면 어디로 갈 것인가? 이것은 참으로 즐거운 고민이었다.

제주도 대정 추사 유배지 근처도 가보았고, 경주 괘릉 뒤 감산사터가 있는 묵은 동네도 가보았다. 일찍이 마음에 두었던 청도 운문사 근처도 생각해보았다. 그러나 집사람이 서울에서 좀 가까운, 차로 세 시간 안에 갈 수 있는 곳을 찾자고 했다. 그래서 나보다 먼저 시골집을 마련한 친구의 평창집, 금산집도 가보았다. 그러나 시골집 하나 갖는 것도 만만치 않은 일이었다. 돌아다녀보았자 맘에 드는 폐가가 있다는 보장도 없었다.

나는 기준을 먼저 세우기로 했다. 내가 그리는 시골집은 듬직한 산자락 아래 양지바른 곳에 옹기종기 모여사는 동그만 마을이 있고, 마을 앞에는 실개천이 흐르며 개울 건너로는 대를 이어 농사짓는 논과 밭이 있어 철 따라 곡식과 채소가 자라는 농촌 마을이다. 마을 집집에는 앞마당 뒷마당에 복숭아, 살구, 감, 대추 같은 유실수가 있어 봄이면 화사하게 꽃을 피우고 가을이면 탐스럽게 열매를 맺는 그런 곳이다.

그러나 그보다 내게 중요한 것은 집 가까이에 아름다운 절집이 있어 내 집 정원인 양 거닐 수 있는 곳이다. 이것은 필수 조건이다. 그리고 문화유산의 전통이 있는 고장으로, 집에서 차로 이삼십 분 거리에 박물관이 있는 곳이면 좋겠다고 생각했다. 그래야 은퇴 후에는 문화유산 해설사라도 할 수 있을 것 아닌가. 그래서 생각난 것이 부여였다. 부여라면 훗날 남들이 유 아무개 요즘 뭐 하느냐고 궁금해할 때 "요즘 부여에서 산다지"라고 하면 "역시 문화유산 공부하고 있구먼" 하고 나를 좋게 볼 것 같았다. 금산에 산다면 인삼 먹으러 간 것 같고, 평창 산다면 스키 타며 놀고 지내는 것 같은 이미지를 주겠지만 부여라면 사뭇 격이 높아 보일 성싶었다.

마음을 부여로 정하고 나니 내가 가까이 둘 절집으로는 부여 외산면의 무량사(無量寺)가 떠올랐다. 이미 지난 30년간 10여 차례 가본 바 있고 무량사만큼 고즈넉한 산사의 옛 모습을 지닌 곳도 없다.

나는 평소부터 잘 알고 지내는 부여군수에게 전화를 걸었다. 당시 부여군수 김무환 씨는 호인인 데다 유머도 넘치는 인간미 있는 분이어서 부담 없이 상담할 만했다.

"군수님, 내가 부여 사람이 되고 싶은데 어떻게 생각하세요?"
"아, 정말입니까?"
"정말이고말고요. 부여에 폐가 하나 사서 주말에 지내려고요."
"정말 고맙습니다. 백제가 부흥하는 것 같습니다. 제가 전망 좋은 곳을 추천해드리겠습니다."
"저는 외산 쪽을 생각하고 있는데요."
"외산요? 거기는 전망이 안 좋은데요."
"왜요? 무량사가 있고 좋잖아요."
"아…… 좋기야 하지요."

군수와 나 사이의 대화가 어딘가 어긋나고 있었다. 그가 말하는 '전망'이라는 것은 풍광이 아니라 '투자 전망'이었던 것이다. 군수는 내 취지를 듣고는 그런 뜻이 있는 줄 모르고 속물로 생각해 미안하다며 외산에 매

| **외산면 반교리 전경** | 부여군 내산면과 외산면의 경계를 이루는 지티고개를 넘어서면 아미산 아래 다소곳이 들어
앉은 반교리가 한눈에 들어온다.

입 가능한 폐가가 있는지 알아보겠다고 했다.

그리고 한 열흘 뒤 외산면 반교리에 딱 한 채가 매물로 나와 있는데 좀
지저분하지만 냇물과 붙어 있어 고치면 쓸 만할 거라고 했다. 이튿날 집
사람과 그 폐가에 가보았다.

반교리는 부여 서쪽 끝, 보령시와 맞붙은 산골이다. 외산 무량사, 보령
성주사터를 답사할 때면 항시 지나던 길인데 막상 내 집을 보러 간다니
까 길들이 새롭게 보였다. 부여 읍내에서 백마강을 건너 사뭇 서쪽으로
달리니 규암면 지나 구룡면, 구룡면 지나 내산면, 내산면 지나야 외산면
이 나왔다. 생각보다 멀게 느껴졌다. 내산면을 지나 외산면과 경계를 이
루는, 가파르지는 않지만 아주 지루한 전형적인 충청도 고개인 지티고개
에 올라서자 멀리 높은 산자락 아래 노란 교회당 건물과 유스호스텔로

바뀐 폐교된 초등학교가 있는 동그만 마을이 보였다. 이 동네가 바로 반교리(盤橋里)였다.

이름과 달리 별로 반반하지 않은 다리를 건너 마을로 들어서니 돌담길 옛 담장과 새마을 블록담들이 낮게 쳐진 전형적인 시골 동네였다. 내가 보러 가는 폐가는 큰길에서 500미터나 들어가 있는 외딴집이었다. 마을 속에 있으면서도 마을 집들과 적당히 떨어져 있어 쓸쓸하지도 않고 번거롭지도 않아 보였다. 폐가는 들은 대로 버려둔 지 오래되어 황폐했지만 냇물이 맘에 들었다. 그리고 무엇보다 집터에서 바라다보이는 아미산이 곱고 예뻤다. 농지법에 위배되지 않는 면적이고 작은 텃밭도 나올 수 있었다. 나는 당장 계약했다.

반교리 우리 집

그날 나는 집사람과 반교리마을 입구에 있는 자연부여유스호스텔에서 하루를 묵었다. 잠자리가 바뀌어서인지 잠이 오지 않아 밖으로 나왔다. 하늘에 별이 제법 초롱초롱했다. 냇가로 나가 다리 난간에 걸터앉아 담배 한 대를 피우다보니 참으로 묘한 인연이라는 생각이 들었다.

나는 아직 호(號)를 갖고 있지 않다. 서울집을 수졸당(守拙堂)이라고 한 것은 승효상의 건축 이미지에 맞추어 지은 당호이고, 내가 언젠가는 지을 호에는 반드시 다리 교(橋) 자를 넣을 생각이었다. 그럴 이유가 있었다.

20대 청년 시절, 나도 작가를 꿈꾼 적이 있었다. 그때 나의 예술적 고민은 지식인이 어떻게 작품 속에 민중적 삶을 담아낼 수 있느냐는 문제였다. 노력한다고 해결될 문제 같지 않았다. 나는 이 고민을 진심으로 존경해온 선배 김지하 시인에게 편지로 털어놓았다. 그러자 지하 형은 곧바로 장문의 답장을 보내주었다.

| **휴휴당 돌기와집** | 작은 기와집을 지으면서 이 동네 특성을 살려 기둥을 세우지 않고 돌담으로 4면 벽체를 돌렸다.

홍준아…… 막연한 민중이란 기만이기 쉽다. 특히 손이 흰 인텔리에겐 민중과 관련된 생존이 증발해버린, 냉랭히 그것만인, '고도의 집중'도 허망이기 십상이다. 그것은 작가 자신에게 불모요 미망이 된다. 민중적 생존의 구체적인 싸움의 과정에서 살지 않으면 피 없는 혁명의 시가 된다는 말이다.

인텔리 출신의 작가에겐 이때 '다리'이되 훌륭한 '다리'이고자 하는, 즉 제약을 오히려 적극적으로 접수하려는 자세가 필요하다. 훌륭한 '다리'는 상승욕에 좀먹힌 피안보다 우수하고 아무리 탁월한 다리라도 투박하고 진실된 피안의 이름 없는 풀 한 포기보다 나은 것은 아니라는 것을 명심해두어라.

그런 '다리'이고 싶었는데 이 동네 이름이 반교리다. '반듯한 다리'라!

이후 나는 전각가(篆刻家)에게 '외산(外山)' '반교(盤橋)' '외산인(外山人)' '반교노인(盤橋老人)'이라는 도장을 새겨 내가 즐겨 사용하는 유성 붓펜으로 붓장난(墨戲)한 뒤에 낙관하고 있다. 그러나 아직 '반교노인' 도장은 사용하지 않고 있다.

외산면소재지

반교리에서 외산면소재지인 만수리까지는 차로 4분, 무량사까지는 5분이 걸린다. 그렇게 따지면 바로 이웃 마을 같지만 거리로 치면 4킬로미터, 십릿길이다. 그래서 우리 동네 사는 서예가 소방 선생은 장날이면 할머니 네 분을 모시고 장에 다녀오는 자원봉사를 5일마다 한다.

만수리에는 외산면사무소, 하나로마트, 농협, 우체국, 경찰지구대, 병원, 약국, 초등학교, 중학교, 천주교 성당이 있다. 자연 지형으로 보면 산골이어서 보령시 미산면, 청양군 남양면과 경계를 이루고, 부여군에서 보자면 내산면 너머 산속에 있어 외산면이라는 이름을 얻은 오지다. 그러나 날이 갈수록 찻길이 사방으로 뚫리다보니 지금은 오히려 교통의 요지가 되었다. 여기서는 부여, 청양, 웅천, 무창포, 보령으로 가는 버스가 있고 모두 20분 안짝에 갈 수 있다. 왕년에 탄광이 잘나가던 시절엔 현찰이 꽤나 돌았다고 한다. 그래서인지 만수리 사람들은 대처에 산다는 자부심도 있다.

온 김에 집사람에게 외산면소재지도 보여주고 무량사도 구경시켜주려고 택시를 불러 타고 가면서 기사 양반에게 슬며시 동네 인심을 물어보았다가 야단만 맞았다.

"반교리가 살기 어때요?"

"뭔 말유?"

"여기 와서 살아보려고 하는데 어떻게 생각하세요?"

"소용읎슈. 사람이 살려면 그래두 소재지(면사무소 소재지)쯤엔 살아야지."

소재지엔 식당도 많다. 이것저것 다 하는 구식 식당, 중국집부터 한우숯불갈비, 오리구이, 올갱이, 밴댕이, 칼국수 등 단품 요릿집도 있다. 그런데 상호들이 아주 재미있다. 둥지식당, 두리두리식당…… '며느리도 알아버린 맛'이라는 야식집도 있다. 그중에는 충청도식 개그도 있다. 요즘 어디나 가면 볼 수 있는 한우숯불고깃집들이 수리바위 가든, 무슨 가든 하고 붙어 있는데 외산 버스주차장 앞에 있는 돼지삼겹살집 이름은 "그냥 고기집"이다.

휴휴당을 짓고

이듬해 나는 폐가를 헐고 작은 나의 집을 지었다. 방 하나, 부엌 하나 있는 8평(26제곱미터)짜리 세 칸 기와집과 헛간과 뒷간을 붙인 4평(13제곱미터)짜리 플라스틱 기와집 두 채다. 집에 대해서는 나의 고집이 있다. 집은 절대로 크면 안 되고 특히 시골집은 크게 지으려면 집채를 나누어야 한다. 그래야 우리나라 풍광에 어울린다. 그리고 한옥은 무조건 세 칸 집이 예쁘고 툇마루가 놓여야 멋도 운치도 기능도 살아난다. 그런 집을 지었다. 지붕을 기와로 올린 것도, 우리 자연과 어울리는 것은 역시 기와 아니면 초가이기 때문이다.

그런 중 우리 집이 일반 한옥과 다른 점은 나무기둥을 쓰지 않고 돌담으로 뼈대를 올린 것이다. 그것은 이 동네 자연조건에 맞춘 것이었다. 에

게해 산토리니섬에서는 그 섬에서 나오는 자재 외에는 집을 짓지 못하게 함으로써 그처럼 향토적이며 아름다운 풍광을 갖게 되었다. 반교리는 땅 밑이 모두 돌이다. 그래서 이 동네 집집이 다 돌담인 것이다. 집터를 고르면서 나온 돌로 집을 지었고 돌담을 둘렀다. 이것이 지금 나의 반교리 시골집이다.

당호를 무어라 할까 고민하다가 일단 휴휴당(休休堂)이라고 했다. '쉬고 쉬는 집'이라는 뜻이다. 조선시대에 포도를 잘 그린 이계호(李繼祜, 1574~?)의 아호가 휴휴당인데 그걸 빌려와 나도 쉬고 쉬는 집으로 삼은 것이다. 그러나 막상 5도2촌이 시작되니까 쉴 시간이 없다. 여름이면 풀 뽑아야지, 봄가을로 밭에 나가 살아야지, 나무 가꾸어야지, 겨울이면 장작 패야지, 해가 지고 나야 책 볼 시간이 생긴다. 집사람은 더 바쁘다. 그래서 집사람이 하루는 길게 투정하면서 하는 말이 있었다.

"젠장, 쉬러 왔다고 휴휴당이라고 하더니, 이건 쉬는 걸 쉬는 집이
됐네."

반교리 청년회원

이리하여 나는 반교리 주민이 되었다. 외산면사무소에 가서 아내의
주민등록을 이곳으로 옮겼다. 이전 절차를 마친 뒤 마을 이장님을 찾아
가 입주신고를 하고 마을회비를 봉투에 넣어 건넸더니 이장님은 내 얼
굴을 한참 들여다보고는 묻는 것이었다.

"아직 환갑은 안 됐지유?"
"안 되고말고요."
"그럼 청년회로 들어가슈."

이리하여 나는 반교리 마을청년회원이 되었다. 그래서 내가 파놓은
'반교노인'이라는 도장은 쓰지 못하고 있다. 우리 집 집들이 때는 집마당
에 흰 차일을 치고 온 동네 사람을 다 모시고 한판 잔치를 벌였다. 출장
뷔페를 시켰지만 돼지도 한 마리 잡아 삶았다. 이장님께 "뷔페는 몇 인분
이나 할까요" 하고 물으니 100명이 올 거니까 120인분 하라는 것이었다.
넉넉히 하는 것은 좋으나 음식물 쓰레기 나오면 어떡하느냐고 되물으니
"그런 건 염려 마유"라는 것이었다. 나중에 보니 주민들, 정확히 말해서
할머니 할아버지들이 돌아갈 때 모두 비닐봉지 두 개씩을 손에 쥐고 있
었다. 마른 음식 한 봉지, 젖은 음식 한 봉지.
내가 기념타월을 한 장씩 선물하니 반교리 마을청년회에서는 '증 반

| **전국 돌담길 8컷** | 전국에는 아직도 정겨운 돌담길 마을이 남아 있는데 그중 열 곳이 등록문화재로 지정되었다. 1. 고성 학동마을 2. 제주 하가리마을 3. 담양 삼지천마을 4. 강진 병영성마을 5. 산청 남사마을 6. 영암 죽정마을 7. 여수 추도마을 8. 대구 옻골마을

교리청년회'라는 흰 활자가 새겨진 큼직한 전자시계를 기념품으로 답례했다. 이 시계는 지금도 우리 집 부엌에 걸려 있다. 잔치가 끝나자 한 청년회원이 차일을 걷으면서 "이제 이 차일 칠 일 읎을 끼유"라며 한숨을 내뱉듯 말한다. 내가 "왜요?" 하고 물으니 걷던 차일을 한쪽에 쌓으면서 이렇게 말한다.

　　"결혼식은 웨딩홀 가쥬. 장사는 장례식장서 하쥬. 환갑잔친 부페식당 가서 하쥬. 칠 일이 어디 있간유. 그리구 이거 칠 청년은 있다유?"

116

그렇게 반교리에서 지낸 지 5년이 되었다. 그새 내 나이도 환갑을 지 났다. 나는 이장님께 마을회비를 내면서 올해에는 청년회를 졸업하게 되 는 것이냐고 물었더니 그는 특유의 충청도 말로 이렇게 대답했다.

"아뉴, 올부턴 청년회 나이를 65세로 늘렸시유. 너무 염려 마유."
다른 동네 사정을 알아보니 대개 비슷했다. 한 동네에서는 65세 된 분 이 마을 청년회장과 노인회 유사(총무)를 겸하고 있단다. 이리하여 나는

| **반교리 돌담길** | 반교리 돌담은 동네 밭에서 나오는 둥그스럼한 호박돌을 낮게 쌓아 더욱 정겨운 맛이 있다.

아직도 당당한 반교리 청년회원으로 지내고 있다. 아예 '반교청년'이라
는 도장을 새로 팔까 싶다.

반교리 돌담길

반교리 돌담길은 '부여 반교마을 옛 담장'이라는 이름으로 대한민국
등록문화재 제280호로 등재되었다. 내가 문화재청장을 지내면서 전국
에 있는 돌담길 마을 18곳을 문화재로 등록한 것은 지난 시절 답사를 다
니면서 돌담이 아름다운 마을에서 깊은 향토적 서정을 만끽했던 경험에
서 나온 것이었다. 특히 군위 한밤마을, 고성 학동마을, 예천 금당실, 산
청 단계마을, 산청 남사마을, 강진 병영성마을, 영암 구림리마을의 돌담
길은 명작이다. 제주도는 모든 마을이 돌담길인데 그중 하가리 돌담길이

| **반교리 돌담길 공사** | 반교리 돌담길 복원공사는 마을 주민들이 돌담길보존회를 조직하여 옛 방식 그대로 시멘트를 사용하지 않고 쌓아올려 자연미가 돋보인다.

장관이다.

그러나 이 돌담이 새마을사업 때 많이 시멘트블록으로 바뀌기도 했고, 어느 집 돌담은 서울에서 누가 자기 별장에 쓰겠다고 통째로 헐어 사간 경우도 있었다. 평소 이건 잘못된 일이라 생각하던 차에 청장이 되면서 전국의 아름다운 돌담길 마을을 조사하게 하여 전문가들의 보고서를 토대로 일차로 열 곳을 돌담길 문화재로 지정하고, 이를 옛 모습으로 복원하는 사업을 추진하고자 했다.

그런데 문제가 생겼다. 군위 한밤마을, 제주 하가리 등 몇 개의 마을은 주민들이 문화재 지정을 반대하여 결국 등록하지 못했다. 이유인즉 문화재로 지정되면 집을 수리하거나 증축할 때 문화재청 허가를 받아야 하기 때문에 생활의 불편은 물론이고 집값 떨어진다는 것이었다. 더욱이 문화재로부터 100미터가 다 보호구역에 들어가기 때문에 절대로 안 된

| 반교마을 옛담장 빗돌 | 반교리 돌담길보존회가 자체적으로 세운 이 기념비는 돌담길 같은 순정이 깃들어 있는데 '옛' 자를 너무도 강조한 나머지 '옜'으로 표기한 그 오자가 더 순구한 정감을 자아낸다.

다는 것이었다.

　이것은 문화재 행정에 큰 걸림돌이었다. 그래서 문화재청은 지정문화재와 별도로 등록문화재 제도를 만들어 등록문화재는 당해 문화재만 보호하고 주변 환경에 영향을 주지 않는 것으로 했다. 특히 근대 문화재의 경우 시내에 위치한 건물이 많아 주변을 함께 보호구역으로 할 수 없었다. 돌담길은 돌담만 유지하면 되는 것이었다.

　전국의 돌담길 조사 결과, 대부분이 경상남도와 전라남도에 남아 있었고 충청도에서는 오직 반교리 하나만이 등록 대상으로 되었다. 그러자 반교리에서도 난리가 났다. 문화재청장이라는 자가 마을에 들어오더니 우리들 생활을 망치게 한다며 휴휴당으로 쳐들어왔다. 나는 지정문화재와 등록문화재의 차이를 자세히 설명했지만 통하지 않았다. 한 사람을 기껏 설득해놓으면 그다음 사람이 처음부터 다시 시작한다.

"돌담을 문화재로 지정하면 장독두 못 묻는다는디유."

"글쎄, 지정문화재하고 등록문화재는 다르다니까요."

"아, 안 그렇다는데유. 우리가 다 알아봤시유."

"어디다 알아봤어요?"

"이따만케 뚜꺼운 책에 나와 있시유. 껍데기가 시꺼메유."

'뚜꺼운' 법령집에 나온단다. 이런 먹통 같은 고집을 겪어보지 않은 사람은 이 상황을 다는 모를 거다. 그러나 나도 간단한 사람이 아니어서 반대하는 집은 빼고 반교리 돌담길을 문화재로 등록시켰다.

이리하여 전국 돌담길 마을의 돌담 복원사업이 시작되었다. 시멘트블록을 다시 돌담으로 환원하는 사업이 진행되었다. 그런데 또 문제가 생겼다. 문화재 보수는 전문 등록업체에서 하게 되어 있는데 이들이 돌담을 시골집답게 복원하는 것이 아니라 성곽 보수하듯 채석장의 발파석으로 새 담장을 쌓는 것이었다. 그것도 작은 돌이 아니라 성채에나 쓸 그런 돌로 복원하니 볼썽사납게 되기도 했다.

나는 반교리 돌담길 복원사업에서는 마을에 돌담길보존회를 두어 여기에 예산을 주고 마을 사람들이 직접 쌓게 했다. 사실 이것은 청장의 직권 지시였다. 이런 예가 없었기 때문에 실무자들의 고민이 많았다. 공무원들이 가장 싫어하고 두려워하는 것은 전례가 없는 일이다. 전례가 없던 일을 하면 거의 반드시 감사를 받기 때문이다.

그래도 청장의 지침이었기 때문에 반교리는 돌담길보존회가 사업의 주체로 되었다. 그 결과는 대성공이었다. 업자에게 돌아갈 이익이 마을로 돌아왔다. 돌담도 공짜로 고쳐주고 해마다 봄가을로 농번기를 피해 보름씩 돌담을 쌓으니 농가 부업이 되었다. 더욱이 마을 사람들에겐 내

동네를 단장한다는 기꺼운 마음이 있었고 30여 명이 모여 일을 하다보니 마을 축제가 되었다. 그렇게 4년을 고쳐쌓은 깃이 지금의 반교리 돌담길이다. 내가 청장에서 물러난 뒤에도 문화재청에서는 반교리 돌담길을 가장 모범적인 문화재 복원 사례로 꼽고 있다. 2011년 반교리 돌담길은 전장 2킬로미터의 복원사업이 마무리된다. 그 얼마 전 돌담길보존회장과 이장이 나를 찾아왔다. 동네 사람들은 아직도 나를 청장이라고 부른다.

"청장님, 감사하구 미안하구먼유."
"뭐가요?"
"살다보니 우리는 나라에서 돌담을 다 고쳐주는 혜택을 받았는데 청장님네는 사비로 했으니 미안헌 거쥬."
"우리 집은 외딴집이라 문화재 구역이 아니라서 내가 한 건데 뭘 그러세요. 동네 훤해진 거 보는 것만으로도 좋아요."
"그래서 허는 말인디 그때 빼놓은 돌담두 다시 하게 해줄 수 읎시유?"
"이젠 청장이 아닌걸요."
"그래두 전관예우라는 것이 있다구 방송에서 하데유."
"그건 법조계 얘기죠."
"같은 공무원인디 그래두 뭔가 조금은 있갔지유."
"아, 전관예우 받다가 혼나는 것은 방송에서 못 보셨어요?"
"그래두 결국은 다 무사하더구먼유 뭘."

무량사 사하촌 식당

반교리 생활을 하면서 나는 농사일이 엄청 바쁘다는 걸 알았다. 이틀

만 지내다보니 여름에는 잡초 뽑고 일주일 만에 오면 또 그만큼 자라 있다. 시간을 아끼기 위해 밥은 무량사 앞 식당에 대놓고 먹기로 했다. 이틀 지내는 동안 집사람은 세 끼 밥하느라고 일할 시간도 쉴 시간도 없어 취한 조치였다.

무량사 입구에는 여느 명찰과 마찬가지로 기념품 가게와 식당들이 있다. 그러나 찾아오는 이가 많지도 적지도 않아 해인사, 송광사, 법주사 앞처럼 성시를 이룬 것이 아니라 오붓한 사하촌마을과 이어져 있다. 기념품 가게는 장춘상회·형제상회 둘이 있고, 식당은 광명식당·삼호식당·은혜식당 셋이 있다. 주말 낮에만 북적거릴 뿐 평일에는 한적하고 저녁나절에는 가게도 식당도 일찍 문을 닫는다. 외지 사람이 장사하는 관광식당이 아니라 동네 사람이 하는 식당인지라 시골 밥집의 정서도 살아 있다. 그래서 만수리 사하촌은 여느 관광지와 달리 아직 향토적 서정이라는 시골 내음이 있다.

세 집 모두 장맛이 좋고 밑반찬이 아주 토속적이다. 식당마다 나오는 이 동네 동치미는 진짜 일품이다. 물이 좋아 그런지, 무가 맛있어 그런지, 보관에 비법이 있어 그런지 겨울철뿐 아니라 여름철 밥상에도 동치미가 오른다.

식당 메뉴는 일정한 것이 아니라 집에서 먹듯 제철에 맞추어 아욱국·근대국·쑥국·오이냉국·호박국을 끓여주고, 갓 담근 열무김치를 내놓기도 하고 호박잎을 쪄주기도 한다. 이곳 특산물은 도토리묵과 표고버섯이어서 손님치레가 있을 때면 별식으로 묵무침과 버섯전골로 상을 차려달라고 주문한다.

우선은 우리 답사회의 20년 단골집인 삼호식당에서 아침식사를 대놓고 먹기로 했다. 그러나 매끼를 한 식당에서 먹을 수는 없는 일이어서 점심 저녁은 광명식당이나 은혜식당에서 먹고, 기분 날 때는 대천이나 무

| **무량사 사하촌 식당가** | 무량사 앞에는 넓은 주차장 옆으로 식당 셋, 가게 둘이 오순도순 붙어 있다.

창포로 나가 바닷가에서 생선을 먹었다.

　은혜식당 아주머니는 얘기를 아주 잘한다. 친해지면 더 잘한다. 한번은 식당 아주머니가 화가 나서 내게 하소연 겸 화풀이를 하는데 들을 만했다.

　"뭔 일 있었어요?"

　"교수님, 내 말 좀 들어봐유. 군(郡)에서 요식업 하는 사람 교육이 있으니 오라고 해서 갔쥬. 나는 내가 식당 하는 줄로만 알았는데 이게 요식업이래유. 요식이라구 유식하게 말해 뭔가 맛있는 요리법이라두 가르쳐주는 줄로만 알구 역부러(일부러) 시간 내 가지 않았겠슈. 갔더니, 젠장! 한다는 소리가 요즘 음식점은 김치부터 밑반찬을 다 납품업자들한테 사서 내놓으니까 맛이 똑같을 수밖에 없다는 거여. 그러니 청

결과 친절이 성패를 가름한다나. 그걸 교육이라구 하는 거여. 교수님, 그게 말이 되는 거여? 식당은 무엇보다 음식맛이 중요하니 장사한테 산 반찬 내놓지 말구 내 식구 먹듯이 정성껏 해서 차리라고 해야 되는 거 아녀. 아이고, 그런 게 요식업이라면 나는 식당이나 하구 말 꺼여."

나는 무량사 사하촌 식당들의 이런 전통이 오래오래 가기를 축수하듯 바라고 있다.

이렇게 식사 문제를 해결하니 집사람도 좋고 나도 좋다. 교수는 강의만 안 하면 할 만하고, 기자는 기사만 안 쓰면 할 만하다더니, 가정주부가 부엌일 안 하면 살 만하다고 한 것은 예나 지금이나 마찬가진가 보다.

만수산의 봄나물

새봄이 와 3, 4월로 들어서면 무량사 사하촌 식당에는 봄나물도 오른다. 이곳에서는 나물을 참기름이 아니라 반드시 들기름에 무쳐준다. 나물이란 봄철에 새순을 따서 먹는 것이기 때문에 3월 말부터 5월 초 사이에만 있고 그 순간을 지나면 잎이 다 피어 나물이 되지 않는다. 그 무렵이면 무량사 입구에 나물 파는 할머니가 있다. 나물의 종류는 수십 가지로 주말마다 다른 것을 갖고 나온다. 할머니 하시는 말씀이 봄철 산에 널려 있는 풀은 죄다 돈이라며 "봄산은 사촌보다 낫다"고 했다. 나는 나물 할머니와 식당 아주머니들에게 나물에 대해 많은 것을 배웠다.

나물은 기본적으로 두 가지가 있다. 하나는 음나무순·두릅나무순 같은 나무의 새순이다. 음나무순은 두릅보다 맛이 더 싱그러운데 이름은 개두릅이다. 이외에도 오갈피나무·가죽나무·고추순나무·빛새나무·노린재나무·산초나무·왕초피나무·삿갓나무·참빗살나무(화살나무)·우산대나무·다래넝쿨의 새순은 다 나물이 된다.

또 하나는 다년초, 즉 풀의 새잎이다. 쑥을 비롯해 달래·냉이·씀바귀는 나물의 고전이고, '취'는 나물의 대종으로 취자가 붙은 풀은 다 나물로 먹는다. 곰취·참취·미역취·단풍취·바위취(범의 귀)·전대취·각시취·분취·수리취. 이외에도 많다. 고사리·고비·개발자국·백지·장녹(자리공)순·미남지싹·얼레지·비비추·엉경퀴·민들레·쇠비름·콩고투리·청침·부지깽이나물·꿩나물·복주머니나물·벌통나물·기름나물·비름나물·멸구나물·산마늘·는쟁이나물(명아주)·으아리(위령선).

그냥 자라면 풀이고 잡초지만 새순을 따면 다 나물이 된다. 돌보지 않아도 산비탈 양지바른 곳, 그늘진 곳은 물론이고 논둑, 밭둑, 개울가에 즐비하다. 나물 중엔 집에서 기를 수 있는 것도 있어 당귀·잔대·창출·머위·둥굴레·돌나물은 나도 반교리 텃밭에서 기르고 있다.

한번은 나도 나물을 캐볼 요량으로 은혜식당 아주머니에게 물어봤다.

"백지는 어디 많아유?"

"개울가 묵밭(묵은 밭)에 많지유."

"으아리는 어디 있슈?"

"그건 산소 곁에 가야 있슈."

"기름나물은유?"

"그건 왜 자꾸 물어유?"

아주머니는 이 대목에서 잠시 망설이며 대답을 잘 안 한다. 내가 눈치채고 다시 물었다.

"비밀이유? 아따, 내가 캐갈까봐 그래유?"

| 만수산의 나물 | 1. 참나물 2. 당귀 3. 곤드레 4. 잔대 5. 냉이 6. 곰취 7. 고들빼기 8. 돌나물 9. 으아리

"아뉴, 일러준다구 교수님이 캘 줄이나 알겠슈. 무량사 극락전 뒤에 많아유."

　나물은 세계에서 우리나라밖에 없다고 한다. 실제로 프랑스·이탈리아 등 서양 요리에는 샐러드로 먹는 야채가 있을 뿐이다. 중국식·일본식 요리에도 나물이라는 것이 없다. 고사리를 비롯해 우리가 나물이라고 하는 것이 서양에서는 독초로 분류되는 것이 많다고 한다. 그러나 우리 조상들은 그 독초를 삶아서 독을 빼내고 나물로 무쳐먹는다. 어떤 것은 삶아 먹고, 어떤 것은 데쳐먹고, 어떤 것은 생으로도 먹는다. 이 모든 것은 우리 조상들이 수많은 시행착오 속에서 찾아낸 삶의 방편이자 슬기이다.

그런데 만수리 나물 할머니가 2010년 봄에 갑자기 세상을 떠나셨다. 나는 누가 이 할머니를 대신해 만수산 나물의 맥을 이어갈지 은근히 걱정이 된다. 이런 것이 기록으로 남아 있을 리 없으니 캐지 않는 나물은 풀일 뿐이 아닌가. 더구나 꽃 가꾸기 같은 원예작물에 관한 책은 많아도 나물에 관한 책은 눈 씻고 보아도 없다. 한국토종약초연구소(회장 최진규)가 있어 위안이 되기는 하지만 내가 지금 말하고 있는 것은 약초나 꽃이 아니라 대대로 조상들이 가르쳐준 봄나물이다.

이런 생각을 하다가 나는 직업병처럼 문득 만수산 무량사 입구에 자그마한 나물박물관을 하나 세워도 좋겠다는 생각을 갖게 되었다. 나물의 종류와 가치를 가르쳐주면서 외산장(4, 9일)에 내다파는 할머니들의 나물을 봄철 내내 사갈 수 있는 살아 있는 박물관 말이다. 내 딴에는 좋은 생각이라고 집사람에게 의기양양하게 말했더니 반응이 시큰둥하다.

"그러다 산나물 씨가 마르면 당신이 책임질 튀유?"

마늘쫑은 어떻게 뽑나

나물뿐만이 아니다. 반교리로 내려와 살면서 내가 알게 된 참으로 안타까운 사실의 하나는 농사짓는 법을 기록한 교본이 없다는 사실이다. '꽃밭 가꾸기' '야생초 기르기' 같은 원예 서적과 '텃밭 가꾸기' '유기농 재배법' 같은 반은 취미로 농사짓는 가이드북은 있어도 나물 캐는 할머니의 경험이나 진짜 농사꾼이 일 년 열두 달 논밭에서 하고 있는 일을 기록해둔 농업 교본이 없다는 것은 거짓말 같지만 사실이다.

5도 2촌 생활을 하는 주제에 내가 농사를 지으면 얼마나 짓고 작물을 심으면 몇 가지나 심겠느냐마는 고구마는 언제 심고 고랑은 어떻게 만들고 얼마 간격으로 심고 언제 캐는가를 옆집 반교리 청년회원이 알려주듯 써놓은 책이 없다.

고추는 밭을 옮겨가며 심어야 병이 적지만 마늘은 심은 데 심어야 잘되고, 옥수수는 일찍 심으면 일찍 따먹고, 늦게 심으면 늦게 따먹으니 모종을 심거나 씨를 뿌릴 때 일주일 간격으로 해야 맛있게 먹는다고 한다. 고라니는 근대를 좋아하여 산밭에 심으면 안 되고 들깨는 안 먹으니 심어도 된다고 한다. 우리 밭에 고구마줄기가 무성하게 퍼져나가는 것을 보고 아랫집 아주머니가 안타까운 듯 고구마줄기를 뒤집어주라고 일러주었는데, 줄기가 퍼져나가 뿌리를 내리면 잎만 무성해지고 결실을 잘 맺지 못한다는 것이다.

송시열(宋時烈) 선생이 제주도 유배 왔다가 죽는 당년에도 생강을 심었다는 얘기를 듣고 추사 김정희가 감동의 시를 쓴 게 있어, 나도 생강을 조금 심어보았더니 일 나온 아주머니가 생강 고랑은 평평해야 한다며 다시 심어주셨다.

어느 날 삼호식당에서 아침을 먹는데 밥상에 마늘쫑(마늘종)이 나왔다. 나는 마늘쫑을 어떻게 빼는지 몰라 쫑 머리만 톡톡 잘라 먹었다. 생각난 김에 삼호식당 아주머니께 물었다.

"마늘쫑은 어떻게 뽑아요?"
"바늘로 뽑아유."
"바늘로 뽑다뇨?"
"그냥 잡아당기면 모가지만 끊어져유. 그러니까 마늘대 밑에서 서너번째 마디를 바늘로 콕 찌르고 잡아당기면 쏙 빠져나와유. 바늘 빌려드릴까유?"

왜 세번째 마디를 찌르느냐 하면 나중에 마늘을 묶을 때 쫑이 남아 있어야 하기 때문이라는 것이다. 집에 와 가르쳐준 대로 하니 신기하게 쑥쑥 뽑힌다. 알고 보니 본래 연약한 부위를 손톱으로 눌러 마늘대 속에서 쫑의 끄트머리를 끊어놓고 잡아당기던 것을 어느 '위대한' 농부가 슬기롭게도 바늘로 빼는 아이디어를 내놓아 언제부턴가 전국으로 퍼진 것이다.

나는 이것이 너무 신기해 이 신묘한 기법이 언제부터 생겨 어디까지 퍼져나갔나 지방에 답사 갈 때마다 물어봤다. 고창에서도 여수에서도 포항에서 김해에서도 다 바늘로 뽑는다는 것이다. 다만 정읍에서는 옷핀으로 뺀다고 했다. 한 할머니에게 언제부터 바늘로 뽑았느냐고 물었더니 며느리가 시집오면서 그렇게 하더라는 것이다. 며느리 나이가 몇이냐고 물으니 올해 환갑이란다. 참으로 오래된 비법이다. 그런데 농작물 재배법 어느 책에도 마늘쫑을 바늘로 뺀다는 얘기는 안 나온다.

그런데 그 원리가 무엇인지를 아는 농사꾼은 없었다. 왜 거기를 바늘로 찌르면 그 자리가 쏙 빠질까? 그 물리적 현상의 원인을 알 턱이 없다. 농과대학보다 공과대학 선생에게 물어보고 싶었다. 어느 날 연세대 공과대학 기계과의 민옥기 교수와 밥 먹으면서 이 얘기를 했더니 이분이 무릎을 치면서 감탄했다. 민 교수는 5도2촌이 아니라 아예 양평에 시골집을 짓고 거기에 살며 텃밭도 일구고 있었다.

"아! 그걸 응력 집중(應力集中)이라고 해요. 영어로 말하면 stress concentration이라고 하죠. 예를 들어 백짓장을 맞잡고 잡아당기면 어디가 찢어질지 모르죠. 그러나 가운데에 약간 흠집을 내어 살짝 찢어놓고 당기면 그 자리가 찢어지는 것이죠. 나도 마늘쫑을 좋아해서 해마다 빼먹는데 그게 안 빠져 대가리만 잘라 먹었거든요. 올해는 바늘로 쪽 빼먹게 생겼네요. 아이쿠, 내가 응력 집중은 가르치면서 마늘 쫑을 응력 집중으로 뺄 줄은 몰랐네요. 이거야 정말."

이런 사실을 알려주는 책은 없다. 농사지은 경험으로 책을 쓰는 것이 아니라 공부 많이 한 사람들이 책을 쓰니까 그런 것은 나오지 않는다. '농자천하지대본(農者天下之大本)'이라는 말이 맞다면 『농정촬요(農政撮要)』는 나라의 기본 도서인 셈인데 그런 것이 없다. 이러다가 정말로 농사꾼 중에서도 인간문화재를 지정하는 날이 올지도 모르겠다는 슬픈 생각이 든다. 반교노인이 되면 영농 일기라도 써볼까 싶다.

2011. 3.

그 많던 관아는 다 어디로 갔나

백마강 전설 / 왕흥사 사리함 / 송국리 청동기유적 / 조선의 관아 /
홍산 관아 / 홍산 문루기 / 홍산의 근대건축 / 홍산장 / 지게의 회상

백마강 전설의 허망

주말이면 반교리에 있다는 소문이 나면서 찾아오는 사람 맞이하는 것
도 애들 말로 장난이 아니었다. 그중 가장 많이 찾아온 분은 김무환 부여
군수였다. 그러던 2009년 어느 날 김군수가 반교리 우리 집에 찾아와 하
소연부터 시작했다. 너무 억울해서 찾아왔다는 것이다.

"세계역사도시 시장군수대회가 있어 참가했는데 내가 부여에서 왔
다고 하니까 죄다 멸망한 나라의 수도에서 왔다고들 하는 거 아닙니
까. 그래서 나는 화가 나서 '멸망하지 않은 고대국가가 어디 있습니
까? 그러니까 역사도시라고 하는 거 아닙니까'라고 응수했죠. 꼼짝들
못 하데요."

| 낙화암에서 본 백마강 | 낙화암에서 바라본 백마강은 대단히 서정적인데 의자왕과 소정방의 전설이 산란하여 오히려 그 풍광 그대로를 즐기는 것을 방해한다.

"잘하셨습니다."

"교수님! 고구려·신라를 이야기할 때는 석굴암이 어떻고, 고분벽화가 어떻고 하면서 전성기 문화를 말하면서, 백제에 대해서는 왜 멸망의 순간만 기억하려고 합니까?"

우리에게 백제의 이미지가 그렇게 남아 있게 된 데에는 계백 장군과 의자왕의 이야기가 너무 강하게 박혀 있는 데다 백마강과 낙화암의 비뚤어진 전설이 한몫했다. 낙화암에서 의자왕의 3천궁녀가 떨어져 죽었다고 하지만 의자왕에게 궁녀가 3천 명이 있을 수도 없는 일이고 또 3천 명이 떨어져내릴 정도로 낙화암의 스케일이 크지도 않다.

같은 전설이라도 "백제의 궁녀들이 적군에게 육신을 농락당하느니 차라리 죽음을 택하겠다고 절벽 아래로 몸을 던졌다"고만 했으면 낙화암은 비극적인 정서로 긴장감 있게 다가왔을 것이다. 또 백마강의 유래에 관한 전설은 더욱 황당한 것으로, 마땅히 폐기해버렸어야 할 것이다.

내용인즉 당나라 군사가 백마강을 건너려고 하면 맑았다가도 갑자기 안개가 끼어 도저히 건널 수 없었는데 소정방(蘇定方)이 백제의 한 도사에게 목숨을 위협하며 물어보니 의자왕(또는 무왕)이 용이 되어 백마강을 지키고 있기 때문이라고 했다. 그러자 소정방이 조룡대(釣龍臺) 바위에 앉아 백마의 머리를 미끼로 삼아 용을 낚아챘다는 것이다. 고란사(皐蘭寺)에서 백마강 상류 쪽을 바라보면 있는 바위가 조룡대라는 것이다.

이 전설은 고려시대 목은(牧隱) 이색(李穡)의 아버지 가정(稼亭) 이곡(李穀)의 백마강 유람기 『주행기(舟行記)』에도 나오는 것을 보면 꽤 오래된 것 같지만, 어차피 사실일 수 없고 무슨 상징적 교훈이 있는 것도 아니기 때문에 지워버리고 말하지 않으면 그만인 것이다. 그런데 지금도 백마강 유람선을 타면 녹음테이프로 길게 틀어주고 있다.

"군수님, 우선 백마강 유람선의 그 엉터리 전설 얘기나 바꾸라고 하세요."

"예, 그건 시정하겠습니다. 그것 말고 부여의 이미지를 바꿀 수 있는 방법이 없을까요?"

"있죠. 능사에서 발견된 백제용봉대향로와 규암에서 새로 발견된 왕흥사 사리함은 백제 아름다움의 극치예요. 그걸 자꾸 부각시켜야죠. 국립부여박물관에 가서 그것부터 보라고 해야죠."

백제미의 진수 왕흥사 사리함

2007년 10월 백마강 구드래나루터 건너편 규암에 있는 백제 고찰 왕흥사터에서 아름다운 금·은·동 사리함을 발견한 것은 한국미술사의 쾌거였다. 이 사리함은 백제 금속공예의 진면목을 보여주는 기념비적 명작이었고, 그런 명작이 백마강변의 절터에서 나왔다는 것은 백마강에 새로운 상징성을 부여해준다. 그래서 연전부터는 해마다 10월이면 열리는 백제문화제 때 부교를 놓아 강 건너 왕흥사터를 다녀오게 하는 행사도 벌어진다.

백제 왕흥사(王興寺)에 대해서는 『삼국사기』에 두 번 기록이 나오는데 무슨 착오인지 두 번 다 창건한 이야기다. 즉 법왕 2년(600) 정월에 왕흥사를 창건하고 도승(度僧) 30명을 두었다고 했으면서, 다시 무왕 34년(633)에 "왕흥사가 창건되었는데 이 절은 물가에 임하여 짓고 채색이 화려하고 장엄했다. 왕은 늘 배를 타고 절로 들어가 향을 피웠다"라는 기사가 나온다.

왕흥사터는 1934년에 '왕흥'이라 새겨진 기와편이 이 자리에서 발견되어 대충 짐작만 해오고 있었다. 그러나 세월이 너무 많이 지나 이미 유적지가 논밭으로 일구어져 있었고 민가도 들어서 있었다. 이것을 문화재청에서 사들여 국립부여문화재연구소에서 왕흥사터를 발굴하게 된 것은 2000년에 이르러서였다.

발굴단은 강비탈 위에서부터 조사를 시작했는데 좀처럼 백제 절터가 나타나지 않다가 마침내 강변 아래쪽에서 선착장 같은 구조와 함께 절터를 찾아내게 되었다. 그리고 2007년 10월, 목탑지 심초석(心礎石)에 있는 사리공(舍利孔)에서 금·은·동 사리함 한 세트를 발견하게 되었다. 이는 1993년 백제용봉대향로 발굴 이래 백제 금속공예의 아름다움을 극

| **왕흥사터 사리함** | 577년 위덕왕이 죽은 왕자를 위해 봉안했다는 이 사리함은 금·은·동 한 세트로 '검소하되 누추하지 않다'는 백제의 미학을 여실히 보여준다.

명하게 보여주는 최대 성과였다.

사리함의 가장 바깥 외함인 동제사리함 몸체에는 "정유년 2월 15일 백제 창왕(昌王)은 죽은 왕자를 위하여 사찰을 세우고 사리 2매를 묻었다"라는 명문이 있었다. 창왕은 위덕왕(威德王, 재위 554~98)의 생전 이름이고 정유년은 위덕왕 24년(577)이며 동제함 속에 은제함, 은제함 속에 금제사리함이 차례로 들어 있고 금제사리함 속엔 맑은 액체가 가득 채워져 있었다.

이 명확한 기록으로 우리는『삼국사기』의 애매한 기록을 무시하고 왕흥사는 위덕왕이 죽은 아들을 위해 지은 절임을 알 수 있게 되었다. 왕흥사 사리함 금·은·동 한 세트를 보면 그 각각의 형태미가 아주 세련되고 아름다워 과연 백제의 공예품이라는 찬사를 보내게 된다. 나 자신 왕흥사 사리함 이후 백제에 대한 이미지를 새롭게 갖게 되었다.

백제 이전의 부여, 백제 이후의 부여

나는 군수에게 백제 이야기는 의자왕이 아니라 백제 문화의 전성기인 성왕, 위덕왕, 무왕의 얘기가 자주 인구에 회자되어야 한다고 강조했다. 그러나 김군수는 만족하지 않고 또 얘기를 꺼낸다.

"그건 나도 알죠. 그런 건 교수님 같은 분이 열심히 강조해서 국민들에게 백제를 올바로 알려야 할 일이고, 나 같은 군수가 할 일은 따로 있지 않을까요?"

이렇게 나오는 것이 바로 충청도식 대화법이다. 지금 김군수는 나에게 무언가 요구할 것이 있는데 그 말을 할 수 있는 말꼬리가 내 입에서 나올 때까지 빙빙 돌리고 있는 것이 틀림없었다. 나는 단도직입적으로 들어갔다.

"제가 무얼 도와드릴까요?"

"교수님, 백제 이전에도 부여가 있고 백제 이후에도 부여가 있지 않습니까?"

"그렇죠. 백제 이전엔 송국리 청동기시대 유적지가 있고, 고려시대 유적지론 대조사, 무량사, 장하리석탑이 있고, 조선시대 유적지론 홍산 관아가 있죠."

"바로 그겁니다. 부여에 온 사람들은 정림사 오충석탑, 낙화암만 보고 가면서 멸망한 나라의 유적이라 볼 것이 없다느니 실망했다느니 하는데 이런 곳까지 보고 가게 해야 하는 거 아닙니까?"

"그러면 좋죠."

"교수님, 이제 부탁 좀 드리겠습니다. 봄가을로 교수님이 유적지를 안내하는 답사 프로그램을 갖고 싶습니다."

내 이럴 줄 알았다. 이 부탁 하려고 참 먼 데서부터 얘기를 꺼내온 것이었다.

"내가 그렇게 시간을 내기는 힘든데요."
"힘들다뇨. 교수님은 부여군 외산면 반교리 청년회원이 아닙니까?"

나는 지고 말았다. 뜻밖에도 은퇴 후 반교노인이나 되면 할 일이 너무도 빨리 찾아왔다. 그리하여 2009년부터 봄가을로 두 차례씩 부여문화원이 주관하는 '유홍준과 함께하는 부여답사'에 차출되어 내 고향 부여의 문화유산을 자랑하는 일을 하고 있다.

부여문화원에서 주관하는 '유홍준과 함께하는 부여답사'는 4월, 5월, 10월, 11월 마지막 토요일에 열린다. 전 국민을 상대로 인터넷으로 신청받아 아침 9시 30분에 정림사에 모이면 백제 이전의 부여와 백제 이후의 부여를 순회하고 오후 5시에 다시 정림사 주차장에서 해산하는 것이다.

답사 일정은 그때마다 바뀌지만 대체로 송국리 선사유적지, 대조사, 홍산 관아가 1코스이고, 장하리 삼층석탑, 무량사, 반교리 돌담길을 2코스로 하여 홀수 달은 1코스, 짝수 달은 2코스로 답사하고 있다. 그리고 시간이 허락되면 대조사 답사는 논산 관촉사까지 연장되고, 무량사 답사는 보령 성주사터까지 이어진다. 언제까지 이어질지는 모르지만 벌써 여러 해째다.

| 송국리 전경 | 우리나라 청동기시대 최대 취락지인 송국리에선 고고학에서 송국리 문화라는 말을 사용할 정도로 다양한 유물이 출토되었다.

송국리 선사유적지에서

'유홍준과 함께하는 부여답사'의 첫 행선지는 송국리(松菊里) 청동기 시대 유적였다. 부여 동쪽 끝 논산과 경계를 이루는 초촌면 송국리는 낮은 구릉과 넓은 들판이 연이어 펼쳐지는 곡창지대다. 논산훈련소를 나온 분이라면 단번에 연산벌판과 아주 비슷한 풍광이라고 느낄 터인데 실제로 이 들판은 연산, 논산, 익산평야로 이어져 있다.

지금도 100여 호가 모여 사는 송국리마을 뒷산은 일제가 1940년 무렵에 산림녹화한다고 심어놓은 리기다소나무가 숲을 이루고 있는데, 바로 이 솔숲이 국가 사적으로 지정된 송국리 선사유적지다.

송국리는 남한 최대의 청동기시대 유적지다. 송국리를 모르면 사실상 우리나라 청동기시대를 모른다고 말해도 과언이 아니다. 그런데 답사 온

| 녹채 | 마을의 방어벽인 목채 아래에는 짐승들이 들어오지 못하도록 사슴뿔 모양의 나무침을 꽂아놓았다. 이를 녹채라고 한다.

분 대부분이 송국리는 처음 들어본다는 것이었다. 그래서 내가 "여러분들이 중·고등학교 다닐 때는 아직 송국리가 발굴 중이었기 때문에 교과서에 나오지 않아서 모를 수도 있겠습니다마는" 하고 말을 꺼내는 순간 답사에 함께한 역사 교사가 "지금도 역사교과서에 안 나와요"라는 것이었다.

믿기지 않는 놀라운 사실이었다. 집에 돌아와 확인해보니 정말로 나오지 않았다. 그러면서도 중학교 『국사』 국정교과서에 청동기시대 사진 도판으로 실린 '민무늬토기'(충남 부여 출토), '청동기시대의 사각집터와 원형집터'(충남 부여)는 모두 송국리 유적지를 말하는 것이고, 고등학교 『국사』 교과서에 청동기시대 도판으로 실린 '비파형 동검' 역시 송국리 출토 유물이었다.

여기에서 우리는 국사 교육의 난맥상을 보게 된다. 청동기시대를 설명한 내용 자체도 불만이지만 왜 유물의 실체를 빼놓고 관념적으로 서술하고 또 고고학적 유물과 역사적 사실을 항시 따로 설명하는지 모르겠다. 그 결과 우리 학생들은 청동기시대는 알아도 송국리는 모르는 이상한 교육을 받고 있는 것이다.

송국리 유적지를 발굴하게 된 계기는 많은 우리 유적지가 그러하듯 역시 도굴꾼의 소행 때문이었다. 송국리 야산에는 이따금 도굴꾼이 나타나 쇠꼬챙이로 땅을 쑤시고 돌아다녔다. 그러던 1974년 어느 날에는 세 명이 나타나 무엇을 찾았는지 땅을 파고 있었다. 마을 주민이 이를 경찰에 신고해 도굴꾼은 붙잡혔고, 그들이 파헤친 곳에는 돌널무덤(石棺墓)이 있었다. 여기서 놀랍게도 비파형 동검이 출토되었다.

비파형 동검은 우리나라 전기청동기시대 지배층의 상징 유물이다. 랴오닝(遼寧) 지방에서 많이 출토되어 랴오닝식 동검이라고도 불리는데 현재까지 한반도에서 출토된 것은 40자루 정도이며 이것이 후기청동기시대로 들어가면 한반도에서만 출토되는 한국식 세형(細形) 동검으로 바뀐다. 이것이 우리나라 청동기시대의 흐름이다. 특히 비파형 동검은 대개 고조선의 영역에서 출토되어 탁자식(북방식) 고인돌, 미송리형 단지와 함께 고조선의 3대 상징 유물의 하나로 꼽히고 있다.

이런 비파형 동검이 이곳 부여 송국리에서 출토된 것이다. 이는 고고학상 매우 중요한 발견이었다. 삼국시대로 치면 금관이 출토된 것에 비교할 만한 일이었다. 이리하여 1995년부터 국립중앙박물관에서 본격적으로 발굴에 들어가 1997년까지 모두 11차례 발굴조사를 벌였다.

발굴 결과, 송국리는 기원전 5, 6세기에 사람이 살았던 방대한 취락지로 70여 기의 집터와 함께 마을을 둘러싼 환호(環濠, 마을 주변을 돌아가면서 깊게 파놓은 V자형 도랑)와 목책, 그리고 녹채(鹿砦, 사슴뿔 모양의 방어용 나무침)

| 송국리 출토 비파형 동검과 단지 | 송국리 유적에서는 고조선의 상징 유물인 비파형 동검이 출토되어 고고학자들을 놀라게 했다. 고조선의 영향력이 남쪽까지 미쳤다는 증거이다. 송국리에서 나온 우아한 모습의 토기는 송국리형 단지라는 이름으로 불리고 있다.

를 무수히 꽂아두었던 시설들이 확인되었다. 전체 둘레가 1.5~2킬로미터나 되었고 그 주위에선 여러 기의 널무덤, 돌널무덤이 나왔다.

이 송국리 유적에서는 많은 종류의 토기와 다양한 반달칼, 잘 다듬어진 돌칼, 돌화살촉, 대롱옥, 굽은옥 등이 출토되었다. 또 거친무늬 청동거울의 거푸집〔鎔范〕도 출토되어 청동 야금이 직접 이루어졌음을 확실히 알 수 있게 되었다. 불에 탄 쌀이 395그램 수습되어 이들이 논농사를 지었다는 사실도 확인되었다. 이런 대규모 청동기시대 유적은 아직 남한 땅에서는 나온 곳이 없다.

특히 여기에서 출토된 항아리는 동시대 다른 지역의 민무늬토기들과 달리 독특하고 아름다운 것이어서 고고학에서는 송국리형 단지라고 부른다. 기형(器形)을 보면 달걀 모양 혹은 고구마 모양으로 부풀어오른 몸체에 입술은 약간 밖으로 벌어지고 굽이 좁은 납작바닥을 하고 있어 전체적으로 우아한 곡선미를 자랑하는 맵시 있는 모습이다. 이런 미감은 훗날 이 지역에서 일어난 백제 도기에 그대로 계승된 것으로 생각된다. 또 송국리 옆동네 산직리에는 덮개돌(남방식) 고인돌 2기가 파손된 채 남아 있다. 행정구역상 산직리 고인돌이라 불리지만 사실상 송국리 지배층의 무덤이다. 이를 송국리 고인돌이라고 부르지 못한 융통성이 아쉽다.

이처럼 청동기시대에 송국리에 살았던 사람이 삶과 죽음의 공간에 남긴 유물들은 고조선과 비슷한 것 같으면서도 질적으로 다른 문화의 내용을 갖고 있다. 이를 고고학에서는 송국리형 문화라고 부른다. 이 송국리형 문화는 남쪽으로 퍼져나가 낙동강 서쪽 지역에서도 나타나고 있다.

우리나라 청동기시대는 대체로 북쪽 지방에서 예(濊)족의 고조선이 먼저 일어나고, 뒤이어 북동쪽에서는 맥(貊)족의 부여, 남쪽에서는 한(韓)족의 진국(辰國)이 삼한(三韓)으로 분화하기 이전에 자리잡고 있었던 것으로 생각된다. 그 진국 이전의 대표적 유적이 바로 이 송국리 청동기시대 유적이며, 고고학상 청동기시대가 지닌 최대의 특징은 쌀농사와 마을의 형성인바 그것을 가장 명확히 보여주는 곳이 바로 이곳 송국리 유적이다. 국가의 사적이 되고도 남음이 있다.

일본 요시노가리 유적지의 경우

본래 선사시대 유적지란 크게 볼 것은 없고 황량한 터만 남아 있기 일쑤다. 그러나 우리가 문화재로 송국리 유적지를 보존·관리하는 태도 또한 자랑스러울 것이 못 된다. 일본 규슈(九州) 사가(佐賀)현에는 요시노가리(吉野ヶ里)라는 일본 야요이(彌生)시대(기원전 3세기~기원후 3세기 무렵) 최대 유적이 있다. 2007년 10월에 우리 국립중앙박물관에서 '요시노가리, 일본 속의 고대 한국'이라는 특별전을 개최한 적도 있다.

| 요시노가리 유적지 | 일본 청동기시대 유적지인 요시노가리는 "야요이인의 목소리가 들려온다"는 주제로 복원되어 교육적으로 많은 효과를 얻고 있다.

일본은 과감하게 요시노가리 유적지를 복원해놓았다. 이때 일본 고고학계의 반론이 만만치 않았지만, 끝내 움집과 창고 등 건물 98채와 환호, 목책, 옛날 논을 복원하여 2천 년 전 모습을 재현해놓은 것이다. 복원 주제는 '야요이인의 목소리가 들려온다'였다. 그리하여 1989년 발굴 이래 지금까지 매년 관람객이 170만 명씩 찾아와 벌써 1,500만 명이 다녀갔다고 한다. 또 그곳에선 움집 숙박, 고대 모내기, 옷감 짜기 등 다양한 체험 행사와 교육 프로그램도 운영하고 있다. 이것이 산 교육이고 살아 있는 문화재 행정이라고 생각한다.

2004년 가을, 문화재청장에 취임하고 얼마 안 되어 나는 곧바로 송국리 유적지를 찾아갔다. 여기를 요시노가리처럼 복원할 복심(腹心)이 있었던 것이다. 그러나 내가 할 수 있는 일, 우선적으로 해야 할 일은 개인 소유로 되어 있는 유적지 16만 평(52만 8926제곱미터)의 토지를 매입하는 일뿐이었다. 내 기억으로 10년간 500억 원의 예산을 투입하는 계획을 세웠다. 이번 답삿길에도 이 쓸쓸한 유적지를 자원해서 지키고 계신 이 동네 토박이 주민으로, 1975년부터 11번 있었던 발굴에 모두 참여한 문화관광해설사 인국환 씨를 만났다.

　"인선생님, 토지 매입은 잘되어갑니까?"
　"예, 이제 7만 평 매입했습니다. 아직 9만 평 남았습니다."

　나는 멀리 느린 곡선을 그리며 멀어져가는 송국리 들판을 바라보면서 '아직도 많이 남았구나' 생각하고 잠시 멍하니 서 있었다. 함께한 답사객들은 그동안 송국리의 송 자도 몰랐던 것이 죄스러웠는지 임시로 열어놓은 유적안내실에 들어가 나올 줄 모르고 있었다.

건축은 답사의 몸통

　답사는 물론이고 관광에서 우리가 만나는 옛 유물은 100퍼센트가 건축이다. 건축 이외에 우리가 보고 즐기며 배우는 것은 박물관의 미술품뿐이다. 비유해서 말하자면 한 시대, 한 민족의 문화는 건축이라는 나무에 미술이라는 꽃으로 남게 된다. 그 시대의 경제·정치·군사·인물·사상·문학은 모두 땅속에 묻혀 있는 뿌리이며, 보이지 않는 무성한 잎이 그 시대 사람이 살던 민속이다. 그러니까 답사란 결국 건축을 보면서 한 시대를 읽어내는 일이다. 그 건축이라는 줄기를 보면서 꽃과 잎과 뿌리를 감지하는 것은 또 다른 일이다. 그런 의미에서 건축은 답사의 몸통인 셈이다. 송국리에 와서 우리가 무언가를 읽어내기 힘든 것은 건축이 없기 때문이며, 일본이 요시노가리 유적지를 복원해놓은 것은 그런 가시적인 건조물을 제공한 것이다.

이제 우리가 백제 이후 조선시대 유적으로 찾아가는 홍산관아는 그런 면에서 송국리 유적과 달리 우리에게 구체적이고도 확연한 이미지를 전해줄 것이다. 역사적 건축물의 유형은 아주 다양하다. 궁궐 건축인 고궁, 관공서 건물인 관아, 종교 시설인 사찰과 사당, 학교 시설인 서원과 향교, 군사 시설인 성곽과 산성, 지배층의 저택인 양반 가옥과 원림(정원과 정자) 그리고 서민 주택인 민속마을이 있다. 거기에 또 죽음의 공간인 고분도 건축의 하나다.

그러나 우리는 불행히도, 어떤 면에서는 가장 중요한 건축 한 가지가 없다. 그것은 옛 도시 공간의 자취를 온전히 전해주는 곳이 한 군데도 없다는 사실이다. 유럽의 여러 나라를 답사할 때면 나는 그것이 가장 부러웠다. 왜 이렇게 되었을까? 그것은 일제강점기가 남긴 치유되지 않는 상처다. 옛 도시 공간은 관아를 중심으로 형성되었는데 그 관아가 제대로 남아 있는 곳이 한 곳도 없기 때문이다.

조선시대에는 전국을 8도로 나누고 330여 곳에 지방관아를 두어 중앙의 관리를 파견해 다스리게 했다. 각 도에는 감영(監營)을 각기 두 곳씩 두고 관찰사는 종2품(차관급)에 봉했다. 지방 조직은 수시로 바뀌었지만 기본적으로 도청소재지에 해당하는 고을은 목사(牧使, 정3품)가 관할하고, 그다음에는 도호부사(都護府使, 종3품), 군수(郡守, 종4품), 현령(縣令, 종5품), 현감(縣監, 종6품) 순으로 두었다. 그리고 오늘날의 특별시·광역시·수도권 등의 개념이 있어 서울은 한성부라 이름하고 특별히 판윤(判尹, 정2품)을 두었고, 수도권의 개성·수원·광주·강화부의 수령은 유수(留守, 종2품)라고 하여 관찰사와 동급이었다. 옛 왕도 경주와 평양, 이성계의 본관지인 전주와 탄생지인 함흥 그리고 외교·국방상 요지인 의주는 부윤(府尹, 종2품)을 두었다. 기본은 현감이 다스리는 현이었다.

조선 관아의 비극적 종말

이 많던 조선시대 군현의 관아는 일제 침략과 함께 비극적인 운명을 맞게 된다. 1905년 을사조약을 강제로 체결한 뒤 일제는 이른바 각 고을에 주재소를 두었고, 1910년 한일병합 뒤에는 대대적인 행정구역 개편을 단행해 1914년에 대개 4개의 군·현을 합쳐 시·군으로 바꾸었다. 일례로 부여군은 부여현, 홍산현, 석성현, 임천군 등 4개의 군·현이 합쳐져 만들어졌다.

일제는 새로 통합한 행정구역의 군청을 조선시대 관아에 두지 않고 자기네 풍으로 새로 지으면서, 관아를 중심으로 형성된 옛 도시 공간을 의도적으로 파괴하고 신시가지를 만들었다. 오늘날 일부 남아 있는 관아 건물과 관아터들이 모두 시내 한쪽에 물러나 있는 것은 이런 이유다. 그리고 용도를 잃어버린 관아 건물은 대개 새로 등장하는 학교 건물로 이용되었다. 연풍초등학교, 고부초등학교, 안의초등학교, 거제중학교 등 지금 전국의 유서 깊은 지방 초·중등학교들이 거의 다 옛 관아 자리에 있는 것은 그 때문이다. 그리고 관아의 권위를 보여주는 2층 누각의 문루는 철저하게 파괴했다.

통문관 할아버지로 불렸던 고(故) 이겸노(李謙魯, 1909~2006) 선생이 쓴 『통문관 책방비화』에 나오는 자서전적 수필을 보면 평안남도 용강군의 시골에서 태어나 아홉살 되던 1918년에 용강 관아에 설립된 삼화보통학교에 입학했다고 한다. 이때 당신은 관아의 문루를 보면서 처음으로 2층 건물의 장대함을 보았고 거기서 시간만 되면 울리는 북소리에 가슴이 부풀곤 했단다. 그런데 여름방학이 지나고 2학기가 되어 다시 학교에 가니 그 문루가 헐려 없어져 너무도 허망했다고 한다. 더 서운한 것은 그 북소리를 들을 수 없게 된 것이었다. 그 북이 어디 갔을까 궁금하기만 했

| 홍산 전경 | 홍산은 산세가 마치 큰 기러기가 날아가는 모습이라고 해서 얻은 이름이다. 느린 동감을 보여주는 산세와 함께 아주 편안한 느낌을 주는 마을이다.

는데 그해 가을운동회 때 그 북이 나타나 100미터 달리기에 출발신호로 사용되어 무척 반가웠다고 했다.

8·15광복을 맞아 문교부에서 전국의 국민(초등)학교 건물을 획일화된 '현대식' 건물로 지으면서 그나마 일부 남아 있던 관아 건물들도 대개 철거되었다.

어디 한 곳만이라도 복원할 수 없을까? 문화재청장으로 재직하고 있을 때 이 문제를 풀기 위해 각 지방자치단체에 현재 보유하고 있는 관아 건물의 실태를 보고하도록 했다. 이를 기초로 역사학자, 지리학자, 건축사학자, 도시공학 전문가들로 자문위원단을 구성하고 현장 조사를 실시케 한 뒤 복원 가능한 곳에 대한 장기적인 복원계획을 수립했다.

그 결과 나주목 관아, 제주목 관아, 김제군 관아, 고창군의 무장읍성과 관아, 거제현 관아 그리고 부여군 홍산현 관아 등 6곳을 국가 사적으로 지정했다. 그중에서도 옛 도시 공간까지 복원 가능한 곳은 부여군 홍산현 관아 한 곳뿐이었다.

홍산현의 자리앉음새

홍산현이 국가 사적으로 지정된 것은 현재의 건물이 갖고 있는 가치가 아니라 현청의 자리앉음새가 탁월하고 얼마든지 옛 모습으로 복원 가능하기 때문이었다. 홍산 고을은 서북쪽에 월명산(月明山)이 높이 솟았고 동남쪽으로 넓은 들판이 펼쳐져 평화롭고 풍요로운 고을 풍광을 보여준다. 마을의 진산인 서쪽의 비홍산(飛鴻山)은 낮은 산자락들이 진짜 '날아가는 기러기' 모양이다. 그래서 고을 이름이 홍산(鴻山)으로 되었다.

홍산은 백제 시절엔 대산현(大山縣)이 설치되었고, 고려 태조 때 홍산이라는 이름을 얻게 되었으며, 역사상 주목받게 되는 것은 고려 말 1376년에 왜구들이 창궐할 때 최영 장군이 여기에서 왜구를 크게 섬멸하면서이다. 그것이 홍산대첩이다. 지금은 전하지 않지만 임금이 「홍산파진도(鴻山破陣圖)」를 기록화로 그리게 하고 목은 이색에게 찬문을 짓게 할 정도로 국가적 쾌거였다.

조선시대 들어와 태종 13년(1413) 군현 개편 때 홍산현이 설치된 후 1914년 일제의 시군 통폐합으로 부여군에 속하게 될 때까지 충청도의 한 고을로 자기 위치를 갖고 있었다. 홍가신, 이해, 장유, 이명한, 채팽윤,

| 홍산 관아 옛 지도 | 규장각에 소장된 19세기 홍산현 옛 지도에는 홍산 관아의 배치가 아주 자세히 나타나 있어 이를 바탕으로 복원 계획이 세워졌다.

| 홍산 객사 | 왕의 전패를 모신 객사는 중앙정부의 상징적 건물이다. 좌우에 날개가 달린 일직선 건물로 대단히 권위적인 모습을 보여준다.

조목 등 조선 중기의 많은 문사들이 홍산을 지날 때면 홍산의 아름답고 편안함을 시로 남기곤 했다. 홍산 관아는 비홍산 아랫자락에 자리잡고 있다. 고을 한가운데로는 월명산에서 발원해 동쪽으로 흐르는 홍산천이 있고 읍내와 관아 사이에는 만덕교라는 돌다리가 놓여 있었다. 만덕교는 현재 하천 옆의 배수펌프장 안으로 옮겨졌고 만덕교비는 객사 앞마당에 이설되었지만 홍산 외곽도로가 개설되기 전에는 홍산 읍내로 들어가는 관문 격인 다리였다.

이 만덕교를 지나면 관아를 알리는 홍살문이 있었다. 여기에서 관아를 바라보면 집홍루까지는 반듯한 비탈길이 거짓말처럼 옛 모습 그대로 남아 있다.

조선시대 330개 고을 중 오직 홍산현만이 복원 가능하게 된 것은 아이러니다. 궁벽한 오지여서 좀처럼 새 건물을 지어주지 않아 옛 건물을 쓸 수밖에 없었던 사정이 있었던 것이다. 홍산현 동헌은 1909년부터 부여 헌병대 홍산파견소로 이용됐다. 그리고 광복 후에는 이곳을 부여경찰서 홍산지서가 이어받아 1970년까지 사용했다. 객사에는 사립학교인 홍산 한흥학교(1909)가 건립됐다. 이 학교가 1949년에 공립초등학교로 개편되면서 지금 위치로 이전하고 이 건물에는 면사무소가 들어와 1984년까지 사용했다.

홍산현 관아 건물

『홍산현지(鴻山縣誌)』(1871)에 의하면 홍산 관아에는 모두 20채의 건물이 있었는데, 현재는 객사, 동헌, 형방청, 대문루각 4채만 남아 있다. 『홍산현지』에 기록된 관아 건물은 다음과 같다.

건물명	편액	규모(間)	기능
객사(客舍)	飛鴻館	41	국왕을 상징하는 건물
동헌(東軒)	製錦堂	15	고을 수령의 집무 공간
연융청(鍊戎廳)		5.5	활쏘기 등 훈련을 맡은 곳
내아(內衙)	道正堂	24	지방관아의 안채
책방(冊房)	遊翰堂	7	기록 업무, 수령의 비서사무 담당
급창방(及唱房)		5	명령을 전달받던 곳
내삼문(內三門)	鴻山衙門	5	동헌으로 들어오는 문
사령방(使令房)	承鈴廳	12	사령의 막사
외삼문(外三門)	集鴻樓	2층, 12	현청의 대문
작청(作廳)	翰山椽房	23	공장(工匠), 영선(營繕)사무 담당
현사(縣司)	安逸司		아전 집무소
장청(將廳)	大山將廳	19	장교 숙소
포수청(砲手廳)			화약 무기 담당
향청(鄕廳)	槐竹軒	19	향리 규찰, 풍기 단속, 수령 보좌
관청(官廳)		7	음식을 맡은 아전이 있던 곳

공수청(公須廳)		7	회계사무 관장
유미고(油米庫)		4	기름과 쌀 등을 보관하던 곳
형청(刑廳)	飛鴻秋廳	10	형행을 맡던 곳
군기고(軍器庫)		4	무기 보관소
홍살문(紅箭門)			현청 입구의 상징문

객사는 조선시대 관아의 중심 건물로 국가와 국왕을 상징하는 건물이다. 현감이 근무하는 건물을 동헌이라고 부르는 것은 객사의 동쪽에 있기 때문이다. 객사는 전패(殿牌)를 봉안하고 왕의 교지나 교서를 받을 때 의식을 거행하던 공간이다. 또 임금의 명을 받은, 즉 임금을 대신해서 내려온 관찰사나 암행어사가 현청에 와서 업무를 보고 송사를 처리할 때 사용하던 공간이다. 그러니까 이도령이 변사또를 심문하던 곳은 동헌이 아니라 객사였다. 그래서 객사 건물은 가운데 정당(政堂)을 두고 양날개에 관찰사와 수행원의 숙소로 쓰이던 건물이 달려 있다.

홍산 객사에는 수령 500년이 넘는 은행나무 두 그루가 있어 그 연륜을 말해주는데 현 건물은 헌종 2년(1836)에 현감 김용근(金龍根)이 중건한 것으로, 기록에 의하면 목수 20여 명이 5개월에 걸쳐 건립했다고 한다. 홍산 동헌은 석축 위에 높직이 올라앉은 정면 일곱 칸, 측면 두 칸의 제법 당당한 규모다. 비스듬한 언덕 위에 자리잡고 아래에서 올려다보게끔 되어 있어 건물의 권위가 더 있어 보이고 위에 올라앉아 내려다보면 그 시계가 제법 시원스럽다. 이는 흥선대원군이 집권 후 지방관청의 위엄을 세우기 위해 전국의 관아 건물들을 중건하라는 지시를 내렸을 때 현감 정기화(鄭慶和)가 고종 8년(1871)에 새로 지은 건물이다. 당호는 제금당(製錦堂)이라 하였다.

동헌 양옆으로 20채나 되던 관아 부속 건물들은 다 허물어지고 오직 아래쪽에 뚝 떨어져 이호예병형공(吏戶禮兵刑工) 중 형방청만 남아 있다.

| **홍산 동헌** | 제금당이라는 이름을 갖고 있는 동헌은 현감이 근무하던 건물로 홍산 동헌에서 가장 옛 모습을 간직하고 있다.

ㄷ자형 열 칸 규모로 제법 큰 이 형방 건물만 남아 있는 것 또한 아이러니다. 일본 헌병대가 들어와 사용하면서 수감 시설이 있는 이 건물만 살려둔 것이다. 그러다 1914년 이후에는 잠업 전습소로 쓰였고 광복 후에는 개인 살림집이 되었다.

홍산 관아의 문루인 집홍루(集鴻樓)는 그 팔자가 더 사납다. 관아의 외삼문(外三門)인 이 문루는 고종 8년 관아 증축 당시 세워진 것으로 2층 누각에 팔작지붕이 마치 날아갈 것 같은 모양으로 당당하게 잘생겼다. 그런데 1964년 5월에 부여 부소산성에 영일루(迎日樓)를 복원한다고 이 문루를 헐어 이전해갔다. 그런 모진 세월이 다 있었다. 현재의 집홍루는 1995년에 복원한 것이다.

홍산 문루기

옛날에는 중요한 건물이 완공되면 기문(記文)을 지어 건축에 담긴 인문정신을 현판으로 새겨놓곤 했다. 그래서 기문 중에는 명문이 많다. 현감 정기화는 집홍루를 짓고는 그 감회를 이렇게 말했다.

비홍산 아래에 홍산현이 있고 현의 문에 집홍루가 있으니 여기는 홍산에서 제일 경치가 좋다. 『시경』「소아(小雅)」편에 "기러기가 날아 물가에 모이네"라는 구절이 있어 떠도는 백성들이 편안히 모여 집을 짓고 살게 했음을 노래한 시구에서 따온 것이다.

글은 이렇게 계속된다. 집홍루는 비록 화려하지는 않지만 아스라하게 솟아올라서 하늘로 올라가는 기상이 있고, 비 갠 아침과 따뜻한 저녁에 올라가 앉으면 벼 심은 들, 채소 이랑, 평평한 숲, 잔잔한 도랑들이 아득하게 펼쳐지며 홍산의 아름다운 경치를 한눈에 볼 수 있게 된다. 그리고 이렇게 글을 맺었다.

누각이란 고을에 있어서 사람 얼굴의 눈썹과 같다. 무릇 눈썹이란 얼굴에 보탬이 되지는 않지만 이것이 없으면 얼굴이 되지 못한다. 내가 이 누각을 세움은 경관을 탐내어 즐겨 노는 자리를 만들자는 것이 아니었다. 뒷날 이 누각에 오르는 자들은 모름지기 집홍루의 뜻을 헤아려 백성들을 편안하게 모실 줄 안다면 진실로 기러기가 깃들 곳을 잃지는 않으리라.

| 저포조합 건물 | 우리나라 근대문화재의 하나로 등록될 정도로 예쁜 돌집이다. 한때 저포조합 건물로 사용되었고 지금은 가정집으로 사용되고 있다.

홍산현의 근대 건물

관아로 이르는 길 양옆으로는 세월의 흐름에 맞춰 우체국, 보건소, 수리조합 등 관공서와 홍산교회가 들어서 있고 또 살림집과 가게가 줄지어 있다. 길 중간쯤에는 근대문화유산으로 등록된, 1920년에 지은 옛날 저포조합(苧布組合) 본점 건물이 그대로 남아 있다. 당시 홍산은 옆 고을 한산에 버금가는 모시 산지였다. 당시 홍산5일장에서는 3월에서 6월까지 매 장마다 3,000필 정도의 모시가 거래되었다고 한다.

저포조합은 모시 생산 농가를 위해 구매 사업을 하던 곳이다. 지상 2층으로 연면적 50평(158.6제곱미터)의 아담한 붉은 벽돌집으로 창문 주변으로 벽돌로 된 반원 아치를 틀고, 이맛돌인 화강석으로 키스톤(keystone)을 설치한 고딕 양식이다. 이런 멋쟁이 집이 홍산 관아로 가는 길에 남아 있고 지금도 사람이 살고 있기에 홍산 옛 거리는 복원이 가능한 것이다. 이것이 홍산 관아라는 건축의 나무줄기를 싱싱하게 만든 무성한 잎새들이다.

홍산천변 읍내 한쪽에는 홍산장터가 자리하고 있다. 이 장터 건물들도 일제강점기와 1960~70년대 모습을 그대로 간직하고 있다. 납작한 가게들이 다닥다닥 붙어 있고 일본식과 현대식이 절충된 점방은 활동사진에서 보던 모습 그대로다. 그중 '동아다실'이라는 간판이 달린 2층 목조건물은 1930년에 홍산에서 처음 지어진 2층집이란다. 홍산에서 가장 번화한 거리에 위치한 이 건물은 건립 당시는 비단 점포였으나 30여 년 전부터 점포(1층)와 다방(2층)으로 사용되다가 지금은 노인회와 어린이회 합동 건물로 쓰이면서 '홍산 경노애유회(敬老愛幼會)'라는 유식한 간판을 달고 있다.

홍산장

시골 사는 맛 중에는 장날 장 보는 재미를 빼놓을 수 없다. 부여장(5, 10일)은 크기는 하지만 재래시장에서 열리기 때문에 장다운 맛이 적고, 외산장(4, 9일)은 너무 작아 빈약하다. 그러나 홍산장(2, 7일)은 물산도 비교적 풍부하고 옛 모습이 잘 남아 있다. 좌판을 벌이는 이들도 예전 모습 그대로의 장꾼이 많다.

어느 장을 가든 장꾼이라야 할머니, 할아버지로 꽉 차 있고 팔 사람은 많아도 사주는 사람이 적어 장에는 돈이 오가는 풍성함이 없다. 거의 습관이 되어서 나오는 것 같기도 하고 심심해서 나오는 것도 같다. 나는 장에 가면 구경값으로 무얼 사도 산다. 다만 물건을 고르기보다 장꾼의 신수를 보고 사주고 싶은 할머니를 찾는 쪽이다.

한번은 홍산장에서 족히 여든은 되어 보이는 할머니가 넓은 비닐판에 달랑 작은 오이 다섯 개를 놓고 쪼그리고 앉아 지나가는 나를 보면서 "다 해서 3천 원에 가져가슈" 하는 것이었다. 이것만 팔면 댁으로 가시려고 그러나보다 생각하고 사드렸더니 검은 비닐봉지에 오이를 담아주고 돈을 옴쳐 치마 속 쌈지에 넣더니 뒤에 숨겨둔 포대에서 다시 전과 똑같이 오이를 다섯 개만 꺼내 펴놓고 지나가는 사람을 올려다보고 있는 것이었다.

또 한번은 한 노인이 대장간 물건을 장하게 펼쳐놓고 연방 숫돌에 무언가를 갈면서 전문가임을 과시하고 있었다. 낫, 도끼, 칼, 괭이, 호미, 갈퀴 등이 모양대로 크기대로 쭉 늘여 있었다. 나는 호미가 그렇게 다양한 줄 그때 처음 알았다. 그중 3천 원 주고 사온 삼각형 호미는 풀을 매면서 고랑을 긁기에 아주 편하고 좋았다. 하도 좋아 하나 더 사려고 그다음 장에 갔더니 똑같은 삼각형 호미인데 날에 가는 홈이 죽 패어 있어 훨씬 더 기능적일 것 같았다. 내가 3천원을 내고 싸달라고 했더니 노인이 딴소리를 한다.

"아녀, 3천5백 원이여."
"지난번엔 3천 원에 주셨는데요."
"아녀, 이건 달버. 이건 홈이 있잖어. 이건 발명특허라구."

손잡이를 보니 진짜로 '발명특허'라는 딱지가 붙어 있었다. 이런 천진한 인생들이 좀 더 오래 사셔야 시골 장날의 무형문화재적 가치가 살아남을 것인데……

지게에 대한 나의 추억

또 한번은 지게를 사러 홍산장에 갔었다. 나는 지게에 남다른 추억이

| **신학철의 「지게」** | 일을 많이 하고 돌아오는 지게에 한짐 가득 지고 오는 농부의 모습을 느긋하고 즐거운 발걸음으로 표현했다.

있다. 나는 서울 종로구 통인동에서 태어나 거기서 초등학교부터 대학까지 다닌 순 서울산이다. 그러나 외가는 경기도 포천 금동리라는 산골로 방학이면 언제나 외가에서 지냈고 외사촌형 두 분이 나를 보살펴주었다.

나는 큰형을 잘 따라다녔다. 그때 큰형은 어디를 가나 지게를 지고 다녔다. 심지어는 묵내기 화투를 치러 갈 때도 지게를 지고 갔다. 그 지게 등판에는 낫이 꽂혀 있어 집에 올 때는 삭정이 하나라도 지고 왔다. 당시 농부들에게 지게는 거의 의관(衣冠) 같은 것이었다. 우리 학교 다닐 때는 지게를 노래한 아주 정겨운 동요 하나가 있었다.

　　할아버지 지고 가는 나무지게에

활짝 핀 진달래가 꽃혔습니다.
어디서 나왔는지 노랑나비가
지게를 따라서 날아갑니다.
뽀얀 먼지 속으로 노랑나비가
너울너울 춤을 추며 따라갑니다.

—신영승 「지게꾼과 나비」

초등학교 4학년 겨울방학 때 이야기다. 나는 지게가 무척 지고 싶어 큰형에게 지게 하나 만들어달라고 졸랐다. 그런 어느 날 큰형이—아마도 거치적거리는 나를 떼어놓고 빨리 다녀오려고—오늘은 멀리 움터골로 가서 내 지게발을 베어온다고 했다. 해 질 녘이 다 되어 큰형이 나무를 한짐 지고 오는데 한 손에 Y자로 갈라진 나뭇가지 하나를 들고 있었다. 한 짝은 어디 있느냐고 물으니 내일 뒷산에 가면 있다고 했다.

다음 날 나는 지게발 한 짝을 들고 큰형을 따라 뒷산에 갔다. 산중턱에 이르자 큰형은 소나무 가지 하나를 지겟대로 가리키며 이 가지가 내년에 더 굵어지면 어제 그것과 짝이 될 거라며 내가 가져간 지겟대와 대어보는 것이었다. 옛날 농부들은 자기 집 뒷산의 소나무가 어떻게 생겼는지까지 그렇게 다 알고 살았다. 나뭇가지가 굵어질 때까지 한 해를 더 기다리라고 했던 큰형의 그 말은 지금껏 잊히지 않는다.

같은 외사촌이지만 작은형은 큰형과 아주 달랐다. 작은형은 도시인 체질이었다. 가정 형편상 진학은 못 했지만 한자도 많이 알고 글씨도 잘 써서 군대에서 행정병을 했다고 한다. 작은형은 농사에는 관심이 없어 시골을 떠날 궁리만 했다. 작은형은 빈 지게를 질 때면 멋을 내느라고 꼭 한쪽 어깨에만 걸쳤다. 큰형은 저건 농사꾼의 행실이 아니라며 불만을 말하곤 했다. 그러던 1961년 여름방학 때다. 마침내 작은형이 서울로 떠나게 되었고, 건넛동네 왕방말에서 작은형 친구들이 송별회를 열어주었다.

나는 마당에 멍석을 깔고 누워 별을 보면서 작은형이 돌아오기를 기다렸다. 달이 중천에 올랐을 때 술이 거나하게 취한 작은형이 개울 건너 집으로 오고 있었다. 내가 달려가 큰형이 여태 기다리다 들어갔다고 했는데 작은형은 내 말에 대답도 않고 곧장 헛간으로 가 지게를 꺼내 넓은 타작마당 한가운데 뉘어놓았다. 그러고는 고개를 높이 들어 달을 쳐다보고는 도끼로 힘껏 내리찍었다. 지게는 '퍽' 소리를 내며 두 동강 나버렸다. 그 벼락 치는 듯한 소리가 지금도 내 귓가에 쟁쟁하다. 다시는 농사를 짓지 않겠다는 일종의 다짐 의식이었다.

농사꾼에게 지게는 글쟁이의 펜과 같은 상징성이 있다. 그래서 나는 시골로 내려갔다는 표시로 지게부터 하나 장만하고 싶었던 것이다. 옆집 아저씨께 어디 가야 지게를 살 수 있느냐고 물었더니 홍산장에 혹 있을지 모른다고 했다. 홍산장에 지게가 있기는 했다. 그러나 모두 각목으로 만든 것뿐이었다. 여기저기를 수소문하니 지게를 만들어 팔던 아저씨는 그저께 돌아가셨단다. 결국 나는 아직도 내가 원하는 지게를 구하지 못했다. 설령 구했다고 해도 헛간에 장식으로 걸어두었을 것이니 이번 주말에도 나는 외발이 밀차를 끌고 밭에 나가 생강을 심게 될 것이다.

2011. 3.

백제의 여운은 그렇게 남아 있고

충청도 기질 / 장하리 석탑 / 가림성 옛 보루 / 대조사 석불 /
복실이와 해탈이 / 산딸나무 / 관촉사 해탈문 / 은진미륵 /
관촉사 여록

충청도 기질

2010년 6·2지방선거를 앞두고 『월간중앙』(2010년 6월호)에서 특집으로 꾸민 '충청도 기질 대해부'를 아주 재미있게 읽었다. 2006년부터 부여로 와 살면서 충청도의 기질·습관·풍습 때문에 혼자 웃고, 갸우뚱하고, 은근히 당하기도 하는 것들이 낱낱이 해부되어 더 실감나고 유익하기도 했다. 그러나 같은 특징이라도 외지 사람이 보는 것과 충청도 사람 입장에서 말하는 것에는 조금씩 뉘앙스 차이가 있는 것 같다.

충청도의 중요한 특징 중 하나로 누구나 느리다는 점을 꼽는다. 그러나 그것은 동작의 문제라기보다 마음의 여유에서 나오는 경우가 많다. 한번은 서울의 택시 기사가 공주에 갔는데 앞에 있는 충청도 차가 너무 느리게 가는 바람에 신경질적으로 경적을 울렸다고 한다. 그랬더니 네거리 빨간 신호등에서 앞차 운전사가 차에서 내려 느긋이 서울 차로 다가와서는 손짓으로 운전석 창문을 내려보라고 하더란다.

덩치가 우람해서 객지 와서 한 대 맞고 가나 싶어 마음이 조마조마했는데, 정작 그가 열린 창문에 대고 하는 말은 아주 느긋했다고 한다. "그러케 바쁘믄 어저께 오지 그랬시유."

충청도 사람들은 좀처럼 속을 보여주지 않는 더듬수가 있다는 것도 실상은 매사에 신중하다고 말하는 것이 옳을 것이다. 여론조사 기관에서는 충청도를 '무덤'이라고 한다. 표준오차 ±5퍼센트를 넘는다는 것은 조사 결과가 맞지 않을 수도 있다는 것을 의미하는데 충청도 여론조사에서는 ±12퍼센트를 제시하기도 한다. 출구 조사조차 믿기 힘들다고 한다. 그도 그럴 것이 충청도 사람들은 자기 속을 직접적으로 말하는 경우가 드물다. 무얼 물어보면 바로 대답하는 법이 없다.

그 옛날엔 답사를 다니면서 길을 많이 물어보았다. 언젠가 경주 보문단지 안쪽 암곡동의 무장사터를 찾아가는데 암만 가도 보이지 않아 밭에 있던 아주머니께 물어보았더니 계곡 안쪽을 가리키면서 "잊아뿌고 가이소"(잊어버리고 가세요)라고 했다. 간다는 사실 자체를 잊어버리고 가라는 것이었다. 그게 경상도다. 그런데 한번은 공주 탄천면 송학리의 장승이 장하게 잘생겼고 솟대의 오리는 물고기를 입에 물고 있다고 해서 거기를 찾아가는데 길을 돌고 돌아도 보이질 않았다. 마침 앞에서 자전거를 끌고 오는 아저씨가 있어 "이쪽으로 가면 송학리가 나옵니까?"라고 물었더니 나를 빤히 쳐다보고는 "거긴 왜 가유?"라고 되묻는 것이었다.

우리나라 개그맨의 반 이상이 충청도 출신인 것은 그들이 이런 맞받아치기와 돌려치기 화법에 익어 있기 때문이다. 한번은 옆집에 놀러갔다가 그 댁 주인이 여론조사 전화에 응하는 것을 보았는데 좀처럼 자기 속을 보여주지 않았다. 조사원이 대답을 유도하기 위해 "김○○ 의원이 좋습니까, 이○○ 장군이 좋습니까?" 하고 물었던 모양이다.

이에 옆집 아저씨 대답이 명답이었다. "다들 훌륭한 분이라고 하대유."

이 점 때문에 속 타는 것은 사실 충청도 입후보 당사자들이다. 선거운동을 하면서 노인회관 같은 데를 찾아가 애절하게 호소해봤자 끝까지 아무런 언질을 주지 않는다. 시무룩해하며 신발을 신고 떠나기 전에 뒤돌아서 다시 한번 "이번에 꼭 부탁합니다"라고 애원하듯 말하면 대답으로 돌아오는 것이 "넘(너무) 염려 말어"라거나 "글씨유, 바쁜디 어여 가봐……"라고 한단다.

나는 충청도의 이 간접적인 표현이 지닌 속뜻을 심도 있게 취재해보았다. 그 결과 "넘 염려 말어"는 찍어준다는 뜻이다. 그리고 충청도 사람 입에서 "글씨유" 소리가 나온다는 것은 틀렸다는 뜻이다. 더 큰 부정은 "냅뒤유"이고 완벽한 부정은 "절단 나는 겨"다. 충청도 사람들은 '아니다' '안 된다'는 직접화법은 거의 쓰지 않는다. 부정적인 말을 나타낼 때는 꼭 "소용읎슈" 아니면 "틀렸슈"다.

사람들이 이렇게 신중하다보니 충청도에서는 공연이 잘되지 않는다. 연극배우들은 관객 호응이 보이지 않아 죽을 맛이라고 하고, 대중음악에서도 좀처럼 반응을 보이지 않아 아무리 인기 가수라도 충청도에 공연 왔다가는 번번이 울고 간다고 한다. 나도 비슷한 경험이 있는데, 문화재청장 시절 백제역사재현단지 개관식에서 축사를 하면서 "공주·부여를 유네스코 세계역사지구로 등재시키겠습니다"라고 말했다. 그때 나는 내심 박수가 나올 것을 기대했지만 박수는커녕 식장 안이 물 끼얹은 듯이 조용해지면서 시선이 갑자기 나에게 집중되는 것을 느꼈다. 나는 순간 당황하여 대충 마무리말을 한 다음 자리로 돌아왔다. 그러자 곁에 있던 도지사가 내 손을 잡아끌면서 "고마워유. 그런디 여기 사람들은 함부루 박수 같은 건 안 쳐유. 미안허구먼" 하는 것이었다.

사람들은 조심스럽게 말하지만 충청도는 핫바지고 멍청도라는 인식이 없지 않다. 그러나 이는 큰 오해다. 공주대 이해준 교수에게서 들은 이야기다.

한 전라도 사람이 정읍에서 장사하다 망하자 자살하려고 맘먹고 죽기 전에 장항에 사는 누님이나 한번 보겠다고 대전에 와서 버스를 탔단다. 한여름인데 이 버스가 만고강산 유람하듯 여기서도 손님 태우고 저기서도 손님 내려주고 하며 마냥 가더라는 것이다. 그러다가 갑자기 다리께에서 운전수가 시동을 켜둔 채 차에서 내려 무슨 일인가 싶어 내다보았더니 개울로 내려가 세수를 하고 올라오더라는 것이다. 그래도 어느 손님 하나 불평하는 일이 없더라는 것이다. 다시 한참 가다가 마주 오는 버스와 마주치자 두 기사는 창문을 열고 고개를 맞대고 "어휴 덥구먼" "왜 이리 찐댜" 하면서 아무 긴하지도 않은 얘기를 마냥 늘어놓는데 버스 두 대가 길을 막고 있어 뒤로 죽 늘어선 차들도 역시 누구 하나 클랙슨을 누르는 일 없이 느긋이 기다리더라는 것이다. 그는 무릎을 치면서 여기 와서 장사하면 되겠다는 생각이 들어 자살을 포기하고 홍성에서 판을 벌였단다. 그리고 800원 받을 것이면 900원 매겨놓고 흥정이 들어오면 100원 깎아줄 요량이었는데 "이거 얼마유?"라는 물음에 "900원유"라고 대답하면 느릿한 말씨로 "그래유"라며 주머니에서 돈을 꺼내주고 사가더라는 것이다. 그는 이렇게 장사가 쉬운 곳이 또 어디 있겠느냐며 신이 났는데, 한 달이 지나자 손님이 한 명도 안 오더라는 것이다. 그새 그 가게는 비싼 집이라는 소문이 다 나버린 것이다.

충청도 사람들은 일단 참고 당해주기는 하지만 두 번 당하지는 않는다. 충청도 표심이 어디로 가느냐를 예측할 때 정치인들이 이 점을 계산에 두지 않으면 낭패를 보게 된다. 충청도의 이런 기질은 보령 출신 소설가 이문구가 『관촌수필』 『우리 동네』 같은 소설에서 말한 다음 한마디에

다 들어 있다.

"이런 디서 살아두 짐작이 천 리구, 생각이 두바퀴 반이란 말여. 말
안 허면 속두 읊는 중 알어."

장하리 삼층석탑의 매력

봄가을로 인솔하는 부여답사에서 사람들이 의외로 좋아하는 곳이 장
암면 장하리(長蝦里)의 고려시대 삼층석탑이다. 어쩌다 코스를 하나 줄
여야 할 때도 부여문화원 이미영 팀장은 여기는 빼놓으면 안 될 것 같다
고 했다. 장하리는 고려시대에 한산사(寒山寺)라는 절이 있던 곳으로 지
금은 언덕바지 양지바른 곳에 귀엽게 생긴 삼층석탑 하나만 남아 있는
데 이 석탑의 모양새를 살피는 것이 여간 즐거운 일이 아니다. 부여 읍내
에서 자동차로 불과 10여 분밖에 안 걸리는 거리지만 길은 뱅뱅 돌아서
쉽게 가지지 않는 곳이다.

노인회관과 농협창고가 유난히도 커 보이는 장하리 큰동네에서 낮은
고개 한 굽이를 돌면, 꼭 삼태기 모양으로 아늑하게 펼쳐진 야트막한 언
덕자락에 서너 채의 개량 농가를 한쪽으로 밀쳐두고 넓은 빈터에 앙증
맞게 서 있는 삼층석탑 하나가 보인다. 큰길에서 내려 탑을 향해 걸어들
어가면 멀리서 보기에도 작고 아담한 것이 막내딸 같은 귀엽성조차 느
껴진다.

한눈에 정림사터 오층석탑을 착실하게 본받았다는 양식적 동질성을
보여주지만, 그것을 맥없이 베낀 것이 아니라 은근히 미적 변주를 가해
자기만의 독특한 미감을 갖추고 있다. 그것은 결코 재탕이 아니라 경쾌
한 변주이고 익살조차 느껴지는 일종의 패러디라는 생각이 들게 하며

이것이야말로 백제의 여운이라는 느낌을 준다.

그러나 나는 장하리 석탑에서 왜 그런 매력을 느끼는가를 건축적으로 분석해보지 못하고 관객의 한 사람으로서 즐기기만 해왔다. 그러다 10여 년 전, 서울건축학교의 선생과 학생이 함께 참여하는 부여답사 때 비로소 그 비밀을 알게 되었다. 이 한 무리의 건축가, 건축생도들은 장하리 삼층석탑에 당도하자 모두가 재미있는 건축물을 보아 기분이 좋다는 듯 희색이 만면하여 탑을 뱅뱅 돌면서 요리조리 사진을 찍고 있었다.

이 탑은 보호 철책이 여느 탑과 달리 넓게 둘러져 있어서 감상 환경도 좋았다. 동네 개가 요란히 짖는 것만 빼면 만점에 가까웠다. 그런 중 건축가 백문기가 석탑의 3층 몸돌을 가리키면서 "아! 저 3층 몸돌은 가운데를 반만 깎았다!"라고 큰소리로 외쳤다. 바로 그것이었다.

이 탑의 전체 구성을 보면 얇은 지붕돌의 경쾌함과 훤칠한 몸돌의 상승감에서 그 조형적 특징을 찾을 수 있다. 그에 걸맞게 1층과 2층의 몸돌은 네 귀퉁이에 긴 기둥을 새기고 그 가운데를 가늘게 홈을 파서 경쾌함과 상승감을 살려내고 있다. 그런데 3층 몸돌만은 이런 구성을 포기하고 홈을 위쪽으로 반만 깎아놓은 것이다. 그것이 바로 이 탑의 매력포인트였던 것이다. 이럴 때 쓰는 말이 바로 교시(教示)다.

백문기의 교시에 따라 일행은 모두 이 기묘한 구성을 더욱 즐겁게 음미하며 "절묘하다, 절묘해!" 하고 감탄에 감탄을 더하는데, 조성룡이 서울건축학교 교장답게 권위있는 해석을 내렸다.

"아마도 설계자의 애초 도면에는 3층 몸돌도 1층, 2층과 마찬가지로 면석을 깊이 파도록 해놓았을 거야. 그런데 그렇게 시공하다보니까 길쭉하기만 하고 무슨 긴장, 말하자면 조형적인 텐션 같은 것을 못 느끼겠으니까 새로 반만 깎아 끼워봤을 거다. 반만 깎은 것을 처음에

| **장하리 삼층석탑** | 고려시대에 정림사 오층석탑을 본받아 세운 아주 앙증맞게 귀여운 석탑이다. 3층 몸돌의 가운데를 반만 깎은 것이 더욱 멋있어 보이게 한다.

| **장하리 삼층석탑 출토 사리장치** | 장하리 삼층석탑에서는 탑만큼이나 귀여운 사리장치가 발견되어 지금 국립부여박물관에 전시되고 있다.

는 아래쪽이 뚫리고 위쪽을 막히게 했겠지. 그래야 논리가 맞거든. 그런데 그렇게 하니까 답답하다고 느꼈을 거야. 그래서 이번엔 '어디 한번 뒤집어보자' 하고 세운 것이 이 탑이 완성된 프로세스 아니겠어?"

웃음을 섞어가며, 창작의 심리를 헤아리듯 풀어가는 그 해석은 역시 이론가가 아니라 창작자의 사고에서나 나오는 탁견이었다. 실제로 예술의 세계에서는 창작의 진행 과정에서 애초의 계획을 바꿈으로써 더 훌륭한 결론에 도달하는 계기를 자주 만나게 된다. 그런 것은 이론이 아니라 실천, 도면이 아니라 현장에서만 체득되는 것이다.

장하리 삼층석탑에서는 탑만큼이나 귀여운 사리장치가 출토되어 지금 국립부여박물관에 전시돼 있다. 고다리가 달린 사리병은 아무리 보아도 백제 왕흥사 사리함의 금사리병과 닮았다. 이 탑을 보고 난 뒤 박물관에 가서 이 사리함을 보면 누구든 "그 탑에 그 사리함이다"라고 말하게 된다. 그런데 사리함을 먼저 보고 이 탑에 와서는 그런 감동을 말하는 사람은 적다. 왜 그럴까. 그것은 건축에서 전달되는 느낌이 더 크기 때문일 것이다. 그래서 이미지의 전달은 공예보다 건축이 먼저라는 얘기도 있다.

가림성 옛 보루에 올라

충청도의 기질은 비산비야(非山非野)의 산하 모습에서 찾곤 한다. 실제로 부여·논산의 들판이나 예산·서산의 내포평야에는 타 지역에서 볼 수 없는 느릿한 여유로움이 있다. 부산스러움이 없고 치달리고 싶은 기상 같은 것도 나오지 않는다.

장하리 삼층석탑을 뒤로하고 오던 길을 되돌아 다음 답사처인 대조사(大鳥寺)가 있는 임천의 성흥산성(聖興山城)으로 향하면, 길이란 언제나 그렇듯이 들어갈 때보다 나올 때가 더 가깝게 느껴지고, 그사이 초행길을 면했다고 아까와는 달리 정겹게 다가온다. 본래 장하리로 가는 길은 부여 나성(羅城)을 돌아 강경으로 내달리는 백마강 물줄기와 나란히 뻗어 있다.

찻길이 낮은 곳으로 나 있어 강줄기를 볼 수는 없지만 아침나절에 오면 짙게 깔린 강안개가 펼쳐 보이는 환상적인 수묵의 산수화를 만나게 된다. 그런가 하면 부여군에서도 변두리에 속해 이 여로에는 고속도로 시대에는 좀처럼 맛보기 힘든 옛길의 정취가 춘삼월의 잔설처럼 남아 있어 색다른 풍광이랄 게 없는데도 사뭇 차창 밖으로 시선을 두게 된다.

어느 해 아침이었다. 한 시간에 한 대꼴로 다니는 시골 버스가 동네 입구마다 서면서 교복을 입은 학생 두세 명과 읍내로 출근하는 사람을 태워가는 광경이 마치 1960년대 흑백영화의 한 장면 같아 나는 버스가 보이지 않을 때까지 넋 놓고 바라보았다. 또 어느 가을날이었다. 한 굽이 한

굽이가 예사로울 것 같지 않아 가던 길을 멈추고 길가의 정려각에 세워진 효자비도 읽어보고, 백제시대 가마터가 있는 정암리 언덕배기에서는 행여 깨진 도편이라도 있을까 발부리에 닿는 것마다 뒤집어보며 밭고랑을 헤치고 다니기도 했다. 내 인생에 그런 한가한 때가 있었음이 지금은 믿기지도 않는 추억의 파편이 되어 성흥산성으로 가는 길 곳곳에 서려 있다.

임천면 면사무소가 있는 군사리(軍司里) 뒷산인 성흥산은 해발 268미터밖에 안 되는 낮은 산이다. 그러나 높고 낮다는 것은 상대적인 것으로 이 일대에는 이만 한 높이의 큰 산이 없다. 그래서 성흥산에 오르면 부여, 논산, 강경, 한산, 홍산 일대가 한눈에 들어오고 날이 좋으면 익산의 용화산과 장항제련소까지 바라볼 수 있다.

드넓은 전망을 갖고 있는 곳에는 어김없이 그 옛날의 성터가 있다. 그것이 백제시대부터 내려오는 성흥산성인데, 당시 이름은 가림성(加林城)이었다. 『삼국사기』에 의하면 백제 동성왕 시절은 여러가지로 어려웠다. 황급히 웅진으로 도읍을 옮긴 뒤인지라 국정이 어지럽고, 외침의 위협이 계속되었으며, 흉년에 한재(旱災)가 끊이지 않았다.

그때도 주민 망명이라는 것이 있어 동성왕 21년(499)에는 국경지대 주민 2천 명이 고구려로 도망해 들어가는 일도 일어났다. 그래서 동성왕은 남쪽을 공략할 거점을 확보하기 위해 501년 8월에 가림성을 쌓고 요즘으로 치면 장관급인 좌평 백가(苩加)에게 지키도록 했다. 백가는 병을 핑계 삼아 가지 않으려 했으나 동성왕이 허락하지 않아 할 수 없이 불만과 앙심으로 가득한 채 가림성으로 가게 됐다.

이해 동짓달에 왕은 사비성 서쪽 들판에서 사냥을 하다가 큰 눈을 만나 길이 막히는 바람에 마포촌이라는 곳에서 유숙하게 되었다. 이때 백가가 자객을 보내 왕을 죽이고, 가림성을 거점으로 모반을 일으켰다. 동성왕의 둘째아들인 무령왕은 즉위하자마자 가림성의 백가를 토벌하고

항복한 백가의 목을 베어 백마강에 던져버렸다. 그것이 502년 정월의 일이었다. 이후 백제가 사비(부여)로 천도(538)하면서 가림성은 성왕·위덕왕·무왕 시대에 백제 안보 전략에 더없이 중요한 고지가 되었다. 서울로 치면 남한산성에 해당하는 요새였다.

그뒤 성흥산성이 역사에 다시 나타난 것은 백제 유민들이 일으킨 부흥운동 때였다. 백제 멸망 2년 뒤인 662년 무왕의 조카인 복신(福信)이 승려 도침(道琛)과 함께 한산 주류성(周留城)에서 왕자 부여풍(扶餘豊)을 왕으로 삼고 백제 부흥의 깃발을 높이 들었다. 이때 당나라 군사작전 회의에서 모든 장수가 "가림성은 수륙의 요충이니 이를 먼저 공격하자"고 했으나, 사령관 유인궤(劉仁軌)는 반대로 "가림성은 험하므로 이를 공격하면 군사만 상하고 날이 오래 걸릴 것이니 주류성을 곧장 치자"고 했다는 것이다.

그런 험한 난공불락의 성이 가림성이었다. 이 가림성은 통일신라 경덕왕 때 전국의 지명을 개편할 당시 더할 가(加) 자를 아름다울 가(嘉) 자로 바꾸었고, 고려 성종 때 와서는 고을 이름을 임주(林州)라고 했으며, 조선 초에 다시 임천(林川)의 성흥산성으로 고쳐 부르게 되었다. 그리하여 『신증동국여지승람』에 의하면 성흥산성은 "주위가 2705척, 높이가 13척으로 험준하게 막혀 있으며, 성안에 세 개의 우물과 군창(軍倉)이 있다"고 했다.

지금 남아 있는 성벽은 높이 3, 4미터에 길이 800미터 정도다. 하지만 근래에 조사·발굴·보수한 결과에 의하면 토성으로 시작해서 석성으로 발전했고 내성과 외성에 수구(水口)까지 제대로 갖추었음이 확인되었다. 성안에 아직도 우물이 건재해 답사객의 목을 축이기에 충분하다. 또한 이곳 주민이 중군(中軍)터라고 부르는 토축 보루는 1개 중대 병력이 모이고도 남을 정도여서 자못 전장터의 긴장감도 서려 있다.

산성의 돌벽엔 포도줄기보다 더 굵은 담쟁이덩굴이 푸르다 못해 검게 바랜 돌이끼와 어우러져 아름다움에 아름다움을 더하고, 중군 연병장에서는 은행나무·느티나무와 큰 바위 위에서 잘도 자란 노송이 서로 나이를 자랑하고 있다.

그리하여 성흥산성은 같은 산성이라도 공원 같고, 한여름에도 볕을 가릴 곳이 많아 산성에 오른 사람은 저마다 좋은 그늘, 좋은 전망을 찾아 돌부처처럼 얼마간이고 꿈쩍도 않는다. 그래서 부여 사람들은 매년 정월 초하루 새해 해맞이 행사를 이곳 성흥산성에서 갖는다.

대조사 돌관음의 매력

대조사는 성흥산성 못 미처 산중턱 양지바른 자리에 있다. 성흥산성으로 오르다가 오른쪽으로 산모롱이를 돌아가면 산자락에 바짝 붙어 있는 대조사 당우(堂宇)가 한눈에 들어온다. 당우라고 해야 서너 채뿐이니 차라리 말사(末寺)의 고즈넉함이 있다고 해야 옳을 것 같은데 절집의 앉음새가 마치 새집처럼 포근하다.

근래 들어서는 성흥산 옆자락을 돌아 대조사로 올라가는 길이 새로 났고, 절마당 아래로는 버스 여러 대가 주차할 수 있는 공간까지 마련되어 접근성이 아주 좋아졌다. 여럿이 올 때는 할 수 없이 이 새 길을 택하지만 홀로 다닐 때면 나는 항시 옛길로 들어간다. 그래야 대조사의 탁월한 위치 설정을 맛볼 수 있기 때문이다.

대조사는 그 이름부터 심상치 않다. 전설에 의하면 고려 때(이것이 과장되어 백제 때로 둔갑했다) 한 노승이 바위 아래에서 수도하던 중 어느 날 큰 새 한 마리가 바위 위에 앉은 것을 보고 깜박 잠이 들었는데 일어나보니 어느새 바위가 석불로 변했더라는 것이다. 그래서 절집이 대조사(大鳥寺)라 불리게 되었다고 한다. 전설의 내용을 재해석해보면 불교 불모지대에 한 스님의 계시로 절집이 들어앉게 되었다는 것이다. 바로 이 때문에 이 절집은 불교와는 아무 인연 없는 이름을 얻었고, 석조관음상은 정통 불상이 아니라 어딘지 토속적인, 이를테면 장승 같은 이미지에서 발전했다는 인상을 준다.

대조사의 석조관음보살상을 보면 누구든 논산 관촉사의 속칭 은진미륵과 너무도 닮은 모습에 어리둥절해한다. 실제로 불교미술사가 중에는 같은 시기 한 사람의 솜씨로 추정하는 이도 있다. 높이가 10미터나 되는 독립된 바위 머리 위에 이중의 네모난 관(冠)을 쓰고 있는 보살상으로 조각했다. 얼굴은 사각형으로 넓적하고, 양쪽 귀와 눈은 크나 코와 입이 작아서 다소 기이한 느낌을 준다. 8등신은 고사하고 5등신도 안 되는 변형인 데다 입면체의 돌을 차라리 평면으로 다룬 것 같아 백제와 통일신

라의 불상에서 보아온 모든 조화와 질서를 거부하고 있음을 알 수 있다.

대조사 보살상에는 근엄, 원만, 자비, 평온 같은 이미지는 없지만 무언가 신기(神奇)를 일으킬 것 같은 괴력이 느껴진다. 이 점이 사실상 고려시대 지방 양식으로 나타나는 불상들의 중요한 특징이다. 대조사의 전설에 걸맞은 모습인 것이다. 그렇다고 해서 대조사 돌미륵이 조형적 성실성을 포기했다거나 미숙함을 드러냈다는 것은 아니다. 햇살이 좋은 날 돌미륵 가까이에 가서 보면 얼굴에 표정을 살려내려고 애쓴 석공의 공력이 역력히 보인다. 양어깨를 감싼 옷자락은 두껍고 무거워 보이지만 팔은 몸통에 붙여 옷주름으로 드러내고 왼손은 연꽃줄기를 잡고 있다.

보살상으로서 나타낼 것은 다 나타낸 것이다. 왜 같은 보살상이면서 대조사 석불은 이런 형상인 것일까? 그 점은 이와 똑같은 양식인 아랫마을 논산의 관촉사 석조관음보살상을 봐야 명확히 이해하게 된다. 그래서 부여 대조사 답사는 필연적으로 논산 관촉사 답사와 연결될 때 더욱 의의를 지니게 된다.

그런 중 대조사 석조보살상은 옆 바위틈에서 자란 늠름하고 아름다운 노송이 있어 우리의 눈을 황홀하게 하고 마음을 더욱 빼앗는다. 마치 이 보살상의 광배인 양 머리 뒤를 받쳐주고 있어 신비로운 마음이 일어날 정도다.

한국야구위원회(KBO)의 유영구 총재와 시인 신달자, 디자이너 박기태 등으로 이루어진 답사팀과 여기 왔을 때 누군가 이 소나무를 보면서 "이건 진짜 파라솔이네"라며 감탄했다. 솔이로되 태양을 의미하는 솔(sol)일 뿐만 아니라 소나무의 솔(松) 의미까지 합쳐졌다는 것이다. 저렇게 세월의 때를 입혀가면서까지 자연과 인공을 결합시키는 마음은 진실

| **대조사 석조관음보살상** | 대조사 석조관음보살상은 관촉사 은진미륵과 양식적으로 맥을 같이하는데, 옆 바위틈에서 자란 아름다운 노송과 조화를 이뤄 신비로움을 더해주고 있다.

로 이 땅의 문화가 만들어낸 가장 큰 미덕이다.

대조사의 해탈이와 복실이

대조사의 큰 볼거리는 이 석조관음보살상과 '파라솔'이지만 근래에
는 새로운 명물이 생겨 답사객은 오히려 거기에 매달려 많은 시간을 보
낸다. 그것은 이 절집에서 키우는 꽃사슴 '해탈이'와 진돗개 '복실이'다.
2008년 마을에서 갓 태어난 꽃사슴 새끼 한 마리를 절집에 시주하자 스
님은 분유를 타서 젖병으로 먹이며 정성스레 키웠다.

당시 세 살배기였던 복실이도 이 꽃사슴을 동생처럼 귀여워해서 개집
을 해탈이에게 양보하고 자기는 밖에서 자며 지켜주었다. 꽃사슴은 이런
성장 과정 덕분에 풀어놓고 길러도 도망가지 않고 사람이 가도 낯을 가
리지 않고 잘 따르게 되었다. 그 바람에 대조사의 명물이자 귀염둥이가
된 것이다.

사실 이 귀엽고 신령스러운 동물을 멀리에서나 구경했지 이렇게 매만
지며 교감할 수 있는 곳이 따로 없을 터이니 그것이 신기롭고 즐겁지 않
을 수 없는 일이다. 해탈이와 복실이는 가끔 산에서 맘껏 뛰놀다 돌아온
다. 꽃사슴은 된장을 좋아해 마을로 내려가 여러 집 장독을 깨뜨리기도
했단다.

그런데 어느 날 해탈이와 복실이가 산속으로 들어간 뒤 돌아오지 않
은 일이 있었다. 결국 사흘이 지나 둘이 돌아왔는데 해탈이 목에 올무가
칭칭 감겨 있었다. 밀렵꾼이 고라니를 잡으려고 놓은 덫에 걸린 것이다.
그러나 복실이가 그 곁을 지키면서 끝내 올무를 끊고 함께 돌아온 것이
었다. 동물들의 의로움이 이와 같다.

이번 답사 때 보니 해탈이가 새끼를 배어 불룩한 배를 땅에 깔고 길게

| 대조사 꽃사슴 | 해탈이라는 이름을 갖고 있는 꽃사슴으로 인해 대조사는 녹야원을 연상케 한다.

누워 있었다. 아랫마을로 시집갔다 돌아왔다는 것이다. 해탈이가 출산하면 이 절집에는 또 꽃사슴 식구가 늘어날 것이다. 그렇게 되면 석가모니가 성도하여 처음 설법했다는 녹야원(鹿野苑) 같은 곳이 될 듯하다(이 글을 쓰면서 대조사로 전화를 걸어 해탈이 안부를 물으니 출산이 오늘내일 한단다).

산딸나무 예찬

대조사에는 동물뿐만 아니라 식물 중에도 명물이 하나 있다. 지난번 우리가 대조사를 찾아갔을 때는 5월 마지막 주말이었다. 화사한 꽃의 계절이 다 지나가고 바야흐로 녹음이 우거진 시절이어서 아무도 꽃을 기대하지 않았는데 절집에서 주차장으로 내려가는 돌축대에 산딸나무의 새하얀 꽃이 무리 지어 피어 있었다.

산딸나무꽃은 나뭇잎 위로 피어나기 때문에 돌계단을 올라갈 때는 잘 보이지 않지만 내려오는 길에는 나무가 온통 흰 꽃을 뒤집어쓴 것 같아 누구라도 놓치지 않고 보게 된다. 서울에서 온 답사객들은 무슨 꽃이 이렇게 고우냐며 산딸나무 곁으로 모여들었다. 본래 산딸나무는 개울가에 가지를 길게 늘어뜨리며 조용히 피어나는 음지식물이다. 그러나 산딸나무 홀로 자랄 때면 이처럼 적당한 크기로 자라 아름다운 관상수가 된다. 연륜이 오랜 것으로는 우리가 가게 될 무량사 개울가와 요사채 우물가에 있는 것이지만 꽃잎을 위에서 내려다보기에는 대조사가 더 유리하다.

처음 이 꽃을 본 사람은 청순한 자태와 해맑은 빛깔에 반해 그 곁을 떠날 줄 모른다. 다른 꽃은 꽃잎이 다섯 장이지만 이 꽃만은 네 장이어서 짝수가 주는 가녀린 느낌이 있다. 엄밀히 말하면 꽃이 아니라 꽃받침이 변한 것이고 꽃은 그 속에 꼭 딸기처럼 동그랗게 뭉쳐 있어 가을이면 빨갛게 물든다. 생물학적 사실이야 어떻든 하트 모양의 흰 꽃잎이 십자를 그리며 무리 지어 피어날 때면 산딸나무의 청신한 모습은 흰 모자를 쓴 간호사를 연상케도 하고 때로는 성모 마리아를 대하는 고결함이 느껴지기도 한다. 대패질한 나뭇결은 잡티 하나 없이 깨끗해 예수가 못 박힌 나무가 산딸나무(혹은 올리브나무)일 것이라는 이야기도 있다.

이리 아름다운 나무를 서양인들은 무슨 심사로 '개나무'(dogwood)라고 이름 지었는지 모르겠다. 나는 답사를 다니고부터 나무를 무척 좋아하게 되었다. 서울 사람이 나무를 알면 얼마나 알겠는가. 그래도 유적지에 가서 문화유산보다 먼저 만나는 것이 나무이고 감동을 주는 것도 나무인 경우가 많아 자연히 관심을 갖게 되었다. 그 관심은 사랑으로 자랐

| 대조사 산딸나무 | 산딸나무 하얀 꽃은 흰 모자를 쓴 간호사의 모습을 연상케 하는 청순한 아름다움이 있다.

고 이제는 답사객에게 나무까지 설명해주며 안 보이는 나무까지 알려주곤 한다. 나는 산딸나무에 모여 있는 답사객에게 먼 산을 가리키며 해설을 시작했다.

"순전히 내 느낌으로 말하는 것이지만 신록의 계절에 피는 꽃은 대개 흰색입니다. 산딸나무, 아카시아, 이팝나무, 층층나무, 귀룽나무, 백당나무, 불두화, 거기에 찔레꽃까지. 그래서 신록의 계절에 산이 더욱 싱그럽게 보이나봅니다."

내 이야기가 여기에 이르렀을 때 아까부터 내 곁에 붙어서 말하는 것마다 노트에 옮겨적고 있던 부여군 문화유산해설사 한 분이 "또 있슈!"라고 소리치며 내 말을 가로막고 나섰다.

"뭐가 있쥬?"

"망초꽃유. 개망초 말유. 을마나 히유."

관촉사 해탈문

비록 부여문화원이 주최하는 답사지만 우리는 행정구역을 넘어 논산 관촉사(灌燭寺)까지 가기도 한다. 부여에서 논산으로 가는 4번 국도는 고속도로나 진배없이 잘 뚫려 30분도 안 걸린다. 관촉사는 100미터 남짓한 야산인 반야산 중턱에 있다. 산이 낮은 데다 길가에 나앉아 있어 그윽한 운치 같은 것은 없다.

그래도 연륜이 있는 절인지라 진입로에는 해묵은 나무들이 늘어서 있고 돌계단을 오르자면 나무 그늘이 내뿜는 습한 기운이 온몸을 감싼다. 요즘 관촉사는 옛날에 비해 두 배 이상 커져 왼쪽으로 거대한 새 법당이 생겼지만 돌계단이 끝난 지점에서 오른쪽으로 나 있는 공간만이 원래의 모습이다.

원래는 은진미륵이라 불리는 석조관음보살입상과 창문을 통해 이를 모시는 관음전 그리고 자그마한 요사채가 전부였다. 그래야 관촉사가 반야산의 스케일에 맞고 은진미륵은 더욱 위대해 보인다.

관촉사의 잘 알려지지 않은 명물은 돌계단이 끝나는 지점에서 절마당으로 들어가는 돌문인 해탈문이다. 해탈문은 많은 건축가들이 창덕궁의 불로문(不老門)과 함께 우리 건축에서 대표적으로 아름다운 돌문으로 꼽을 정도로 명작이다. 불로문은 궁궐 후원을 장식한 문이기 때문에 거대한 돌을 디근 자로 곱게 다듬어 품위 있는 전서체로 머리 위에 이름을 새겼지만 관촉사 해탈문은 성벽의 암거(暗渠)처럼 낮고 두껍다.

| **관촉사 해탈문** | 관촉사 해탈문은 아주 작은 돌문으로, 우리나라 건축에서 뜰 안으로 통하는 문은 작아야 아름답다는 원칙의 시범을 보여준다.

   그러나 이 거친 듯 낮은 돌문 하나가 있어 그 안쪽이 성역임을 암시해주고, 절대자를 만나러 들어오는 자의 몸을 저절로 숙이게 만든다. 그것이 아주 작고 질박하게 만들어졌기에 은진미륵은 상대적으로 더욱 거대해 보인다. 그래서 이 절집 가람배치의 큰 매력이 되었다. 조선시대 생활의 지혜를 모은 『산림경제(山林經濟)』를 보면 "후원으로 통하는 문은 작아야 한다"는 가르침이 있다.

   문이 작아야 밖에서 보면 겸손해 보이고 안쪽으로 들어오면 공간이 훤해진다는, 평범하면서도 차원 높은 이 건축미학이 오늘날에는 사라지고 만 것 같아 관촉사 해탈문에 이르면 자연을 경영한 조상의 정신에 다시 한번 깊은 경의를 표하게 된다.

은진미륵의 내력

관촉사 석조관음보살입상을 대할 때면 나는 심사가 뒤틀리기 시작한다. 학생 시절 이 석불에 대해 배운 것이 두 가지 있다. 하나는 높이가 18미터에 이르는 우리나라에서 제일 큰 불상이라는 점이고, 또 하나는 고려시대 제작된 불상 조각으로 석굴암을 만든 신라에 비해 크기만 하고 조형성이 떨어진다는 점이다.

지금도 이런 내용이 교과서에 실려 있고 책마다 안내문마다 그렇게 설명하고 있다. 그렇다면 우리에게 감동하라는 것인가, 감동하지 말라는 것인가? 사람의 선입견이라는 것이 무서워서 이런 예비지식을 갖고 이 석불을 대하면 그 자체가 보이는 것이 아니라 얻어들은 지식과 맞추어 보는 데 급급하게 된다.

몇 해 전, 나는 논산시 초청을 받아 다른 곳도 아닌 이곳 관촉사에서 논산의 문화유산에 대해 강연한 적이 있다. 그때 논산 사람들이 나에게 부탁한 강연 내용은 무엇보다 은진미륵의 참 가치에 대해 말해달라는 것이었다. 논산 사람들 입장에서 보면 은진미륵은 논산8경의 제1경으로 논산의 상징인데, 내놓고 자랑할 수도 없는 애물단지 같은 문화유산이니 이 애매한 가치를 명확히 해달라는 요청이었다.

그 불편한 마음이 얼마나 깊이 박혀 있었으면 이런 부탁을 할까 싶어 그날 나는 은진미륵에 담겨 있는 오해와 종교사적·미술사적 의의를 이야기하게 되었다. 불상 왼쪽에 있는 사적비에 따르면 고려 광종 19년(968)에 왕명을 받은 혜명(慧明)대사가 조성하기 시작해 37년 만인 목종

| **관촉사 은진미륵** | 관촉사 은진미륵은 파격적이고 토속적인 모습으로 민중을 불교세계로 끌어들이는 계기를 마련했다.

| 관음전에서 본 은진미륵 | 관촉사의 관음전은 창문을 통해 은진미륵을 모시고 있다.

9년(1006)에 완성했다고 한다.

전해지는 설화에 의하면 앞마을 사제촌에 사는 여인이 고사리를 캐다가 산 서북쪽에서 아이 울음소리가 들려 찾아가보니 아이는 없고 큰 바위에서 아이 우는 소리가 들려 이를 관가에 알렸더니 나라에서는 "이것은 큰 부처를 조성하라는 길조"라며 금강산에 있는 혜명대사를 불러 불상을 조성하게 했다고 한다. 혜명대사는 석공 100명을 거느리고 불상을 만들면서 솟아난 바위로 허리 아랫부분을 만들고, 가슴과 머리 부분은 30리 떨어진 곳에서 일꾼 1천 명을 동원해 옮겨와 이어붙였다고 한다.

불상이 완성되자 찬란한 서기(瑞氣)가 삼칠일(21일) 동안 천지에 가득해 찾아오는 사람으로 저잣거리를 이룰 만큼 북적댔다고 한다. 그리고 머리 위 화불(化佛)과 백호(白毫)에서 내는 빛이 하도 밝아 바다 건너 송나라 지안(智眼)대사가 빛을 따라 찾아와서 예배하면서 "그 빛이 마치 촛불을 보는 것 같다"며 절 이름을 관촉사(灌燭寺)라 지었다고 한다.

은진미륵의 조형 목표

관촉사 석조관음보살상은 아닌 게 아니라 괴이하게 생겼다. 머리에는 원통형의 높은 관을 쓰고 있고, 그 관 위에 네모난 보개(寶蓋)가 얹혀진 것부터 파격이다. 체구에 비해 얼굴이 너무 커서 신체 비례로 치면 4등 신도 안 된다. 몸은 거대한 원통형으로 굴곡이 없고 옆으로 긴 눈, 넓은 코, 꽉 다문 입, 이중턱 등 모두가 인체 비례와는 아주 거리가 멀어 근엄 한 것도 너그러운 것도 귀여운 것도 아니다. 괴이할 따름이다.

그것이 보살상이라고 하니까 보살상으로 보이지 '미스 백제' 같은 우 아하고 유려한 보살상과는 너무도 거리가 멀다.

그러나 이 석조관음보살상을 통일신라시대 불상과 비교하면서 인체 비례가 맞지 않는 졸작으로 말하는 것에는 문제가 있다. 이들이 인체 비 례를 나타낼 줄 몰라 4등신으로 조각한 것은 아닐 것이다. 의도적으로 했음이 분명하다. 그러면 혜명대사는 무슨 마음으로 이처럼 괴이한 보살 상을 만든 것까? 본래 불(佛), 보살상이란 절대자이다. 그리고 절대자 란 그 시대의 이상적 인간상이며, 각 시대는 그 시대가 원하는 절대자의 상을 갖고 있다. 그래서 불상의 이미지는 계속 변해왔다. 삼국시대 불상 은 절대자의 친절성을 보여주기 위해 얼굴에 미소를 머금고 있다. 통일 신라시대 불상은 절대자의 권위를 나타내기 위해 근엄한 모습을 보여준 다. 그리고 하대신라 호족들이 발원한 선종 사찰의 불상은 파워풀한 이 미지로 마치 호족의 자화상을 보는 듯하다.

그리고 고려 초 논산 땅에 조성된 이 보살상은 그 어느 것도 아니고 무 언가 신기(神奇)를 일으킬 것만 같은 괴력의 소유자로서 절대자상을 만

| **은진미륵의 발가락** | 대담하게 왜곡시킨 신체에 걸맞게 발가락 역시 투박하면서도 단순화시켰다. 이런 의도적 변형에서는 유머 감각을 느끼게 한다.

들었던 것이다. 마치 민간신앙으로 남아 있던 장승의 이미지를 불교적으로 번안한 듯한 토속성이 보인다. 이것은 고려시대 각 지방에 만들어진 석불상이 보여주는 하나의 경향이었다. 안동 제비원의 마애불, 파주 용미리의 석불, 월악산 미륵리의 석불입상, 운주사 천불천탑동의 불상에 이르면 관촉사 석조관음보살상보다 더 파격적이고 더 토속적이다. 그렇게 함으로써 이런 불상은 불교와 인연이 없고 토속신앙에만 젖어 있던 민중을 불교세계로 끌어들이는 계기를 마련했던 것이다.

애당초 무언가 신기하고 파격적이고 괴이하게 만들었던 것이지 조각 솜씨가 부족했던 것이 아니다. 어느 해인가 르네상스 미술사를 전공한 신준형 교수가 서울대로 자리를 옮기기 전에 나와 함께 명지대 미술사학과 학생들을 데리고 관촉사를 답사했을 때 달려와 다소 상기된 어조로 내게 소감을 털어놓았다.

"유선생님, 저 왼손 손가락 구부린 것 좀 보십시오. 절묘하게 표현했네요. 이 불상을 보니까 유럽 중세 조각들이 왜 이미지의 변형을 그렇게 심하게 했는지 이해되네요. 사실 저는 이 은진미륵을 처음 보는데 그동안 배워왔던 이미지하고는 전혀 다르네요. 이건 고전 미학에서 일탈하려는 의도가 아주 역력합니다. 아주 감동적입니다."

| **연화무늬 배례석** | 은진미륵 앞에는 석등과 함께 배례석이 놓여 있다. 장방형의 화강암에 큼직한 연화무늬 3개가 높은 돋을새김으로 새겨 있다.

석굴암을 만든 분들이 추구한 것은 조화적 이상미요, 완벽한 질서였다. 그래야 중앙정부의 안정된 체제 유지와 뜻이 맞아떨어진다. 그러나 고려시대에 백제 고토(故土)라는 지방에 살고 있던 사람들은 그런 숨 막힐 듯 완벽하게 짜인 질서가 아니라 차라리 그 질서를 파괴하는 힘, 괴력과 신통력의 소유자인 부처님이어야 민중도 뭔가 희망이 있을 것이라고 생각했던 것이다.

우리는 전성기 문화에서만 미적 가치를 찾을 뿐, 변혁기에는 변혁기 나름의 문화가 있고 지방은 또 지방 나름의 문화가 있음을 간과한다. 변혁기와 지방 문화의 가치는 항시 서툴고 모자라는 것으로만 보게 되는데, 그것은 제도권, 아카데미즘, 관학파들이 문화유산과 예술을 보는 편견일 따름이다.

이런 시각에서 보면 관촉사 석조관음보살상은 돌미륵치고는 너무도 격식을 갖춘 돌미륵이고, 장승치고는 너무도 잘생긴 장승인 셈이다. 손가락 놀림은 얼마나 정교하고 발가락은 얼마나 재미있게 표현했는가. 한마디로 관촉사 석조관음보살상은 은진미륵이라 불릴 정도로 수많은 불상 중에서 민중적 소망을 남김없이 받아줄 만반의 태세를 갖춘 보살상인 것이다.

내가 논산 시민 강연에서 이런 논리로 은진미륵이 보여주는 파격미에 대해 적극적으로 옹호하자 박수에 인색한 충청도 사람들도 관촉사가 떠나가라 박수를 보내주었다. 강연장을 나와 이 고장 인사들과 인사를 나누고 또 답사기 책을 들고 온 사람들에게 서명을 해주는데 한쪽에서 어르신 두 분이 하는 얘기가 들렸다.

"진즉 그러케 말할 거시지, 안 그려?"
"아믄, 이제 맘 놓고 자랑해도 되겠구먼."
"그러다 뭐가 잘났냐고 되물으면 뭐라고 답한댜?"
"냅둬유. 우린 잘 몰러두 유명한 사람이 그러드라면 될 꺼 아녀."

관촉사 여록

흔히 고려시대 불상을 말할 때면 개성적이고, 파격적이고, 못생긴 불상이 많다는 얘기를 한다. 그것이 틀린 말은 아니지만 이 경우에도 우리는 반드시 전제해야 할 사항이 하나 있다. 그것은 불교 신앙의 연속성이라는 점이다.

즉 우리가 고려 불상이라고 할 때는 고려시대에 제작된 불상만 말하게 된다. 그러나 고려시대 사람들의 입장에서 본다면 당시에는 백제의 익산 미륵사, 통일신라의 경주 석굴암 등 삼국시대부터 내려온 사찰과 불상 모두를 신앙의 대상으로 간직하고 있었다. 그래서 고려시대에는 고

전적이고 아카데믹한 형식의 불상은 삼국과 통일신라 때 제작된 것에 의존하고 그런 불교의 혜택이 없던 곳에 불상과 탑을 만들면서 불교문화의 폭을 넓혀갔던 것이다. 이 점을 고려하지 않으면 고려시대 불교미술은 마치 도전적이고 지방적인 것만 있었던 것으로 오해하게 된다.

또 관촉사 석조관음보살상이 괴이하게 보이는 큰 요인은 머리 위의 보관(寶冠)이 허옇게 드러나 마치 얼굴이 거기까지 연장됐다는 착각을 일으키는 데서 기인하는 점도 있다. 그러나 그 하얗고 거친 부분은 이마가 아니라 보관의 일부분으로 원래는 아름다운 청동 꽃장식이 있던 곳이니 두 손으로 아래위를 가리고 보면 그 얼굴이 새롭게 다가온다. 정확히 말해서 석조관음보살상 앞에 있는 관음전 안에 들어가 예불을 올리는 자세로 앉아 있으면 낮게 뚫린 창틀로 보살상의 얼굴이 많은 복을 줄 것 같은 모습으로 다가온다.

세상에 전하기를 대학 입시 합격률은 팔공산 갓바위 관봉 석조여래상이 가장 높고, 회사·공직자 승진율은 관촉사 석조보살상이 가장 효험이 있다고 한다. 그래서인지 관음전 안에는 지금도 많은 발원문이 주렁주렁 걸려 있다.

2011. 3.

바람도 돌도 나무도 산수문전 같단다

무량사 / 오층석탑 / 청한당 / 율곡의 김시습전 / 동봉의 여섯 노래 /
성주사터 / 낭혜화상비 / 최치원의 화려체 / 강승의 편지

무량사의 자리앉음새

무량사는 부여가 내세우는 가장 아름다운 명찰이며, 대한의 고찰이
다. 보물이 무려 여섯 개나 된다. 무량사는 초입부터 답사객에게 고즈넉
한 산사에 이르는 기분을 연출해준다. 외산면소재지에서 무량사로 접어
들면 이내 은행나무 가로수가 오릿길로 뻗어 있다. 사하촌 입구에 다다
르면 길 가운데 느티나무가 가로막고 그 옆으로는 나무장승이 한쪽으로
도열하듯 늘어서 있다. 백 년은 족히 된 해묵은 것부터 요즘 것까지 대여
섯 분이 함께 있는데 그 형태의 요약은 브랑쿠시(C. Brancusi)의 인체 조
각도 못 따라올 정도로 단순미가 넘쳐흐른다. 거기다 세월의 풍우 속에
서 그 표정은 더욱 깊고 그윽하다.

무량사는 무엇보다 자리앉음새가 그렇게 넉넉할 수 없다. 무량사 입

| **무량사 입구 목장승** | 무량사 목장승은 왼쪽에서 오른쪽으로 시선을 돌릴 때 형체가 더욱 선명한데, 해마다 새로 깎은 분을 맨 오른쪽에 모시기 때문이다.

구에 당도해 차에서 내리는 답사객은 이렇게 넓은 산중 분지가 있나 싶어 너나없이 앞산, 뒷산, 먼 산을 바라보면서 가벼운 탄성을 던진다. 문경 봉암사, 청도 운문사처럼 사방이 산등성이로 둘러싸인 산중 분지에 자리한 열두 판 연꽃 같은 편안한 절이다. 그런데 그 분지가 사뭇 넓어 시원한 맛이 있다.

산사의 '인프라'는 산일 수밖에 없는데 만수산은 일 년 열두 달이 무량사보다 더 아름답다. 꽃 피는 봄철, 단풍이 불타는 가을, 눈 덮인 겨울날의 무량사야 말 안 해도 알겠지만 아직 잎도 꽃도 없고 눈마저 없어 을씨년스러운 2월에도 만수산은 수묵화 같은 깊은 맛이 있다. 나무에 봄물이 오르기 시작하면서 마른 가지 끝마다 가벼운 윤기가 돌 때면 산자락이 그렇게 부드러울 수 없다. 마치 보드라운 천으로 뒤덮인 듯한 착각조차 일어난다.

| **무량사 일주문** | 원목을 그대로 세워 듬직한 모습을 보이는 무량사 일주문.

무량사는 일주문부터 색다르다. 원목을 생긴 그대로 세운 두 기둥이
아주 듬직해 보이면서 지금 우리가 검박한 절집으로 들어가고 있음을
묵언으로 말해준다. 여기에서 천왕문까지의 진입로는 기껏해야 다리 건
너 저쪽 편으로 돌아가는 짧은 길이지만 그 운치와 정겨움은 어떤 정원
설계사도 해내지 못힐 조선 산사의 매력적인 동선을 연출한다.

천왕문 돌계단에 다다르면 열린 공간으로 위풍도 당당하게 잘생긴 극
락전 이층집이 한눈에 들어온다. 천왕문은 마치 극락전을 한 폭의 그림
으로 만드는 액틀 같다. 적당한 거리에서 우리를 맞이하는 극락전의 넉
넉한 자태에는 장중한 아름다움이 넘쳐흐르지만 조금도 부담스럽지 않
고 오히려 미더움이 있다.

극락전은 무량사 건축의 핵심이며 이를 기준으로 해서 앞뒤 좌우로
부속 건물과 축조물 그리고 나무가 포치(布置)해 있는데 그것들이 아주

조화롭다. 법당 앞엔 오층석탑, 석탑 앞에는 석등이 천왕문까지 일직선으로 반듯하게 금을 긋는데 오른쪽으로는 해묵은 느티나무 두 그루가 한쪽으로 비켜 있어 인공의 건조물들이 빚어낸 차가운 기하학적인 선을 편하게 풀어준다.

극락전 왼쪽으로는 요사채와 작은 법당이 낮게 쌓아올린 축대에 올라앉아 있고, 그 앞으로는 향나무·배롱나무·다복솔 같은 정원수가 건물이 통째로 드러나는 것을 막아준다. 그래서 극락전 앞마당은 넓고 편안하고 아늑한 공간이 된다. 무량사는 공간 배치가 탁월해 아름다운 절집이 되었지만 사실 그 아름다움의 반 이상은 낱낱의 유물 자체가 명품이고 역사의 연륜이 있기 때문이다.

무량사의 역사와 유물

무량사는 '신라 문무왕 때 범일(梵日)국사가 창건한 절'이라고 하지만 문무왕은 7세기 분이고 범일국사는 9세기 스님이니 이는 말도 안 된다. 낭혜화상 무염(無染)이 창건했을 개연성이 더 큰데, 무염은 가까이 있는 성주사를 창건한 스님이다. 태조암 쪽으로 가다보면 통일신라시대 절터가 있다. 여기가 원래 무량사 자리로 거기에 서면 만수산 산자락 품이 더 넓고 편안하다.

그런 무량사가 불에 타 고려 고종(재위 1213~59) 때 중창됐다고 한다. 아마도 원나라 침공 때 불에 탄 것인지도 모른다. 그때 불탄 자리를 버리고 지금의 위치로 옮긴 듯하다. 그것은 오층석탑(보물 제185호)과 석등(보물 제233호)이 말해준다.

오층석탑은 한눈에 정림사터 탑을 빼닮았다는 인상을 주는 동시에 늘씬한 것이 아니라 매우 장중하다는 느낌을 더한다. 적당한 체감률로 불

| **무량사 전경** | 석등, 석탑, 극락전이 일직선으로 배치된 무량사의 가람배치는 정연하면서도 아늑한 분위기를 동시에 보여준다. 석등 앞 느티나무 아래에서 볼 때가 가장 아름답다.

안하지 않은 상승감을 갖추고 있고 완만한 기울기의 지붕돌은 처마 끝을 살짝 반전시켜 경박하지 않은 경쾌함이 있다. 지붕돌 아랫면에는 빗물이 탑 속으로 들어가지 않도록 홈을 파놓은 절수구(切水溝)가 있다. 옛사람들은 멋뿐 아니라 기능에도 그렇게 충실했다는 징표다.

석등은 얼핏 보면 탑에 비해 작다는 인상을 주지만 그게 작아서 오히려 공간 배치에 걸맞은 면도 있다. 무량사에 오면 나는 항시 느티나무 아래 큰 돌 위에 걸터앉아 거기에서 석등과 석탑 너머 있는 극락전과 나무 사이로 고개를 내민 작은 당우들, 산신각으로 빠지는 오솔길을 바라보곤 한다. 그런 시각에서 보면 작은 석등이 더욱 알맞은 크기라는 생각을 갖게 된다.

극락전(보물 제356호)으로 말할 것 같으면 그렇게 너그럽고 준수하게 잘생길 수가 없다. 사실 절집에서 목조건물 자체가 잘생겼다는 감동을 주

| 우화궁 현판 | 부처님이 설법할 때 꽃비가 내렸다는 데서 따온 이름이다. 글씨도 참하고 액틀도 예쁘다.

는 곳은 그리 많지 않은데 이 극락전만은 따질 것도 살필 것도 없이 예스러운 기품에 그저 바라보기만 해도 눈과 마음이 기쁘게 열린다. 특히 느티나무 그늘 아래서 바라보면 그윽한 맛이 가득 다가오는데 바로 그 자리에는 군에서 세운 '사진 잘 나오는 곳'이라는 포토포인트가 있다. 그리고 친절하게도 '배경: 탑을 감싸안은 만수산 + 극락전(일부), 인물: 탑 주변 또는 탑과 극락전 사이'라며 구도까지 잡아주고 있어 사람마다 웃으면서 그대로 따라해본다.

진묵대사의 시

임진왜란 때 무량사는 병화를 입었다. 이것을 인조 때 진묵대사(震默大師, 1563~1633)가 중창했다고 한다. 무량사 극락전은 그때 중창된 것으로 보인다. 극락전 안에 있는 소조아미타삼존불(보물 제1565호)의 복장에서 나온 발원문에 1633년에 만들었다고 분명히 적혀 있고, 따로 보관된 괘불(掛佛, 보물 제1265호)에는 1627년에 그렸다는 기년과 함께 혜윤, 인학, 희상이라는 화승들의 이름도 적혀 있으니 무량사는 이때 대대적으로 불사를 일으켜 오늘의 모습을 갖춘 것이다.

진묵대사가 이 모든 불사를 다 감당했는지는 확실치 않지만 무량사 선방인 우화궁(雨花宮) 건물 주련에는 진묵대사의 시 한 수가 걸려 있다. 우화궁은 집보다 현판 글씨와 액틀이 정말로 예쁘고 사랑스러워, 보는 이마다 감탄하며 사진에 담아간다. 우화(雨花)는 꽃비라고 풀이한다. 불교에서 전하기를 석가모니가 영산회(靈山會)에서 설법할 때 하늘에서 천 년에 한 번 핀다는 만다라꽃이 비 오듯 내리고 천녀가 주악을 연주하며 공양했다고 한다. 그러니까 우화궁은 설법을 하는 곳이다. 완주 화암사와 장성 백양사에는 우화루라는 건물이 있어 법회가 열린다. 이 우화궁의 기둥마다 달려 있는 주련 중에 진묵대사의 시는 그 시적 이미지가 모르긴 몰라도 세상에서 가장 스케일이 클 것이다.

하늘은 이불, 땅은 요, 산은 베개	天衾地褥山爲枕
달은 촛불, 구름은 병풍, 바다는 술독	月燭雲屏海作樽
크게 취해 거연히 춤을 추고 싶어지는데	大醉遽然仍起舞
장삼자락이 곤륜산(히말라야)에 걸릴까 걱정이 되네	却嫌長袖掛崑崙

답사객들에게 이 시를 번역해주면 꼭 한 번 더 풀이해달라고 한다. 유영구 KBO총재 팀과 무량사에 왔을 때도 나는 앙코르를 받아 "하늘은 이불, 땅은 요, 산은 베개……" 하고 첫번째 구를 낭송하는데, 유영구 총재가 여지없이 유머 넘치는 코멘트 한마디를 던졌다. "꼭 노숙자의 노래 같다."

김시습 영정과 청한당
우화궁을 지나 절 안쪽으로 들어가면 노목 사이로 저 멀리 작은 당우 두 채가 보인다. 개울 건너 양지바른 쪽에 조촐히 앉아 있는 두 건물이

| **무량사 청한당** | 극락전 뒤편 개울가에 위치한 청한당은 선방으로도 쓰고 손님방으로도 사용하고 있다. 세 칸짜리 작은 집으로 아주 아담하다.

너무도 사랑스러워 답사객들은 마치 예쁜 여인 뒤를 쫓아가듯 발길을 그쪽으로 옮긴다.

하나는 산신각이고 또 하나는 청한당(淸閒堂)이라는 선방 겸 손님방이다. 청한당은 몇 해 전에 지은 새 집이지만 아주 예쁜 세 칸짜리 집으로 제법 고풍이 있고 돌축대 위에 산뜻이 올라앉은 자태가 정겨워 툇마루에 한번 앉아보고 싶게 한다.

청한당 툇마루에 앉아 고개를 들어 현판을 보면 한(閒) 자를 뒤집어 써놓아 좀처럼 읽기 힘들다. 김시습의 호가 본래 청한자(淸寒子)인 것을 슬쩍 바꾸어놓고 또 글자를 뒤집어 써서 한가한 경지를 넘어 드러누운 형상으로 쓴 것이니 서예가의 유머가 넘쳐난다. 이 현판의 내력을 얘기해달라고 하면 자연히 나는 답사객들을 툇마루와 돌축대에 편안히 앉게 하고 내가 알고 있는 김시습 얘기로 들어가게 된다.

| **청한당 현판** | 새로 지은 선방 겸 손님방인 청한당은 현판 글씨에서
한가할 한(閑) 자를 뒤집어 쓰는 유머를 보여준다.

"일천 년의 연륜을 갖고 있는 고찰에는 반드시 그 절집의 간판스타
가 있게 마련인데 무량사의 주인공은 단연코 매월당(梅月堂) 김시습
(金時習, 1435~93)입니다. 저 앞쪽 우화궁 위로 보이는 건물이 김시습
의 영정(보물 제1497호)을 모신 영산전입니다. 생육신의 한 분인 김시습
은 방랑 끝에 말년을 여기서 보내고 59세의 나이로 세상을 마쳤습니
다. 절집 밖으로 나가서 주차장 아래편 비구니 수도처인 무진암(無盡
庵)으로 가는 길목에 승탑밭이 있는데, 그곳에 김시습의 사리탑이 있
습니다. 이 사리탑에는 '오세(五歲) 김시습'이라는 비석이 있습니다.
왜 오세라고 했는지 아는 분 계세요?"

대개는 모른다. 김시습이 생육신의 한 분이고 최초의 한문소설『금오
신화』의 저자라는 사실은 학생 시절에 배우고 시험에도 잘 나오는 것이
어서 알고 있지만 그의 일대기나 인간상에 대해서는 거의 들어본 일이 없
다. 그것이 우리 교육의 맹점이다. 서양에서는 여행책과 전기(傳記)가 출
판의 가장 인기 있는 장르인데 우리나라에선 이런 전통이 아주 약하다.

김시습의 일대기는 율곡 이이가 선조대왕의 명을 받아 쓴『김시습전』
이 있고, 이문구의 소설『매월당 김시습』(문이당 1993)과 심경호 교수의
『김시습 평전』(돌베개 2003)이라는 명저가 있어 찾아 읽으면 알 수 있지만

그런 독서 분위기는 아직 일어나지 않고 있다. 전기문학(biography)의 상실은 우리 인문학이 대중으로부터 멀어지게 된 중요한 원인의 하나이다. 사실 인간의 관심 중 가장 큰 것은 인간일 수밖에 없다. 그 인간을 탐구하는 학문은 삶의 여러 모습에서 구하게 되니 전기문학은 인문학의 유효한 전달 방식으로 되는 것이다.

김시습의 일생

김시습의 본관은 강릉이다. 세종 17년(1435)에 태어난 그는 놀라운 천재였다. 세 살 때부터 시를 지었다고 한다. 세종대왕이 이 얘기를 듣고 승지에게 과연 신동인지 알아보라고 했다. 승지는 다섯 살 김시습을 무릎에 앉히고 "네 이름을 넣어 시구를 지을 수 있겠느냐?"고 물었다. 이에 시습은 이렇게 지었다.

"올 때는 강보에 싸인 김시습이지요(來時襁褓金時習)."

세종대왕은 이 보고를 듣고는 역시 천재라며 직접 보고 싶으나 군주가 어린아이를 직접 시험한 예가 없다며 "재주를 함부로 드러나게 하지 말고 정성껏 키우라. 성장한 뒤 크게 쓰리라"라며 비단도포를 선물했다고 한다. 이때부터 그는 오세(五歲)라는 별호를 얻었다.

21세 때 그는 삼각산 중흥사에서 글을 읽다가 단종이 양위한 사실을 전해듣고는 방성통곡한 다음 몸부림쳤다. 책을 불사르고 급기야는 광기를 일으켜 뒷간에 빠지기도 했다. 22세 때 사육신이 마침내 처형되자 성삼문, 유응부 등의 시신을 수습해 노량진에 묻어주고 작은 돌로 표료를 삼았다. 그리고 24세에는 중이 되어 방랑을 시작했다. 6, 7년간 관서·관

| 매월당 김시습 영정 | 김시습의 자화상으로 전하는데 명확지는 않고 16세
기 반신상으로 드물게 문기가 있어 시도유형문화재 제64호로 지정되었다.

동·호서 지방을 두루 유람하고 31세엔 경주 남산(금오산) 용장사에 서실
(書室)을 짓고 정착했다. 이때『금오신화』를 지었다. 승명은 설잠(雪岑)
이었다. 그는 세상을 버렸으나 김시습의 명성은 지식인 사회에서 자자했
다. 효령대군의 청을 받아 서울 원각사 낙성회에 참석해 찬시를 짓고 돌
아간 일도 있다.

세조가 죽자 그는 경주를 떠나 서울 근교로 올라왔다. 성종 3년(1472),
38세의 김시습은 도봉산, 수락산의 절로 와서 40대 전반까지 머물며,
문인들과 교류하고 시를 짓고 유교와 불교의 참뜻을 강구했다. 그러다
47세 때는 아예 환속해서 장가도 들었다. 그러나 세월은 그를 받아주지

않았다. 1년도 못 돼 아내와 사별하고, '폐비 윤씨 사건'이 일어나자 다시 세상을 버리고 스님 모습으로 관동 지방에서 방랑 생활을 했다. 그리고 58세에 무량사로 들어와 이듬해 59세로 세상을 떠났다.

김시습의 자는 열경(悅卿), 호는 매월당, 청한자, '세상의 쓸모없는 늙은이'라는 뜻의 췌세옹(贅世翁) 등이 있다.

김시습에 대한 후대의 평

율곡은『김시습전』에서 김시습은 호걸스럽고 재질이 영특하였으며 대범하고 솔직하였다고 평했다. 또한 강직하여 남의 허물을 용납하지 못했고 세태에 분개한 나머지 울분과 불평을 참지 못하여 세상과 어울려 살 수 없음을 스스로 알고 불가에 의탁하고 방랑을 일삼은 것이라고 했다.

그래도 당대의 명신이자 문장가인 서거정(徐居正, 1420~88)은 김시습을 국사(國士)라 칭찬했다고 한다. 하루는 서거정이 막 조정에 들어가는데 김시습이 남루한 옷에 새끼줄로 허리를 두른 초라한 행색으로 길을 막고는 "강중(剛中, 서거정의 자)이 편안한가" 하였다. 서거정이 웃으며 대답하고 수레를 멈추어 이야기하니, 길 가던 사람들이 놀란 눈으로 서로 쳐다보았다. 어떤 이가 그의 죄를 다스리겠다고 하자 서거정은 고개를 저으며, "그만두게. 미친 사람과 무얼 따질 필요가 있겠는가. 지금 이 사람을 벌하면 백대(百代) 후에 반드시 그대의 이름에 누가 될 걸세"라고 만류했다고 한다. 그러나 내심은 김시습의 호방한 기개에 대한 인정이 들어 있었던 것으로 풀이된다.

율곡은 김시습의 이런 일생을 소개하면서 그가 시와 문장과 유·불·선의 사상을 차원 높게 피력했지만 세상의 쓰임을 받지 못했고, 세상을 이롭게 하기 위해 노력한 모습도 보이지 않았다고 평했다. 세상의 일에 마

| 매월당 김시습 사리탑 | 김시습 사리탑은 무진암으로 가는 길목의 승탑밭에 조용히 서 있다.

음 상한 울분과 불평을 참지 못해 방외로 방랑하게 되었으니 결국 옳은 가르침을 저버리고 호탕하게 제멋대로 놀아난 셈이며, 재주가 그릇 밖으로 흘러넘쳐 스스로 수습할 수 없었던 것 아니면 그의 기상이 맑기는 해도 무게가 모자랐던 것이 아닌가 생각된다고 했다. 그래서 그의 영특한 자질로써 학문과 실천을 갈고 쌓았더라면 그가 이룬 것은 헤아릴 수 없었을 것이라는 점이 애석하다고 했다. 그러나 율곡은 김시습의 인간적 가치와 위대함 자체만은 높이 평가하지 않을 수 없다고 했다.

그러나 김시습은 절의를 세우고 윤기(倫紀)를 붙들어서 그의 뜻은 일월(日月)과 그 빛을 다투게 되고, 그의 풍성(風聲)을 듣는 이는 나약한 사람도 움직이게 되니 백세의 스승이 되고도 남음이 있다.

결국 김시습이 귀하고 위대한 것은 그의 삶 자체에 있는 것이며 바로 이 점 때문에 세월이 지나면 지날수록 더욱 존숭받는 '백세의 스승'으로 되고 있는 것이다.

김시습의 「동봉의 여섯 노래」

김시습은 보기 드문 제도권 밖의 지사였다. 후대 사람들은 그가 제멋대로였느니 옳았느니 하고 아주 쉽게 말하지만, 김시습 자신은 방외인의 절개와 지조를 지키기 위해 거의 자학적으로 몸부림쳤다. 좌절과 변절로 얼룩진 세상에서 자기를 지킨다는 것은 정말로 고독한 자신과의 투쟁일 수밖에 없었다. 1485년, 그의 나이 51세 때 김시습은 동해안 어딘가에 머물고 있었다. 그때 자신의 비정상적인 삶을 여섯 곡의 노래로 회고한 「동봉의 여섯 노래(東峯六歌)」를 지었다. 동봉은 김시습의 별호다.

이 노래를 들으면 그 외로움이 실로 눈물겹게 다가온다. 두번째 노래에서 그는 심지어 "수심 가득한 창자를 어디에 묻으랴"라고 탄식했다. 그의 다섯번째 노래는 더욱 슬프다(번역은 심경호의 『김시습 평전』에서 옮겼다).

푸른 하늘에는 씻은 듯 구름 한 점 없고
거센 바람은 마른풀을 할퀴누나
우두커니 수심에 잠겨 창공을 바라보매
장구한 하늘 아래 싸라기 같은 내 존재
고독을 못내 괴로워하면서
남들과 기호를 같이하지 못하다니
아아, 다섯번째 노래! 애간장 끊는 이 노래
영혼이여! 사방 어디로 돌아갈거나

보령석탄박물관

무량사에서 성주사터로 가는 길은 외산면소재지에서 웅천천을 따라 보령·무창포 쪽으로 가는 길이다. 아미산과 만수산 사이를 헤집고 가는 길인지라 강원도 산골에서나 만나는 아주 깊은 골짜기다. 독수리 날개처럼 생긴 수리바위를 지날 때면 계곡의 냉기가 엄습해온다. 수리바윗골을 지나면 언제 그랬냐는 듯이 도화담이라는 아주 예쁜 이름의 큰 동네가 나온다. 여기는 보령시 미산면의 소재지다. 여기서 남쪽으로 가면 새로 만든 보령댐이 넓은 산상의 호수가 되어 환상의 드라이브를 즐길 수 있고, 서쪽으로 곧장 난 40번 국도를 따라가면 성주사터가 있는 화장골(花藏谷)로 이어진다.

길은 귀여운 시내를 곁에 끼고 성글게 이어진 산봉우리들을 헤집고 구불구불 돌아간다. 춘색시 어깨선처럼 부드러운 듯 힘지게 흘러내리는 산자락은 충청도 산골에서나 볼 수 있는 정겨운 풍광이다. 그러다 갑자기 산마다 시커먼 돌무지가 흘러내려 누가 이 천연의 고운 자태에 돌이킬 수 없는 생채기를 냈는가 안쓰러워진다. "왜 저렇게 됐느냐"고 누구에게 따지듯 묻고 싶어진다. 그럴 때쯤이면 길 한쪽으로 '보령석탄박물관'이 나온다. 여기가 그 옛날 보령탄광이 있던 곳이다. 보령탄광은 태백·황지·사북 탄광 다음으로 큰 석탄 산지였다.

성주면소재지에서 성주사터를 향해 오른쪽으로 난 길로 들어서면 어울리지 않는 아파트가 산골의 기분을 망가뜨리지만 이내 천변에 해묵은 갯버들이 장관으로 늘어서 있어 역시 연륜 있는 고을은 다르다는 생각이 들면서 정서적 안정을 가져다준다. 그리고 우리는 곧바로 성주사터 넓은 주차장에 다다르게 된다.

| **성주사터 전경** | 네 개의 석탑과 비각이 늘어선 성주사터는 화려한 폐사지라는 놀라운 아름다움이 있다.

화려한 폐사지 성주사터

성주사터는 폐사지지만 조금도 쓸쓸하거나 스산한 기분이 들지 않는다. 족히 수천 평은 됨 직한 대지가 반듯하니 자리잡고 있어 산중의 절터답지 않게 하늘로 열린 시계(視界)가 넓다. 절터 앞뒤로는 낮은 산자락이 성주천과 평행선을 그으면서 길게 뻗어내려 그것이 또 아늑하게 감싸주는 맛이 있고, 빈터엔 석탑이 넷, 석등이 하나, 비각이 하나, 자그마한 석불이 하나 곳곳에 버티듯 서 있어 쓸쓸하기는커녕 대지의 설치미술을 보는 듯한 감동이 있다.

폐사지를 보는 스님의 마음은 우리네와 달라 항시 안타까운 감정을 앞세우는데 한번은 답사를 같이했던 한 스님이 "세상에 이렇게 화려한 폐사지가 다 있단 말인가"라며 탄식과 감탄을 동시에 말했다.

성주사터는 축대를 높이 쌓아 반듯하게 고른 산속의 평지 사찰이다. 위치는 깊은 산골이지만 절집의 평면 입면 계획은 도심 속 평지 사찰과 같은 개념으로 되어 있다. 그래서 평지 사찰의 인공미와 산사의 자연미를 동시에 느낄 수 있다. 법당은 사라진 지 오래지만 회랑 자리가 정연히 남아 있고, 늘씬한 오층석탑, 금당의 불상좌대, 산을 등지고 줄지어 선 세 쌍둥이 석탑과 비각이 이 절의 만만치 않은 연륜과 내력을 전해준다.

『숭암산 성주사 사적(嵩巖山聖住寺事蹟)』에 따르면 성주사는 본래 백제 법왕이 왕자 시절인 599년에 전쟁에서 죽은 병사들의 원혼을 달래기 위해 지은 절로 그때 이름은 오합사(烏合寺)라고 했다. 오합사를 둘러싼 얘기는 『삼국사기』『삼국유사』에도 한 차례 언급되고, 발굴조사 때 이곳에서 출토된 기와에 오합사라는 글자가 새겨진 것이 있어 의심의 여지가 없다.

그런 오합사가 백제 멸망 후 어떻게 되었는지는 알 수 없다. 아마도 변방의 작은 절로 근근이 명맥을 유지하다가 대부분의 하대신라 절이 그렇듯 9세기 들어서면서 세력을 확장한 지방 호족이 이름 높은 선승을 모셔 지방의 대찰로 크게 중창하면서 면모를 일신하게 된 것 같다.

그렇게 해서 나타난 것이 9산선문(九山禪門)이고, 그중 하나인 성주사는 김양(金陽)이라는 보령 지역의 호족과 낭혜화상(朗慧和尙) 무염(無染, 801~88)국사에 의해 중창된 것이다. 전성기 때 성주사는 불전이 50칸, 행랑이 800칸, 고사(庫舍)가 50칸이었다고 한다.

낭혜화상 무염국사

무염은 9세기 하대신라의 최고 지성 중 한 분이었다. 무염의 일생은 무엇보다 최치원(崔致遠)이 지은 그의 비문 '대낭혜화상백월보광탑비

(大朗慧和尙白月葆光塔碑)'에 자세하게 설명되어 있다. 무염은 태종무열 왕의 8대손으로 어려서 신동 소리를 들었고, 13세에 설악산 오색석사(五色石寺)에 출가하여 법성(法性)스님에게 한문과 중국어를 배웠으며, 부석사 석징(釋澄)스님에게 화엄학을 배웠다. 21세엔 당나라에 유학하여 처음에는 화엄학을 더 공부했으나 이미 선종이 크게 일어났음을 보고 여기에 열중해 마곡산(麻谷山) 보철(寶徹)에게 인가(印可)를 받고 법맥을 이었다. 그뒤 20여 년간 중국에서 보살행을 실천해 동방의 대보살이 라는 명성까지 얻게 되었다.

845년 유학한 지 25년 만에 귀국한 무염은 이곳 성주사에 주석(駐錫) 하면서 40여 년을 오로지 가르치고 설법하는 데만 힘썼다. 그는 현실과 유리된 채 교리에만 얽매이는 교종을 비판하며, 말에 의존하지 않고 곧 바로 이심전심하는 것이 다름아닌 조도(祖道)라고 했다. 이것이 그가 주 장한 '무설토론(無舌吐論)'이다. 마침내 그의 선법(禪法)을 따른 제자가 무려 2천 명에 이르렀다고 한다. 문성왕부터 헌안왕, 경문왕, 헌강왕, 정 강왕 그리고 진성여왕에 이르기까지 여섯 임금이 그의 법문을 들었다. 경문왕은 그를 아예 궁으로 모시고자 했다. 그때 무염이 사양한 말이 참 으로 여유롭다.

"산승의 발이 대궐에 닿은 것이 한 번도 지나치다 할 것인데, (만약 에 그렇게 되면) 나를 아는 자는 성주(聖住)가 무주(無住)로 바뀌었다 고 할 것이고 나를 모르는 자는 무염(無染)이 아니라 유염(有染)이라 고 하지 않겠는가."

그런 무염화상이었기에 상주 심묘사(深妙寺)로 피해 숨어 살며 출세 를 거부하고 다른 스님들과 똑같이 항시 땔나무를 하고 물을 긷고 보리

| 강당 계단의 소맷돌 | 강당으로 오르는 네 단의 계단 양옆은 가벼운 곡선을 유지하는 멋스러움이 있다.

밥을 먹었다고 한다. 88세에 세상을 떠나자 진성여왕은 시호를 대낭혜, 사리탑을 백월보광이라 내리며, 최치원에게 "그대를 국사(國士)로 예우 했으니 그대는 마땅히 국사(國師)의 비문을 지으라"고 했다. 이리하여 최 치원이 쓴 낭혜화상비가 지금도 그 자리에 남아 있어 국보 제8호로 성주 사터를 빛내고 있다.

성주사터 가람배치

성주사터는 몇 차례의 발굴로 많은 불상 파편과 기왓장이 수습되었고 가람배치의 기본 골격도 파악하게 되었다. 현재까지의 발굴 결과로 보면 축대 위로 올라 중문(中門)터에 서면 석등, 오층석탑, 금당의 불상좌대가 일직선을 그리고 있으며 그 뒤로 강당이 넓게 자리잡고 있다. 1탑 1금당

| **성주사터 3기의 삼층석탑** | 성주사터의 금당과 강당 사이에 서 있는 3기의 삼층석탑은 자태도 매력적이지만 각 탑마다 문짝이 새겨져 있는 섬세한 디테일을 갖고 있다.

의 가람배치에 오른쪽으로는 삼천불전(三千佛殿), 왼쪽으로는 또 다른 불전이 양날개를 펴고 있는 평면 구성을 보여준다.

　석축 위에 올라앉은 금당과 강당 사방에는 돌계단이 놓였던 자취가 있다. 금당 앞 돌계단에는 돌사자가 쌍으로 놓여 있었는데 1986년에 도난당한 후 아직껏 찾지 못하고 있다. 그중 온전히 남아 있는 것은 강당 가운데 계단뿐인데 그 소맷돌이 아주 앙증맞을 정도로 아름답다. 3단을 놓으면서 아래위는 좁고 가운뎃단은 넓게 하여 측면 소맷돌이 예쁜 곡선을 그리고 있다. 이는 불국사 대웅전 소맷돌과 함께 우리나라 사찰 건축의 섬세한 디테일을 대표할 만한 것이다.

　오층석탑(보물 제19호)은 나무랄 데 없는 날렵한 9세기 석탑으로 3층이 아닌 5층이라는 희소성까지 지녀 일찍이 보물로 지정됐다. 석탑 앞의 석등 또한 늘씬한 모습으로 탑과 잘 어울린다. 그런데 금당과 강당 사이에 거의 똑같이 생긴 9세기의 삼층석탑 3기가 나란히 서 있다. 이것은 미술사의 풀리지 않는 수수께끼다. 이런 예는 어디에도 없거니와 그럴 수 있는 교리적 근거도 없다. 그래서 별의별 추론만 무성하다.

성주사터의 세쌍둥이 석탑

『숭암산 성주사 사적』에서 정광(定光)·약사(藥師)·가섭(迦葉) 세 여래의 사리탑이라고 한 것이 바로 이것을 지칭한 것일 텐데, 왜 하필 금당과 강당 사이에 있는 것일까? 충남대박물관의 발굴 결과에 의하면 이 탑들은 애초부터 이 자리에 있었던 것이 아니라 어디에선가 옮겨온 것이 분명하다고 했다. 왜냐하면 이 탑들은 누구나 인정하듯 9세기 탑이 분명한데 탑 아래 기초석에서는 고려청자편을 비롯해 후대의 사금파리와 기와들이 나오고 있기 때문이다. 그래서 지금은 어디서 왜 언제 옮겨온 것이냐는 문제가 남았다.

그런데 이에 못지않은 20세기의 우스꽝스러운 수수께끼는 이 똑같이 생긴 세개의 석탑이 문화재로 지정된 번호도 지정된 날짜도 달라 문화재 안내판을 세 개 따로 세운 것이다. 가운데 탑은 보물 제20호(1963), 서쪽 탑은 보물 제47호(1963), 동쪽 탑은 충청남도 유형문화재 제26호(1973)다. 참으로 알 수 없는 일이다. 내가 알 수 있는 것은 이 세 탑이 모두 똑같은 시대에 똑같이 만든 명작이라는 사실뿐이다.

3기의 삼층석탑은 나란히 서 있는 자태도 매력적이지만 하나하나가 아주 아담하고 상큼한 멋을 풍긴다. 특히 각 탑마다 1층 몸돌에는 강한 돋을새김으로 굳게 닫힌 대문을 장식해놓았다. 대문, 손잡이, 자물쇠, 대문무쇠장식 등이 이 단순하고 무표정한 석탑에 생동하는 이미지를 부여하고 있는 것이다. 즉 석탑의 몸돌은 곧 하나의 집이며, 이 공간에는 사리를 장치하고 굳게 문을 닫아걸었다는 의미를 그렇게 새겨놓은 것이다. 이처럼 탑의 몸돌에 문짝을 표현한 것은 이미 경주 고선사 탑에서부터 보아온 것이지만 이 성주사터 삼층석탑들처럼 그 장식적·상징적 의미가 잘 살아난 예는 드물다.

또 이 탑이 여느 탑보다 상큼하다고 느끼게 되는 이유는 기단부와 몸체 사이에 만들어넣은 받침대 때문이다. 이 받침돌에는 상층부의 몸체는 기단부에 들러붙은 것이 아니라 고이 받들어 모셔져 있다는 갸륵하고 공손한 뜻과 느낌이 서려 있다. 그리고 이 받침돌은 고려시대 이후에도 백제 지역 석탑에만 나타나는 지역적 특징으로 서산 보원사터 오층석탑에서도 볼 수 있다.

당당하고 늠름한 낭혜화상비

성주사터가 높은 인문적 가치를 갖게 되는 것은 최치원이 지은 낭혜화상비가 그때 그 모습 그대로 남아 있기 때문이다. 이 비는 최치원의 사촌동생 최인연(崔仁渷)이 글씨를 쓴 것으로 통일신라시대 탑비 중에서 가장 크고, 최치원의 이른바 사산비문(四山碑文) 중에서도 가장 당당한 것으로 평가된다. 반듯한 해서체로 곱게 쓴 최인연의 글씨를 우리 같은 보통내기들이 그 서예적 가치까지 온전히 알아챌 수 있을까마는 이 지방의 특산물인 남포(藍浦) 오석(烏石)에 새긴 그 글씨가 천 년이 지난 오늘에도 어제 새긴 것처럼 선명함에 놀라지 않을 수 없다. 마치 '가리방'이라고 불리던 철필 글씨처럼 생생하다.

남포 오석은 겉은 까만 대리석이지만 속은 흰빛을 띠어 그 선명도가 높다. 그러나 그보다 우리를 놀라게 하는 것은 가는 정(釘)을 대고 손으로 쫀 것이 분명한데 그것이 기계로 새긴 것보다 더 기계로 깎은 듯 획의 마무리가 깔끔하다는 것이다. 뿐만 아니라 붓글씨의 리듬과 멋을 살려낸 신묘한 기술엔 경탄을 금할 수 없다. 이쯤 되면 각수(刻手) 또한 대장인(大匠人), 대예술가일 텐데 우리는 애석하게도 그 이름을 알지 못한다.

비석을 이고 있는 돌거북을 볼 것 같으면 비록 머리가 깨져 아쉽기 그지없지만 등판에 새겨진 2중 6각무늬의 구갑문(龜甲文)이 그렇게 생생하고 당당하고 탄력 있을 수가 없다. 그 한복판에 비

| 대낭혜화상백월보광탑비 최치원이 짓고 최인연이 쓴 낭혜화상비는 통일신라 금석문 중 가장 크고 아름다운 비로 손꼽힌다.(비각이 세워지기 전인 일제강점기 「조선고적도보」에 실린 사진)

석을 받치는 앉음돌(碑坐)에는 안상(眼象)과 구름무늬·꽃무늬를 돋을새김으로 새겨넣은 것이 여간 화려하지 않다.

비석머리의 새김돌엔 구름과 용이 연꽃받침 위에 뒤엉켜 있으면서도 용머리만큼은 이름표(題額) 위로 또렷이 내밀고 있는 능숙함이 있고 돌거북의 꼬리가 뒤로 치켜올라 마치 꿈틀거리는 듯 생동감을 보여주는 유머 감각이 있으니 그 여유로움은 말하지 않고도 알 만하다.

그러나 여기에서도 아쉬움이 남는 점은 이 비석이 증언하는 낭혜화상의 승탑은 사라져버린 것이다. 비각 주위에는 승탑에서 부서져나간 연꽃받침돌과 지붕돌 등이 널려 있다. 이는 성주사터 여기저기 흩어져 있던 것들을 모아둔 것이다. 성주산 서쪽 부도골에서도 주워왔고, 동네 사람

들이 연자방아로 쓰고 있던 것도 찾아서 가져다놓았다. 이게 온전한 승탑이었다면 아마도 문경 봉암사 지증대사탑, 곡성 태안사 적인국사탑, 남원 실상사 증각국사탑 못지않은 거작이고 명작이었을 것이다.

최치원의 화려체

최치원의 낭혜화상 비문은 천하의 명문이다. 무염스님은 지증대사(智證大師) 같은 드라마틱한 삶이 없었으므로 담담한 내용이 될 수밖에 없었지만 문장 자체로 말하자면 오히려 최치원의 화려체가 극에 달한다는 생각이 들 정도다. 특히 진성여왕이 낭혜화상 비문을 쓰라고 명했을 때 처음에는 사양했다가 결국 받아들이는 대목이 압권이다.

(최치원이) 사양하여 "황공하옵니다만 전하께서 보잘것없는 사람을 보살펴주셔서 저로 하여금 중국에서 배운 문장의 남은 향기로 글로써 임금의 덕을 깊게 하시니 진실로 매우 천행이옵니다. 그러나 대사는 유위(有爲)의 말세(末世)에 무위(無爲)의 신비한 종지(宗旨)를 가르치셨으니 소신의 유한한 잔재주로 무한한 스님의 큰 덕행을 기록하는 것은 약한 수레에 무거운 짐을 싣고 짧은 줄의 두레박으로 깊은 우물 물을 퍼내는 것과 같습니다. 만일 돌(비석)이 이상한 말을 한다거나 거북이 돌아다보는 상서로운 징후가 없게 된다면 결코 산이 빛나고 냇물이 아름답게 할 수 없으니 도리어 숲과 시내에 부끄러움만 당하게 될 것입니다. 청컨대 비문 짓는 것을 사양합니다"라고 말하였다.

그러자 진성여왕은 사양하기를 좋아하는 것은 우리나라의 아름다운 풍습이기는 하지만 진실로 이 일을 하지 않는다면 과거에 급제한 것을 어디에 쓰겠다는 것이냐며 스님의 제자들이 써올린 비문 자료를 둘둘 말아 내려주는데 그 굵기가 '큰 나무토막'만 하더라는 것이다. 그래서 최치원은 할 수 없이 비문을 짓게 되었다. 그러나 그냥 짓는 것이 아니라 또 한 말씀을 얹었다.

다시 생각해보건대, 중국에 들어가 배운 것은 대사나 나나 다 같이 하였는데 스승이 되어 찬양을 받는 이는 누구며 부림을 받는 사람은 누구인가. 어찌 심학자(心學者, 즉 선종)는 높고 구학자(口學者, 즉 유학)는 수고로움을 당해야 하는 것인가. 그러므로 옛날의 군자는 배우는 바를 삼갔다. 그러나 심학자는 덕을 세우고 구학자는 말을 세운 것인즉, 저 도덕도 말에 의지하고서야 일컬어질 수 있으며, 이 말은 또한 덕에 의지하여야 없어지지 않는다. 일컬어질 수 있어야 마음을 멀리 후세 사람들에게 보여줄 수 있고 없어지지 않아야 옛사람에게 부끄러움이 없을 것이다. 할 만한 일은 할 수 있을 때 하는 것이다. 어찌 다시 비문 짓기를 군이 사양하기만 하겠는가.

최치원의 문장은 화려하다 못해 황홀하기까지 하다. 어찌 보면 프랑스 사람들 글쓰기처럼 비유가 많아 현란한 이미지가 수없이 교차한다. 그러나 최치원의 글은 단순히 글재주와 어휘력으로 쓴 화려체 문장이 아니다. 그 바탕에는 사상과 학식이 짙게 깔려 있다. 가령 '약한 수레에 무거운 짐' '짧은 두레박으로 물 긷기' '숲과 시내에 부끄러울 뿐' 같은 말은 『장자(莊子)』 『회남자(淮南子)』 『춘추좌전(春秋左傳)』 『세설신어(世說新語)』 등 고전에 나오는 명구(名句)들을 이끌어 쓴 것이다. 그러니까 근거 있는 화려함이라고나 할까.

최치원의 글이 천하의 명문이면서도 현대인들에게 널리 읽히지 못

| **성주사터 민불** | 아마도 조선시대에 조성되었을 이 민불은 얼굴에 많은 상처를 입어 제 모습을 잃었지만 조순한 백제 멋의 여운이 느껴진다.

한 이유는 그가 이끌어 쓴 고전의 내용을 모르면 그 묘미를 알 수 없기 때문이다. 사실 나도 그 점을 잘 모른다. 그러나 2009년 한국고전번역원에서 펴낸 이상현 선생의 새 번역 『고운집(孤雲集)』에는 이 모든 전거를 다 밝혀놓아 그 의미를 뜯어볼 수 있게 되었다. 나는 이 번역본이야 말로 우리 고전 번역을 한 차원 올려놓은 높은 성과였다고 생각한다.

성주사터의 테라코타 불두

성주사터 금당 오른쪽에서는 사적기에서 말하고 있는 삼천불전이 발굴되었다. 이 자리에서는 얼굴 높이가 12센티미터쯤 되는 테라코타 불두(佛頭)가 여러 점 발견되어 국립부여박물관·동국대박물관에 전시되고 있다. 그런데 이 불두들은 거의 비슷하지만 서로가 조금씩 다르게 표현되어 있어 지금 국립부여박물관에서 이 불두를 보는 것은 여간 마음 기쁜 일이 아니다.

몇 해 전 일본 교토의 고려미술관에서 바로 이 성주사터 삼천불전의 원만하고 복스러우면서 듬직한 인상을 주는 테라코타 불두 하나를 만나게 되었을 때, 그것은 분명 진흙에 지나지 않음에도 불구하고 이산가족의 행방을 알아낸 것 같은 반가움이 일어났다. 이런 분이 3천 분 있었던 것이다. 지금 이 불상이 온전히 남은 것은 없지만 좌상의 몸체와 손이 파편으로 수습되어 얼마든지 추정 가능하니 이 아홉 칸짜리 삼천불전에 3천 분의 테라코타 좌불이 늘어서 있었을 때의 그 장엄함을 상상하면 잃어버린 삼천불전과 3천 테라코타 좌불이 더욱 그리워진다.

그런데 성주사 금당 자리 한가운데 몇 조각으로 깨어진 석조연꽃좌대에 있던 불상은 어디로 갔을까? 동네 어른들 얘기로는 일제강점기까지만 해도 엄청스레

| 성주사터 테라코타 불두 | 성주사터에서는 많은 소조불두가 출토되어 삼천불전이 허사가 아니었음을 알게 한다.

큰 쇠부처님이 있었는데 강점기 말에 일본인들이 가져갔다는 것이다. 듣자하니 9세기의 전형적인 철불이 모셔져 있다가 그렇게 유실된 것이 분명하다. 이렇게 된 이상 어디 계시든 잘 계시기만 하다면 언젠간 만날 수 있으리라 기대해보고 싶으나 쇠붙이란 쇠붙이는 모조리 공출해간 다음 녹여서 전쟁물자로 재생하던 강점기 말에 없어졌다니 혹여 이 세상에서 사라졌을 가능성도 없지 않다.

이렇게 장하던 소조불상, 철불상은 사라지고 지금은 석탑 뒤로 조선시대 민불(民佛) 하나가 쓸쓸히 서 있다. 정지된 자세로 정면 정관을 하고 있는 조순한 불상인데 파불(破佛)의 상처를 받아 코가 잘려나가고 눈이 뭉개지는 상처를 입었다. 그것이 보기 흉했던지 언젠가 시멘트로 대충 보수하면서 이목구비를 애들 눈사람 만들듯 해놓았다. 그래서 볼 때

마다 미안한 마음이 일어나 그쪽으론 발길도 잘 가지 않는데 언제나 성형수술을 할 수 있을지 기약할 수 없어 그것이 더욱 미안하기만 하다.

이강승의 편지

성주사터가 폐사지의 쓸쓸함보다 과거가 숨 쉬는 그윽한 옛 정취가 살아 있는 곳이라고 말할 수 있는 것은 저 부드러운 능선과 산언덕의 소나무들 덕분이다. 앞산에 복스럽게 자란 소나무들이 그렇게 포근하고 온화하게 다가올 수 없다.

우리 산천엔 멋진 솔밭이 하나둘이 아니다. 광릉 수목원, 안면도 송림, 경주 남산 삼릉계 솔밭, 울진 소광리의 금강송보호림, 영월 법흥사 진입로의 소나무, 청도 운문사 앞 송림, 불영사로 가는 길 등 저마다 본 대로 꼽을 것이다. 그런 중 크게 장하다고 할 수는 없지만 멀리서 바라보는 것만으로도 청신한 느낌이 일어나는 곳으로는 단종의 능인 영월 장릉과 이곳 성주사터 뒷산이 있다. 성글게 자란 솔밭이지만 그것이 오히려 사람의 눈과 마음을 기쁘고 편하게 해주어 성주사터에 오면 국보·보물보다 저 소나무 우거진 산자락에 눈길을 먼저 주게 된다.

1990년대 성주사터가 한창 발굴되고 있을 때 이야기다. 발굴 책임을 맡고 있던 충남대박물관장 이강승은 대학 때부터 나의 친구다. 그는 대전에 살면서 평일에는 이곳에서 발굴작업을 하다가 주말이면 집으로 가곤 했는데, 나는 항시 주말에 답사를 했으니 그렇게 많이 성주사터에 가고도 발굴 현장에서는 한 번도 그를 만나지 못했다. 내가 간다고 연락해놓으면 주말에 그가 집에 못 가고 머물러 있을까봐 미안해서 그냥 다녀만 갔던 것이다. 그리고 그때마다 발굴단 주말 당번에게 다녀간 흔적만 남겨놓곤 했다.

| **성주사터 솔밭** | 성주사터 앞산과 뒷산의 소나무는 아주 소담하게 자라 마치 백제 산수문전을 보는 듯한 보드라움이 있다.

　1994년 여름, 마침 나의 두번째 답사기와 『답사여행의 길잡이』 경주편을 출간하게 되었을 때 일부러 연락하지 않고 다녀간 뜻을 적은 편지와 함께 새로 나온 책을 보냈더니 일주일도 안 되어 답장이 날아왔다. 그의 답장은 내가 이제까지 받은 편지 중에서 가장 아름다운 글이었고, 독자들은 내가 왜 나의 부여 이야기, 백제 이야기를 꼭 성주사터에서 마무리했는가를 알 수 있을 것이다.

　보내준 책 두 권 모두 잘 받았다. 『나의 문화유산답사기』 두번째 책 역시 거침없이 써내려가 (…) 단숨에 읽었다. 그러나 이번에도 너는 백제를 말하지 않았다. 너의 주장대로 통일신라의 고전미와 남도 사람들의 순박성에서 우리가 배울 바가 적지 않음을 내 모르는 바 아니나 우리 가슴속 어딘가에 남아 있고, 또 우리가 만들어가는 문화창조에서 백제의 미학이 지니는 의미도 결코 가벼운 것이 아닐 것이다. 기왕에 많은 사람이 너의 목소리에 귀 기울이고 있을 적에 백제의 아름다움까지 말해주기 바란다.

지난번 성주사지에 왔을 때도 못 만나서 서운했다. 다음엔 꼭 연락하고 와라. 성주사지 발굴이 새달 말로 끝나게 된다. 와서 발굴 유물도 보고 가렴.

바람도 돌도 나무도 산수문전 같단다.

'바람도 돌도 나무도⋯⋯' 그래, 맞다. 저 백제 산수문전(山水紋塼) 돌에 그려져 있는 구름은 구름이 아니라 바람을 그린 것이다. 그런데 강승이는 그것을 어떻게 이렇게 정확히 알아낼 수 있었을까? 그는 어떻게 최치원도 구사하지 못한 "바람도 돌도 나무도 산수문전 같단다"라는 표현을 할 수 있었을까?

아마도 그는 고고학자로서 백제 고토에 살면서 백제의 눈으로 보고, 백제의 마음으로 살았기 때문일 것이다.

2011. 3.

예산 수덕사와
서산 마애불

내포 땅의 사랑과 미움
내포평야 / 수덕사 대웅전 / 정혜사 불유각 / 수덕여관

답사를 다니는 일은 길을 떠나 내력 있는 곳을 찾아가는 일이다. 찾아가서 인간이 살았던 삶의 흔적을 더듬으며 그 옛날의 영광과 상처를 되새기면서 이웃을 생각하고 그 땅에 대한 사랑과 미움을 확인하는 일이다. 그런 답사를 올바로 가치 있게 하자면 그 땅의 성격, 즉 자연지리를 알아야 하고, 그 땅의 역사, 즉 역사지리를 알아야 하고, 그 땅에 살고 있는 사람들의 삶의 내용, 즉 인문지리를 알아야 한다. 이런 바탕에서 이루어지는 답사는 곧 '문화지리'라는 성격을 갖는다. 그런 뜻에서 이번에 1박 2일 일정으로 찾아갈 충청남도 서산의 가야산 유적지 답사는 자연·인문·역사 지리의 기본 골격을 살피는 것부터 시작해야겠다.

천혜의 땅 '내포'와 가야산

오대산에서부터 뻗어내려온 차령산맥 줄기가 서해바다에 다가오면서 그 맥을 주춤거리다 방향을 아래쪽으로 틀면서 마지막 용틀임을 하듯 북쪽을 향해 치솟은 땅이 가야산(伽倻山, 678미터)이다. 이리하여 차령산맥 위쪽 가야산을 둘러싼 예산·서산·홍성·태안, 나아가 당진·아산에는 비산비야의 넓은 들판이 생겼다. 옛날에는 여기를 '내포(內浦)'라 했고 지금도 이 일대를 내포평야라고 부른다. 그래서 이 고장 사람들은 사는 행정구역이 서로 달라도 마치 옆마을 사람처럼 느끼는 친근한 동향 의식을 갖고 있으니 내포 사람들이라고 불러도 무방할 성싶다.

내포는 농사와 과일이 잘될 뿐만 아니라 안면도·황도의 조기잡이, 간월도의 어리굴젓이 상징하는 바다의 풍요가 있다. 그래서 조선 후기의 실학자이자 지리학자였던 이중환(李重煥, 1690~1756)은 『택리지(擇里志)』의 팔도총론에서 이 지역을 다음과 같이 설명하였다.

산천은 평평하고 아름답고 서울의 남쪽에 위치하여 서울의 세력 있는 집안치고 여기(충청도)에 농토와 집을 두고 근거지로 삼지 않는 사람이 없다. (…) 충청도는 내포를 제일 좋은 곳으로 친다. 가야산을 중심으로 하여 서쪽은 큰 바다요, 북쪽은 큰 만(灣)이고, 동쪽은 큰 평야, 남쪽은 그 지맥이 이어지는바, 가야산 둘레 열 개 고을을 총칭하여 내포라 한다. 내포는 지세가 한쪽으로 막히어 끊기었고 큰 길목에 해당하지 않으므로 임진·병자 두 난리의 피해도 이곳에는 미치지 않았다. 토지는 비옥하고 평평하고 넓다. 물고기, 소금이 넉넉하여 부자가 많고 또 대를 이어 사는 사대부도 많다. (…) 다만 바다 가까운 곳은 학질과 부스럼병이 많다.

이런 내포 땅인지라 기암절벽이 이루는 절경은 없어도 낮은 구릉이 굽이치는 평화로운 전경은 일상과 평범 속의 아름다움이라 할 만하다. 만경평야의 드넓은 벌판을 즐겨 그리는 우리 시대의 화가 임옥상도 애정 어린 농촌의 전형을 그리려면 내포 땅이 좋다고 한다.

이 평온 속에 살아온 사람들의 정서와 마음씨는 굳이 따지지 않아도 알 만한 일이다. 부드럽고, 여유 있고, 친근하고…… 그러나 무슨 연유에서일까, 내포 땅이 배출한 인재들은 온화한 성품의 소유자가 아니라 기골이 강해서 시쳇말로 '깡'이 센 사람들이다. 최영 장군부터 시작해서 사육신의 성삼문, 임진왜란의 이순신, 9년 유배객 추사 김정희, 자결한 구한말의 의병장 면암 최익현, 김대건 신부, 윤봉길 의사, 김좌진 장군, 개화당의 김옥균, 『상록수』의 심훈, 남로당의 박헌영, 만해 한용운, 문제의 화가 고암 이응로…… 모두 쉽지 않은 분들이고, 제명을 못다 할망정 의를 다한 분들이다. 세상에 이런 역설이 있을까 싶다. 이것은 필시 내포 땅의 '논두렁 정기'가 아니라 가야산 정기와 관련 있을 것이다.

슬프다 수덕사여!

내포 땅 가야산의 가장 이름 높은 명승지는 수덕사이다. 가야산 남쪽 덕숭산(德崇山, 580미터) 중턱에 널찍이 자리잡은 수덕사는 백제 때부터 내려오는 유서 깊은 고찰이다. 고려 때 지은 대웅전이 건재하고 근세에 들어와서는 경허와 만공 같은 큰스님이 있었다. 그래서 오늘날에도 불교계의 덕숭문중은 큰 일파를 이루어 종정 선출이 난항을 거듭할 때면 으레 덕숭문중의 의향이 관심의 초점이 되곤 하는 것이다.

그런 중에 수덕사는 『청춘을 불사르고』(문선각 1962)의 시인 김일엽 스

님이 있던 곳으로 유명해졌다. 또 여승들의 큰 선방이 여기에 있어 청도 운문사와 같은 청순한 이미지를 갖게 되었다. 가수 송춘희가 부른 「수덕사의 여승」 "인적 없는 수덕사에 밤은 깊은데, 흐느끼는 여승의 외로운 그림자……" 같은 유행가까지 나왔다.

그러나 수덕사는 더 이상 그런 수덕사가 아니다. 그 옛날의 수덕사는 완벽하게 망가져버렸다. 최근 몇 년간에 걸친 엄청난, 아니 어마어마한 중창불사로 으리으리한 사찰이 되었다. 일주문을 지나면 둥근 원을 그리면서 돌아가던 그 넓고 한적한 길은 없어지고, 마치 중국 무술영화에서 나 본 적이 있을 듯한 다듬어진 돌길에다 돌계단으로 화려의 극을 달린다. 무지막지하게 값비싼 돌로 치장하여 돈 냄새를 물씬 풍기면서 돌난간에는 별의별 촌스러운 발상이 난무한다. 1990년 수덕사에 갔다가 문화재 전문위원인 건축사인 신영훈 선생과 이 돌계단을 같이 오르게 되

| 정혜사에서 내려다본 수덕사 | 소나무·떡갈나무 숲의 널찍한 터에 자리잡은 수덕사는 호방함과 아늑함을 두루 갖추고 있다.

었다. 신선생은 나의 그 어이없어하는 표정, 불쾌한 심사를 알아차리고 는 "미안합니다. 이런 짓을 막지 못한 것, 정말 미안합니다" 하며 먼 데로 눈을 돌렸다.

파란 하늘 아래로 바짝 붙어선 덕숭산 산자락에는 예나 지금이나 변 함없이 소나무·떡갈나무가 복스럽게 자라 마치 백제시대 산경문전 전돌 에 나오는 산수무늬인 듯 곱고 우아한 자태를 보여준다. 아! 슬프다. 오 늘의 수덕사여, 그 옛날의 수덕사여.

대웅전 — 간결한 것의 힘과 멋

수덕사가 아무리 망가졌어도 거기에 대웅전 건물이 건재하는 한 나는 수덕사를 무한대로 사랑한다. 이 대웅전 하나만을 보기 위하여 수덕사를 열 번 찾아온다 해도 그 수고로움이 아깝지 않다. 수덕사 대웅전은 고려 충렬왕 34년(1308)에 건립된 것으로, 현재까지 정확한 창건 연대를 알고 있는 가장 오래된 목조건축이다. 이를 기준으로 하여 건축사가들은 부석사 무량수전, 안동 봉정사 극락전, 강릉 객사문 등 고려시대 건축의 양식과 편년을 고찰한다.

고려시대에 세운 목조건축이라! 말이 그렇지 나무로 만든 집이 700년 동안 그대로 사용되고 있다는 사실에 차라리 숙연한 마음이 일어난다. 철근을 사용하면서도 길어봤자 100년도 못 가서 헐어버릴 집을 짓고 있는 이 시대의 짧은 눈과 경박한 시대 정서에 대한 무언의 꾸짖음이 여기 있다.

수덕사 대웅전 건축은 그 구조와 외형이 아주 단순하다. 화려하고 장식이 많아야 눈이 휘둥그레지는 현대인에게 이 단순성이 보여주는 간결한 것의 아름다움, 꼭 필요한 것 이외에는 아무런 수식이 가해지지 않은 필요미(必要美)는 얼른 다가오지 않는다. 그러나 안정된 정서를 갖고 있는 사람이라면 수덕사 대웅전의 저 간결미와 필요미가 연출한 정숙한 아름다움에 깊은 마음의 감동을 받게 될 것이다. 그것은 마치도 가벼운 밑화장만 한 중년의 미인을 만났을 때 느끼는 감정 같은 것이다.

이런 수덕사 대웅전을 두고 문화재관리국(문화재청 전신)에서 안내표지판이라고 세워둔 그 글귀를 읽어보면 세상에 이처럼 망측스러운 글이 없다.

국보 제49호 (…) 맞배지붕에 주심포 형식을 한 이 건물은 주두 밑에 헛첨차를 두고 주두와 소로는 굽받침이 있으며, 첨차 끝은 쇠서형으로 아름답게 곡선을 두어 장식적으로 표현하고, 특히 측면에서 보아 도리와 도리 사이에 우미량을 연결하여 아름다운 가구를 보이고 있다.

이게 도대체 어느 나라 말인가? 말인즉슨 다 옳고 중요한 얘기다. 그러나 그것은 전문가들끼리 따지고 분석할 때 필요한 말이지 우리 같은 일반 관객에게는 단 한마디도 도움이 되는 구절이 없다. 그럼에도 불구하고 이런 안내문이 알루미늄판에 좋게 새겨져 설치된 사정 속에서 나는 이 시대 문화의 허구를 역설로 읽게 된다. 그것은 전문성과 대중성에 대한 오해 내지는 무지의 소산이다. 전문가들은 흔히 이런 식으로 자신의 전문성을 티 내는 무형의 횡포를 자행하고 있는 것이다. 진정한 전문성은 아무리 어렵고 전문적인 것이라도 대중이 알아들을 수 있는 언어로, 그것도 설득력 있게 해낼 때 쟁취되는 것이다. 전문가들의 대중성에 대한 무지 내지는 횡포, 이 표현이 심하다면 최소한 불친절성 때문에 우리는 문화재 안내판을 읽으면서 오히려 우리 문화에 대한 사랑과 자랑을 잃어가고 있는 것이다.

주심포집의 맞배지붕

안내문의 첫 구절인 "맞배지붕에 주심포 형식을 한 이 건물"을 해설하자면 자연히 수덕사 대웅전의 구조가 보여주는 아름다움이 드러나게 된다.

전통 한옥의 지붕 모양에는 맞배지붕, 우진각지붕, 팔작지붕 세 가지의 기본형이 있다. 맞배지붕은 지붕의 앞면과 뒷면을 사람 인(人)자 모양으로 배를 맞댄 모양이고, 우진각지붕은 맞배지붕의 양측면을 다시 삼각형 모양으로 끌어내려 추녀가 4면에 고르게 만들어져 흔히 우리가 함석지붕에서 보는 바의 형식이다. 이에 반해 팔작지붕은 우진각지붕의 세모꼴 측면에 다시 여덟 팔(八) 자의 모양을 덧붙여 마치 부챗살이 퍼지는 듯한 형상이 되었다고 해서 합각지붕이라고도 한다. 경복궁 근정전을 비롯한 조선시대 대부분의 건축과 부잣집 기와지붕은 이 팔작지붕으로 되

| **수덕사 대웅전** | 현존하는 최고(最古)의 목조건축 중 하나로 고려시대 맞배지붕집의 장중하고 엄숙한 멋을 유감없이 보여준다.

었다. 그러니까 지붕의 형식 중에서 가장 간단한 기본형이 맞배지붕인 것이다.

삼국시대 이래로 우리 목조건축의 대종은 맞배지붕이었다. 여기에 새로운 스타일인 팔작지붕이 중국에서 건너온 것은 고려 중기로 생각되는데 부석사 무량수전이 가장 오랜 유물이다. 팔작지붕이 유행한 이후 이 단조로운 맞배지붕은 어찌 보면 가난한 형식으로 취급되어 발전할 수 없게 된 것처럼 생각되기도 하지만 실제는 전혀 그렇지 않았다. 화려한 집을 지을 때면 팔작지붕이 어울리지만 거기에는 경건한 기품이 없다. 단순한 것 같지만 맞배지붕에는 엄숙한 분위기가 살아난다. 그래서 팔작지붕이 한창 유행한 조선시대에도 종실의 제사장인 종묘, 공자님 사당인 대성전, 강진 무위사 극락보전처럼 고려풍이 남아 있는 초기 사찰 등은 모두 맞배지붕으로 되어 있다.

수덕사 대웅전은 이른바 주심포(柱心包)집이다. 다포(多包)집이 아니라는 말이다. 집을 지으려면 기둥을 세운 다음 이것을 연결시켜 고정해야 한다. 기둥과 기둥을 옆으로 잇는 것을 창방이라고 하고, 앞뒤로 가로지르는 나무를 들보라고 한다. 이 기둥과 창방과 들보를 매듭으로 연결하는 장치, 즉 공포(栱包)를 어떻게 역학적으로 효과 있게, 그리고 외형적으로 멋있게 짜느냐가 목조건축에서는 아주 중요한 과제가 된다. 이것만 면밀히 관찰해도 목조건축의 편년까지 가능해진다.

옛날에는 이 공포를 기둥 위에만 설치했다. 그것이 주심포집이다. 그런데 건물을 보다 크고 화려하게 하기 위하여 기둥과 기둥 사이에도 공포를 만들어서 끼워넣었다. 이것이 다포집이다. 그러니까 맞배지붕에는 주심포가 어울리고, 팔작지붕에는 다포집이 어울린다. 다포집이 유행한 이후에도 주심포집이 세워진 것은 단순히 고식(古式)이거나 조촐한 집이기 때문만은 아니었다. 수덕사 대웅전은 그런 맞배지붕의 주심포집인 것이다.

이와 더불어 우리가 빼놓을 수 없는 수덕사 대웅전 건축의 중요한 특징은 배흘림기둥이다. 기둥이 아래에서 위로 곧바로 뻗어올라간 것이 아니라 가운데가 슬쩍 부풀어 탱탱한 팽창감을 느끼게 해주고 윗부분을 좁게 마무리한 기둥을 배흘림이라고 한다. 배흘림기둥은 삼국시대 이래로 우리 목조건축의 중요한 특징이며, 그리스 신전에서도 이 형식이 나타나 이른바 엔타시스(entasis)라고 말하는 것이다. 그러면 왜 기둥에 배흘림을 가하게 되었을까? 영국의 와버그 미술사연구소장으로 있었던 곰브리치는 이것을 아주 명쾌하게 설명한 바 있다.

(엔타시스 형식을 취한) 기둥들은 탄력성 있게 보이며, 기둥 모양이 짓

| **대웅전의 측면관** | 둥근 기둥과 각이 진 들보를 노출시키면서 절묘한 면분할로 집의 모양새를 더욱 아름답게 장식
하고 있다.

눌린 것 같은 인상을 주지 않은 채 지붕 무게가 기둥을 가볍게 누르고
있는 것처럼 보이게 한다. 마치 살아 있는 물체가 힘 안 들이고 짐을
지고 있는 것처럼 보이게 한다.

　수덕사 대웅전을 앞마당 아래쪽에서 정면정관(正面正觀)으로 올려다
보면 지붕골이 아주 길고 높아서 지붕의 하중이 대단히 위압적이라는
인상을 받는다. 더욱이 이 지역 백제계 건축들은 기둥과 기둥 사이의 간
격이 넓은 것이 특징인바, 그로 인하여 위압적이라는 느낌이 강하게 드
는 것이다. 그러나 저 팽팽한 팽창감의 배흘림기둥이 탄력 있게, 어찌 보
면 상큼하게 지붕을 떠받치고 있어서 우리에게 하등의 시각적 불편이나
무리를 느끼게 하지 않는다.
　그리고 건축물의 외형은 각 부재들이 이루어내는 면분할의 조화 여부

에 성패가 걸린다. 수덕사 대웅전의 면분할은 무엇보다도 건물의 측면관에 멋지게 구현되었다. 우리 시대 건축에서는 도저히 찾아볼 수 없는 간결성의 멋과 힘이 거기 있다. 기둥과 들보가 속으로 감추어지지 않고 겉으로 드러난 것이 현대건축·서구건축에 익숙한 사람들에게는 기술상의 미완성, 마감의 불성실로 비칠지 모를 일이다. 그러나 튼튼한 부재의 정직한 드러냄이야말로 이 집이 천년이 가도 끄떡없음을 자랑하는 견실성의 핵심 요소라고 나는 생각하고 있다. 더욱이 가로세로의 면분할이 가지런한 가운데 넓고 좁은 리듬이 들어가 있고, 둥근 나무와 편편하게 다듬은 나무가 엇갈리면서 이루어낸 변주는 우리의 눈맛을 더없이 즐겁게 해준다. 그리하여 수덕사를 답사했을 때 내가 가장 오랜 시간 머무는 장소는 저 대웅전의 측면이 한눈에 들어오는 오른쪽 꽃밭 한 귀퉁이로 되었다.

이처럼 단순하고 간결한 구조 속에서 정숙하고 단아한 아름다움을 대웅전 내벽의 조형적 이상으로 삼은 수덕사 대웅전이니, 벽면과 문짝의 처리 또한 이러한 미적 목표에서 벗어났을 리 있겠는가. 대웅전 벽면은 아무런 수식 없이 흰색과 노란색 단장으로 저 조용한 아름다움이 돋보인다. 그것은 그림을 그리지 않음으로써 그린 것보다 더 큰 그림 효과를 얻어낸 것이다.

정면과 측면의 문짝 창살무늬를 볼 것 같으면 마름모꼴의 사방연속 무늬라는 역시 단순한 구조이지만 거기에 공들인 목공의 치밀한 손끝을 감탄 없이 바라볼 수 없을 것이니, 부안 내소사의 창살무늬가 화려한 아름다움의 극치라는 찬사를 받고 있지만 그것을 수덕사 대웅전에 비교한다면 바둑으로 쳐서 9단과 5단의 차이는 된다.

내부로 들어가면 모든 건축 부재들이 시원스럽게 노출되어 서로가 유기적으로 연계되어 있는 것이 한눈에 들어온다. 복잡한 결구의 공교로운

| 대웅전 내벽의 벽화 | 해체 수리 때 발견된 꽃그림으로 고(故) 임천 선생이 모사해둔 고려시대 벽화이다.

재주 부림 같은 것이 없다. 모든 들보와 창방이 쭉쭉 뻗어 있을 따름이다. 그래서 최완수 선생은 수덕사 탐방기를 쓰면서 "마치 왕대밭에 들어선 듯 청신한 기운이 전 내에 가득하다"는 탁견을 말하였다.

지금 안벽에는 아무 그림도 그려져 있지 않으나 원래는 아름다운 야생화 꽃꽂이와 비천상들이 그려져 있었다. 그것은 고려 불화 중에서 괘불이 아니라 벽화의 모습을 추정하는 유효한 자료일 뿐만 아니라 고려시대 회화의 정수를 보여준다. 이 야생화 벽화는 우리가 조선시대 사찰 벽화에서 볼 수 있는 화려함이나 복잡한 구성이 아니라 항아리에 꽃꽂이를 소담하게 해놓은 일종의 정물화로 되어 있다. 여백의 처리도 여유 있고 색조도 담백하여 그것 역시 이 집의 모양새와 조금도 어긋나지 않는다.

1934년 수덕사 대웅전 해체공사가 대대적으로 시행되었다. 이를 위해 곁에 있는 단청과 벽화를 고(故) 임천(林泉) 선생이 모사하던 중 1528년의 개채기(改彩記)를 찾아내고 또 벽화 속에서 원래의 그림을 찾아내었다. 이것은 건립 당초의 벽화로 판명되어 분리작업을 하던 중 1308년에 건립됐다는 기록도 찾게 된 것이다. 이 벽화는 건물 해체에 따라 모두 제자리에서 떨어져나갔고 일부는 모사되었다. 모사화 중 일부는 일본인들이 가져갔고, 원래 벽체는 분리된 상태로 남아 있다가 해방 때 혼란기에 흙더미로 바뀌어 폐기되었다고 신영훈 선생은 증언하고 있다. 지금 국립중앙박물관 창고에는 그중 임천 선생이 그린 야생화 모사도가 한 폭 보관되어 있다.

이런 수덕사 대웅전이다. 만약에 이 건물에 붙일 간결한 안내문 하나를 내게 원고 청탁하여 온다면 나는 기꺼운 마음으로 이렇게 쓸 수 있을 것 같다.

국보 제49호. 덕숭산 남쪽에 자리잡은 수덕사의 중심부에 해당하는 건물. 현존하는 다섯 채의 고려시대 목조건축 중 하나로 충렬왕 34년 (1308)에 건립된 것이다. 정면 3칸, 측면 4칸의 주심포 맞배지붕으로 조용한 가운데 단정한 아름다움이 돋보이며 불당으로서 근엄함을 잃지 않고 있다. 건물의 모든 결구는 필요한 것만으로 최소화하고 여타의 장식을 배제하였으며 기둥과 창방의 연결고리인 공포장치는 단순한 가운데 힘이 넘치며, 마름모꼴 사방연속무늬의 창살은 이 집의 정숙한 기품을 더욱 살려준다. 특히 이 건물의 측면관의 면분할은 안정과 상승의 조화를 절묘하게 보여주며 거의 직선으로 뻗은 맞배지붕의 사선은 마치 학이 내려앉으면서 날갯짓하는 듯한 긴장이 살아 있다. 배흘림기둥에 기둥과 기둥 사이가 비교적 넓게 설정된 것은 백제계 건축의 특징으로 생각되는 것이며 그로 인하여 지붕골이 조금 높고 길다는 인상을 주고 있다. 건물 외벽에 별도의 단청을 가하지 않은 것이 오히려 그림보다 더 큰 조형 효과를 자아낸다. 내벽에서는 1934년 대대적인 해체수리공사 때 아름다운 야생화를 담백한 채색으로 그린 것이 발견되었다.

만공스님

수덕사는 결코 볼거리가 많은 절은 아니다. 문화재를 찾는다면 대웅전 하나로 끝이다. 그 밖에 오층석탑이니 뭐니 있지만 대수로운 것이 못 된다. 그러나 덕숭산의 사계절과 그 자연 속에 살았던 인간의 이야기와 전설이 있기에 우리의 가슴속에 젖어오는 감성의 환기가 있고 이성의 일깨움이 있다. 중국의 곽말약(郭沫若)이 그 유명한 동정호수에 갔다가 오물만 둥둥 떠다니는 것을 보고 실망하면서도, "그래도 여기엔 동정추월 평사낙안을 읊은 옛 시인의 글귀가 서려 있고 뭇 인재들의 영욕이 있어 내 심금을 울린다"고 했다.

수덕사 경내에서 서쪽 계곡을 끼고 덕숭산으로 올라가는 등산길이 있는데, 본사에서 1,200개의 돌계단을 오르면 정혜사(定慧寺)의 능인선원이 나온다. 그 중턱에는 일제시대 때 조선불교의 법통을 지킨 송만공(宋滿空, 1871~1946) 스님의 사리탑과 만공스님이 세운 25척의 미륵불이 있다.

사리탑이건 미륵불이건 그 모습에서 어떤 예술적 감동을 주는 바는 없다. 다만 이것이 숱한 일화를 남긴 만공스님이 여기 계셨던 자취임을 분명히 알려주며, 나는 그것으로 족하게 생각한다. 만공스님은 정읍 태인 사람이다. 13세 때 부친이 돌아가시자 어머니가 여승이 됨에 따라 중이 되었다. 소년 시절부터 참선에 정진한 만공은 30세에 정혜사 선원 조실이 되어 수많은 납자(衲子)를 배출했다. 만공스님이 속세에 살았다면

| **만공스님의 미륵상** | 일제강점기에 만공스님이 세운 미륵석상으로 그 조형미를 떠나 스님의 족적을 느낄 수 있어서 그 의미를 새기게 된다.

대단한 기인이었을 것이다.

만공은 젊은 여자의 벗은 허벅지를 베지 않으면 잠이 안 온다고 하였다. 그래서 일곱 여자의 허벅다리를 베고 잤다고 해서 '칠선녀와선(七仙女臥禪)'이라는 말이 생겼다. 스님의 이런 파격적인 행위는 그의 은사 스님인 경허스님으로부터 이어받은 것이었다.

어느 날 험한 산길을 한 스님과 가는데, 이 동행승이 힘들어서 더는 못 가겠다고 했다. 그때 마침 밭에서 화전을 일구는 부부가 있었는데 경허스님은 무슨 생각에서인지 냅다 달려가 여자를 덥석 안고 입맞춤을 했다. 놀란 남편은 쇠스랑을 들고 저 중놈들 죽여버리겠다며 쫓아왔다. 엉겁결에 동행승도 걸음아 날 살려라 달아났다. 숨을 헉헉대며 고갯마루에 올라 이제 화전 부부가 보이지 않게 되자 동행승은 경허스님에게 그게 무슨 짓이냐고 꾸짖었다. 그러자 경허스님은 "이 사람아, 그게 다 자네 탓이라고. 그 바람에 고갯마루까지 한숨에 왔지 않나. 이젠 괜찮은가?" 하였다.

경허스님이나 만공스님은 흔연히 법도를 넘어섰다는 호기 때문에 존경받았다. 진정한 도란 법도에 구속받지 않으면서 또한 법도를 떠나지 않는 데 있다고 하였으니 그 파격이라는 것도 일정한 법도를 지키는 가운데 일어난 일이어서 들어볼 만한 이야기로 전하는 것이다. 그 많은 일화 가운데 여색과 관계되는 것만 인용하면 오해가 있을까 걱정된다. 이런 얘기도 전한다. 일제시대 조선총독이 31본산 주지회의에서 일본불교와 조선불교를 합쳐야 한다고 말하자 만공은 자리를 박차고 "청정본연(淸淨本然)하거늘 어찌 문득 산하대지(山河大地)가 나왔는가!"라고 호령하여 총독이 만공의 기세에 눌렸단다. 그분의 거룩한 초상이다. 1946년 어느 날 76세의 노스님 만공은 저녁공양을 맛있게 들고는 거울을 앞에 두고 독백하기를 "이 사람 만공! 자네와 나는 70여 년 동안 동고동락해왔지만 오늘이 마지막일세. 그동안 수고했네" 하고는 요를 펴고 누워 열반에 들었다. 만공스님다운 최후다. 고은 선생은 만공의 모습을 오대산 상원사 방한암 스님과 견주며 이렇게 말했다.

만공스님은 한암스님과 더불어 근대 고승의 쌍벽이었다. 한암스님이 곧고 높다면 만공스님은 걸리는 바가 없이 넓었다. 높이나 넓이는 같다. 오대산 상원사는 경건하고 수덕사는 호방하다. 만공의 법맥을

| 정혜사 '불유각' 현판(부분) | 정혜사의 샘물터에는 보호각이 세워져 있고 '부처님의 젖'이
라는 뜻의 현판이 붙어 있다. 만공스님 글씨다.

이어받은 많은 후인들은 더러는 술을 마시고 여색도 제도한다. 그것
을 파계라고 하면 아주 어리석은 단정이다.

정혜사의 불유각

만공탑에서 다시 돌계단을 오르면 정혜사 능인선원이 나온다. 정혜사
앞뜰에 서서 담장을 앞에 하고 올라온 길을 내려다보면 홍성 일대의 평
원이 일망무제로 펼쳐진다. 산마루와 가까워 바람이 항시 세차게 불어오
는데, 살면서 쌓인 피곤과 근심이 모두 씻겨지는 후련한 기분을 느낄 수
있을 것이다. 자신도 모르게 물 한 모금을 마시며 이 호탕하고 맑은 기분
을 오래 간직하고 싶어질 것이다.

정혜사 약수는 바위틈에서 비집고 올라오는 샘물이 동그란 공을 반으
로 자른 모양의 석조에 넘쳐흐르는데 이 약수를 덮고 있는 보호각에는
'불유각(佛乳閣)'이라는 현판이 걸려 있다. '부처님의 젖이라!' 글씨는 분

명 스님의 솜씨다. 말을 만들어낸 솜씨도 예사롭지 않다. 누가 저런 멋을 가졌던가. 누구에게 묻지 않아도 알 것 같았고, 설혹 틀린다 해도 상관할 것이 아니었다(훗날 다시 가서 확인해보았더니 예상대로 만공의 글씨였다). 나는 그것을 사진으로 찍어 그만한 크기로 인화해서 보며 즐겼다. 그런데 우리 집엔 그것을 걸 자리가 마땅치 않았다. 임시방편이지만 나는 목욕탕 문짝에 압정으로 눌러놓았다.

두 여인의 화려하고 슬픈 이야기

수덕사에 사연을 심은 사람이 어디 하나둘이겠는가마는 나는 수덕사에 올 때마다 언제나 두 여인을 생각하게 된다. 한 분은 그 유명한 김일엽 스님이다.

일엽스님은 1896년생으로 본명은 김원주(金元周). 목사의 딸이었던 일엽은 조실부모한 후 23세에 이화여전을 졸업하고 3·1운동 후 일본에 건너가 도쿄에이와(東京英和)학교에 다니다 이내 귀국하여 잡지 『신여자(新女子)』를 창간하고 시인으로서 신문화운동, 신여성운동에 적극 참여하였다. 신여성 일엽은 당시 사회적 도덕률에 도전하는 대담한 글과 처신으로 숱한 화제에 올라 신여성 화가 나혜석만큼이나 소문난 여자였다. 여기서 한창 정열이 넘쳐흐를 때 일엽이 쓴 「그대여 웃어주소서」라는 시를 옮겨본다.

으셔져라 껴안기던 그대의 몸
숨가쁘게 느껴지던 그대의 입술
이 영역은 이 좁은 내 가슴이
아니었나요?

그런데 그런데
나도 모르게
그 고운 모습들을 싸안은 세월이
뒷담을 넘는 것을 창공은 보았다잖아요.

뜨거운 정열을 소진하고 난 다음에 찾아오는 허망을 이렇게 노래한 38세의 일엽은 수덕사 만공스님을 만나 발심(發心)하여 견성암(見性庵)에서 머리를 깎았다. 지금 수덕사 대웅전 아래쪽에는 환희대(歡喜臺)라는 작은 건물이 있는데 여기가 곧 그 옛날의 견성암이다. 누가 어떤 사유로 당호를 이렇게 바꾸었는지 내 자세한 내력을 알지 못하나 "모험적인 연애 끝에" 훗날 자신이 쓴 인생 회고록의 책 제목처럼 "청춘을 불사르고" 기거하다 열반한 곳이니 그 개명이 잘못되었다고 할 수는 없겠다.

일엽스님은 1971년 세수 76세, 법랍 38년으로 생을 마쳤다. 열반 후 당신이 기거하던 조촐한 한옥이던 견성암은 1981년에 큰 불당으로 면모를 일신하였다. 그 옛날의 견성암 현판은 수덕사 왼쪽에 있는 덕숭총림의 비구니 선방에 옮겨져 걸려 있는데, 덕숭총림은 장판지 240장이 깔린 엄청나게 큰 방에 항시 100명의 여승이 수도하고 있으니 당신이 뿌린 씨가 결코 헛되지 않았음을 말해주는 듯하다. 게다가 지금 환희대 앞에는 어느 누군가가 석탑을 하나 세워놓고 "일엽스님의 영전에 이 탑을 올립니다"라고 새겨놓았으니 일엽스님 당신이야 어떻게 생각하든 그분의 삶은 축복받은 여인의 삶이었다는 생각이 든다.

그러나 수덕사와 인연 있는 또 한 여인은 그런 축복이나 영광, 명성과는 너무도 거리가 먼 쓸쓸하고 조용한 분이다. 수덕사 입구의 수덕여관 주인 아주머니. 지금은 할머니라고 불러야 할 분이다. 이분은 우리 현대 미술사의 걸출한 화가라 할 고암(顧菴) 이응로(李應魯, 1904~89)의 본부

| **수덕여관의 이응로 암각화** | 고암 이응로의 본부인이 경영하는 수덕여관 뒤뜰에는 고암이 문자추상화를 새겨놓은 너럭바위가 두 개 있다. 수덕여관은 수덕사기념관으로 바뀌었다.

인이시다. 고암은 작가적 열정이 대단한 화가였다. 이제까지 우리 현대 미술사에서 고암만큼 다양한 작품세계를 섭렵한 화가도 없고, 고암만큼 방대한 작업량을 보여준 화가도 없으며, 고암만큼 국제적으로 인정받은 화가도 없다. 그리고 고암만큼 정치적 파란을 겪은 화가도 없다.

1957년, 고암이 자신의 예술을 국제 무대에서 펼쳐볼 의욕으로 독일을 거쳐 파리로 건너갈 때 그는 이화여대 제자였던 박인경 여사와 함께 갔다. 들리기엔 오래전부터 본부인을 버리고 그렇게 살았단다. 그렇게 버림받은 고암의 본부인은 초가집 수덕여관을 지어 운영하면서 오늘 이때까지 조용히 수절하고 계시다(2001년 작고). 그러나 남편에 대한 원망이나 섭섭함이 조금도 얼굴에 비치지 않는다. 1968년 이른바 '동백림공작단사건'으로 고암이 중앙정보부원에게 납치되어 1년여를 옥살이할 때 대전교도소, 전주교도소로 옥바라지한 분은 이 버림받은 본부인이었다.

그리고 그는 이내 파리로 돌아갔다.

이것을 아름다운 얘기라고 해야 할 것인가, 슬픈 얘기라 할 것인가. 어쩌면 조선 여인의 체념 어린 순종을 그분이 마지막으로 보여주는 것인지도 모른다. 그리고 이 쓸쓸한 얘기를 만들어낸 고암의 행태는 예술가적 기질이라는 명목으로 면책되는 것일까.

나는 고암을 무척 좋아하고 또 미워한다. 그의 삶을 미워하고, 그의 예술을 좋아한다. 내가 고암을 좋아하는 이유는 누가 뭐래도 고암은 우리 전통회화를 현대적으로 계승한 가장 탁월하고 기량 있는 화가라고 생각하기 때문이다. 고암의 예술세계는 전통적인 것과 현대적인 것의 만남, 동양적인 것과 서양적인 것의 조화라는 조형적 과제를 풀어나가며 전개되었다. 그것은 유화에서 수화(樹話) 김환기(金煥基)가 추구한 조형 목표와 아주 비슷한 것이었다. 그분이 파리로 가기 전에 그린 사군자와 산수, 인물은 동양적인 것, 전통적인 것을 뼈대로 하면서 현대적·서구적으로 변용시킨, 말하자면 동도서기(東道西器)의 한 모범이 되고, 파리로 간 이후 그린 파피에콜레와 문자추상은 서도동기(西道東器)의 한 예라 나는 생각하고 있다.

수덕여관 뒤뜰은 수덕사에서 내려오는 계곡과 맞닿아 있다. 뒤뜰 우물가 양옆에는 서넛이 올라앉을 만한 평평하고 두툼한 암반이 둘 있는데 그 암반 옆면에는 고암의 문자추상화가 새겨져 있고 "1969년 이응로 그리다"라는 낙관까지 들어 있다. 나는 이것을 고암의 서도동기식 그림 중 최고작으로 꼽고 있다.

내포 땅을 답사할 때 나는 으레 여기서 하룻밤을 묵곤 한다. 수덕여관 뒤뜰 고암의 그림이 새겨진 너럭바위에 조촐한 술상을 차려놓고 동행한 답사객들과 자리를 같이하곤 한다. 계곡물 흐르는 소리인지 솔바람 소리인지 구별이 안 가는 가야산 덕숭산의 숨소리를 들으면서 내포 땅에서 살다 간 사람들에 대한 사랑과 미움을 되새겨보는 것이 그 밤의 일정이다. 그러나 항시 나의 술자리는 길지 못하다. 내일 날이 새면 우리는 남연군 묘, 해미읍성, 개심사, 서산 마애불, 보원사터로 바삐 움직여야 하니까.

1991. 6. / 2011. 5.

* 수덕사 입구 사하촌은 2011년 현재 밑으로 내려가 관광단지가 조성되어 있고 수덕여관은
수덕사기념관으로 바뀌었다.

불타는 가야사와 꽃 피는 개심사

남연군 묘 / 보부상 유품 / 해미읍성 / 개심사

남연군 묘

수덕여관을 떠난 우리의 일정은 가야산의 밑동을 한 바퀴 훑는 것이다. 그 첫번째 코스는 남연군(南延君), 즉 흥선대원군 아버지의 묘소이다. 우리가 국사교과서에서 배운 상식으로 말하자면 1868년 독일 상인 오페르트가 이 무덤을 파헤쳐 흥선대원군이 대로하고 이후 천주교를 더욱 박해했다는 사건의 현장인 것이다.

그 사건의 개요는 이렇다. 고종 5년(1868)에, 두 번씩이나 통상 요구를 하다 실패한 오페르트는 미국인 자본가 젠킨스의 자금 지원을 받아 프랑스 선교사 페롱을 앞세우고는 680톤의 기선 차이나호에 60톤의 소형 증기선 그레타호를 붙여 백인 8명, 조선인 천주교도 약간 명, 말레이시아인 20명 등 100명을 데리고 상하이(上海)를 떠나 제3차 협상에 나섰다. 1868년 4월 18일 이들은 서산 앞바다 행담도에 정박하고는 증기선 그레타호로 갈아타고 구만포 쪽으로 들어와서 스스로 아라사(러시아) 군병이라고 거짓말을 하며 총을 쏘고 질주하여 곧장 가야산에 있는 남연군 묘를 파헤쳤다.

묘지기 몇 명이 당해낼 재간이 없는 급습이었는데 날이 밝아 동민들이 모여들고 서해바닷물이 빠지는 시각이 다가오자 이들은 황급히 퇴각했다. 이 해괴한 사건은 중국 상하이의 외국인들 사이에서도 적지 않은 물의를 일으켜 마침내 자본주 젠킨스는 불법 파렴치죄로 기소됐다. 그러나 요즘도 우리가 흔히 듣는 구실인 '증거 불충분'으로 무죄가 됐고 다만 배석판사인 헤이스가 해적의 노략질과 다름없는 무모한 소행이었다는 '소수 의견'을 냈다. 이것이 그리피스가 쓴 『코리아, 은둔의 나라』에 나오는 얘기다. 19세기 서구 제국주의자들이 값싼 원료와 넓은 시장을 찾아 우리나라 같은 후진국에 와서는 '개방'이라는 명목의 압력과 침략을 자행할 때, 처음에는 기독교 선교사, 두번째는 장사꾼, 세번째는 대포와 총칼로 들어왔던 그 표본이 여기에 있다.

오페르트는 왜 이런 해괴한 짓을 했을까? 그것은 흥선대원군을 자극해 결국은 협상테이블로 끌어내기 위한 일종의 전주곡을 연출한 것이었다. 그러면 남연군 묘를 파헤치면 흥선대원군이 진노할 것이라고 오페르트와 젠킨스에게 고자질한 것은 누구였을까? 말할 것도 없이 천주교 신자들이었다.

대원군은 "이 괴변은 필시 사류(邪類, 천주교도)의 대응과 향도로 발생한 것"으로 단정짓고 "잔존하는 천주학쟁이를 가일층 엄단하라"고 명을 내렸던 것이다.

불타는 가야사

   흥선대원군이 진노한 것은 그것이 단순히 조상의 묘라는 사실 때문만 이 아니었다. 거기에는 구구한 사연이 있었고 그로서는 천신만고 끝에 자신의 야망을 성취한 음덕이 바로 거기에 있다고 믿었던 또 다른 사연 이 있다.

   남연군 묘를 가야산 그 자리에 쓰게 된 것을 매천(梅泉) 황현(黃玹, 1855~1910)은 『매천야록(梅泉野錄)』에 소상하게 적어두었는데, 예산의 향토사가 박홍식 씨가 『예산의 얼』(예산군 1982)에 쓴 「가야사와 흥선대원 군」을 보면 좀 다르게 되어 있다. 황매천은 남연군 사망 당시인 1838년, 흥선군 18세 때의 일로 기록하고 있고, 박홍식 씨는 경기도 연천(어떤 기 록은 수원)에 있는 남연군 묘를 여기로 이장한 것으로 기록하고 있는데 그 때를 1846년, 흥선군 26세 때로 고증하고 있다. 그것이 어떻든 내 관심사 는 남연군 묘가 거기에 있다는 사실이다.

   석파(石破) 이하응(李昰應, 1820~98)이 젊었을 때 한량 비슷하게 놀면 서 지낸 적이 있었다. 이는 자신의 야망이 안동 김씨의 눈에 드러나지 않 게 하기 위한 고등의 위장술로 해석되곤 한다. 실제로 그는 제주도 귀양 살이에서 돌아와 용산에 살고 있던 추사 김정희를 찾아와 난초와 글씨 를 배워 훗날 추사서파의 대표적인 문인화가로 손꼽히고 있다. 이때 이 하응에게는 여러 한량이 모여들었는데 어느 날 정만인(鄭萬仁)이라는 지관이 찾아와 말하기를 충청도 덕산 땅에 "만대에 걸쳐 영화를 누리는 자리(萬代榮華之地)"가 있고 또 가야산 동쪽 덕산에 "2대에 걸쳐 황제가 나올 자리(二代天子之地)"가 있으니 둘 중 한 곳에 선친의 묘를 쓰라는 것이었다. 흥선군은 만대의 영화보다 2대에 그칠지언정 천자를 낳는다 는 자리를 택했다.

| **남연군 묘** | 흥선대원군은 여기가 황제를 낳을 명당이라고 가야사를 불지르고 금탑 자리에 선친 남연군의 묘를 썼다.

　그런데 황제가 나올 자리란 평범한 산비탈이 아니라 가야산의 유서 깊은 거찰 가야사의 보웅전 앞에 있는 금탑(金塔) —석탑인데 상륜부가 금동으로 되어 있어 이런 별명이 붙은 탑—자리라는 것이었다. 흥선군은 이 절을 폐사시키고 꼭 그 자리에 묘를 쓸 요량으로 먼저 가야산 아래쪽, 예산군 덕산면 상가리 절골에 임시 묏자리를 정했다. 이 땅은 영조 때 판서를 지낸 윤봉구(尹鳳九)의 사패지(賜牌地)로 흥선군은 파평 윤씨 윤판서 후손에게서 이 땅을 빌려냈다는 것이다. 가야사 북서쪽 400미터 떨어진 곳에 아직도 움푹 팬 곳이 있는데 여기를 구광지(舊壙地)라고 부른다. 이때 쓰인 상여는 남은들(또는 나분들, 예산군 덕산면 광천리) 사람들에게 선사되어 오랫동안 이 마을 상여로 쓰였다(이 상여는 1974년에 중요민속자료 제31호로 지정되어 보호각 안에 보호해두고 마을에는 새 상여를 하나 사주었다).

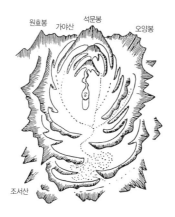

원효봉 가야산 석문봉 오양봉

조서산

| **남연군 묘의 산도(山圖)** | 명당의 모든 조건이 갖추어져 있음을 알 수 있다.

　그후 흥선군은 가야사의 중들을 내쫓아 빈집을 만든 다음 불을 질러 폐사시켜버리는데, 『매천야록』에서는 흥선군이 재산을 처분한 2만 냥의 반을 주지에게 주어 불을 지르게 했다고 하고, 박홍식 씨는 흥선군이 가보로 내려오는 단계(端溪)벼루를 충청감사에게 뇌물로 주고 중들을 쫓아내게 한 다음에 불을 질렀다고 한다. 이리하여 가야사는 불타버리고 금탑만 덩그러니 남아 있는 폐사지가 되었다.

　가야사가 언제 창건됐고 얼마만한 규모였는지는 지금 알 길이 없다. 다만 보웅전에는 세 분의 철불이 모셔져 있었는데 불길에 철불이 모두 녹아 쇳덩이가 되었고 흥선군은 재를 치우면서 이것이 눈에 거슬려 절 뒤쪽에 묻었다. 그후 몇 년 뒤 봉산면 봉덕골 대장간 주인이 이를 파서 사철과 함께 녹이면 좋은 가마솥이 될 줄 알고 끓였는데 몽땅 가루가 됐다는 얘기가 전해진다. 아무튼 철불이 세 분 있었다면 하대신라 또는 고려 초 내포 지방 호족이 발원한 사찰일 가능성이 크다.

흥선대원군의 무서운 기개

한 인간의 야망이 얼마나 끔찍한 일을 벌이는가를 우리는 여기서도 보게 된다. 그것은 문화재가 소실된 아쉬움 같은 것이 아니라 조선 말기의 사회구조와 도덕률이 얼마만큼 황폐화하였는지 그리고 흥선군이라는 인간의 살기 넘치는 야심, 그런 것도 기개라면 기개가 어떠했는지를 보게 된다. 흥선군의 무서운 기개는 그 정도가 아니었다. 이제 남은 일은 금탑을 부수고 묘를 파는 일이었다. 흥선군 4형제는 그 일을 이튿날로 미루고 잠을 자는데 세 형이 모두 똑같은 꿈을 꾸었다. 그것이 『매천야록』에는 이렇게 적혀 있다.

이때 형 세 사람이 잠자리에서 일어나 꿈 이야기를 하는데 흰옷을 입은 늙은이가 노해서 욕설을 늘어놓으며 "나는 탑신(塔神)이다. 너희들은 어찌해서 내 거처를 빼앗느냐? 끝내 장사를 지낸다면 4형제가 폭사할 테니 속히 돌아가라"는 것이었다. 세 형의 꿈이 모두 같았다. 흥선군은 (이 말을 듣자 떨기는커녕 오히려) 흥분하면서 말했다. "그렇다면 이곳은 진정 명당자리입니다. 명(命)이란 타고난 것인데 신(神)이 죽으라고 빈다고 해서 죽겠습니까? 종실이 쇠퇴하여 우리 형제들은 장동 김씨(壯洞金氏, 안동 김씨들이 장동, 지금의 청운동에 살아 그렇게 불렸다) 문전에서 옷자락 끌며 얻어먹으면서 구차한 삶을 바라느니 차라리 일시에 크게 일어서는 것이 좋지 않겠습니까? 형님들은 모두 자식이라도 있으나 하나의 핏덩이도 없는 것은 오직 나뿐입니다. 죽는다고 두려울 것 하나 없으니 쓸데없는 말 하지 마시오.

또 『매천야록』은 이렇게 계속된다. "이른 아침 탑을 깨뜨리고 보니 그 자리는 전체가 돌이었다. 도끼로 깨뜨리니 도끼가 튀기만 한다. 흥선군은 도끼를 치켜들고 하늘을 향해 소리쳤다. '나라고 왜 황제의 아비가 되지 못한다는 것인가!' 그러자 도끼는 다시 튀지 않았다."

훗날 흥선군은 이때 일을 『당의통략(黨議通略)』의 저자인 이건창(李建昌, 1852~98)에게 소상하게 기록하게 한 적이 있는데, 탑을 쓰러뜨리니 그 속에 백자 두 개와 단다(團茶) 두 병, 사리구슬 세 알이 있었다고 하면서 사리구슬은 머리통만 하여 밝게 비쳐 물에 침수되어서도 푸른 기운이 물을 뚫고 번쩍번쩍 빛나더라는 것이었다.

매장을 마치고 난 후 흥선군은 나중에 누가 손댈까 걱정되어 철 수만 근을 녹여 부었고 그 위에 강회를 비벼서 다졌다고 한다. 오페르트 일당이 밤새 도굴하다 실패한 것은 이 때문이었다. 그래서 이들은 파다 말고 불을 지르고 도주했다고 한다. 그 자리에 일어난 두번째 큰불이었다.

보덕사의 내력

옛날 가야사의 금탑 자리, 지금 남연군 묏자리가 명당인지 아닌지 가려낼 눈이 내겐 없다. 그곳이 양택으로 좋은지 음택으로 좋은지도 모른다. 다만 명당의 조건에 해당하는 요소들이 거의 모범답안처럼 펼쳐져 조산(祖山)·주산(主山)·안산(案山), 좌청룡··우백호가 이처럼 뚜렷하게 드러나는 곳을 보기 쉽지 않다. 얼핏 보기에 좌청룡 쪽 산세가 너무 험악하다는 인상을 주는데, 그 때문에 계곡 아래쪽에는 석조보살상을 세워 그 기세를 누그러뜨렸다고 한다. 오직 흠이 있다면 주산에서 명당으로 흐르는 지맥이 생각보다 짧다. 그래서 정만인은 만대(萬代)가 아닌 2대(二代)의 천자가 나온다고 예언했나보다.

이런 풍수설이 아니라도 우리나라 절집의 자리는 하나같이 기막히게

| **보덕사 부서진 석등** | 부서진 석등 화사석 하나가
이 절의 연륜을 말해주고 있다.

좋은 곳에 자리잡고 있다. 트이면 시원스러운 눈맛이 좋고 막히면 아늑한 운치가 좋다. 절집에서도 가장 좋은 곳은 부처님이 앉아서 내다보는 경관이다. 어느 절을 가든 대웅전 기둥에 등을 대고, 또는 댓돌에 앉아서 앞에 있는 탑과 함께 주변을 살펴보는 것이 황당한 찬사로 쓰인 문화재 안내문을 따라 보는 것보다 몇천 곱 가치 있다. 바로 그런 가야사 보웅전 금탑 자리였으니 명당이 아니겠는가.

남연군 묘를 거기에 쓴 후, 흥선군은 실제로 대원군이 되었다. 아들은 고종황제, 손자는 순종황제가 되었으니 별 볼일 없는 황제라도 정만인의 예언만은 맞은 셈이다.

대원군은 누군가에게 보답하고 싶었을 것이다. 정만인에게, 가야사에, 또는 가야산의 음덕에. 또 미안한 생각도 들었을 것이다. 특히 가야사에. 고종 2년(1865), 대원군은 남연군 묘 맞은편에 있는 서원산(書院山) 기슭에 절을 짓고 보덕사(報德寺)라는 이름을 내렸다. 은덕에 보답한다는 뜻이 었다. 보덕사는 "토목금벽(土木金碧)으로 치장하여 대단히 웅장하고 화려했으며, 많은 전토와 보화가 내려졌다"고 한다. 주지로는 벽담(碧潭) 선사를 임명했고, 절의 시주자는 큰아들 이재면(李載冕)으로 했으니 조선왕조의 마지막 왕실원당(願堂) 사찰인 것이다.

그러나 이 절집은 한국전쟁 중에 불타버리고 지금은 '능력 있는' 여승들이 중창하여 길도 좋게 닦아놓고 주차장까지 설비해놓은 비구니사찰로 되어 있다.

보덕사 경내에는 부서진 것이지만 석등의 화사석(火舍石)이 하나 전해지고 있는데, 이 화사석의 사면에 새겨진 사천왕의 조각을 보면 제법 정교한 것이 하대신라 풍이다. 이것은 필시 가야사에서 옮겨온 것이리라.

그 옛날의 사연을 멀리하고 오늘의 모습에서 보덕사를 말하라고 한다면 저 비구니사찰의 정결함과 청순함, 그리고 스산한 냉기가 싫지 않게 스며오는 호젓한 분위기의 아담한 절집, 그래서 자꾸만 발길이 닿는 그런 절이다. 이런 절은 요즘 세상에 그리 많지 않다.

'예덕상무사'의 보부상 유품

남연군 묘에서 다시 덕산으로 나오면 덕산면사무소 뒤뜰에 있는 '예덕상무사(禮德商務社)' 기념비각과 보부상 유품전시장이 한번 들러볼 만한 곳이다. 보부상의 모습이 우리에게 형상적으로 다가오는 것은 김주영의 소설 『객주』일 것인데, 패랭이에 솜뭉치를 양쪽에 단 이 장돌뱅이들이 쓰던 도장과 도장궤, 청사초롱, 빨간 보자기[紅褓], 공문서 등을 보면 그 당시 상행위를 상상하는 데 여간 도움이 되는 것이 아니다. 이것은 부여군 홍산면 교원리 김재련 씨가 소장하고 있는 신표(信標), 비변사에서 발급한 완문(完文) 등과 함께 중요문화재 제30호로 지정된 것이기도 하다. 그런데 문화재 안내문을 보면 이렇게 되어 있다.

상무사는 조선 말엽 예산과 덕산 지방의 시장에서 상품의 중개와 시장세(市場稅)의 징수 등을 맡았으며 정치에도 관여한 보부상 조직으로 널리 알려져 있다. (예산)

(…) 보부상은 주로 상행위가 주된 일이었으나 나라에 위기와 환란이 닥칠 때 자진 출두하여 공헌하기도 하였다. (부여)

말인즉 틀리진 않았으나 '무슨' 정치에 관여했고 '어떤' 위기에 공헌했나? 똑바로 알아둘 필요가 있다.

보부상은 보상(褓商)과 부상(負商)이 합쳐진 말이다. 보상은 보자기에 싸고 다녔고, 부상은 지게에 지고 다녀서 생긴 이름인 것이다. 이 장돌뱅이라 불리는 보부상이 하나의 길드적 조직으로 형성된 것은 고려 말·조선 초로 생각된다.

이성계가 석왕사(釋王寺)를 지을 때 황해도 토산(兎山) 사람 백달원(白達元)이 보부상을 거느리고 불상과 건자재를 운반한 공이 있어서 이 태조가 그에게 보부상의 상행위에 관한 전권을 주었다고 한다. 그래서 '예덕상무사' 비각 안에 모셔져 있는 역대 보부상 두령의 위패 중에서 '두령 백토(白兎) 선생 달원(達元) 신위'가 중앙에 크게 세워져 있다.

보부상의 조직은 근대로 내려올수록 커지고 사회 구성에서도 점점 큰 몫을 갖게 됐다. 1866년에 와서는 드디어 나라에 보부청(褓負廳)이 세워졌다. 대원군의 큰아들 이재면이 이 보부청의 청무를 맡았다. 그리고 나서 보부청은 여러 번 기구가 개편되고 명칭이 바뀌다가 1899년에는 상리국(商理局) 안의 좌사(左社), 우사(右社)로 개편됐다. 그래서 생긴 말이 상무사(商務社)이며 한일병합 후에는 일본인들이 이들을 해산시키고 상권을 오로지하였던 것이다.

이 보부상들이 정치에 관여하고 환란에 공헌한 것은 사실이다. 임진왜란 때 행주산성의 권율 장군에게 수천 명의 양식을 조달해주었고, 병자호란 때는 청나라 군사의 포위망을 뚫고 양곡을 조달해주었으며, 1866년 병인양요 때는 강화도에 군량을 운반해주었다고 한다.

그러나 1811년 홍경래난으로 불리는 관서 지방 농민전쟁 때 의주의 보부상 허항이라는 자가 그들 1천 명을 데리고 와서 관군을 도왔고, 1894년 갑오농민전쟁 때는 보부상 엄순영·최해승 등이 수백 명을 이끌고 농민군 토벌에 공을 세웠고, 1898년 황국협회(皇國協會)는 보부상을 앞세워 독립협회를 분쇄하는 데 이용했고, 개화파의 테러에 보부상이 앞장서고……

그런 정치에 관여했고 그런 위기에 공헌했다. 솔직히 말해서 내가 막연히 생각했던 보부상은 보따리나 지고 다니는 고단한 장사꾼, 오늘날 얘기하는 민중의 한 전형이었다. 그래서 내포 땅에 가면 덕산 목바리에 있는, 보부상들이 쉬었다는 밤나무 울타리의 주막에도 들러보았다. 문화유산답사라고, 가는 곳이 늘상 절집이나 양반문화의 잔영들 같아서 이런 곳을 자랑스럽게 생각하고 사랑하고 싶었다. 그러나 실제는 꼭 그런 것만은 아니다.

그들이 국가의 변란 때 기여했다는 것도 따지고 보면 애국적 동기가 아니라 상권을 지키기 위한 시장 보호 차원이었던 면이 더 크다. 돈을 향해서 뛰는 자들은 결국 상권의 보호와 확대를 위해 관권과 결탁했던 것이다. 이런 행태는 오늘날에도 이어지는 자본의 생리라는 사실을 보부상 유품들이 말없이 증언해주고 있다.

해미읍성의 돌다리

덕산에서 해미(海美)로 가는 길은 참으로 예쁘다. 가야산을 오른쪽으로 두고 왼편으로 펼쳐진 논과 밭을 보는 우리의 마음속에는 평온이라는 감정이 조용히 일어난다.

외지에서 해미로 오는 사람은 꼭 해미읍성에 들른다. 해미읍성은 조

| 해미읍성 | 옛날 충청도 병마절도사의 사령부가 있던 읍성으로 조선시대 성곽 중 가장 온전히 보존된 것이다.

선 성종 22년(1491)에 쌓은 읍성으로 고창의 모양성, 낙안의 읍성보다 그 원형이 더 잘 보존되어 있다. 여기는 충청도 병마절도사의 영(營), 즉 사령부가 있었던 곳이다. 둘레가 2킬로미터, 높이가 5미터. 임진왜란 직전에 이순신 장군이 여기에서 근무한 적이 있었다고 하지만, 본래 왜구를 막기 위해 쌓은 이 성의 군사적 중요성이 떨어지면서 사령부가 덕산으로, 다시 청주로 옮아가고 그저 읍성으로만 남게 되었다. 동헌을 비롯한 관아 건물도, 남문·동문의 누각도 쓰러졌다.

그러나 1866년, 대원군의 천주교 박해 때 해미읍성은 감옥소가 되었다. 그때의 모습은 우리가 영화 「미싱」에서 칠레의 시민들을 국립경기장으로 몰아넣은 장면으로 번안하여 연상할 수 있을 것이다. 그리고 무려 1천여 명이 처형된 형장으로 이용되었다. 당시 내포 땅에는 김대건 신부이래로 천주학이 크게 퍼져 있었다. 그래서 끌려온 수도 그렇게 많았는데 읍성 안의 한 고목나무가 그 처형장이었고, 처형되기를 기다리는 천주교도들은 자신이 죽는 것보다도 남 죽는 것 보기가 더욱 괴로워 먼저 처형되기를 원했다는 처절한 사연이 거기에 있다.

일제시대가 되면서 관아 건물은 면사무소가 됐고 객사(客舍)는 학교가 됐고, 그 명물이라던 청허당(淸虛堂)에는 일제의 신사(神社)가 세워졌다. 그리고 1973년에는 읍성 안의 모든 관·민 건물을 헐고 공원으로 만들었으니 이 읍성의 팔자도 기복이 많다.

읍성을 나와 서문 쪽으로 돌아서면 넓은 돌판을 중심으로 철망이 무슨 야구 연습장처럼 꾸며진 것이 있다. 하도 괴이해서 사연을 알아본즉, 1866년 천주교 박해 때 읍성 서문 옆에 수문이 있었고 그 수문으로 흘러나오는 수로에 돌다리가 걸쳐져 있어서 처형될 천주교도들이 이 돌다리를 지나 처형장으로 갔다는 것이다. 그래서 이 돌다리는 성역(聖域)의 상징이 되어 서산천주교회에서 자기 교회의 명물로 삼을 요량으로 옮겨갔는데, 읍성을 복원하면서 나라에서 다시 찾아와서는 다시는 누가 못 들고 가게끔 이 모양 이 꼴로 만들어놓은 것이다.

생태계를 바꾼 삼화목장

나더러 가장 사랑스러운 절집을 꼽으라고 한다면 나는 무조건 영주 부석사(浮石寺), 청도 운문사(雲門寺) 그리고 서산 개심사(開心寺)부터 생각할 것 같다. 해미를 떠난 우리는 이제 그런 개심사로 가는 길이다.

지금은 아마 다 포장됐을 것이다. 해미에서 운산, 당진으로 빠지는 647번 지방도로는 참으로 먼지가 많은 길이었다. 갈 때마다 길가 가로수의 희뿌연 먼지때가 안쓰러워 보이는 길이었다. 개심사가 그렇게 해맑아 보였던 큰 이유 중 하나는 흙먼지 뒤집어쓰고 가는 길이 길고 길었기 때

| 개심사 입구의 연못 | 거울못(鏡池)에는 외나무다리 하나가 걸쳐 있어 조심스럽게 경내로 들어가게 한다.

문인지도 모른다.

해미를 떠나 개심사 쪽으로 조금만 가면 처음 가는 사람들은 반드시 놀라고 말 전경이 펼쳐진다. 이국 풍경도 이런 이국이 있을까 싶다. 산이란 산은 모두 마치 바리캉으로 머리를 밀듯이 완벽하게 삭발되고 거기에 잘 자란 초목에서는 젖소떼가 또는 한우떼가 무리를 지어 풀을 뜯고 있다. 이것이 그 유명한 김종필의 삼화목장이다. 지금은 한서장학재단 소유로 되어 있는 이 삼화목장은 총 638만 평이다. 1969년, 그러니까 삼선개헌이 있던 해부터 서산군 운산면, 해미면 일대의 산과 마을을 사들여 애리조나 목장 만들듯이 했다. 할 수 없이 삼화목장에 땅과 집과 산을 판 서산 사람들은 어디로 갔을까? 일부는 인천으로 몸 팔러 갔고 일부는 삼화목장의 직원이 되고 인부가 되었다. 삼화목장은 자연의 생태계만 바꾼 것이 아니라 인간의 생태계도 이렇게 바꾸어놓았다.

삼화목장을 거치지 않고는 개심사로 갈 수 없다. 오히려 삼화목장의 깊숙한 곳을 거쳐야 거기에 다다른다. 개심사로 꺾어드는 길은 표지판을 잘 봐야 한다. 나도 몇 번인가 지나쳐온 길을 되돌아가곤 했다. 그 비포장 흙길은 차바퀴가 잘 빠져서 운전자마다 질색을 하는 곳이었는데 1991년 봄에 가보니 시멘트로 좋게 포장되어 있었다.

개심사의 사계절

개심사 입구에는 조그만 점포조차 없다. 여관 같은 것은 말할 것도 없고. 그렇다고 개심사가 작은 절이냐 하면 그렇지 않다. 주차장에서 내리면 울창한 솔밭이 앞을 막는다. 그것도 줄기가 붉은빛을 발하는 아름다운 조선 소나무이다. 솔바람 소리에 송진 내음이 우리 같은 도시인에게 절로 탄성을 지르게 한다. 봄이면 새소리가 정말로 청량하다.

주차장 왼쪽으로는 소나무 사이로 곧장 난 흙길 비탈이 가파르게 올라 있고, 마주보는 곳으로는 돌계단길이 잘 깔려 있다. 나는 항시 돌계단으로 올라가서 흙비탈길로 내려온다.

돌계단을 만들어도 개심사 입구처럼 온 정성을 다해서, 그러나 자연스러운 맛을 살리며 태(態)를 부리지 않은 곳은 없을 성싶다. 군데군데 시멘트로 보수하긴 했어도 기본은 돌과 흙으로만 되어 있다. 자그마치 800미터의 길을.

숨 가쁠 것 없이 머리를 식히고 천천히 오르면 열지 말라고 해도 마음이 열린다. 그래서 열 개(開) 자, 마음 심(心) 자 개심사라고 했나?

경내로 들어서려면 길게 뻗어 있는 연못이 앞을 막는다. 그 한가운데 걸쳐져 있는 나무다리를 건너서 대웅보전으로 오르게 된다. 만약 한여름에 여기를 찾는다면 희고 붉은 수련이 한창일 것이다. 또 무궁화를 배게

| **개심사 대웅보전** | 개심사 절마당은 아주 단아하다. 대웅보전은 단정한 품위가 돋보이는 조선 맞배지붕집이다.

심고 잘 다듬어놓은 해우소로 가는 길은 무궁화꽃도 가꾸면 이렇게 아름답다는 모범을 보여준다. 이 개심사의 뒷간은 비록 승주 선암사의 그것만은 못하다 할지라도 뒷간으로서 높은 격조와 단아함을 보여준다.

봄철이라면 벚꽃이 대단하다. 그것도 겹벚꽃이다. 그러나 벚꽃이 제아무리 맵시를 자랑해도 개심사 종루(鐘樓) 한쪽에 서 있는 늠름한 늙은 매화의 기품을 벚꽃은 감히 넘보지 못한다. 가을날의 단풍, 눈 내린 겨울날은 군이 말하지 않겠다.

개심사는 가야산의 한 줄기가 내려온 상왕산(象王山) 중턱 가파른 비탈을 깎아 터를 잡았기 때문에 수덕사나 가야사(남연군 묘) 같은 호방함은 없다. 그러나 저 멀리 내다보는 시야는 서해바다로 뻗어가는 시원스러움이 있고 양쪽 산자락이 꼭 껴안아주는 포근함이 있다.

극락보전(보물 제143호)은 수덕사 대웅전을 축소해 길게 뽑은 모양으로 이른바 '주심포계 다포집'의 맞배지붕이다. 주심포에서 다포집으로 넘어가는 과정의 집인 것이다. 1484년에 중건되었다는 기록이 있으니 이것이 우리 건축양식 변화의 한 기준이 된다.

그러나 아무런 예비지식이 없어도 보는 사람을 놀라게 하는 집은 심검당(尋劍堂)이다. 대웅보전과 같은 시기에 지었고 다만 부엌채만 증축한 것으로 생각되는 이 집은 그 기둥이 얼마나 크고 힘차게 휘었는지 모른다. 이 절집 종루의 기둥 또한 기상천외의 모습이다. 그 모두가 자연스러움을 거역하지 않고 오히려 즐기고 순종한 마음의 소산이다.

개심사에 간 사람들은 흔히 경내의 고요와 자연의 아름다움에 취해 산신각에까지 오르지 않는다. 바로 눈앞에 있는데도. 거기서 경내를 굽어보는 맛이 개심사 답사의 절정이다.

산신각으로 가는 길목에는 허름한 스님방이 한 채 있다. 얼마나 깔끔한지 간혹 넋을 잃고 그 앞에 서 있게 되고 간혹은 슬쩍 가까이 가서 분위기를 몸에 대어보게도 된다. 댓돌엔 가지런히 고무신 한 켤레가 놓여 있는데 문 앞에는 얌전한 글씨로 이렇게 쓰여 있다. "이제 그만. →" 화살표 방향은 저쪽으로 멀리 가라는 뜻이다. 이 집이 그 유명한 경허스님이 거처하던 곳이란다.

전에는 여승들의 선방이 있었다지만 지금은 스님 대여섯 분만이 기거하고 있다. 금년 봄, 한 노승이 지팡이를 짚고 돌길 위에 난 잡초를 뜯고 있는 모습이 하도 성스럽고 인간미가 넘쳐 법명을 여쭀더니 빙그레 웃고는 답을 안 한다. 작년 여름에는 여기에서 우연히 주지스님을 만났다. 어떻게 알고 왔느냐고 먼저 묻기에 그저 좋아서 자주 다녀간다고 답했다. 그러자 주지스님이 조용히 부탁하는 말이 있었다.

| 개심사 심검당의 부엌문 | 맘껏 휘어뻗은 나무로 기둥, 창방, 문지방을 만들어 천연스러움을 그대로 살린 멋이 눈길을 사로잡는다.

"어디 가서 좋다고 소문 내지 말아요. 사람들 몰려들면 개심사도 끝이에요. 사람떼가 얼마나 무서운지 알죠?"

"예."

문화유산답사기를 쓰다보니 나는 그 약속을 못 지키게 됐다.

삽교천의 낙조

우리의 일정은 서산 마애불, 보원사터로 이어져 있다. 그러나 언제나 그렇듯 머무는 시간을 잘못 배정하면 한둘이 빠진다. 이 글을 쓰면서도 그 모양이 됐다. 이제 나는 내포 땅을 떠나야 한다.

운산을 거쳐 당진·삽교로 올라가려니 서산 땅 서산 사람의 아픔이 눈물겹게 다가온다. 삼화목장이 생태계를 바꾼 것은 농업에서 목축업으로였다. 그러나 안면도·황도의 천수만 매립공사는 지금도 수많은 어부를 울리고 있다.

현대그룹은 여러분이 이 글을 읽을 무렵 준공식을 올린다고 한창 분주하단다. 안면도의 핵폐기물 처리장 공사는 정말 그만둔 것일까. 태안반도 끝에 있는 안흥읍성에 설치된 미사일 발사기지는 지금도 그대로 있을 테지. 대산면 북쪽 대호방조제가 끝나는 곳에 대단위 석유공단이 들어서고 벌써부터 극동정유는 가동되고 있는데 평당 500원 하던 땅값을 5,000원씩 주고 사서는 지금은 50만 원까지 올려놓은 그들은 지금도 잘 있는가. 해마다 대보름이면 황도 어촌계에서는 풍어제를 올리는데, 밤새 배치기 노래를 하며 한 해를 기약했던 그 어부들은 이제 어디로 갔을까?

서산군 대산면 오지리에서 태어난 화가 이종구는 줄곧 오지리 사람들의 초상을 그려왔다. 양곡 부대를 펴서 캔버스로 삼고 거기에 그분들이 일하는 모습, 쉬는 모습, 나들이 가는 모습을 그리면서 이 시대를 증언하곤 했다.

1990년 9월 18일, 오지초등학교 운동횟날 이종구의 작품전이 2학년 1반 교실에서 열렸다. 지난 10년간 그가 그린 오지리 사람의 초상을 오지리 사람들에게 내보이면서 하루의 축제로 마쳤다. 그때 이종구는 작은 팸플릿을 만들고는 이런 글을 썼다.

비산비야의 골짜기에 앉은 천수답과 서해의 갯벌 그리고 염전이 적당한 비율로 나앉은 알뜰한 삶의 터를 이루는 오지리는 오늘의 내 삶의 정서와 의식의 뿌리를 틀고 있는 나의 고향이다.

결코 풍요롭지 못하지만 성실하게 살아가는 내 이웃 오지리 사람들

| 이종구의 「할목 할머니」 | 양곡 부대에 유채. 이종구가 그린 오지리 사람들의 초상은 죽어가는 농촌의 살아 있는 농민에 대한 증언적 기록이라는 의미, 즉 이런 할머니를 우리 주위에서 볼 수 없게 된다는 사회사적 의미가 들어 있다. 오지초등학교 운동횟날 전시회를 열 때 그의 작품 「할목 할머니」 앞에서 모델이 됐던 할목 할머니가 포즈를 취해주었다.

은 그래도 제일 큰 일이 농사여서 비좁은 땅이나마 소중하게 생산의 가치로 일구며 살아왔다. 그러나 그것의 희망이 사라진 지 오래된 우리 농촌의 모든 경우처럼 오지리에서도 사람들을 새 일터로 이동시키는 변화가 계속되고 있다. 이미 많은 젊은이들이 오지리를 떠났고 그래도 고향에서 일하던 이웃들조차 점차 농사에 대한 애정을 뒷전으로 하고 있다. 인근에 대산공단이 생기면서 대부분 땅은 일찌감치 오지

리 사람의 손을 떠났고 공단에 흡수된 인력은 염전을 묵혀버리고 논밭을 예전처럼 돌보지 않게 됐다. 조개 종자를 잡아 수매하거나 갯지렁이를 잡는 것이 농사보다 수입이 월등 나으니 이제 농촌으로서 오지리는 농사가 오히려 부차적 일이 되었다.

서산·당진을 지나 서울로 오는 길에 답사객은 삽교천 방조제를 넘을 때면 으레 서해바다의 일몰을 보게 된다. 그때 사람들은 너나없이 불법인 줄 알지만 방조제 한쪽에 차를 세우고 붉은 태양이 서해바다 깊은 곳으로 내려앉을 때까지 저 장중한 자연의 침묵하는 교향악을 숙연히 바라본다. 그것을 보면서 느끼는 감정은 저마다 다르리라. 모르긴 해도 저마다 비장한 무엇을 생각하거나, 다짐하는 것이리라.

삽교천 방조제의 완공 과정에는 두 가지 전설적인 얘기가 전한다. 하나는 간만의 차가 심하여 방조제 공사가 난관에 부닥치자 고(故) 정주영 회장은 거대한 폐선을 침몰시켜 조수의 흐름을 막아 성사시켰다는 것이다. 정회장의 기발하고도 굽힐 줄 모르는 의지는 난공사 중 난공사였던 이 방조제를 무사히 완공케 하고, 토목공학에서 정주영공법으로 불린다고 한다.

또 하나는 20세기 후반 한국사의 엄청난 사건인 박정희 대통령 시해 사건인데, 그는 바로 1979년 10월 26일, 삽교천 완공식에 참여하고 서울로 돌아가 안가에서 저녁을 하던 중 변을 당한 것이었다. 그런데 박정희 대통령의 삽교천 방조제 완공식 참가는 원래는 예정에 없던 일정으로, 당일 아침에 급작스럽게 결정하여 헬기를 타고 참석한 것이라고 한다. 그 일정이 왜 갑자기 변한 것인지에 대해서는 무수한 유언비어만 남아 있다. 이 또한 운명의 길이었나보다.

1991. 7. / 2011. 5.

* 본문에서 내가 자세히 알 수 없다고 한 견성암과 환희대의 개명에 대하여는 일엽스님의 손주스님 되는 자경(慈景)스님으로부터 가르침을 받게 되었다. 자경스님의 말씀으로는 본래 견성암 자리는 견성암 위쪽의 작은 토굴로 지금은 밭만 남아 있다고 한다. 그러나 한편으로는 덕숭총림의 대선방이 견성암 자리였다고 되어 있으니 견성암의 위치와 현판의 이동상찰을 나는 아직도 확실하게 말할 수 없다. 독자의 착오가 없기 바란다.

* 오페르트 사건에서 남연군 묘를 파헤치라는 아이디어를 제공한 사람은 프랑스인 페롱 신부였음을 서강대 정양모 신부님의 가르침으로 알게 되었다. 참고로 이 사건을 우리는 보통 오페르트 사건이라고 부르는데, 북한에서는 미국인 자본가의 이름을 내세워 젠킨스 사건이라고 부른다.

저 잔잔한 미소에 어린 뜻은

서산 마애삼존불 / 관리인 할아버지 / 보원사터 / 오층석탑 / 철불 /
법인국사 보승탑

직장인에게 답사란 꿈일 뿐

1995년 추석날이었다. 차례 지내고 나서 특별한 일도 없어 낮잠이나
늘어지게 자보려고 길게 차리고 있는데 막냇동생이 평소와는 달리 제
처와 함께 정중히 찾아와서 부탁하는 것이었다.

"형! 우리도 답사 좀 데려가줘."
"누가 오지 말래? 네가 직장이 바빠서 못 따라온 거지."
"그러니까 오늘 가면 안 돼? 운전은 내가 할게."
"정신 나가기 전에야 이 연휴에 어딜 간다고 나서냐?"
"그래도 연휴 아니고서야 갈 수 없잖아. 형수하고 우리 넷이서 1박
2일로 갑시다. 엄마, 아버지가 집 봐준다고 했어."

미리들 다 짜고 조르는 것인 줄 그제야 알고 나는 본격적으로 안 된다고 방어 태세를 갖추는데 제수씨가 앞질러나온다.

"아주버니, 저도 꼭 가보고 싶었어요."

그것을 거부할 힘이 내게는 없었다. 직장인, 그것도 소위 괜찮다는 직장의 중간 간부는 사실상 자기 생활이 없다는 것을 나는 잘 알고 있다. 내 아우의 하루는 그야말로 세븐-일레븐이다. 아침 일곱시에 출근해서 밤 열한시에 돌아온다. 그런 동생이 맘먹고 부탁한 걸 교통지옥이 아니라 생지옥이라도 들어주지 않을 수 없는 일이었다.

그러면 어디로 갈 것인가? 동생 내외와 나의 처와 함께 둘러앉아 답사 계획을 짜는데 아우는 폐사지라는 걸 하나 보았으면 좋겠다고 하고, 제수씨는 아무 데고 한가한 곳이면 좋겠다고 하는데, 나의 처는 하나를 보아도 제대로 된 감동적인 유물을 보았으면 한다고 했다. 이 세 가지 요구를 다 받아들이는 답사 코스로 내가 서울에서 당일 답사의 영순위로 삼고 있는 서산 마애불(磨崖佛)과 보원사(普願寺)터를 제시했고 모두들 거기에 합의했다.

더없이 평온한 내포 땅의 들판길

집을 떠나 서울에서 천안을 거쳐 예산으로 들어가는 데 물경 일곱 시간이 걸렸지만 오랜만에 한 공간에 앉아 형제간에 동서간에 얘기꽃을 피우느라고 지루한 줄 몰랐다. 우리가 이렇게 긴 시간 한자리에 함께한 적은 없었던 것 같다. 이윽고 우리가 달리는 45번 국도가 훤하게 뚫렸을

| 내포평야 | 내포 땅의 풍요로움을 남김없이 느낄 수 있는 이 평화로운 길은 평범한 것의 아름다움을 되새기게 해준다.

때 비로소 우리는 답사 기분을 낼 수 있었다.

내포 땅을 가면서 차창 밖으로 펼쳐지는 들판을 바라보는 것은 그 자체만으로도 커다란 기쁨이다. 이 길을 지나면서 잠을 잔다거나 한밤중에 이 길을 간다는 것은 거의 비극이라 할 만하다.

창밖에 스치는 풍광이라고 해봤자 낮은 산과 넓은 들을 지나는 평범한 들판길이다. 그러나 이 비산비야(非山非野)의 들판길은 찻길이 항시 언덕을 올라타고 높은 곳으로 나 있기 때문에 넓게 내려다보는 부감법의 시원한 조망이 제공된다. 아름다운 드라이브 코스란 흔히 강을 따라난 길, 구절양장으로 기어오르는 고갯길을 먼저 떠올리겠지만 그런 고정관념을 깨뜨리면서 평범한 들판길이 오히려 아름답다는 것을 보여주는 곳이 바로 여기다.

초가을 45번 국도변에는 코스모스가 만발해 있었다. 희고 붉게 핀 꽃대가 무리 지어 끝없이 늘어서서 앞차가 일으킨 바람에 쏠려 눕다가도 우리가 다가서면 다시 곧추 일어서서 환영의 도열이라도 하듯 꽃송이를 흔든다. 내 맘 같아서는 진홍빛 붉은 꽃이 좀 더 많이 심겨 꽃띠의 행렬이 더 진하게 느껴졌으면 하는 바람도 있지만, 이따금 나타나는 금송화의 노란 꽃과 철 늦도록 피어 있는 키 큰 접시꽃의 마지막 꽃송이들이 의외의 기쁨을 더해준다.

들판엔 추수를 기다리는 벼포기들이 문자 그대로 황금빛을 이루면서 초추(初秋)의 양광(陽光) 속에 해맑은 노랑의 순색을 발하고 있다. 벼포기의 초록빛과 벼이삭의 누런빛이 어우러져 덜 익은 논은 연둣빛이 되고 웃익은 논은 갈색이 되지만 엷은 바람에는 너나없이 단색의 노랑으로 변하며, 그 일렁이는 황금빛 물결 속에 먼 산의 단풍도 길가의 화사한 꽃들도 모두 묻혀버린다. 나는 언젠가 가을 답사 때 동행했던 나의 주례 어른이신 리영희(李泳禧) 선생이 가을 들판을 바라보면서 독백처럼 흘렸던 애기를 기억하고 있다.

"나는 가을날의 단풍이라고 하면 먼 산을 울긋불긋하게 물들이는 화려한 색감을 말하는 것으로만 생각했는데 나이가 들어가면서 단풍의 주조는 누렇게 익어가는 벼이삭에 있다는 것을 알게 됐어요. 나이가 들고서야."

이처럼 지극히 평범하고 지극히 일상적인 풍광이 느끼기에 따라선 기암절경보다도 더 진한 감동으로 다가올 수도 있다. 그것은 지금 우리가 가고 있는 충청도 땅, 옛 백제의 아름다움 속에 피치 못하게 개입해 있을 풍토적 성격일지도 모른다.

서산 마애불의 '발견 아닌 발견'

우리의 여로는 꽃길을 헤치고 달리다 황금빛 들판을 가로질러 달리기를 몇 차례 거듭하다가 제법 번화한 운산에 닿았다. 여기서는 찻길이 비좁아 항시 시가지를 빠져나가는 데 좀 애를 먹는데 운산에서 서산 마애불이 있는 용현계곡으로 들어가기 위하여 고풍으로 꺾어들어가 저수지 둑 위로 오르니 호수의 평온한 풍광도 풍광이지만 눈 아래 아련하게 펼쳐지는 고풍마을의 모습이 더없이 평화롭게 느껴졌다. 한가한 곳에 가고 싶다던 제수씨는 벌써부터 답사를 만끽하며 "야, 좋다!"라고 가벼운 탄성을 내며 차창 유리를 내린다.

서산 마애불은 이 고풍저수지가 끝나면서 시작되는 용현계곡, 속칭 강댕이골 계곡 깊숙한 곳 한쪽 벼랑 인바위(印岩)에 새겨져 있다. 하기야 불상이 새겨져 있어서 인바위라는 이름을 얻었겠건만 이제는 거꾸로 그렇게 말할 수밖에 없게 됐다.

인바위에 마애불이 있다는 사실을 인근 사람들은 오래전부터 알고 있었지만 문화재 관계자들은 몰랐다. 그래서 강댕이골 저 안쪽 보원사터에 있는 석조물들은 일찍부터 문화재로 지정되었지만 마애불에 대해서는 알려진 바가 없었다.

그러던 중 1959년 4월, 오랫동안 부여박물관장을 지낸 금세기의 마지막 백제인이라 할 연재(然齋) 홍사준(洪思俊, 1905~80) 선생이 보원사터로 유물 조사 온 길에 마애불의 존재를 알게 되었다. 홍사준 선생은 이를 즉각 국보고적보존위원회(현 문화재위원회)의 이홍직(李弘稙), 김상기(金庠基) 교수에게 보고하였으며 위원회에서는 그해 5월 26일 당시 국립박물관장 김재원(金載元) 박사와 황수영(黃壽永) 교수에게 현장조사를 의뢰하였고 조사단은 이 마애불이 백제시대의 뛰어난 불상인 것을 확인하였다. 이때부터 우리는 이 불상을 서산 마애불 또는 서산 마애삼존불이라고 부르게 되었다.

서산 마애불의 발견 아닌 발견은 실로 위대한 발견이었다. 서산 마애불의 등장으로 우리는 비로소 백제 불상의 진면목을 말할 수 있게 되었다. 서산 마애불 등장 이전에 백제 불상에 대하여 말한 것은 모두 추론에 불과했다. 저 유명한 금동미륵반가상이나 일본 고류지(廣隆寺)의 목조반가사유상, 일본 호류지(法隆寺)의 백제관음 등은 그것이 백제계 불상일 것이라는 심증 속에서 논해져왔던 것이다. 그러나 서산 마애불은 이런 심증을 확실한 물증으로 전환시키는 계기로 되었다.

서산 마애불은 미술사적으로 두 가지 측면에서 크게 주목받고 있는데 그것이 바로 이 불상의 양식적 특징이자 매력의 포인트이기도 하다. 하나는 삼존불 형식이면서도 곁보살(脇侍菩薩)이 독특하게 배치된 점이며, 또 하나는 저 신비한 미소의 표현이다.

먼저 삼존불 형식을 볼 것 같으면 이는 본래 삼국시대에 크게 유행한 것으로 동시대 중국과 일본의 불상에도 많이 나오는 6, 7세기 동북아시아의 보편적 유행 형식이라고 할 수 있다. 삼존불 형식이라고 하면 여래상을 가운데 두고 양옆에 보살상이 배치되는 것으로 엄격한 도상 체계에 따르면 석가여래에는 문수와 보현 보살, 아미타여래에는 관음과 세지 보살, 약사여래에는 일광과 월광 보살 등이 배치되게끔 되어 있다. 그러나 그런 치밀한 도상 체계는 훨씬 훗날의 일이고 6세기 무렵에는 여래건 보살이건 그 존명(尊名)보다도 상징성이 강해서 그 보살이 무슨 보살인지 추정하기 힘든 경우가 많다.

그런데 서산 마애불은 중국이나 일본, 고구려나 신라에서는 볼 수 없는 아주 독특한 구성으로 오른쪽에는 반가상의 보살, 왼쪽에는 보주(寶珠)를 받들고 있는 이른바 봉주(捧珠)보살이 선명하게 조각되었기 때문에 이 도상의 해석이 매우 흥미로운 과제로 되었던 것이다. 반가상의 경우는 미륵보살로 보는 데 별 이론이 없지만 봉주보살에 대해서는 아직 의견의 일치를 보지 못했다.

현재까지 연구된 학설로는 문명대(文明大) 교수가 이를 『법화경』에 나오는 수기삼존상(授記三尊像)으로 해석하여 제화갈라보살로 보는 견해(『한국조각사』, 열화당 1980)와 김리나(金理那) 교수가 다른 나라의 봉주보살 예를 검증하면서 관음보살로 보는 견해(『한국고대불교조각사연구』, 일조각 1989)로 나뉜다.

기왕 말 나온 김에 소견을 말한다면 나는 김리나 교수 설에 손을 들고 있다. 당시의 신앙 형태를 염두에 둘 때 현세에서 도와주는 관음과 내세에서 도와주는 미륵이라야 믿음도 든든하고 논리도 맞다는 생각 때문이다. 본래 예배의 대상이 되는 불상이란 까다로운 경전의 풀이보다도 간명한 도상을 취하는 것이 보통이기도 하다. 또 삼존상의 연원이 된 간다라의 군상 부조를 해석함에 있어서 불교미술 연구의 선구자인 프랑스의 알프레드 푸셰(Alfred Foucher)가 그 유래를 '사위성(舍衛城)의 기적'에서 나왔다고 풀이한 이래 여러 학설의 공방이 일어났지만 간다라 삼존불의 가장 보편적인 형식은 여래 좌우에 관음과 미륵이 배치된 것이라는 사실에는 아무 이론이 없음을 생각할 때 더욱 그러하다.

그런 중 이 도상의 '해석 아닌 해석'이 서산 마애불의 '발견 아닌 발견'에 결정적 계기가 된 재미있는 일화가 하나 전해지고 있다.

홍사준 선생은 보원사터를 조사하러 나올 때 마을 사람들이나 나무꾼을 보면 혹시 산에서 부처님 새긴 것이나 석탑 무너진 것 본 일 없느냐고 묻곤 했다고 한다. 이곳에는 본래 99개의 암자가 있었는데 어느 스님이 100을 채운다고 백암사(百庵寺)라는 절을 세우자 모두 불타버렸다는 전설이 있다. 이 백암사의 전설은 우리에게 절제와 겸손의 미덕을 가르치기 위해 옛 어른들이 만든 얘기이겠지만 실제로 용현계곡 곳곳엔 암자터가 있었다. 지금 서산 마애불로 가는 길목에 돌미륵 한 분이 돌무지 위에 세워져 있는데 여기가 본래 백암사터였다는 설이 있다.

그때는 교통 사정, 도로 사정이 아주 흉악하고 인적이 닿지 않는 심심산골이 많던 시절이었다. 한국전쟁이 끝난 지 불과 6년밖에 안 된 때였다. 그러던 어느 날 인바위 아래 골짜기에서 만난 한 나이 많은 나무꾼이 이렇게 말하더라는 것이다.

"부처님이나 탑 같은 것은 못 봤지만유, 저 인바위에 가믄 환하게 웃는 산신령님이 한 분 새겨져 있는디유, 양옆에 본마누라와 작은마누라도 있시유. 근데 작은마누라가 의자에 다리 꼬고 앉아서 손가락으로 볼따구를 찌르고 슬슬 웃으면서 용용 죽겠지 하고 놀리니까 본마누라가 짱돌을 쥐고 집어던질 채비를 하고 있시유."

나무꾼의 해석은 당시만 해도 사회적으로 큰 문제가 됐던 축첩에 대한 반영이기도 하지만 본래 우리나라 산신령은 처첩을 거느리고 있어서 탈춤에도 노장(老長)과 소무(小巫)로 나타나고 있으니 그 풀이의 그럴듯함에 다시 한번 홍소를 터뜨리게 된다.

'백제의 미소'와 그 미소의 뜻

서산 마애불의 또 다른 특징이자 가장 큰 매력은 저 나무꾼도 감동한

환한 미소에 있다. 삼국시대 불상들을 보면 6세기부터 7세기 전반에 걸친 불상들에는 대개 미소가 나타나 있고, 이는 동시대 중국과 일본의 불상에서도 마찬가지다. 그러니까 6, 7세기 불상의 미소는 당시 동북아시아 불상의 보편적 유행 형식이었다. 이 시대 불상의 미소란 절대자의 친절성을 극대화시켜 상징한 것으로 7세기 이후 불상에서는 이 미소가 사라지고 대신 절대자의 근엄성이 강조된 것과 좋은 대비를 이룬다.

그런데 6, 7세기 동북아시아 불상의 일반적인 특징은 사실성보다 상징성을 겨냥하여 입체감보다 평면감, 양감보다 정면관(正面觀)에 치중했다는 데 있다. 불상을 사방에서 둘러보는 것이 아니라 정면에 서서 시점의 이동 없이 본다는 전제하에 제작된 경향이 있다. 그래서 옷주름과 몸매를 표현한 선은 날카롭고 엄격하며 직선이 많다. 그로 인하여 불상은 인체를 기본으로 했지만 인간이 아니라 절대자의 모습으로 부각되게 된 것이다.

그러나 서산 마애불을 비롯하여 백제의 불상들을 보면 오히려 인간미가 더욱 살아나는 것을 느낄 수 있다. 이 점에 착목하여 삼불(三佛) 김원용(金元龍) 선생은 서산 마애불이 발견된 이듬해에 「한국 고미술의 미학」(『세대』 1960년 5월호)이라는 글을 통하여 다음과 같은 제안을 하기에 이른다.

백제 불상의 얼굴은 현실적이며 실재하는 사람을 모델로 쓴 것 같은 느낌을 주고 있다. 그 미소 또한 현세적이다. 군수리 출토 여래좌상은 인자한 아버지가 머리를 앞으로 내밀고 어린아이들의 이야기라도 듣고 앉은 것 같은 인간미 흐르는 얼굴과 자세를 하고 있어서 백제 불상의 안락하고 현세적인 특징을 단적으로 표시하고 있다. 그런 중 가

| 서산 마애불 전경 | 은행알 같은 눈으로 활짝 웃고 있는 여래의 모습은 '백제의 미소'라는 찬사를 자아내게 한다.

장 백제적인 얼굴을 갖고 있는 것은 작년(1959)에 발견된 서산 마애불이다. 거대한 화강암 위에 양각된 이 삼존불은 그 어느 것을 막론하고 말할 수 없는 매력을 가진 인간미 넘치는 미소를 띠고 있다. 본존불의 둥글고 넓은 얼굴의 만족스런 미소는 마음 좋은 친구가 옛 친구를 보고 기뻐하는 것 같고, 그 오른쪽 보살상의 미소도 형용할 수 없이 인간적이다. 나는 이러한 미소를 '백제의 미소'라고 부르기를 제창한다.

이후에도 삼불 선생은 백제 불상의 인간적인 면을 누누이 지적하면서 "백제 불상의 외형적 특색은 그 둥글고 복스러운 얼굴에 있으며, 그 얼굴에는 천진난만하고 낙천적인 소녀 같은 웃음이 흐르고 있다"면서 '백제의 미소'라는 표현을 강조하였다. 그런데 삼불 선생의 '백제의 미소' 제안에는 어떤 반향도 없었다. 찬론도 반론도 없었다. 내가 알기에 어떤 미술사가도 이를 한국미술사의 용어로 받아들인 예가 없다. 그것은 참 이상한 일이다.

그나저나 더 이상한 일은 이 신비한 백제의 미소와 백제 불상의 대표작에 부친 제대로 된 찬문(讚文)의 아름다운 수필이나 시 한 편이 없다는 사실이다. 명작에는 명작에 걸맞은 명문이 따르게 마련이고 그 명문으로 인하여 명작의 인문적·미학적·역사적 가치가 고양되건만 서산 마애불에는 아직 그 임자가 나타나지 않았다. 이는 1960년대 이후 우리의 시인들이 현대적 내지 서구적 정서에 심취하여 우리의 문화유산을 노래하는 데 아주 인색했다는 증거이기도 하다.

내가 본 서산 마애불 예찬은 모두 문필가가 아닌 학자들이 쓴 아주 짧은 글로 황수영 교수의 명품 해설과 이기백(李基白) 교수의 수필 등 두 편뿐인데 두 분 모두 이 천하의 명작에 보내는 찬사는 침묵이었다. 황수영 교수는 김재원 관장과 함께 이 마애불을 찾은 순간의 감격을 이렇게 표현했다.

애써 찾은 이 백제 삼존불 앞에 선 두 사람은 모두 말이 없었다. (…) 어떻게 이 충격을 표현해야 할지 몰랐던 것이다. 아마도 무언만이 이 같은 순간에 보낼 최고의 웅변이며 감격의 표현이었는지도 모른다.(황 수영 「백제 서산 마애불」, 『박물관신문』 1974. 8. 1)

이기백 교수의 수필 「서산 마애불의 여래상」(『박물관신문』 1975. 5. 1)은 가운데 여래상이 석가여래일 것이라는 희망 어린 추론을 조심스럽게 펼친 글인데 글머리엔 첫번째 답사 때는 너무 늦게 도착하여 어둠 속에 죽어 있는 것을 보게 되어 크게 실망하고 이후 5년 뒤 다시 찾아갔을 때의 감격을 다음과 같이 적고 있다.

예정보다 지연되긴 했으나 열시쯤에는 마애불에 도착할 수가 있었다. 맑은 날씨에 빛나는 햇살이 환히 비춰 불상들은 불그레 물들어 있었다. 만일 신비로운 경지라는 말을 할 수 있다면 바로 이런 경우가 아닐지 모르겠다. 오랜 숙원이 이루어진 기쁨에 가슴이 벅차왔었다. 아마 영 잊을 수 없는 추억의 한 토막으로 남을 것 같다.

이 두 편의 글은 학자들의 진솔한 표현이긴 하지만 이 명작에 대한 찬사를 다했다고 할 수는 없을 것이다. 다만 나는 현란한 형용사나 나열하여 원래의 이미지를 흐려놓는 들뜬 문사의 글보다야 훨씬 낫다고 생각하지만, 진짜로 서산 마애불에 부친 명문의 주인공이 언젠가 나타나기를 기다려본다.

서산 마애불의 위치 설정

서산 마애불은 한동안 보호각 속에 고이 보존되어왔지만, 발견 당시의 상황을 보면 주변의 자연경관과 흔연히 어울리면서 인공과 자연의 절묘한 조화를 보여준다. 그러나 서산 마애불은 결코 과학적 계산을 고려하지 않은 자연스러움이 구사된 것이 아니라 오히려 기계적 계산을 넘어선 진짜 과학적 배려에서 위치가 설정되고 방향이 결정되었다.

서산 마애불이 향하고 있는 방위는 동동남 30도. 동짓날 해 뜨는 방향으로 그것은 일 년의 시작을 의미하며, 일조량을 가장 폭넓게 받아들일 수 있는 방향이다. 경주 토함산 석굴암의 본존불이 향하고 있는 방향과 같다.

마애불 정면에는 가리개를 펴듯 산자락이 둘러쳐져 있다. 이는 바람이 정면으로 마애불을 때리는 일이 없도록 막아주는 역할을 한다. 마애불이 새겨진 벼랑 위로는 마치 모자의 차양처럼 앞으로 불쑥 내민 큰 바위가 처마 역할을 하고 있어서 빗방울이 곧장 마애불에 떨어지는 일이 없도록 하는데, 마애불이 새겨진 면석 자체가 아래쪽으로 80도의 기울기를 갖고 있어서 더욱 효과적으로 빗방울을 피할 수 있다. 한마디로 광선을 최대한 받아들이면서 비바람을 직방으로 맞는 일이 없는 위치에 새긴 것이다.

불상 조각 중에서 가장 만들기 힘든 것이 석불이다. 목불, 금동불, 소조불 등은 측량과 계산에 따라 깎고 빚어 만들면 되지만 석불은 한번 떨어져나가면 다시는 수정할 수 없다는 긴박한 조건에서 만들어진다. 그래서 석불을 조각할 때면 코는 먼저 크게 만들고서 점점 줄여가고, 눈은 우선 작게 만들고 점점 키워가면서 조화를 맞춘다. 석불 조각에서 한번 뜬 눈은 다시는 작게 할 수 없는 일이니 보통 조심스러운 것이 아니다.

석불 중에서도 화강암에 새기는 것이 가장 힘들다고 한다. 대리석이

나 납석 같은 것에 비할 때 화강암은 단단하여 여간 다루기 힘든 것이 아니란다. 또 같은 석불 중에서도 자연석에 그대로 조각하는 것이 제일 어렵다고 한다. 비계를 매고 조각하는 어려움도 어려움이지만 면이 반듯하지 않은 자연조건을 그대로 살려내려면 기하학적 측량이 아니라 능숙한 임기응변의 변화로 보는 이의 시각적 체감에 근거를 두지 않으면 안 되기 때문이다.

서산 마애불의 경우 바위의 조건이 왼쪽은 높고 오른쪽은 낮다. 그래서 가운데 여래상의 조각을 보면 오른쪽 어깨가 바위에 얕게 붙어 있는데 왼쪽 어깨는 바위면에서 높이 솟게 새겨져 있다. 그러나 이런 차이가 있음으로써 보는 사람은 오히려 자연스럽게 느끼게 되는 것이다. 그런 가운데 서산 마애불이 기법상으로 가장 절묘하게 구사된 점은 뭐니뭐니해도 야외 조각의 특성에 맞춰 얼굴은 높은 돋을새김으로 하고 몸체는 아래로 내려오면서 차츰 낮은 돋을새김으로 처리한 것이다. 이 점은 실로 놀라운 것이다.

서산 마애불은 이처럼 가장 어려운 조건에서 제작되었으면서도 그 결과는 아무런 어려움 없이 제작된 듯한 편안한 인상을 준다. 그것은 바로 소리 없는 공력과 드러내지 않는 기교의 미덕을 모범적으로 보여준 것이다. 이 점은 실로 귀한 것이다.

마애불 관리인 성원 할아버지

서산 마애불이 다시 세상에 나타날 때는 그냥 홀로 나온 것이 아니었다. 당신의 관리인이자 살아 있는 수문장이며 그 아름다움의 대변인을 데리고 나타났다고나 할까.

서산 마애불에 보호각이 준공된 것은 1965년 8월 10일인데 그때부터 오늘(1996년 집필 당시)에 이르기까지 30년도 넘게 마애불의 관리인으로 근무하고 계신 분이 있다. 이름은 정장옥(鄭張玉), 수계받은 법명은 성원(性圓)인데 스님은 아니고 속인으로서 한평생을 이 마애불과 함께해왔다. 성원 아저씨는 1995년에 환갑이었다고 하니 30세 때부터 여기를 지키고 계신 것이다.

성원 아저씨는 작은 키에 언행이 조신하고 느려서 옆에 있어도 있는지 없는지 모를 정도로 조용한 분이다. 그러나 이 마애불에 대한 존경과 자랑, 믿음과 사랑은 그 누구도 당할 수 없어서 어떤 답사객이 오고 참배객이 오든 해설을 부탁하면 수줍어하면서도 사양하지 않는다.

뿐만 아니라 성원 아저씨는 마애불의 미소가 보호각으로 인해 보이지 않는 것이 안타까워 암막(暗幕)을 설치하고는 긴 장대에 백열등을 달아 태양의 방향대로 따라가며 비추면서 미소의 변화를 보여주는 장치를 해놓았다.

"이제 제가 해 뜨는 방향에서부터 시작해서 해가 옮겨가는 대로 움직일 테니 잘 보십시오. 자, 아침에 해가 뜨면 이렇게 비칩니다. 그리고 한낮이 되면 미소가 없어지죠. 그리고 저녁이 되면 미소가 이렇게 다시 살아납니다."

성원 아저씨의 삿갓등의 움직임에 따라 마애불은 활짝 웃기도 하고 잔잔히 미소 짓기도 한다. 답사객들은 연방 "우와―" 하면서 저 신비로운 미소의 변화에 감탄을 더한다. 그럴 때면 성원 아저씨는 더욱 신명을 내서 삿갓등을 이쪽저쪽으로 옮겨가면서 보여주고 또 보여준다. 이러기를 하루에도 몇 번씩 하고 계시며, 또 무려 30년이나 이렇게 하셨다. 이쯤 되면 그 단조로운 반복을 마다 않는 인내는 거의 영웅적이라고 할 만하다.

| **관리인 할아버지** | 30여 년 마애불과 함께해온 관리인 할아버지가 삿갓등으로 마애불의 미소를 드러내 보이고 있다. 광선의 방향에 따라 미소가 달라진다.

　해마다 거르는 일 없이 서산 마애불을 찾다보니 나는 이제 성원 아저씨의 얘기를 외울 수 있게 되어 다른 답사객이 들어가도록 자리를 내준다는 구실로 밖에 있곤 했다. 그러다 재작년엔 성원 아저씨께 미안한 생각이 들어 나도 따라 들어갔다. 하루에도 몇 번씩 하시는 분도 있는데 일년에 한 번 듣기를 진력난다고 안 들어갈 수 있는가 싶었던 것이다. 그랬는데 그날따라 성원 아저씨는 신들린 듯 청산유수로 설명하는 것이었다.

　나는 80년대 초부터 뵌 분이기에 그냥 아저씨라고 불러왔지만 그날 성원 아저씨의 모습은 인생을 달관한 한 할아버지의 모습이었다. 그때부터 나는 성원 할아버지라고 부르게 됐다. 성원 할아버지는 마애불의 미소를 여러 각도로 보여준 다음 이렇게 말을 이었다.

"이 마애불의 미소는 조석으로 다르고 계절에 따라 다르게 나타납니다. 아침에 보이는 미소는 밝은 가운데 평화로운 미소고, 저녁에 보이는 미소는 은은한 가운데 자비로운 미소입니다. 계절 중으로는 가을날의 미소가 가장 아름답습니다. 어느 시인은 '강냉이가 익걸랑 함께 와 자셔도 좋소'라고 읊었지만 강냉이술이 붉어질 때 마애불의 미소는 더욱 신비하게 보입니다. 그래서 일 년 중 가장 아름다운 미소는 가을 해가 서산을 넘어간 어둔 녘에 보이는 잔잔한 모습입니다."

나는 그 말을 듣는 순간 놀랍고도 기쁘고 신기한 마음에 "할아버지! 금방 뭐라고 하셨어요?"라며 받아쓸 준비를 하자 성원 할아버지는 "아녀, 아녀, 그건 내가 그냥 해본 소리여. 학자들이 한 말이 아녀"라며 한사코 다시 말하기를 거절한다. 나는 인간의 깨달음이 말하지 않는 것과의 대화 속에서 도통하듯 이루어질 수 있음을 성원 할아버지의 모습에서 다시 본다. 그리고 성원 할아버지가 말한 서산 마애불 미소의 변화에 대한 설명, "아침에 보이는 미소는 밝은 가운데 평화로운 미소이고 저녁에 보이는 미소는 은은한 가운데 자비로운 미소"라는 표현은 이 불상에 보낸 가장 아름다운 찬사라고 생각하고 있다.

성원 할아버지의 자찬묘비명

내가 동생 내외와 함께 서산 마애불에 도착했을 땐 성원 할아버지가 계시지 않았다. 아마 추석 쇠러 갔겠거니 생각하고 그날은 내가 대나무 장대를 잡고 성원 할아버지 하던 방식대로 마애불 미소의 변화를 연출해 보였다. 동생 내외는 물론이고 하나를 보아도 제대로 된 감동적인 유물이 보고 싶다던 나의 처도 진짜 크게 감동하여 좀처럼 자리를 뜨지 못했다.

성원 할아버지는 마애불이 바라보는 앞산 자락 양지바른 곳에 산신각을 모셔놓았다. 언젠가 내가 물으니 산이 좋아서 신령님께 감사하는 뜻으로 세웠다는 것이다. 나는 번번이 답사회원을 인솔하고 가는 바람에 철망 너머 난 길을 줄줄이 따라올까봐 가보지 못했는데 이번 기회에 산신각에 한번 올라가보았다. 벼랑을 타고 오르니 오솔길이 나오는데 길 한쪽엔 놀랍게도 성원 할아버지의 묘비가 아주 작은 까만 돌 위에 세워져 있었다.

여기 오고가는 성원이 있노라고
실은 성원은 오고감이 없노라고
병자 8월 11일생

나는 황망한 마음이 일어 바삐 내려가 관리소로 가보니 문이 굳게 닫혀 있었다. 다시 계곡 아래로 내려가 강댕이골 식당 주인에게 조심스럽게 성원 할아버지 어디 갔느냐고 물으니 태연하게 조금 전까지 있었다는 것이다. 내친김에 이 집 명물인 어죽을 시켜놓고 할아버지 올 때를 기다렸다. 무엇에 홀린 것 같기도 했고 모든 게 믿기지 않았다. 왜 자찬묘비(自撰墓碑)를 세웠을까?

퇴계 선생이 미리 묘비에 사용할 글을 지었고, 다산 선생이 스스로 「자찬묘지명(自撰墓誌銘)」을 썼고, 삼불 선생이 생전에 유언장을 매번 갈아썼다는 얘기는 알고 있었지만 산 사람이 자신의 묘비를 미리 세운 것은 처음 듣고 보는 일이다.

이윽고 성원 할아버지가 돌아오셨다. 나는 진짜 돌아가신 분을 다시 만나는 반가움으로 인사를 드리고 왜 비석을 세웠느냐고 물으니 언제까지나 여기 있을 일이 아니라 있었던 흔적을 만들어놓았다며 우물우물하는 것이다. 나는 성원 할아버지가 이제 여기를 떠나 어디론가 갈 채비를 하는 줄로 알고 자꾸 물으니 마침내 속을 내놓는 것이었다.

성원 할아버지가 처음 마애불의 관리인을 자원했을 때는 무보수 관리인이었는데 1981년부터는 기능직 9급 공무원으로 임명을 받게 됐단다. 그래서 월급도 나오고 해서 먹고사는 문제는 해결이 됐는데 내년엔 정년이라는 것이다. 이것도 벼슬이라고 하겠다는 사람이 나서면 자리를 내줄 수밖에 없고 그렇게 되면 떠나는 수밖에 없으니 그동안 있었던 흔적을 비석에 새긴 것이란다. 그러면서도 "알아보니 일용직 고용인으로 해서 나를 계속 쓸 수두 있대나봐유"라며 일말의 희망을 말하는 것이다. 그러니까 서산 마애불을 떠난 자신은 죽은 것이나 마찬가지로 생각하고 있는 것이었다. 나는 이 쓸쓸하고 기막힌 말을 듣고 성원 할아버지를 위안하는 마음으로 흰소리를 쳤다.

"할아버지, 염려 마세요. 저 마애불이 절대로 할아버질 그냥 보내질 않을 겁니다."

보원사터의 유적과 유물

서산 마애불에서 용현계곡을 타고 조금만 안으로 들어가면 계곡은 갑자기 조용해지고 시야는 넓어지면서 제법 넓은 논밭이 분지를 이룬다. 거기가 서산 마애불의 큰집 격인 보원사가 있던 자리다.

| **보원사터** | 정확한 창건 연대는 알 수 없지만 서산 마애불과 연관된 백제의 고찰로 생각돼 통일신라, 고려로 이어지는 많은 석조 유물들이 남아 있다. 당간지주, 오층석탑, 승탑과 비가 작은 내를 사이에 두고 줄지어 있다.

보원사는 백제 때 창건되어 통일신라와 고려왕조를 거치면서 계속 중창되어 한때는 법인국사(法印國師) 같은 큰스님이 주석한 곳이었다. 그러다 조선시대 어느 땐가 폐사되어 건물들은 모두 사라지고 민가와 논밭 차지가 되었고 오직 인재지변, 천재지변에도 견딜 수 있는 석조물들만이 남아 그 옛날의 자취와 영광을 말해주고 있다.

개울을 가운데 두고 앞쪽엔 절문과 승방이, 건너편엔 당탑(堂塔)과 승탑(僧塔)이 있었던 듯 개울 이쪽엔 당간지주와 돌물확(石槽)이, 개울 저쪽엔 오층석탑과 사리탑이 남아 있다.

비바람 속에 깨지고 마모되긴 했어도 그 남은 자취가 하나같이 명물이어서 일찍부터 나라의 보물로 지정되었는데 통일신라 때 만든 당간지주건 고려시대 때 만든 석탑과 물확이건 유물에서 풍기는 분위기와 멋

스러움에 백제의 숨결이 느껴져 미술사가들은 그것을 백제 지역에 나타난 지방적 특성이라며 주목하고 있다.

오층석탑은 고려시대 석탑 중 최고의 걸작으로 꼽힐 뿐만 아니라 감은사탑 같은 중후한 안정감과 정림사탑 같은 경쾌한 상승감이 동시에 살아난 명품이다. 기단부 위층에 새겨진 팔부중상의 조각들은 그 하나하나가 독립된 릴리프(relief)로서 손색이 없고 기단부 아래층에 새겨진 제각기 다른 동작의 열두 마리 사자상은 큰 볼거리다. 아래위로 튼실하게 짜여진 기단부 위의 오층 몸돌은 정림사탑에서 보여준 정연한 체감률도 일품이지만 마치 쟁반으로 떠받치듯, 두 손으로 공손히 올리듯 넓적한 굄돌을 하나 설정한 것이 이 탑의 유연한 멋을 자아내는 요체가 되었다. 이런 굄돌받침의 형식은 보령 성주사터의 삼층석탑에서 처음 나타난 것으로 통일신라시대와 고려시대에 걸쳐 이 지역의 석탑에만 나타나는 백제계 석탑의 '라벨' 같은 것이다.

보원사터 승탑과 비는 고려 초의 고승으로 광종 때 왕사(王師)를 거쳐 국사가 된 법인스님 탄문(坦文)의 사리탑과 비석으로, 탑명은 보승탑(寶乘塔)이며, 비문의 글은 김정언(金廷彦)이 짓고 글씨는 한윤(韓允)이 썼다. 유명한 스님에 유명한 문장가에 유명한 서예가의 자취가 여기 모두 모여 이 무언의 돌 속에는 인간과 사상과 예술이 그렇게 서려 있다. 일반적으로 고려 초에 만들어진 고승의 사리탑들은 고달사터 원종대사 혜진탑에서 보이듯 크고 장대하게 만드는 것이 하나의 추세였는데 이 법인국사 보승탑은 소담하고 얌전한 자태를 취하고 있다. 여기서도 역시 백제 미학의 여운을 느낄 수 있다. 비석을 받치고 있는 돌거북도 용맹스럽

| 보원사터 오층석탑 | 부여 정림사터 오층석탑의 백제 전통과 통일신라시대 삼층석탑의 기단 형식이 결합된 고려시대의 대표적 석탑으로 안정감과 상승감이 빼어나다.

| **법인국사 보승탑과 비** | 전형적인 고려시대 팔각당 사리탑으로 형체가 조순해 보이고 비석은 받침과 지붕이 완전한 당대의 대표작이다.

거나 사나워 보이는 고려 초의 유행을 벗어나 차라리 산양(山羊)의 자태로 귀염성이 있고, 꼬리를 꼬아서 돌린 폼은 아주 여유롭다. 그것도 백제의 여운이라면 여운일 것이다.

그런 마음과 눈으로 당간지주를 보면 매끄럽고 유려한 마감새에서 백제가 느껴지고, 돌물확은 어느 해인가 겨울에 물을 빼지 않아 얼어서 깨진 것이 안타까운데 안팎으로 아무런 장식은 없지만 형태미는 여지없는 백제 맛이다.

남아 있는 석물들만이 백제의 풍모를 보여주는 것이 아니었다. 여기서 나온 불상들은 더욱 그렇다. 보원사터는 1968년에 발굴·정비되었는데 그때 백제시대 금동여래입상이 하나 발견되어 지금은 공주박물관에 가면 볼 수 있다. 그 부처님의 얼굴 역시 서산 마애불과 마찬가지로 살이 복스럽게 올라 있어서 백제인의 미인관을 짐작게 한다.

| 보원사터 출토 철불 | 완벽한 몸매의 균형과 유연한 옷주름의 표현이 돋보이는 이 불상은 우리나라의 대표적인 철불로 제작 시기에 대해서는 8세기 설과 10세기 설로 나뉘고 있다.

그리고 여기서는 장대하고 수려한 철불(鐵佛) 한 분도 발굴되었다. 그것은 국립중앙박물관 진열실에 옮겨져 지금도 우리나라 철불을 대표하고 있다. 해외에서 열린 '한국미술 5천 년전' 같은 전람회 때면 반드시 출품됐던 한국미술사상 간판스타 격인 철불이다. 떡 벌어진 어깨에 당당한 체구와 준수한 얼굴, 잘 균형 잡힌 신체 등은 경주 석불사 석불이 철불로 변한 듯한 감동을 준다. 그런데 이 철불을 두고 8세기 통일신라 제작으로 보는 학설(강우방姜友邦)과 10세기 고려 초로 보는 학설(문명대)이 팽팽히 맞서 있는 것은 일반인들도 한번쯤 들어볼 가치가 있다. 그런 것을 이해할

때 미술사에 대한 지식도 높아지고 안목도 생기며 소견이 당당해진다.

8세기로 보는 근거는 완벽한 몸매의 균형, 유연한 옷주름의 표현, 풍만한 육체, 알맞게 살진 얼굴 그리고 근엄하면서도 너그러운 인상이 전형적인 8세기 불상의 모습으로 10세기에서는 그런 예를 볼 수 없기 때문이다. 이에 반해 10세기로 보는 견해는 얼굴의 표정이 젊고, 체구가 당당하며, 입이 작고 귓불이 밖으로 휘어내린 것 등이 10세기 철불의 일반적 특징으로 8세기에는 없던 형식이기 때문이다.

이렇게 학설이 팽팽하게 나뉘니까 그러지 말고 조금씩 양보해서 공평하게 9세기로 해두자는 천진한 학설도 나온 적이 있다. 그런데 삼불 선생은 이 불상의 제작 연대 추정에 대하여 절묘한 해석을 내렸다. '10세기에 만들어진 8세기풍의 복고 양식'이라는 것이다. 논리상으로는 그렇게 풀이하면 된다. 그러나 삼불 선생은 그렇게 해석을 해도 미진한 문제가 남는다면서 이 불상이 10세기의 다른 불상과 달리 천연스럽고 부드럽게 옷주름을 표현한 것은 역시 백제의 고지(故地)에서 제작된 백제 미술의 전통 때문일 것이라고 덧붙였다.(『한국 고미술의 이해』, 서울대학교출판부 1980)

그런 식으로 보원사터 들판에는 백제의 숨결과 향기가 그윽하다. 80년대까지만 해도 서산 마애불에서 보원사터에 이르는 1킬로미터 남짓한 시골길은 비포장 흙길이어서 큰 버스는 지나가기조차 힘들었는데 길이 넓혀지고 닦이면서 매운탕집과 숯불갈비 가든이 하나둘씩 들어앉고 안동네 소담한 마을 한쪽으로는 제멋이 사나운 별장식 벽돌집이 들어서서 이 답사의 명소를 멍들게 하고 있다.

보원사터의 사계절

나는 보원사터를 유난히 좋아했다. 폐사지인데도 따뜻하게 느껴지는 것이 좋았고 전국의 어느 답사지보다도 여기처럼 산천의 자연과 농촌의 사계절을 체감할 수 있는 곳이 없기 때문에 더욱 좋아했다. 고향다운 고향이 없는 나로서는 차라리 향수 어린 고향 같다.

늦은 봄, 개울가에 망초꽃이 흐드러지게 필 때면 당간지주 옆 넓은 밭에는 항시 키 큰 호밀이 바람에 흐느꼈다. 소를 몰아 밭을 갈아 밀밭의 고랑이 작은 호(弧)를 그리며 휘어진 것이 더욱 운치를 자아내곤 했는데 장난기와 호기심에 밀밭으로 들어가면 몇 발자국 옮기지 않아도 거짓말처럼 밖이 보이지 않고 흙내음, 풀내음이 진하게 다가왔다. 그때 나는 스코틀랜드 민요 「밀밭에서」에 등장하는 "밀밭에서 너와 내가 서로 만나면 키스를 한다 해서 누가 아나요"라는 노랫말의 리얼리티를 체감할 수 있었고, 그런 날이면 호밀밭 위로 종달새가 높이 날아가고 앞산에선 뻐꾸기가 참으로 아련하게 울곤 했다. 그러나 지금은 수지를 맞출 길 없는 밀농사는 사라지고 그 호밀밭엔 고추나 고구마가 심겨 이제는 돌아오지 않는 추억에만 남아 있다.

성원 할아버지가 말하는 중추가절에 오면 보원사터 금당 자리에 있는 감나무와 은행나무 단풍이 그렇게 고울 수 없다. 단풍이야말로 무공해 단풍이 아름답다는 사실을 그때 알았다. 철을 놓쳐 늦가을 낙엽이 모두 진 녘에야 찾아올 때면 돌물확 언저리에 있던 옛 돌담집 빈터에 주인 잃고 서 있는 고욤나무의 서리 맞은 열매가 그렇게 달콤할 수 없다.

도회지에서 소년으로 자랐던 내가 소설 속에서나 나올 향토적 서정의 그림 같은 정경 속에 나를 내던지고, 내가 소년 시절로 되돌아가는 것을 허락해주는 보원사터에서의 한순간은 어떤 기쁨과도 바꾸기 싫은 잃어버린 향수의 쟁취이기도 했다.

보원사의 빈터에서

보원사터에 와서 다른 답사객을 만난 적은 거의 없었다. 그래서 더욱 한적한 맛이 일어난다. 그런데 1994년 가을 답사 때 일이다. 늦가을의 마지막 정취를 기대하고 찾아왔건만 그해따라 된서리가 일찍 내려 단풍의 철은 일찍 끝나버리고 감나무, 은행나무의 앙상한 가지에 붙어 있는 마지막 잎새들이 아침나절에 뿌리고 지나간 가을비에 흠씬 젖어 있는 한량없이 쓸쓸한 날이었다. 보원사터에 다다르니 우리보다 먼저 온 스무 명 남짓한 답사객이 개울 건너 승탑 쪽으로 가고 있었다. 처량하다 못해 청승맞던 폐사지에 갑자기 생기가 돌았다. 우리도 앞서 간 답사팀의 뒤를 쫓아 개울 건너 법인국사 보승탑에 다다르니 먼저 온 답사객은 뜻밖에도 초등학생들이었다. 같은 명승지를 찾아왔다는 동질감 때문이었을까, 아니면 황량한 폐사지에서 기대치 않던 답사객을 만났다는 의아스러움 때문이었을까. 그들은 우리를 물끄러미 바라보고 우리는 그들을 살피고 있었다.

그런 중 얼굴빛이 건강하게 그을린 한 장년의 남자분이 나를 알아보고 다가와 새마을 모자보다는 약간 세련된 차양이 긴 모자를 벗으면서 인사를 청해왔다. 서산 명지초등학교 5학년 담임교사인데 애들하고 추억 만들기를 하러 나왔다는 것이다. 올 때 내포 땅에 대해 쓴 나의 글을 복사해주었는데 이렇게 만나니 반갑다면서 이른바 '저자 직강'을 부탁하는 것이었다. 나는 초등학교 애들은 가르쳐본 일이 없다고 한사코 사양했지만 애들은 안 그렇다면서 청하고 또 청한다. 하도 부탁하는 것이 간절하고 정겨움까지 느껴져 나는 응하게 되었다.

마침 우리 답사팀에 초등학교 교사가 두 분이 있어 그분들께 나의 난처한 처지를 털어놓으니, 초등학생이라 의식하지 말고 평소 말하던 대로

만 하면 아이들이 다 가려서 듣고 안다는 것이다. 초등학교 3학년만 돼도 우리 담임 실력이 있다 없다를 따지는데 5학년이니 충분히 이해할 것이란다. 다만 초등학생의 정신적·육체적 집중 시간은 2분 30초를 못 넘기므로 옆의 애를 찌르거나 막대기로 땅을 긋기도 하겠지만 개의치 말고 계속하고 대화체를 많이 써서 대답을 유도하는 게 좋다는 것이다. 이런 코치를 받은 뒤 나는 드디어 난생처음으로 초등학생을 상대로 강의하게 되었다.

잔디밭에 옹기종기 모여앉은 아이들을 내려다보니 그들은 오히려 나를 올려다보는데 윤기, 물기 도는 해맑은 눈빛이 너무 고와서 기쁘고도 놀라웠다. 어떤 아이는 그 눈가에 생글생글 도는 미소가 서산 마애불 곁보살의 모습 같았고, 어떤 아이는 두 볼에 살이 도톰히 올라 복스럽게 생긴 것이 서산 마애불 부처님의 손자쯤 되어 보였다. 저 애가 크면 영락없이 저 본존불 닮았다는 소리를 들을 것이라는 생각이 들면서 백제인의 얼굴 모습은 바로 여기서 그릴 수 있다는 것을 새삼 느꼈다. 그런 생각을 하면서 이 백제의 후예들에게 나는 서서히 강의를 시작했다. "여기는 백제 때 세운 큰 절로 보원사라고 했고 나중에는 고란사라고도 했습니다. 백제 때……" 나의 얘기를 처음에는 호기심 있게 열심히 듣는 것 같더니 나도 모르게 전문적으로 흐르는 바람에 이야기의 줄거리를 놓친 아이들은 몸을 비틀며 뒤를 돌아보고, 한 애는 연방 풀을 쥐어뜯고, 한 애는 꼬챙이로 땅을 쑤시고, 한 애는 앞의 애 궁둥이를 발로 비비는 등 내 눈이 어지럽다. 그래도 또렷한 눈망울의 아이를 바라보면서 얘기를 계속했다. "여러분, 보원사가 그렇게 중요했다는 것은 서산 땅이 중요했다는 뜻입니다. 지금 서산은 작은 지방 도시지만 백제시대에는 오늘날의 부산에 해당하는 곳이었어요……"

학생들은 내 말 중간중간에 서산 소리가 나오면 귀를 쫑긋 세우다가 다른 낱말이 나오면 고개를 돌린다. 그러면서 서울 사람 주제에 서산 소리를 하는 것이 영역 침범으로도 느끼는 것처럼 보였다. 나는 권위를 찾기 위해 대화법을 꺼냈다.

"여러분, 여러분은 명지초등학교 학생이죠?"
"예!"
"명지초등학교는 대산면에 있지요?"
"………"

어럽쇼! 아무 대답이 없다. 분명히 대산면에 있다고 했는데. '예'라고 해야 내 권위가 서는데…… 나는 다시 물었다. "대산면에 있지요!" 그러나 역시 대답이 없었다. 그렇다고 '아니요'도 아니었다. 나는 눈망울이 또렷한 학생에게 슬며시 물어보았다.

"그러면 어디 있니?"
"대산읍에 있시유."

아뿔싸! 이런 낭패가 어디 있담. 면에서 읍으로 된 지 석 달이 지났단다. 그럼에도 불구하고 대학교수라는 자가 무식하게 그것도 모르고 '무슨 실례의 말씀'을 했느냐는 식이다. 그들의 침묵 속에는 그런 자존의 뜻이 서려 있었다.

나는 서해안고속도로가 뚫리게 되면 서산은 다시 우리 땅에서 중요한 위치로 올라서게 될 것이고, 서산을 찾는 사람이 많아지면 이 쓸쓸한 절터에도 항시 방문객이 끊이지 않으면서 서산이 얼마나 아름답고 역사의 향기가 어린 곳인가를 말하게 될 것이라고 하며 끝냈다.

그로부터 열흘 뒤 내 연구실로 대산읍에서 두 통의 편지가 날아왔다. 하나는 눈망울이 또렷한 학생의 편지였고 또 하나는 권경남 선생이 보낸 그때 찍은 기념사진이었다.

신앙과 역사의 산물로서의 불상

우리 가족은 나의 그런 얘기를 들으면서 폐사지를 거닐고 있었다. 제수씨 원대로 한가한 전원의 정취를 맘껏 느끼겠노라며 오랫동안 보원사터에 있고 싶어했다. 초가을 장난기 있는 보드라운 바람이 모자를 날리고 머리채를 흔들어놓으니 그것이 또 웃음을 자아내고 이쪽에서 저쪽으로 피해다니며 사진을 찍게 한다. 나는 제수씨가 어려워 웃음조차 크게 내지 못하는데 아우는 버젓이 제 형수를 껴안고 다정하게 포즈를 취한다.

아우는 직장에 매여 살다 오랜만에 답사를 나오니 사는 맛도 맛이지만 궁금한 것이 꽤나 많았던 모양이다. 법인국사 사리탑 옆 금잔디에 앉아 오층석탑 너머 쪽빛 하늘을 바라보면서 깊은 생각에 잠긴 듯하더니 갑자기 무슨 용기를 내듯 물어본다.

"형, 옛날 사람들은 왜 그렇게 종교에 열중했어? 그리고 우리 종교는 왜 외래 종교에 밀렸어? 불교는 인도의 소산인데도 백제의 불교미술에 확고한 정체성이 있다고 할 수 있나?"

나는 동생의 이 물음에 내포된 여러 복합적인 질문을 다 간취하고 있다. 많은 사람들이, 특히 나중 질문은 국수주의자나 기독교인들이 곧잘 마음속에 품는 의문 사항인 줄로 안다. 아우는 지금 형한테니까 단도직입적으로 물은 것이고 나는 형이니까 솔직히 대답했다. 나의 얘기가 길어질 기미를 눈치챘는지 내 처는 먼 데를 보며 어디론가 슬며시 가려는데 제수씨가 동서언니 팔을 끼고 다가와 함께 앉는다. 그 바람에 내 처는 맘에 없는 사설을 들어야 했고 나는 일없이 존대로 말해야 했다.

 "우리나라에도 고대국가 이전에는 민간신앙이 있었어요. 즉 샤먼의 전통 속에 살았지요. 부족국가 시절에는 살림 규모가 작아 그럴 수 있었지만 고대국가는 달랐어요. 이제는 샤먼의 힘으로 다스리기엔 나라가 커졌고 인구도 많아졌고 인지가 발달하게 된 것이지요. 모든 고대국가는 크게 세 가지 특징이 있었다고 해요. 첫째 영토의 확장, 둘째 강력한 행정·율령 체계, 셋째는 그것을 받쳐줄 종교였지요. 종교는 단지 죽음의 문제만 다룬 인생의 위안이 아니라 그 종교적 세계관을 통해 세계를 인식하고 사회조직의 틀을 유지시켜주는 그런 이데올로기로서의 종교였어요. 그러니까 고대국가는 잘 짜인 이데올로기를 위해 좀 더 발달한 종교를 갖기를 원했고 결국 동아시아에서 얻은 결론은 불교였어요.

 중국은 자국이 낳은 훌륭한 종교가 있었지만 남북조시대에 이민족이 지배하면서 불교로 바뀌게 됐고 당나라 때는 오히려 이 이국의 종교를 더욱 발전시켰지요. 요컨대 그것을 수입해서 우리의 삶이 고양된다면 얼마든지 수입해서 쓰는 겁니다. 그것은 주체성의 상실이 아니라 오히려 문화적 포용력의 개방성이라고 해야 해요. 불교미술은 결코 이교도들의 신앙물이 아닙니다. 우리 조상들이 살아온 방식의 정직한 표정이고 사상의 산물이지요. 보십시오. 서양 중세의 문화는 기독교문화입니다. 기독교적 세계관이 지배했고 기독교 건축과 조각이 발달했지요. 그런데 오늘날 어느 누구도 유럽의 중세문화를 이스라엘의 아류라고 하지 않아요. 필요하면 얼마든지 갖다 쓰는 것이지

요. 다만 맹목적 모방이었냐, 주체적 수용을 통한 재창조였냐가 중요
한 것이지요. 백제의 미학은 그래서 빛나는 겁니다. 그들이 우리 고대
국가의 세련된 고전미를 창출해냈거든요. 인도·중국·일본에선 볼 수
없는 화강암의 건축과 조각, 즉 석탑과 석불이 그 대표적 예인데 우리
는 그중 석불의 아름다움을 답사한 것입니다. 저 잔잔한 '백제의 미소'
에는 그런 뜻이 서려 있는 겁니다."

　그리고 그날 우리는 이곳이 자랑하는 불야성의 덕산온천이 아니라 제
수씨의 희망에 따라 철 지난 한적한 만리포해수욕장에 숙박지를 잡았다.
만리포에 갔으면 당연히 찾아가야 할 천리포수목원 구경은 다음 날 아
침 '해장 답사' 감으로 남겨두고 우리는 형제는 형제끼리, 동서는 동서끼
리 밤바다를 거닐면서 서울이 어디더냐고 까맣게 잊어버리고 크리넥스
홑겹보다도 더 홀가분한 마음으로 하룻밤을 보냈다.

1996. 10. / 2011. 5.

* 서산 마애불의 보호각은 통풍의 문제로 더 이상 둘 수 없어 2007년에 철거되었고, 성원 할
아버지는 정년 뒤 몇 해 더 근무하다 결국 자리를 떠나게 되었으며, 서해안고속도로는 이미
개통되어 외지에서 들어가는 길이 아주 쉬워졌다.

양양 낙산사와
하늘 아래 끝동네

동해 낙산사의 영광과 상처

의상대 낙산일출 / 원통보전의 탑, 불상, 돌담 /
낙산사 화재 / 낙산사 복원

낙산사 회한

양양 낙산사를 생각하면 나는 회한으로 가득하다. 2005년 4월 5일, 강
원도 양양군 일대를 휩쓴 대형 산불은 45만 평(150헥타르)의 야산을 태우
고 낙산사 원통보전을 비롯한 크고 작은 전각 13채와 보물 제479호인 낙
산사동종마저 삼켜버렸다. 당시 나는 문화재청장으로 그 책임을 져야 했
다. 청장으로 재임하는 동안 나라의 보물 하나를 망실(亡失) 처리했다는
불명예를 평생 안고 살아야 하는 죄인으로 되었다.

한편 나에겐 이를 복원하는 의무도 있었다. 마음 같아 서는 전액 국고
로 복원하고 싶었지만 나라에서 할 수 있는 것은 국가지정문화재에 한
정되어 있었다. 때문에 원통보전과 홍예문의 복원, 동종의 재주조 등 일
부에만 예산을 지원할 수 있었을 뿐 여타의 전각과 요사채 복원에는 국

고를 투입할 방법이 없었다.

그러나 낙산사 스님들과 사부대중은 전 국민의 지대한 관심과 격려에 힘을 얻어 복원불사에 착수하여 마침내 2009년 10월 12일에 복원불사 회향식이 봉행되었다. 당시 낙산사 주지 정념스님은 그 회한을 다음과 같이 말했다.

"낙산사는 화재 이후 국립문화재연구소의 2년여에 걸친 발굴조사와 전문가들로 구성된 복원위원회의 자문을 받아 천년 고찰의 사격(寺格)을 되살리는 복원불사에 착수해 오늘에 이르기까지 정진, 또 정진해왔습니다.

복원위원회는 낙산사의 사격이 가장 크고 장엄했던 조선 세조 때의 모습으로 복원하기로 의견을 모으고 단원 김홍도의 「낙산사도(洛山寺圖)」를 기본 모형으로 삼아 불사를 진행키로 했습니다. 이번에 회향하는 빈일루, 응향각, 정취전, 설선당, 고향실, 송월요, 근행당 등 총 7동의 주요 전각들은 이 그림을 바탕으로 하여 우리 전통 건축의 아취와 천년 고찰의 격조가 느껴질 수 있도록 정성스럽게 지어졌습니다. (…) 다시는 이번 화마와 같은 고통이 찾아오지 않게 하기 위해 주요 전각에 수막 시설을 설치했고, 곳곳에 여러 대의 방수총도 마련해놓았습니다.

오늘 이 복원불사 회향은 낙산사의 아픔을 나의 아픔으로 받아들이고 기와 한 장, 서까래 하나, 나무 한 그루에도 자비의 마음을 내어주신 국민들의 따뜻한 성원 때문에 가능했습니다. 아픔과 눈물 속에서도 간절한 발원과 원력으로 복원불사를 회향할 수 있었던 힘은 모두 다 이 같은 국민들의 성원과 자비 때문이었습니다."

회향식에 나는 차마 얼굴을 내밀지 못했다. 그래도 복원된 낙산사를

| **낙산사 전경** | 낙산사는 드물게도 바다를 앞에 둔 절집이어서 여느 산사와는 다른 호방함이 있다.

찾아가는 것이 나의 도리라고 생각되고 또 단원의 그림에 기초한 가람
배치의 실제 모습을 보고 싶었다. 마침 2009년 명지대 미술사학과 봄 답
사 순번이 관동 지방으로 잡혀 있어 학생들을 데리고 낙산사 새 절을 보
러 가게 되었다.

의상대사의 낙산사 창건설화

낙산사를 답사할 때면 나는 으레 후문으로 들어가 정문으로 나왔다.
그것은 동해바다가 멀리 내다보이는 의상대(義湘臺)에 먼저 오르기 위
함이었다. 낙산사의 유래를 알기 위해서도 그렇고 낙산사의 건축적 자리
매김을 이해하기 위해서도 의상대에 먼저 오르는 것이 유리하다.

| **겸재 정선의 「낙산일출」** | 금강산과 관동8경을 즐겨 그린 겸재는 여러 폭의 낙산사 그림을 남겼는데, 어느 경우든 동해바다의 일출을 곁들여 시원스러운 화면구성을 보여준다.

특히 의상대에서 바라보는 일출은 대단히 장엄하다. 겸재 정선이 그린 「낙산일출」은 이 의상대에서 본 그림이다. 지금도 낙산사 입구 여관에서 1박을 하노라면 아직 어둠이 걷히기 전 여행자, 답사자, 해수욕객들은 너나없이 바닷가로 나와 낙산일출을 바라본다. 수평선에 동이 트기시작하면 웅성거리던 소리들이 잠잠해지고 1분쯤 걸릴까, 태양이 머리를 내밀며 시뻘겋게 둥근 모습을 완전히 드러내면서 수평선 위로 솟아오를때까지 사람들은 마치 극장 안의 관객들처럼 모두 숨소리를 죽인다. 그것

은 정녕 장대한 영화의 서막 같고, 장중한 교향곡의 첫 소절 같다.

의상대는 1926년 만해(萬海) 한용운(韓龍雲, 1879~1944) 스님이 여기 낙산사에 머물고 계실 때 저 장엄한 '낙산일출'을 바라볼 곳에 정자 하나 없는 것이 못내 아쉬워 높은 벼랑 위 시원한 전망을 가진 이곳에 육각정을 지은 것이다. 만해스님은 이 누대의 이름을 의상대라 하고 당대의 서예가인 성당(惺堂) 김돈희(金敦熙, 1871~1936)의 글씨로 현판을 달았다. 만해스님이 세운 육각정은 그후 10년이 지나 큰 폭풍우로 무너져 다시 세우게 되었고 지금의 의상대는 1975년에 개축한 뒤, 2005년에 화마도 이겨냈으나 풍우로 전각 일부가 썩어 2009년 가을에 다시 복원하여 오늘에 이르고 있다.

같은 동해안의 정자라도 월송정, 망양정, 청간정이 아닌 의상대 육각정 난간에 걸터앉으면 의상대사가 다른 곳 아닌 바로 이 자리에 관음 신앙의 근본도량으로 낙산사를 창건한 옛이야기가 절로 떠오른다. 의상대사가 여기에 낙산사를 세우게 된 내력은 『삼국유사』에 아주 자세히 전하고 있다.

옛적에 의상법사가 당나라에서 돌아와(670년, 문무왕 10년) 관음보살의 진신(眞身)이 이 해안 굴 속에 산다는 말을 듣고 인하여 낙산이라고 하였으니 이는 서역에 보타락가산(補陀洛迦山, 관음이 거주하는 곳)이 있는 까닭이다. 이것을 소백화(小白華)라 하는 것은 백의(白衣)보살(관음보살의 별칭)의 진신이 머물러 있는 곳이므로 이를 빌려 이름 지은 것이다.

의상이 재계(齋戒)한 지 7일 만에 앉은 자리[座具]를 새벽물 위에 띄웠더니 천(天), 용(龍) 등 팔부중(八部衆, 사천왕이 거느리는 여덟 수호신)이 굴 속으로 그를 인도하였다. 의상이 공중을 향하여 예를 올리니 수정염주 한 꾸러미를 내어주므로 그것을 받아 물러나왔다. 그러자 동해의 용이 또한 여의주 한 알을 바치므로 그것도 받아왔다. 의상이 다시 7일 동안 재계하니 비로소 관음의 진신을 보게 되었다.

관음보살이 의상에게 말하기를 "앉은 자리 위 산꼭대기에 한 쌍의 대가 솟아날 것이니 그 자리에 불전을 짓는 것이 마땅할 것이다"라고 하였다. 의상이 그 말을 듣고 굴에서 나오니 과연 쌍죽이 땅에서 솟아나왔다. 이에 금당을 짓고 관음상을 빚어 모시니 그 원만한 얼굴과 고운 모습이 천연스러웠다. 그리고 그 대는 없어졌으므로 그제야 비로소 이곳이 바로 관음의 진신이 거주하는 곳임을 알았다. 이로 인하여 그 절을 낙산사라 하고 의상은 그가 받은 수정염주와 여의주를 성전(聖殿)에 모셔두고 떠났다.

의상대에서 북쪽을 바라보면 깎아지른 벼랑 위, 노송과 대밭 밑에 보타굴(관음굴)과 홍련암(紅蓮庵)이 있다. 지금 홍련암 바닥에는 10센티미터 남짓한 구멍을 통하여 관음굴을 들여다볼 수 있도록 해놓았으니 여기가 곧 전설의 고장인 것이다. 홍련암은 의상이 참배할 때 한 마리 파랑새〔靑鳥, 관음보살 주변에 붙어 있는 새, 곧 그의 화신〕를 만났는데 그 파랑새가 석굴 속으로 자취를 감추자 의상이 7일 동안 기도를 한즉, 7일 후 별안간 붉은 연꽃〔紅蓮〕이 떠오르고 관음보살이 현현했다고 해서 붙여진 이름이다.

이 전설은 오래도록 사람들에게 전해져온 모양이다. 고려 불화 중에는 보타락가산 금강대좌에 앉아 선재동자의 방문을 맞이하는 「수월관음도(水月觀音圖)」가 여러 폭 있다. 그중 일본 다이토쿠지(大德寺)에 소장된 그림에는 다른 수월관음도와는 달리 그림 아래쪽에 팔부중과 동해용왕이 여의주를 바치는 모습이 그려져 있고, 관음보살 머리 위로는 예의

| **「수월관음도」** | 14세기 고려시대의 탱화로 일본 다이토쿠지 소장품에는 낙산사 창건설화가 묘사되어 있다.

| **의상대** | 만해 한용운 선생이 이 아름다운 곳에 정자 하나 없음이 아쉽다며 육각정을 세우고 의상대라 이름 지었다.

파랑새가 날고 있어 의상대사의 낙산사 창건설화와 그대로 연결된다.

이런 전설을 지닌 홍련암은 낙산사 화재 때도 기적적으로 살아남아 사람들로 하여금 의상대사의 신성함과 신통력을 다시금 생각게 하고 있다.

원효대사의 낙산사 봉변

그런데 『삼국유사』 낙산사 전설에는 의상의 신통력 이야기에 뒤이어 이상하게도 원효대사의 큰 망신과 봉변 얘기가 나온다. 이 얘기에서는 자못 악의적이라 할 만큼 원효대사가 폄하되어 있다.

훗날 원효법사가 뒤이어 (낙산사에) 와서 예를 보이려 하였다. 처음에 남쪽 교외에 이르니 논 한가운데 흰옷(白衣, 백의관음의 암시)을 입은 한

여자가 벼를 베고 있었다. 원효가 희롱 삼아 그 벼를 달라고 하니 여인은 벼가 열매 맺지 않았다고 희롱으로 대답했다. 원효가 또 길을 가다가 다리 밑에 이르니 한 여인이 월경대(月水帛)를 빨고 있었다. 원효가 먹을 물을 달라고 청하니 이 여인은 그 (월경대 빨던) 더러운 물을 떠서 주었다. 원효는 여인이 준 물을 쏟아버리고 다시 냇물을 떠서 마셨다.

이때 들 한가운데 서 있는 소나무 위에서 파랑새 한 마리가 "휴제호(休醍醐) 화상(제호를 마다하는 스님)아!" 하고는 재빨리 몸을 숨기고 보이지 않았다. 소나무 아래엔 신 한 짝이 벗어져 있었다. 원효가 낙산사에 이르니 관음보살상 자리 밑에 전에 보았던 신 한 짝이 벗어져 있는 것이었다. 그제야 원효는 전에 만났던 여인이 관음의 진신임을 알았다. 그래서 그때 사람들은 그 소나무를 관음송이라 했다. 원효가 성굴(聖窟)에 들어가 다시 관음의 참모습을 보려고 했으나 풍랑이 크게 일어 들어가지 못하고 떠났다.

이 전설의 요지인즉, 원효는 관음을 만났으면서도 알아보지 못한 스님이고, 관음에게 수정염주를 받기는커녕 월경대를 빨던 물이나 한 바가지 얻은 스님이었다는 것이다.

일종의 유언비어라 할 원효대사 봉변기는 말하자면 '유언비어의 사회사'로 풀어야 그 의미가 살아난다. 의상과 원효는 선후배로, 동학으로 서로 존경하던 사이인데 이처럼 악의적인 이야기가 나오게 된 이유가 무엇일까. 의상과 원효는 여러 면에서 차이가 있었다. 의상은 진골귀족 출신이었고, 원효는 육두품 출신이었다. 의상은 끝내 당나라에 유학하여 화엄종 체계를 배워왔지만 원효는 결국 유학을 포기하고 "모든 것이 마음에 달렸다"는 스스로의 깨달음을 실천했다. 의상은 강렬한 국가 의식을 가진 정치적 인물이어서 당나라에서 귀국하게 된 동기가 당나라의 신라 침공 계획을 본국에 알리기 위한 것일 정도였다. 그러나 원효는 광대의 노래에 무애가(無碍歌)를 붙여 부르고 다닐 정도로 대중성이 강했다. 원효가 개인적 깨달음을 주장했다면, 의상은 거대한 불교 체제 속에 들어와야 깨칠 수 있음을 강조하였다.

오늘날 불자들이 즐겨 암송하는 의상대사 법성게(法性偈)를 보면, 오묘하고 원만한 법은 증명할 길이 없는 것으로 인연에 따라 이룰 수 있다면서 "하나가 모두이고 모두가 곧 하나다(一卽一切多卽一)"라고 외치고 있다. 그러나 원효대사의 발심수행장(發心修行章)에 의하면 "행자(行者)라도 마음이 밝으면 온 하늘이 함께 찬양하지만 도인(道人)이라도 속세에 연연하면 착한 신이 버린다"고 하였고 "정토의 본뜻은 대중〔凡夫〕을 위한 것이지 보살을 위한 것이 아니다"라고 설파하면서 대중불교를 이끌어갔다.

신라가 통일 전쟁을 승리로 이끄는 과정에서 대중의 정신력을 고양하는 데에는 원효의 사상도, 의상의 정신도 모두 필요했을지 모른다. 그러나 신라가 통일 전쟁을 마치고 새로운 국가 체제를 갖추어나갈 시점에 이르러서는 원효 같은 자율성이 아니라 의상 같은 체제 질서가 필요하였던 것이다. 그러나 원효의 대중적 영향력은 여전히 막강하였다. 지배층이 필요로 했던 것은 의상의 정신을 높이기 위하여 대중들이 신봉하는 원효의 사상을 약화시킬 수 있는 유언비어였다는 얘기가 된다. 그래서 의상의 전설 뒤에는 줄곧 원효의 그림자가 따라다니곤 한다. 그 원효의 모습은 항시 의상에 못 미치는 신통력 없는 것, 별 볼일 없는 것, 아니면 낙산사 봉변기 같은 것이다.

반면에 의상의 일거수일투족은 거의 신격화되었다. 부석사의 창건설화, 불영사(佛影寺)의 신비로운 전설은 그 대표적인 예다. 의상은 화엄 10찰의 개창자가 되어 부석사, 해인사, 화엄사 등 당시 영험한 산마다 거찰을 세웠다. 의상대사의 낙산사 창건설화에는 그런 사회성이 담겨 있는 것이니 옛사람이 전설로 말한 것을 곧이곧대로만 들을 수도 없고 허구로 넘길 것만도 아니다. 그것의 사회사적 해석은 우리들의 몫인 것이다.

낙산사 홍예문

이번 낙산사 답사 때 나의 주목적이 새 절을 보기 위한 것이기 때문에 종전과는 달리 정문으로 들어가는 길을 택했다. 낙산사 주차장 앞에 길게 늘어선 상가 끄트머리를 돌아 일주문으로 오르는 언덕길로 돌아서니 낮은 비탈 한쪽의 대숲은 여전히 울창하다. 바닷바람인지 산바람인지 세찬 골바람이 지나가면서 대숲은 가는 휘파람 소리를 내며 싱그러운 산내음을 일으킨다. 예전 같았으면 흔들리는 대숲을 바라보면서 조선시대 화가들이 즐겨 그리던 풍죽(風竹) 그림을 떠올리며 엷은 서정을 일으켰으련만 지금은 생각조차 하기 싫은 낙산사 화재 당시의 웬수 같은 바람만이 떠오른다.

일주문에서 낙산유스호스텔을 지나 낙산사의 관문 격인 홍예문으로 다가가니 낮은 산자락엔 새로 심은 금강송들이 하늘을 향해 힘찬 성장의 몸짓을 보여주고 있다. 10년생을 심었는데 나이가 어린 탓에 줄기가 가늘고 아직 푸른빛을 지우지 못하고 있다.

사실 낙산사 화재에서 사람들이 안타까워한 것은 건물만큼이나 그 아름답고 장하던 솔숲이었다. 건물은 새로 지으면 한두 해 만에 제 모습을 보여주지만 나무는 그럴 수가 없으니 저 금강송의 줄기가 누른빛으로 연륜을 더할 때까지 낙산사 화재의 상처는 그대로 남아 있을 것이다. 그러나 금강송은 생각 밖으로 속성수여서 1년이면 45센티미터씩 자란다고 한다. 벌써 5년이 지났으니 또 다른 5년, 10년이 지나면 옛 모습에 비

| 홍예문 | 무지개 형상의 입구를 한 전형적인 조선시대 성문이다. 이 홍예문은 사실상 낙산사의 일주문 역할을 한다.

스듬히 다가갈 것이라며 낙산사 사하촌 사람들은 오히려 세월의 흐름을
재촉한다.

　낙산사는 아래쪽 초입의 일주문보다도 산자락을 마주 이어 성문처럼
세운 홍예문(강원유형문화재 제33호)에 이르러야 산문에 들어선 기분이 일
어난다. 낙산사 안내서를 보면 이 무지개 모양의 돌문은 세조 13년(1467)
에 세조가 낙산사에 행차한 것을 기념하기 위해 절 입구에 세운 것이라
고 되어 있으나 정확한 설명이 아니다.

　세조는 세조 12년(1466) 3월부터 윤3월까지 40일간에 걸쳐 금강산을
유람하였다. 세조의 금강산 행차에는 왕비, 왕세자(훗날 예종)와 신숙주 등
많은 신하들이 수행하였고 원래 목적은 고질병인 피부병 치료를 위한
것이었다. 외금강 온정리에서 온천을 마친 세조는 귀로에 동해안변을 타
고 내려와 낙산사, 대관령, 월정사를 거쳐 궁궐로 돌아갔다. 이때 세조는

몽골난 이후 퇴락한 낙산사를 보고 학열(學悅)스님에게 중수를 명하였다. 『동국여지승람』은 이 사실을 "세조가 이 절에 행차했다가 전사(殿舍)가 비좁고 더러우니 신축하도록 명하여 굉장해졌다"라고 기록하고 있다.

이리하여 낙산사는 중수되어 칠층석탑도 세워지게 되었고 세조가 죽자 아들은 선왕의 명복을 빌기 위해 범종을 주조하게 되었으니 오늘의 낙산사가 있는 데는 세조의 공이 누구보다 컸다고 할 수 있다. 왕명에 의한 국가적 사업이었기 때문에 낙산사 중수에는 당시 강원도에 있던 26개 고을에서 건자재와 인력을 품앗이하듯 내주었다. 홍예문을 세울 때는 장대석 하나씩을 내어 모두 26개의 화강석으로 무지개문을 만들고 자연석으로 성벽을 쌓듯 양날개를 이었다. 2단의 기대석을 높직이 쌓고 그 위에 13개씩 두 줄로 조성하여 돌문의 폭이 제법 넓다. 그리고 홍예문 위에는 정면 3칸의 우진각지붕 문루가 세워져 있다.

그러나 이 전각 건물은 임진왜란 때 불타버려 단원의 「낙산사도」에도 홍예문은 석축만 그려져 있다. 그리고 1963년에 비로소 복원되었으나 이번 화재로 소실되어 또다시 세워진 것이니 낙산사의 아픈 상처가 고스란히 이 문의 역사에 담겨 있는 셈이다. 새로 복원된 홍예문을 보니 전에는 양쪽 성벽이 강돌로 되어 있어 자주 허물어졌는데 이번에는 산돌을 이 맞추어 쌓아 제법 튼실해 보였다. 다만 성벽을 타고 오르는 담쟁이가 너무 어려 높은 벽을 타고 오르는 가냘픈 넝쿨손이 안쓰러워 보였다. 그러나 담쟁이야말로 생명력이 강하고 성장이 빨라 몇 해 안에 홍예문은 옛 모습을 찾을 것 같았다.

"동해 낙산사!"

홍예문을 들어서자 새로 복원된 낙산사 새 절이 한눈에 들어왔다. 범종루와 사천왕문 너머 원통보전에 이르는 반듯한 가람배치에 나는 한동안 내 눈을 의심하고 한참 동안 거기에 눈길을 두었다.

화재 이전의 낙산사는 정말로 어지러운 절이었다. 홍예문을 들어서면 제일 먼저 눈에 들어오는 것은 콘크리트 2층 한옥 건물이었고 스무 채 남짓하게 들어선 낙산사 가람배치에는 어떤 질서가 없었다. 그렇다고 선암사처럼 옛 마을을 연상케 하는 자연스러움도 아니었다. 그 어지러움이란 낙산사의 명성에 먹칠을 하는 격이었다. 그래서 나는 1991년에 낙산사 답사기를 쓰면서 낙산사의 이런 모습을 아주 신랄하게 비판하였다. 그 글을 옮겨보면 다음과 같다.

고은 선생이 뜨거운 가슴으로 쓴 『절을 찾아서』의 제1장 제1절은 「바다와 여행자가 함께 부처 되어」라는 제목으로 쓴 낙산사다. 고은 선생은 이 글의 첫머리를 이렇게 시작한다.

"동해 낙산사!"라고 말해야 한다. 거기에는 반드시 감탄사가 붙어 있지 않으면 하나의 고유명사가 되지 않는다. (…) 창연망망한 동해와 더불어 오랜 세월을 그 파도 속에 싸여서 살아온 낙산사를 어찌 감탄부 없이 부를 수 있겠는가.

그런 낙산사다. 그러나 나는 어느 답사객이 낙산사를 둘러보고 감탄부호를 찍으면서 "동해 낙산사!"라고 할 수 있을까 의심한다. 대부분의 답사객은 홍예문으로 들어가 원통보전, 칠층석탑, 범종각, 의상

| **낙산일출** | 낙산사를 찾는 사람들의 첫번째 감동은 저 장엄한 동해 일출이다.

대, 해수관음, 홍련암, 관음굴을 길 표시 따라 답사하며, 안내판을 읽으면서 마침표를 찍을 것이다. 그리고 한 시간 남짓 걸리는 이 일정을 마치고 숙소로 돌아왔을 때는 마침표를 물음표로 바꿀지도 모른다. 뭐가 좋다는 것이고, 뭐가 "동해 낙산사!"란 말인가?

실제로 낙산사는 볼만한 유물이 거의 없는 절이다. 의상대사의 요란한 창건설화만 살아있는 곳이지 그 당시 유물이나 유적은 단 한 점도 남아 있지 않다. 1231년 몽골난 때 낙산사는 깡그리 불타버렸고, 조선왕조 세조 때 크게 중창되었다고 하지만 임진왜란 때 또다시 잿더미가 되어 겨우 명맥만 유지하다가 구한말에 와서야 다시 절 모습을 되찾았다.

그러나 1950년 한국전쟁 때 아군이 철수하면서 완전히 소각하여 불에 타지 않은 칠층석탑만 남은 절이 낙산사다. 전쟁이 끝나고

1953년 4월 당시 1군단장이던 이형근 장군이 그때의 미안함을 갚아 원통보전을 군병력으로 복원시켜주었다. 이후 낙산사는 불국사 다음 으로 많은 입장객을 갖게 됨으로써 절집의 형편이 피는 대로 그때마다 건물들이 무계획하게 들어서서 스무 채가 넘는 건물이 어지럽게 널려 있었다. 그 대부분의 건물이 불법 건물이었다. 그러니까 지금 우리가 보고 있는 절은 20세기 후반기, 무계획하고 대수롭지 못한 안목으로 치장해놓은 별 볼일 없는 절집일 뿐이다. 어디를 둘러보아도 "동해 낙산사!"라고 부를 계기가 없다.

김홍도의 「낙산사도」

이런 절이 이제 김홍도의 「낙산사도」에 입각하여 다시 태어난 것이다. 단원 김홍도의 「낙산사도」는 그의 금강산 사생화첩인 『금강사군첩(金剛四郡帖)』의 한 폭이다. 1788년 가을, 단원 나이 44세 때 정조대왕은 단원 김홍도와 복헌 김응환에게 금강산을 그려오라는 명을 내렸다. 이에 단원과 복헌은 내금강, 외금강, 해금강 등 금강산의 동서남북을 이루는 회양군, 통천군, 고성군, 장연군 등 4개 군의 명승을 두루 그린 다음 돌아오는 길은 세조의 금강행과 마찬가지로 동해안을 타고 내려와 대관령을 넘어가는 길을 택하게 됨으로써 사실상 영동의 9개 군 명승첩으로 꾸며졌다. 때문에 이 화첩은 『금강사군첩』이면서 그 속에는 성류굴, 대관령, 월정사 등과 함께 낙산사 그림이 들어 있는 것이다.

단원과 복헌이 금강산을 사생하러 갈 때 스승인 표암 강세황은 맏아들(강인)이 회양부사로 있어 마침 거기에 와 있었다. 표암은 그때 나이 77세의 노령인지라 끝까지 탐승하지는 못하고 열흘 뒤 회양에서 합류했는데 두 화가의 행장 속에는 100여 폭의 금강산 스케치가 들어 있었다

| **김홍도의 낙산사도** | 김홍도가 금강산을 스케치하고 한양으로 돌아가는 길에 낙산사, 월정사, 대관령 등을 그렸는데 이것이 새 절 복원의 모델로 되었다.

고 한다. 그래서 단원과 복헌을 떠나보내는 글을 쓰면서 "산천의 신이 있다면 자신의 모습을 빈틈없이 꼭 닮게 그렸다며 즐거워했으리라"고 말했다. 단원이 돌아와 정조에게 바친 그림은 수십 미터 되는 장폭의 두루마리 그림이었다고 서유구(徐有榘, 1764~1845)는 『임원경제지(林園經濟志)』에서 이렇게 말했다.

김홍도는 (…) 일찍이 왕명을 받들어 비단 화첩을 들고 금강산에 들어가 50여 일을 머물면서 1만 2천 봉우리와 구룡연 등 여러 승경을 모두 유람하고 그것을 형상으로 그려 수십 장(丈) 길이의 두루마리로 만들었다. 채색이 아름답고 운치 있으며 붓놀림이 아주 정밀하니 환쟁이의 채색산수라고 소홀히 볼 것이 아니었다.

그러나 애석하게도 이 두루마리는 지금 전해지지 않고 다만 그 초벌그림으로 그린 사생첩인 『금강사군첩』만이 여러 형태로 전해지고 있다. 단원의 『금강산사군첩』은 본래 70폭으로 순조가 정조의 사위이자 자신의 매제인 홍현주에게 선물하여 홍현주는 큰형인 당대의 시인 홍석주에게 서문과 70수의 시를 얻어 붙였다고 한다. 그리고 훗날 이 화첩은 흥선대원군의 소장으로 되었는데 일제시대에 매물로 나올 때는 60폭만 남았다고 하며, 지금은 어느 개인 소장품으로 깊숙이 들어가 세상에 공개되지 않고 있다. 이 『금강사군첩』은 큰 인기가 있었던 듯 몇 권의 복사본이 전해지고 있고 엄치욱, 이풍익 등 단원을 추종한 화가들이 이 첩을 거의 똑같이 임모(臨摸)한 것도 있다.

그중 「낙산사도」를 보면 화면을 대각선으로 나누어 왼쪽엔 낙산사, 오른쪽엔 동해바다와 일출을 그렸다. 낙산사 주위는 솔밭이 감싸고 있고 홍예문은 문루가 사라진 채 성벽문처럼 절집의 초입으로 그려져 있다. 낙산사 건물은 원통보전을 중심으로 하여 뒤쪽은 돌담, 앞쪽은 회랑으로 반듯하게 둘러져 있고 바닷가 쪽으로는 의상대사의 홍련암이 지붕만 빠끔히 내밀고 있다. 바다를 한쪽으로 비껴두고 산자락에 편하게 들어앉아 있는 그림 속의 이 낙산사는 누가 보아도 단아하고 사랑스러운 절집이라는 찬사가 나오게 한다. 낙산사의 새 절은 바로 이 그림을 모델로 하여 복원한 것이니 절문에 들어선 순간 그 정연함에 놀라지 않을 수 없다.

그것은 아름다움을 위한 배치만은 아니었다. 정념스님은 회향식에서 새 절을 복원하면서 전에는 미처 생각하지 못한 새로운 사실을 알았다며 이렇게 말했다.

"저는 화마를 겪으면서 물길, 사람길을 막으면 안 되듯, 바람길도 인위적으로 막으면 안 되겠다는 인식을 하게 되어 오봉산 고유의 지형을 거스르지 않고 사람길과 바람길을 열어두는 방향으로 불사를 진행했습니다."

원통보전과 새로 지은 일곱 개의 전각에는 문헌 자료에 따라 고유의 이름을 붙였다. 정취보살을 모신 정취전(正趣殿), 해를 맞이하는 빈일루(賓日樓), 요사채인 응향각(凝香閣), 강당인 설선당(說禪堂), 참선방인 고향실(古香室), 다실인 송월요(送月寮), 스님방인 근행당(勤行堂). 모두 불법에 맞고 기능에 맞는 아름다운 이름이다. 일곱 전각 하나하나를 공부하듯, 조사하듯 낱낱이 살펴보고 발길을 원통보전으로 향하면서 빈일루를 지나는데 현판 글씨가 눈에 익어 자세히 살펴보니 당시 총무원장 지관스님의 글씨였다.

원통보전 칠층석탑에서

원통보전은 낙산사의 본전(本殿)이다. 원통보전이란 관세음보살을 모신 전각을 일컫는다. 낙산사는 관음보살의 상주처로 세워진 절이기 때문에 이 절에는 석가모니불을 모신 대웅전이나 아미타불을 모신 극락전, 비로자나불을 모신 대적광전 같은 불전이 없고 이 원통보전이 금당 역할을 하고 있다.

원통보전 앞에 서 있는 칠층석탑(보물 제499호)은 몇 안 되는 조선시대 석탑이다. 본래 조선시대에는 폐불정책으로 삼국·고려 시대 명찰들이 겨우 명맥을 유지하는 정도였고 새 절이 별로 창건되지 않아 불교미술

| 낙산사 칠층석탑 | 보물 제499호로 지정되어 있는 이 석탑만은 낙산사 화재에서도 화마
를 비켜갈 수 있었다.

이 위축될 수밖에 없었고 조선시대의 특징이라는 것이 따로 있기 힘들
었다. 그러나 낙산사는 조선 초 세조 때 중수되면서 범종, 불상, 탑 모두
에서 고려시대의 전통을 잇는 조선적인 세련미를 보여준다. 그 점에서
미술사적 가치가 인정되어 나라의 보물로 지정된 것이다.

본래 낙산사 창건 당시에는 삼층석탑이 있었다고 한다. 이것을 세조
13년 중수 때 현재의 칠층석탑으로 다시 조성한 것으로 알려져 있다. 전

체적으로 강릉 신복사터 삼층석탑·월정사 팔각구층석탑 등 이 지역의 고려시대 석탑 양식을 이어받으면서 이를 간략화시킴으로써 단아한 조선적인 기풍이 살아나고 있다.

탑의 받침이 되는 기단부는 정사각형의 바닥돌 위로 밑돌을 놓았는데 윗면에 24잎의 연꽃무늬를 새겼다. 탑신부는 지붕돌과 몸돌을 일층으로 하여 칠층을 이루면서 각 층의 몸돌 아래로는 넓고 두꺼운 괴임이 한 단씩 있어 듬직한 무게감이 있다. 반면에 지붕돌은 경사면이 평탄하며 네 귀퉁이의 들림이 잘 어우러져 경쾌한 느낌을 준다. 탑의 머리 찰주에는 라마탑(喇嘛塔) 모양의 상륜부가 장식되어 있다.

이 탑은 임진왜란과 한국전쟁, 그리고 낙산사 화재 때도 당당히 버티어왔으나 그때마다 지붕돌 얇은 면들이 상처받아 하나씩 둘씩 떨어져 나가 원통보전 쪽에서 바라볼 때에만 제 모습을 볼 수 있다. 그런 중 이 칠층석탑은 사리장치 대신 의상대사가 관음보살을 친견하고 얻어왔다는 수정염주와 여의주가 봉안되었다고 전해 내려오고 있다.

수정염주와 여의주의 행방

이 전설적인 수정염주와 여의주의 행방에 대해서는 『삼국유사』에 다음과 같이 기록되어 있다.

몽골 대병이 침입한 이후 계축·갑인(1253·1254년) 연간에 관음·정취 두 보살상과 두 보주(수정염주와 여의주)를 양양성으로 옮기었는데, 몽골병의 침입이 아주 급박하게 되어 성이 거의 함몰할 때 주지스님인 아행(阿行)이 은상자에 넣어 도망치려 하였다. 이때 절의 노비(寺奴)인 걸승(乞升)이 그것을 빼앗아 땅에 묻고 맹세하였다. "만약 내가 이 전쟁에서 죽음을 면치 못하면 두 보주는 마침내 인간 세상에 나타나지 못하여 아는 사람이 없게 되겠지만, 내가 만약 죽지 않으면 마땅히 두 보주를 받들어 나라에 바칠 것이다."

갑인년 12월 22일에 성이 함락되었다. 주지승 아행은 죽음을 면치 못했으나 절의 노비 걸승은 살아남았다. 걸승은 적병이 물러난 뒤 두 보주를 파내어 명주도(溟州道) 감창사(監倉使) 이록수(李祿綏)에게 바쳤다. 그는 이를 받아 창고 안에 간직하고 교대할 때마다 서로 인계받았다.

무오년(1258) 10월에 와서 기림사 주지인 대선사 각유(覺猷)가 임금에게 아뢰었다. "낙산사의 두 보주는 국가의 신보(神寶)입니다. 양주(襄州, 양양)성이 함락될 때 절의 노비 걸승이 성중에 묻어두었다가 적병이 물러나자 파내어 감창사에게 바치어 명주(강릉)영 창고 안에 간직되어 있습니다. 지금 명주성도 지킬 수 없사오니 마땅히 어부(御府)로 옮겨두어야 할 것입니다."

임금은 이를 허가하였다. 야별초 10명을 보내 걸승을 데리고 가서 명주성에서 두 보주를 가져오게 하여 내부(內府, 궁궐)에 모셔두었다. 그리고 그때 심부름 간 사자 10명에게 각기 은 1근과 쌀 5석씩을 주었다.

난리통에 수정염주와 여의주를 구해낸 것은 주지스님이 아닌 노비였다. 주지는 이것을 자신이 끝까지 갖고 있을 욕심이었지만 (국가로부터, 절로부터, 부처님으로부터 버림받은) 노비는 애국적·신도적 차원에서, 아니라면 최소한 진돗개 같은 맹목적 충성으로 이를 구해냈다.

몽골난 때 노비의 활약상에 대하여는 익히 알려져왔다. 귀족들이 노비에게 신분을 해방시켜줄 터이니 싸우라고 독려해놓고 자기는 도망가버리고, 난리가 끝나자 돌아와서는 집 안 기물이 없어진 것을 노비들에게 덤터기 씌운 비인간적 처사도 여러 사례 알려져 있다. 난리통에 낙산사의 수정염주와 여의주를 구해낸 것은 절의 노비 걸승이었지만 나라에서는 그것을 가져온 심부름꾼 야별초 병사 10명에게는 후한 포상을 하였음에도 걸승에게 어떤 대접을 했다는 얘기는 없다. 지금 낙산사 안내책자에도 감사의 뜻을 담은 걸승에 대한 이야기는 나오지 않는다.

바로 이 수정염주와 여의주가 칠층석탑 속에 안치되었다고 전하는 것인데 이 석탑은 건립 이후 해체된 적이 없으니 사실이라면 아직도 탑 속에 있어야 한다. 어쩌면 이 탑이 임진왜란, 한국전쟁, 낙산사 화재를 모두이겨낸 것이 이 수정염주와 여의주의 신력인지도 모를 일이다.

건칠관음보살좌상

원통보전 안으로 들어가니 새로 봉안한 후불탱화·신중탱화와 함께 화마에서 기적적으로 구해낸 건칠(乾漆)관음보살좌상(보물 제1362호)이 해맑은 개금으로 새 단장하고 나를 맞아준다. 인근에 있는 영혈사에서 모셔왔다고도 전해지는 이 건칠관음상은 팔각 대좌 위에 결가부좌한 채 앉아 허리를 곧추세우고 고개만 앞으로 약간 숙여 마치 굽어보는 듯한 인상을 준다.

머리에는 화려하기 이를 데 없는 높은 보관을 썼으며, 둥글고 탄력적인 얼굴에는 눈·코·귀·입 등이 단정하게 묘사되어 있다. 목에는 삼도(三道)가 뚜렷하고, 엄지와 중지를 맞댄 손모양은 가냘픈 듯 섬세하다. 양어깨를 덮은 옷은 옷주름이 자연스럽게 흘러내리고 가슴은 당당하게 표현되었는데 온몸에는 화려한 구슬장식이 드리워져 있다. 표현 수법으로 보면 석탑과 마찬가지로 고려시대의 전통을 바탕으로 한 조선적인 조용함이 살아나 있다.

| 건칠관음보살좌상 | 보물 제1362호로 지정된 아름다운 보살상으로 화재가 일어날 때 낙산사 스님들이 황급히 피신시켜 상처를 입지 않았다.

나는 이 보살상을 크게 주목한 바 없었다. 또 불교미술사에서 높은 평가를 내린 것도 근래의 일이어서 보물로 지정된 것은 2003년도이다. 이불상은 4월 5일 화재에서 일단 진정되었던 산불이 오후 들어 다시 일어나기 시작할 때 낙산사 스님들이 등에 업고 모셔내어 지하 수장고로 급히 피신시킴으로써 기적적으로 살려냈다. 내가 화재 이튿날 아침 화재현장에 도착했을 때는 천으로 감싸여 있어 상호를 뵙지 못했었다. 그런

때문에 나는 이 건칠보살상과 한참을 마주하고 있었는데 높은 원력으로 화마를 피한 분이라 그랬는지 보면 볼수록 더욱 성스러워만 보였다.

원통보전 별무늬 담장

원통보전 법당 밖으로 나오면서 나는 건물 뒤로 돌아갔다. 아름다운 별무늬 담장을 가까이서 보기 위해서다. 비록 보물로 지정된 바는 없지만 낙산사에서 가장 큰 볼거리는 단연코 이 담장이다. 암키와와 진흙을 교대로 쌓으면서 사이사이에 화강암을 동그랗게 다듬어 끼워넣음으로써 아름다운 별무늬로 장식된 이 담장은 어떤 꽃담장보다도 조선인들의 소박하면서도 멋스러운 정취를 잘 보여준다. 그처럼 단출하면서 멋 부린 태가 없는 고고한 멋을 연출해낸 것은 가장 조선다운 디자인적 발상이라 할 만하다. 이런 별무늬 담장은 조선시대 왕릉의 곡장(曲墻)에서도 간혹 보이지만 낙산사 원통보전처럼 아름답고 길게 둘려 있는 곳은 없다.

낙산사에 화재가 일어났다는 소식을 처음 들었을 때 내게 가장 먼저 떠오른 것은 이 돌담의 안전이었다. 다행히도 이 별무늬 담장은 전혀 손상을 입지 않았다. 아직 화염이 가시지 않은 시커먼 화재 현장에서 어엿이 살아남은 별무늬 꽃담장은 차라리 신비스러운 아름다움으로 빛나고 있었다. 원통보전이 불길에 휩싸여 있을 때 소방차가 이곳에 사정없이 물을 쏘아대려고 했으나 스님들이 차라리 건물은 포기하고 담장과 석탑은 살리자고 하여 온전히 살아남을 수 있었다고 한다. 그 경황 없던 때에도 절집의 명물을 지키려고 노력했던 스님들의 슬기에 감사하는 마음이 절로 일어난다.

| **원통보전의 별무늬 돌담** | 진흙과 토담에 기와와 둥근 화강암으로 별무늬를 장식한 아담한 의장이 보는 이를 환상의 세계로 인도한다.

정념스님과의 쓸쓸한 회상

죄스러운 마음이야 지울 길 없지만 그래도 낙산사를 이렇게 반듯하게 복원해놓은 것을 보니 고생 많으셨던 스님들께 감사드리고 싶어 새 절의 주지를 맡은 무문스님을 찾아뵈니 스님은 마침 정념스님이 와 계시다며 나를 다실인 송월요로 안내해주셨다.

정념스님은 내 두 손을 덥석 잡고 흔들며 아무 말도 하지 않았다. 나역시 스님에게 두 손을 맡기고 눈길로만 하 많은 이야기를 건넸다. 그렇게 한동안 침묵이 흘렀는데 "그만 앉으시지요"라는 무문스님의 권유에 우리는 찻상을 마주하고 앉았다. 자리에 앉아 우리는 화재 당시의 아픔, 괴로움, 안타까움, 미안함을 말하는 무거운 대화를 나누며 서로를 미안해하고 서로를 위로했다. 그러다 마음이 다소 풀렸을 때 정념스님은 빙

330

그레 웃으며 가볍게 이렇게 말을 꺼냈다.

"청장님, 말에는 씨가 있고 글에도 업보가 있다더니 꼭 그렇습니다. 청장님은 답사기에서 낙산사에서 볼만한 것은 별무늬 돌담장뿐이라고 했죠. 그래서 온전히 살아남았는데 보물로 지정된 동종은 별 볼일 없다고 언급도 안 했었죠. 그러니까 범종이 화가 나서 녹아버린 것 아닙니까."

사실 그랬다. 보물 제479호 낙산사 동종에 대해 나는 어떤 애정도 언급도 보이질 않았다. 그때 왜 내가 이 동종을 그렇게 무시했는지 알 수 없다. 지금 와 생각해보니 아마도 에밀레종에 대해 긴 사설을 늘어놓았기 때문에 생략했던 것 같고 한때는 범종각이 세워지지 않아 초라한 보호각 속에 갇혀 있었기 때문이기도 했던 것 같다.

낙산사 동종은 조선 초기의 대표적인 범종 중 하나다. 이 종은 예종 원년(1469)에 그의 아버지인 세조를 위해 낙산사에 보시한 것으로 높이 158센티미터, 입지름 98센티미터의 제법 크고 묵직한 종이다. 그러니까 에밀레종으로 대표되는 우리나라 범종 전통의 마지막을 장식하는 것이다.

그런데 이 종은 통일신라·고려 시대 범종과는 완연히 다르다. 종고리가 한 마리에서 두 마리로 바뀌었고, 종유(鐘乳)라는 젖꼭지 표현이 사라졌고, 비천상 대신 보살상이 새겨졌으며 중간에 굵은 띠가 세 줄로 둘러져 있다. 그리고 전에 없이 "옴마니반메훔" 범어가 돋을새김으로 돌려졌다. 어깨 위에 둘린 연판무늬나 아래쪽에 돌려 새긴 구름무늬도 전혀 새로운 것이다. 전체적으로 소박하면서도 단아한 기품을 지니는 가운데 장중한 맛이 있다. 이것은 낙산사 종을 만들고 3개월 뒤에 세조의 능인 광릉을 지키는 봉선사에 주조된 종에서도 그대로 나타나는 형식이다. 이런 변화가 고려종의 조선적인 변형인지 아니면 중국종의 새로운 영향인지는 아직 단정적으로 말하지 못하고 있다.

그런 중 이 종이 금석학과 역사적 사료로서 중요한 가치를 지니는 것은 아랫단에 새겨진 긴 명문(銘文) 때문이다. 이 글은 당대의 명사인 김수온(金守溫, 1410~81)이 짓고, 글씨는 당대의 명필인 정난종(鄭蘭宗, 1433~89)이 썼다는 사실만으로도 주목받을 만한데 종을 만든 조각장(彫刻匠)과 주성장(鑄成匠)이라는 장인들의 계급 관계까지 밝히고 있다. 회화사를 전공한 내 입장에서는 낙산사 종에는 이장손이라는 화원의 이름이 나오고, 봉선사 종에는 이배련이 나온다는 사실에 특히 주목해오고 있는 것이다.

나는 정념스님에게 그때 미처 자세히 물어보지 못한 것을 물었다.

"스님 그때 정말로 범종을 구할 길이 없었나요?"

"예, 없었어요. 오전에 불길이 잡혔다고 소방헬기들이 고성 쪽 산불을 진화한다고 다 떠났는데 오후 되어서 갑자기 불길이 다시 살아나는 게 아닙니까. 소방헬기 지원을 요청했지만 올 시간이 없었어요. 불길이 종루로 옮겨갈 것 같아 소방차가 급히 그쪽으로 달려갔는데 산불이 어찌나 거세던지 소방차가 타버리고 말았지요."

"종이 웬만해서는 녹지 않는 법인데 왜 그렇게 녹았을까요?"

"그게 안타깝습니다. 종루 건물이 무너지면서 범종이 지붕 서까래 밑에 깔려버린 것이었어요. 범종이 굴러 땅바닥에 나뒹굴었으면 녹을 리 없었지요. 서까래가 불에 휩싸이니 종은 마치 불구덩이 속에 있는 거나 마찬가지였지요. 소방차가 가서 이걸 건져내려 했는데 소방차마저 타버렸으니 어쩌겠어요. 발만 동동 굴렀을 뿐이지요."

이리하여 낙산사 범종은 새로 주조하게 되었다. 불교미술, 조각, 금속공예, 보존과학 등 분야별 전문가들로 복원자문단을 구성하고 중요무형문화재 제112호인 주철장 원광식 씨가 맡았다. 2005년 9월부터 본격적인 재현작업에 들어가 13개월의 복원 과정을 거쳐 2006년 10월에 낙산사 새 범종루에 걸고, 화마로 녹은 범종은 현재 의상기념관에 안치되었으며 보물 제479호가 해제되었다.

한편 낙산사 동종을 새로 주조하여 새 종각에 걸게 되었을 때 언론에서는 새 종에 문화재청장의 이름이 새겨 있다고 비판한 보도가 나왔다. 이것은 정말로 억울한 보도였다. 새 종을 주조하게 된 동기를 기록하는 일종의 '공사 실명제'의 전통에 따라 주조 날짜와 책임자 이름을 음각으로 새겨놓은 것이었다. 종의 겉면이 아니라 속이었다. 불에 녹은 종을 새로 만든 불명예를 감내하며 기록으로 남긴 것이었다. 그러나 언론은 이를 마치 성덕대왕신종에 새긴 명문인 양 보도한 것이었다. 정념스님이 나를 위로해 이렇게 말했다.

"새 종에 청장님 이름이 새겨져 있다고 언론에서 떠들 때 참 미안하고 한심스러웠습니다. 종 속에 기록으로 남긴 것을 어떻게 매명(買名)이라고 말할 수 있었을까요."

"거기에 종을 만든 사람, 자문위원, 낙산사 스님 등을 모두 새겨넣었어야 하는데 실무자가 잘못한 것이지요. 문화재위원회에서도 앞으로는 관계자 이름을 다 넣으라고 결정했잖아요. 그나저나 정념스님 이름이 들어가지 않은 것은 개인적으로 다행이라고 생각해요. 이건 새 범종 주조가 아니라 불태워먹고 복제품을 만들었다는 치욕의 당사자 이름을 적은 것이니 원통보전 관세음보살이 도우신 걸로 아십시오."

"나무 관세음보살."

"그나저나 종소리는 좋습디까?"

"예, 정말로 좋아요. 시간이 되시면 저녁 종소리를 한번 들어보고 가시지요. 아주 맑고 장엄합니다."

"다음에나. 밖에 학생들이 갈 시간이 넘었다고 손짓하네요."

꿈이 이루어지는 길

한사코 붙잡는 손길을 뿌리치고 송월요를 나오니 학생들은 벌써 홍련암 해수관음보살상, 공중사리탑까지 둘러보고 선생 나올 때만 기다리고 있었다. 질문하기 좋아하는 학생이 나를 보자마자 원통보전에서 해수관음보살상으로 가는 길목에 '꿈이 이루어지는 길'이라는 표석이 있는데 무슨 내력이 있느냐고 묻는 것이었다. 선생이라고 다 아는 것이 아닌데 이렇게 나오면 참으로 난감하다. 나는 그 정확한 내력은 모르겠고 『삼국유사』에 나오는 조신의 사랑 이야기가 있다는 것을 알려주었다.

옛날 서라벌이 서울이었을 때 세규사(世逵寺)의 장원(莊園)이 명주에 있었는데, 본사에서 중 조신(調信)을 보내서 장원을 맡아 관리하게 했다. 장원에 온 조신은 태수의 딸에게 반하게 되었다. 그는 여러 번 낙산사 관음보살 앞에 가서 그 여인과 살게 해달라고 빌었다. 그러나 몇 해 뒤 그 여인에게는 다른 배필이 생겼다.

조신은 또 불당 앞에 가서 관음보살이 자기의 소원을 들어주지 않는다고 원망하며 날이 저물도록 슬피 울다 지쳐서 잠이 들었다. 그런데 갑자기 그 낭자가 기쁜 낯빛을 하고 문으로 들어와 활짝 웃으며 "저는 일찍부터 스님을 잠깐 뵙고 알게 되어 마음속으로 사랑해서 잠시도 잊지 못했으나 부모의 명령에 못 이겨 억지로 딴 사람에게로 시집갔다가 이제 부부가 되기를 원해서 왔습니다" 하였다. 이에 조신은 매우 기뻐하여 그녀와 함께 고향으로 돌아갔다.

그녀와 40여 년간 같이 살면서 자녀 다섯을 두었다. 그러나 가난하여 10년 동안 사방으로 떠돌며 걸식을 하게 되었다. 큰아들은 굶어 길가에 묻었고 딸아이는 밥을 빌러 다니다 개에 물렸다. 부인이 눈물을 흘리며 헤어지자고 했다. 그리하여 각각 아이 둘씩 데리고 장차 떠나려 하는데 부인이 말하기를 "나는 고향으로 갈 테니 그대는 남쪽으로 가십시오"라고 했다. 이리하여 서로 작별하고 길을 떠나려 하다가 눈을 떠보니 꿈이었다.

타다 남은 등잔불이 깜박거리고 날이 새어 아침이 되었다. 수염과 머리털은 모두 희어졌고 망연히 세상일에 뜻이 없어졌다. 관음보살상을 대하기가 부끄러워지고 잘못을 뉘우치는 마음을 참을 길이 없었다. 그는 꿈에 아이 묻은 곳을 파보니 그것은 바로 돌미륵이었다. 물로 씻어서 근처에 있는 절에 모시고 장원을 맡은 책임을 내놓고 정토사(淨土寺)를 세우고 살았다. 그후에 어디서 세상을 마쳤는지 알 수가 없다.

일연스님은 이 전설을 논평해 이렇게 말했다.

"이 전기(傳記)를 읽고 나서 책을 덮고 지나간 일을 생각해보니, 어찌 조신스님의 꿈만이 그렇겠느냐. 지금 모두가 속세의 즐거운 것만 알아 기뻐하기도 하고 서두르기도 하지만 이것은 다만 깨닫지 못한 때문이니라."

조신의 이 이야기는 춘원 이광수의 소설『꿈』으로 꾸며졌고 한때 영화로도 만들어졌다. 내 이야기를 듣고 나더니 학생은 그러면 "헛꿈 꾸지 말라는 뜻인가요?"라고 해서 우리는 한바탕 웃었다.

병아리 같은 학생들을 데리고 '꿈이 이루어지는 길'을 따라 가는데 새내기 학생이 묻는다. 그 질문은 충격적이었다.

"선생님, 낙산사 화재가 언제 일어났어요? 저 중학교 때인가본데."

벌써 이런 질문이 나올 줄은 꿈에도 몰랐다. 나는 내 식으로 대답했다.

"집에 가서 네이버한테 물어봐라."

낙산사 화재

나야말로 집에 돌아온 뒤 인터넷으로 낙산사 화재를 검색했더니 여러 기사가 떠오르는데 그 내용을 정리하면 다음과 같았다.

2005년 4월 5일 식목일 오후 4시 낙산사에 일어난 대형 산불. 이 불은 전날 밤 23시 53분경 양양군 양양읍 화일리에서 시작되었다. 불길은 초속 30미터의 강풍을 타고 동쪽으로 번져 불과 1시간 30분 만에 3킬로미터나 떨어진 강현면 사교리마을을 덮치기 시작하였고 이내 16개 마을을 삽시간에 휩쓸고 번져갔다.

무섭게 번져가는 화마 속에 가재도구와 소, 돼지 등을 챙기는 마을 사람들로 아수라장이 되었다. 아비규환의 밤이 지나고 아침 6시 날이 밝아오면서 진화작업을 위해 산림청 소방헬기가 투입됐다. 그러나 몸조차 가눌 수 없는 강풍에 진화작업은 어려움을 겪었고 오전 10시쯤 되어서야 18대의 진화헬기의 활약으로 큰 불길은 잡히고 산불은 소강 상태로 들어갔다. 소방헬기는 고성 쪽에서 일어난 다른 산불 현장으로 투입되었다.

그러나 오후 들어 강풍을 타고 또다시 여기저기에서 불길이 솟아올랐다. 오후 3시 30분 낙산사 주변 야산에서 피어오른 불길은 4시쯤 낙산사 정문인 홍예문을 전소시키고 경내로 무서운 기세로 번져갔다. 불길은 순식간에 울창했던 낙산사 뒷산의 소나무숲까지 옮겨 붙었다. 낙산사 스님들은 헬기 투입을 요청했지만 소방헬기는 이미 고성 지역으로 이동했고 남은 헬기들은 연료 공급을 위해 속초공항으로 이동시킨 상태였다.

다급해진 낙산사 스님들과 신도들은 자체적으로 구입한 150대의 소화기로 방화선을 구축해 진화에 나섰지만 엄청난 화염 앞에서는 역부족이었다. 소방차와 소방대원들이 출동해 화재 진압에 나섰지만 솟아오르는 화염 앞에 적극적인 진화작업을 벌일 수 없었고 불길은 원통보전, 홍예문, 요사채 등 목조건물을 차례로 태웠다. 범종이 달린 종각에 불이 붙자 소방차가 급히 달려갔으나 소방차마저 불길에 타버리고 범종은 무너진 종각에 덮여 불구덩 속에서 녹아버렸다. 불은 낙산사를 전소시키고 이튿날 아침이 되어서야 진화되었다.

이 화재로 150헥타르(45만 평)의 야산과 함께 13채의 낙산사 건물이 불타고, 보물 제479호였던 낙산사 동종이 소실되었으며 스님들이 지켜낸 건칠관음보살좌상과 탱화, 의상대와 홍련암만이 화마를 비껴갔다. 4월 7일 정부에선 양양군을 특별재난지역으로 선포하였다.

2011. 2.

하늘 아래 끝동네

설악산 진전사터 / 도의선사 사리탑 / 미천골 계곡 / 선림원터 /
홍각국사 사리탑비

답사의 급수

그 나름의 훈련과 연륜을 필요로 하는 일이라면 거기에는 당연히 급
수가 매겨질 수 있다. 문화유산답사도 마찬가지여서 오래 다녀본 사람과
이제 막 이 방면에 눈뜬 사람이 같을 수 없다.

답사의 초급자는 어디에 가든 무엇 하나 놓치지 않을 성심으로 발걸
음을 바삐 움직이며 골똘히 살피고 알아먹기 힘든 안내문도 참을성을
갖고 꼼꼼히 읽어간다. 그러나 중급의 답사객은 걸음걸이부터 다르다.
문화재뿐만 아니라 주변의 풍경을 둘러보는 여유를 갖는다. 그러면서 그
는 다른 곳에서 보았던 비슷한 유물을 연상해내어 상호 간의 공통점과
차이점을 곧잘 비교해보곤 한다. 말하자면 초급자가 낱낱 유물의 개별
적·절대적 가치를 익히는 과정이라면 중급자는 그것의 상대적 가치를

확인해가는 수준인 것이다.

그러나 고급의 경지에 다다른 답사객은 언뜻 보기에 답사에의 열정과 성심이 식은 듯 돌아다니기보다는 눌러앉기를 좋아하고 많이 보기보다는 오래 보기를 원한다. 지나가는 동넷분과 시답지 않은 객담을 늘어놓고 가겟방을 기웃거리다가 대열에서 곧잘 이탈하곤 한다. 허나 그것은 불성실이나 나태함의 작태가 아니라 그 고장 사람들의 살내음을 맛보기 위한 고급자의 상용 수단인 것을 초급자들은 잘 모른다. 고급자는 문화유산의 개별적·상대적 가치에 대한 이해를 넘어서 그것을 총체적으로 인식하고 싶어하는 단계인 것이다. 하기야 사물에 대한 인간 인식의 수준이 개별적·상대적·총체적 차원으로 발전해가는 것이 어디 답사뿐이겠는가.

답사 코스를 보면 그것 자체에도 급수가 있다. 같은 절집이라도 경주 불국사, 합천 해인사, 순천 송광사 정도라면 당연히 초급반 과정이 될 것이고 남원 실상사, 안동 봉정사, 강진 무위사 등이라면 중급 과정이라 할 만하다.

초급과 중급의 차이는 대중적 지명도와 인기도, 사찰의 규모, 문화재 보유 현황, 교통과 숙박 시설의 편의 등을 고려하여 분류될 수 있겠는데, 결과론적으로 말해서 입장료를 내야 들어갈 수 있는 절은 초급, 입장료 없이 들어가는 절은 중급이다. 돈을 내도 많이 내야 하는 불국사, 화엄사 등은 생초보 코스이고, 적게 내고 들어갈 수 있는 부안 내소사, 영천 은해사 같은 절은 비교적 중급에 가깝다. 그러면 고급 과정은 어떤 곳일까? 그것은 절도 중도 없는 폐사지다. 심심산골에 파묻혀 비포장도로 흙먼지를 뒤집어쓰고 달리다가 차에서 내려 다시 10릿길, 5릿길을 걸어서야 당도하는 폐사지. 황량한 절터에는 집채란 오간 데 없고 절집 마당에 비스듬히 박힌 주춧돌들이 쑥대 속에 곤히 잠들어 있고, 덩그러니 석탑 하나가 서 있어 그 옛날의 연륜을 말해주는 폐사지의 고즈넉한 정취는 답사객이 느낄 수 있는 최고의 행복감을 전해준다.

지리산 피아골의 연곡사터, 산청의 단속사터, 여주 혜목산의 고달사터, 경주 암곡의 무장사터, 보령 성주산의 성주사터, 강릉 사굴산의 굴산사터…… 어느 폐사지인들 답사객이 마다하리요마는 그중에서도 나에게 답사가 왜 중요한가를 가르쳐준, 꿈에도 못 잊을 폐사지는 설악산 동해와 마주한 산비탈에 자리잡은 진전사터와 하늘 아래 끝동네에 있는 선림원터다. 지금 우리는 거기를 찾아가고 있는 것이다.

동해를 비껴보고 있는 까만 석탑

양양군 강현면 둔전리의 속칭 탑골. 양양 낙산사에서 북쪽으로 8킬로미터쯤 올라가다가 속초비행장으로 꺾어들어가는 강현면사무소 소재지에서 설악산을 바라보고 계곡을 따라, 계곡을 건너 20릿길을 오르면 둔전리마을이 나온다. 진전사(陳田寺)가 있었다고 해서 진전리였던 것이 음이 변해 둔전리(屯田里)가 된 것이다.

마을에서 10분쯤 더 산길을 오르면 산등성을 널쩍하게 깎아 만든 제법 평평한 밭이 보이는데, 그 밭 한가운데 가무잡잡하고 아담하게 생긴 삼층석탑이 결코 외롭지 않게 오뚝하니 솟아 있다. 산길은 설악산 어드메로 길길이 뻗어올라 석탑이 기대고 있는 등의 두께는 헤아릴 길 없이 두껍고 든든하다. 석탑 앞에 서서 올라온 길을 내려다보면 계곡은 가파르게 흘러내리고 산자락 아랫도리가 끝나는 자리에서는 맑고 맑은 동해바다가 위로 치솟아 저 높은 곳에서 수평선을 그으며 밝은 빛을 반사하고 있다. 모든 수평선은 보는 사람보다 위쪽에 위치하고, 모든 수평선은 빛을 반사한다는 원칙이 여기서도 적용된다. 까만 석탑은 거기에 세워진

지 천 년이 넘도록 그 동해바다를 비껴보고 있는 것이다.

진전사가 정확하게 언제 세워졌는지 현재로서는 확인할 자료가 없다. 그러나 도의(道義)선사가 서라벌을 떠나 진전사의 장로가 되었던 때를 그 시점으로 잡는다면 821년에서 멀지 않은 어느 때가 된다. 진전사의 삼층석탑은 양식상으로 보더라도 9세기 초 하대신라의 전형을 보여주고 있으니 이 점을 의심하는 미술사가는 아무도 없다. 진전사의 삼층석탑(국보 제122호)은 아주 아담하게 잘생겼다. 귀엽다, 예쁘다고 표현하기에는 단정한 맛이 강하고, 야무지다고 표현하면 부드러운 인상을 담아내지 못한다.

진전사의 삼층석탑에는 앞 시대에 볼 수 없던 돋을새김 장식이 들어 있다. 기단 아래쪽 천의(天衣)자락을 흩날리는 화불(化佛)이 사방으로 각각 두 분씩 모두 여덟 분, 기단 위쪽에는 팔부중상 여덟 분이 사방으로 각각 두 분씩, 그리고 일층탑신(塔身)에 사방불(四方佛) 네 분이 각 면마다 한 분씩 돋을새김되어 있다. 조각 솜씨는 통일신라시대의 문화역량을 조금도 의심치 못하게 하는 정교성과 기품을 유지하고 있다. 그렇다고 그 조각이 화려한 느낌을 주거나 로코코적인 장식 취미로 빠진 것도 아니다. 오히려 그 아담한 분위기에 친근감과 친절성을 더해주는 조형 효과를 낳고 있다.

기왕 따져본 김에 진전사 석탑을 불국사의 석가탑과 비교해보면 8세기 중엽 중대신라의 문화와 9세기 하대신라의 문화가 어떻게 다르고, 어떤 공통점이 있는가를 밝히는 단서도 찾을 수 있게 된다.

진전사탑은 석가탑의 전통을 기초로 하여 세워진 것이다. 기단이 상

| **진전사터 삼층석탑** | 하대신라 지방에 세워진 선종 사찰에 공통적으로 보이는 전형적인 9세기 석탑으로, 특히 기단의 팔부중상과 일층몸돌의 사면석불을 돋을새김하여 아담한 가운데 장식성이 돋보인다.

하 2단으로 되어 튼튼한 안정감을 주는 것, 삼층의 몸체가 상큼한 상승감을 자아내는데 그 체감률을 보면 높이는 일층이 훤칠하게 높고 이층과 삼층은 같은 크기로 낮게 설정했지만 폭은 4:3:2의 비율로 좁아지고 있는 점, 지붕돌[屋蓋石]의 서까래가 5단의 계단으로 되어 있는 점, 몸돌과 지붕돌을 각각 한 장의 돌로 만들어 이었는데 몸돌 네 귀퉁이에 기둥이 새겨져 있는 점 모두가 석가탑의 전통을 그대로 이어받은 것이다.

그러나 석가탑은 높이가 8.2미터인데 진전사탑은 5미터로 현격히 축소되어 있다. 바로 이 점 때문에 석가탑의 장중한 맛이 진전사탑에서는 아담한 맛으로 전환되었다. 지붕돌의 기왓골이 석가탑은 거의 직선인데 진전사탑은 슬쩍 반전하는 맵시를 보이고 있는 것도 이런 미감의 차이를 낳았다. 석가탑에는 일체의 장식무늬가 없으므로 엄정성이 강한데 진전사탑에는 아름다운 돋을새김이 친근감을 더해준다. 이것이 두 탑의 차이다.

그리고 그보다 더 중요한 차이는 불국사는 통일신라의 수도인 서라벌에 있고, 진전사는 변방의 오지에 있다는 사실이다. 불국사의 가람배치는 다보탑과 함께 쌍탑인데 진전사는 단탑가람이다. 결론적으로 말해서 불국사가 중대신라 중앙 귀족의 권위를 상징한다면, 진전사는 지방 호족의 새로운 문화능력을 과시한 것이다. 중앙 귀족이 권위를 필요로 했다면 지방 호족은 능력과 친절성을 앞세울 필요가 있었던 것이다. 이 점은 보통 차이가 아닌 것이다.

도의선사가 북쪽으로 간 이유

교과서적 역사 지식만 갖고 있는 분이라면 도의선사가 누구인지 제대로 알 리가 만무하다. 도의선사가 우리나라 역사 속에서 사상적 일대 전환을 일으킨 장본인이었음에도 불구하고 국정교과서에는 도의선사의 진전사에 대해 일언반구의 언급이 없다.

1988년도 '역사교육을 위한 교사모임'의 자체 연수 때 나는 이 점을 강조한 적이 있었다. 이후 많은 역사 교사들이 문화사 수업을 어떻게 해야 하는지 비결을 알았다고 내게 실토하며 기뻐했다. 기쁜 것은 오히려 나였으며, 기실 나 자신도 진전사에 가보고서야 미술사를 어떻게 공부해야 할지를 가늠해볼 수 있었던 것이다.

도의선사의 일대기가 별도로 전해지고 있는 것은 없다. 그러나 『조당집(祖堂集)』과 문경 봉암사에 있는 지증대사 비문, 장흥 보림사에 있는 보조선사 비문을 종합해보면 어느 정도 그의 삶과 사상이 복원된다.

도의의 성은 왕(王)씨이고 호는 원적(元寂)이며 북한군(北漢郡) 출신이다. 선덕왕 5년(784)에 당나라에 건너가 강서(江西) 홍주(洪州)의 개원사(開元寺)에서 서당지장(西堂智藏, 739~814)에게 불법을 이어받고 도의라고 개명하여 헌덕왕 13년(821)에 귀국하였다. 무려 37년간의 유학이었다.

도의가 당나라에서 익힌 불법은 선종(禪宗) 중에서도 남종(南宗)선의 골수였다. 달마대사에서 시작된 선종이 6조에 와서 남북종으로 나누어져 남종선은 조계혜능(曹溪慧能, 638~713)부터 다시 시작됨은 내남이 모두 알고 있는 바 그대로다. 달마대사가 "편안한 마음으로 벽을 바라보면서(安心觀壁)" 깨달음을 구했던 것이 혜능에 와서는 "문자에 입각하지 않으며, 경전의 가르침 외에 따로 전하는 것이 있으니, 사람의 마음을 직접 가리켜, 본연의 품성을 보고, 부처가 된다(不立文字 教外別傳 直指人心 見性成佛)"고 호언장담을 하기에 이르렀던 것이다.

6대조 혜능의 뒤를 이어 8대조인 마조도일(馬祖道一, 709~88)에 이르면 여기서 더 나아가 "타고난 마음이 곧 부처(自心卽佛)"임을 외치게 되는데, 이 외침은 곧 마조선사가 있던 지명을 딴 홍주종(洪州宗)의 진면목이라 할 만한 것이었다. 마조의 뒤를 이은 9대조가 서당지장인바, 도의선사는 바로 그 서당의 홍주종을 익히고 고국으로 돌아온 것이었다.

서라벌에 돌아온 도의선사는 스스로 익힌 홍주종의 외침을 부르짖고 돌아다녔다. 경전 해석이나 일삼고 염불을 외우는 일보다 본연의 마음을 아는 것이 중요하다고 강조한 것이다. 이것은 당시로서는 엄청난 변혁사상이며, 인간의 평등과 인간성의 고양을 부르짖는 진보적 세계관의 표현이었다. 당시 통일신라의 왕권 불교는 왕즉불(王卽佛)의 엄격한 체계로 이루어져 있었다. 왕은 곧 부처요, 귀족은 보살이고, 대중은 중생이니 부처님 세계의 논리와 위계질서는 곧 사회구성체의 지배와 피지배 논리와 절묘하게 일치하는 것이었다.

그런 판에 도의가 서라벌에 와서 그 논리와 질서를 송두리째 흔들어놓은 것이다. 서라벌의 승려와 귀족 들은 도의선사의 외침을 '마귀의 소리'라고 배격했다. 따지고 보면 도의선사의 주장은 해괴한 마귀의 소리라기보다는 위험한 사상, 불온한 사상이었다. 만약 통일신라에 국가보안법이나 불교보안법이 있었다면 도의는 영락없이 구속·처형감이었다. 그런 위험이 도의에게 닥쳤는지도 모른다. 그래서 도의는 서라벌을 떠나 멀고 먼 곳으로 가서 은신할 뜻을 세웠으며, 그가 당도한 곳이 설악산의 진전사였다. 보림사의 보조선사 비문에 의하면 "아직 때가 이르지 못함을 알고 산림에 은둔"한 것이라고 한다.

'동해의 동쪽'에서 '북산의 북쪽'으로

도의선사가 북쪽으로 간 이유는 달마대사가 양나라 무제의 군대를 피해 갈댓잎을 꺾어 타고 양쯔강 건너 소림사로 간 이유와 같다는 비유도 있다. 그 사정을 최치원은 지증대사 비문을 쓰면서 다음과 같은 현란한 비유법으로 설명하고 있다.

　도의스님이 서방(중국)으로 건너가 서당지장으로부터 '심인(心印, 즉 自心卽佛)'을 익혀 처음으로 선법(禪法)을 말하면서 원숭이처럼 조급한 마음에 사로잡혀 북쪽으로 치닫는 (교종의) 단점을 감싸주었지만, 메추라기가 제 날개를 자랑하며 붕(鵬)새가 남쪽바다로 떠나는 높은 뜻을 비난하듯 하였다. 그들은 인습적인 염불에 흠뻑 젖어 있어서 도의스님의 말을 마귀의 말(魔語)이라고 비웃었다.
　이에 스님은 진리의 빛을 행랑채 아래에 거두고 자취를 항아리 속에 감추며, 동해의 동쪽(중국에서 본 동해의 동쪽, 즉 서라벌)에 대한 미련을 버리고 북산(설악산)의 북쪽에 은둔하였다. (…) 그러나 겨울 산봉우리에 빼어나고 정림(定林)에서도 꽃다우매 그 덕을 사모하여 모여드는 사람이 산에 가득하고, 매로 변화하듯 뛰어난 인물이 되어 깊은 골짜기로부터 나오게 되었다.

　이리하여 도의선사의 사상은 그의 제자 염거화상(廉居和尙, ?~844)에게 전해지고 설악산 억성사(億聖寺)에 계시던 염거화상의 가르침은 보조체징(普照體澄, 804~80)에게 전해졌다. 그리고 보조선사는 장흥 가지산(迦智山)에 보림사(寶林寺)를 세우고 여기에서 그 법을 전하니 이것이 곧 하대신라 구산선문(九山禪門) 중 가장 앞에 나오는 가지산파의 개창 내력이 된다. 그래서 보조선사 비문에는 다음과 같은 구절이 있다.

　이 때문에 달마가 중국의 1조가 되고 우리나라에서는 도의선사가 1조, 염거화상이 2조, 우리 스님(보조선사)이 3조다.

도의가 '아직 때가 되지 못해 감추었다는 빛'은 그의 손자제자 되는 시기에 와서 비로소 빛을 발하기 시작했던 것이다.

이와 같이 도의의 가르침을 받아들인 것은 서라벌의 귀족이 아니었다. 그것은 지방에서 나름대로 경제적·군사적 부를 키워온 호족들이었다. 호족의 입장에서 보면 도의가 주장한 '자심즉불(自心卽佛)'과 '일문일가(一門一家)'는 하나의 구원의 사상인 셈이었다. 왕즉불의 논리가 지배하는 한 호족들의 위치는 지배층으로 비집고 들어갈 틈이 없었다. 그러나 체제와 질서가 중요한 것이 아니라 깨침의 능력이 중요하고 스스로 일가를 이룰 수 있다는 사상은 곧 호족도 왕이 될 수 있다는 생각으로 비약하게 된다. 이에 호족들은 다투어 지방에 선종 사찰을 세우게 된다. 선종의 구산선문은 한결같이 오지 중의 오지로 들어가 보령의 성주사, 강릉의 굴산사 등은 오늘날에도 폐사지로 남고 영월 법흥사·남원 실상사·곡성 태안사·문경 봉암사·장흥 보림사처럼 답사객을 열광케 하는 심산의 명찰로 남아 있게 되었다.

그리고 역사의 진행은 이내 호족 중 한 사람인 왕건의 승리, 불교의 이데올로기는 선종의 우위라는 확고한 전통을 세우게 되었던 것이다. 그모든 진행의 출발이 곧 여기 진전사에서 비롯되었으니 어찌 우리가 도의와 진전사를 모르고 역사를 말할 수 있겠는가. 진전사 폐사지에 서면나는 항시 변혁의 계절을 살던 한 선각자의 외로움과 의로움을 함께 새겨보게 된다(현재 조계종 종헌에서는 도의선사를 종조로 모시고 있다).

부도, 사리탑, 승탑의 용어 혼란

진전사터에서 산등성을 조금 더 올라가면 보물 제439호로 지정된 '진전사터 부도'라고 불리는 승탑(僧塔)이 있다. 진전사를 발굴한 정영호 교수는 이 승탑은 곧 도의선사의 사리탑이라고 단정적으로 말하고 있으며 그것은 미술사학계에서도 공인된 학설이다.

그런데 교과서적 역사 지식을 갖고 있는 사람들은 승탑의 정확한 역사적 의미를 모르고 있다. 승탑은 고승의 시신을 화장한 사리를 모신 건조물로 한동안 '부도(浮屠)'라고 불러 많은 문화재 명칭에 부도라는 이름이 붙어 있다. 이는 명확히 말해서 고승의 사리탑(舍利塔), 또는 승탑이라고 해야 맞고, 요즘은 문화재청에서도 박물관에서도 역사교과서에서도 승탑이라고 표기하고 있다.

승탑을 부도라고 불러온 것은 일제강점기에 문화재를 지정·조사하면서 일본 학자와 관리들이 고승들의 사리탑이라는 이 낯선 승탑을 그냥 부도라고 표기한 것을 마치 불교미술의 특수한 용어처럼 사용해온 바람에 용어상의 혼란이 일어난 것이다. 부도란 부처(Buddha)를 한자로 표기한 보통명사이다.

탑의 본질은 사리탑이다. 부처의 사리를 모신 것은 불탑, 줄여서 탑이라 하고, 스님의 사리를 모신 것은 승탑이다. 승탑은 스님의 이름 뒤에 탑을 붙여 부르는 것이 보통이며 별도로 승탑 자체에 이름을 부여한 경우도 많다. 보통명사로 쓰일 때는 승탑이라 하고, 스님의 이름을 알 경우에는 아무개 스님의 사리탑이라고 하며, '보조국사 창성탑' '지광국사 현묘탑'처럼 고유한 이름을 갖고 있는 승탑도 있다.

위대한 조형물 승탑의 탄생

승탑의 탄생, 그것 또한 위대한 탄생이었다. 도의선사 이전에도 승탑이 있었다는 주장이 있으나 확실한 것도 아니고 설령 있었다 하더라도 그것의 문화사적 내지 사상사적 의미는 다른 것이다.

| **진전사터 승탑** | 하대신라 선종의 시대, 승탑의 시대를 말해주는 팔각당 형식
승탑의 시원 양식으로 도의선사 사리탑으로 추정된다.

　신라시대의 저 유명한 고승들, 원효·의상·진표·자장 등 어느 스님도
사리탑이 남아 있지 않다. 화엄세계의 거대한 논리와 질서 속에서 고승
의 죽음이란 그저 죽음일 따름이었다. 그러나 도의선사에 이르면 대선사
(大禪師)의 죽음은 이제 다르게 생각되었다. "본연의 마음이 곧 부처"이
고 그것을 깨달은 사람은 곧 부처와 동격이 된다. 일문일가라고 했으니
그 독립성의 의미는 더욱 강조된다. 일문(一門)을 이끌어온 대선사의 죽
음은 석가모니의 죽음 못지않은 것이다. 석가모니의 시신을 다비한 사리

를 모시는 것이 곧 탑인바, 이제 성불(成佛)했다고 믿어지는 대선사의 사리도 그만한 예우로 봉안해야만 한다. 또 그렇게 하는 것이 그 절의 권위와 전통을 위해서도 필요한 것이었으리라. 불탑에 이어 승탑이 등장한 것이다.

그리하여 우리나라 구산선문의 제일문인 가지산파의 제1조 도의선사의 사리탑이 진전사 뒤쪽 산등성에 모셔진 것이었다. 이제 전에 없던 새로운 창조물을 진전사에서 처음 시도하게 되었던 것이다. 새로운 창조물의 형태는 다른 나라에서 빌려오든지 아니면 그 논리에 따라 창출하든지, 둘 중 하나이거나 두 방법을 다 동원하지 않으면 안 된다. 이 모방과 창조 두 가지가 도의선사 사리탑에 나타나고 있다.

당나라 초당사(草堂寺)에는 유명한 불경 번역승인 구마라습(鳩摩羅什)의 사리탑이 존재한다. 이 사리탑의 구조는 팔각당을 기본으로 한 것이다. 도의선사의 사리탑은 바로 이와 비슷한 팔각당을 기본으로 하고 그 받침대는 석탑의 기단부를 그대로 원용하였다. 그리하여 이성기단(二成基壇)에 팔각당이라는 형태를 취하게 된 것이다. 불탑이나 승탑이나 모두 사리를 장치한 것이니 그 논리가 맞는다.

도의선사 사리탑 이후, 가지산문의 2조인 염거화상의 사리탑에서는 상하로 구성된 연꽃받침대에 팔각당을 얹은 모습으로 바뀌게 되며 이 염거화상 사리탑은 이후 하대신라에서 고려 초에 이르는 모든 승탑의 범본이 된다. 연꽃받침대의 구조가 마치 장고의 몸체를 연상케 한다고 해서 이를 고복형(鼓腹形) 대좌라고 부르기도 한다.

그러면 왜 이성기단에서 고복형의 연꽃좌대로 바뀌었을까? 이는 중국과 일본에서는 보이지 않는 형식임을 생각하면 하대신라인들의 창안인 것이다. 그들에겐 이런 독창적인 문화능력이 있었다. 논리적으로 따진다면 성불한 자의 대좌는 연꽃이고, 축소해 말해도 극락환생은 연꽃으

| **염거화상 사리탑** | 도의스님의 제자인 염거화상의 사리탑으로 여기에서 9세기 승탑은 연화받침대 위의 팔각당이라는 전형이 창조되었다. 일제 때 도굴꾼이 훔쳐간 것을 압수하여 한동안 경복궁 뜰에 놓았다가 지금은 국립중앙박물관에 보존되어 있다.

로 다시 피어나는 모습이니 적절하다. 조형의 원리로 말한다면 도의선사 사리탑처럼 이성기단에 팔각당을 얹는 것은 아래쪽이 너무 넓어서 비례가 맞지 않는다. 그 어떤 이유였든 결론은 염거화상 사리탑 형식으로 되었다. 염거화상이 입적한 것이 844년이니 이때에 하대신라 승탑 형식이 완성된 것이다.

염거화상의 사리탑은 지금 국립중앙박물관 뜰에 모셔져 있다. 일제강점기에 일본인들이 이것을 반출하려다 실패하여 1914년 무렵 탑골공원에 설치했다가 해방 후 경복궁으로 옮겨놓았고 지금은 국립중앙박물관 옥외전시장에 있는 것이다. 전하기로는 원주 흥법사터에서 훔쳐온 것이라고 하여 미술사가들은 염거화상 사리탑의 원위치를 찾으려고 이 일대를 샅샅이 조사했으나 아무런 근거를 찾지 못하여 아직도 미궁 속에 빠져 있다.

염거화상의 제자인 보조선사의 사리탑에 이르면 우리는 9세기 하대 신라의 불교미술에서 승탑이 지닌 위치를 확연히 확인하게 된다. 각 지방에 세워지기 시작한 선종 사찰에서 절마당의 석탑은 경주의 삼층석탑을 축소하여 세우는 일종의 매너리즘에 빠졌지만 새로운 양식인 개산조(開山祖)의 사리탑에서는 온갖 정성을 다하였다.

남원 실상사의 증각국사와 수철화상, 곡성 태안사의 적인선사, 문경 봉암사의 지증대사, 화순 쌍봉사의 철감국사, 그리고 누구의 사리탑인지 알 수 없는 연곡사의 승탑들…… 9세기는 승탑의 세기였으며, 호족의 세기였고, 선종의 세기였다. 진전사의 삼층석탑과 도의선사 사리탑은 이처럼 변혁기의 한 상징적 유물로 지금도 그렇게 남아 있는 것이다.

진전사에서 내려가는 길

진전사에 왔으면 진전사의 역사를 훑어보는 것도 답사의 한 과정이겠지만 우리에겐 그런 자료도, 시간도 없다. 그러나 반드시, 꼭 반드시 기억하고 넘어가야 할 한 가지 사항이 있다. 그것은 『삼국유사』의 저자 일연(一然)스님이 바로 이곳 진전사에서 14세 때 머리를 깎고 수도했다는 사실이다.

이후 진전사에 어떤 스님이 계셨으며, 언제 폐사가 됐는지는 알 수 없다. 1530년에 간행된『신증동국여지승람』에도 절이 있다는 언급이 없으니 조선왕조 폐불 정책 속에 쓰러진 모양이다. 이 동네에 구전하는 바로는 진전사터 위쪽에 있는 큰 연못의 가장 깊은 곳을 여귀소(女鬼沼)라고 하는데, 절이 폐사될 때 스님들은 이 못에 범종과 불상을 던져 수장하고는 떠나버렸다는 슬픈 전설이 남아 있을 뿐이다.

이제 우리는 진전사에서 내려가야 할 시간이 되었다. 진전사에서 양양으로 내려가는 길은 올라올 때보다 아름답다. 멀리 동해바다의 반사하는 수평선이 아른거리고 길 아래쪽 깊은 곳으로 흘러내리는 계곡의 물소리가 청량하다. 아직도 농사짓는 것을 천직으로 알고 여기 머물러 살고 있는 사람들의 살내음은 차라리 신선하다. 석교마을 입구까지 버스가 들어오는데, 공용버스 정류장에는 늠름하면서도 그렇게 멋있을 수 없는 노송이 있고 그 그늘바위에는 장기판이 새겨져 있어 항시 촌로들의 휴식처가 되고 있다. 그것은 진전사의 내력 못지않은 우리네 삶의 옛 형식인 것이다.

선림원터로 가는 길

진전사터를 떠난 우리의 일정은 또 다른 선종 사찰 폐사지 선림원터로 향한다. 선림원터는 행정구역상 양양군 서면 황이리에 있지만 실제는 양양군·인제군·홍천군·강릉시와 경계선을 맞대고 있는 곳으로 설악산과 오대산 사이의 움푹 꺼진 곳인데, 이 동네 사람들은 스스로 '하늘 아래 끝동네'라고 말하고 있다. 지금은 새 길이 뚫려 더 이상 하늘 아래 끝동네가 아니지만 얼마 전까지만 해도 그 처연한 이름에 걸맞은 캄캄한 골짜기였다.

중앙지도사에서 발행한『한국도로지도』를 펴놓고 설명하자면 태백산

| 선림원터 가는 길 | 56번 국도를 따라 미천계곡 선림원터로 가는 길은 하늘 아래 끝동네로 가는 길고 긴 여정이다.

맥 등줄기를 타고 높은 등고선만으로 가득 메워져 있는 지도상의 빈터가 나온다. 그 한가운데 계곡을 따라 구절양장으로 뻗은 56번 국도가 보인다. 이 길 남쪽은 영동고속도로에서 대관령 못 미쳐 속사리재에서 꺾어들어 이승복반공기념관 쪽으로 가는 길과 연결되고, 북쪽은 설악산 한계령 너머 오색약수 지나서 양양 가까이 있는 논화라는 마을에서 만난다. 어느 쪽을 택하든 산은 험하고 계곡은 맑아 수려한데, 인적 드문 산촌 마을엔 스산한 정적이 감돈다. 비포장도로 흙먼지 날리는 길은 멀고 멀기만 하며, 가파른 비탈을 넘어가는 버스는 엔진 소리마저 가쁜 숨을 몰아치는데 거기엔 묵어갈 여관도 없다.

56번 국도상의 마을들은 육중한 산세에 뒤덮여 있어 해는 늦게 떠서 일찍 져버리고 낮이라 해야 몇 시간 되지도 않는다. 화전밭에 갈아먹을

| **선림원터** | 설악산과 오대산 사이 미천계곡 깊숙한 곳에 삼층석탑 하나가 그 옛날을 증언하듯 오롯이 서 있다.

것이라고는 감자와 옥수수뿐이다. 문명의 혜택이 가장 적게, 그리고 가장 늦게 미치는 곳이다. 마을 이름도 아랫황이리·연내골·빈지골·왕승골·명개리…… 짙은 향토적 서정이 배어 있다. 이 고장 사람들은 서로가 하늘 아래 끝동네에 산다고 말한다.

'하늘 아래 끝동네', 그것은 반역의 자랑이다. 지리산 뱀사골 달궁마을 너머 해발 900미터 되는 곳에 있는 심원마을 사람들이 '하늘 아래 첫동네'라며 역설의 자랑을 펴는 것보다 훨씬 정직하고 숙명적이며 비장감과 허망이 감돈다.

그 하늘 아래 끝동네에서 끝번지 되는 곳에 선림원터가 있는 것이다. 56번 국도상의 황이리에서 하차하여 동쪽을 바라보고 응복산(1,360미터) 만월봉(1,281미터)에서 내려오는 미천(米川)계곡을 따라 40여 분 걸어가면 선림원터가 나온다. 군사도로로 잘 다듬어진 길인지라 하늘 아래 끝

| 선림원터 석등 | 폐사지 위쪽. 아마도 조사당 건물 앞마당에 세워진 듯한 이 석등은 비록 지붕돌 귀꽃이 깨졌지만 고풍스러운 멋은 잃지 않았다.

동네에 온 기분이 덜하지만, 길가엔 향신제로 이름난 산초나무가 유난히 많고 산비탈 외딴집에는 토종꿀 재배통이 늘어서 있어 오염되지 않은 자연의 비경(秘境)에 취해 결코 가깝지 않은 이 길을 피곤한 줄 모르고 행복하게 걷게 한다. 미천계곡은 맑다 못해 투명하며 늦가을 단풍이 계곡 아래까지 절정을 이룰 때면 그 환상의 빛깔을 남김없이 받아내곤 한다.

선림원터는 미천계곡이 맴돌아가는 한쪽 편에 산비탈을 바짝 등에 지고 자리잡고 있다. 그 터가 절집이 들어서기엔 너무 좁다는 생각이 드는데 이곳 하늘 아래 끝동네에는 그보다 넓은 평지를 찾아볼 길도 없다. 그렇다면 선림원은 그 이름이 풍기듯 중생들의 기도처가 아니라 스님들의 수도처였던 모양이며, 바로 그 지리적 조건 때문에 어느 날 산사태로 통째로 흙에 묻혀버린 슬픈 역사를 간직하게 된 것이다.

지금 남아 있는 자료를 종합해보면 선림원은 애장왕 5년(804) 순응(順

應)법사가 창건한 절이다. 순응은 당나라 유학승 출신으로 가야산에서 초당을 짓고 수도하던 중 애장왕 왕비의 등창을 고쳐주어 왕의 하사금으로 해인사를 세운 스님이다. 해인사를 802년에 세운 순응이 2년 후에 선림원을 세우고 다시 수도처로 삼은 것이다.

불에 탄 선림원터 범종

그때 세운 삼층석탑(보물 제444호)이 최근에 동국대 발굴팀에 의해 복원되었는데, 그 구조와 생김새는 진전사탑과 거의 비슷하다. 다만 선림원탑이 훨씬 힘찬 기상을 보여준다. 순응은 선림원을 세울 때 범종 하나를 주조하였다. 그 종은 선림원이 무너질 때 땅에 묻혀버렸는데 1948년 10월, 해방 공간의 어수선한 정국에 발굴되었다. 정원(貞元) 20년(804) 순응법사가 절을 지으면서 만들었다는 조성 내력과 절대연대가 새겨져 있는 이 종은 상원사 범종·에밀레종과 함께 통일신라 범종을 대표하는 기념비적 유물이었다.

발굴된 선림원의 범종은 돌볼 이 없는 이곳에 방치할 수 없어 오대산 월정사로 옮겨놓았다. 그리고 2년이 채 못 되어 한국전쟁이 터졌다. 오대산은 치열한 전투지로 변하였고 인민군에 밀리던 국군이 월정사에 주둔하게 되었다. 그러나 동부 전선이 불리하여 낙동강까지 후퇴하기에 이르자 국군은 퇴각하면서 인민군이 주둔할 가능성이 있는 양양 낙산사와 이곳 월정사에 불을 질렀다. 그때 낙산사와 월정사는 석탑들만 남긴 채 폐허가 되었고 선림원의 범종은 불에 타 녹아버린 것이다.

나는 이것이 적군도 아닌 아군의 손에 불탔다는 사실에 놀라움과 배

| **선림원터 삼층석탑** | 구조와 크기는 진전사터 삼층석탑과 비슷하지만 그보다 어딘지 중후한 멋을 풍긴다.

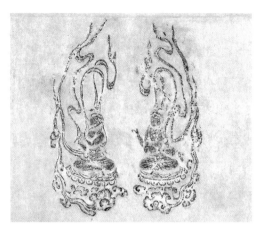

| **선림원터 범종 비천상 탁본** | 통일신라 범종의 중요한 특징 중 하나가 비천상이 새겨 있
다는 점인데, 불에 탄 선림원터 동종의 비천상은 아주 조순한 모습이었다.

신감 같은 것이 일어났다. 국군이 월정사 위쪽 상원사까지 불을 지르러
올라갔을 때 방한암 스님은 법당 안에 들어앉아 불을 지르려면 나까지
태우라 호령했고 이 호령에 눌려 군인들은 형식적으로 문짝만 뜯어 절
마당에서 불태우고 내려가게 되어 상원사 범종(국보 제36호)과 세조가 발
원한 목조문수동자상(국보 제221호)은 구사일생으로 살아났다. 리영희 선
생은 자서전인 『역정』(창비 1988)에서 국군이 설악산 신흥사 경판을 소각
한 것을 말하면서 군인들은 전쟁의 목적이 무엇인지에 대해서는 아무런
의식이 없었다고 한탄했다. 이것도 운명이라고 해야 할 것인가. 차라리
발견되지 않고 땅속에 묻혀 있었더라면 이 시대에 얼마나 큰 대접을 받
았을까.

　순응법사 이후 선림원에 주석한 스님은 홍각(弘覺)선사였다. 홍각
선사는 구산선문 중 봉림사문(鳳林寺門)으로 말년에 선림원에 머물다

| **홍각선사 사리탑비** | 비석은 산산조각이 나고 돌거북이와 용머리만 남아 있는데, 거북이의 힘찬 기상과 정성을 다한 조각 솜씨에서 9세기 지방 문화의 활기를 느낄 수 있다.

886년에 입적한 스님이었다. 홍각선사의 사리탑과 탑비는 당대의 명작이었다. 특히 탑비는 왕희지 글씨를 집자해 만들어 금석학의 귀중한 유물로 되었고 돌거북받침과 용머리지붕돌은 하대신라의 문화능력을 유감없이 보여주는 것이었다. 또 잘생긴 석등과 조사당을 지어 그 공덕을 기리어왔는데, 그 모든 것이 어느 날 산사태로 무너져버리고 말았다.

이렇게 무너져버린 것만도 안타까운데 그 폐허의 잔편들마저 또 상처를 받았다. 홍각선사의 사리탑은 어이 된 일인지 기단만 남고 팔각당은 오간 데 없으며, 탑비의 돌거북받침대와 용머리지붕돌은 완연하건만 비는 박살이 나서 150여 자 잔편만 수습되었다. 석등은 지붕돌 귀꽃이 반은 깨져버린 상처를 입었고 조사당터엔 주춧돌만이 그 옛날을 말해주고 있다.

하늘 아래 끝동네 선림원터의 상처와 망실은 그 뒤에도 일어났다.

1965년 3월, 양양교육청에서 당시 문화재관리국이 소속되어 있던 문교부에 급한 전갈을 보냈다. 지금 설악산 신흥사에 있다는 스님 두 명이 인부를 데리고 와서 선림원터 유물들을 모두 옮기고 있고, 진전사탑도 반출작업 중이라는 것이었다. 문교부는 정영호 교수를 급파하였다. 정교수가 실상을 낱낱이 보고하자 문교부는 모든 유물을 원위치에 복귀시키고 이 유물들을 일괄하여 급히 보물로 지정, 보존하는 조치를 취하게 되었다. 하필이면 이것을 반출하려던 무리가 스님이었단 말인가?

하늘 아래 끝동네 폐허엔 절도 스님도 상처받은 유물을 지키는 이도 없다. 선림원터 빈터 곁에는 오직 낡은 너와집에서 토종벌을 키우고 약초를 캐며 살아가는 늙은 부부가 오늘도 그렇게 생을 살아가고 있을 뿐이다.

최재현 교수에 대한 추억

나는 문화유산답사를 인솔할 때면 으레 주위의 친구 중 한두 명을 초대하곤 했다. 1989년 여름, 내가 세번째로 이 하늘 아래 끝동네 선림원터를 답사할 때는 1991년에 타계한 내 친구 최재현(崔載賢) 교수(서강대 사회학)가 동참했다. 그는 정말로 어린애처럼 미천계곡을 넘나들며 좋아했다. 당시로는 아직 우리 사회가 크게 인식하지 못하던 환경문제를 심각한 사회적 이슈로 여기며 환경재단의 최열과 함께 공해 추방을 위해 애쓰던 그가 공해 없는 세계의 이상향을 바로 여기 하늘 아래 끝동네에 와서 느끼고 있었던 것이다. 최열이는 항시 최재현이 같은 이론가가 있어 나 같은 사람의 실천이 가능하다고 말해왔다.

안식년을 맞아 독일에서 연구하고 있던 최재현 교수는 뜻밖에도 간암에 폐암이 겹치는 불치의 상태로 돌아와 서울 백병원에 몸져누웠다.

1991년 10월, 얼마 후 세상을 떠날 자신의 운명을 알고 있던 최교수는 남은 시간 동안 그곳 하늘 아래 끝동네에나 가서 살고 싶다고 부인에게 하소연했다. 그러나 그는 내가 이곳에 안내할 시간도 주지 않고 세상을 떠났다.

최재현 교수가 선림원터를 나와 함께 거닐면서 나처럼 문화재에 안목을 갖고 싶다며 그 비결이 있느냐고 묻던 말이 생각난다. 나는 언제나 그랬듯이 오직 유물에 대한 관심과 사랑뿐이라고 답했다. 그리고 조선 정조시대에 유한준(兪漢雋, 1732~1811)이라는 문인이 당대의 최고 가는 수장가였던 석농(石農) 김광국(金光國)의 수장품에 붙인 글을 내 나름으로 각색하여 만든 문장도 얘기해주었다.

사랑하면 알게 되고 알면 보이나니, 그때에 보이는 것은 전과 같지 않으리라.

도자기를 전공하는 윤용이 교수는 이렇게 말한 적이 있다. 박물관 진열실에 있는 도자기들을 보고 있으면 어떤 때는 도자기가 자신에게 무슨 말을 걸어오는 것처럼 느껴진다는 것이다. "나도 당신처럼 한때는 세상을 살았던 시절이 있소." 어린아이의 웅얼거리는 소리를 남들은 몰라도 그 어미만은 다 알아듣고 젖도 주고 기저귀도 갈아준다.

세상을 떠나기 며칠 전 최재현 교수가 사경을 헤매어 말소리도 제대로 내지 못할 때, 그가 하고자 하는 말을 입모양만 보고도 빠짐없이 들을 수 있었던 분은 부인 한 분뿐이었다. 오직 사랑만이 그것을 읽어낼 수 있었던 것이다.

1992. 2. / 2011. 5.

* 진전사터에는 놀랍게도 고압선 송신탑이 어마어마한 위세로 세워져 있다. 진전사탑보다 10배도 더 큰 철탑이 계곡과 산자락을 건너뛰고 있으니 진전사터는 더 이상 진전사터가 아니었다.

* 이 글을 쓸 당시 선림원터 가는 길은 비포장도로였으나 지금은 국도가 포장되어 오대산으로 바로 갈 수 있는 길이 되었고 더 이상 오지가 아니다.

* 유한준의 원문은 "知則爲眞愛 愛則爲眞看 看則畜之而非徒畜也"이며, 이는 "알면 곧 참으로 사랑하게 되고, 사랑하면 참되게 보게 되고, 볼 줄 알게 되면 모으게 되니, 그것은 한갓 모으는 것은 아니다"라는 뜻이다.

아
우
라
지
강
의 회
상

산은 강을 넘지 못하고

이효석 생가 / 봉산서재 / 팔석정 / 아우라지강

흐느끼는 국토, 신음하는 산하

우루과이라운드 농산물협상에서 결국 쌀 시장이 개방되어 전 국토가 흐느끼는 마당에 (1994년 집필 당시) 한가롭게 답사기나 쓰고 있다는 것이 몹시도 죄스럽기만 하다. 문화유산의 의미나 따지는 일을 전공으로 삼고 있는 내가 우리나라 쌀농사의 사회과학적 의미나 쌀 시장 개방 이후에 나타날 향촌 사회의 심각한 타격을 영민하게 예견할 소견이 있을 리 만무하다.

그러나 우루과이라운드로 야기된 일련의 사태를 지켜보면서 나는 농촌, 농업, 농민 문제에 대한 안타까움을 금할 수 없다. 해마다 추곡 수매량, 쌀값 인상폭, 배춧값 폭락 같은 농업 문제가 만성적으로 반복되는 것은 지난 30여 년간 급속히 몰락해간 농촌 현실의 피폐상이 더 이상 어쩔 수 없는 환부로 드러나고 있는 것이다.

오늘날 우리 농촌이 이처럼 피폐해버린 원인은 60년대 근대화사업 이후 제3공화국이 농민을 수출제일주의의 희생양으로 삼은 데서 시작된다. 정부는 노동자의 값싼 인건비를 유지하기 위해 쌀값을 터무니없는 쌀값으로 동결시킴으로써 생산 단가를 낮추어 수출 상품의 국제경쟁력을 획득하고자 했다. 정부는 농업경제학자가 쌀값의 원가를 산출해보는 것 자체를 금지했다. 그러면서 정부는 농민을 구슬리기를 나라 경제가 펴지면 올려줄 터이니 조금만 참으라고 했다. 그러기를 자그마치 30년을 해왔다. 중진국으로 도약했다느니, 국민 일인당 소득이 얼마로 됐느니, 구소련에 20억 달러를 원조해주느니 하며 세계 만방에 자랑할 만큼 나라 경제의 형편이 펴졌지만 그사이 농촌, 농업, 농민은 피폐할 대로 피폐해져버렸다. 그리하여 희망이 없는 농촌은 결국 젊은이들로 하여금 고향을 떠나게 하여 지금은 늙은 농군들만 남게 되었다. 농민은 인구의 7퍼센트밖에 안 되고, 농업생산량은 GDP의 3퍼센트도 안 되는 상황으로 되었다.

농민이 생산하는 농산물로는 더 이상 국민의 식량을 감당하지 못하게 되었다. 생산성만을 생각한다면 기계화·산업화된 기업형 영농에 의존하지 않으면 생산원가를 맞출 수 없게 되었다. 그러기 위해서는 농지 소유 상한선을 허물어버려야 한다. 그러면 농민은 어떻게 되는가.

지금 우리는 비록 제한적이지만 자작소농(自作小農)의 경자유전(耕者有田) 원칙, 즉 농사짓는 사람이 농토를 갖는다는 향촌 사회의 기본 골격을 갖고 있다. 농부가 자기 땅을 갖고 농사짓기 위해 참으로 많은 희생을 치렀다. 봉건사회 해체기에 혹심한 소작료에 시달리다 일으킨 이른바 '민란'과 일제시대 농장주들에게 당한 농부들의 서러움과 아픔은 역사의 큰 상처였다. 송기숙의 『암태도』(창비 1987)에 나오는 소작쟁의는 분노와 눈물 없이는 읽을 수 없는 우리 농부들의 슬픈 과거사다. 해방이 되고

유상 매수·유상 분배로 자작소농 중심으로 가는 토지 정책이 결정되면서 간신히 뿌리내렸다. 그 한 맺힌 경자유전의 원칙이 이제 이루어지는가 했더니 이제는 농사지을 사람이 없어 또다시 기업형 영농이라는 대토지소유제로 넘어가게 되면 그나마 농촌을 지키고 있는 농민들은 대형마트 앞의 구멍가게 격으로 될 수밖에 없다. 아니면 자작농을 포기하고 기업형 영농의 노동자로 들어가야 하니 이는 현대판 소작인으로 전락함을 의미한다. 이미 많은 대농장이 그렇게 되었다.

그러나 우리네 농부의 저력은 아직도 살아 있다. 이농 현상으로 즐비한 폐가들을 보면서 흐느끼는 국토와 신음하는 산하를 뼈저리게 느끼면서도 저기 지금도 저렇게 떠나지 않은 농부들이 있기에 국토는 죽지 않는다고 생각했다. 내가 만약 시인이 되었다면 문화유산의 아름다움보다도 그분들과 함께하며 '떠나지 않은 분에게 보내는 경의'를 읊었을 것이다. 그런데 세상은 이제 이 떠나지 않은 분들의 위대한 참을성마저 허락하지 않을 기세로 덤벼들고 있는 것이다. 그래서 우루과이라운드가 우리의 농부들을 두 번 죽일 것만 같은 불안을 지울 수 없다.

농업생산량이라는 식량 안보와 국민의 먹을거리 공급 문제는 기존의 농민을 어떻게 보호할 것인가라는 대책과 함께 나와야 하고, 농촌 마을의 폐가와 공동화 현상 그리고 영농후계자의 단절 문제는 어떻게 해결할 것인가가 함께 강구되어야 한다. 그런데 우리는 쌀 시장 개방의 경제적 논리만 따지고 있으니 그것이 답답하고 미안한 것이다.

함부로 가지 못한 답사처

답사라는 명목으로 산천을 떠돌아다니면서 스스로 죄스럽게 생각되는 때는 비포장도로 흙길에서 버스 바퀴가 일으키는 흙먼지를 길가로 비켜선 농부가 뒤집어쓰는 모습을 볼 때였다. 저분들의 음울한 심사를 따뜻한 말 한마디, 정을 얹은 술 한잔으로 나누어갖지 못할망정 그네들의 희생 속에서 얻은 부로 관광버스나 대절해서 싸돌아다니면서 흙먼지 날리는 나를 회의하고 미워할 때도 많았다. 바로 그런 이유 때문에 함부로 답사 가지 않은 곳도 있었다.

정선아리랑의 고향인 여량 땅 아우라지강은 나에게 있어 감추어둔 답사 코스였다. 근래에 들어와 문화유산답사회원을 데리고 여기를 두 차례 다녀왔지만 나는 얼마 전까지만 해도 답사객이 가서는 안 되는 금지된 답사처로 치부해두었다. 아우라지강의 답사는 평창 봉평의 이효석 생가에서 시작하여 여량의 아우라지강가에서 하룻밤을 묵고 정선 읍내를 거쳐 사북을 지나 고한 정암사를 답사한 다음 영월로 나와 단종의 능과 단종의 유배처였던 육지 속의 섬인 청령포에서 잠시 머리를 식히고 시간이 허락된다면 김삿갓 묘소와 구산선문의 하나인 법흥사를 거쳐 원주로 나오는 일정으로 연결된다. 그것은 대관령 서쪽, 즉 영서 지방의 산과 강을 누비는 답사의 별격(別格)인 것이다.

이 아름답고 의미 깊은 별격의 답사처를 내가 함부로 가지 못했던 이유는 두 가지였다. 하나는 몇 년 전까지만 해도 전 코스가 비포장 흙길인지라 감히 엄두도 못 낼 난코스였기 때문이다. 특히 평창에서 정선으로 들어가자면 속칭 '비행기재'를 넘어야 하는데, 그 고장 사람들 말로는 시외버스를 탈 때 생명보험 들어놓아야 한다는 농담이 생길 정도로 험한 고개다. 벼랑을 타고 오르는 버스 안에서 저 아래쪽을 내려다보면 그 아찔함에 현기증을 느끼지 않을 장사가 없다. 특히 운전석 쪽 창가에 앉아 있는 사람은 마치 허공에 떠서 가고 있다는 착각이 들기 때문에 비행기재라는 별명이 공연히 생긴 것이 아님을 절감하게 된다. 높기는 오지게도 높아 옛 고갯길 이름은 별을 만지작거릴 수 있다는 뜻으로 성마령(星

摩嶺)이라 했다.

> 아질아질 성마령아
> 야속하다 관음베루
> 지옥 같은 정선 읍내
> 십 년 간들 어이 가리.

> 아질아질 꽃베루
> 지루하다 성마령
> 지옥 같은 이 정선을
> 누굴 따라 나 여기 왔나.

정선아리랑에 나오는 이 가사는 특히나 자조적(自嘲的)인데, 그 내력은 정선 사람들이 지은 것이 아니라 조선시대 한 군수(오홍묵이라고 함)의 부인이 남편 따라 오면서 부른 노래라고 한다. 그 군수 부인은 남편이 벽지로 부임했다고 울고, 고개 넘으면서 힘들어 울고, 나중에 해임되어 떠날 때는 산수 좋고 인심 좋은 곳을 떠난다고 또 울었다고 한다.

1982년 내가 직장에서 남의 출장을 대신 자원하여 이 비행기재를 넘어 정선군수를 만난 일이 있었다. 그때 그 군수 하는 말이 대한민국에서 군청소재지 들어오면서 비포장길을 거쳐야 하는 곳은 정선뿐이라며 하소연했다. 그런 험악한 길인지라 나는 홀로 다닐망정 답사회원을 인솔하여 책임 못 질 일을 당하고 싶지 않았기 때문이다.

두번째는 정선에서 정암사로 가자면 반드시 사북과 고한이라는 탄광촌을 지나야 한다. 행정상으로야 엄연한 읍이지만 그렇게 암울하고 시커먼 마을은 여기보다 더한 곳이 없다. 바로 그 읍내 한복판을 가로질러 가난에 찌든 탄광촌 사람들 사이를 헤집고 관광버스로 지나간다는 것은 죄악에 가깝다는 생각 때문에 자제했던 것이다.

그런 자제와 금기를 풀고 4년 전(1990) 처음으로 아우라지강의 겨울날을 공식적인 답사로 행하게 된 것은 또 두 가지 이유에서였다. 첫째는 그 비포장 흙길이 이제는 몽땅 포장되었기 때문이다. 비행기재는 터널로 통과하게 되었고, 여량 땅을 들어가는 데는 평창을 거칠 것도 없이 영동고속도로 하진부에서 곧장 질러갈 수 있게 된 편리가 생겼기 때문이다.

둘째 이유는 조금 심각한 얘기다. 사북과 고한을 거쳐야 함은 변함없는 일이고 탄광촌의 비참함은 날로 더해가는 것이지만, 나는 우리 답사회원 같은 고급 도회인들이 그런 기회 아니면 탄광촌의 내음을 맛볼 수 없다는 생각, 그래서 현실을 머릿속에 그릴 때 농촌, 탄광촌은 안중에도 없고 도회적 풍광만 염두에 둘지 모른다는 생각에 결단 내린 것이다. 탄광촌 사람들에 대한 미안함과 회원들의 체험 사이를 여러 번 저울질하였다.

감자바우, 금바우

휴전선으로 인해 윗동강이 잘려나갔건만 그래도 남한 땅의 6분의 1을 차지하면서도 인구라고는 고작해서 170만 명에 머무르는 강원도, 그 강원도에 대한 타도 사람들의 인상이란 대개 여름날 동해바다의 해수욕장과 관동팔경의 수려한 경관, 소양강과 소양호로 어우러지는 호반의 정취, 가을날 오색 단풍으로 물든 설악산의 화려함과 녹갈색 단일 톤의 장중한 오대산, 겨울날이라면 양구·인제·원통에서 군 생활을 보내야 했던 사람은 그 끔찍스러운 추위를 생각하고, 팔자가 거기까지 닿은 사람이라면 대관령 용평스키장 따위를 먼저 머리에 떠올릴 것이다.

내남없이 강원도를 말할 때는 자기가 경험한, 정확히는 감성적 소비의 대상으로 되었던 추억으로서 강원도를 말한다. 여타의 지방을 말할 때면 거기에 둥지를 틀고 사는 사람이 이룬 향토 문화를 먼저 말하는 것과는 사뭇 대조적인 것이다. 그것조차도 봄날의 강원도는 좀처럼 잡아내지 못한다.

그러나 잠시만 생각해보아도 강원도는 국토의 천연자원이 대부분 여기에서 채굴되어 나라의 부를 일으키는 원동력이 되었고, 당신네들이 하루에도 몇 모금씩 들이켜는 그 물의 수원(水源)이 거개가 여기서 발원하고 있음을 바로 알아차릴 수 있다. 그중에서 횡성, 홍천과 평창, 정선, 영월은 국토의 오장육부에 해당되어 때로는 어머니의 자궁 속으로 회귀하는 아득한 깊이를 느끼게 하는 곳이건만 세상 사람들은 그저 궁벽한 산골로 치부하거나 냇물조차 시커먼 별유인생들의 징용처쯤으로만 생각하고 만다.

그것은 마치도 우리가 이목구비와 팔다리로 일상을 살아가면서 지금 내 배 속에서 끊임없는 삭임질과 대동맥의 맥박이 뛰고 있음을 잊고 사는 것과 비슷한 형상이다. 속병이 나서 병원에 갈 때쯤에야 내 몸 깊은 곳을 생각해보듯이 어쩌다 사북탄광에서 큰 사고가 났다는 신문 기사를 접할 때에나 거기를 생각해주는 것과도 같으니 세인들의 강원도에 대한 인상은 국토의 오장육부에 위치한 강원도의 팔자소관인지도 모르겠다. 더더욱 기묘한 것은 용평스키장을 다녀오고도 거기가 평창 땅인 것을 모르는 사람도 많고 사북탄광과 사북사태는 알아도 사북이 정선 땅인 줄 모르는 사람이 많으니 나의 논설에 큰 억지가 있어 보이진 않는다.

나 역시 강원도에 대한 인상은 그렇게 시작되었다. 그러나 두 차례의 큰 체험 후 나의 인상은 바뀔 수밖에 없었다.

1971년 3월, 논산훈련소에 한밤중에 들어가 수용연대에서 하룻밤을 자고 난 이튿날 아침 첫 조회 때였다. 기간병이 어제 들어온 병력들을 모

아우라지강의 회상 — 평창·정선 1   373

아놓고 지역별로 점호하는데, 그 기간병이 장난기가 많아서 각 도에 별명을 붙여 부르면서 "경상도 문둥이!" 하면 경상도 병력들은 "예!" 하며 앉게 하는 것이었다. 이어 "전라도 개똥쇠" "서울 깍쟁이" "충청도 더듬수"까지는 일없이 지나갔는데 "강원도 감자바우!"라는 호령에 이들은 "예!" 소리가 아니라 약속이나 했듯이 "금바우입니다"라며 맞받아쳤던 것이다. 그리하여 연병장은 금세 웃음바다가 되었다. 자신에게 부여된 별명을 거부하는 마음이란 곧 상처를 건드린 아픔으로 느끼고 있다는 뜻이다. 화전으로 일구어낸 돌밭에서 부쳐 먹을 것이라고는 옥수수와 감자밖에 없는 그 한심함은 듣기조차 싫다는 심정 같았다. 이후 나는 내 입으로 강원도 감자바우라는 농담을 내뱉은 적이 없다.

1972년 12월 9일, 나는 군대 생활 중 두번째 휴가를 나왔다가 국립중앙박물관에서 열린 최초의 회화특별전인 '한국명화 근 오백 년전'을 구경 가서 전시장 안의 유일한 민간인 관객인 한 여학생을 만났다. 수작을 부려 함께 구경한 다음 박물관 앞뜰 모과나무 밑 벤치에 앉아 통성명을 하고 나서 우리의 첫 대화는 이렇게 이어졌다.

"고향은 어디세요?"

"맞혀봐요. 이효석과 같아요."

"평창이군요."

"맞아요. 평창 어딘지도 아세요?"

"대화든가……"

"아니에요. 봉평예요."

"어쨌든 금바우군요."

"금바우? 왜 감자바우라고 그러지 않아요? 거기도 강원도인 게죠?"

"아뇨, 서울요. 박물관 저쪽 백송나무 동네예요. 시간 있으시면 내

고향 구경 가실래요? 묵은 동네 뒷골목을 나는 눈 감고도 다녀요."

결국 그녀는 나의 처가 되었으니 나는 이효석의 고향이 평창이라는 사실을 안 것과 금바우라는 애칭 덕분에 분에 넘치는 들꽃 같은 평창 색시를 얻게 되었다. 그런 강원도니 나의 상념이 남다를 수밖에.

「메밀꽃 필 무렵」의 고향, 봉평

끔찍이도 사고 많은 길이지만 영동고속도로는 여느 고속도로와 달리 싱그러운 여심(旅心)을 일으킨다. 여주, 원주를 거쳐 새말을 지나면 이제부터는 태백산맥의 허리를 지르는 첫 관문으로 둔내재를 넘어가게 된다. 횡성군 둔내면을 관통하는 이 큰 고개는 영동1호터널에 이르러 해발 890미터로 사실상 대관령보다도 더 높다. 둔내재를 넘어갈 때마다 나는 귀가 멍하다가 뻥 뚫리는 고막의 가벼운 고통을 느끼는데 남들도 다 그런지 물어본다는 것이 꼭 그때마다 잊어버린다. 그도 그럴 것이 차창 밖 고원지대에 무리 지어 있는 낙엽송의 아름다움에 그런 시답지 않은 말 붙임이 생기지 않는 것이다. 낙엽송은 이른 봄 여린 새순이 바람에 하늘거릴 때면 그 보드라운 촉감이 닿을 듯한 환상을 일으키고, 한여름에는 어느 나무보다도 싱그러운 푸르름이 줄지어 우산을 쓴 듯 이어지고, 가을날이면 다른 나무보다 늦게 낙엽이 지기 때문에 엷은 윤기를 머금은 황갈색 단풍이 그렇게 오롯하게 보일 수가 없다. 겨울날 눈밭에서는 그 꼿꼿한 자세로 열병식을 벌이는 정연한 자태를 발한다.

언제부터인지 나는 꽃과 나무를 보면서 한 송이 한 그루의 빼어난 아름다움보다는 낙엽송처럼 그 개체야 별스러운 개성도 내세울 미감도 없지만 바로 그 평범성이 집합을 이루어 새롭게 드러내는 총합미를 좋아하고 있다. 개나리, 진달래, 들국화, 솔숲과 대밭…… 이 모두가 집체미의 아름다움이다. 지난 늦가을 아우라지강을 찾아가는 길에 차창 밖으로 비껴선 낙엽송 군락을 하염없이 바라보면서 나도 모르게 일어나는 한 의문이 있었다. 저 아름다움의 참 가치에 이제야 눈을 돌리게 된 것은 나이를 들어가는 연륜 덕분인가, 아니면 80년대라는 간고한 세월을 살아왔던 경험 탓일까.

달리는 차 안에 비스듬히 누워 차창 밖으로 스쳐가는 풍광을 바라보며 이 생각 저 생각에 잠길 때 나는 답사와 여행이 우리 시대 인간의 정서 함양에 기여하는 공헌이 결코 예사롭지 않음을 새삼 느낀다. 그러나 이런 여유로운 사색은 중년의 나이에 들어서야 맛볼 수 있는 낭만일 뿐 20대의 청년들에게는 그저 늙다리들의 궁상으로 비치기 십상이다.

10년도 더 된 것 같다. 80년대 초 성심여대에 출강하고 있을 때 나는 국사학과의 유승원·안병욱·이순근 교수가 인솔하는 오대산 월정사 답사에 동참한 적이 있었다. 버스 안에서 학생들이 흥겨운 노래를 부르며 여행의 해방감을 만끽하는 바람에 나의 싫지 않은 고독의 낭만을 즐길 수 없었고 간혹은 학생들이 철없어 보이기도 하였다. 그러나 학생 시절의 나는 저 애들보다 한술 더 떴다는 생각이 들면서 오히려 그런 젊음이 부럽게도 생각되었다.

우리의 버스가 둔내재를 넘어 지금은 영동1호터널이라고 불리는 둔내터널을 빠져나왔을 때 학생들은 출발부터 세 시간의 홍타령에 밑천이 달렸던 것인지 식어가는 분위기를 일으킬 요량으로 나에게 마이크를 주면서 함께 어울릴 것을 요청했다. 나는 사양 않고 마이크를 잡고서 내 특유의 자세로 맨 앞 좌석 등받이에 기대서서 뒤쪽을 바라보며 이렇게 말했다.

"내 흥에 맞추어 노래를 불러야 제맛이지 남의 흥에 끌려가는 것은

| **메밀꽃밭** | 평범한 산간 마을 봉평은 이효석의 「메밀꽃 필 무렵」으로 짙은 향토색을 지니게 됐다.

형벌에 가까워요. 지금 내게 일어나는 흥은 노래가 아니라 창밖의 풍광입니다. 이제 막 우리의 버스는 봉평터널(영동2호터널)을 지나고 있습니다. 조금 더 가면 장평교차로가 나옵니다. 여기서 남쪽으로 내려가면 대화면을 거쳐 평창읍으로 빠지게 되고 북쪽으로 올라가면 봉평면이 되는데 바로 이 봉평은 이효석의 고향입니다. 고등학교 국어교과서에서 읽고 배웠던 「메밀꽃 필 무렵」의 무대가 바로 여깁니다. 그 소설의 상황 설정은 봉평장에서 별 재미를 못 본 장꾼들이 이튿날 열리는 대화장을 기대하며 달빛 아래 밤길을 걸어가면서 주고받는 이야기로 되어 있지요. 그러니까 허생원, 조선달, 동이 세 사람이 지나갔던 그 길을 우리가 가로지르고 있는 것입니다."

나의 말이 이어지는 동안 학생들은 조금 전의 들뜬 분위기를 말끔히 잊어버리고 모두들 창밖으로 눈을 돌리면서 혹시 메밀밭이라도 볼 수 있지 않을까 두리번거리면서 나의 이야기를 귀담아듣고 있었다. 나는 그때 땅의 의의와 역사성을 뼛속까지 실감할 수 있었다. "모르고 볼 때는 내 인생과 별 인연 없는 남의 땅이지만 알고 보면 우리의 땅으로 가슴 깊이 다가온다"는 표현을 자주 하는 것은 바로 이때의 경험에서 나온 것이었다. 그럴 때는 학생이 오히려 선생처럼 느껴진다. 그래서 나는 곧잘 "인생의 스승은 책이 아니라 사람이다"라는 말도 하고 있다. 그때 내가 좀 더 준비성 있는 친절한 교사였다면 당연히 「메밀꽃 필 무렵」의 그 아름다운 정경을 읽어주었어야 했다.

이지러는졌으나 보름을 갓 지난 달은 부드러운 빛을 흐뭇이 흘리고 있다. 대화까지는 칠십 리의 밤길, 고개를 둘이나 넘고 개울을 하나 건너고, 벌판과 산길을 걸어야 된다. 길은 지금 긴 산허리에 걸려 있다. 밤중을 지난 무렵인지 죽은 듯이 고요한 속에서 짐승 같은 달의 숨소리가 손에 잡힐 듯이 들리며, 콩포기와 옥수수 잎새가 한층 달에 푸르게 젖었다. 산허리는 온통 메밀밭이어서 피기 시작한 꽃이 소금을 뿌린 듯이 흐뭇한 달빛에 숨이 막혀 하였다. 붉은 대궁이 향기같이 애잔하고 나귀들의 걸음도 시원하다.

이효석의 생가와 문학비

이효석(李孝石)은 1907년 평창군 봉평면 창동리 남안동에서 태어났다. 호는 가산(可山). 평창공립보통학교를 졸업하고 경성제일고보에 입학하여 1년 선배인 유진오와 함께 수재(秀才) 소리를 듣는다. 1925년에 경성제대에 입학하여 영문학을 전공하고 22세(1928) 때 「도시와 유령」으

| **이효석 생가** | 지금의 생가는 위치를 옮겨 초가집으로 복원했고, 주변은 메밀밭으로 공원처럼 꾸며 전혀 옛 모습을 찾아볼 수 없다.

로 등단하여 1930년 졸업 때까지 많은 단편을 발표하며 경향문학의 동반자가로 지칭되었다. 1931년 25세 때 결혼하고 총독부 경무국에 취직하였으나 주위로부터 지탄을 받자 처가가 있는 함경도 경성으로 낙향하여 교편을 잡으면서 창작 활동을 계속한다. 27세(1933)에는 구인회(九人會)에 가입하고 「돈(豚)」을 발표하면서 경향성에서 인간의 자연성에로 전환을 보이며, 28세(1934)에 평양 숭실전문학교로 옮겨 창작을 계속하던 중 34세(1940) 때 아내가 1남 2녀를 남기고 세상을 떠나자 실의에 잠겨 만주를 여행하고, 36세(1942)에 뇌막염으로 세상을 떠났다. 그는 70여 편의 단편과 많은 수필을 남겼다.

이효석이 짧은 일생에서 1936년 『조광(朝光)』지에 고향을 무대로 한 「메밀꽃 필 무렵」을 발표한 것이 결국 평창 봉평 땅을 아름다운 문학기행의 명소로 만들어놓았다. 이효석의 남안동 생가에는 방명록이 비치되

| **이효석 문학비** | 영동고속도로 태기산 소풍휴게소에는 이효석의 문학을 기리는 기념비가 세워져 있었으나 지금은 이효석문학관 입구로 옮겨졌다.

어 있는데 많은 사람들이 방문을 기념하는 한마디 말과 함께 이름을 적어놓고 있다. 얼핏 훑어본 기억으로 나의 인상에 남는 구절은 "효석 선생님은 참으로 좋은 고향을 가졌네요"와 "향토의 아름다움을 그려준 선생님께 감사드리러 찾아왔습니다"이다. 평창 봉평은 이효석의 「메밀꽃 필무렵」으로 영원히 살아 있는 마을이 되었고 스스로 문화마을임을 자부하게 되었다. 그리하여 우리는 이효석의 생가에 이르기까지 수많은 문학비를 만나게 된다.

둔내터널을 빠져 조금 내려오면 태기산 소풍휴게소라고 불리는 작은 쉼터가 있다. 점포 하나 없이 고장 난 차나 쉬어가기 알맞은 이곳 한쪽에는 1980년, 유진오가 비석 이름을 쓴 '가산 이효석 문학비'가 세워져 있다.

장평로터리를 돌아 이효석 생가 쪽으로 향하면 봉평마을이 훤히 내다보이는 언덕마루 찻길 한쪽에는 커다란 자연석에 '메밀꽃 필 무렵'이라고 새긴 기념석이 두 그루 잣나무의 호위를 받으며 이 조용한 시골 마을 봉평의 입간판이 되고 있다. 여기까지는 참으로 아름다운 정경이다.

그러나 봉평장터의 좁은 길을 헤집고 들어가 봉평중학교 앞에 당도하면 문학공원이라는 이름의 빈터에 세워진 이효석 동상은 절로 웃음을 자아내게 한다. 그 동상의 오종종함이란 도저히 이효석의 이미지에 다가서지 않으며 괜히 이효석에게 미안한 생각만 들게 한다. 귀공자상의 그의 얼굴이 꺼병이로 바뀌었다. 문학공원에서 바로 보이는 남안교 긴 다리 앞에는 '시범 문화마을'이라고 새긴 기념석이 '공무원 양식'으로 무게를 딱 잡고 있는데, 다리 건너 산자락 바로 밑에는 「메밀꽃 필 무렵」 기념 조각과 물레방앗간이 세워져 있다. 물레방앗간을 만들어놓은 것은 여지없이 '이발소 그림'풍의 발상이고, 이유 없이 유방을 뾰족하게 드러낸 조각은 관광지 기념 타월의 디자인 감각과 같은 과에 속한다. 무얼 어쩌자고 이렇게 유치한 기념비를 곳곳에 세워야 했을까? 그것은 대단한 '시각 공해'였다.

기념 조각 공원에서 왼쪽으로 난 시멘트 농로를 따라 이효석 생가로 가는 길로 접어들었을 때 우리는 비로소 그의 문학 공간에 들어선 분위기를 가질 수 있다. 개울을 따라 난 길을 가다보면 비탈을 일구어낸 밭에는 감자와 옥수수만 눈에 띄고, 산자락마다 낮은 슬레이트집들이 차지하고 있어서 여지없는 강원도 산골을 느끼게 된다.

강원도 산골에는 외딴집이 많다. 다른 지역은 들판을 내다보는 동산을 등에 지고 양지바른 쪽에 옹기종기 모여 있는 것이 보통이다. 그러나 강원도 산골에는 그런 들판이 없다. 방풍을 위한 등받이 동산을 따로 찾을 이유도 없다. 그래서 저마다 자기 밭 한쪽 켠에 집을 짓고 산다. 이효석의 생가도 외딴집이다. 벌써 오래전부터 성씨도 다른 분이 살고 있는데, 마당 한쪽에 세워놓은 동그란 흰 대리석만이 이 집이 이효석의 생가임을 알려줄 뿐이다. 그가 뛰놀았을 뒷동산엔 사슴 목장이 들어서 있다. 모든 것이 이효석의 분위기와 달라 낯설기만 하다. 생가의 뒤란을 돌아보니 무뚝뚝한 강원도 산자락만이 그 옛날과 같아 보였다.

이효석의 고향 상실증

이효석은 이처럼 오붓한 고향 마을을 갖고 있건만 정작 그 자신은 이 상하게도 고향을 고향답게 간직하고 살지 못했다. 그의 수필 「영서(嶺 西)의 기억」을 보면 이효석은 「메밀꽃 필 무렵」의 작가답지 않게 고독한 고향 상실을 말하고 있다.

눅진하고 친밀한 회포가 뼛속까지 푹 젖어들 여가가 없었던 것이 다. 고향의 정경이 일상 때 마음에 떠오르는 법 없고 고향의 생각이 자 별스럽게 마음을 녹여준 적도 드물었다. 그러므로 고향 없는 이방인 같은 느낌이 때때로 서글프게 뼈를 에이는 적이 있었다.

이 점은 이효석에 대한 나의 큰 의문점이었는데, 나는 이상옥 교수가 쓴 『이효석: 문학과 생애』(민음사 1992)를 읽고 나서 그 까닭을 알 수 있었 고, 그의 작가상과 인간상도 내 나름으로 잡아낼 수 있었다.

이효석은 다섯 살 때 어머니를 여의고 계모 밑에서 자라게 되는데 계 모는 효석을 별로 사랑하지 않아 심지어는 그의 결혼식에도 오지 않을 정도였다. 그래서 소학교는 집에서 백 리 떨어진 평창 읍내 평창초등학 교를 다니고 그 어린 나이에 하숙 생활을 했던 것이다. 나의 아내가 평창 초등학교 출신임을 자랑하는 계기가 거기에 있지만 그것이 효석으로서 는 고향을 가슴속으로 아름답게 간직하지 못한 이유였던 것이다.

그리고 성장해서는 줄곧 외지에서 살며 고향에 정 붙일 일이 없었던 것이다.

이효석 소설에 대한 의문점

별다른 문학적 경험 없이 교과서에서 「메밀꽃 필 무렵」을 읽고 배운 사람에게 이효석이라는 작가상은 우리 현대문학사상 빼어난 시정과 맑은 문체, 짙은 한국적 서정과 세련된 지성의 문인으로서 깊이 인상 지어져 있을 것이다. 특히나 젊은 시절 문학 취미에 빠져 있던 문학소녀, 문학청년 들에게 가장 사랑스러운 작가의 한 사람으로 서슴없이 꼽힐 것이다. 나 역시 그런 시절이 있었다.

그러나 우리 근대미술의 전개 양상을 근대문학과 맞물려 이해해보기 위하여 이효석의 초기 이른바 동반작가 시절 좌파 경향성 작품의 대표작으로 지목되는 「도시와 유령」 「노령근해」를 읽고는 적이 실망스럽지 않을 수 없었다. 세상에 그런 관념적 이상의 모순과 횡포가 어떻게 가능했고 그게 무슨 소설인가 싶다. 그는 좌파의 이데올로기에 현실을 꿰어맞추기 급급하였다. 그래서 조동일 교수는 『한국문학통사』에서 「도시와 유령」의 상황 설정이 어긋나는 것이 차라리 유령스럽다고까지 악평을 내렸다.

70여 편에 달하는 그의 단편을 내가 성심으로 읽을 열정은 없었지만 그의 소설로 높이 평가받을 만한 작품은 오직 「메밀꽃 필 무렵」 하나뿐이었고 그것은 이효석의 작품세계에서 예외 중의 예외였다는 인상을 버릴 수 없었다.

나는 그것을 또 이상하게 생각해왔다. 이 궁금증을 풀기 위하여 문학사와 문학비평 전문가들의 견해를 점검해보니 김현·김윤식 공저의 『한국문학사』(민음사 1973)에서는 이효석이 아예 한 시대의 소설가로서 언급조차 되지 않고 있다는 사실을 알았다. 그 이유와 관련해서 김윤식 교수는, 『한국근대문학사상비판』(일지사 1978)에서 「병적 미의식의 양상: 이효석의 경우」를 논하면서 이효석 문학의 특징과 취약점을 자세하게 분

석하고 그가 소설가로서 뚜렷한 장르 의식이 결여되었다는 날카로운 비판을 가하면서 이효석이 문학가로 평가받을 부분은 소설이 아니라 산문, 수필이라는 매우 설득력 있는 해석을 내리고 있었다.

그러나 어느 문학사가, 어느 문학평론가도 나의 의문에 답해주지 않는 문제가 하나 있었다. 그것은 고향에 대한 깊은 상실감에 젖어 있었던 이효석, 관념적 좌파 문학에서 탐미주의로 빠진 흔적이 농후한 이효석이 어떻게 「메밀꽃 필 무렵」 같은 짙은 향토적 서정의 세계를 그토록 아름답게 그려낼 수 있었는가이다. 칠피 단화에 나비 형상의 장식을 붙인 멋쟁이 차림에, 경기고에 서울대에 영문과를 나온 엘리트 의식에, 커피는 모카와 퍼콜레이터를 찾아 마시고, 피아노는 쇼팽을 치고, 여자 좋아하기를 군것질하듯 했으며, 이국 취향의 동경에서 모더니즘적 세련을 추구하던 이효석이었다. 그가 단지 안톤 체호프나 캐서런 맨스필드의 소설을 좋아했다는 이유만으로 이런 명작을 쓸 수 있었단 말인가.

나는 그저 물을 뿐이다. 그 물음이 반복되는 가운데 어렴풋이 떠오르는 추측은 하나 있다. 이효석이 「메밀꽃 필 무렵」을 쓴 것은 1936년, 30세 때의 일이다. 서울을 떠나 부인의 고향인 함경도 경성에서 교사를 하면서 잃어버린 고향을 찾은 듯한 평온 속에 살다가 평양 창전리에 '푸른 집'을 짓고, 숭실전문학교 교수를 지내고 있던 시절이다. 문학적으로는 관념적 좌파를 벗어나려고 안간힘을 쓰면서 자신의 『노령근해』 단편집을 "생각만 하여도 그 치편(稚篇)에 찬땀이 난다"는 준엄한 자기비판을 가하던 시절이었다.

대개 현실에 뿌리를 두지 못하고 관념으로 무장한 이데올로기는 경직되고 과격하기 마련이다. 그 경직성과 관념적 과격성이 치기였다는 것을 자각한 이효석이 갈 곳은 어디였을까? 하나의 목표를 향해 치닫던 사람이 그 목표와 이상을 회의하여 잃게 되면 돌아갈 곳이 어디였을까? 이런 상황에서 갈 수 있는 곳은 오직 하나, 꾸밈없는 자기 본연의 자리로 원위치하는 수밖에 없는 것이다. 그리하여 이효석은 일단 자연과 고향과 현실로 되돌아온 것이었다. 바로 그때 그는 「메밀꽃 필 무렵」을 쓴 것이다. 그러고 나서 그가 어디로 갔는가는 그다음 문제다. 「메밀꽃 필 무렵」의 끝마무리를 기묘한 인연으로 돌린 데에서 어느정도 감지되듯이 그는 탐미주의로 빠지고 말았던 것이다.

이효석의 아름다운 산문

이효석의 소설은 그런 문제점이 있었다 치더라도 그의 산문과 수필은 동시대 누구도 따를 수 없는 아름다운 문체로 우리를 충분히 매료시킨다. 「낙엽을 태우며」 「청포도 사상」 같은 수필을 보면 내가 그 내용과 사상까지 동의하는 바는 아니지만 우리말을 그토록 아름답고 정겹게 구사하면서 이지적 사색과 따뜻한 감상을 절묘하게 조화시킨 언어 구사력에 취하지 않을 수 없다. 그의 문장에 흐르는 보드라운 율동과 시적 정제성은 마치 동양화에서 뛰어난 필력과 능숙한 번지기 수법을 갖고 있던 한 필묵(筆墨)의 달인을 연상케 하는데 1930년대 우리 화단에는 그런 화가가 없었다.

그것은 이효석이 내게 가르쳐준 형식의 힘과 프로의 미덕이었다. 그래서 나는 이효석의 문학적 동지이자 곁에서 보기에도 시샘이 날 정도로 절친했던 벗인 유진오가 이효석이 불과 36세의 나이에 결핵성 뇌막

염으로 죽어간다는 기별을 받고 평양으로 달려가 그 임종을 보면서 회상한, 그의 소설 「신경(新京)」 첫머리 이야기에 나오는 애정 어린 이효석론을 액면 그대로 접수한다.

그의 투명한 머리, 섬세한 감정, 높은 교양, 그리고 그 모든 것이 빚어내는 이슬같이 맑고 아름다운 글. 지금 욱(효석)을 잃는 것은 조선의 문학을 위해 다시 얻을 수 없는 고귀한 고완품(古翫品)을 잃는 것이나 다름없었다.

팔석정과 봉산서재

평창 봉평 땅의 인문적 가치를 드높여준 이효석의 문학적 업적을 기릴 요량이었다면, 그 잡스러운 동상과 기념비를 세울 예산으로 이효석의 생가를 복원하고 거기에 눅진히 앉아 그를 기릴 작은 정자와 메밀이나 심어두었다면 우리의 답삿길이 얼마나 포근했을까 생각해본다. 그런 편의와 그런 알찬 문화를 갖지 못한 우리는 봉평에 온 기분을 딴 데서라도 풀어야 한다.

봉평마을을 들어가는 길에는 그럴 만한 유적이 있다. 그것은 봉산서재(蓬山書齋)와 판관대(判官垈) 그리고 팔석정(八石亭)이다. 장평에서 봉평 쪽으로 들어가다보면 바로 길가에 판관대라는 기념비가 서 있는 것이 보인다. 돌받침에 까만 오석의 비를 세우고 지붕돌을 자연석으로 모자 씌우듯 했는데, 이것은 소풍휴게소의 '가산 이효석비', 남안교의 '시범문화마을' 기념비와 똑같은 형식이어서 훗날 '평창 양식'이라고 부를 일인지도 모르겠다.

판관대는 신사임당의 율곡 이이 잉태지다. 당시 수운판관(水運判官)을 지내고 있던 율곡의 아버지 이원수(李元秀)가 말미를 얻어 이곳 백옥포리(白玉浦里)에 거주하고 있던 아내 신사임당을 보러 왔다가 그날 밤 율곡을 잉태하게 되는 용꿈을 꾸었던 자리다. 사임당은 그해(1536) 강릉 오죽헌으로 가서 12월 26일에 율곡을 낳았다. 그 집터가 곧 관란대이다. 그 뒤 이 얘기는 궁중에까지 알려져 현종 3년(1662)에 사방 십 리의 사패지(賜牌地)와 영정(影幀)을 내려주고 봄가을로 제향케 했는데, 1906년에는 고을 유생들이 평촌리 덕봉산턱에 서재를 건립한 것이 봉산서재이다.

봉산서재의 건물이야 볼품이 있을 리 만무하지만 울창한 솔밭에 높직이 올라앉아 거기에서 들판을 질러가는 청강(淸江)의 유유한 흐름과 봉평 사람들의 오가는 모습을 내려다보는 것은 피로한 여로의 '군것질' 정도는 된다.

사실 길게 쉴 요량이면 팔석정 쪽이 낫다. 팔석정은 조선시대 명필 봉래(蓬萊) 양사언(楊士彦)이 강릉부사로 부임하는 길에 들러 이곳 천변의 풍경이 좋아 8일간 머물렀던 곳으로 훗날 이를 기념하여 팔일정(八日亭)을 지었던 곳이라고 한다. 바위에는 양봉래가 썼다는 석실한수(石室閑睡), 석대투간(石臺投竿), 봉래(蓬萊), 영주(瀛洲) 등 여덟 글자가 새겨 있는데 글씨는 제법 단정히 새겨져 있으나 양봉래의 웅혼한 초서체와는 거리가 멀다.

팔석정은 길가에서 보아서는 짐작도 되지 않을 만큼 푹 꺼진 천변에 준수한 바위와 소나무가 함께 어울린 작은 명승지다. 나는 한겨울 얼음이 얼고 찾아오는 이 없을 때 아내와 함께 이 수려한 경관을 단 둘이 흠씬 즐긴 적이 있어 그때의 추억으로 다시 찾았더니 여름에는 입장료까지 받는 이 일대의 대단한 휴양지인지라 발도 못 붙이고 지나갔다. 팔석정의 정자 자리는 지금 매운탕집 앞마당이 되고 만 것을 보고 명소를 명소답게 유지하지 못하는 그 얕은 안목들이 안타깝기만 했다. 그로 인해 우리는 이율곡과 양봉래를 오래 만날 수 있는 계기를 잃어버린 것이다.

| **봉산서재** | 이율곡의 잉태 설화로 생긴 이 서재는 전설의 아름다움이 아니었다면 아무런 볼품을 갖지 못했을 것이다.

산은 강을 넘지 못하고

정선아리랑의 고향, 아우라지강을 찾아가는 길에 이효석의 문학 공간을 지난다는 것은 적지 않은 생각거리를 안겨주는 풍요로운 만남이다. 향토적 서정이 모더니즘의 세례를 받았을 때 이효석의 문체가 됐다면, 그런 근대적 세련을 스스로 이룩했을 때는 어떤 모습일 것이며, 프로의 도움 없이, 프로의 손을 거치지 않고 만들어진 문학과 예술의 원형질이란 어떤 것인가를 생각하며 그 서막으로 이효석을 생각게 한다는 것이 기묘한 인연이다.

이효석 문학 공간을 답사하고 아우라지로 들어가는 길은 이제 군이 평창을 거쳐 정선으로 들어가기를 고집해본들 비행기재로 넘는 길이 끊어진 마당에는 큰 의미가 없는 것이다. 장평에서 다시 영동고속도로로 들어가 계속 타고 내려가다가 하진부에서 꺾어들어서면 정선군

| **팔석정** | 길가에서는 잘 보이지 않으나 계곡으로 바짝 다가오면 이러한 기암괴석이 작은 규모이지만 앙증맞게 펼쳐진다.

나전리까지 장장 100리의 천변로를 타게 된다. 오대산 월정사에서 만났던 그 오대천 여울이 진부에 이르면서 제법 큰 내를 이루어 좌우로 1,200~1,300미터의 위용을 자랑하는 박지산, 잠두산, 갈미봉, 가리왕산, 오두치를 헤집고 나아가며 긴 협곡을 이룬다. 본래 길이란 강을 따라 생겼고, 또 강을 끼고 달릴 때가 가장 아름답다. 구례에서 하동까지 섬진강을 끼고 도는 길, 상주 낙동에서 선산에 이르는 낙동강변의 정감 어린 강마을길, 경부선 기차를 타면 만나는 삼랑진에서 물금까지 이어지는 장대한 낙동강변의 철길, 원주 법천사터에서 충주 탄금대에 이르는 남한강변의 고즈넉한 시골길, 누구든 한 번쯤 가보았을 경춘가도와 팔당에서 양평에 이르는 환상의 드라이브 코스.

그러나 하진부에서 나전에 이르는 협곡은 그런 강변길이 펼쳐주는 장쾌한 넓이가 없다. 마치 고개 숙이고 굴속으로 들어가듯이 산허리를 헤

| **정선에서 아우라지로 가는 길** | 강물은 ㄹ자와 ㄷ자를 번갈아 그리며 산굽이를 유유히 돌아가니 강은 산으로 인하여 생겼건만 산은 강을 넘지 못한다는 역설의 의미를 생각나게 한다.

집고 나아가기 바쁘다. 찻길은 ㄹ자로 돌다가 다시 ㄷ자로 꺾어지면서 눈앞엔 언제나 거대한 산을 마주하고 달려야 한다. 기암절벽과 반석이 곳곳에 자리하며 비경을 이루고 솔밭과 외딴집들이 점점이 이어지며 인적의 체취를 느끼게도 하지만 오대천 깊은 여울을 끝없이 따라가는 형상은 마치 자연의 모태 속으로 회귀하는 것 같은 강한 흡입력을 연상케 된다. 어느새 나는 자연의 원형질로 원위치하고 있는 것이다.

　왼쪽에 두고 온 오대천 여울이 점점 넓어지면서 나전교 다리를 건너면 냇물은 저쪽 아우라지에서 흘러온 조양강과 만나 정선 읍내로 향해 힘차게 뻗어가고 우리는 그 강을 거슬러 여량 땅 아우라지로 향하게 된다. 시퍼런 조양강 물줄기 위쪽으로는 구절리에서 증산을 잇는 정선선 외길 철도가 우리의 찻길과 앞서거니 뒤서거니 다투어 달린다. 어쩌다

객차 두 개를 붙인 기차와 만나기라도 한다면, 바로 그때 갈라진 대금 소리 같은 기적이라도 들려준다면, 우리는 이 아름다운 강마을에 서린 긴 역사와 한의 내력을 여운으로 잡을 수 있을 것이다.

여량 땅 아우라지강가의 옥산장 여관에 짐을 풀고 사위를 살피니 강원도 땅치고는 제법 너른 들판이건만 그저 보이는 것이 산뿐이다. 산을 넘고 비집고, 산속으로 들어왔으니 하늘과 맞닿은 산 이외에 무엇이 있겠는가. 어떤 수식도 치장도 없는 순수한 원형질의 산, 천고의 순수를 간직한 산이다.

이것은 나만이 갖고 있는 별스러운 감정이 아니었다. 지난 늦가을 내가 답사회원들과 여량에 간다는 사실을 알고 거기로 마중 나와 합류한 태백시 황지의 화가 황재형이 우리 회원들에게 보낸 첫 인사말이 꼭 그러했다. 그는 서툰 말솜씨로, 그러나 단호하고 자랑스러운 어조로 이렇게 말했다.

"여러분, 먼 길을 오시느라 고생 많았습니다. 그런데 여기서는 보여 드릴 것이라고는 산밖에 없습니다. 그러나 저 무표정한 산들을 잘 보고 가십시오. 설악산 같은 절묘한 구성도 없고, 남도의 능선처럼 포근히 안기는 느린 곡선도 없습니다. 오직 직선과 사선만 있습니다. 그러나 그게 산의 정직성이고 강원도 태백산 자락의 진국입니다. 맛있게 요리된 반찬이 아니고 밭에서 금방 뽑아낸 싱싱한 무 같은 것입니다."

그래서 영서 지방 사람들이 갖고 있는 산의 개념은 아주 다르다. 우리는 보통 들판에 높이 솟아 있는 것이 산인 줄로 아는데 정선·평창 사람들은 산을 오히려 들판 같은 개념으로 삼고 그 비탈을 갈아 감자와 옥수수를 심고 살아왔다. 마치 서해안 어촌 사람들이 갯벌을 밭으로 삼고, 제주도 어부들이 바다를 밭이라 부르듯이.

아우라지에서 정선에 이르는 산과 강은 국토의 오장육부가 아니고서는 세상천지 어디에서도 볼 수 없는 유장한 아름다움과 처연한 감상의 집합체이다. 그래서 고은 선생은 평창에서 비행기재를 넘어 비봉산 고갯마루에서 별리 정선 읍내를 바라볼 때 찾아온 감정은 "뭐라고 말할 수 없는 도달감과 단절감"이었다고 술회하였다. 나는 그때 고은 선생은 강을 넘어가지 못하는 산의 숙명을 본 것이라고 생각하고 있다.

산자분수령(山自分水嶺)이라고 했다. "산은 스스로 분수령이 된다"는 뜻이다. 실제로 산은 물을 가르고 물은 산을 넘지 못한다. 그러나 강의 입장에서 보면 비록 산에서 물이 흐르고 그 물이 모여 강을 이루지만 결과적으로 산은 절대로 그 강을 넘지 못한다. 강이 아니라면 산은 여지없이 연이어 달렸으리라. 오직 강이 있기에 그 산들은 여기서 저기로 떨어져 있을 뿐이다.

나는 여량 땅 아우라지강가에서 저마다 다른 표정의 높고 낮은 산봉우리들이 수수만 년을 저렇게 마주보면서 단 한 번도 만날 수 없음은 바로 그 자신들로 인하여 이루어진 강을 넘지 못함 때문이라는 무서운 역설(逆說)의 논리를 보았다. 한 시대를 이끌어가는 각 분야의 어떠한 거봉(巨峰)들도 결국은 역사라는 흐름, 민의(民意)라는 도도한 흐름에서는 어느 가장자리에 문득 멈추어 있을 뿐이다. 그것이 지식인의 한계이자 숙명같이 보였다.

1994. 7. / 2011. 5.

---

* 정선에서 정암사 가는 길에 거쳐갔던 사북과 고한 탄광촌은 카지노 단지로 변해 예전의 탄광촌 모습은 거의 사라졌다. 답사회원들에게 체험의 기회를 주겠다는 생각으로 미안한 마음을 무릅쓰고 지나다녔던 곳이 이제는 카지노를 찾는 사람들로 북새통을 이루고, 한편에서는 도박 중독으로 목숨을 끊는 사람까지 나온다 하니 마음이 편치 않기는 그때나 매한가지다.

세 겹 하늘 밑을 돌아가는 길

정선아리랑 / 사북과 고한 / 정암사 / 자장율사

아우라지강에 대한 회상

참으로 별스러운 일이었다. 답사회원들이 둘러앉아 저마다 추억의 답사처를 회상하는데, 골수 회원들은 대다수가 아우라지강을 으뜸으로 꼽는데 신참 초보 회원들은 전혀 거기에 동의하지 않았다. 거기에는 미술사적으로 당당한 위치를 확보한 어엿한 유물 하나 없으며, 기암절벽이 이루는 절경을 누비고 다니는 것도 아니어서 볼거리를 찾는 답사객으로서는 싱겁기 짝이 없는 곳이라는 투정까지 나왔다. 이런 반론에 고참들은 누구 하나 무엇이 그리도 감동적인지를 신출내기에게 설득력 있게 설명하지 못하는 것을 스스로 안타까워하면서 저희들끼리만은 한결같이 감성적으로 동의하고 있는 것이었다. 듣자하니 철학자 데카르트가 아름다움을 판별하는 감성적 인식이란 이성적 사유와 달라서 분명(clear)하게는 인식하지만 판연(distinct)하게는 설명하지 못한다고 했던 얘기 같았다.

정선 땅 아우라지강을 찾아가는 행로는 먹거리로 칠 때 주식이 아니라 별식에 해당된다. 그런데 그 별식이 피자나 난자완스 같은 것이 아니라 강원도 감자부침 같기도 하고 옛날 잔칫상에 오른 속 빈 강정의 순구한 맛 같은 것이다.

내가 미국 방문 중 신세 졌던 한 미술평론가가 우리나라를 찾아왔을 때 인사동 화랑가를 구경시켜주고 헤어지면서 낙원동 한과집에서 전통과자 한 봉지를 사주며 진짜 한국 맛은 여기 있으니 즐겨보라고 했다. 이튿날 그는 한과의 맛이 아주 독특했노라고 '원더풀'과 '판타스틱'을 연발하더니 강정을 하나 보여주면서 "이것은 암만 씹어도 무슨 맛인지 도저히 알 수 없다"며 의아스러워한 일이 생각난다. 나 역시 그 속 빈 강정 맛을 설명해내지 못했다.

시각적 이미지를 다루는 그림의 경우, 화가가 관객에게 호소하는 방식은 아주 여러 가지다. 조선시대 회화를 예로 들어보면 겸재(謙齋) 정선(鄭敾)의 진경산수는 박진감 넘치는 리얼리티의 표출로 보는 이에게 아름다움의 감정을 즉발적으로 '환기'시켜준다. 그래서 관객은 벅찬 감동으로 작품을 맞이한다. 이에 비하여 현재(玄齋) 심사정(沈師正)의 정형산수는 어떤 잠재된 감정의 상태를 '심화'시켜간다. 그래서 감동은 느리게 다가오며 자못 사색적인 묵상을 유발한다. 그런데 민화산수는 관객의 감정을 말끔하게 '표백'해버리는 순화 작용을 일으킨다. 대상 자체에서 우러나오는 감동이 아니라 그 대상을 계기로 촉발되는 감정의 세탁 작용인 것이다.

이것을 다시 산천의 경개에 비유하자면 설악산이 감성을 환기시켜주는 절경의 명산이라면 지리산은 감성을 심화시켜주는 깊이감을 갖고 있는 영산(靈山)이라 할 만하며, 아우라지강을 찾아가는 길에 맞닥뜨린 태백산맥의 연봉들과 거기에 어우러진 큰 여울들은 그 자체의 아름다움이 아니라 자연의 원형질을 대하면서 받는 자기 정서의 순화 작용 같은 것이었다.

아우라지 뱃사공의 설움

여량은 조그만 산간 마을이다. 아우라지강가 논에는 5기의 고인돌이 건재하고 양조장터(360번지)에서는 고인돌 밑에서 석기가 발견됐다는 보고가 있으니 그 연륜이 2천 년을 넘었는데, 조선시대에는 역원(驛院)이 있어 그때나 지금이나 정선과 임계를 잇는 길목 역할을 하고 있다.

세월이 흘러 구절리에서 정선을 잇는 정선선이 개설되면서 마을은 여량역을 중심으로 개편되고 70년대 새마을운동의 여파로 이른바 소읍 가꾸기 사업이 벌어지면서 마을길의 동선이 영화 촬영 세트처럼 인간적 체취를 잃어버린 규격화된 건물과 상점으로 반듯하게 구획되어버렸다. 그런 지 벌써 20년 가까운 세월이 지났다(1994년 집필). 이제 여량은 다시 시골 읍내의 조순한 정취가 살아나는 정겨운 마을로 되어간다. 그리고 그 이름은 얼마나 예쁜가. 여량(餘糧).

여량은 강마을이다. 오대산 줄기인 발왕산에서 발원하여 노추산을 굽이굽이 맴돌아 구절리 갓거리로 흘러내리는 송천(松川, 일명 구절천)과 태백산 줄기인 삼척 둥근산(일명 중봉산)에서 발원하여 임계면을 두루 돌면서 구미정(九美亭)의 그윽한 승경을 이루고 반천을 거쳐 유유히 내려오는 골지천(骨只川, 일명 임계천)이 여량에 와서 합수된다. 두 물줄기가 아우러진다고 해서 얻은 이름이 아우라지강이다. 그 이름은 또 얼마나 예쁜가.

강은 별로 크지 않으나 모래밭은 사뭇 넓고 길어 마주 보이는 산들이 제법 멀어 보이고 강가에는 희고 검은 천석들이 지천으로 널려 있다. 여름에 대수(大水)져서 물이 불어나면 물길은 자갈밭까지 차오르며 겁나게 쿵쿵거리고, 초겨울부터 해동 때까지 강물은 꽁꽁 얼어붙어 저 건너 싸리골을 한마을로 연결한다.

아우라지에는 조그마한 나룻배가 한 척 있다. 벌써 오래전부터 삿대를 젓지 않고 강 위로 긴 쇠줄을 잡아매어 그것을 잡고 오가고 있다. 강 건너 솔밭언덕이 지척에 보이건만 작아도 강은 강인지라 나룻배 없이는 건너지 못한다.

강언덕 양지바른 쪽에는 처녀상 하나가 야무진 맵시로 세워져 있다. 누구의 솜씨인지 몰라도 아우라지의 순정을 19세기 서양 고전주의 예술풍으로 다듬어놓은 것이다. 그 어색함이란 마치 뽕짝 가요를 이탈리아 가곡풍으로 부르는 격이라고나 할까.

이 아우라지 처녀상은 비극의 동상이다. 40년 전쯤 어느 혼례식 날 신랑 신부와 마을 하객을 태운 나룻배가―필시 정원 초과로―뒤집어지는 바람에 신랑만 남고 모두 익사해버린 대형 사고가 있었는데 그때 신부는 가마 속에서 미처 빠져나오지 못하여 가마째 쓸려갔단다. 그래서 이 동네는 지금도 3월이면 같은 날 제사가 많다고 한다. 그후 해마다 익사 사고가 잇따르게 되어 8년 전에는 이 동상을 세워 신부의 원혼을 달래주었고 지금은 푯말까지 세워 답사객을 일없이 부르고 있다.

아우라지 뱃사공은 마을 사람들이 집집마다 쌀이고 콩이고 일 년에 한 말씩 내는 것으로 품삯을 대신 받는다. 그러니 그 생계란 미루어 알 만하다. 8·15해방 무렵 아우라지 뱃사공은 지씨였다. 장구를 하도 잘 쳐서 '지장구 아저씨'로 통했다. 정선아리랑에서 "아우라지 뱃사공아……"는 본래 "아우라지 지장구 아저씨……"였다. 그런데 그의 두 아들이 한국전쟁 때 인민군에 부역했다고 해서 70년대 정선군청에서 가요집을 내면서 '뱃사공아'로 바꾸었다.

| **아우라지 처녀상** | 정선아리랑을 기리는 마음에서 세운 이 아우라지 처녀상이 좀 더 정선색시 맛을 띠었으면 오죽이나 좋았겠는가.

　10년 전 신경림 선생이 '민요기행'으로 여기에 왔을 때는 강씨 아저씨가 사공을 하고 있었다. 그에게는 세 자녀가 있었고 정부에서 내주는 호구미로 연명하였는데 아내는 가난에 못 이겨 대처(大處)로 도망가버렸다. 딱한 처지를 시로 읊은 신경림의 「아우라지 뱃사공」은 코끝이 시린 애조를 띠고 있다.

　몇 해 전 내가 답사회원들과 아우라지강을 건널 때 강씨 아저씨의 주름살 파인 검은 얼굴을 볼 수 있었다. 내가 그분을 위해 할 수 있는 일은 뱃삯을 넉넉히 내는 것 이상은 없었다.

　작년 늦가을 다시 아우라지를 찾아갔을 때 나는 작은 정성, 그야말로 촌지(寸志)를 흰 봉투에 따로 넣어갔다. 그러나 나는 강씨 아저씨를 만날 수 없었다. 지난번 홍수 때 나룻배가 떠내려가버린 것이었다. 아우라지로 흘러드는 송천은 양수(陽水)이고 골지천은 음수(陰水)로 음수가 불어

나면 홍수가 크게 난다는 말이 예부터 전해왔는데 바로 그 짝이 났다는
것이다.

먼동이 어슴푸레 떠오르는 신새벽 아우라지강가에 나아가 서릿발을
하얗게 받은 천석들을 하릴없이 뒤집어보며 먼 데 강 건너 솔밭에 서 있
는 처녀상을 바라보니 눈앞에 삼삼한 것은 잃어버린 나룻배와 주름살골
파인 강씨의 얼굴이었다.

정선아리랑의 유래

정선 땅 아우라지강을 찾아가는 길이 단순한 여행이 아니라 답사로
되는 것은 말할 것도 없이 정선아리랑의 고향이라는 사실 때문이다.

아우라지 지장구 아저씨(뱃사공아) 나 좀 건네주오.
싸리골 올동백이 다 떨어진다.
아리랑 아리랑 아라리요
아리랑 고개 고개로 나를 넘겨주게.

누구든 배운 바 없이 듣기만 하여도 금방 따라 부를 수 있는 이 정겨운
민요 한 구절로 인하여 평범한 강물결에 짙은 역사성과 예술성, 그리고
인간적 정취가 무한대로 퍼져나간다.

아리랑은 전국에 고루 퍼져 있는 민족의 노래이고 민족의 문학이며
한민족의 동질성을 확보해주는 언어다. 그러나 아이러니컬하게도 그것
의 정확한 유래와 말뜻은 아직껏 밝혀지지 않고 있다.

흔히 우리나라에는 3대 아리랑이 있다고 한다. 강원도의 정선아리랑,
호남의 진도아리랑, 영남의 밀양아리랑이다. 밀양아리랑은 씩씩하고, 진

도아리랑은 구성지고, 정선아리랑은 유장하다. 그것은 각 지방에서 자생한 민요조와 결합하면서 생긴 현상으로 진도아리랑은 육자배기조, 밀양아리랑은 정자소리조, 정선아리랑은 메나리조에 뿌리를 두고 있다. 그런 중 가장 충실한 민요적 음악 언어를 갖고 있는 것은 정선아리랑이라는 점에는 모두가 동의하여 팔도아리랑 중 오직 정선아리랑만이 중요무형문화재로 지정되어 있다.

아리랑의 뜻과 어원에 대하여는 알영(박혁거세의 부인)설에서 의미 없는 사설이라는 설까지 10여 가지 설이 있는데 정선아리랑은 '(누가 내 처지를)알아주리오'라는 뜻에서 '아라리'가 되었다는 전설을 갖고 있고 실제로 이곳 사람들은 '정선아라리'라고 부르고 있다.

아리랑 노래의 기원 또한 여러 설이 있는 가운데 정선아리랑은 고려가 망하자 불사이군(不事二君)의 충성으로 정선 땅 거칠현동(居七賢洞)에 은거한 선비 전오륜(全五倫)이 산나물을 뜯어먹으면서 비통한 심정을 율시로 지어 부르던 것을 지방의 선비들이 한시를 이해하지 못하는 사람에게 풀이하여 감정을 살려 부른 것에서 시원을 삼고 있다. 그래서 정선아리랑 700수 중에서 제일 첫번째 노래는 송도(개성)의 만수산이 나오며, 다른 아리랑보다 애조를 띠게 됐다는 것이다.

　　눈이 올라나 비가 올라나 억수장마 질라나.
　　만수산 검은 구름이 막 모여든다.

이것이 시원이 되었는지는 모르나 아리랑이 형성된 것은 본디 논노래·들노래·베틀노래·뗏목노래 등 민초들의 삶 속에서 자연스럽게 형성되어 있던 노동요가 1865년 경복궁 중수 때 팔도에서 모여든 부역꾼들이 각지의 일노래를 주고받는 가운데 아리랑의 보편성과 지역성이 동시에 확보되고 일의 노래가 사회화·현실화되며 한편으로는 놀이노래로 확대해갔다는 것이 고정옥의 『조선민요연구』(수선사 1949) 이래로 정설이 되었다.

그리하여 아리랑은 민족의 노래로 성장하게 되었는데 급기야는 그중 흥겨운 가사와 가락은 궁중으로 들어가 고종과 민비(명성황후)까지 즐기는 바가 되었다. 그것은 황현의 『매천야록』 고종 31년(1894) 정월조에 이렇게 적혀 있다.

매일 밤 전등불을 밝혀두고 소리패와 놀이패를 불러 속칭 아리랑(阿里娘)타령이라는 신성염곡(新聲艶曲)을 불렀다. 민영주는 원임대신으로서 많은 소리패, 놀이패를 거느리고 아리랑을 관장하면서 잘하고 못함을 평하며 금상·은상을 수여했는데 민비 시해 사건 이후 중단됐다.

그러한 아리랑은, 1926년 춘사 나운규가 만든 영화 「아리랑」이 3년간에 걸친 공전의 대성공을 거두면서 그 주제가가 아리랑의 대표성을 갖게 되었다. 이후 아리랑은 독립군아리랑에서 최근의 구로아리랑까지 우리의 곁을 떠나지 않고 사회화하면서 이어져오고 있는 것이다. 그러한 아리랑의 가장 모범적인 원조 정선아리랑의 고향 아우라지를 우리는 찾아간 것이다.

김남기 씨와 임계댁의 작은 공연

아우라지 답삿길에 나는 두 번 다 정선아리랑의 기능보유자인 김남기 씨를 초대하여 아라리 작은 마당을 마련했다. 두번째 답사 때는 남창, 여

창을 맞추어 임계댁 아주머니도 함께 모셨다.

청국(淸國)전쟁의 돈재물은 빚을 지고 살아도
하지 못하는 정선의 아라리 빚을 지고 살겠소.

이밥에 고기반찬 맛을 몰라 못 먹나
사절치기 강낭밥도 마음만 편하면 되잖소.

사극다리(삭은 나뭇가지)를 똑똑 꺾어서 군불을 때고서
중방 밑이 노릇노릇토록 놀다가 가세요.

김남기 씨의 육중한 저음은 노긋노긋한데 임계댁의 째는 듯한 고음은
애간장을 찌른다. 김남기 씨는 정선아리랑 중 수심편, 산수편, 처세편을
부르고, 임계댁은 주로 애정편에서 열정과 상사로 엮어가니 화합이 더없
이 잘 맞는다.

떴다 깜은 눈은 정들자는 뜻이요.
깜았다 뜨는 것은야 날 오라는 뜻이라.
네 칠자(七字)나 내 팔자(八字)나 네모 반듯한 왕골방에 샛별 같은
놋요강 발치만큼 던져놓고 원앙금침 잣베개에 앵두 같은 젖을 빨며
잠자보기는 오초강산에 일 글렀으니 엉뚱멍뚱 장석자리에 깊은 정만
두자.
아리랑 아리랑 아라리요
아리랑 고개 고개로 나를 넘겨주게.

영감은 할멈 치고 할멈은 아 치고 아는 개 치고 개는 꼬리 치고 꼬리
는 마당 치고 마당 가녘에 수양버들은 바람을 받아 치는데 우리 집의
그대는 낮잠만 자느냐.

아리랑 아리랑 아라리요

아리랑 고개 고개로 나를 넘겨주게.

답샃길에 들어서면서 버스 안에서 정선군청이 제작한 왕년의 인기 성
우인 구민·고은정 해설의 정선아리랑을 내내 들어왔지만 아우라지에 와
서 아우라지 사람의 살내음과 함께 듣는 그 맛은 전혀 다른 것이었다. 특
히 한 곡 한 곡을 부르면서 그 가사에 서린 삶의 내력을 풀이하는 것은
그것 자체가 훌륭한 구비문학이었다. 지금 민속학자·국문학자 중에 아
리랑에 몰입하여 그 원형을 찾는 작업이 소리 없이 추진되어 박민일의
『한국 아리랑문학 연구』(강원대출판부 1989) 같은 업적도 쌓이고 있음을 항
시 고맙게 생각하고 있지만 그 작업 중에는 이런 구비문학성 이야기 채
록도 곁들여지기를 간절히 소망하게 된다. 이윽고 김남기 씨는 정선아리
랑 중 뗏목 타며 부르는 소리로 들어간다. 그는 강원도 말씨의 아주 중요
한 특색 "~것이래요"라는 간접적인 지시를 말끝마다 붙여가니 그 향토
색이 더욱 짙게 풍긴다.

"나는 뗏목은 못 타봤지만 나무껍질 벗겨서 뗏줄을 해서 팔아는 봤
지요. 떼는 아무나 타능가요. 당신들 떼돈 번다가 뭔지 아시유. 옛날에
군수 월급이 20원일 때 떼 한번 타고 영월 가서 팔면 30원 받는 것이
래요. 그게 떼돈이래요. 뗏목은 앞대가리만 빠져나가면 일곱 동 한 바
닥이 가오리처럼 끌려가게 됐거든요. 그런데 정선 가수리에서 영월로
빠지는 황새여울 지나 핀꼬리에 이르면 뗏목 앞머리가 되돌이물살

위에 떠서 길게는 반 시간을 꼼짝 않고 서 있는 것이래요. 그래서 아라
리에 '우리 집 서방 떼 타고 갔는데 황새여울 핀꼬까리 무사히 다녀오
세요'가 있는 것이래요. 뗏목이 쉬어가는 곳에는 주막이 있는 법인데
견금산(만지산) 전산옥(全山玉)이 술집을 제일로 쳤던 것이래요. 그래
서 한잔하면서 부르는 소리가 있지요."

    산옥이의 팔은야 객줏집의 베개요.
    붉은 애입술은야 놀이터의 술잔일세.
    아리랑 아리랑 아라리요
    아리랑 고개 고개로 나를 넘겨주게.

옥산장 아주머니의 수석

　여량에는 몇 채의 여관이 있다. 그중에서 나는 두 번 모두 옥산장 여관
에 묵어갔다. 옥산장 주인아주머니는 여느 여관집 주인과 다르다. 깨끗하
고 곱상한 얼굴에 밝은 웃음은 장모님 사랑 같은 따뜻한 정이 흠씬 배어
있는데, 손님을 맞는 말씨에는 고마움의 뜻을 얹어 무엇 하나 귀찮다는
티가 없다. 여관 손님도 내 집 손님이요, 내 고향 방문객이라며 지난 늦가
을 답사 때는 시루떡 한 말에 식혜를 한 동이 해서 밤참으로 내놓았다.
　사람 대하는 정이 이토록 극진하여 우리들 회식 자리에 모셔놓고 노
래부터 청하니 홍세민의 「흙에 살리라」를 노가바(노래 가사 바꾸기)로 하여
"아름다운 여량 땅에 옥산장 지어놓고 (…) 왜 남들은 고향을 버릴까. 나
는야 살리라 여량 땅에 살리라"를 창가조로 애잔하며 씩씩하게 부른다.
　아주머니 살아오신 얘기나 듣자 하니 이분의 사설은 가히 입신의 경
지에 이르러 나도 입심 좋다는 말을 들어보았지만 그 앞에서는 명함도

| 옥산장 주인아주머니 | 여량 땅 아우라지 강마을의 유일한 여관인 옥산장은 시골 인심이 살아 있어 우리 답사회 단골집으로 되었다. 옥산장 아주머니의 인생 이야기를 듣고 있으면 절로 넋을 잃고 만다.

못 내밀 지경이었다. 시집와서 앞 못 보는 시어머니를 봉양하며, 교편 잡은 남편 봉급으로는 애들 교육시키기 어려워 별의별 품을 다 팔고 나중엔 여관을 지으며 두 애를 대학까지 보내고 큰애는 장가보내 서울에 집도 마련해주는 삶의 고단함과 억척스러움을 유성기 소리처럼 풀어가는데 그 토막토막에는 사랑, 아픔, 페이소스, 낭만, 파국, 고뇌, 결단, 실패, 좌절, 용기, 인내…… 그리고 지금의 행복으로, 대하 구비문학을 장장 세시간 풀어간다. 그렇게 하고 이것이 축약본이라는 것이다.

그분의 인생 드라마는 그저 얘기로 끝나는 것이 아니다. 이야기 단편 단편에는 상징과 알레고리가 스며 있어서 넋을 잃고 듣고 있는 청중들은 그 모두를 자기 인생에 비추어보면서 가슴 찔리고 부끄러워하고 용기를 갖게 되며 뉘우치게도 되는 문학성과 도덕성을 고루 갖추고 있다. 답사 떠나며 엄마하고 싸우고 왔다는 한 노처녀 회원은 그날 밤 오밤중에 당장 전화를 걸어 잘못했다고 빌었다니 그 감동이 어떠했기에 그랬을까.

옥산장 아주머니의 드라마 중에는 틈새마다 아우라지강가의 수석 줍기가 끼어 있다. 속상하면 강가에 나아가 돌을 만지는 것이 습관이 되었는데 조합 융자가 안 나와 강가에 갔다가 주운 것이 학이 알 낳는 형상, 빚을 못 갚아 막막하여 강가에 서성이다 주운 것이 명상하는 스님, 손님이 하나도 없어 속상해서 강에 나아가서는 호랑이와 삼신산…… 이런 식으로 이야기 중간중간에 매듭을 지어간다. 그러고 나서는 이야기가 끝난 다음 여관 입구 진열장에 가득한 수석을 관람시키니 그것은 (구비)문학과 (수석)예술의 만남이자, 자신의 사설의 물증을 제시하는 대단한 리얼리즘이었다.

앞 못 보는 시어머니가 바람을 맞아 3년 6개월을 한방에 살면서 대소변을 받아내며 병구완했던 그 인내와 사랑을 만년에 모두 복으로 받는 인간 만세의 주인공, 옥산장 아주머니의 성함은 전옥매이시다.

전착도장 적재함과 낙석 주의

아우라지강은 굽이굽이 맴돌아 정선 읍내에 이르러 조양강이 된다. 여량에서 정선으로 가자면 큰 고개를 하나 넘게 되는데 그 고갯마루에서 내려다보는 풍광은 국토의 오장육부에서만 볼 수 있는 절경을 이룬다. 강은 산과 산을 헤집고 넘어가는데 산은 강을 넘지 못하여 옆으로 비껴간다.

조양강은 푸르고 푸른 옥빛이다. 잠시 후 우리가 맞을 사북과 고한의 시커먼 물빛이 믿기지 않을 정도로 맑기만 하다. 조양강의 풍광은 아침 햇살을 머금은 때가 가장 아름답단다. 그래서 이름조차 아침 조(朝) 자에 볕 양(陽) 자가 되었다. 답삿길이 그쪽으로 닿지 않아 나의 회원을 이끌고 가지 못하여 못내 미안한 마음을 갖고 있는 비봉산 봉양7리의 정선아

| 정선 읍내와 조양강 | 조양강이 반원을 그리면서 흘러나가는 강변에 정선읍이 고즈넉이 앉아 있다.

리랑비(1977년 건립)에서 조양강과 정선읍을 내려다보는 정경은 그 자체로 한 폭의 그림이 된다.

정선읍에서 동대천을 따라 사북 쪽으로 가다보면 가파르게 경사진 비탈에는 강원도 옥수수가 싱싱하게 자라는 것을 볼 수 있다. 한여름이면 대궁이 굵고 잎이 크며 '옥시기' 술이 축 늘어진 강원도 옥수수의 싱싱함, 그것이 곧 강원도 금바우들의 정직과 순박, 그리고 저력을 상징해준다. 가을이면 비탈 곳곳에 베어진 옥수숫대는 선사시대 움집처럼 늘어서고 파란 비닐 부대에 담긴 옥수수가 점점이 포진한다. 그것은 풍요의 감정이 아니라 그저 그렇게 살아가고 있음을 말해주는 처연한 담담함으로 다가온다.

화암(畫岩)약수로 가는 길을 버리고 진령고개를 넘어 증산 사북으로 가는 길을 잡으니 험한 고개를 넘느라 차마다 숨이 차다. 줄곧 차 없는 한적한 길을 달려왔는데 고갯마루 다 와서는 줄줄이 화물차가 늘어서 낮은 포복으로 비탈길을 오르느라 진땀을 흘린다.

앞에 가는 화물차 궁둥이를 보니 왼쪽에 '전착도장 적재함'이라는 표딱지가 붙어 있다. 전착도장이라. 알아도 그만 몰라도 그만이지만 알 듯 모를 듯하여 사람을 궁금하게 만들고, 또 잊을 만하면 이렇게 튀어나오는 이 수수께끼를 풀려고 나는 한참 노력했다.

언젠가 한 화물차 기사님께 물었더니 적재함 안팎을 모두 도장했다는 뜻이란다. 그럴듯한 설명이었지만 어쩐지 미덥지 않아 다른 분께 물었더니 적재함을 얹기 전에 칠했다는 뜻이란다. 또 한 분은 페인트칠 하기 전에 녹슬지 말라고 방청제를 칠했다고 알려준다. 물을수록 뜻이 증폭하여 내친김에 경부고속도로 화물차 전용휴게소인 옥산휴게소에 가서 전착도장 적재함 화물차 기사님마다 물어보았다. 기사님마다 대답이 구구한데 한 분은 승용차처럼 전기로 칠했다는 뜻이라고 했고, 어떤 분은 엉뚱하게도 아무 화물이고 죄다 실을 수 있다는 뜻이란다. 듣자하니 앞 전 자 전착(前着), 온전 전 자 전착(全着), 전기 전 자 전착(電着) 중 하나인 것만은 틀림없었다.

그러다 한 전라도 기사님께 물었더니 "웜매, 고런 쓸잘데없는 것이 붙어 있능가요, 잉" 하며 스스로 의아해했고, 한 충청도 기사님은 "냅둬유. 그런 걸 우리가 아나유, 회사에 물어야쥬"라며 멋쩍어했다. 나는 그쯤에서 이 수수께끼의 탐색을 포기했다. 그리고 『동아일보』에서 생활 칼럼 '이 생각 저 생각'에 글 써달라는 청탁이 왔기에 이 수수께끼 얘기를 썼더니 이튿날 부산과 제천에 있는 전착도장 회사 사장님이 전화를 해서 정답을 알려주었다. 정답은 전착(電着)이었다. 큰 페인트통에 적재함을 담근 다음 적재함과 페인트를 ⊕, ⊖로 이온 분리시키고 여기에 300볼트의 전압을 흐르게 하면 분자 이동에 의해 도장이 도금하듯 말끔하게 된

다는 것이다. 붓이나 분무기로 칠하는 것하고는 비교가 안 되는 고급 도
장법이란다.

문제는 그래도 남는다. 그랬으면 그런 것이고 고급이면 고급인 것이
지 궁둥이에다 그랬다, 고급이다라고 붙이는 이유는 무엇인가. 승용차
뒤에 2.4 *l*, 슈퍼를 붙이는 것과 똑같은 이유였다. 한마디로 '잘났다'는
뜻이었다.

전착도장 적재함을 따라가다보니 벼랑 앞에는 '낙석 주의'라는 삼각
표지가 반(半)공갈조로 붙어 있다. 벼랑에서 돌 떨어지는 모습을 그렸는
데 아래로 내려올수록 크게 그려 그 위압감이 더하다. 세상에, 낙석 주의
라니! 빨리 가라는 말인가 천천히 가라는 말인가. 이런 무책임한 말이 어
디 있는가. 돌 떨어져도 책임지지 않겠다는 뜻 아닌가. 요는 각오하고 가
라는 뜻이다. 낙석 주의 표지판과 맞닥뜨린 운전자들은 항시 대책 없이
그 밑을 통과하며 고개를 숙여 위를 비껴보며 커브를 꺾는다.

그러나 주의하라는 것은 돌 떨어지는 것이 아니라 바닥에 떨어진 돌
일지도 모른다. 석락(石落, falling stone) 주의가 아니라 낙석(落石, fallen
stone) 주의인 것이다. 낙엽(落葉)은 분명 떨어진 잎인데…… 알 수 없는
일이다. 괜스레 이런 것을 따지다보니 낙석 주의 표지판을 보면 떨어진
돌, 돌 떨어지는 것 모두 주의한다고 위아래를 보느라고 바쁘다 바빠.

낙석 주의! 언제 돌 떨어질지 모르나 그래도 그 옆을 통과해야 하는
우리의 이 한심한 여로. 그러나 우리는 답삿길, 여행길에나 마주치는
경고이니 행복한 쪽이다. 이제 우리가 다다르는 사북과 고한의 광부들
은 하루하루를 낙석 정도가 아니라 도괴의 위험 속에서 살아가고 있는
것이다.

사북을 지나면서

나는 아우라지에서 정암사로 가는 길에 반드시 사북과 고한을 지나야 한다는 것이 항시 심적 부담이 되었다고 하였는데, 이 답사기를 쓰면서는 이곳 탄광 마을을 어떻게 쓸 것인가로 고뇌하지 않을 수 없게 되었다.

나는 이곳 막장 인생들을 말할 수 있는 자격이 없다. 탄광촌과 광부의 삶을 이 세상에 옳게 부각할 별도의 노력을 갖춘 바가 없다. 이 글을 위하여 『석탄광업의 현실과 노동의 상태』(유재무·원용호 저, 늘벗 1991)도 살펴보았고, 황인호가 쓴 「사북사태 진상보고서」도 읽어보았으며, 황재형에게 부탁하여 기독교사회개발복지회에서 계간으로 발행한 『막장의 빛』도 구해 보았다. 그러한 자료를 접할 때마다 모든 삶과 노동의 현실은 나의 상상을 초월하는 극한점에서 이루어지고 있었다. 나는 그 모두를 소화해낼 자신이 없다.

조세희의 글과 사진으로 되어 있는 『침묵의 뿌리』(열화당 1985), 박태순의 『국토와 민중』(한길사 1983)에 실린 「탄광지대의 객지문화」, 황석영의 『벽지의 하늘』(청년사 1976) 등이 보여준 문인들의 광산촌 르포문학에 값할 답사기는 쓸 자신이 없다. 또 내가 지금 르포를 쓰고 있는 것도 아니다.

이런 난처한 국면에 처할 때면 나는 '정직이 최상'이라는 교훈을 생각하게 된다.

내가 처음 사북이라는 곳을 와본 것은 1975년 여름이었다. 그것은 답사를 위해서가 아니었다. 무슨 자료 조사나 취재를 위해서도 아니었다. 그해 9월에 결혼할 나의 아내와 함께 장인어른께 첫인사를 드리러 간 것이었다. 나의 장인 될 분은 동원탄좌에 근무하다 정년퇴직하시고는 사북 읍내에서 동광철물점을 하고 계셨다. 이후 사북은 나의 처갓집이 있는 곳으로 되었고 자주는 아니어도 장인어른 뵙기 위해 줄곧 드나들고 항

| **사북역 앞 버스정류장** | 이제는 다시 볼 수 없는 그 옛날의 풍광이 되었다.

시 마음 한구석을 거기에 두고 살아온 곳이다.

1991년 답사 때 나는 사북을 지나면서 차창 밖으로 장인어른이 철물점 셔터를 올리는 것을 보았다. 잠깐이라도 내려 인사드릴까 하다가 인솔자로서 그럴 수 없어 그냥 지나쳤고 답사에서 돌아온 다음 전화로 인사를 대신했다. 그런데 그것이 내가 마지막 뵌 당신의 모습이었고, 그 가게는 이제 헐리어 읍사무소 주차장이 되었다.

그러기에 나는 사북을 조금은 알고 있다. 사북을 드나들면서 나는 광부들이 두 겹 하늘 아래 살고 있다는 것을 알았다. 푸른 하늘과 막장의 검은 하늘이다. 그리고 광부의 아내는 시름의 하늘이 하나 더 붙은 세 겹이라고 들었다.

얼마 전에도 사북의 동원탄좌 막장이 무너져 두 명이 숨지고 여덟 명이 갇혔다는 뉴스가 있었다. 그 사고 지점이 지하 8킬로미터라고 하는데 깊은 곳은 17킬로미터 속이라고 들어왔다.

험한 세상을 살다가 인생 막장에 와 광부가 되려는 사람들이 맨 처음 부닥치는 절망은 정식 광부가 되는 것조차 허락되지 않아 하청업자의 하청업자인 덕대 밑에서 안전시설이란 없는 거의 무방비 상태로 가혹한 저임금 아래 노동하며 당장의 생계를 위해 빚부터 지게 되는 현실이다. 그 빚이 평생을 가는데 그것도 사고로 세상을 떠나게 되면 유족이 떠안아 헐 보상금으로 갚고는 다시 무일푼으로 원위치하여 세 겹 하늘 아래 흐를 눈물도 없다는 사실만을 듣고 보았다.

사북의 아이들

사북의 현실을 가장 잘 반영한 글은 사북 아이들의 글짓기 이상의 것이 없다. 탄광촌의 르포 작가들이 자신의 뛰어난 필력을 버리고 너도나도 이 아이들의 글짓기를 옮기기에 바빴던 이유가 거기에 있다. 나 역시 『막장의 빛』에 실려 있는 사북의 아이들 노래를 전하지 않을 수 없다.

싸움

나는 우리 옆집 아이와

가끔 싸운다.

그때마다

가슴이 철렁한다.
우리 엄마한테 말해서
니네 식구 모두
쫓겨나게 할 거야
하고 돌아가는 것이다.
그 말만은 하지 말라고
나는 사과한다.

—사북초교 5학년 아무개

　　아주머니

새로 이사 온 아줌마는
참 멋쟁이다.
그런데 하루는 아주머니가
광산촌은 옷이 잘 껌어
하며 옷을 털었다.
왠지 정이 뚝 떨어졌다.

—사북초교 4학년 전형준

　　막장

나는 지옥이
어떤 곳인 줄
알아요.
좁은 길에다

모두가 컴컴해요.

오직

온갖 소리만

나는 곳이어요.

— 사북초교 6학년 노영민

그런데 인간의 꿈이란 묘한 것이어서 그런 끔찍한 현실, 절박한 삶을 버티고 살아가게 하는 것은 오직 희망이라는 사실이다. 그것이 곧 절망이 되고 허망인 것을 알면서도 당장은 그것이 있기에 버티는 것이다. 막장 인생의 힘은 지금도 거기에서 나온다. 1974년 갱내 매몰로 인해 질식사한 광부 김씨의 아내 이야기이다.

처음 그이는 여기에 올 때 5년만 탄광부가 되겠다고 했어요. 그다음엔 농장을 만들어 과실나무를 심고 강변에서 오리를 기른다고 했어요. 세상에 어디 그런 동화 같은 얘기가 있겠어요. 그렇지만 그때는 그런 희망 없인 살아갈 도리가 없었어요.(『벽지의 하늘』에서)

이제는 그것도 옛날얘기로 되어간다. 내가 인용한 글의 주인공들은 이제 20대 중반에 들어섰다.

석탄 광업이 사양길로 들어서면서 하청업자와 덕대는 물론이고 중소기업은 모두 폐광한 상태이며 사북의 동원탄좌와 고한의 삼척탄광 같은 대기업만 명맥을 유지할 뿐이다. 막장의 인생들은 또 다른 막장, 도시 빈민으로 다시 흘러들고 사북의 잿빛 하늘에는 침묵의 정적만이 낮게 내려앉아 있다.

나의 아내가 아버님께 인사드리게 하려고 사북으로 나를 데려오면서

했던 그 말이 생각난다.

"사북이 처음이지요? 강원도의 산들이 얼마나 아프게 병들어 있는 지 몰라요. 큰 수술 하지 않고는 치료할 수 없는 골수암 같은 거예요. 아버님 뵈면 괜히 쓸데없는 말 묻지 말아요."

황지의 화가 황재형

화가 황재형은 지금도 태백의 황지에 살고 있다. 내가 그를 처음 만난 것은 1981년 '중앙미술대전'에서 약관의 나이로 영예의 차석상(장려상)을 받았을 때였다. 그때 그는 광부복 하나를 극사실 수법으로 그려 많은 사람들에게 강렬한 예술적 충격을 주었다. 그는 그런 식으로 그림을 그리면 얼마든지 각광받을 수 있는 위치에 있었다. 그러나 황재형은 이내 스스로 광산촌의 화가가 되고자 젊은 아내와 어린 아들을 데리고 황지로 들어갔다. 그리고 지금껏 막장 인생들의 벗이 되고 동지가 되어 거기에 살고 있다.

나는 황재형의 황지 화실에 두 번 가보았다. 한 번은 혼자서, 한 번은 사북에 온 길에 나의 아내와 함께. 아내와 함께 갔을 때가 86년쯤 된다. 그때 황재형은 지독히 어려운 생활을 하고 있었다. 당장 내일모레까지 낼 일 년 치 집세를 마련하지 못하고 있었다. 그의 그림이 팔릴 리 만무하던 시절이었다. 나의 아내는 그의 소품 하나를 우리라도 사주자며 앰뷸런스를 그린 그림을 골랐다. 나는 별로 맘에 드는 작품이 아니었다.

우리는 황지역에서 기차를 기다리며 지물포에 가서 그 그림을 포장하였다. 지물포 아저씨는 나에게 그 그림을 잠깐 보여달라고 하였다. 보고 나서 하는 일성이 "거참 잘 그렸다"는 것이었다. 미술평론가로서 직업의

| **황재형의 「앰뷸런스」** | 탄광촌 사람이 아니면 지금 이 작품에서 산천초목이 떨리는
마음을 다는 읽어내지 못한다.

식이 발동했는지 나는 당장 물었다.

"아저씨, 어디를 잘 그렸나요?"
"당신이 그렸소?"
"아뇨, 제 친구가……"
"당신은 서울 사람이지."
"예."

"당신은 몰라. 저녁나절에 앰뷸런스가 울리면 세상이 이렇게 보인다 구. 산천초목이 흔들리구, 쥐 죽은듯이 조용하구. 나는 광부 생활 20년 하구 이 가겟방 하며 사는데 지금두 이런 때면 소름이 돋아요. 제일 싫 다구."

나는 그때 황재형의 그림이 왜 그렇게 강한 터치를 하는지 뼈저리게 느낄 수 있었다. 그는 밝은 조명의 전시장을 위해 그리는 것이 아니었 다. 세련된 안목과 멋쟁이 관객들의 감각에 호소할 의사가 있는 것이 아 니라 그저 진실을, 있는 사실을 그렇게 담고 있었던 것이다. 나는 지물포 아저씨 앞에서 부끄러웠다. 나의 미학적 척도로 그를 재어보려고 했던 황재형에게도 부끄러웠다. 그것은 미안한 것이 아니었다. 분명 부끄러움 이었다.

정암사의 단풍

1993년부터는 사북에도 외곽도로가 생겼다. 이제는 읍내를 지나지 않 아도 고한으로 빠질 수가 있게 되었다. 그래서 답사객은 마을 위로 난 길 을 지나면서 저탄장 탄가루를 검게 뒤집어쓴 사북의 지붕들을 보면서 빠져나간다. 잿빛으로 물든 마을을 비켜나면 차는 계곡을 따라 고한으로 달린다. 냇물은 시커멓고 냇가의 돌들은 철분을 머금어 검붉게 타 있다. 아우라지 조양강의 쪽빛 물결을 보았기에 고한의 개울은 더욱 검고 불 결해 보인다.

고한에는 아직 외곽도로가 없다. 지형상으로 외곽도로를 낼 재간도 없지 싶다. 2차선 도로를 길가의 집에 바짝 붙어 달리니 다닥다닥 머리 를 맞댄 루핑집 창틀이 바람에 덜컹거리는 것이 가까이 보인다.

고한초등학교를 지나면 갈래초등학교가 나오는데 여기가 하갈래이다. 상갈래는 막장의 석탄부들이 모여 살고, 중갈래는 운수업을 비롯한 중간 교역업자들의 마을이고, 하갈래가 다운타운으로 상가와 학교가 있는 것이다.

우리 답사회에는 이 갈래초등학교 출신이 한 명 있는데, 어렸을 때는 "너 학교 갈래 말래"의 준말이라고 놀렸는데 이제 와 생각하니 인생의 갈래를 암시한 이름 같다며 그 옛날을 처연히 회상하고 있었다. 갈래의 의미는 잠시 뒤 정암사 창건설화를 들어보면 알게 된다.

하갈래에서 곧장 질러 고한을 벗어나면 이내 정암사(淨巖寺)로 오르게 된다. 그 순간 산천은 거짓말처럼 맑아진다. 아우라지강가의 밝은 빛과는 달리 고산지대의 짙은 색감이 산과 내를 덮고 있다. 그래서 정암사 언저리의 나무들은 더 싱싱하고 힘 있고 연륜이 깊어 보인다.

믿기 어려운 독자를 위해 내가 물증을 제시한다면 여기는 공해에 까다롭기로 유명한 열목어의 서식지로 그것이 천연기념물로 지정되어 있으며, '살아 천 년 죽어 천 년 간다'는 주목의 군락지로 천 년 이상의 노목이 즐비한 곳이다. 이제 믿어준다면 나는 마음 놓고 말하련다. 나의 예사롭지 못한 역마살에서 가장 아름다운 단풍을 본 것은 정암사의 가을날이었다.

정암사의 절묘한 가람배치

정암사는 참으로 고마운 절이고 아름다운 절이다. 여기에 정암사가 있지 않다면 사북과 고한을 지나 답사할 일, 여행 올 일이 있었을 성싶지 않다. 나로서는 그 점이 고마운 것이다. 설령 사북과 고한을 일부러 답사한다 치더라도 이처럼 아늑한 휴식처, 쉼터, 마음의 갈무리터가 있고 없음에는 엄청 큰 차이가 있다. 나는 할아버지·할머니 제삿날이면 진짜 조상님께 감사드린다. 제삿날이 아니면 형제자매, 삼촌 사촌을 만나지 못하고 한두 해를 후딱 보낼 것인데 조상님들이 '미리' 알아서 이런 풍습을 남겨준 것에 고마워하듯 자장율사가 그 옛날에 이 자리를 점지해두심에 대한 고마움이다.

정암사의 아름다움은 공간 배치의 절묘함에 있다. 이 태백산 깊은 산골엔 사실 절집이 들어설 큰 공간이 없다. 모든 산사들이 암자가 아닌 한 계곡 속의 분지에 아늑하고 옴폭하게 때로는 호기 있게 앉아 있다. 정암사는 가파른 산자락에 자리잡았으면서도 절묘한 공간 배치로 아늑하고, 그윽하고, 호쾌한 분위기를 두루 갖추었다. 무시해서가 아니라 이 시대 건축가들로서는 엄두도 못 낼 공간 운영이다.

정암사는 좁은 절마당을 최대한 활용하기 위하여 모든 전각과 탑까지 산자락을 타고 앉아 있다. 마치 제비 새끼들이 둥지 주변으로 바짝 붙어 한쪽을 비워두는 것처럼.

절 앞의 일주문에 서면 정면으로 반듯한 진입로가 낮은 돌기와담과 직각으로 만나는데 돌기와담 안으로 적멸궁(寂滅宮)이 보이고 또 그 너머로 낮은 돌기와담이 보인다. 두어 그루 잘생긴 주목과 담장에 바짝 붙은 은행나무들이 이 인공 축조물들의 직선을 군데군데 끊어준다. 그리하여 적멸궁까지의 공간은 얼마 되지 않건만 넓이는 넓어 보이면서도 아늑한 분위기를 동시에 느끼게끔 해준다.

일주문으로 들어서 절 안으로 들어가는 길은 왼편으로 육중한 축대 위에 길게 뻗은 선불도량(選佛道場)과 평행선을 긋는다. 그로 인하여 정암사는 들어서는 순간 만만치 않은 절집이라는 인상을 갖게 되는데, 이

| **정암사 전경** | 수마노탑에 올라 정암사를 내려다보면 골짜기에 들어앉은 절집이 더욱 아늑하게 다가온다.

런 공간 배치가 아니었다면 정암사의 장중한 분위기, 절집의 무게는 나오지 않았을 것이다.

선불도량을 끼고 돌면 관음전과 요사채가 어깨를 맞대고 길게 뻗어 있어 우리는 또다시 이 절집의 스케일이 제법 크다는 생각을 갖게 되는데, 관음전 위로는 삼성각과 지장각의 작은 전각이 머리를 내밀고 있어서 뒤가 깊어 보인다. 그러나 정암사의 전각은 이것이 전부다.

절마당을 가로질러 산자락으로 난 돌계단을 따라 오르면 정암사가 자랑하는 유일한 유물인 수마노탑(水瑪瑙塔, 보물 제410호)에 오르게 된다. 수마노탑까지는 적당한 산보길이지만 탑에 올라 일주문 쪽을 내려다보면 무뚝뚝한 강원도 산자락들이 겹겹이 펼쳐진다. 자못 호쾌한 기분이든다.

| **정암사 선불도량** | 높직한 축대 위에 올라앉은 선불도량은 이 작은 절집에서 듬직한 권위를 느끼게끔 해주곤 한다.

정암사의 수마노탑

수마노탑은 전형적인 전탑 양식인데 그 재료가 전돌이 아니고 마노석으로 된 것이 특색이다. 마노석은 예부터 고급 석재다. 고구려의 담징이 일본에 갔을 때 일본 사람들이 이 위대한 장공(匠工)에게 큰 맷돌을 하나 깎아달라고 준비한 돌이 마노석이었다고 한다(그래서 일본 나라奈良의 도다이지東大寺 서쪽 대문을 맷돌문이라고 한다). 그런데 이 탑에 물 수(水) 자가 하나 더 붙어 수마노로 된 것은 자장율사가 중국에서 귀국할 때 서해 용왕을 만났는데 그때 용왕이 무수한 마노석을 배에 실어 울진포까지 운반한 뒤 다시 신통력으로 태백산(갈래산)에 갈무리해두었다가 장차 불탑을 세울 때 쓰는 보배가 되게 하였다는 전설과 함께 생긴 것이다. 즉 물길을 따라온 마노석이라는 뜻이다.

수마노탑은 자장율사가 중국에서 가져온 부처님 진신사리를 모신 곳

이다. 그래서 저 아래 적멸궁에는 불상이 안치되지 않고 곧바로 이 탑을 예배토록 되어 있다. 지금 우리는 양산 통도사 금강계단, 오대산 월정사 적멸보궁, 영월 법흥사 적멸보궁, 설악산 봉정암과 이곳 정암사를 5대 진신사리처라고 말하고 있다. 그러나 『삼국유사』에 의하면 통도사, 월정사, 정암사, 황룡사, 울주 대화사로 되어 있다.

자장이 사리를 받을 때 태백산의 삼갈반처(三葛蟠處)에서 다시 보자는 계시를 받았는데, '세 줄기 칡이 서린 곳'이 어딘지 몰라 헤매던 중 눈 위로 세 줄기 칡이 솟아 뻗으며 겨울인데도 세 송이 칡꽃이 피어난 것을 보았다고 한다. 그래서 비로소 수마노탑 자리를 잡게 되었고 갈래(葛來)라는 이름도 생겼다. 자장은 수마노탑을 세울 때 북쪽 금대봉에 금탑, 남쪽 은대봉에 은탑을 함께 세웠는데 후세 중생들의 탐심을 우려하여 불심이 없는 사람은 볼 수 없도록 비장해버렸다고 한다.

그러나 자장이 쌓았다는 원래의 수마노탑 모습은 알 수 없고 지금의 탑은 1653년에 중건된 것을 1972년에 완전 해체 복원한 것이다.

자장율사의 일생

『삼국유사』의 「자장정률(慈藏定律)」, 중국의 『속고승전』, 그리고 『정암사사적편』에 나오는 자장의 전기는 정암사의 내력을 자세히 말해주고 있다.

자장은 김씨로 진골귀족이었다. 일찍이 부모를 여의자 논밭을 희사하여 원령사를 세우고 홀로 깊고 험한 곳에 가서 고골관(枯骨觀)을 닦았다. 고골관은 몸에 집착하는 생각을 없애기 위해 백골만 남는 모습을 보며

| **수마노탑** |　전형적인 전탑(벽돌탑) 양식이지만 벽돌로 쌓은 것이 아니라 마노석으로 세워진 것이 특징이다.

수행하는 것이다. 나라에서 높은 벼슬자리가 비어 문벌로 그가 물망에 올랐으나 나아가지 않자 왕이 "만일 나오지 않으면 목을 베어 오라" 하니 자장은 "내 차라리 하루 동안 계(戒)를 지키다 죽을지언정 계를 어기고 백 년 살기를 원치 않는다"고 했다. 이에 임금도 그의 출가를 허락하였다.

자장은 636년 당나라에 유학하여 청량산(淸凉山, 일명 오대산)에 들어갔다. 자장은 청량산 북대(北臺)에 올라 문수보살상 앞에서 삼칠일간 정진하니 하루는 꿈에 이역승(異僧, 또는 梵僧)이 나타나 범어로 게송을 들려주었다.

하라파좌낭 달예다거야
낭가사가낭 달예노사나

자장은 이 희한한 범어의 뜻을 당연히 알 수 없었는데 이튿날 아침 다시 이역승이 나타나 번역해주었다.

모든 법을 남김없이 알고자 하는가.	了知一切法
본디 바탕이란 있지 않은 것.	自性無所有
이러한 법의 성품을 이해한다면	如是解法性
곧바로 노사나불을 보리라.	卽見盧遮那

그러고는 "비록 만 가지 가르침을 배우더라도 이보다 나은 것이 없소"라고 덧붙이고는 가사와 사리 등을 전하고는 사라졌다. 자장은 이제 수기(授記)를 받았으므로 북대에서 내려와 당나라 장안으로 들어가니 당태종이 호의를 베풀며 맞아주었다.

643년, 고국의 선덕여왕이 자장의 귀환을 청하니 당태종이 이를 허락하고 많은 예물을 주었다. 그가 귀국하자 온 나라가 환영하였고, 왕명으로 분황사에 머물렀다. 나라에서 승단을 통괄해 바로잡도록 자장을 대국통(大國統)으로 삼으니 자장은 승려들이 오부율(五部律)을 힘써 배우게 하고, 보름마다 계를 설하고, 겨울과 봄에는 시험을 보게 하고, 순사(巡使)를 파견하여 승려의 과실을 바로잡고, 불경과 불상에 일정한 법식을 내려 계율을 세웠다. 이리하여 나라 백성의 80, 90퍼센트가 불교를 받들었다.

자장은 북대에서 받은 사리 100립(粒)을 황룡사 구층탑, 통도사 계단, 울주 대화사의 탑에 나누어 봉안했다.

만년에 경주를 떠나 강릉의 수다사(水多寺, 지금 평창에 터만 있음)를 세우고 살았다. 그러던 어느 날 꿈에 북대에서 본 이역승이 나타나 "내일 그대를 대송정(大松汀)에서 보리라" 하고 사라졌다. 놀라 일어나 대송정에 나가니 문수보살이 나타나는지라 법요(法要)를 묻자 "태백산 갈반지(葛蟠地)에서 다시 만나세"라며 자취를 감추었다.

자장이 태백산에 들어와 갈반지를 찾는데 큰 구렁이가 나무 아래 서리어 있는 것을 보고는 시자에게 "여기가 갈반지다"라고 말하고 석남원(石南院, 지금 정암사)을 짓고는 문수보살이 나타나기를 기다렸다.

그러던 어느 날 다 떨어진 방포(方袍, 네모난 포대기)에 죽은 강아지를 칡삼태기에 담은 늙은이가 와서 "자장을 만나러 왔다"고 하였다. 이에 시자는 "우리 스승의 이름을 함부로 부르는 사람이 없거늘 당신은 도대체 누구냐"고 묻자 늙은이는 "너의 선생에게 그대로 고하기만 하라"고 하였다. 시자가 들어가 스승에게 사실대로 말하니 자장은 "미친 사람인가보다"라고 하였다. 시자가 나와 욕을 하며 늙은이를 쫓았다. 그러자 늙은이는 "돌아가리라, 돌아가리라, 아상(我相, 자신이 남보다 우월하다는 자격지심 같은 것)이 있는 자가 어떻게 나를 볼 것이냐!"라며 칡삼태기를 쏟자 죽은 강아지는 사자보좌(獅子寶座)로 바뀌고 그는 이를 타고 빛을 발하며 홀연히 떠났다. 시자는 이 놀라운 광경을 자장에게 전했다. 사자보좌를 탔다는 것은 곧 문수보살을 의미하는 것이었다. 이에 자장이 의관을 갖추고 황급히 따라나섰으나 벌써 아득히 사라져 도저히 따를 수 없었다. 문수보살을 따라가던 자장은 드디어 몸을 떨어뜨려 죽었다.

가르쳤으나 가르침이 없는 경지

글쟁이를 업으로 삼은 것은 아니지만 논문, 비평문, 해설문, 잡문에 답사기까지 식성껏 글을 써오다보니 나도 모르게 몇 가지 글버릇이 생겼다.

고백하건대 반드시 만년필이어야 하고, 원고지는 나의 전용 1천 자 원고지여야 하며, 구상은 밤에 엎드려 하고, 글은 낮에 책상에 앉아서 쓰며, 먼저 제목을 정해야 쓰기 시작하고, 첫장에서 끝장까지 단숨에 써야 되는데 글 쓰는 동안에는 점심·저녁도 무드 깨질까봐 대충 때운다.

아무리 생각해도 고약한 버릇인데 그런 중 더욱 괴이한 버릇은 글쓰기에 앞서 반드시 이야기로 리허설을 하는 것이다. 이때는 스파링 파트너를 잘 만나야 도움이 되므로 글에 따라 적당한 상대를 찾는 것이 중요하다. 그것이 나로서는 큰 일거리다.

그러나 아우라지강을 찾아가는 이 답사기 리허설의 스파링 파트너는 아주 쉽게 찾았다. 집사람이다. 그녀의 고향 땅이고, 장인어른 살아생전에는 함께 여러 번 다녀온 곳이니 제격이 아닐 수 없다. 어느 날 저녁 밥상머리에서 슬슬 아우라지 얘기를 꺼내니까 한 번도 내 글의 스파링 파트너가 돼본 일이 없었는지라 대꾸하는 것이 빗나간다.

"아우라지는 나도 잘 아는데 왜 당신이 나한테까지 설명을 하는 거요? 우리 작은오빠는 거기 가서 물고기를 잘 잡아왔어요."

"무슨 고기?"

"잡고기지 뭐 특별한 거야 있을라구."

그래도 나는 답사기 리허설이라는 말은 못 하고 사북과 고한에 대한 얘기를 두서없이 해댔다. 본래 말수가 적은 아내는 듣는 둥 마는 둥 하더니 내 말이 잠시 멈추자 또 한마디 하는 것이 고작,

"다 잡수었으면 저리 비켜요. 나 빨리 설거지해야 돼요."

이런 답답한 여편네가 있나 싶지만 그래도 내가 필요한 대상인지라 부엌과 마주 붙은 식탁에 앉아 차를 마시면서 덜거덕거리는 설거지 소리에 대고 정암사 얘기를 해갔다. 듣건 말건 떠들면서 나는 속으로 이런 불성실한 스파링 파트너도 있다는 생각을 지울 수 없었다. 나의 이야기가 자장율사의 죽음에 이르자 아내는 빈 그릇을 마른행주질해서 찬장에 넣고는 슬며시 곁에 앉으며 전에 없이 관심 어린 어조로 말한다.

"아까 자장율사가 어떻게 돌아가셨다고 했죠?"

"아까 다 했잖아. 나는 재방송을 안 해요."

"아까는 설거지하느라고 제대로 못 들었어요."

사람의 심리와 행태란 다 이런 것이렷다. 이제 들어주겠다고 하니까 못하겠다는 것이다. 그러나 아내는 내실 다 들었건만 다시 듣고픈 감동이 있었던 모양이다. 잠시 멍하니 허공을 바라보더니 식탁에서 일어서며 반은 혼잣말로 중얼거린다.

"자장율사가 그렇게 비장하게 입적하셨군요. 그 죽음의 이야기 속에 금강경 내용이 다 들어 있네요."

"금강경이라구? 금강경 어디를 보면 그런 내용이 나오우?"

"금강경 전체의 분위기가 그렇다는 것이에요."

"사실 나, 답사기를 쓰는 리허설 해본 것인데 어느 구절 하나만 찾아주구려."

"안 돼요. 당신이 다 읽고 써요."

"아, 나 바빠. 내일까지 원고 다 써야 돼."

"나도 바빠요. 자기 전에 방 치우고 빨래해야 돼요."

아내는 월운스님이 강술한 금강경을 주고 간다. 밤새 읽어가다보니 25번째 마디, 화무소화(化無所化), 번역하여 '교화(敎化)하여도 교화함이 없음,' 풀이하여 '가르쳤으나 가르침이 없는 경지'에 이러한 구절이 나온다. 부처님이 장로(長老) 수보리(須菩提)에게 하는 말이다.

수보리야! 너희들은 여래가 중생을 제도하리라고 여기지 마라. (…) 진실로 어떤 중생도 여래가 제도할 것이 없느니라. 만일 어떤 중생을 여래가 제도할 것이 있다면 이는 여래가 아상(我相), 인상(人相), 중생상(衆生相), 수자상(壽者相)이 있다는 것이니라. 수보리야! "아상이 있다"고 한 것은 곧 아상이 아니건만 범부들은 아상이 있다고 여기느니라. 수보리야! 범부(凡夫)라는 것도 범부가 아니고 그 이름이 범부일 뿐이니라.

1994. 7. / 2011. 5.

원주의 문화유산과

폐사지

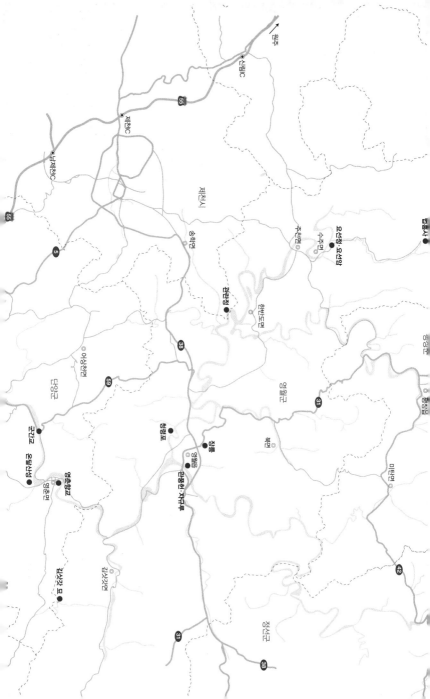

주천강변의 마애불은 지금도 웃고 있는데

남한강 / 영월의 옛 이미지 / 주천강 / 요선정 /
숙종·영조·정조의 어제시 / 무릉리 마애불 / 신경림의 시 / 요선암

남한강의 수맥

국토를 인체에 비유하면 산맥은 뼈, 들판은 살, 강은 핏줄이다. 산과 들은 국토의 골격을 이루고 강물은 대지에 생명을 불어넣는다. 강은 언제나 그렇듯이 유유히 흐르면서 국토가 살아 있음을 보여주며 흐르는 강물은 여기에 살던 사람들의 애환을 침묵 속에 증언한다. 그리하여 강은 그 이름만 불러보아도 국토의 향기와 역사의 고동이 일어난다. 압록강·두만강·청천강·대동강·임진강·한강·금강·낙동강·섬진강……

그중 한강(漢江)은 국토의 허리를 가로지르는 한반도의 상징이다. 삼국시대 고구려·백제·신라는 서로 한강을 차지하기 위해 오랜 세월을 두고 치열한 공방전을 벌였고, 한강을 차지하는 나라가 한반도의 강자가 되었다. 우리가 20세기 후반, 반세기 만에 산업화와 민주화에 성공한 것

을 두고 세계가 '한강의 기적'이라고 말한 것에서도 그 상징성을 확인할 수 있다.

사람들은 누구든 자기가 살고 있는 지역에 흐르는 강에서 각별히 깊은 서정을 발하게 된다. 서울에 살면서 조석으로 한강을 건너다니다 보니 언젠가 한 번은 저 강의 상류로 올라가 강물을 따라 내려오는 긴 답사 여정에 오르고 싶었다. 그것은 곧 한강의 역사, 한강의 고고학, 한강의 문화사가 될 것이기에 은근한 호기심이 절로 일어났는데, 이제 나는 비로소 그 길을 떠난다.

한강은 태백산에서 발원한 남한강과 금강산에서 발원한 북한강이 양수리에서 만나 도도한 강줄기를 이루며 서울을 가로질러 서해로 흘러드는 한반도의 젖줄이다. 그중 한강의 본류는 남한강인데, 태백산 검룡소에서 발원하여 서해에 이르는 물길은 약 500킬로미터에 이른다.

남한강에는 수많은 지류가 실핏줄처럼 퍼져 있어 상류로 올라가 각 고장을 지날 때마다 저마다 다른 이름으로 불린다. 남한강의 상류는 크게 두 줄기로 흘러내려 영월에서 만난다. 그것이 영월의 동강(東江)과 서강(西江)이다.

그중 동강이 남한강의 본류로 태백산 검룡소에서 발원한 골지천이 평창 황병산에서 흘러내린 송천과 아우라지에서 만나고, 정선에 이르러서는 오대산에서 발원한 오대천과 만나 조양강이라는 제법 큰 물줄기가 된다. 여기부터 어라연을 지나 영월 동쪽으로 흘러드는 물줄기가 동강이다.

서강은 남한강의 큰 지류로 계방산에서 발원하여 평창 읍내로 흘러내리는 평창강이 저쪽 태기산에서 발원한 주천강(酒泉江)을 받아들여 영월 서쪽으로 흘러들어가는 강이다.

정확하게 말하자면, 남한강이란 동강과 서강이 만나는 영월에서 시작하여 단양·충주·원주·여주·양평을 거쳐 북한강과 만나는 양수리 두물

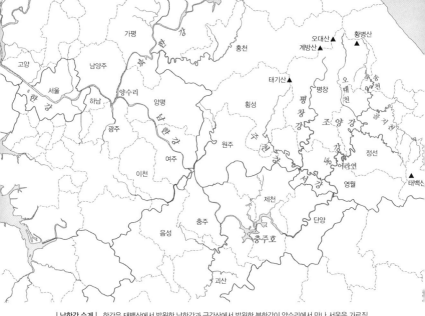

| 남한강 수계 | 한강은 태백산에서 발원한 남한강과 금강산에서 발원한 북한강이 양수리에서 만나 서울을 가로질러 서해로 흘러든다. 한강의 본류는 남한강이며 남한강의 상류는 크게 두 줄기로 흘러내려 영월에서 만난다. 그것이 영월의 동강과 서강이다.

머리까지를 말한다.

영월의 동강은 근래에 동강댐 반대운동 덕에 그 풍광이 수려하다는 사실이 새삼 세상에 널리 알려지면서 오늘날 어라연의 래프팅을 비롯하여 자연관광지로 크게 각광을 받고 있지만 이름도 낯선 서강은 아직도 사람들의 발길이 뜸하다. 그래서 호젓하고 자연의 원단을 더 좋아하는 답사객으로서는 동강보다 오히려 서강 쪽으로 가는 발길이 즐겁다.

영월의 옛 이미지

영월은 유서 깊은 고을이다. 『신증동국여지승람(新增東國輿地勝覽)』은 영월의 건치연혁(建治沿革)을 다음과 같이 말하고 있다.

본래 고구려의 내생군(奈生郡)이다. 신라가 이를 내성(奈城)이라 하였고, 고려는 지금의 이름인 영월로 고치고 원주의 속현으로 하였다. 공민왕 21년(1372)에는 이 고을 사람인 연달마실리(延達麻實里)라는 환관(宦官)이 명나라에 있으면서 국가에 공이 있다고 하여 군(郡)으로 승격시켰다. 본조(조선왕조)에서도 그대로 따랐으며 정종 원년(1399)에 충청도에서 떼어내 강원도에 소속게 했다.

영월의 자연 형승(形勝)을 두고 옛 시인 정추(鄭樞)는 "칼 같은 산들이 얽히고설켜 있고, 비단결 같은 냇물이 맑고 잔잔하다"고 읊었는데, 고을 이름을 영월(寧越)이라고 하여 '편안히 넘어가는 곳'이라고 한 것은 아마도 큰 사건 사고가 없는 한적한 곳이었기 때문이 아니었을까 싶다.

영월은 예나 지금이나 강원도 산골의 작은 고을이다. 오늘날 영월은 인구 4만 명 정도여서 자칫 군의 지위도 위협받고 있을 정도인데 『세종실록』지리지에 의하면 조선 초 영월의 호구 수는 324호, 인구는 611명으로 나온다.

중앙정부에서 내려보내는 관원으로 군수와 훈도가 각 1명이고 이에 수반되는 인원이 관아를 지키고 있었다. 토산으로는 석철(石鐵)·자단향(紫檀香)·송이버섯·백화사(白花蛇)·쏘가리[錦鱗魚] 등이 많다는 것이 자랑이라고 했다. 『정감록(鄭鑑錄)』에서도 피난과 보신(保身)을 위한 십승지(十勝地)의 하나로 "영월 정동(正東)의 상류"를 꼽았을 정도다.

그래서 여말선초의 문신인 이첨(李詹)이 영월군수에게 보낸 시는 조용한 산골 영월의 옛 이미지를 아련히 그려보게 한다.

성곽은 쓸쓸하고 돌길은 비꼈는데

| 영월 고지도 | 군현지도는 각 고을의 자연적 지형을 배경으로 하면서 읍을 중심으로 그려 '읍지도'로도 불렸는데
전통적인 산수화법을 이용하여 산과 강의 형상을 그린 회화식 지도가 유행했다. 영월 지도는 현재 규장각에 소장된
1870년대 군현지도 중 하나다.

민가와 아전의 집이 반반씩 여남은 집 있을 뿐

(…)

관가에는 일이 없어 아침 조회를 폐지하였고

작은 고을을 누워서 다스린다고 하네

그러나 그대는 박(薄)하다고 말하지 마라

아이들이 죽마를 타고 와서 맞이함이 차라리 자랑인 것을

서울에서 영월로 가는 길은 충주나 원주를 거쳐 제천에서 들어가게 되어 있다. 그러나 중앙고속도로가 개통된 이후에는 원주시 신림나들목에서 빠져나와 영월군 주천면(酒泉面)으로 들어가는 것이 유리하다. 풍광도 수려하고 길도 호젓하여 나의 영월답사는 자연히 주천에서 시작하게 된다.

주천으로 가는 길

오늘날 주천은 영월군의 한 면에 지나지 않지만 조선시대에는 독립된 현(縣)이었다. 주천의 입장에서 보면 서쪽은 원주, 동쪽은 영월과 평창, 북쪽은 횡성, 남쪽은 제천으로 닿아 있다. 도로가 사통팔달로 뚫린 오늘날에는 다섯 고을로 뻗어나간다고 하겠지만 그 옛날에는 다섯 고을을 갈라놓는 깊은 산골이었다는 얘기다.

원주시 신림에서 영월군 주천으로 들어가는 길은 전형적인 강원도 산길이다. 강원도가 충청·전라·경상 삼남 지방과 크게 다른 것은 산이 높고 깊다는 점이다. 들판이 적기 때문에 논보다 밭이 많으며 그 밭도 대부분 산자락 아랫도리에 비스듬히 걸쳐 있는 비탈밭이다. 전형적인 이 강원도 산길로 들어서면 옹기종기 모여 사는 동그만 마을이 아니라 외딴

집이 점점이 이어지곤 한다. 그래서 강원도 산골의 풍광은 따뜻한 온정보다 은일자적인 처연한 느낌을 준다.

　그렇게 산골짝을 따라 난 길을 가다보면 홀연히 시야가 넓게 열리면서 산중의 넓은 분지가 나타난다. 여기가 주천면소재지로 고을 앞쪽으로는 주천강이 흐르고 있다.

　이곳 마을과 강 이름이 술 주(酒) 자, 샘 천(泉) 자가 된 것은 주천리 뒷산인 망산 기슭의 바위샘 돌구유에서 술이 나왔다는 데서 비롯되었다고 한다. 고구려가 중원 지역을 지배할 때부터 이 고장 이름이 주연현(酒淵縣)이었던 것을 보면 이 술샘의 유래가 무척 오랜 것 같다.

　그 술샘은 어느 때부터인가 술이 나오지 않게 되었는데 전하기로는 양반이 뜨면 술이 나오고 상놈이 뜨면 물이 나온다고 하여 어느 상놈이 부숴버렸다고도 하고, 이를 마시고자 각지에서 현으로 찾아오는 사람들이 줄을 이어 고을 아전들이 아예 이 돌구유를 현청으로 옮기려 하였는데 갑자기 벼락이 떨어져 세 동강 나 그중 한 조각이 주천강가로 굴러 떨어졌다고도 한다.

　이야기를 듣자 하니 멀리서 주천의 소문을 듣고 관아로 찾아오는 손님이 많아 매번 망산에서 관아까지 퍼 나르기 귀찮아지자 고을 아전인지 상놈인지가 이 돌구유를 박살내버린 것이 아닌가 싶다.

　옛날엔 이런 비슷한 일이 많았다. 함경도 황초령의 진흥왕순수비는 중앙에서 하도 탁본해서 올려보내라는 일이 많아지자 탁본 부역에 나갔던 사람이 절벽 위에 있는 비석을 발로 차서 아래로 떨어뜨려 동강나버렸다고 한다. 또 금강산 삼일포 호수 가운데 있는 돌섬은 신라 화랑들이 새긴 붉은 글씨가 있어서 단서암(丹書巖)이라고 했는데 탁본을 요구해오는 일이 하도 많아 고성군수가 글씨를 깨서 물속에 처박았다고 한다.

　주천의 술샘 역시 그런 이유로 깨져버린 뒤 다시는 술이 나오지 않고 마

| **주천강 강마을** | 주천강변에 자리잡은 주천면은 전형적인 강원도의 강마을로 아름답고 호젓한 분위기를 지니고 있다.

을과 강에 그 이름만 남아 있다. 그런데 그것이 사뭇 오래된 일인지 세종 때 문신인 강희맹(姜希孟)이 주천을 노래한 시에도 이 이야기가 나온다.

원성(原城, 오늘의 원주) 부곡 옛 고을 서쪽에	原城部曲古縣西
깎아 세운 듯한 높은 봉우리 우뚝 솟아 창연히 섰고	斷峯峽岈臨蒼然
벼랑 아래는 물이 깊고 맑아 굽어보면 검푸른데	崖下泓澄瞰黝碧
돌 술통이 부서져 강가에 가로놓였네	石槽破碎橫江堧

주천강변의 아름다운 강마을

주천에 더 이상 술이 나오지 않는 것은 아쉬운 일이지만 술이 아니라도 저절로 찾아오고 싶어지는 아름다운 강마을이다. 주천강은 평창강으로 흘러드는 한강의 제2지류인데 강원도의 산들이 두텁기 때문에 웬만한 강의 본류와 맞먹는 강폭과 길이를 갖고 있다. 구불구불 돌아내려오는 그 길이가 118킬로미터나 된다고 한다.

4대강사업으로 천연스러운 강마을 정경을 많이 잃어버린 탓에 주천강마을에 다다르면 누구나 이 안온한 풍광에 절로 가벼운 탄성을 발하며 잠시 머물다 가고 싶은 충동을 느낀다.

주천에서 강물을 따라 동쪽으로 내려가면 영월 읍내가 나오고 강을 거슬러 북쪽으로 올라가면 수주면(水周面)이 되는데 고을 이름이 물 수(水) 자, 두루 주(周) 자인 것에서 알 수 있듯이 강물이 계속 굽이굽이 맴돌아 흘러내린다. 본래 산이 높으면 골이 깊고, 골이 깊으면 물이 맑은 법이다. 맑은 물살을 자랑하며 유유히 흘러내리는 주천강은 구불구불 흐르는 곡률도(曲率度)가 다른 강에 비해 월등히 높다.

수주면에는 아름답고 호젓한 작은 강마을이 점점이 이어진다. 복숭아꽃이 만발하기만 한다면 무릉도원(武陵桃源)이 따로 없을 것 같은데 옛날에는 더 그랬는지 마을 이름에 무릉리도 있고 도원리도 있다. 어디엔가 유서 깊은 명소가 있음 직한데 무릉리 강변 절벽에 요선정(邀僊亭)이라는 정자가 있어 우리를 부른다. 무릉이란 이상향의 상징이고 요선이란 '신선을 맞이한다'는 뜻이니 이름만 보아도 그 풍광이 아름답다는 것을 알 수 있지 않은가. 그리하여 남한강을 따라가는 나의 영월답사는 이곳 요선정을 첫 기착지로 삼게 된다.

요선정의 숙종대왕 시

요선정은 무릉리 주천강변의 높이 60미터쯤 되는 절벽 위에 올라앉아 있다. 본래 저 안쪽 큰절인 법흥사의 작은 암자가 있었던 곳으로 지금도

| 차창 밖으로 본 빙허루 | 주천의 망산 위에는 빙허루라는 아름다운 정자가 있어 숙종이 여기에 부친 시를 지을 정
도였다. 그러나 화재로 불타고 지금 보이는 것은 근래에 복원된 것이다.

고려시대의 마애불과 무너진 오층석탑이 있어 이를 증언하고 있는데 언젠가 폐사되었고 1913년에 이곳 주민들이 이 빈 절터에 정자를 세우고 요선정이라 이름 지은 것이다.

요선정은 이처럼 연륜도 짧고, 정자 건물도 앞면 2칸, 옆면 2칸 팔작지붕의 평범한 모습으로 잘생긴 것도 아니지만 여기가 답사의 명소가 된 것은 그 정자 건물이 아니라 여기서 내려다보는 주천강의 환상적인 풍광과 함께 숙종·영조·정조 세 임금이 주천강의 아름다움을 노래한 시와 그 내력을 새긴 현판이 있기 때문이다. 하나의 정자에 세 임금의 글이 걸려 있다는 것은 아주 드문 일이 아닐 수 없는데 그 사연이 아주 길고 뜻도 깊다.

숙종은 200여 년 전 조선 초기에 일어났던 세조 왕위 찬탈의 과거사를 바로잡기 위해 심혈을 기울였다. 그것은 왕조의 정통을 확고히 하기 위한 조치였다. 숙종은 우선 노산군을 임금의 지위로 복위시켰고, 결국은 단종이라는 시호를 부여하고 종묘에 모셨다. 이때 노산군의 묘를 왕릉으로 격상시켜 새로 조성하고는 장릉이라는 능호를 부여했다. 이 일련의 작업을 위해 숙종은 단종의 영월 유배길에 있었던 일들을 소상히 물어 살피곤 하였다. 그러던 1720년(숙종 46년) 정월, 주천현에 빙허루(憑虛樓)와 청허루(淸虛樓)라는 두 누각이 있다는 말을 듣고는 여기에 부친 시를 지었다.

듣건대 주천에 두 누각이 있다던데	聞說雙樓在酒泉
몇 번이나 수리하여 아직도 온전한가	幾經葺理尙能全
높고 높은 석벽은 구름에 닿아 있고	峨峨石壁靑雲接
맑고 맑은 강물은 푸르게 이어졌네	漾漾澄江碧水連
산새들은 나무 위에서 지저귀고	山鳥好禽鳴樹上
들꽃과 봄풀은 뜰아래 비치이네	野花春草映階前
술 지니고 누에 올라 아이 불러 따르게 하고	携登官醞呼兒酌
취하여 난간에 기대어 낮잠을 즐기누나	醉倚欄干白日眠

이것이 숙종이 지은 「빙허 청허 양루 시(憑虛淸虛兩樓詩)」이다. 숙종은 이 시를 직접 써서 당시 원주목사인 심정보(沈廷輔)에게 내려주며 청허루에 걸게 했다. 이것이 숙종의 어제어필시문(御製御筆詩文) 현판이다.

영조와 정조의 복원

그러나 그후 30년쯤 지나 청허루에 화재가 나 숙종의 어제시는 누대와 함께 소실되고 말았다. 얼마 뒤인 1758년에 원주목사 임집(任濈)이

| 요선정의 숙종 어제시 현판 | 애초에는 숙종이 빙허루와 청허루에 부친 시를 새긴 현판이 있었으나
소실된 후 영조가 이를 다시 복원하면서 그 내력을 써서 새 현판으로 만들어 걸었다.

청허루를 중건하게 되었는데 이 소식을 들은 영조는 선왕의 시를 직접
써서 현판으로 걸게 하면서 다음과 같은 글을 덧붙였다.

삼가 생각건대 선왕(숙종)의 어제시는 내가 약을 달이면서 이미 본
것이다. 근년에 친히 지으신 이 시가 문집의 끝에 실려 있는 것을 보면
서 모르는 사이에 턱까지 눈물이 흘러내렸다. 이로써 차마 다시 시를 짓
지 못하고 나의 시권(詩卷) 중에 기록해두었는데 이제 예조판서의 부
탁이 있어 다시 눈물을 흘리며 써서 승지를 보내 현판으로 달게 한다.
아, 옛날의 어제시를 내가 직접 쓰자니 추모의 정이 절실하다. (…)
선왕의 찬란한 문장이 후대에까지 없어지지 않게 할지어다.
1758년 10월에 눈물을 흘리며 쓴다.
이때 소임을 맡은 원주목사 임집이 중건하고 어제시를 받들어 보전
하니 호피(虎皮) 한 장을 특별히 내려 가상한 뜻을 표하노라.

이리하여 청허루에는 숙종과 영조의 시와 글이 걸려 있게 되었는데
그로부터 30년이 지난 1788년, 정조는 두 분 선왕의 글이 주천 산골 정

| 요선정의 정조 어제시 현판 | 1788년 정조는 숙종·영조 두 분 선왕의 글이 주천 산골 정자에 봉안되어 있다는 사실을 듣고는 이에 부친 시를 짓고 그 유래를 밝힌 글을 지어 현판으로 걸게 했다.

자에 이렇게 봉안되어 있다는 사실을 듣고는 감회가 일어 이에 부치는 시를 짓고는 이 유적의 가치를 이렇게 말했다.

주천은 옛적에는 현(縣)이었으나 지금은 원주에 속해 있다. 청허루와 빙허루의 두 누각이 있는 경치 좋은 곳으로 옛날에 심정보 목사가 있던 고을이다. 숙종대왕께서 이곳을 좋아하여 지으신 시의 현판이 그간 화재를 입었는데 선왕(영조)께서 무인년(1758) 고을을 지키던 목사가 중건하였음을 들으시고 숙종대왕의 원래 시를 찾아 손수 쓰시고 서문을 지으시어 근신에게 명하여 현판으로 달게 하였던 것이다.

대체로 하나의 누각이 세워지고 퇴락하는 것은 (그 정자가 중요하나 아니나의) 경중에 있는 것이 아니라 임금께서 지으신 보배로운 글이 있음으로 빛났던 것이다. 이 누각은 임금의 글로써 빛나고 그 고을의 산천은 이 누각으로 인해 빛나는 것이다. 거듭 중축함은 이 고을을 위함이니 어찌 가볍고 무거움에 달렸다고 하겠는가. 계속하여 수리(보존)하는 일에 가히 힘쓸 줄로 알겠노라. 나 또한 이를 공경해서 시를 짓고 (그 내력의) 대략을 적어 그 곁에 달게 하노라.

이리하여 정조가 숙종의 시를 차운하여 지은 시는 다음과 같다.

임금께서 주천에 글 내리신 것을 아직도 말하니	尙說黃封降酒泉
청허루는 이로부터 더 명승이 되었네	淸虛從此勝名全
누각의 모습은 임금의 글씨와 더불어 빛나고	樓容重與雲章煥
땅의 기운은 도리어 하늘에 닿았구나	地氣還應壁宿連
백 리의 농사일은 달라진 것이 없고	百里桑麻渾不改
봄날의 꽃과 새도 전처럼 여전하구나	一春花鳥摠依前
이르노니, 지척에 근심이 있음을 분간하여	瞻言咫尺分憂在
태수는 쉬면서 술에 취해 잠들지 말지어다	太守休爲醉後眠

이리하여 주천의 청허루에는 숙종·영조·정조 세 임금의 시와 글이 새겨진 현판이 걸리게 되었던 것이다.

요선정의 유래

그러나 이 자랑스러운 두 누각은 그간의 세월 속에 퇴락하여 마침내 왕조의 말기에 와서는 무너지고 말았다. 그리고 세 임금의 글을 새긴 현판은 일본인의 수중으로 들어갔다. 이에 마을 사람인 김병위는 1909년에 이를 환수하여 보관했다.

그리고 1913년, 이 고장에 사는 이·원·곽(李·元·郭) 3성씨의 친목계인 요선계(邀僊契)의 원세하·곽태응·이응호 세 사람이 이 현판을 걸기 위해 요선정이라는 정자를 짓고 숙종·영조·정조의 친필시 편액을 봉안하였다. 정조의 교시대로 주천을 더욱 아름다운 고장으로 만드는 이 문화

| 요선정과 마애여래좌상 | 요선정이 있는 자리는 본래 암자였기 때문에 불상과 탑이 남아 있다. 정자 옆 큰 바위에는 마애여래좌상이 새겨져 있고 마애불 앞에는 조촐한 오층석탑이 있다.

유산을 민이 나서서 다시 일으켜세운 것이었다. 정자 정면에는 요선계의 이응호가 쓴 '요선정' '모성헌(慕聖軒)'이라는 현판도 걸었다.

그런데 얼마 뒤 주천면민들이 모금하여 읍내에 있던 빙허루를 복원하고는 이 어제 편액을 원래의 정자에 돌려줄 것을 요청하고 나왔다. 그러나 요선계 사람들은 이를 거부하고 요선정에 그대로 둘 것을 고집하였다. 이에 빙허루를 복원한 관계자들은 왕실의 맥을 이은 이왕직(李王職)까지 동원하며 돌려받기를 원했다.

결국 이 분쟁은 재판에 회부되었다. 현판이 이를 지켜온 사람의 것이냐, 원위치로 돌려주는 것이 옳으냐는 문제였는데 10여 년의 송사 끝에 법원이 요선정에 그대로 봉안하는 것이 맞다는 판결을 내림으로써 일단락되었다.

그리하여 지금도 요선정 정자 안에는 세 임금의 시와 글이 두 틀의 편액에 걸려 있다. 이와 별도로 요선정에는 홍상한의 「청허루 중건기」「요선정기」「요선정 중수기」가 걸려 이 유서 깊은 정자와 어제시들의 내력을 증언하고 있다.

요선정에 걸린 이 어제시 현판의 유전 과정을 보고 있자면 사라진 문화유산을 다시 복원하고 보존하는 것은 후손 된 자의 임무임을 새삼 깨닫게 된다. 영조와 정조 임금이 그렇게 모범을 보였고 그 뜻을 국민(마을 사람)이 본받아 이 풍광 아름다운 요선정에 다시 모셨으니 우리는 그 옛날을 기억하며 주천강의 아름다움을 더욱 아름답게 바라볼 수 있게 된 것이다.

요선정 옆 마애여래좌상

요선정은 본래 암자 자리였기 때문에 불상과 탑이 남아 있다. 정자 옆 큰 바위에는 마애여래좌상이 새겨져 있고 마애불 앞에는 무너진 오층석탑이 있다. 탑이라고 해야 납작한 청석을 쌓아 층층이 체감해 올라간 것으로 조촐하기 이를 데 없고 마애불 역시 무슨 권위나 신비감 내지는 아름다움을 표현할 뜻이 보이지 않는다.

전체 높이가 3.5미터로 결코 작지 않은 이 마애불은 참으로 기묘한 모습이다. 얼굴만 보았을 때는 통통하고 복스럽게 돋을새김한 것처럼 보이지만 목 아래로는 몸체가 음각으로 새겨져 있다. 또한 언뜻 보면 서 있는 입상으로 보이지만 자세히 보면 좌상이다. 양각의 얼굴에 음각의 몸체 표현이 조화롭지도 않은 데다 인체 비례라는 것은 처음부터 생각도 않은 것이고 자세도 어색하기 짝이 없다. 미술사가 입장에선 참으로 솜씨 없고 불성실한 조각이라고 할 수밖에 없다.

'답사기'이기 때문에 나는 이렇게 본 대로 느낀 대로 말하고 있지만 이

| 요선정 마애여래좌상 | 전체 높이 3.5미터인 이 마애불은 얼굴만 보았을 때는 통통하고 복스럽게 돋을새김한 것처럼 보이지만 몸체가 음각으로 새겨진 좌상이다. 양각의 얼굴과 음각의 몸체 표현이 조화롭지 않아 절로 웃음 짓게 한다.

불상은 강원도 유형문화재 제74호로 '무릉리 마애여래좌상'이라는 당당한 문화재 명칭을 갖고 있으니 공식적인 문화재 안내판이 없을 수 없다. 과연 어떻게 썼을까 궁금하여 한번 읽어보았는데 글쓴이가 자랑을 할 수도 없고 그렇다고 비판적으로 쓸 수도 없어 고민한 흔적이 역력하였다.

이 불상은 (…) 살이 찌고 둥근 얼굴에 눈·코·입과 귀가 큼직큼직하게 표현되어 있다. 불상이 입고 있는 옷은 두꺼워 신체의 굴곡이 드러나지 않는다. 상체에 비해 앉아 있는 하체의 무릎 폭이 지나치게 크게 표현되어 있을 뿐만 아니라 상체의 길이도 너무 길어, 신체의 균형이 전혀 맞지 않는다. (…)

전체적으로 힘이 넘치지만 균형이 전혀 맞지 않고, 옷주름과 신체각 부분의 표현이 형식화되어 있어서, 고려시대 지방 장인이 제작한 것으로 추정된다. 현재 강원도에는 이처럼 암벽 면을 깎아 만든 마애상의 유례가 매우 드문 실정이어서, 그 의미가 크다.

엉터리 조각이 분명하지만 엉터리라는 표현을 할 수 없었던 글쓴이의 난감한 처지가 역력히 드러나 있다. 미술사적으로 보면 이런 언밸런스 스타일은 고려시대에 지방에서 제작된 불상들의 큰 특징이기도 하다. 가장 비근한 예로 안동 제비원에 있는 석불상이 얼굴은 양각, 몸체는 음각으로 한 것까지 똑같은데 제비원 석불은 애당초 귀기(鬼氣)가 서려 있어 언밸런스가 이해되지만 이 무릉리 마애불은 얼굴이 귀엽고 원만하기 때문에 차라리 몸체를 표현하지 않았으면 더 좋았겠다는 생각이 들기도 한다.

신경림의 시 「주천강가의 마애불」

미술사적 시각에서 말한다면 이 불상에 대한 나의 해설은 이 이상이 될 수 없다. 그러나 하나의 사물에서 인간의 살내음을 읽어내는 시인의 감성적 반응은 다르다.

『농무』의 신경림 선생은 남한강의 시인이자 『민요기행』의 시인이기도 한데, 남한강을 따라 민초들의 서정을 찾아 나섰다가 이 마애불을 보고 절로 일어나는 웃음을 참지 못해 그 천진난만함이 낳았을 만한 얘기를 시적 상상력에 담아 이렇게 노래했다. 제목은 「주천강가의 마애불: 주천에서」이다.

다들 잠이 든 한밤중이면
몸 비틀어 바위에서 빠져나와

448

차디찬 강물에
손을 담가보기도 하고
뻘겋게 머리가 까뭉개져
앓는 소리를 내는 앞산을 보며
천년 긴 세월을 되씹기도 한다.

빼앗기지 않으려고 논틀밭틀에
깊드리에 흘린 이들의 피는 아직 선명한데.
성큼성큼 주천 장터로 들어서서 보면
짓눌리고 밟히는 삶 속에서도
사람들은 숨가쁘게 사랑을 하고
들뜬 기쁨에 소리지르고
뒤엉켜 깊은 잠에 빠져 있다.

참으려도 절로 웃음이 나와
애들처럼 병신 걸음 곰배팔이 걸음으로 돌아오는 새벽
별들은 점잖지 못하다.
하늘에 들어가 숨고
숨 헐떡이며 바위에 서둘러 들어가 끼여앉은
내 얼굴에서는
장난스러운 웃음이 사라지지 않고 있다.

우리가 어린아이들이 그린 동화(童畵)를 볼 때 어른들의 그림에서는
볼 수 없는 천진난만함을 느낄 수 있듯이 신경림 시인은 강원도 심심산
골에 살고 있던 민초들이 제작한 민불에 서린 서정을 그렇게 노래한 것

이다. 얼마나 따뜻하고 편안한 시인가.

이럴 때면 미술사적 유물을 볼 때 조형적 잣대를 들이대며 형식을 따지는 '학삐리'의 비평을 잠시 접어두고 사물의 심성에 다가가려는 시인의 마음으로 돌아가 민중의 삶 속에서 그것이 갖고 있던 의미를 깊이 생각해보는 것이 유물을 보는 올바른 눈이라는 생각을 해보게 된다.

천연기념물 제543호 요선암 돌개구멍

마애불 바로 뒤에는 멋지게 자란 소나무 한 그루가 마치 정성 들여 가꾼 정원수처럼 벼랑 끝을 장식하고 있다. 그 소나무 너머로 비껴 보이는 주천강은 더더욱 아름답다. 거의 환상적이다.

요선정에 오른 답사객들은 너나없이 위험을 무릅쓰고 소나무 가까이 다가가 주천강을 내려다보며 사진 찍기 바쁘다. 나 또한 이 자연의 명장면을 사진에 담아 창비에서 제작하는 '문화유산달력'의 한 컷으로 사용한 적이 있다. 소나무에 의지하여 주천강을 내려다보면 산자락을 맴돌아 내려오는 강줄기가 마냥 아련히 멀어져가기만 하고, 발아래 벼랑을 내려다보면 강변 바닥엔 거대한 흰 반석들이 추상주의 조각 저리 가라고 할 정도로 기묘한 곡면과 형상을 그리며 넓게 퍼져 있다. 이것이 요선정보다도 더 유명한 '요선암(邀僊巖)'이다.

일찍이 강기슭 반석 위에 요선암이란 글씨가 새겨져 있어 이곳을 요선암이라 불러왔다고 한다. 이 글씨는 조선시대의 낭만적 시인이며 초서에서 당대 제1인자로 꼽혔던 봉래(蓬萊) 양사언(楊士彦)이 평창군수 시

| 요선정 절벽 위의 소나무와 주천강 | 마애불 바로 뒤에는 멋지게 자란 소나무가 마치 정성 들여 가꾼 정원수처럼 벼랑 끝을 장식하고 있다. 소나무 너머로 비껴 보이는 주천강은 더더욱 아름답다. 거의 환상적이다.

| **요선암 돌개구멍** | 요선암의 강바닥은 화강암 너럭바위이기 때문에 돌개구멍이 유난히 만질만질하고 보는 위치에 따라 다양한 모습을 연출하여 더욱 자연의 신비로움과 장엄함을 느끼게 한다. 요선암이 있는 주천강변 약 200미터 구간의 강바닥은 천연기념물 제543호로 지정되어 있다.

절 이곳에 와 주천강 일대의 경관을 즐기다가 새겨놓은 것이었다고 한다. 그러나 지금은 그 글씨는 다 닳아 없어져 흔적조차 보이지 않고 하나의 전설이 되어 이름만 남은 것이다.

요선정에서 요선암으로 가려면 근래에 새로 들어선 작은 암자인 미륵암을 끼고 돌아가면 곧바로 내려갈 수 있다. 강변에서 보는 요선암은 더욱더 환상적인 분위기를 연출한다. 일렁이는 물결이 그대로 굳어버린 듯한 그 부드러운 곡선의 아름다움을 생각하면 차마 밟기 미안해진다.

이 너럭바위의 곡선은 무수히 많은 구멍의 둥근 선으로 이루어진 것인데 그 구멍이 지름 1미터, 깊이 2미터가량 되고 생김새가 다양하다. 화강암에 자연스럽게 뚫린 이런 구멍을 지질학에서는 포트홀(pothole)이라고 한다. '둥근 항아리 모양의 구멍'이라는 뜻일 텐데 순우리말로는 '돌개구멍'이라고 한다.

이런 돌개구멍은 하천의 상류 지역에서 빠른 유속으로 실려온 자갈들이 강바닥의 오목한 암반에 들어가 물결의 소용돌이와 함께 회전하면서 암반을 마모시켜 이루어진 형상이다. 얼마나 긴긴 세월 돌이 구르고 맴을 돌았다는 이야기인가.

요선암의 강바닥은 화강암 너럭바위이기 때문에 돌개구멍이 유난히 만질만질하고 보는 위치에 따라 다양한 모습을 연출하여 더욱 자연의 신비로움과 장엄함을 느끼게 한다. 그리하여 문화재청에서는 2013년 4월 이 요선암이 있는 주천강변 약 200미터 구간의 강바닥을 천연기념물 제543호로 지정했다.

내가 10여 년 전 요선암에 갈 때만 해도 누구도 찾는 이 없어 호젓한 강마을 정취를 만끽하며 요선정의 어제시들을 읽어보고, 절로 미소 짓게 하는 불상과 눈을 마주치고, 절벽 위의 멋진 소나무 곁에서 사진을 찍고, 요선암으로 내려와 맨발을 강물에 담그며 마냥 쉬어 갔는데, 2014년에 답사객들을 이끌고 갔을 때는 제법 관광객들이 다녀가고 있었다.

드라마 「기황후」와 「무사 백동수」의 촬영지로 알려지면서 탐방객의 발길이 잦아졌다는 것인데 그래도 여느 유흥지처럼 마구잡이로 몰려드는 것은 아니어서 주천강 무릉리 요선정이라는 이름값을 다하고 있다. 그래서 주천강의 아름다움을 가장 잘 보여주는 이곳 요선정은 나의 남한강답사 프롤로그로 삼아 한 점 부족함이 없다.

2015.

시시비비 시시비(是是非非是是非)

법흥사 / 사자산 흥녕사 / 징효대사 비문 / 최언위 /
스님들의 선문답 / 생육신 원호의 관란정 / 한반도면 /
김삿갓 묘 / 방랑시인 김삿갓

영월 문화유산의 상징, 법흥사

고향을 생각하는 마음은 누구나 지극한 것이어서 내 고장 자랑이라
면 발 벗고 나선다. 향토애라는 것은 애향심의 소산이 아니라 거의 태생
적인 것으로 삶 속에 농익어 있다. 당연히 자기 고장의 자랑이 나와야 할
때 그냥 지나가면 무척 서운해한다. 재판이라면 무료 변론도 할 판이다.

한번은 이런 일이 있었다. 1970년대 유신독재 시절 많은 학생·노동
자·지식인 들이 민주화를 외치다 투옥되었다. 그 고난의 세월에 이들에
게 큰 힘이 되어준 것은 무료 변론을 맡아준 변호사들이었다. 이분들은
메마른 세상의 소금 같은 희망이었다. 우리는 이분들을 인권변호사라고
부르고 민변(민주사회를 위한 변호사모임)은 1988년에 이분들의 정신을 이어
받은 변호사들이 결성한 것이다.

1970년대 유신 시절 인권변호사로는 이병린·이돈명·홍성우·황인철·한승헌·강신옥·고영구·조준희 등이 있었다. 지금은 모두 연로하셔서 대개 댁에서 노년을 보내고 계시거나 이미 세상을 떠난 분도 있다.

세월이 30여 년 흘러 유신 시절 긴급조치로 구속되었던 젊은 학생들이 어느덧 환갑을 넘나드는 나이가 된 어느 날이었다. 그 당시 구속 학생 몇몇이 무료 변론해주신 분들을 모시고 늦었지만 봄맞이 여행이라도 한번 떠나자고 했다. 이리하여 우리는 버스 한 대를 빌려 '긴급조치 효도관광'으로 남도의 고찰을 순례하는 답사여행을 떠나게 되었고 그때도 길라잡이는 나였다.

해남 미황사, 순천 선암사를 거쳐 구산선문의 하나인 곡성 태안사를 가는 길에 나는 마이크를 잡고 해설을 시작했다. 먼저 하대신라에 구산선문이 형성되는 과정을 죽 설명하고 그중 하나가 곡성 태안사이며 구산선문으로는 장흥 보림사, 남원 실상사, 문경 봉암사, 강릉 굴산사 등등이 있다고 했다. 그 순간 갑자기 버스 속에서 한 분이 큰 소리로 외치는 것이 들렸다.

"영월 법흥사!"

고영구 변호사였다. 당신의 고향이 영월인지라 법흥사 소리가 언제 나오나 기다리는데 끝내 부르지 않고 넘어가자 거의 본능적으로 나온 것이었다. 그때 정말 죄송했다. 이후 나는 어디 가서 강연을 할 때 기타 등등이라고 줄이는 일이 없게 되었다.

법흥사로 가는 길

대부분의 구산선문이 그러하듯이 법흥사(法興寺)는 대단한 산골에 위치해 있다. 경주가 수도였던 시절을 생각한다면 더더욱 심심산골이다. 요선정에서 출발하자면 주천강 본류를 왼쪽에 두고 북쪽에서 흘러내리는 또 다른 지류인 법흥천을 따라 한참 올라가야 한다.

법흥천으로 꺾어들면 강폭은 점점 좁아지고 산세는 더욱 가까이 다가온다. 깊은 산골로 빨려들어가는 것을 느끼면서 하대신라 구산선문의 장소적 특징을 남김없이 실감케 된다. 그러나 여기는 그냥 깊은 산골이 아니다. 산골은 산골이로되 명당이고 복지(福地)이다. 조선시대 대표적인 지리지인 이중환(李重煥)의『택리지(擇里志)』에선 이렇게 말하고 있다.

적악산(치악산) 동북쪽에 있는 사자산은 수석(水石, 계곡)이 30리에 걸쳐 있으며, 주천강의 근원이 여기이다. 남쪽에 있는 도화동과 무릉동도 모두 계곡의 경치가 아주 훌륭하다. 복지(福地)라고 할 만하니 참으로 속세를 피해서 살 만한 땅이다.

법흥사는 바로 그 사자산 턱밑에 자리잡고 있다. 그래서 사자산 법흥사라고 부른다. 법흥사가 등지고 있는 사자산은 영월·횡성·평창에 걸친 험준한 산이다. 사자산이라는 이름은 법흥사가 창건될 때 불교를 수호하는 상징적 동물인 사자를 일컬어 바꾼 것이라고 생각되는데 원래 전래되던 이름이 사재산(四財山)이었다는 전언도 있다. 네 가지 재화가 있다는 것인데, 이는 산삼·꿀·옻나무·흰 진흙이란다.

사자산 흥녕사의 내력

모든 명찰이 그러하듯이 법흥사 또한 산중의 넓은 분지에 자리잡고 있다. 동서남북이 산으로 둘러싸여 있는데 우리가 골 따라 그 틈새를 파고들어온 셈인지라 산세는 더욱 웅장하게 느껴지기만 한다. 법흥천 물길 따라 산세를 비집고 들어올 때만 해도 깊은 산속에 이처럼 넓은 터가 있으리라 기대하지 못했기 때문인지 법흥사에 당도하면 답사객들은 높은 산봉우리 사이로 열린 하늘을 한 번 더 우러러보게 된다.

법흥사의 옛 이름은 흥녕사(興寧寺)다. 이 흥녕사는 우리 불교사에서 두 가지 기념비적인 의미를 갖고 있다. 하나는 자장율사가 모셔온 석가모니의 진신사리를 봉안한 '진신사리 4대 봉안처' 중 한 곳이라는 점이다. 나머지 세 곳은 양산 통도사, 태백산 정암사, 오대산 상원사다. 혹은 설악산 봉정암까지 여기에 넣어 5대 봉안처라고 일컫기도 한다. 자장율사가 귀국한 것은 선덕여왕 12년(643)이고 율사가 이 절을 창건할 때의 이름이 흥녕사이다.

또 하나의 의미는 누누이 말해왔듯 9세기 후반 하대신라의 구산선문 중 하나라는 사실이다. 구산선문을 말할 때는 개창조와 법통이 중요한데 개창조는 징효대사(澄曉大師) 절중(折中, 826~900)이고 법통은 화순 쌍봉사의 철감국사(澈鑒國師) 도윤(道允, 798~868)을 이어받았다. 그리고 산문(山門)의 이름은 사자산문이라 했다.

이후 흥녕사는 고려 초에 또 한 번 크게 일어난 것으로 알려져 있다. 고려 혜종 원년(944)에 중창되었다는 기록이 전하는데 그 주역이 누구였는지는 알려지지 않았다. 그러나 흥녕사의 영광은 거기까지였다.

조선시대로 들어서면 구산선문의 모든 사찰들이 그러하듯이 흥녕사 역시 폐사로 되었다. 세상을 움직이는 주도적인 이데올로기가 불교에서

| **법흥사 대웅전에서 본 사자산** | 법흥사는 사자산 턱밑 그윽한 산중의 분지에 자리잡고 있다. 사자산은 불교를 수
호하는 상징 동물인 사자를 일컫는 것이지만 원래 전래되던 이름이 사재산(四財山)이라고도 한다.

유교로 바뀐 것은 어쩔 수 없는 시류였다고 하겠지만 당시엔 문화재라
는 개념이 없어 폐불 정책이 결국 엄청난 문화재 파괴로 이어졌다는 것
은 아픈 얘기다.

그러나 이는 우리 역사만의 상처가 아니다. 일본은 19세기 메이지시
대에 폐불훼석(廢佛毁釋)이라는 광란의 세월이 있어 엄청난 불교 문화
재 파괴가 있었고, 오늘날에도 탈레반에 의한 불상 훼손과 이슬람국가
(IS)의 고대 신상 파괴를 볼 수 있으니 그저 무서운 것이 이데올로기일
뿐이다.

그러던 흥녕사 옛터에 다시 불전을 세운 것은 20세기 들어와서의 일
이다. 이때 절 이름을 법흥사라 함으로써 흥녕사라는 이름은 완전히 역
사 속에 묻히게 되었다.

조선왕조가 막을 내린 20세기 초 심심산골의 폐사지에 다시 불전이

세워진 데는 비구니 스님들의 노력이 컸다. 흥녕사가 법통을 이어받았던 화순 쌍봉사도 비구니 스님 두어 분이 지켜왔다. 그러다 1990년대 들어 우리나라 불교계에 대대적인 중창불사가 붐을 이루면서 자못 대찰다운 모습을 갖추어갔다. 그 대신 고색창연함을 많이 잃고 말았다. 그 '웬수' 같은 포클레인이 쉬지 않고 절터를 파헤쳤고 새로 짓는 절집 건물들이 격에 맞지 않게 커지면서 우리의 국토를 아프게 했고 조상들을 슬프게 했다.

법흥사 역시 그 시류를 피해갈 수 없었다. 그러나 법흥사의 저력은 여전하다. 그 옛날 흥녕사의 자취로 진신사리 봉안처인 적멸보궁이 있고 개창조인 징효대사의 승탑이 있기에 이것을 찾아보는 것이 답사의 요체가 된다.

징효대사 승탑과 탑비

법흥사에 당도하면 가장 먼저 우리 앞에 나타나는 것은 징효대사의 승탑과 탑비이다. 대개 구산선문 개창조의 승탑은 절 뒤쪽에 모시는 것이 상례인 데 반해 절 앞에 모신 데에는 이유가 있었을 것 같다. 아마도 절 뒤쪽은 진신사리를 모신 성역인 데다 절집의 자리앉음새가 뒤쪽은 여유가 없고 앞쪽이 열려 있기 때문이 아니었던가 싶다.

징효대사 승탑은 하대신라에 유행한 전형적인 팔각당 형식으로 기단부·탑신부·상륜부로 이루어졌다. 네모난 지대석 위에 장구 모양의 기단부, 팔각당의 탑신과 지붕돌을 모두 갖추고 있으며, 탑신에는 문짝과 자물통이 새겨져 있고 지붕돌의 모서리에는 귀꽃이 높이 솟아 있다. 그런데 다른 구산선문의 승탑에 비해 그 조형적 비례감이나 규모가 약하기 때문에 나라의 보물로 대접받지 못하고 강원도 유형문화재 제72호로 지정되었다.

이에 반해 탑비는 높이 약 4미터로 제법 우뚝하고 돌거북받침(귀부龜趺)의 조각을 보면 부릅뜬 두 눈과 여의주를 물고 있는 얼굴에 생동감이 있다. 용머리지붕돌(이수螭首)의 조각도 정교하다. 그리고 무엇보다도 비문은 최언위가 짓고, 글씨는 최윤이 쓰고, 각자(刻字)는 최환규가 맡았다는 사실이 징효대사 비석의 금석학적 가치를 높이 평가하게 해 일찍이 보물 제612호로 지정되었다.

그런데 내가 보기에 이것은 아주 잘못된 문화재 지정이다. 이런 경우는 승탑과 탑비를 일괄 유물로 지정하는 것이 옳다. 더욱이 승탑이 탑비와 함께 유존한다는 사실은 문화재적 가치를 한층 높여주는 것이기 때문이다.

문화재청장 시절 이처럼 잘못 지정된 것을 고쳐보려고 시도한 적이 있었다. 그러나 이런 것이 한두 가지가 아니었고 이걸 모두 정정하면 교과서·백과사전·지도 등을 모두 바꿔야 하는 사회적 경비가 만만치 않아 실행에 옮기지 못했다. 이는 언젠가는 사회적 합의하에 한번은 정정해야 할 사항임에 틀림없으니 현명한 후손들이 나서서 해주기를 부탁한다.

적멸보궁의 석실과 승탑

징효대사 승탑과 탑비를 곁에 두고 절 안쪽 진신사리를 모신 적멸보궁으로 향하면 돌연히 준수하게 자란 키 큰 소나무들이 줄기마다 붉은 빛을 발하며 비탈길에 도열하여 우리를 맞아준다.

그 소나무 가로수길이 자그마치 300미터나 되니 그 발걸음이 상쾌함은 이루 말할 수 없다. 이것이 오늘의 법흥사가 내세우는 가장 큰 자랑이며 법흥사에 올 때면 이 길을 걷게 된다는 기쁨과 기대가 있다. 같은 절집이라도 중국과 일본의 사찰에서는 우리나라 산사의 진입로 같은 그윽

| 징효대사 승탑 | 징효대사 승탑은 하대신라에 유행한 평범한 팔각당 형식으로 기단부·탑신부·상륜부로 이루어졌다. 네모난 지대석 위에 장구 모양의 기단부, 팔각당의 탑신과 지붕돌을 모두 갖추고 있으며, 탑신에는 문짝과 자물통이 새겨져 있고 지붕돌의 모서리에는 귀꽃이 높이 솟아 있다.

한 공간을 좀처럼 만날 수 없다. 그런 점에서 우리나라 절집의 가장 큰 매력 중 하나는 그윽한 정취의 진입로라 할 수 있으며 법흥사도 그 대표적인 예로 꼽을 수 있다.

법흥사 소나무 가로수길이 흐뭇한 것은 두툼한 솔숲 한가운데로 길이

| 징효대사 탑비 | 높이 약 4미터로 제법 우뚝하고 돌거북받침(귀부)의 조각을 보면 부릅뜬 두 눈과 여의주를 물고 있는 얼굴에 생동감이 있다. 용머리지붕돌(이수)의 조각도 정교하다. 무엇보다도 최언위가 짓고 최윤이 글씨를 쓴 비문의 금석학적 가치가 높아 보물 제612호로 지정되었다.

났기 때문이다. 속이 깊어야 좋은 것은 솔숲도 마찬가지여서 단풍나무·서어나무·다릅나무·상수리나무·물푸레나무가 함께 어우러진 법흥사 솔숲은 가히 명품이라 할 만하다.

솔숲이 끝나면 사자산을 등에 바짝 진 번듯한 적멸보궁이 우리 앞에 나

| 법흥사 적멸보궁 | 솔숲이 끝나면 사자산을 바짝 등에 진 듯한 적멸보궁이 나타난다. 모든 적멸보궁은 불상을 모시지 않고 뒤쪽에 있는 진신사리탑을 향해 열어둔다. 그러나 법흥사 적멸보궁 뒤에는 고려시대 석실분이 있다.

타난다. 모든 적멸보궁은 불상을 따로 모시지 않고 뒤쪽에 있는 진신사리탑을 향해 열어둔다. 그래서 적멸보궁의 진정성은 건물 뒤쪽에 있다.

그러나 유감스럽게도 법흥사 적멸보궁 뒤쪽에 마땅히 있어야 할 자장율사가 봉안했다는 진신사리처가 보이지 않는다. 상원사의 적멸보궁처럼 탑이 새겨진 작은 비석이라도 있어야 하는데 그런 장치는 보이지 않고 엉뚱하게도 고려시대 석실분(강원도 유형문화재 제109호)이 입구를 드러낸 채 자리잡고 있어 당황스럽다.

강원문화재연구소에서 이 석실을 발굴한 결과보고서를 보면 고분의 입구는 몸을 굽혀서 출입할 정도이지만 석실 내부가 높이 160센티미터,

| 법흥사 소나무길 | 법흥사 적멸보궁으로 가는 길에는 준수하게 자란 키 큰 소나무들이 줄기마다 붉은빛을 발하며 우리를 맞아준다. 그 길이 자그마치 300미터나 되니 발걸음이 상쾌하다. 오늘의 법흥사가 내세우는 가장 큰 자랑이며 법흥사에 올 때면 이 길을 걷게 된다는 기쁨과 기대가 있다.

깊이 150센티미터, 너비가 190센티미터인 명백한 고려 석실분이었고 고분 안에 있는 석곽(石槨)은 이미 오래전에 도굴된 것으로 확인되었다고 한다. 그리고 돌축대 위에 쌓아둔 돌무더기는 석관의 뚜껑돌을 비롯하여 석실에서 나온 석관의 잔해란다.

석실분 바로 곁에는 승탑(강원도 유형문화재 제73호)이 하나 세워져 있는데 이 또한 적멸보궁의 원모습과는 상관없는 것이다. 이 승탑은 징효대사의 승탑과 똑같은 팔각당 양식으로 다만 인왕상과 사천왕상을 돋을새김한 장식이 있을 뿐이다. 아마도 고려시대에 징효대사 승탑을 본받아 세운 큰스님의 승탑이었을 것으로 생각되는데 이 주인 잃은 승탑을 어느 때인가 이 축대 위로 옮겨놓은 것으로 보인다.

그렇다면 현재의 적멸보궁 건물은 그 옛날 흥녕사의 자리가 아니라는 얘기가 된다. 누군가가 이 명당자리에 묘를 쓴 것이 아니냐는 추론도 있지만 폐사지로 변한 조선시대라면 몰라도 스님이 상주하던 고려시대엔 감히 그런 일이 일어날 수는 없다.

이처럼 법흥사 적멸보궁에는 다른 곳에 있는 진신사리 봉안처 같은 경건함이 없다. 차라리 적멸보궁 건물의 뒤쪽이 그냥 산자락 맨언덕이었다면 상상력에 호소하는 신비감이라도 있었을 텐데 말이다.

실제로 이 고장에는 오래전부터 내려오는 이야기가 있다. 적멸보궁 뒤쪽 사자산 어느 산줄기에선 가끔씩 영롱한 빛줄기가 솟아나곤 한단다. 그래서 이 고장 사람들은 바로 거기가 진신사리가 묻힌 곳이라고 믿는다는 것이다. 그 전설을 생각하면서 적멸보궁 뒤쪽을 바라보니 산은 더욱 신령스러운 빛을 발한다. 역시 법흥사의 아이덴티티는 사자산에 있는 것이다.

징효대사의 일생

이처럼 오늘의 법흥사 상황을 보면 적멸보궁은 진신사리 봉안처로서 진실성이 없고, 징효대사의 승탑은 다른 구산선문의 개창조 승탑에 비해 조형적으로 열등하여 문화유산을 찾는 답사객들을 실망시키곤 한다. 그러나 그 옛날 흥녕사의 저력이 다 사라진 것은 아니다. 징효대사의 탑비에 새겨진 비문이 이 절집의 인문적 가치를 밝히 드러내주고 있기 때문이다.

천 년을 두고 내려오는 비석이 증언하는 징효대사의 일생은 다음과 같다. 스님의 법명은 절중(折中)으로 황해도 봉산 출신이다. 7세에 출가했고, 15세 때 영주 부석사(浮石寺)에서 화엄을 탐구했으며, 19세 때 장곡사(長谷寺)에서 구족계를 받았다.

이때 중국에서 돌아온 철감국사 도윤스님이 금강산에 있다는 소식을 듣고는 찾아가 스님 밑에서 수도했다. 그뒤 도담(道潭)스님의 문하에 들어가 16년 동안 불법을 익혔다. 구산선문의 개창자는 해외파와 국내파가 있는데 징효는 문경 봉암사의 지증대사와 마찬가지로 국내파였던 것이다.

882년 개성에서 가까운 곡산사(谷山寺) 주지로 천거되었으나 스님은 도시의 번거로움을 꺼려 사양하고 이곳 사자산에 머물렀다. 이에 헌강왕은 사자산 흥녕선원을 중사성에 예속시켜줌으로써 구산선문의 기틀을 마련했다.

이후 통일신라 왕들은 그의 도행(道行)을 흠모하여 도움을 받고자 했으나 당시의 정계와 사회의 혼란으로 뜻을 이루지 못했다. 진성여왕은 그를 국사(國師)의 예우로 대하고 보좌를 청했으나, 이미 때가 늦었음을 이유로 거절하였다.

그리고 900년(효공왕 4년), 스님의 나이 75세 되던 해 3월 9일 징효대사는 제자들을 불러놓고는 "삼계(三界)가 다 공(空)하고 모든 인연이 전부 고요하도다. 내 장차 떠나려 하니, 너희들은 힘써 정진하라"고 당부하고는 앉은 채로 입적했다고 한다. 법랍 56년이었다.

스님의 법통을 전수받은 문도(門徒)로는 여종(如宗)·홍가(弘可)·지공(智空) 등 1,000여 명이 있다고 하며 그 이름들이 비석의 뒷면에 빼곡히 새겨져 있다.

한림학사 최언위

징효대사 탑비는 스님의 일생을 증언한다는 사실만 중요한 것이 아니라 비문을 쓴 이가 최언위(崔彦撝, 868~944)라는 사실에서도 큰 의의를 찾을 수 있다. 이 비석을 말하면서 최언위에 대하여 말하지 않는다면 비

| **징효대사 탑비(오른쪽)와 비문 디테일(왼쪽)** | 징효대사 탑비는 스님의 일생을 증언한다는 사실뿐 아니라 비문을 쓴 이가 최언위라는 사실에서도 큰 의의를 찾을 수 있다. 이 비석을 말하면서 최언위에 대하여 말하지 않는다면 비석의 금석학적 가치를 반도 전하지 않는 셈이다. 징효대사의 탑비에 새겨진 비문은 이 절집의 인문적 가치를 밝히 드러내주고 있다.

석의 금석학적 가치를 반도 전하지 않은 셈이다.

역사교과서에 그의 이름이 나오지 않아 일반인들은 낯설게 느끼겠지만 최언위는 당대의 대문장가였을 뿐만 아니라 그가 나말여초의 역사에서 보여준 행적은 실로 대단한 것이었다. 최언위의 본래 이름은 인연(仁渷)으로 885년 당나라 과거시험에서 급제했던 인물이다.

당나라에서는 외국인을 대상으로 치르는 과거시험인 빈공과(賓貢科)가 있었는데 신라뿐만 아니라 발해와 일본에서도 합격자를 배출하곤 했다.

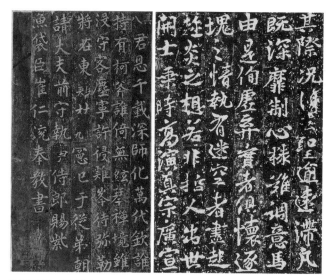

| 낭혜화상백월보광탑비(왼쪽), 낭공대사백월서운탑비(오른쪽) | 최언위는 문장과 글씨 모두에서 당대 최고였다. 보령 성주사의 '낭혜화상 백월보광탑비'는 최치원이 문장을 짓고 최언위가 글씨를 쓴 것이다. 태자사의 '낭공대사 백월서운탑비'는 최언위가 문장을 짓고 김생의 글씨를 집자하여 새긴 것이다. 이것만으로도 그의 문장과 글씨가 어떠했는지 알 만한 일이다.

통일신라 말에 당나라 빈공과에 합격한 인물로는 최언위 이외에 최치원(崔致遠, 874년 합격)과 최승우(崔承祐, 893년 합격)가 있다. 이 세 명의 최씨를 일찍이 일대삼최(一代三崔)라 했다. 최언위는 최치원의 사촌동생으로 전주 최씨의 시조이기도 하다.

나말여초라는 혼란기를 거치면서 이 세 명의 최씨는 각기 운명을 달리했다. 최치원은 벼슬을 사직하고 각지를 떠돌다 해인사에 은거하여 신라인으로서 생을 마쳤다. 최언위는 왕건에게로 가 고려인이 되었고 최승우는 견훤 밑으로 들어가 후백제인이 되었다.

927년 고려의 왕건과 후백제의 견훤이 패권을 두고 일대 결전을 벌인 팔공산 전투를 치르고 나서 국서를 교환할 당시 양쪽에서 이를 담당한 이가 고려의 최언위와 후백제의 최승우였다니 일대삼처의 운명은 묘한 것이었다.

최언위는 문장과 글씨 모두에서 당대 최고였다. 구산선문의 하나인 보령 성주사의 '낭혜화상백월보광탑비'(국보 제8호)는 최치원이 문장을 짓고 최언위가 글씨를 쓴 것이다. 김생(金生)의 글씨를 집자한 것으로 유명한 태자사의 '낭공대사백월서운탑비'는 최언위가 문장을 지은 것이다. 이것만으로도 그의 문장과 글씨가 어떠했는지 알 만한 일이 아닌가.

문장과 글씨뿐만이 아니었다. 그는 위대한 경세가였다. 『전당문(全唐文)』이라는 중국 측 기록에는 고려 태조 왕건의 「훈요십조(訓要十條)」를 쓴 장본인이 바로 최언위라고 기록되어 있다.

나는 최언위의 일생을 통해 통일신라가 왜 망했고 고려가 어떻게 새 왕조를 세웠는가를 생각해본다. 통일신라는 끝내 골품제를 벗어나지 못했다. 당나라 과거에 급제한 지식인들을 여전히 6두품에 두어 아찬(阿湌) 이상 올라갈 수 없게 했다. 최치원이 제시한 '시무십조(時務十條)'라는 개혁안도 받아들이지 않았다. 기득권을 갖고 있던 보수적인 귀족들이 개혁은커녕 자신들의 보호막을 더욱더 두껍게 두르다가 종국엔 멸망의 길로 들어갔던 것이다.

이에 반해 고려는 달랐다. 고려는 이 개혁적이고 진보적인 지식인들을 기꺼이 받아들여 새 국가 건설의 브레인으로 삼았다. 신라에서 6두품에 지나지 않던 최언위가 고려왕조에 와서는 태자사부(太子師傅)를 거쳐 평장사(平章事)에 이르렀다. 이것이 통일신라와 고려의 운명을 가른 것이었다.

징효대사 탑비가 세워진 것은 고려 혜종 원년, 944년이다. 그리고 바로 그해에 최언위는 세상을 떠났다. 그런 면에서 이 탑비는 징효대사의

일생을 알려주는 비석이자 최언위의 위대함을 증언하는 금석문이라고
도 할 것이다.

징효대사와 도담선사

고승의 비문을 보면 거의 예외 없이 스님의 남다름을 말해주는 일화
가 나오는데 이 비문 중에 징효대사가 도담선사에게 배움을 구할 때 주
고받은 선문답 이야기는 참으로 오묘하다.

어느 날 징효대사가 도담선사를 뵙고 배움을 구하고자 절을 올렸는데
처음 뵙는 분 같지가 않았다고 한다. 도담선사도 그러한 느낌이었는지
징효를 보면서 "이렇게 늦게야 상봉하다니 그동안이 얼마나 되었는가?"
하고 물으니 징효는 앞에 있는 물병을 가리키며 "이 물병이 물병이 아닌
때는 어떠했답니까?"라고 대답했단다. 이에 도담선사는 속으로 '어쭈, 제
법이네'라고 생각하고는 다시 수준을 높여 이렇게 물었다.

"너의 이름이 무엇이냐?"
"절중이라고 합니다."
"그러면 절중이 아닌 때는 누구인가?"

이렇게 나오면 징효는 당황하여 대답을 잘 못할 줄 알았다. 그러나 징
효는 당당히 받아넘겼다.

"절중이 아닌 때는 이와 같이 묻는 사람이 없었습니다."

이에 도담선사는 무릎을 치며 "내가 많은 사람을 상대했지만 그대 같

은 사람은 많지 않았다"며 제자로 받아들였다. 이후 절중은 16년 동안 선방에서 진리를 깊이 탐구하여 드디어 '망언(亡言)의 경지'에 다다르고 '득의(得意)의 마당'으로 돌아갔다는 것이다.

선사들의 선문답

선문답이란 이처럼 대단히 매력적인 대화법이다. 그 속엔 철리를 꿰뚫는 인식론과 실천론이 다 들어 있다. 한번은 법흥사 답사를 마치고 영월로 가기 위해 버스에 오르는데 답사에 처음 따라왔다는 한 중년 아주머니가 내게 특청이 있다고 했다.

"법흥사 답사는 법흥사로 가는 길이 아름다울 뿐 절 자체는 그저 그렇다고 생각했는데 비문에 실려 있는 도담과 징효 스님이 주고받은 선문답을 듣고 보니 참으로 느끼는 바가 크네요.

우리 시아버지는 대화 중에 말이 안 통하면 '선문답하네'라며 외면하곤 하셔서 저는 그저 선문답이라는 것이 엉뚱한 소리인 줄로 알았는데 참으로 오묘하네요. 선생님, 가면서 이런 선문답 이야기 좀 더 해주실 수 있으셔요?"

나는 아무런 준비가 없었지만 달리는 버스 안에서 내가 기억하고 있는 감동적인 선문답, 한 수도승이 노승을 20년 찾아간 이야기를 들려주었다. 내가 선문답의 묘미를 처음 접한 이야기인지라 잊지 않고 있던 것이다.

한 수도승이 산중에 홀로 계신 노승이 대선사라는 소문을 듣고는 배움을 구하기 위하여 찾아가니 댓돌 위에 신발이 놓여 있는데 인기척을 듣고는 안에서 묻더라는 것이다.

"밖에 누가 왔느냐?"
"예, 아무개가 가르침을 구하고자 찾아왔습니다."
"일없다. 돌아가거라."

이에 수도승은 밖에서 종일 기다렸다가 노승이 끝내 밖으로 나오지 않자 돌아가고 말았단다. 그리고 이듬해 또 찾아갔는데 역시 똑같은 대답만 들었다고 한다. 그러기를 5년째 되는 해 또 찾아갔는데 그날은 눈이 내렸단다. 선방 앞에 당도하니 역시 안에서 이렇게 묻더라는 것이다.

"밖에 누가 왔느냐?"
"예, 스님께 배움을 구하고자 하는 제가 또 찾아왔습니다."
"밖에 눈이 오느냐?"
"예, 많이 옵니다."
"그러면 더 오기 전에 빨리 내려가거라. 길을 잃어버릴라."

수도승은 눈이 많이 온다면 어서 방으로 들어오라고 할 줄 알았는데 역시 문전에서 쫓겨난 것이었다. 그는 선사의 물음에 곧이곧대로 대답했지 선문답이라는 것을 몰랐던 것이다. 그러기를 20년 지난 어느 해 눈 내리는 날 다시 찾아갔더니 역시 똑같이 묻더라는 것이다.

"밖에 누가 왔느냐?"
"예, 제가 또 왔습니다."
"밖에 눈이 오느냐?"

"예, 길이 보이지 않을 정도로 많이 옵니다."

"길이 보이지 않는데 어떻게 찾아왔느냐?"

"옛길을 더듬어 찾아왔습니다."

"그러면 이제 옛길을 버리면 되겠구나."

이 마지막 말에 수도승은 문득 '옛길을 버리면 새길이 열린다'는 깨달음을 얻어 "예, 잘 알겠습니다"라고 대답하고는 다시는 찾아가지 않았다는 것이다.

이것은 곧 고전으로 들어가 새것으로 나온다는 입고출신(入古出新)의 자세이다. 옛것을 익혀 새것을 안다는 온고지신(溫故知新), 옛것을 본받아 새것을 만든다는 법고창신(法古創新), 옛것을 빌려와 현재 상황을 풀어낸다는 차고술금(借古述今), 옛것을 가지고 현재를 지탱한다는 이고지금(以古持今), 그 모두가 비슷한 개념이지만 이 선문답은 개념적 언어가 아니라 현재 처한 상황에 입각한 비유법을 통하여 그 깊은 뜻을 인식론이 아니라 실천론적으로 말해주고 있는 것이다. 그것이 선문답의 묘미이다.

생육신 원호의 관란정

법흥사에서 영월로 가면서 차창 밖을 바라보는 기분은 참으로 편안하고 흐뭇하다. 길은 사뭇 강을 따라 나 있다. 법흥천을 따라가다가는 이내 주천강과 만나고, 주천강이 다하면 저쪽에서 흘러오는 평창강과 만나 제법 큰 강이 되어 영월로 들어간다. 이것이 영월의 서강이다. 서강은 하류로 내려가면 갈수록 강폭이 점점 크고 장대해진다.

큰 산이 앞을 막으면 강물은 산굽이를 맴돌아가고 찻길은 고갯마루를 향해 곧장 치고 올라가 산자락 너머에서 다시 만나 나란히 달린다. 그렇게

| **관란정** | 관란정은 생육신의 한 분인 원호가 단종이 영월로 유배되자 이곳에 내려와 살며 충절을 지키다 세상을 떠난 곳에 세운 정자다. 법흥사에서 영월로 가는 길목인 신천리라는 곳의 강 언덕에 있다.

강과 나란히 가기도 하고 누가 먼저 고개를 넘어가나 내기를 하듯 달리는 50릿길이다. 차로 20~30분 걸리는 호젓하고 편안한 드라이브 길이다.

그렇게 가다가 신천리라는 곳에 이르면 모름지기 관란정(觀瀾亭)이라는 유서 깊은 정자를 들러 갈 만하다. 그렇게 하는 것이 답사객의 도리이고 성실한 자세다.

관란정은 생육신의 한 분인 원호(元昊, 1397~1463)가 살던 곳에 세운 정자다. 원호는 세종 때 문과에 급제하여 여러 벼슬을 지내다 문종 때는 집현전 직제학에 이르렀다. 그러다 단종이 폐위되자 병을 핑계로 벼슬을 버리고 원주로 낙향해버렸다. 온당치 못한 쿠데타 정권을 거부한 것이었다. 그러다 단종이 청령포로 유배되자 생육신의 한 분인 조려(趙旅, 1420~89)와 함께 단종을 찾아뵙고는 아예 이곳에 대를 쌓고 초가집을 지은 뒤 '관란'이라 이름 지었다. 관란이란 '물결을 본다'는 뜻이다. 흐르는 물을 보면서 단종에게 충절을 지키겠다는 마음으로 그렇게 지은 것이란다.

관란정이 있는 이곳은 단종의 유배지인 청령포의 상류로, 강물이 그쪽으로 흘러간다. 원호는 나뭇잎에 쓴 글과 음식을 표주박에 담아 물에 띄워 청령포로 흘려보내며 단종을 봉양했다고 한다. 그러다 마침내 단종이 사사(賜死)되자 그는 3년간 상복을 입고 앉아서도 누워서도 동쪽으로 향하고 두문불출하다가 세상을 떠났다고 한다.

이게 무슨 대단한 일이냐고 반문할지 모르지만 이데올로기에 입각한 신념이란 이렇게 무서운 것이다. 민주화를 위해 감옥에 간 사람도 기독교를 위해 순교한 사람도 똑같은 신심과 의지가 그렇게 나타난 것이다.

300년 지나 정조가 그의 의로운 자세를 기리며 정간공(貞簡公)이라는 시호를 내려주었고, 후손들이 힘을 모아 1845년에 그가 살던 집터에 유허비와 비각을 세웠다. 비문은 당대 문인인 이계(耳溪) 홍양호(洪良浩)가 지었고, 비각은 정면 2칸, 측면 2칸의 아담한 팔작지붕 정자로 관란정이라는 현판을 달았다.

행정구역으로 보면 관란정은 영월 옹정리와 제천시 송학면 장곡리가 경계를 이루는 절벽 위에 있다. 신천초등학교 삼거리에서 제천 쪽으로 조금 더 가다보면 관란정 입구라는 표지석이 나오고 여기서 솔밭을 지나 동산 언덕에 오르면 정자가 나온다. 그러나 예나 지금이나 찾아오는 발길이 드물어 사람의 온기라곤 느낄 수 없고 그 옛날 원호가 여기서 강물을 내려다보며 지었다는 시조 한 수만이 그 옛날을 상기시킨다.

간밤의 우던 여흘 슬피 우러 지내여다
이제야 생각하니 님이 우러 보내도다
져 물이 거스리 흐르고져 나도 우러 녜리라

영월의 속사정, 한반도면

주천강·요선정·법흥사·관란정 어디를 가도 호젓하기 그지없던 이곳 영월 땅이었건만 한 10년 전부터 이상한 기류가 생기기 시작했다. 주천강 변 곳곳에 펜션이 하나둘 들어앉기 시작하더니 급기야 캠프장도 생기면서 제법 많은 안내판이 길가에 점점이 이어졌다. 그러다 영월 서강이 굽이 지어 영락없는 한반도 지형을 그리며 돌아가는 옹정리 선암마을에는 넓은 주차장과 함께 산언덕에 전망대까지 만들어져 관광객을 부르고 있다.

여기까지는 내가 그래도 이해할 수 있는 일이다. 그러나 2009년, 영월 군이 서면을 한반도면, 김삿갓 묘소가 있는 하동면을 김삿갓면이라고 행정구역 명칭 자체를 개명한 것은 도저히 이해할 수 없다. 그렇게 해서라도 관광 홍보를 하고자 한 지역 주민과 자치단체의 사정을 모르는 바 아니지만 이것을 별칭이 아니라 정식 행정구역 명칭으로 삼은 것은 용납할 수 없는 일이다.

영월이 이처럼 무리수를 두어가며 지역 이름을 바꾼 데는 다급한 사정이 있었다. 2015년 현재 영월군의 인구는 4만 명을 조금 넘는 정도다. 이렇게 감소하는 추세로 가다가 인구가 3만을 밑돌게 되면 군의 지위도 상실할 위기에 놓이게 되는 것이다.

영월의 더 큰 문제는 지역 경제의 활성화에 아무런 희망이 없다는 점이다. 영월엔 이렇다 할 공장도 없다. 한반도면 쌍용리에 있는 쌍용시멘트 정도다. 한때 상동읍의 상동 중석(텅스텐) 광산이 우리나라 수출 자원으로 외화벌이에 한몫을 했지만 채광이 중단된 지 오래이다.

그러다 동강댐 반대운동이 일어나면서 비로소 영월 동강의 아름다움이 세상에 알려지고 관광객이 몰려들고 동강의 어라연이 래프팅의 명소가 되면서 지역 경제가 활성화되기 시작했다.

| 영월 서강의 한반도 지형 | 영월 옹정리에는 서강이 굽이지어 흐르면서 영락없는 한반도 지형을 그리며 돌아가는 곳이 있다. 이곳 선암마을에는 넓은 주차장과 함께 산언덕에 전망대가 만들어져 관광객을 부르고 있다.

관광만이 살길임을 알게 된 영월은 어떻게든 사람을 불러모으려고 안간힘을 쓰게 되었다. 그러나 주천강·동강으로만 관광객이 몰렸을 뿐 서강의 서면, 산골짝 하동면을 외지 사람들이 알 턱이 없었다. 이에 서면은 한반도면, 하동면은 김삿갓면이라고 바꾸어 관광객을 불러모으고자 한 것이다.

그러나 영월은 영월 사람들의 땅이기 이전에 대한민국의 국토이다. 그것은 애칭 또는 별칭으로 그쳤어야 했다. 그렇게 해서 관광 홍보 효과는 보았겠지만 국토의 이름을 이렇게 희화화한 바람에 잃어버린 국토의 품위는 어떻게 회복한단 말인가.

김삿갓면의 김삿갓 묘

말이 나온 김에 김삿갓면의 내력을 소개해두고자 한다. 영월읍에서 동남쪽으로 나 있는 88번 지방도로를 타고 가다 와석리에서 28번 지방도로로 들어서서 6킬로미터쯤 되는 곳에 김삿갓 묘가 있다. 여기는 강원도와 경상북도, 충청북도가 경계를 이루는 험한 산골로 그 길로 계속 가면 영주 부석사가 나온다. 또 단양 영춘에서 남한강을 거슬러 올라올 수도 있고 산 넘어 베틀재를 넘어올 수도 있다. 정말로 국토의 오지 중 오지이다.

방랑시인 김삿갓으로 더 잘 알려진 난고(蘭皋) 김병연(金炳淵, 1807~63)의 묘가 여기에 있다는 사실이 알려진 것은 불과 30년 전의 일로 영월의 향토사학자인 고 박영국의 집념이 낳은 결실이었다.

박영국은 영월에 김삿갓의 묘가 있다는 말을 듣고 1970년대 초부터 이곳저곳을 탐문하다 1982년 공직에서 물러나면서부터 본격적으로 조사에 들어갔다. 그러다 당시 영월 창절서원 원장이던 김영배 옹에게 김삿갓의 묘가 하동면 와석리 노루목 묵밭에 있다는 증언을 들었다고 한다. 묵밭은 농사짓지 않아 노는 밭이다.

한성부 판관을 역임한 김영배 옹의 증조부는 흥선대원군에게 밉보여 관직을 잃고 낙향하여 와석리에 살고 있었는데, 1872년경 자신의 구명을 위해 상경해 안동 김씨 중 유일하게 흥선대원군의 신임을 받고 있던 김병기(金炳冀)를 만났을 때 그가 "양백지간(태백산과 소백산 사이)인 영월과 영춘 사이에 김삿갓 묘소가 있는데 잘 돌봐달라"고 부탁했다는 것이다. 김병기와 김병연은 같은 문중의 같은 항렬이다.

그리하여 박영국은 1982년 10월 김영배 옹과 함께 20리 산길을 걸어 그가 알고 있는 김삿갓 묘에 도착했는데 와석리에서 3대를 살았다는 이장을 만나니 "김삿갓의 묘에 대해서는 오래전부터 익히 알고 있었으며 일제시대에도 일본 언론인들이 찾아와서 확인했고 의풍국민학교 교사도 확인한 바 있다"고 증언했다는 것이다. 이것이 김삿갓 묘의 발견이다.

| 김삿갓 묘 | 영월읍에서 동남쪽으로 나 있는 88번 지방도로를 타고 가다 와석리에서 6킬로미터쯤 되는 곳에 김삿갓 묘가 있다. 영월 향토사학자가 1970년대 초부터 이곳저곳을 탐문하여 찾았다고 한다.

이런 고증만으로 김삿갓 묘소라고 확증 지을 수 있을까 싶기는 하지만 아무튼 김삿갓이 사망한 지 119년 만에 드디어 그의 묘소가 세상에 알려지게 되었던 것이다.

방랑시인 김삿갓

김삿갓, 또는 김립(金笠)이라는 호로 불린 김병연의 본관은 안동이고 경기도 양주에서 출생했다. 평안도 선천부사였던 할아버지 김익순(金益淳)이 홍경래의 난 때 투항하는 바람에 집안이 멸족을 당했으나, 형 병하(炳河)와 함께 하인의 도움으로 황해도 곡산으로 도망가 살았다.

훗날 멸족에서 폐족으로 사면되면서 영월로 옮겨와 살며 과거에 응시했는데 그때 시험문제가 '홍경래의 난 때 김익순의 죄를 논하라'였다고

한다. 김병연은 김익순이 바로 자신의 할아버지인 줄을 모르고 신랄하게 비판한 글을 써 장원급제했다. 그러나 어머니로부터 이 사실을 듣게 된 뒤 그 허망함을 달랠 길 없어 삿갓을 쓰고 전국 각지를 유랑하는 방랑을 하다 57세 때 전라도 화순 동복에서 객사했다. 사후 둘째아들 익균(翼均)이 부친의 유해를 영월에 묻었다고 한다.

그는 방랑길에 발걸음이 미치는 곳마다 많은 시를 남겼다. 1,000여 편의 시를 쓴 것으로 여겨지지만 현재까지 456편의 시가 발굴되었고 아직도 수많은 한시가 구전되고 있다. 김삿갓의 시들은 이응수가 수집하여 사후 76년 만인 1939년에『김립 시집』을 펴냄으로써 세상에 널리 알려지게 되었다.

그의 시는 풍자와 해학으로 너무도 유명하고 그 형식의 파격성과 내용의 민중성은 한국문학사에서 독특한 위상을 갖고 있다. 삐뚤어진 세상

| 김삿갓 묘 앞의 조형물들 | 김삿갓 묘 앞에는 이런저런 조형물들이 어지럽게 배치되어 차라리 산신각 하나만 남아 있었을 때가 더 품위 있고 유적지 같았다.

을 희롱하고 기성 권위에 도전하는 모습과 탈속한 면모에는 큰 박수를 보내게 되며, 한글과 한자를 절묘하게 배합한 풍자시는 재미도 재미려니와 통쾌한 웃음을 선사하기도 한다.

국문학에서 그에 대한 해석은 크게 두 가지로 나뉜다. 하나는 연암 박지원, 다산 정약용의 뒤를 잇는 사회시로 보는 견해(주로 북한 학자들)이고 또 하나는 희작(戱作)의 재주를 가진 것에 불과하다고 보거나 아예 김삿갓의 시란 그 시대 떠돌던 풍자시들의 집합으로 실체가 없다는 주장이다. 그의 방랑과 풍자와 해학이라는 것도 개인사적 부끄러움에 기인한 것이었고 타락한 세상을 보기 싫어 가린 것뿐이었다고 평가절하하기도 한다.

이에 대해 한문학자 임형택(林熒澤) 선생은 김삿갓의 시는 두 가지의 집합으로 보아야 한다고 했다. 하나는 난고 김병연이라는 뛰어난 풍자시

인이 직접 지은 것이고 또 하나는 봉건사회 말기 한시가 희화화되면서
나타난 민간의 온갖 풍자시들이 김삿갓의 이름 속에 들어와 섞여버린
것이라는 해석이다. 그래서 김삿갓의 시에는 수준 높은 해학이 번득이는
가 하면 욕설을 한자로 버무린 시가 뒤섞이기도 했다는 것이다.

그러면 난고 김병연과 김삿갓이 분리되지 않는 한시를 하나 꼽으라면
무엇이 있을까.

나는 그의 「시시비비(是是非非)」를 꼽고 싶다. 이 시는 옳을 시(是)와
아닐 비(非) 두 자로만 된 칠언절구인데 정신을 바짝 차리고 한 자씩, 한
행씩 잘 음미하고 읽지 않으면 그 뜻이 제대로 들어오지 않는다.

是是非非非是是	옳은 것을 옳다 하고 그른 것을 그르다 함이 꼭 옳은 것은 아니고
是非非是非非是	그른 것을 옳다 하고 옳은 것을 그르다 해도 옳지 않은 건 아닐세
是非非是是非非	그른 것을 옳다 하고 옳은 것을 그르다 함, 이것은 그르고 또 그른 것이고
是是非非是是非	옳은 것을 옳다 하고 그른 것을 그르다 함, 이것이 시비(是非)일세

2015.

고운 님 여의옵고 울어 밤길 예놋다

단종 애사 / 청령포 단종어소 / 단종의 자규시 / 두견새와 소쩍새 /
단종의 시신 / 엄흥도의 암매장 / 왕방연의 시조 / 장릉과 배식단 /
단종비 정순왕후의 사릉 / 이광수의 『단종애사』

영월의 상징

영월은 예나 지금이나 한적한 고을이다. 오죽했으면 『신증동국여지승
람』에서 민가와 관가가 반반이고 누워서도 다스리는 곳이라고 했겠는
가. 현대에 와서도 영월의 사정은 크게 다르지 않다.

내가 자라면서 처음 영월이라는 고장 이름을 접한 것은 교과서에 등
장한 영월화력발전소 때문이다. 지금도 잊히지 않는 것이, 중학교 사회
교과서에 우리나라 발전소들의 가동용량을 동그라미 크기로 표시한 지
도가 있었는데 수풍수력발전소가 엄청나게 큰 흰 동그라미로 가장 컸고,
영월화력발전소는 빨간 동그라미로 둘째로 컸으며, 서울의 당인리화력
발전소는 아주 조그만 빨간 동그라미였다. 일제강점기에 강원도 석탄을
이용해 가동된 이 영월화력발전소는 총 시설용량이 40만 킬로와트로 지

| **태화산에서 바라본 영월** | 영월은 예나 지금이나 한적한 고을이다. 오죽했으면 『신증동국여지승람』에서 민가와 관가가 반반이고 누워서도 다스리는 곳이라고 했겠는가. 현대에 와서도 영월은 여전히 인구 4만의 한적한 곳이다.

금도 변함없이 가동되고 있다.

오늘날 영월의 명소로는 천연기념물 제219호인 고씨동굴을 꼽고 있고 자랑이라면 소고기가 유명하여 읍내에 한우마을, 한우센터가 있다는 것과 영월교도소가 전국의 교정(矯正) 시설 중 가장 우수한 곳으로 손꼽힌다는 사실 정도다. 박중훈과 안성기가 출연한 영화 「라디오 스타」의 무대인 한적한 고을이 바로 영월이다.

이런 영월이 단 한 번 세상을 시끄럽게 하며 역사상 크게 부각된 적이 있다. 단종이 청령포에 유배되고 끝내는 여기서 죽음을 맞은 조선왕조 초기 엄청난 정치적 사건의 현장이 되었을 때이다.

그로부터 200여 년 뒤, 단종이 마침내 복권되어 왕릉의 격식을 갖춘 장릉이 조영되면서 영월은 또 한 번 세상의 이목을 끌었다. 그리하여 영월은 단종의 고장이라고 해도 과언이 아니며 답사로 가든 관광으로 가든 영월의 명승 유적은 거의 다 단종과 연관되어 있다.

단종 애사(哀史)의 시작

단종(端宗, 1441~57)은 세종의 손자, 문종의 아들이다. 아버지 문종이 재위 2년 만에 갑자기 죽으면서 1452년 5월, 12세 때 왕위에 오르게 되었다. 문종은 임종 때 영의정 황보인, 우의정 김종서 등에게 어린 단종을 잘 보필할 것을 부탁했고, 집현전 학사 출신인 성삼문·박팽년·신숙주 등에게도 협력해줄 것을 유언으로 남겼다.

그러나 이듬해인 1453년 10월, 단종의 숙부인 수양대군이 한명회 등과 결탁하여 황보인·김종서를 격살하고 자기 동생인 안평대군을 강화도로 유배 보낸 뒤 스스로 영의정에 오르고 정인지를 심복으로 삼아 좌의정에 임명하고는 권력을 장악했다. 역사에서는 이를 계유정난이라고 한다.

이듬해 단종은 앞으로 일어날 끔찍한 일은 상상도 못 하고 왕통을 이어갈 후사를 위해 14세 나이에 송씨(宋氏)를 왕비로 맞았다. 그가 비운의 왕비 정순왕후이다.

수양대군의 권력욕은 여기에 머물지 않고 왕위를 찬탈하는 데에 걸림돌이 되는 아우들을 하나씩 제거하기 시작했다. 강화도로 귀양 보낸 안평대군에게 사형을 내리고, 막냇동생 금성대군은 경기도 연천으로 유배 보냈다. 그리고 1455년 윤6월에는 드디어 단종을 상왕(上王)으로 물러나게 하고 왕위에 올랐다.

명분도 없는 쿠데타로 왕위에 오른 세조(世祖, 1417~68)를 대신들은 그대로 따르지 않았다. 세조 2년(1456) 6월 성삼문·박팽년·하위지·이개·유응부·유성원 등 사육신은 명나라 사신을 위한 창덕궁 연회에서 세조를 죽이고 단종을 복위시키려는 거사를 꾸몄다. 그러나 사전에 모의가

| **청령포** | 청령포는 영월 읍내 서쪽 서강 건너편의 울창한 솔밭이다. 삼면으로 깊은 강물이 맴돌아가고 서쪽으로는
험준한 암벽이 솟아 있다. 형상은 반도 모양이지만 나룻배를 이용하지 않고는 들어갈 수 없는 육지 속의 섬이다.

탄로 나 모두 극형에 처해지고 말았다.

　그러고도 사태는 진정되지 않았다. 세조와 정인지·한명회는 공포정치
로 몰아갔다. 이듬해인 1457년 6월에는 단종 복위를 꾀했다는 이유로 단
종의 장인인 송현수를 잡아들였다. 그리고 단종을 상왕에서 노산군(魯山
君)으로 강등시키고 영월 청령포(淸泠浦)로 귀양 보냈다.

　이때만 해도 세조는 17세의 어린 단종을 죽일 생각까지는 없었던 것
으로 보인다. 자꾸 복위의 불씨가 되기 때문에 멀리 유배시키기는 하
지만 한편으로는 미안한 마음이 있기도 했던 모양이다. 세조는 단종을 귀
양 보내면서 첨지중추부사에게 군사 50명을 거느리고 호송하도록 했다.
그리고 승지를 보내 기름 먹인 종이우비 한 벌과 도롱이 두 벌을 내려주
고, 강원도 관찰사에게는 다음과 같이 지시했다.

노산군(단종)이 있는 곳에 사철 과일을 따는 대로 바치고 원포(園圃, 텃밭)를 마련하여 수박이나 참외와 채소에 이르기까지 많이 준비하여 제공하고 또 매월 수령을 보내어 그 기거를 문안하게 하며 제공하는 물자의 수와 기거 절차를 월말에 기록하여 보고하여라.

이리하여 단종이 영월 청령포에 도착한 것은 한양을 떠난 지 7일째인 6월 28일이었다.

육지 속의 섬, 청령포

청령포(명승 제50호)는 영월 읍내 서쪽 서강 건너편의 울창한 솔밭이다. 동·남·북 삼면으로 깊은 강물이 머리띠처럼 맴돌아가고 서쪽으로는 육육봉이라 불리는 험준한 암벽이 솟아 있다. 형상은 반도 모양이지만 나룻배를 이용하지 않고는 들어갈 수 없는 육지 속의 섬이다.

지금도 청령포로 들어가자면 나룻배로 건너갈 수밖에 없다. 선착장 언덕에서 청령포를 바라보면 발아래로는 비단결처럼 고운 초록빛 강물이 휘돌아가고 강 건너 넓은 모래톱 너머로는 동그만 솔밭이 먼 산을 배경으로 다소곳이 자리하고 있다. 물이 얼마나 맑았으면 이름조차 맑을 청(淸), 물맑을 령(泠), 물가 포(浦), 청령포라 했겠는가.

단종의 애처로운 역사만 아니라면 그 풍광 수려함에 이끌려 아름답다는 찬사가 절로 나올 만한 곳이다. 유적지가 아니라고 해도 건너가보고 싶고, 나룻배가 없다면 조각배라도 얻어 타고 가보고 싶은 충동이 절로 일어난다.

수시로 오가는 나룻배를 타고 청령포로 건너가면 왕자갈이 뒹구는 모래톱에 내려놓는다. 장마 때 물이 차는 곳까지는 자갈과 모래뿐이지만

| 단종어소 | 오늘날 청령포에는 단종이 유배 살던 기와집과 하인이 기거하던 초가집이 복원되어 있다. 이는 2000년 4월 단종문화제 때 세운 것이고 원래의 집은 단종 사후 더 이상 사람 사는 일이 없어 이내 무너져버렸다.

이내 둥굴레와 구절초 같은 풀이 뒤섞여 아무렇게나 자라고 있는 넓은 풀밭이 나오고, 풀밭을 지나면 어둑한 솔숲으로 들어가게 된다.

청령포 솔밭에는 모진 강바람에 몸을 뒤틀며 굳세게 자란 소나무들이 즐비하다. 소나무 아래로는 생강나무·진달래·떡갈나무·말채나무·산뽕나무 같은 교목들이 함께 자리하고 있어 숲속은 어둑하고 붉은 줄기를 드러낸 소나무들은 훤칠한 키가 더욱 돋보인다.

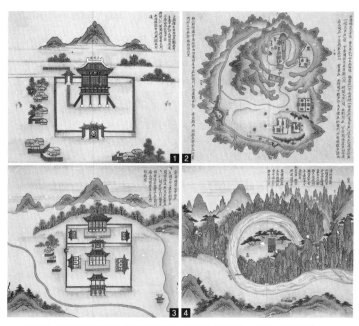

| **월중도** | 1. 「자규루도(子規樓圖)」, 2. 「장릉도(莊陵圖)」, 3. 「창절사도(彰節祠圖)」, 4. 「청령포도(淸泠浦圖)」, 「월중도(越中圖)」는 정조 시절 단종을 추숭하기 위해 영월에 있는 단종 관련 주요 사적을 복원·정비하고 이를 기록한 8폭의 화첩이다. 지도식 기록화로 매우 단아한 형식을 보여준다. 위 4폭 이외에 「관풍헌도(觀風軒圖)」, 「낙화암도(落花巖圖)」, 「부치도(府治圖)」, 「영월도(寧越圖)」 등이 있다.

청령포 단종어소

단종은 이 솔밭 한쪽에서 귀양살이를 시작했다. 지금 청령포에는 단종이 유배 살던 기와집과 하인이 기거하던 초가집이 복원되어 있다. 그러나이는 2000년 4월 단종문화제 때 세운 것이고 단종 사후 이 집은 더 이상사람 사는 일이 없어 이내 무너져버렸다. 그리고 거의 300년이 지난 영조 39년(1763)에 '단종이 여기에 살던 때 집이 있었던 곳'이라는 뜻의 '단묘 재 본부시 유지비(端廟在本府時遺址碑)'라는 비석이 세워졌을 뿐이다.

그러니 우리는 이 집의 생김새에 큰 의미를 둘 것이 아니라 그저 단종의 처지를 생각하면서 호젓한 솔밭을 걸으며 저마다의 서정과 상념에 들면 그만이다. 청령포는 관광지로서 관람로가 잘 설치되어 있어 관음송·망향탑·노산대·금표비까지 한 바퀴 돌아 선착장 모래톱까지 힘들이지 않고 여유롭게 산책할 수 있다.

단종이 유배 살던 집에서 관람 데크가 인도하는 대로 솔밭으로 향하면 준수하게 생긴 노송에 절로 눈길이 간다. 이름하여 관음송(천연기념물 제349호)이라 하는데 수령 600년으로 키가 30미터나 되어 우리나라에서 가장 큰 키를 자랑한단다. 수령 600년이라면 단종이 유배 온 것을 증언하는 나이이다. 나는 관음송이라고 해서 당연히 불교의 관세음보살에서 이름을 따온 것이려니 생각했는데 전하기로는 단종이 유배 온 것을 보고 오열하는 소리를 들은 소나무라고 해서 볼 관(觀) 자, 소리 음(音) 자 관음송이라는 이름을 얻었다는 것이다.

다시 관람로를 따라 강변 반대편 언덕으로 발길을 돌리면 노산대(魯山臺)에 이른다. 노산대에서 내려다보는 서강의 풍광이 너무도 아름다워 과연 청령포 답사의 하이라이트로 삼을 만하다. 노산대라는 이름은 단종이 노산군으로 강봉되어 청령포로 유배된 뒤 해 질 무렵이면 한양을 바라보며 시름에 잠겼던 곳이라 해서 붙여진 것이라 한다.

노산대는 청령포에서 가장 높은 절벽으로 그 아래로는 서강이 동쪽에서 내려오는 동강과 만나기 위해 치달리는 모습이 아련히 펼쳐진다. 사람들은 영월 동강의 장쾌한 아름다움은 들어 알고 찾아가는데 사실 굽이굽이 맴돌아 나아가는 우리나라 특유의 강변 풍광은 오히려 여기서 바라보는 서강이 제격이다.

단종이 외로움을 달래기 위해 무심히 돌을 던져 쌓았다는 망향탑도 보면서 청령포 솔밭을 한 바퀴 휘돌아 다시 선착장 쪽으로 발길을 돌리

| **관음송** | 단종이 유배 살던 집 가까이에는 준수한 관음송이 있다. 수령 600년에 키가 30미터로 우리나라에서 가장 큰 키를 자랑한다. 전하기로는 단종이 유배 온 것을 보고 오열하는 소리를 들은 소나무라고 해서 볼 관(觀) 자, 소리 음 (音) 자 관음송이라는 이름을 얻었다고 한다.

| 노산대에서 바라본 서강 풍경 | 노산대는 청령포에서 가장 높은 절벽으로 서강이 동강과 만나기 위해 치달리는 모습이 아련히 펼쳐진다. 굽이굽이 맴돌아 나아가는 우리나라 특유의 강변 풍광은 여기서 바라보는 서강이 제격이다.

자면 영조 2년(1726)에 세운 금표비(禁標碑)라는 비석과 만나게 된다. 이 비석 뒷면에 새겨진 글을 보면 '동서로 300척 남북으로 490척과, 이후에 진흙이 쌓여 생기는 곳도 또한 금지한다'는 내용이다. 이는 단종이 유배되었던 이곳에 일반 백성의 출입을 제한한다는 뜻으로 당시부터 국가 사적지로서 보호한다는 뜻이었다.

이 영역 범위는 아마도 곧 단종의 행동 제약 범위였을 것으로 짐작된다. 단종은 이렇게 세상과 격리되어 무섭도록 조용하고 을씨년스러운 솔밭 속에서 귀양의 나날을 보냈던 것이다.

자규루와 단종의 자규시

그러나 단종이 청령포에 머문 기간은 길지 않았다. 유배 온 지 두 달

| 망향탑(왼쪽)과 금표비(오른쪽) | 망향탑은 단종이 강물을 바라보며 쌓은 것으로 전한다. 금표비에는 '동서로 300척 남북으로 490척과, 이후에 진흙이 쌓여 생기는 곳도 출입을 금지한다'는 내용이 적혀 있다.

지났을 때 남한강에 큰 홍수가 일어나 청령포가 물에 잠기게 되었다. 이때 단종은 급히 영월 관아의 객사(客舍)인 관풍헌(觀風軒)으로 거소를 옮겼다.

지금도 영월 읍내로 들어가면 관풍헌 건물이 남아 있다. 동헌(東軒)을 비롯한 옛 관청 건물들은 다 없어졌고 넓은 빈터에 이 객사만이 덩그러니 남아 있다. 조선시대 모든 관아의 객사가 그러하듯 가운데 개방된 건물을 중심으로 세 채의 건물이 길게 잇대어 있다. 객사치고는 제법 큰 규모인데 해방 전에는 영월군청이 썼고, 해방 후에는 영월중학교가 들어섰다가 지금은 단종의 원찰(願刹)인 보덕사(保德寺)의 포교당으로 사용되고 있다. 객사 건물이 절집 차지가 되었다는 것이 진기한 일인데, 가운데 중심건물이 개방되어 있지 않고 절집 창살로 막혀 있어 낯설기만 하다.

이 관풍헌 빈 마당 한쪽 모퉁이 길가 쪽에는 자규루(子規樓, 강원도 유형

| 관풍헌 | 단종이 유배 온 지 두 달 지났을 때 남한강에 큰 홍수가 일어나 청령포가 물에 잠기게 되자 단종은 급히 영월 관아의 객사인 관풍헌으로 거소를 옮겼다. 지금 영월 읍내에는 동헌을 비롯한 옛 관청 건물들은 다 없어졌고 시내 한가운데에 이 객사만이 덩그러니 남아 있다.

문화재 제26호)라는 2층 누각이 돌담 속에 갇혀 있다. 이는 본래 관아의 동헌 누각으로 세종 10년(1428)에 영월군수 신숙근이 창건하여 매죽루(梅竹樓)라 불렀는데 단종이 이 누각에 올라 자규를 노래한 시(詩)와 사(詞)를 각기 한 수씩 지은 뒤로는 자규루라 부르게 된 것이다. 단종의 「자규시」는 정말로 애처롭다.

한 마리 원한 맺힌 새가 궁중에서 나와　　　　　　一自冤禽出帝宮

외로운 그림자로 푸른 숲에 깃들었다　　　　　　孤身隻影碧山中

밤마다 억지로 잠들려 하나 잠 이루지 못하고　　　假眠夜夜眠無假

해마다 한스러움 끝나기를 기다렸지만 원한은 끝나지 않네

　　　　　　　　　　　　　　　　　　　　　　窮恨年年恨不窮

자규 울음 끊어진 새벽 멧부리에 조각달만 밝은데　聲斷曉岑殘月白

피를 뿌린 것 같은 골짜기에는 붉은 꽃이 지네　　　　血流春谷落花紅

하늘은 귀머거린가 아직도 애끓는 나의 호소를 듣지 못하고

　　　　　　　　　　　　　　　　　　　　　　　　天聾尙未聞哀訴

어이하여 수심 많은 이 사람 귀만 밝게 했는가　　　胡乃愁人耳獨聰

불과 17세의 나이에 이토록 애절한 시를 지었다는 것이 놀랍기만 하다. 아픔이 그만큼 컸기 때문에 명시가 나온 것이 아니겠느냐고 말할 수도 있겠지만 본래 아픔이 승화되어야 예술로 나타난다는 사실을 생각한다면 단종은 매우 냉정하고 조신한 성격의 소유자였던 것만 같다.

단종이 자주 올랐다는 이 자규루는 1605년에 큰물로 무너지고 그뒤 자취마저 사라졌는데 200년 가까이 지난 1790년이 되어서야 강원도 관찰사 윤사국이 단종의 혼이 서린 자규루가 없어진 것을 방치할 수 없다며 옛터를 찾아 새롭게 세운 것이라고 한다.

이복원이 쓴 「자규루기(子規樓記)」에 자규루 복원에 관한 내력이 상세히 나와 있는데, 윤사국이 복원할 때는 이미 오래전에 자규루가 있던 관아의 담이 무너져 그 주위로 민가가 빽빽하게 들어섰기 때문에 원래 자리를 찾을 수가 없었다고 한다. 그런데 갑자기 큰 바람이 일어나더니 민가에 불이 나면서 자규루의 옛 초석과 무늬벽돌이 드러나서 제자리에 세울 수 있었다는 것이다. 그래서 사람들은 단종의 영혼이 살아 있다고들 했다는 것이다.

자규·두견이·접동새·소쩍새

단종이 읊은 자규(子規)라는 새는 그 울음소리가 너무도 처연하여 예부터 많은 시를 낳았다. 특히 이조년(李兆年)의 시조는 절창으로 꼽힌다.

| **자규루** | 관풍헌 빈 마당 한쪽 모퉁이 길가 쪽에는 자규루라는 2층 누각이 돌담 속에 갇혀 있다. 본래 관아의 동헌 누각으로 매죽루라 불렀는데 단종이 이 누각에 올라 자규를 노래한 시를 지은 뒤 자규루라 부르게 된 것이다.

    이화에 월백하고 은한이 삼경인 제
    일지 춘심을 자규야 알랴마는
    다정도 병인 양하여 잠 못 들어 하노라

　자규는 불여귀(不如歸)·귀촉도(歸蜀道) 등 여러 별칭이 있고 두견(杜
鵑)이, 접동새라고도 한다. 불여귀와 귀촉도는 촉(蜀)나라 망제(望帝)가
하루아침에 나라를 빼앗기고 쫓겨나 그 원통함을 참을 수 없어 죽어서
자규라는 새가 되어 밤마다 '불여귀(不如歸, 돌아갈 수 없네)'를 부르짖으며
목구멍에서 피가 나도록 울었다는 고사에서 나왔다.

　두견이는 순우리말로 소쩍새라고도 알려져 있는데, 사실 두견이와 소
쩍새는 다른 새다. 두견이는 뻐꾸깃과에 속하고 소쩍새는 올빼밋과에 속
한다. 두견이는 주행성이고 소쩍새는 야행성이다. 두견이는 주로 낮에

울고 소쩍새는 밤에만 운다.

소쩍새는 두 마디, 또는 세 마디로 연속적으로 우는데 그 소리가 '소쩍 소쩍' 또는 '소쩍다 소쩍다'로 들린다. 그래서 소쩍새가 '소쩍' 하고 짧게 울면 흉년이 들고 '소쩍다 소쩍다'로 울면 풍년이 든다는 설화가 있다. 솥이 작으니 큰 솥을 준비하라고 '솥 적다'로 운다는 것이다. 가난했던 시절에 나온 얘기다.

나는 부여에 작은 집을 짓고 주말이면 내려가서 지내는데 4월이면 봄꽃에 취하고 오뉴월이면 새소리 듣는 것이 큰 낙이다. 꾀꼬리와 휘파람새의 소리는 참으로 곱고 높고 아련하다. 낮에는 먼 산에서 우는 뻐꾸기 소리가 짙은 향수를 일으키고, 밤새 우는 소쩍새는 애수의 감정을 절로 일으킨다.

두견이의 울음소리는 느린 2박자와 빠른 4박자가 연이어지면서 '딴딴 따다다다'로 들린다. 전설에 의하면 이 새소리는 쌀 됫박이 작아 항시 밥이 모자라 굶주려 죽은 며느리가 원조(怨鳥)가 되어 시어머니에게 '쪽박 바꿔주오' 또는 '됫박 바꿔주오'라며 우는 것이라고 한다. 옛날엔 삼시 세 끼 먹고 산다는 것이 보통 일이 아니었다는 사실을 이 새소리의 설화에서도 엿볼 수 있다.

두견이와 소쩍새의 차이는 무엇보다도 두견이의 울음소리는 슬프지 않고 밤새 우는 소쩍새 울음이 진짜 피를 토하는 듯한 애처로움이 있다는 점이다. 진달래꽃이 붉은 것은 두견새가 피를 토해 물든 것이라 하여 두견화라고도 부른다고 한 것도 잘못이다. 이에 대해 조류학자 원병오 박사는 시인들이 두견이와 소쩍새를 혼동하여 일어난 일이라고 했다. 그러나 시인의 잘못이라고 돌리기에는 그 혼동의 뿌리와 연륜이 너무도 깊다.

만해 한용운이 「두견새」라는 시에서 "두견새는 실컷 운다 / 울다가 못 다 울면 / 피를 흘려 운다 // 이별한 한이야 너뿐이랴마는 / 올래야 울지도 못하는 나는 / 두견새 못 된 한을 또다시 어찌하리" 하고 통곡한 것이나 이미자의 노래 「두견새 우는 사연」에서는 "네 마음 내가 알고, 내 마음 네가 안다"며 "두견새야 울지 마라" 노래한 깃, 그리고 김소월의 「접동새」라는 애잔한 시는 모두 소쩍새를 노래한 것이다.

아무튼 단종이 한밤에 애처롭게 들었다는 자규 소리는 소쩍새 울음소리였다. 단종이 지은 또 한 편의 시 「자규사(子規詞)」는 그 소쩍새 울음소리에 실린 외로움이 더욱 애절하다.

달 밝은 밤 소쩍새 울음소리는 더욱 구슬퍼	月白夜蜀魄啾
시름 못 잊어 누 머리에 기대었노라	含愁情倚樓頭
네 울음 슬프니 내 듣기 괴롭도다	爾啼悲我聞苦
네 소리 없었으면 내 시름도 없었으리니	無爾聲無我愁
세상에 근심 많은 분들게 이르노니	寄語世上苦勞人
부디 춘삼월에는 자규루에 오르지 마오	愼莫登春三月子規樓

단종의 죽음

그러나 단종이 이 자규루에 오른 것도 사실은 몇 번 되지 않는다. 청령포에서 관풍헌으로 급히 옮겨온 지 얼마 되지 않아 경상도 순흥(오늘의 영주)에 유배되었던 금성대군이 순흥부사와 함께 단종의 복위를 계획하다가 발각되어 관련자들이 무자비하게 참수되는 사건이 일어났다. 순흥에서는 그때 처형된 사람들의 피가 냇물처럼 흘러내리다 머문 곳을 '피끝'이라고 부르고 있으니 그 처참했던 상황을 가히 상상케 한다. 이 사건 이후 단종은 노산군에서 서인(庶人)으로 강봉되었다.

단종 복위를 시도하는 일이 이처럼 끊이지 않자 영의정 정인지는 단종을 처형하여 그 불씨를 없애자고 진언했다. 세조는 처음엔 허락하지

500

않았다. 그러나 정인지·한명회 등 대신들이 계속 진언해오자 결국 이를 받아들이고 말았다.

　이 명을 받고 사약을 갖고 간 관리는 의금부도사 왕방연(王邦衍)으로 알려졌다. 왕방연이 단종에게 사약을 내릴 때 상황은 먼 훗날 『숙종실록』 25년(1699) 1월 2일자에 다음과 같이 쓰여 있다.

　　단종대왕이 영월에 계실 적에 의금부도사 왕방연이 고을에 도착하여 머뭇거리면서 좀처럼 들어가지 못하다가 마침내 입시(入侍)했을 때 단종대왕께서는 관복을 갖추고 마루로 나오시어 온 이유를 하문(下問)하셨으나, 왕방연은 차마 대답하지 못했다고 한다.

　전하는 말로는 왕방연이 차마 단종에게 사약을 내리지 못하고 있을 때 단종을 모시던 자가 활시위로 단종의 목을 졸라 숨을 거두게 했다고도 한다.

　이리하여 1457년 10월 24일 유시(酉時, 오후 5시)에 단종은 세상을 떠났다. 유배 온 지 4개월 만이었고 향년 17세였다. 단종 애사(哀史)는 이렇게 막을 내렸다.

왕방연의 시조 한 수

　자신의 뜻과는 달리 공무를 집행해야만 했던 의금부도사 왕방연은 사형을 집행하고 영월을 떠나 한양으로 돌아가던 길에 남한강가에 이르러 시조 한 수를 남겼다고 한다.

　　천만 리 머나먼 길에 고운 님 여의옵고

| **왕방연 시조비** | 단종에게 내리는 사약을 전달하는 명을 받았던 왕방연은 사형을 집행하고 영월을 떠나 한양으로 돌아가던 길에 남한강가에 이르러 시조 한 수를 남겼다고 한다.

내 마음 둘 데 없어 냇가에 앉았으니
저 물도 내 안 같아서 울어 밤길 예놋다

'내 안'은 '내 마음'이고 '예놋다'는 '가는구나'의 옛말이다. 참으로 처연한 시조다. 의금부도사의 착잡한 심정이 절절이 배어난다.

그러나 왕방연의 생애에 대해서는 따로 알려진 것이 없고 한편에선 왕방연이 영월에 온 것은 사약을 가져갔을 때가 아니라 단종을 귀양지로 호송해갈 때라는 설이 있다. 내용을 볼 때도 의금부도사가 청령포에 단종을 남겨두고 돌아가면서 지은 시라는 것이다.

그런가 하면 이긍익(李肯翊)은 『연려실기술(燃藜室記述)』에서 왕방연이라는 이름을 알고 있으면서도 이 시에 대해서는 "이름을 알 수 없는 의금부도사가 노산군을 영월 서강 청령포에 모셔다두고 밤에 언덕 위에 앉아 슬퍼하며 지었다"라고 했다.

이렇게 혼선이 빚어진 것은 세조 당대엔 무시무시한 정치적 공포 때문에 이런 불온한 시조를 기록으로 남길 수 없어 입에서 입으로만 전해졌기 때문이다.

이 시조가 세상에 다시 알려지게 된 것은 단종 사후 150년이 지나서였다. 광해군 9년(1617) 병조참의를 지내던 용계 김지남(金止男)이 영월 지방에 순시 나왔을 때 아이들이 이 시조를 노랫가락으로 부르는 것을 듣고는 한시로 옮겨놓아 전해지게 된 것이다.

千里遠遠道	천 리 머나먼 길에
美人別離秋	고운 님 여읜 가을
此心無所着	내 마음 둘 데 없어
下馬臨川流	말 내려 냇가에 앉았으니
川流亦如我	강물도 나와 같아서
嗚咽去不休	울며 쉬지 않고 흐르누나

이 한시가 훗날 『청구영언(靑丘永言)』에 다시 시조로 실린 것이 '고운 님 여의옵고……'이다.

생각건대 불의인 줄 알면서도 불의라고 말하지 못하고 정치적 공포 속에 숨죽이면서 살았지만 당시 사람들의 마음속에는 왕방연의 '고운 님 여의옵고'라는 슬픈 시조에 대한 깊은 공감이 있어 두고두고 전해지며 잊히지 않았던 것이다. 그러다 세월이 흘러 그 정치적 공포에서 해방되었을 때는 짓눌렸던 상황을 카타르시스하는 촉매제가 되어 어린애까지 부르는 노랫가락으로 다시 살아난 것이다. 이런 마음은 오늘날에도 깊은 공감을 일으켜 『한국애창가곡전집』에는 오동일이 작곡한 「고운 님 여의옵고」라는 노래가 실려 있다.

지금 청령포로 들어가는 나루터 저편 솔밭에는 무덤가 한쪽 청령포가 바라다보이는 곳에 왕방연의 이 시조를 새긴 시비가 세워져 있어 찾아오는 사람들의 심금을 울리며 그 옛날의 슬픈 이야기를 떠올리게 한다.

단종의 묘소를 찾아라

그런데 단종의 죽음에 대하여 『세조실록』의 기사를 보면 뜻밖에도 왜곡되게 기록되어 있다. 세조 3년(1457) 10월 21일자에는 다음과 같이 쓰여 있다.

(단종의 장인인) 송현수는 교형(絞刑)에 처했다. (…) 노산군이 이를 듣고 또한 스스로 목매어서 졸(卒)하니, 예(禮)로써 장사 지냈다.

하지만 이는 사실과 명백히 다르다. 아마도 실록을 편찬하던 사관(史官)이 세조의 신하로서 그때의 일을 후세에 그대로 전하고 싶지 않았던 모양이다. 『조선왕조실록』에서 이처럼 사실을 왜곡한 것은 아주 드문 일이다. 한 번의 잘못이 또 다른 잘못을 낳은 것이다. 이 점에서 세조와 그 신하들은 세상에 저지른 잘못이 많다.

단종의 시신은 동강에 버려졌고 이를 거두는 자는 삼족을 멸한다는 어명이 내려졌다고 한다. 그러나 영월 호장(戶長)이던 엄흥도(嚴興道)는 단종의 시신을 거두어 매장하기로 마음을 먹었다. 엄호장은 자식들을 데리고 밤에 몰래 강으로 가서 시신을 찾았다. 그리고 시신을 메고 눈 덮인 동을지산(冬乙旨山)으로 들어가 무덤 자리를 찾았다. 그렇게 한참을 가니 갑자기 노루 한 마리가 놀라서 도망가는데 노루가 앉았던 자리에는 눈이 없기에 그곳에 시신을 묻었다고 한다. 대개 이런 곳은 명당자리라고 한다.

단종의 시신은 이렇게 지방의 한 호장이 간수한 것이었다. 사육신이 처형되었을 때도 아무도 그 시신을 건드리지 못한 것을 매월당 김시습(金時習)이 한강 건너 노량진에 묻어두고 돌로 표시한 것이 오늘의 육신묘인데, 죽음을 무릅쓰고 이런 의로운 일을 한 것은 조선 선비정신의 소산이라고 할 것이다.

그로부터 반세기 뒤 중종 대에 들어오면 조정에서 조심스럽게 단종에 대한 제사 문제 논의가 일어난다. 과거사에 대한 정리가 필요했던 것이다. 사실 세조의 쿠데타는 조선왕조 이데올로기에 반하는 치욕이었다. 더욱이 후대 왕들의 입장에서는 왕좌를 찬탈당할 수 있다는 전례가 된 셈이었다. 왕으로서는 이 과거사 문제를 어떤 식으로든 해결할 필요가 있었다.

드디어 중종 11년(1516), 단종의 묘를 찾아 제사를 지내라는 어명이 내려졌다. 사후 59년 만의 일이었다. 그때 단종의 묘를 찾은 일이 『중종실록』 11년 12월 10일자에 다음과 같이 기록되어 있다.

묘는 영월군 서쪽 5릿길 곁에 있는데 높이가 겨우 2자쯤 되고, 여러 무덤이 곁에 총총했으나 고을 사람들이 군왕의 묘라 부르므로 비록 어린이들이라도 식별할 수 있었고, 사람들 말이 "당초 돌아갔을 때 온 고을이 황급하였는데, 고을 아전 엄흥도란 사람이 찾아가 곡하고 관을 갖추어 장사했다" 하며, 고을 사람들이 지금도 애상(哀傷)하게 여긴다고 합니다.

그러나 단종의 묘는 그후 방치되었다가 중종 36년(1541) 영월군수로 부임한 낙촌 박충원(朴忠元)이 꿈에 단종의 혼령이 나타나자 관을 갖추어 다시 매장하고 봉분을 만든 뒤 제사를 지냈다고 한다. 그리고 또 40년이 흘러 선조 14년(1581)에는 강원도 관찰사인 송강 정철(鄭澈)이 다음과 같은 장계(狀啓)를 임금에게 올렸다. 장계란 왕명을 받고 지방에 내려가 그곳 사정을 임금에게 올리는 문서를 말한다.

노산이 비록 위호(位號, 임금의 호)는 삭제되었다 하더라도 군(君)에 봉해졌으니 그 묘에 마땅한 품제(品制)가 있어야 할 것인데 묘역에 석물도 없고 나무하고 소 먹이기를 금하지도 않아 길 가는 사람마다 가슴 아파합니다. 과거 역사를 상고해볼 때 (…) 분묘를 고쳐 짓고 석물을 세울 것은 물론 관원을 보내 제사 지내게 하소서.

선조는 이를 받아들여 곧바로 시행하도록 했다. 그러나 아직은 왕으로 추존되지 않았기 때문에 왕릉 형식은 아니었다. 임진왜란 이후에도 단종의 묘소 관리와 제사에 대한 논의가 계속되었다. 그러다 숙종 7년(1681)에 단종이 노산대군(大君)으로 추봉되고 숙종 24년(1698)에는 다시 단종으로 복위되면서 무덤도 능으로 격상되어 '장릉(莊陵)'이라는 능호를 받게 되었다.

이와 동시에 단종은 조선의 제6대 왕으로 당당히 종묘 영녕전에 위패가 모셔졌다. 단종 사후 250년 가까이 지나서야 과거사 문제를 완전히 해결한 것이다.

장릉의 능묘

이렇게 긴 사연을 갖고 있는 장릉은 결국 영월의 상징적 문화유산

| **장릉** | 숙종 24년에 단종이 복위되면서 무덤도 능으로 격상되어 '장릉'이라는 묘호를 받게 되었다. 이와 동시에 단종은 조선의 제6대 왕으로 당당히 종묘 영녕전에 위패가 모셔졌다. 단종 사후 250년 가까이 지나서야 과거사 문제를 완전히 해결한 것이다.

이 되었다. 조선시대 능묘 제도는 매우 엄격했다. 본래 왕릉은 서울에서 100리 안에 조성하도록 규정되어 있었지만 단종의 장릉만이 예외일 수밖에 없어 후대까지 조선 왕릉 42곳 중에서 유일하게 강원도 산골에 있게 된 것이다.

그러나 이 장릉으로 인하여 당시 영월은 군에서 도호부(都護府)로 승격되어 종3품의 부사(府使)가 다스리는 고을이 되는 영광을 얻었다. 그리고 2008년에는 다른 왕릉과 함께 유네스코 세계유산에 등재되었다.

장릉은 암매장한 무덤을 왕릉의 격식에 맞추어 조성하고 부속 건물을 배치했기 때문에 다른 왕릉과는 구조에 차이가 많다. 우선 능침(陵寢)의 경우, 앞 시대 이와 비슷한 사례가 있으면 그에 준해야 하는데 이처럼 일반 묘소가 왕릉으로 추봉된 예로 서울의 정릉(貞陵, 태조의 계비 신덕왕후의 능)이 있어 이에 따랐다.

왕릉의 기본 골격대로 능묘 뒤로는 곡장(曲墻)을 두르고, 앞에는 장명등(長明燈)을 세웠다. 문인석·망주석·석양(石羊)도 배치했다. 여기까지는 다른 왕릉과 같다. 그러나 능묘에 난간석과 병풍석을 두르지 않았다. 이는 봉분을 새로 조성하는 번거로움을 피한 것으로 보인다. 그리고 능침 앞 공간이 협소한 탓인지 무인석도 생략되었다. 그래서 다른 왕릉보다 다소 간소한 편이다.

장릉을 조영함에 가장 어려운 점은 능침이 산자락 가파른 곳에 있기 때문에 제향 시설을 일직선상에 둘 공간이 없다는 점이었던 것 같다. 그래서 장릉의 정자각은 능침의 측면을 올려다보는 구조가 될 수밖에 없었다. 그로 인해 홍살문에서 정자각에 이르는 길도 직선이 아니라 직각으로 굽어 있다.

장릉은 이처럼 자연조건에 맞추어 조영되었기 때문에 능침은 산자락

| **장릉 정면** | 왕릉의 기본 골격대로 능묘 뒤로는 곡장을 두르고, 앞에는 장명등을 세웠다. 문인석·망주석·석양도 배치했다. 그러나 능묘에 난간석과 병풍석을 두르지 않고 무인석도 생략되어 다른 왕릉보다 다소 간소한 편이다.

위쪽에 있고 재실에서 홍살문을 거쳐 수복방·비각·수라간·정자각으로 이어지는 건물들은 아래쪽 평지에 별도의 공간처럼 조성되었다. 그래서 장릉을 찾는 사람들은 마치 역사공원에 들어온 것 같은 느낌을 받는다.

오늘날 장릉은 능침까지 관람할 수 있도록 되어 있다. 잘 정비된 관람로를 따라 능침 앞까지 올라가면 전망이 사방으로 탁 트여 가슴이 활짝 열린다. 높이 올라온 만큼 발아래로는 정자각과 수라간, 수복방 건물의 지붕들이 납작 엎드린 것처럼 보인다. 그리고 건너편 산자락에는 잘생긴 강원도 소나무들이 줄지어 늘어서 있어 어느 왕릉에서도 볼 수 없는 따뜻한 인상을 받게 된다.

| 장릉 경내 | 1. 재실 정면 2. 박충원의 낙촌비각 3. 엄흥도의 정려각 4. 배식단

'장판옥'이라는 제향 공간

장릉에는 다른 왕릉에서는 볼 수 없는 건물과 시설이 많이 들어섰다. 단종의 시신을 거두었던 엄흥도의 '정려각(旌閭閣)'도 있고, 꿈속의 현몽으로 단종의 무덤을 다시 갖춘 영월군수 낙촌 박충원의 기적비(紀蹟碑)를 모신 '낙촌비각(駱村碑閣)'도 있다.

그중 각별한 의미를 갖고 있는 건물은 장판옥(藏版屋)이라는 제향 건물과 배식단(配食壇)이다. 이곳은 1791년 정조가 단종을 위해 목숨을 바친 모든 분들의 위패를 장릉에 모시고 매년 한식날 제향하라는 특명을 내려 세워진 것이다.

정조는 계유정난 때부터 단종이 사사될 때까지 그에 연루되어 죽은

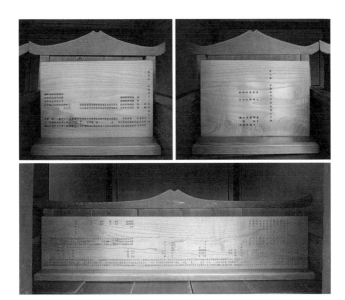

| **장판옥** | 여기에는 단종에게 의를 지킨 충신을 비롯해 억울하게 죽은 여인과 노비에 이르기까지 268명의 이름이 적혀 있다. 긴 널빤지에 이름을 새겨 모시고 있다고 하여 장판옥이라고 하며 해마다 한식날 배식단에서 제를 올린다.

억울한 인물을 조사하라는 어명을 내렸다. 이에 신하들이 한 사람 한 사람을 거명하며 명단에 올릴 것을 진언했다. 이때의 일이 『정조실록』에 낱낱이 기록되어 있다. 그 결과 충신이 32인, 조사(朝士, 관리와 선비)가 186인, 환자군노(宦者軍奴, 환관과 군대 노비)가 44인, 여인이 6인, 총 268명 이었다. 장판옥에는 이분들의 이름이 빼곡히 적힌 4개의 넓은 판이 위패로 모셔졌다. 그래서 장판옥이라 한다.

그리하여 그해 3월 한식날 정조는 친히 제문을 짓고 예조판서를 보내 고유제를 지냈는데 장릉 위로 한줄기 서기(瑞氣)가 일어나 축판(祝板)의 작은 글씨를 촛불 없이도 읽을 수 있었으니 모두들 이는 단종의 혼이 감응한 것이라고 기뻐했다고 한다.

장판옥 위패에 새겨진 이름들을 보면 안평대군·사육신·생육신 등 단종 애사의 정변 중에 희생된 이름뿐만 아니라 범삼(凡三)·석구지(石仇知) 같은 노비 이름과 아가지(阿加之)·덕비(德非) 같은 여인의 이름들이 들어 있어 이를 읽다보면 어이없이 죽은 노비와 여인네들의 영혼까지 위로하는 그 자상한 마음 씀에 절로 경의를 표하게 된다.

정조는 불의에 희생된 모든 분들에 대한 위로의 뜻을 이렇게 나타낸 것이다. 오늘날로 치면 국가유공자, 민주화운동 유공자를 매년 기리는 제단을 설치한 것이니 이 장판옥과 배식단은 조선왕조가 무고하게 희생된 사람을 300년이 지난 시점에서도 끝내는 찾아내어 기리고 억울한 죽음을 당한 이들께는 사죄를 했다는 사실을 증언하는 자랑스러운 유적이다. 정조의 경륜과 치세는 이처럼 존경스럽기만 하다.

이 모든 것을 생각하면 단종은 살아생전엔 애달프고도 슬픈 인생이었지만 혼백이 묻힌 유택만은 한을 풀고도 남음이 있다는 생각이 든다. 단종의 장릉(莊陵)을 '영월 장릉'이라고 부르고 있는 것은 파주의 장릉(長陵, 인조의 능), 김포의 장릉(章陵, 선조의 다섯째 아들인 추존 원종의 능)과 구별하기 위해서이다.

비운의 왕비 정순왕후

영월 장릉에 오면 절로 생각나는 것이 단종의 왕비인 정순왕후(定順王后)이다. 이 비운의 왕비는 죽어서도 단종 곁에 묻히지 못하고 남양주 사릉(思陵)에 모셔져 있다. 사릉은 조선 왕릉 중 가장 조촐하고 고즈넉하며 사람의 마음을 애잔하게 한다.

사릉 주변엔 해주 정씨 묘 12기가 있다. 본래 왕릉 주변엔 일반 묘역이

| 정순왕후 사릉 | 단종의 왕비 정순왕후는 죽어서도 단종 곁에 묻히지 못하고 남양주 사릉에 모셔져 있다. 사릉은 조선 왕릉 중 가장 조촐하고 고즈넉하여 사람의 마음을 애잔하게 한다.

있을 수 없는 일이지만 여기만큼은 예외이다. 그 사연은 장릉의 경우만큼이나 길다.

정순왕후는 단종보다 한 살이 많은 1440년생으로 영돈령부사 송현수의 딸로 전북 정읍에서 태어났다. 15세 때 단종비가 된 후 3년 만인 18세 때 단종과 생이별하고 82세까지 한을 품고 살았다. 왕비로 간택된 데에는 고모의 역할이 있었다는데 고모는 세종의 아들 영응대군의 부인이다.

단종이 노산군으로 강등될 때 정순왕후도 군부인(郡夫人)으로 강등되었고, 단종이 서인이 될 때 군부인에서 관비(官婢)로 전락했다. 이때 신숙주가 정순왕후를 자신의 종으로 달라고 하여 아무리 관비가 되었기로서니 그럴 수 있느냐는 여론이 빗발쳤다는 이야기도 있다.

정순왕후는 비록 노비 신분이지만 백성들이 함부로 대하지 않았다고 한다. 동대문 밖 숭인동에 있는 비구니 승방인 정업원(淨業院)에서 평생을 단종을 그리며 세 시녀와 함께 살았다. 마을 사람들은 왕후를 깊이 동정하여 그녀의 통곡이 들려오면 마을 여인들도 함께 땅을 치고 가슴을 치며 동정곡(同情哭)을 했다고 한다. 왕후는 염색을 하면서 생계를 유지했다고 하는데 지금도 정업원터가 있는 숭인동 청룡사 옆에는 '자주동샘(紫芝洞泉)'이라는 샘물이 있다. 전설에 의하면 정순왕후가 여기서 빨래를 하면 자주색 물이 저절로 들었다고 한다.

왕후는 궁핍하게 살면서도 세조가 내려주는 그 무엇도 받지 않았고 예종·성종·연산군·중종 다섯 임금의 시대를 살다 중종 16년(1521)에 세상을 떠났다. 중종은 단종의 묘소를 찾게 하면서 서서히 복권을 시도했던바 정순왕후의 장례를 대부인(大夫人) 격으로 치르도록 각별히 배려했다.

그러나 정순왕후는 죽어서 갈 곳이 없었다. 왕실에서는 폐출되었고 친정은 풍비박산 났다. 다행히 단종의 누나인 경혜공주의 시댁인 해주 정씨가 문중의 선산에 장사 지내주었다. 거기가 바로 오늘의 사릉 자리이다.

정순왕후는 사망한 지 177년이 지난 숙종 24년(1698), 단종의 복위와 함께 왕후로 복위되었고 장릉이 조영될 때 왕후의 능역도 다시 조성하게 되었다. 묘에서 능으로 격상된 것이다. 본래 왕릉 근처에는 다른 묘가 있을 수 없고 있다면 모두 이장하는 것이 법도였다. 하지만 폐서인이었던 정순왕후를 거둬준 해주 정씨의 호의를 무시할 수 없어 경혜공주의 아들인 정미수(鄭眉壽)의 묘를 비롯하여 해주 정씨의 묘 12기를 그대로 남겨두었던 것이다.

정미수는 형조참판을 지낸 아버지가 유배 중에 낳은 아들이었다. 아버지가 사사되면서 정미수는 죄인의 아들이 되었지만 성종이 보호하여 도승지, 한성부 판윤까지 지냈다.

정미수는 정순왕후의 시양자(侍養子)가 됐으나 후사도 없이 정순왕후보다도 먼저 죽었고 정순왕후는 죽기 전에 전 재산을 정미수의 부인에

| **자주동샘** | 정순왕후는 비록 노비 신분이지만 백성들이 함부로 대하지 않았다고 한다. 동대문 밖 숭인동에 있는 비구니 승방인 정업원에서 평생 단종을 그리며 세 시녀와 함께 살았다. 왕후는 염색을 하면서 생계를 유지했다고 하는데 지금도 정업원터가 있는 숭인동 청룡사 옆에는 '자주동샘[紫芝洞泉]'이라는 샘물이 있다. 전설에 의하면 정순왕후가 여기서 빨래를 하면 자주색 물이 저절로 들었다고 한다.

게 주었다. 사릉에는 이렇게 자신의 의지와는 관계없이 시류에 휩싸여 살아간 왕가 인생들의 자취가 어려 있다.

오늘날 사릉은 일반에게 개방되어 있고, 문화재청에서 궁궐과 왕릉에 식재할 조경수를 기르는 묘목장이 있어 철 따라 볼 수 있는 야생화와 재래종 나무들이 따뜻한 인상을 준다. 그러나 그 사연만큼이나 처연한 분위기가 느껴지는 것은 어쩔 수 없다.

춘원의 『단종애사』와 신영복의 『나무야 나무야』

단종을 우리들의 가슴속에 더욱 아련하게 새겨준 것은 춘원(春園) 이광수(李光洙)의 소설 『단종애사』이다. 1928년 『동아일보』에 연재해 독자를 매료시키며 폭발적 인기를 끌었다고 하는데 춘원은 그 서문에서 이렇게 말했다.

　육신(六臣)의 충분(忠憤) 의열(義烈)은 만고에 꺼짐이 없이 조선 백성의 정신 속에 살 것이요, 단종대왕의 비참한 운명은 영원히 세계 인류의 눈물로 자아내는 비극의 제목이 될 것이다. 더구나 조선인의 마음, 조선인의 장처와 단처가 이 사건에서와 같이 분명한 선과 색채와 극단한 대조를 가지고 드러난 것은 역사 전폭을 떨어도 다시없을 것이다.

　나는 나의 부족한 몸의 힘과 마음의 힘이 허하는 대로 조선 역사의 축도요, 조선인 성격의 산 그림인 단종대왕 사건을 그려보려 한다.

　이 사실에 드러난 인정과 의리 ── 그렇다, 인정과 의리는 이 사실의 중심이다 ── 는 세월이 지나고 시대가 변한다고 낡아질 것이 아니라고 믿는다.

　사람이 슬픈 것을 보고 울기를 잊지 아니하는 동안, 불의를 보고 분내는 것이 변치 아니하는 동안 이 사건, 이 이야기는 사람의 흥미를 끌리라고 믿는다.

이렇게 쓰인 그의 『단종애사』는 당시 독자들이 식민지 현실에 빗대어 생각하기에 충분했다. 왕위를 찬탈한 수양대군은 일제의 이등박문(伊藤博文)을, 삼촌 손에 억울하게 폐위당하고 죽은 단종은 고종·순종을, 사육신·생육신은 독립투사를, 수양대군과 한패가 된 정인지·한명회는 이완용·송병준 등의 매국노를 연상시키는 뚜렷한 작중인물 설정이 있었던 것이다. 그때만 해도 춘원 이광수는 "과연 춘원이로다"라는 찬사를 받았다는데 나는 그의 명작을 이 이상 소개하는 것이 조심스러울 수밖에 없다는 사실이 안타깝기만 하다.

이에 우리 시대에 맑은 영혼을 갖고 있는 문필가 신영복 선생이 『나무야 나무야』(돌베개 1998)에서 영월 청령포에서 일어나는 상념을 말한 대목을 인용하며 나의 '단종 애사'를 끝맺고자 한다.

해 저무는 청령포의 화두(話頭)는 한 어린이의 무고한 죽음입니다. 그리고 정권 쟁탈의 잔혹함입니다. (…)

정권이 정치의 목표인 한 이념과 철학이 설 자리는 없습니다. (…)

청령포는 유괴되고 살해된 한 어린이의 추억에 젖게 합니다. 무고한 백성의 비극을 읽게 합니다. 역사의 응달에 묻힌 단종비 정순왕후의 여생이 더욱 그런 느낌을 안겨줍니다. (…)

동정곡을 하던 수많은 여인들의 마음이나 동강에 버려진 단종의 시체를 수습했던 영월 사람들의 마음을 '충절'이란 낡은 언어로 명명(命名)할 수는 없다고 생각합니다. 그들의 동정은 글자 그대로 그 정(情)이 동일(同一)하였기 때문입니다. 같은 설움과 같은 한(恨)을 안고 살아갔던 사람들이었기 때문이라고 생각합니다. (…)

단종의 애사(哀史)를 무고한 백성들의 애사로 재조명하는 일이라고 생각합니다. 그것이 상투적인 역사적 포폄(褒貶)을 통하여 지금도 재생산되고 있는 봉건적 잔재를 청산하는 길이며, 구경거리로서의 정치를 청산하고 민중이 객석으로부터 무대로 나아가는 길이며 민(民)과 정(政)이 참된 벗(大友)이 되는 길이기 때문입니다.

신영복 선생의 이 글은 「'역사를' 배우기보다 '역사에서' 배워야 합니다」 중에 나온다.

2015.

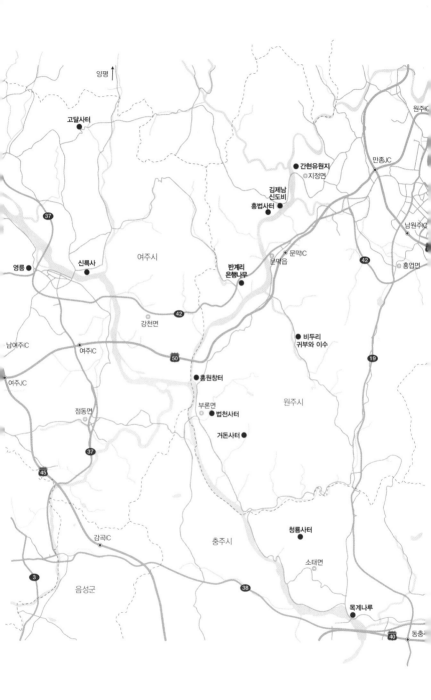

마음이 울적하거든 폐사지로 떠나라

흥원창터 / 거돈사터 / 거돈사터 삼층석탑 / 원공국사 승묘탑비 /
청룡사터 / 보각국사 승탑 / 법천사터 / 지광국사 현묘탑비

폐사지에 이는 서정

깊은 산골의 폐사지(廢寺址). 절도 스님도 지나가는 사람도 없는 적막
한 빈터. 뿌리째 뽑힌 주춧돌이 모로 누워 하늘을 바라보고, 무성히 자
란 잡초들이 그 옛날을 덮어버린 폐사지에 가면 사람의 마음이 절로 스
산해진다. 단청 화려한 건물에 금색 빛나는 불상을 모셔놓은 절집에서는
느낄 수 없는 처연한 정서의 환기가 있고, 고요한 절터에는 사색으로 이
끄는 침묵이 있다.

산 넘고 물 건너, 열 굽이 스무 굽이 고갯길 넘어, 깊은 산중 한갓진 빈
터의 녹슨 안내판에서 절터의 만만치 않은 내력을 읽어보고, 발부리에
걸리는 돌멩이를 일없이 뒤집어보며 무너져가는 삼층석탑 앞에서 이 사
라진 절집의 나이를 헤아려보기도 하다가, 절터 한편에 돌거북이 짊어

진 비석에 다가가 손가락으로 비문을 짚으며 읽어보기도 하고, 품 넓게 자란 해묵은 느티나무 그늘에 앉아 바람에 실려가는 새털구름이 산자락 넘어가는 모습을 하염없이 바라보다보면 머릿속은 무엇에 빨려가듯 텅 비고 마음은 넓게 열린다. 어제의 내가 아닌, 세상에 갓 태어나 첫울음을 터뜨릴 때의 내 모습 원단으로 돌아가게 된다. 그래서 나는 "마음이 울적하거든 폐사지로 떠나라"고 권했는데 정호승 시인은 「폐사지처럼 산다」라는 시에서 아예 폐사지에 살듯 하라고 했다.

요즘 어떻게 사느냐고 묻지 마라

폐사지처럼 산다

요즘 뭐 하고 지내느냐고 묻지 마라

폐사지에 쓰러진 탑을 일으켜세우며 산다

(…)

부서진 석등에 불이나 켜며 산다

부디 어떻게 사느냐고 다정하게 묻지 마라

(…)

입도 버리고 혀도 파묻고

폐사지처럼 산다

폐사지에서 일어나는 정서가 이렇게 가슴 깊이 파고드는 이유는 뭘까? 더 큰 슬픔을 만날 때 슬픔이 저절로 사라지기 때문일까? 아니면 이상이 「날개」에서 "육신이 흐느적흐느적하도록 피로했을 때만 정신이 은화처럼 맑소"라고 한 말이 이런 것인가? 아무도 가르쳐준 일 없는 불가 (佛家)의 공(空) 개념이 저절로 다가오는 것만 같다.

| 전국의 주요 폐사지 전경들 | 1. 서산 보원사터 2. 보령 성주사터 3. 산청 단속사터 4. 합천 영암사터

5천 곳이 넘는 폐사지

우리나라에 폐사지가 얼마나 있는지 알게 되면 놀랄 것이다. 그간 답사기에서 찾아간 폐사지만 해도 경주 감은사터, 강진 월남사터, 양양 진전사터, 선림원터, 서산 보원사터, 보령 성주사터, 산청 단속사터, 합천 영암사터…… 이루 다 헤아리기 힘들다. 문화재청과 불교문화재연구소에서는 2010년부터 4년간 전국의 폐사지를 정밀하게 조사하는 기초작업을 펼친 결과 무려 5,393개소를 확인했다.

답사를 다니다보면 정말로 우리나라 산천에 폐사지가 없는 곳이 없다. 그 많은 폐사지 중 내가 가장 즐겨 찾아가는 곳은 남한강변의 폐사지들이다. 충주 목계나루에서 여주 신륵사까지 이름난 폐사지가 5곳이나 있다. 충주시 소태면의 청룡사터, 원주시 부론면의 법천사터·거돈사터, 문막의 흥법사터, 여주의 고달사터, 서울에서 불과 2시간 안에 다다를 수 있는 곳에 이런 폐사지가 하나도 아니고 다섯씩이나 자리잡고 있다는 것이 신기할 정도다. 더욱이 이곳에는 모두 나라에서 국보와 보물로 지정한 탑·승탑·탑비들이 하나둘씩 있어 우리나라 석조미술 문화의 저력을 유감없이 보여준다.

벌써 30년이나 된 이야기다. 내가 신촌에서 좌판을 벌인 '젊은이를 위한 한국미술사' 공개강좌 때 수강생들에게 "우리나라는 전 국토가 박물관"이고 미술사는 문화유산이 있는 현장답사에 기초해야 한다는 생각을 각인시키고자 당일 답사로 안내할 때 가장 먼저 찾아간 곳이 바로 남한강변의 폐사지였다. 당시 나를 따라온 젊은 미술학도·미학도·미술사학도들이 놀란 눈으로 바라보고 기쁜 마음으로 절터를 오가던 모습을 나는 지금도 잊지 못한다. 이후 나는 강좌 때마다 거르는 일 없이 봄가을 혹은 한겨울에도 여기를 들렀으니 그게 몇 번일지 헤아리지 못한다.

문화유산답사회원들과도 자주 찾아갔고 문화패들과 다녀간 것도 여러 번이고 세상 사람들에게 환상의 답사처로 '강추'하여 저번 때는 노신사의 모임인 '무무회(無無會)' 회원들과도 다녀갔다. 그리고 내년 봄이나 가을에도 또 누군가와 여기에 갈 것이다.

남한강변의 홍원창

남한강변 폐사지 답사는 거돈사(居頓寺)터부터 가야 제격이다. 서울에서 떠나자면 여주의 고달사터, 원주의 흥법사터·법천사터·거돈사터, 그리고 충주 청룡사터 순으로 이어지지만 거돈사부터 가는 것이 폐사지의 깊은 정취를 만끽할 수 있다. 요즘에는 길이 사통팔달로 뚫려 어디든 빨리 가는 길이 따로 있다. 내비게이션에 '강원도 원주시 부론면 정산리 189번지'라고 치고 가라는 대로 가기만 하면 거돈사터에 쉽게 다다를 수 있다.

그러나 답사는 그렇게 가면 안 된다. 내가 원주의 폐사지라고 하지 않고 남한강변의 폐사지라고 말한 데는 이유가 있다. 지금은 모든 길을 자동찻길 위주로 생각하지만 그 옛날의 고속도로는 뱃길이었다. 나말여초의 명찰들이 여기에 들어서 있었던 것은 남한강의 뱃길이 이렇게 이어졌기 때문이다.

남한강변 폐사지로 인도하는 나루터는 부론면 흥호리 강변의 흥원창(興原倉)터이다. 서울에서 가자면 영동고속도로로 가다가 문막나들목에서 빠져나와 49번 지방도로를 타고 섬강(蟾江)을 따라 내려가다가 남한강과 만나는 흥호리 강변이 바로 그곳이다.

흥원창터 강언덕에서 남한강을 내려다보면 충주 목계나루를 지나온 남한강 물줄기가 여주 신륵사 쪽으로 휘돌아가는 모습이 아련히 펼쳐진다. 옛날에 이곳은 물길이 험하여 한 척의 배가 홀로 여울을 헤쳐나갈 수 없어 서너 척이 선단(船團)을 이루어서 만나는 여울마다 힘을 합해 한 척씩 끌어서 통과했다고 한다.

그렇게 힘차게 북쪽으로 흐르는 남한강 물줄기는 원주 부론면에 이르면 북동쪽 태기산에서 문막을 지나 내려온 섬강 물을 받아 제법 장대한 강물을 이루며 북한강과 만나기 위해 양수리 쪽으로 달린다. 그 남한강과 섬강이 만나는 언덕 위에는 흥원창이 있었고, 섬강 강가엔 흥법사가, 부론면 산중엔 법천사와 거돈사가 자리하고 있었다.

본래 강물은 직선으로 곧게 흐를 때보다 곡선을 이루며 휘어져 돌아갈 때가 아름답다. 모래톱이 활처럼 휘어진 강 건너에 키 큰 포플러가 줄

| **곡선으로 휘돌아가는 강** 목계나루를 떠난 남한강은 흥원창터 앞을 지나면서 신륵사 쪽을 향하여 곡선을 그리며 휘돌아간다. 강은 이처럼 포물선을 그리며 돌아갈 때 더욱 아름답다.

지어 있거나 오붓한 강마을이 펼쳐지면 말할 수 없이 짙은 향토적 서정을 불러일으킨다.

4대강사업 이후 강변 풍광이 다 변하여 천연스러운 모래톱은 반듯한 고수부지가 되었고 강변엔 '4대강 국토종주 한강 자전거길'이 을씨년스럽게 휑하니 뚫려 있다. 그러나 흥원창터 쉼터에서 신륵사 쪽으로 흘러가는 남한강 물줄기를 바라보면 강은 여전히 푸르고 물살은 여유롭기만 하다.

언제 어느 때 보아도 남한강은 북한강이 우리에게 주는 인상과 다르다. 북한강에 아버지 같은 늠름한 위엄이 있다면 남한강에는 어머니 같은 안온함이 있다. 그런 남한강 물줄기 중에서도 그 너른 품에 마냥 안기고 싶어지는 곳이 이곳 흥원창터에서 바라보는 강변 풍광이다.

| 흥원창터 안내석 | 흥원창은 충주 가흥창과 함께 남한강에 있던 두 개의 조창 중 하나였다. 흥원창에 집결된 영서 내륙 지방의 조세미는 뱃길을 이용해 한강 용산의 경창으로 옮겨졌다. 지금은 길가에 옛 조창터라는 안내석만 있다.

그 옛날의 흥원창

흥원창은 충주 가흥창과 함께 남한강에 있던 두 개의 조창 중 하나였다. 강원도 평창·정선·횡성·원주 등 영서 내륙 지방의 전세(田稅)가 모이던 곳이었으나 가흥창과 마찬가지로 조선 후기 들어 쇠퇴해 흥원포(興元浦)라는 이름의 나루터로만 남게 되었고, 간간이 이용되던 그 뱃길도 1940년 중앙선 철도가 개통되면서 명맥이 끊어져 지금은 길가에 옛 흥원창터라는 안내석만 세워져 있다.

원주시는 흥원창 복원사업을 추진하여 조세미를 운반하던 평저선(平底船) 두 척을 제작해 남한강에 띄우고 주변에 한옥 30동을 복원하고 부대시설로 민속공연장과 전통혼례장, 민속장터도 조성할 방침이라고 하니 아마도 역사 테마공원을 생각하고 있는 것 같은데 그로 인해 그으윽했던 옛 모습이 사라지지나 않을까 걱정스럽다.

| **지우재 정수영이 그린 흥원창 풍경** | 조선 후기 화가인 지우재 정수영이 그린 흥원창 실경을 보면 왁자지껄한 조창의 번창함이 아니라 초가집들이 옹기종기 모여 있는 강마을 풍경이다. 생각건대 조운선이 들어오는 때가 아니면 이처럼 평온한 강마을이었던 모양이다.

그 옛날의 흥원창은 마침 조선 후기 화가인 지우재(之又齋) 정수영(鄭遂榮, 1743~1831)이 실경산수로 그린 그림이 남아 있어 알 수 있다. 그가 그린 흥원창 실경을 보면 목계나루 같은 왁자지껄한 조창의 번창함이 아니라 초가집들이 옹기종기 모여 있는 강마을 풍경이다. 생각건대 조운선이 들어오는 때가 아니면 이처럼 평온한 강마을이었던 모양이다.

나는 지금 세월을 건너뛰어 이 풍광 속에서 이렇게 아늑함을 읽고 있지만 세상의 아픔을 온몸으로 안고 살았던 다산 정약용은 그 남루한 초가집에 살고 있던 백성의 간고한 삶을 말하고 있다. 1819년 4월 15일, 그러니까 다산이 귀양살이에서 풀려난 이듬해 그는 부모의 묘소와 외가가 있는 충주의 하담으로 가기 위해 남한강 뱃길에 올라 흥원포를 지나면서 이렇게 읊었다.

흥원포에 있는 옛 창고 건물은   古廥興元浦

가로지른 서까래 일자(一字)로 연했어라	橫椽一字連
봄철 조운을 이미 다 마쳤는데도	春漕已調了
또 호탄전(護灘錢)을 강요하여 받아내누나	猶索護灘錢

호탄전이란 나루터를 관리하면서 받는 사용료를 말한다. 다산의 민중에 대한 사랑이란 이처럼 끝없는 것이었다.

거돈사터 가는 길

흥원창터에서 거돈사터로 가는 길은 부론면 법천리에서 산길로 돌아가게 되어 있다. 그러나 나는 조금이라도 남한강 물줄기를 곁에 두고 싶어서 강 따라 난 작은 길로 돌아서 좀재라는 재미있는 이름을 가진 나직한 고개 너머 있는 솔미마을을 지나 정산리(鼎山里)에서 꺾어 들어간다.

정산마을 비탈길 삼거리에서 부론 농협창고 아래쪽 길로 꺾어들면 작은 개울을 끼고 난 시골길이 나온다. 개울가 양쪽으로는 산자락을 바짝 타고 일구어낸 밭이 이어지는데, 20년 전에는 보리며 옥수수를 심던 전형적인 강원도 산밭이었지만 지금은 사과밭이 차지하고 있다.

여기부터 거돈사까지는 3킬로미터, 느리게 가도 차로 5분이면 들어갈 수가 있다. 그러나 자동차를 타고 가기엔 정말로 아까운 호젓한 시골길이다. 조금 전까지만 해도 강줄기를 따라 내려왔는데 고개 하나 넘어 이렇게 한적한 강원도 산골로 들어왔다는 것이 신기할 정도다. 길가엔 농가들이 외딴집으로 점점이 이어지고 연이은 산봉우리들이 책장을 넘기듯 하나씩 펼쳐진다.

2013년 봄 우리 과 대학원생들과 당일 답사로 왔을 때는 모두 버스에서 내려 따스한 햇살을 받으며 마냥 걸어서 갔다. 지금도 우리 학생들은

| 거돈사터의 마을 장승(왼쪽)과 도로표지판(오른쪽) | 몇 해 전만 해도 거돈사터 앞엔 마을 장승이 있어 대보름마다 새로 깎은 장승이 세워졌다. 그러나 지금은 무뚝뚝한 돌장승이 그 자리를 차지하고 있다. 개울가 돌다리에는 다리가 부실할 때 군대 통행차량 무게 제한을 표시한 신기한 도로표지판이 여전히 남아 있다.

거돈사보다 그때 콧노래 부르며 걸어갔던 그 길이 더 기억에 깊이 남는다고 한다. 그리하여 거돈사터 초입에 이르면 오른쪽으로 자그마한 학교가 나타난다. 여기가 오래전에 폐교가 된 정산초등학교 자리다.

정산초등학교는 정말로 아담한 학교였는데 1995년에 마침내 폐교되고 지금은 어느 공장에 불하되었다. 학교 운동장 한쪽 화장실 건물 앞에는 거돈사를 알리던 덩치 큰 당간지주 한 짝이 심드렁히 누워 있다. 짝을 잃고 누워 있던 이 9.6미터의 긴 당간지주는 그동안 학생들이 운동장에서 쉴 때면 20명 정도는 넉넉히 앉을 수 있는 의자 구실을 하여 윤이 번지르르하게 났다.

몇 해 전만 해도 학교 울타리 옆 거돈사를 마주 보는 개울가엔 마을 장승이 있어 대보름마다 새로 깎은 장승과 솟대가 무수히 세워져 있었다. 그러나 지금은 무뚝뚝한 돌장승이 그 자리를 차지하고 해묵은 장승들만이 빛바랜 잿빛으로 여기저기 넘어져 있다. 이 개울가 돌다리에는 아주 신기한 도로표지판이 있는데 다리가 부실할 때 군대 통행차량 무게 제한을 표시한 것이다. 탱크는 40톤, 화물차는 30톤이란다. 내용은 무섭지만 디자인은 아주 귀엽다. 군복을 비롯하여 군대 디자인은 편하고 알기 쉽고 간단하게 하는 것이 생명이어서 이런 멋진 도로표지판이 나왔다.

거돈사터

거돈사터는 현계산(해발 535미터)에서 흘러내리는 작은 골짜기 한쪽 산자락에 높직이 올라앉아 있다. 낮은 야산이 삼면으로 병풍처럼 절터를 감싸안고, 계곡 건너편 산은 멀찍이 떨어져서 하늘이 넓게 열려 있다. 시원스러우면서도 나른할 만큼 포근한 분위기다. 절터는 경사면에 축대를 쌓아 반듯하게 다듬어 길에서 보면 높은 석축이 비탈길을 따라 위로 갈수록 좁아지며 성벽처럼 길게 뻗어나간다. 그 중간쯤에 절마당으로 오르는 계단이 있다.

석축 모서리에는 수령 700년에 몸 둘레 7.2미터를 자랑하는 거대한 느티나무가 있다. 그 늠름하고 장대한 모습에 거돈사터에 처음 온 사람들은 탄성을 지른다. 그런데 몇 해 전 석축을 정비하면서 나무뿌리를 건드려 심하게 몸살을 앓았다. 볼 때마다 안타깝고 행여 죽을까 조바심이 났는데 몇 해를 고생하더니 다시 새순이 나기 시작해 한숨을 놓았다. 다만 감량을 위해 가지치기를 해서 예전 같은 위용은 없다. 그래도 또 한 해, 두 해 지나면 나무는 언제 그랬느냐는 듯이 다시 활개를 칠 것이다.

절터로 오르는 가파른 돌계단을 조심스럽게 밟고 올라 고개를 들면 눈앞에 아담한 삼층석탑 하나가 홀연히 나타난다. 너무도 오롯하게 서 있어 절로 탄성을 지르게 되는데 그 드라마틱한 출현을 위해 계단은 그렇게 가팔랐던 모양이다.

| 거돈사터 석축 | 반듯하게 다듬어 성벽처럼 길게 뻗어나간 석축 모서리에는 수령 700년에 몸 둘레 7.2미터를 자랑하는 거대한 느티나무가 있다. 그 늠름하고 장대한 모습에 거돈사터에 처음 온 사람들은 탄성을 지른다.

거돈사터 삼층석탑

거돈사터 삼층석탑(보물 제750호)은 아담한 균형미를 뽐내며 주변 환경과 그림같이 어울린다. 이 탑이 있음으로 해서 거돈사터는 사람의 마음을 편안하고 차분하게 만들어주며 폐사지의 쓸쓸한 분위기를 차라리 애잔한 아름다움으로 승화시킨다.

언젠가 답사회에 동행한 한 아가씨는 그 정감 어린 모습을 "하루 종일 바라보아도 좋을 것 같고, 가까이 다가가선 도란도란 얘기도 하고픈 탑"이라고 했고, 또 언젠가는 나이 드신 분이 "꼭 우리 집 막냇사위 같다"고 했다.

양식상으로 보면 높이 5.4미터의 전형적인 9세기 통일신라시대 삼층석탑으로 별다른 문양도 없이 단아한 비례감을 보여주는 것이 특징이다. 동시대 탑과 다른 점이 있다면 3단의 장대석으로 넓은 단을 쌓고 그 위에 안치해 탑이 더욱 상큼해 보이는 점이다.

| 거돈사터 삼층석탑 | 거돈사터 삼층석탑은 아담한 균형미를 뽐내며 주변과 그림같이 어울린다. 이 탑이 있음으로 해서 거돈사터는 사람의 마음을 차분하게 만들어주며 폐사지의 쓸쓸함을 차라리 애잔한 아름다움으로 승화시킨다.

탑 앞에는 아름다운 연꽃이 새겨진 아담한 배례석(拜禮石)이 놓여 있다. 처음 온 사람들은 이 배례석이 예쁘다면서 깊은 정을 느끼곤 한다. 그러나 조금 있다가 법천사터에 가서 그곳 배례석을 보고 나서는 꼭 한마디씩 딴소리를 하게 된다(뭐라고 그러는지는 그 자리에 가서 얘기하겠다).

거돈사터 가람배치

거돈사터는 7,500여 평. 한림대박물관에서 역사학자 고 최영희 선생 주관으로 1989년부터 1992년까지 발굴해 전각의 위치가 완전히 파악되고 절터 자체가 사적 제168호로 지정됐다. 발굴조사 결과 신라 후기인 9세기경에 처음 지어지고 고려 초기에 확장·보수되어 조선 전기까지 유지된 것으로 밝혀졌다. 절집은 중문·탑·금당·강당·승방·회랑 등이 정연

| **거돈사터의 무대** | 절터를 내려다보면 세상에 이렇게 훌륭한 야외무대가 또 어디에 있을까 싶어진다. 반듯하게 구획된 넓은 절터에 삼층석탑과 불상 좌대가 중앙무대처럼 느껴지고 한쪽 구석의 느티나무와 비석이 절터를 감싸주듯 서 있다.

하게 배치되어 있었음이 확인됐다.

삼층석탑 뒤로 금당이 있고 금당을 중심으로 회랑을 두른 가람배치이다. 금당의 규모는 앞면 5칸, 옆면 3칸으로 2층 건물이었을 것으로 추정된다. 회랑 뒤쪽 산자락에 단을 쌓아 강당과 전각들이 연이어 들어서게되어 있다. 산중의 절집이지만 회랑이 감싼 가람배치여서 평지 사찰처럼아주 정연한 모습이다.

발굴 뒤 건물 자리는 약간 높게 돋워놓고 주춧돌로 집자리를 명확히표시해두었다. 금당 자리에는 불상을 모셔놓았던 튼실한 대좌가 마치 떡시루 앉히듯 조성돼 있다. 아마도 여기엔 단정하면서도 야무진 인상의철불이 모셔졌을 것이고 돌대좌는 아름다운 수미단으로 장식됐을 것으로 생각된다.

불상 좌대에서 사위를 둘러보면 거돈사터는 더없이 아늑하게 다가온

| 거돈사터의 대좌 | 거돈사터의 금당 자리에는 튼실한 대좌가 마치 떡시루 앉히듯 조성돼 있다. 아마도 여기엔 단정하면서도 야무진 인상의 철불이 모셔졌을 것이고 돌대좌는 아름다운 수미단으로 장식됐을 것으로 생각된다.

다. 옛 절집 자리는 하나같이 명당이라는 감탄을 말하게 된다. 그러나 명당은 그냥 있는 것이 아니라 이처럼 방향에 맞추어 석축을 쌓고 높낮이를 감안해 단을 쌓음으로써 얻어낸 것이니 차라리 자연을 경영하는 옛분들의 안목이 그렇게 높았다고 해야 옳을 것이다.

원공국사 승묘탑비

거돈사터 동남쪽 모서리에는 돌거북이 지고 있는 비석이 있다. 이는 거돈사를 중흥한 원공국사(圓空國師, 930~1018)의 승묘탑비(勝妙塔碑, 보물 제78호)이다. 고려 현종 16년(1025)에 세워진 것으로 돌거북받침대(귀부)와 용머리지붕돌(이수)을 모두 완벽하게 갖추고 있다.

비신은 가늘어 날씬한 편인데, 받침대와 지붕돌은 꽤 큰 편이어서 안정감을 주며 조각 기법도 매우 치밀하다. 돌거북의 머리는 거북이 아니라 양의 머리처럼 조각한 것이 특이하고 목을 바짝 세우고 입을 꽉 다물어 부드러우면서도 야무진 느낌을 준다. 거북 등에는 정육각형의 귀갑문(龜甲文)이 덮여 있고 그 안에 만(卍) 자, 왕(王) 자, 연꽃무늬를 교대로 새겼는데 문양이 또렷하고 조각이 공교롭다. 그런데 어느 해인가 이 귀갑문의 일부가 껍질 벗어지듯이 떨어져나가는 흉터가 생겼다. 원인을 조사해보았더니 산성비의 작용이라고 한다.

아, 이를 어쩌나. 산성비를 막자고 전국의 비석에 비각을 세울 수도 없고, 그렇다고 이대로 방치해둘 수도 없고…… 게다가 비각이 능사가 아니란다. 한참 이런 고민을 하던 중 나는 문화재청장 자리를 떠났다. 이것은 내가 알면서도 하지 못한 일인지라 지금도 미안하고 안타까운 마음이 가슴속에 맺혀 있다.

용머리는 구름 속에서 노니는 용(이무기)이 꿈틀거리는 듯 사실적으로 조각돼 있다. 앞머리에는 비석의 이름을 새겨넣기 위한 네모난 비액(碑額)이 새겨져 있는데 무슨 이유에서인지 빈칸으로 남아 있다. 비문을 보면 최충(崔沖)이 글을 지었고, 김거웅(金巨雄)이 전액(篆額)과 비문을 썼다고 되어 있다. 그런데 왜 비의 이름표만 새기지 않았을까? 풀리지 않는 의문이다.

이 비석의 글씨는 방정한 해서체로 필획이 정연해 힘이 있는 가운데 붓끝이 유려하여 고려시대 금석문 중에서 가장 뛰어난 글씨의 하나라는 평을 받는다. 『조선금석고(朝鮮金石攷)』에는 "글자 크기 6푼의 해서로 구양순체(歐陽詢體)를 체득했다"고 했다.

| **원공국사 탑비** | 원공국사 승묘탑비는 돌거북받침대와 용머리지붕돌을 모두 완벽하게 갖추고 있다. 비신은 가늘어 날씬한 편인데, 받침대와 지붕돌은 꽤 큰 편이어서 안정감을 주며 조각 기법도 매우 치밀하다. 돌거북의 머리는 거북이 아니라 양의 머리처럼 조각한 것이 특이하고 목을 바짝 세우고 입을 꽉 다물어 야무진 느낌을 준다.

원공국사

비석 옆에는 청명(靑溟) 임창순(任昌淳) 선생이 비문을 요약한 것을 동판에 새겨놓아 누구든 한번은 읽어볼 만하다. 어려운 비문을 이처럼 쉬운 한글로 번역해 새겨놓은 것이 참으로 고맙다.

대사의 성은 이(李)씨, 이름은 지종(智宗), 자는 신측(神則), 전주(全州) 출신이다. (⋯) 8세 때에 사라사(舍那寺)의 스님 홍범삼장(弘梵三藏)에게 가서 머리를 깎고 중이 되었으나 홍범이 우리나라를 떠났기 때문에 다시 광화사(廣化寺) 경철(景哲)스님에게서 배우고 고려 정종 1년(946) 17세 때에 영통사(靈通寺)에서 계(戒)를 받고 광종 4년(953)에 희양산(曦陽山) 혜초(惠超)의 문하에서 공부하고 뒤에 승려에게 실시하는 선과(禪科)에 합격하였다. (⋯) 오월(吳越)에 들어가서 영명사(永明寺)에 들러 수선사(壽禪師)를 만나고 다시 국청사(國淸寺)의 정광대사(淨光大師)를 찾아서 대정혜론(大定慧論)과 천태교의(天台敎儀)를 배웠다. 광종 19년(968)에 (⋯) 그곳 전교원(傳敎院)에서 대정혜론(大定慧論)과 법화경(法華經)을 강의하고 광종 21년에 본국에 돌아왔다. 광종은 대사를 맞이하여 금광선원(金光禪院)에 머물게 하고 중대사(重大師)에 임명하였다. (⋯) 현종은 대사를 대선사(大禪師)에 임명하였고 뒤에 다시 왕사(王師)에 봉하였다. 현종 9년(1018) 4월에 원주 현계산 거돈사에 은퇴하여 그달 17일에 89세로 입적하였다. 현종은 국사로 추증하고 시호는 원공(圓空), 탑의 명칭은 승묘(勝妙)라 하였다. 대사의 법호(法號)는 여러 번 추가되어 혜월광천 편조지각 지만원묵 적연보화(慧月光天遍照至覺智滿圓默寂然普化)라 하였다.

불교사적으로 보면 원공국사는 고려 초기의 천태학을 계승해 훗날 대각국사(大覺國師) 의천(義天)이 고려 천태종을 일으키는 초석을 다진 공이 있다. 이로 인해 대각국사가 고려의 천태종을 열었을 때 거돈사는 영암사(靈巖寺)·지곡사(智谷寺) 등과 함께 천태종의 기반사원이 됐다고 한다. 그런 거돈사였다.

원공국사 승묘탑

마을 주민의 말에 따르면 이 비는 원래 현재의 위치가 아닌 다른 곳에 있던 것을 옮겨왔다고 한다. 내 생각엔 금당 뒤쪽 언덕 위에 있는 원공국사 승탑 옆에 있었던 것이 아닐까 싶다. 원공국사 승묘탑(보물 제190호)은 일제강점기 때 서울에 살던 일본인 와다(和田)라는 자가 훔쳐서 서울로 옮겨간 것을 회수해 1948년 경복궁으로 옮겨졌고 현재는 국립중앙박물관 옥외전시장에 있다.

승탑이 본래 있던 자리엔 주인 잃은 지대석 두 쪽이 남아 있었다. 그래서 국립중앙박물관으로 옮겨진 승탑에는 지대석이 없다. 전형적인 팔각당 승탑으로 앞뒤 양면에는 문과 자물쇠, 좌우 양면에는 창을 냈으며, 나머지 네 면에는 사천왕 입상을 조각했다. 지붕돌은 추녀가 얇고 귀퉁이의 반전이 뚜렷해 경쾌하다. 전체적으로 조형적 비례

| **원공국사 승묘탑** | 원공국사 승묘탑(보물 제190호)은 일제강점기 때 서울에 살던 일본인이 훔쳐서 서울로 옮겨간 것을 회수해 1948년 경복궁으로 옮겨졌고 현재는 국립중앙박물관 옥외전시장에 있다.

| 거돈사터의 사계절 |

가 흠잡을 데 없고 중후한 품격이 느껴지는 전형적인 고려시대 승탑이다.

이 원공국사 승묘탑 빈자리엔 서울로 옮겨간 내력을 알려주는 안내판이 서 있었다. 이 점은 법천사터 지광국사 현묘탑, 흥법사터 진공대사 승탑도 마찬가지다. 그래서 원주 사람들은 원주의 국보와 보물들이 전부 일제강점기에 도난당한 것을 가슴 아파해왔다. 그리고 나라에 부탁하기를 원 유물을 돌려주지 않으려면 안내판 대신 복제품이라도 제자리에 세워달라고 했다.

그리하여 거돈사 원공국사 승묘탑은 2007년에 실물대 크기의 복제품이나마 세워지게 됐다. 그러나 그것은 아무래도 복제품인지라 보는 이들은 어째서 21세기 사람들은 1,000년 전 솜씨를 따라가지 못하느냐고 힐난을 보내니 우리 시대 문화능력이 그것밖에 안 되는 것을 그저 안타까워할 뿐이다.

원공국사 승묘탑 자리에서 절터를 내려다보면 거돈사터의 아름다움에 다시금 탄성을 지르게 된다. 세상에 이렇게 훌륭한 야외무대가 또 어디에 있을까 싶어진다. 반듯하게 구획된 넓은 절터에 삼층석탑과 불상좌대가 중앙무대처럼 느껴지고 한쪽에는 느티나무가, 한쪽에는 비석이 절터를 감싸주듯 서 있다.

지금은 제주도에 살고 있는 장선우 감독이 한창 영화에 열을 올리고 있을 때 거돈사터를 무대로 영화 한 편을 만들고 싶다고 했다. 서울대 이애주 교수는 "달밤에 여기서 춤 한번 춰보고 싶다"고 했고, 음악 애호가들은 "여기서 야외음악회가 열리면 환상적일 것 같다"고 했다.

언젠가 석양 무렵 거돈사터에 왔을 때 나도 그런 꿈을 그려보았다. 석축에 관객들이 둘러앉아 불상 좌대를 무대로 삼아 음악회를 열어보는 것이다. 그때 내 마음속에 떠오른 레퍼토리는 이생강의 대금산조, 이애주의 살풀이춤, 김덕수의 사물놀이였다. 그리고 서양에서도 한 명 데려올까 생각하니 불현듯 떠오른 것은 야니(Yanni)의 피아노 연주였다.

충주시 소태면의 청룡사터

거돈사를 떠나 다음 답사처로 가자면 둘 중 하나를 선택해야 한다. 남한강을 따라 내려가자면 법천사터로 되고 남한강을 거슬러 올라가면 충주 청룡사터로 된다.

충주 청룡사(靑龍寺)터는 언제부터인가 천태종 사찰이 들어서 폐사지가 아닌 셈이 되어 폐사지의 멋을 느끼기 힘들다. 그러나 여기에는 국보

| 청룡사터 위전비(왼쪽)와 적운당 석종형 승탑(오른쪽) | 숙종 18년(1692)에 세운 청룡사 위전비에는 청룡사를 위해 신도들이 전답을 기증했다는 내용이 쓰여 있다. 적운당이라는 조선 후기 스님의 석종 모양 승탑도 있다. 이 두 유물은 그때까지 청룡사가 건재했음을 알려준다.

가 1점, 보물이 2점, 충청북도 유형문화재와 문화재자료가 1점씩 있으니 아니 보고 지나갈 수가 없다. 남한강을 따라 내려오는 나의 긴 답사 여정으로 보면 충주 목계나루 다음 기착지는 이곳이 된다. 그래서 청룡사터는 원주 폐사지 답사 때보다 충주답사 때 다녀오는 것이 유리하다.

목계나루에서 남한강을 따라가면 육중한 산자락이 강가로 바짝 붙어 있다. 그 산 정상이 청계산이고 청룡사터는 이 산 남쪽 기슭에 자리잡고 있다.

청룡사터로 가려면 소태면소재지인 오량마을을 지나야 하는데 마을이 참 예쁘다. 고갯길 위에서 길 따라 마을을 향해 가자면 그 오붓한 농가 풍경에 마음이 절로 아늑해진다. 목계나루 가흥창의 도도한 강물을 본 것이 바로 조금 전인데 고개 하나 너머에 이런 산마을이 있으니 우리나라 국토의 표정이 얼마나 다양한가를 절감케 된다.

청룡사는 산중 깊숙한 곳에 들어앉아 있다. 풍수가들은 비룡상천형 (飛龍上天形)의 길지(吉地)라고 한다. 전설에 의하면 어느 화창한 봄날 한 도승이 근처를 지나다 갑자기 소나기가 쏟아져 나무 밑에서 비를 피하고 있으려니까 하늘에서 용 두 마리가 여의주를 갖고 놀다가 땅에 떨어뜨렸는데, 한 마리가 여의주를 향해 내려왔다가 다시 청계산 위로 올라가자 여의주가 큰 빛을 발하고는 사라지면서 비가 멎었단다. 그래서 도승은 지세를 살핀 다음 용의 힘이 모여 있는 꼬리에 해당하는 곳에 암자를 짓고 청룡사라 했다는 것이다. 그래서 절터가 깊고 그윽하면서 하늘이 넓게 열려 있다.

주차장 왼쪽으로 가면 옛 절터로 가는 길이 나온다. 참나무가 우거진 어두운 산길로 들어서면 오솔길에 비석 하나가 이끼를 덮어쓴 채 서 있다. 숙종 18년(1692)에 세운 청룡사 위전비(位田碑)라는 것인데 당시 청룡사를 위해 신도들이 전답을 기증했다는 내용이 쓰여 있다. 그리고 조금 더 가면 적운당(跡雲堂)이라는 조선 후기 스님의 석종 모양 승탑이 나온다. 이 두 유물은 그때까지 청룡사가 건재했음을 알려주며 충청북도 유형문화재와 문화재자료로 지정되어 있다.

보각국사 승탑과 석등, 비석

거기서 좀 더 산으로 올라가면 마침내 국보 제197호 '보각국사(普覺國師) 승탑'이 밝게 모습을 드러낸다. 승탑 앞에는 석등(보물 제656호), 뒤에는 비석(보물 제658호)이 일직선상에 놓여 있다. 이런 배치는 여말선초에 유행한 양식으로 신륵사에 가면 약간은 다르지만 보제존자 승탑에서도 볼 수 있다.

비문에 따르면 보각국사는 고려 충숙왕 7년(1320)에 경기도 광주에서 태어났다. 법명은 혼수(混脩)이고, 법호는 환암(幻菴)이다. 어려서 출가하여 22세 때 선선(禪選)의 상상과(上上科)에 올랐다. 51세인 공민왕 19년(1370)에 왕이 나옹(懶翁)스님을 초청하여 시험관으로 삼고 스님들의 공부를 점검하는 공부선(功夫選)을 베풀 때 혼수는 최고의 성적을 받았다.

그후 왕이 요직에 임명하였으나 응하지 않다가 거듭된 왕의 청으로 내불당(內佛堂)에서 왕에게 법을 가르쳤다. 64세 되는 우왕 9년(1383)에 국사가 되었으며 조선 태조 1년(1392)에 73세의 나이로 청룡사에서 입적했다. 태조는 스님의 덕과 지혜가 나라의 추앙을 받을 만하다 하여 보각(普覺)이라는 시호와 정혜원융(定慧圓融)이라는 탑명을 내리면서 왕명으로 비를 세우게 하였다. 그리하여 스님 열반 2년 뒤인 태조 3년(1394)에 승탑과 비가 건립되었다.

이 보각국사탑은 9세기 하대신라부터 시작하여 근 600년간 유행한 팔각원당형 승탑의 전통을 잇는 마지막 명작이다. 이후 조선시대 승탑은 원형·석종형·보주형으로 바뀌었고 어쩌다 이런 형식이 나타나기는 하였지만 조형적인 성취가 크게 주목받을 것은 아니었다.

이 승탑의 가장 큰 특징은 몸돌을 한껏 부풀려 거구라는 인상을 주는 것인데 각 면마다 무기를 든 신장상(神將像)을 높은 돋을새김으로 새겨 돌출시켰다. 그리고 모서리에는 반룡이 휘감긴 배흘림기둥이 높은 부조로 새겨졌고 기둥 위에는 목조건축물처럼 창방(昌枋)이 표현되었다. 이 빈틈없는 조각들 때문에 대단히 화려한 인상을 준다.

이에 비해 받침대는 낮은 돋을새김으로 단정한 모습이고 지붕돌의 기왓골이 면으로 처리되어 몸체의 조각이 더욱 두드러지게 하였다. 그리고 약간의 장식을 가해 지붕 합각마루 끝마다 봉황과 용머리가 차례로 조각되었고 그 위로 앙화·복발·화염보주로 이루어진 상륜부가 놓였다.

| 청룡사터 보각국사 승탑과 석등, 비석 | 국보 제197호 '보각국사 승탑' 앞에는 석등(보물 제656호), 뒤에는 비석(보물 제658호)이 일직선상에 놓여 있다. 이런 배치는 여말선초에 유행한 양식이다.

그 모든 예술적인 구성이 팔각원당형 승탑의 룰을 지키면서 앞 시대 어느 것을 모방한 것이 아니라 자신감 있는 창의성을 보여준다. 그래서 아름답고 또 조형적인 힘이 있다. 바야흐로 국가의 이데올로기가 성리학으로 이동하기 시작한 때이지만 아직은 불교의 힘이 남아 있을 때였기에 태조 이성계는 국사의 승탑을 조영하라는 왕명을 내린 것이었다. 그래서 이 승탑은 조선시대의 유물이지만 고려 불교 유물의 마지막 영광을 보여주는 것이다. 이 점 때문에 나라에서 국보로 지정한 것이다.

보각국사탑은 지대석 아래 지면과 몸돌 윗면에 사리공이 있어서 사리를 비롯하여 옥촛대, 금잔 등의 장엄구가 있었으나 일제강점기 말에 도둑맞았고 상륜부가 오랫동안 땅속에 묻히고 쓰러져 있었던 것을 1968년 제자리에 복원했다.

사자석등은 보각국사탑이 건립된 때 만들어진 것으로 고려시대에 유행했던 전형적인 방형(方型) 석등을 따르면서 하대석을 사자상으로 대신하였다. 사자 한 마리가 거북이처럼 엎드려 하대석 구실을 하는데 사자 같지가 않고 힘 있는 상상의 동물로 표현되었다. 이처럼 탑 앞에 석등을 놓는 형식은 조선왕조에 들어와 능묘 앞에 놓는 장명등으로 이어진다.

부론면 법천사터와 지광국사

이제 우리는 다시 남한강을 따라 법천사터로 향한다. 법천사(法泉寺)터는 거돈사터에서 산 하나 너머에 있는 가까운 거리다. 자동차로 불과 15분 걸린다. 법천사터가 있는 부론(富論)은 아담한 시골 마을이다. 1936년 대홍수로 흥원창이 범람하자 주민들이 이곳으로 이주하면서 생긴 마을이다.

그런데 부론이라는 범상치 않은 동네 이름이 알 듯 모를 듯 재미있다. '여론[論]이 많다[富]'는 것인지, '부(富)를 논(論)한다'는 것인지, 아니면 순우리말을 한자로 옮기면서 생긴 이름인지 알 수 없다. 『여지도서』 『1872년 지방지도』에도 부론면으로 표시돼 있다.

이 동네 이름에 대해서는 세 가지 설이 있다. 하나는 흥원창에 사람이 많이 모여들면서 언론의 중심지 역할을 하게 돼 '말이 많이 오가는 곳'이라는 뜻으로 부론이 되었다는 설이 있다. 또 일설엔 부론에는 조선시대에 3대 판서가 있어 고을 원이나 감사가 정치를 자문하러 많이 찾아왔기 때문에 '논의가 풍부했다'고 해서 부론이 되었다고도 한다. 그런가 하면 지금의 부론동 골짜기를 '부놋골'이라 부르는데 이는 이 동네가 옛날부터 보를 막아 논농사를 지었으므로 '보논'이라고 불러오던 것이 변이돼 '부논'이라고 했다가 마침내 한자로 표기할 때 '부론'이 되었다는 설도 있다. 나는 마지막 설에 손을 든다.

| **법천사터 전경** | 법천사터는 오래전에 밭으로 변하여 최근에 절터를 발굴하고 있고 지광국사 탑비가 있는 뒤쪽만 축대로 복원되었다.

　　법천사터는 부론에서 불과 1.5킬로미터 떨어진 거리다. 지금 법천사
터로 가는 길은 법천2리 마을회관에서 꺾어들어 400미터쯤 들어가 있는
서원마을이 초입이다. 마을 입구에는 온갖 풍상에 시달린 해묵은 느티나
무가 절터의 이정표로 서 있다. 그러나 이 절의 당간지주는 여기서부터
500미터 앞에 있으니 예전에는 마을 전체가 법천사터였음을 알 수 있다.
그러나 지금 남아 있는 것은 오직 지광국사 현묘탑비(玄妙塔碑)뿐이다.

　　법천사는 통일신라 성덕왕 24년(725)에 창건돼 법고사(法皐寺)로 불
리던 절이었다. 그러다 지광국사(智光國師, 984~1067) 사후 절 이름이 바
뀌었다. 지광국사는 원주 출신이며 속성은 원씨, 법호는 해린(海麟)이다.
어려서 출가의 뜻을 품고 법고사(법천사) 관웅(寬雄)스님을 찾아가 수업
을 받다가 스승을 따라 개경 해안사(海安寺)에서 머리를 깎았다.

　　해린은 불과 21세에 대선(大選)에 급제했는데 "이때 법상(法床)에 앉

아 불자(拂子)를 잡고 좌우로 한 번 휘두르니 가히 청중이 모여 앉은 걸상이 부러진 것 같았다"고 한다. 이에 임금은 해린을 찬양하고 대덕(大德)이라는 법계를 내렸다. 이때부터 해린은 성종·목종·현종·덕종·정종·문종에 이르는 여섯 왕을 거치며 대사·중대사(重大師)·승통(僧統)의 법계를 받는다. 문종은 직접 거동해 개성 봉은사(奉恩寺)로 찾아와 수차례 거절하는 해린스님을 왕사(王師)와 국사(國師)로 추대했다. 그는 임금과 함께 어가를 타고 다니며 부처님에 버금가는 예우를 받았다고 한다.

국사는 도도하고 훌륭한 문장력을 갖추었으며, 음운학과 서화에도 능했다고 한다. 역대 왕들은 자주 지광국사를 왕실로 초청해 『법화경(法華經)』과 『유식학(唯識學)』 등의 법문을 들었으며, 문종은 넷째아들을 출가시켜 지광국사가 법을 펴던 개성 현화사(玄化寺)에 머물게 하니 그가 곧 대각국사 의천이다.

국사는 나이 84세(1067)에 당신의 명이 다했음을 알고 처음 출가했던 법천사로 돌아와 머물다 그해 10월 23일 열반에 들었다. 문종은 시호를 지광(智光), 탑호를 현묘(玄妙)라 내리고 비문을 지으라고 명했다. 그리하여 세워진 것이 지광국사 현묘탑과 탑비이다.

지광국사 현묘탑비

지광국사 현묘탑비(국보 제59호)는 천하의 명작이다. 높이 4.5미터의 장대한 이 탑비는 조각에서도 고려시대의 대표적인 걸작이고 금석문에서도 명작으로 꼽힌다. 탑비의 조각은 더없이 정교하고 화려하다. 넓은 지대석 위에 힘차고 당당한 돌거북이 구름무늬 위에 올라앉아 있는데, 목

| **법천사터 지광국사 현묘탑비** | 지광국사 현묘탑비는 우리나라의 가장 크고 가장 아름다운 비석이다. 조각이 섬세하고 비문 글씨도 뛰어나 가히 국보라 할 만하다.

에는 물고기 비늘이 조각돼 있다. 바둑판처럼 조각된 거북 등에는 칸칸이 임금 왕(王) 자가 수놓아져 있다. 거북 등에는 비석을 받치기 위한 연꽃 받침대가 따로 마련돼 있고 비신의 양 측면에는 운룡을 깊게 새겨 생동감이 넘친다. 우리나라 조각에 이처럼 섬세하고 화려한 것이 있었던가 싶은 명작이다.

비석 상단부에는 긴 사각의 틀을 돌려 가운데에 '지광국사 현묘탑비'라고 편액을 새기고 양옆으로 봉황을, 또 위로는 비천상·나무·당초문·해·달을 정교하게 새겨넣었다. 문양의 아름다움은 고려 상감청자, 나전칠기, 청동은입사, 고려불화에서 볼 수 있는 바로 그 솜씨다. 용머리지붕돌에 해당하는 상륜부는 갓 모양으로 연꽃과 구름 문양 등이 조밀하고 현란하게 조각돼 있다. 정말로 디테일이 아름다운 명작이다.

비문은 당대의 명신 정유산(鄭惟産)이 찬하고, 당대의 명필 안민후(安民厚)가 구양순체를 기본으로 단아하게 썼으며, 이영보(李英輔)와 장자춘(張子春)이 새겼다. 이 비문은 뒷면에 쓴 음기(陰記, 비석 뒷면에 새긴 글)도 유명하다.

지광국사 현묘탑

지광국사 현묘탑비 바로 곁에 서 있었던 지광국사 현묘탑(국보 제101호)은 1912년에 일본 오사카로 밀반출됐다가 1915년에 반환돼 경복궁 뜰에 세워두었는데 한국전쟁 때 직격탄을 맞아 산산조각 난 것을 1975년에 다시 복원했다. 국립중앙박물관이 용산으로 이전하면서 옥외전시장에 설치하려고 했으나 부서질 위험이 있어 원래 자리인 고궁박물관 뜰에 그대로 놓아두었다.

높이 6.1미터의 승탑은 팔각당이라는 기본형에서 벗어난 대단히 화

| **지광국사 현묘탑비의 디테일** | 지광국사 현묘탑비는 고려시대의 대표적인 걸작이자 천하의 명작이다. 특히 탑비의 조각이 더없이 정교하고 화려하다. 우리나라 조각에 이처럼 섬세하고 화려한 것이 있었던가 싶다.

려한 2층탑이다. 지광국사는 살아서 부처님에 버금가는 대우를 받았다더니 승탑 역시 불탑에 준한다. 지붕돌 밑에는 휘장이 둘러져 있고 몸돌에는 창과 문이 세밀하게 새겨져 있다. 지대석의 네 모서리에는 용의 발톱 같은 것이 길게 뻗어 견고하게 땅을 누르고 있고 몸돌·지붕돌·상륜부 전체에 안상·운문·연화문·당초문·불보살·봉황·신선·문짝·장막·영락·앙화·복발·보탑·보주 등 온갖 화려한 장식과 무늬가 빈틈없이 새겨져 있다. 그 조각의 섬세하고 정교함이란 이루 다 말할 수 없을 정도다. 우리나라 단일 석조물 중에서 가장 화려하다는 데 아무도 이론(異論)이 없다.

제자들은 이 승탑과 비를 조성하는 데 이처럼 온갖 공력을 쏟아 지광국사가 열반에 든 지 18년 만인 고려 선종 2년(1085)에 완성했다.

지광국사 현묘탑은 너무도 화려해 일본까지 밀반출되는 수난을 겪었다. 그러나 너무도 아름다웠기에 산산조각으로 부서진 것을 다시 짜맞추어 그 모습을 전하게 되었으니 화려한 것이 죄가 아니다.

법천사터 그후

법천사는 폐사된 지 오래되어 오직 지광국사 현묘탑비만이 그 옛날을 증언하고 있다. 그리고 탑비 곁에는 절터에 흩어져 있던 깨어진 광배, 연화문 배례석, 어디에 쓰였는지 모를 아치형 석조물들이 한쪽에 모여 있을 뿐이다. 그중 배례석의 연화문 돋을새김은 너무도 어여뻐서 모두가 "거돈사에서 본 것은 상대도 안 되는구나"라며 '인생도처유상수'를 말한다.

조선시대로 들어오면 법천사터에서는 두 분의 대학자가 부론면 법천의 이름을 드높인다. 조선 초기의 태재(泰齋) 유방선(柳方善, 1388~1443)은 사마시에 합격해 태학(太學)에서 공부하던 중 집안에 재앙을 맞아

| **지광국사 현묘탑** | 지광국사 현묘탑비 바로 곁에 서 있었던 지광국사 현묘탑(국보 제101호)은 높이 6.1미터의 승탑으로 팔각당이라는 기본형에서 벗어난 대단히 화려한 2층탑이다. 일제 때 일본에 반출된 것을 되찾아 경복궁에 세워놓았지만 한국전쟁 뒤 산산조각으로 부서져 이를 다시 짜맞추어 간신히 복원해놓았다.

| 법천사터의 석조물들 | 1. 광배와 불상 2. 배례석 3·4. 법천사의 다른 석조물들

19년의 유배 생활을 마치고는 줄곧 이곳 법천사 아래에 거주한 재야 학자였다.

『신증동국여지승람』에서는 한명회와 서거정 등이 그의 문하에서 수학했다고 했는데 서거정은 『태재집(泰齋集)』 서문에서 "조정의 문학하는 선비들이 의심스러운 것이 있으면 모두 선생에게 나아가 질정하였다"라고 했다. 그리고 「홍길동전」의 허균(許筠)은 유방선의 삶을 소재로 하여 「원주 법천사 유람기(遊原州法泉寺記)」를 지을 정도였다.

또 한 분은 숙종 때 산림(山林)의 대학자로 「산중일기(山中日記)」를 쓴 우담(愚潭) 정시한(丁時翰, 1625~1707)이다. 그는 부친 때부터 법천사터에 살면서 온갖 벼슬을 내려도 항시 마다하고 칩거해 이잠(李潛)을 비롯한 많은 선비가 그를 예방해 예와 도에 대해 가르침을 받고 돌아갔다고 한다.

그러고 보니 부론이란 동네는 '논(論)이 부(富)'했던 동네였다는 얘기가 나올 만도 하다는 생각이 든다. 그 옛날의 법천사가 얼마나 장했는가는 현묘탑비에서 족히 500미터는 떨어져 당간지주가 있다는 사실로 알 수 있다.

그런 법천사터이건만 지금은 폐가만 즐비하고 옛터를 찾아오는 이도 드물어 갈 때마다 쓸쓸한 마음으로 돌아서게 된다. 25년 전이라면 그리 먼 시절은 아닐 것인데 그때 법천사터로 들어가는 냇가에선 동네 아낙들이 빨래를 했다. 살얼음이 언 겨울에 빨래하는 여인들을 보면서 나도 모르게 카메라 셔터를 누른 것이 있어 여기 사진으로 실어놓는다. 독자들은 아마도 법천사터가 얼마나 조용하고 아늑한 시골이었나를 실감할 수 있을 것이다.

전에는 현묘탑비에서 내려다보면 싱싱하게 자란 담배밭 너머로 잘생긴 당간지주가 높직이 서 있는 것이 여간 보기 좋은 것이 아니었다. 30년 전, 원욱스님이 비구니 스님 33분과 남한강변의 폐사지를 답사하게 안내해달라고 해서 같이 왔을 때 이 빈터에 스님들이 줄지어 당간지주 쪽으로 걸어가는 모습에 쓸쓸한 폐사지에 홀연 생기가 살아나는 것을 느꼈다. 그런데 세월이 무심하여 담배는 더 이상 재배되지 않고 여러 채의 비닐하우스가 당간지주 주위로 둘러쳐져 찾아가기 전에는 보이지도 않는다.

답사를 다니면서 나는 폐사지의 보호는 빈터에 잔디를 심는 것보다 농가의 서정을 그대로 간직하는 것이 더 좋다고 생각해왔다. 그 대표적인 예가 서산 보원사터의 호밀밭과 법천사터의 담배밭이다. 그러나 청장

| **법천사터 앞개울에서 빨래하는 부인** | 법천사터 근처는 지금은 폐가만 즐비하고 찾아오는 이도 드물어 갈 때마다 쓸쓸한 마음으로 돌아서게 된다. 25년 전 법천사터로 들어가는 냇가에선 동네 아낙들이 빨래를 했다. 살얼음이 언 겨울에 빨래하는 여인을 보면서 박수근의 그림을 연상했다.

이 되어서도 문화재 행정에 옮기지는 못했다. 땅의 소유주 문제도 있고, 아직도 우리가 문화재 정책을 슬기롭고 융통성 있게 적용하거나 받아들이지 못하기 때문이기도 했다.

그래서 법천사터에 가면 현묘탑비에서 당간지주까지 가는 길에 보았던 그 싱그러운 담배밭이 마냥 그리워진다.

고별연

내가 법천사터의 담배밭에 깊은 향수를 표하는 것은 내가 지독한 애연가였기 때문인 것도 같다. 그러던 내가 2015년 새해 들어서면서 신문에 「고별연(告別烟)」이라는 글을 기고하며 금연을 선언했다.(『한겨레』 2015년 1월 23일자)

| 법천사터 당간지주 | 법천사터의 범위를 알려주는 당간지주는 절터에서 500미터 떨어진 곳에 우뚝 서 있다. 전에는 그 앞에 담배밭이 있어 크고 탐스러운 잎이 빈터를 덮었다. 그러나 지금은 거대한 비닐하우스에 가려 보이지 않는다.

　내가 담배를 끊은 이유는 그때 담뱃값이 폭발적으로 올라서도 아니고, 건강이 나빠져서도 아니었다. 세상이 담배 피우는 사람을 미개인 보듯 하고, 공공의 유해사범으로 모는 것이 기분 나쁘고, 집에서도 밖에서도 길에서도 담배 피울 곳이 없어 쓰레기통 옆이나 독가스실 같은 흡연실에서 피우고 있자니 서럽고 처량하고 아니꼽고 치사해서 끊은 것이다.

　담배가 우리나라에 들어온 것은 17세기로 『조선왕조실록』에선 광해군 때부터 담배 얘기가 나온다. 담배라는 말은 포르투갈어 타바코(tabaco)에서 온 것이고 옛날에는 연초(煙草)라고 했다. 이후 많은 애연가를 낳아 영조 때 허필(許佖)이라는 문인은 아예 호를 연객(煙客)이라고 했다. 연초는 연차(煙茶)라는 매력적인 이름으로도 불렸다. 정조대왕이 어느 신하에게 "창덕궁에서 재배한 연차 두 봉지를 보낸다"고 한 자상한 편지가 전하고 있다.

담배의 해독을 부정하지 않지만 순기능이 없는 것도 아니다. 옛날 영화를 보면 일터에서도, 공원에서도, 전쟁터에서도 휴식의 상징은 담배였다. 담배는 신사의 유력한 액세서리이기도 했다. 영화 「카사블랑카」에서 험프리 보가트가 담배 피우는 모습이 얼마나 멋있었는가. 특히 한숨이 절로 나오는 상황엔 담배가 약이다. 정희성은 「동년일행(同年一行)」에서 이렇게 읊었다.

　괴로웠던 사나이 / 순수하다 못해 순진하다고 할 밖에 없던 / 남주는 세상을 뜨고 / 서울 공기가 숨쉬기 답답하다고 / 안산으로 나가 살던 김명수는 / 더 깊이 들어가 채전이나 가꾼다는데 / 훌쩍 떠나 / 어디 가 절마당이라도 쓸고 싶은 나는 / 멀리는 못 가고 / 베란다에 나가 담배나 피운다

또 누구는 말한다. 싸우지 않고는 살 수 없었고, 술이 아니면 잠들 수 없었던 저 캄캄한 시절에 담배마저 없었다면 그 간고한 세월을 어떻게 견뎠겠느냐고. 1970년대 유신 시절, 감옥에서 출소한 어느 민주 인사는 바깥세상이 감옥과 다른 것이라곤 담배 피울 수 있는 자유가 있는 것뿐이라고 했다.

다산 정약용도 유배객에게 가장 잘 어울리는 것이 담배라고 하며 이렇게 읊었다.

요즘 새로 나온 담바고	淡婆今始出
유배객에게는 가장 잘 어울리지	遷客最相知
살짝 빨아들이면 향기 그윽하고	細吸涵芳烈
슬그머니 내뿜으면 실처럼 간들간들	微噴看裊絲

객지의 잠자리 언제나 편치 못한데   旅眠常不穩

봄날은 왜 이리도 길기만 할까   春日更遲遲

나로서는 글을 쓰다 펜이 멈출 때 담배 한 대 물고 잠시 사색에 잠기는 것은 큰 위안이었다. 지금도 글을 쓰려면 먼저 생각나는 것이 담배다. 이렇게 담배를 미워할 뜻도 없으면서 세상이 하도 못살게 굴어서 마침내 끊게 되니 정말이지 사랑하는 이와 강제로 헤어지는 것만 같은 기분이었다. 연인과의 이별도 이렇게 힘들지는 않을 것이다.

그래도 나는 단호히 담배를 끊으면서 그동안 내 인생의 벗이 되어주었던 것에 깊이 감사하며 사무치는 아쉬움 속에 이별을 고했다. "잘 가라, 담배여. 그동안 고마웠다, 나의 연차여."

그리고 고별연 마지막 연기를 내뿜으면서 소월이 애절하게 노래한 「담배」라는 시를 아련히 그려보았다.

나의 긴 한숨을 동무하는

못 잊게 생각나는 나의 담배!

(…)

나의 하염없이 쓸쓸한 많은 날은

너와 한가지로 지나가라.

2015.

돌거북이 모습이 이렇게 달랐단 말인가

비두리 귀부와 이수 / 문막의 섬강 / 흥법사터 삼층석탑 /
진공대사 탑비 / 반계리 은행나무 / 고달사터 / 원종대사 승탑

비두리라는 시골 동네

길이란 묘해서 나올 때보다 들어갈 때 멀게 느껴진다. 초행일 때는 특히나 심하다. 나올 때는 길을 잃지 않지만 찾아 들어갈 때는 행여 길을 잃을까 어리병병해지기도 한다. 요즘은 내비게이션이 있고, 길도 잘 닦여 답사 다니면서 헤매는 일이 거의 없다. 그러나 1980년대만 해도 지방도로는 비포장길이 많았고 특히 폐사지 가는 길은 거의 다 흙먼지 날리는 비좁은 길이었다. 제대로 된 이정표도 없어 길을 잃기 일쑤였는데 한번 길을 잘못 들어서면 큰 버스를 되돌려 나오기 여간 힘든 게 아니었다.

그 시절 인솔자는 길을 잃지 않고 답사처를 제대로 찾아가는 게 가장 중요한 일이었다. 그래서 나는 버스 운전석 옆자리에 앉아서 바짝 긴장하며 지도를 펴놓고 이정표를 일일이 확인하면서 다녔다.

그런데 남한강변의 폐사지를 답사할 때 한번은 길을 잘못 들었다. 문막삼거리를 지나면서 곧 남한강이 나타나겠거니 하고 오른쪽 차창 밖을 뚫어져라 바라보는데 강은 안 나오고 줄곧 들판 길을 달리다가 고개를 넘어간다. 문막에서 법천사터로 가자면 49번 도로로 계속 가야 하는데 그만 404번으로 잘못 들어섰기 때문이다.

뒤늦게 길을 잘못 들어선 줄 알고 차를 세운 다음 살펴보니 '비두냄이'라 쓰여 있는 시외버스 푯말 아래서 버스를 기다리던 점잖은 차림의 촌로 한 분이 사람 찾아올 일 없는 촌에 웬 관광버스가 다 왔느냐는 의아한 표정으로 우리 쪽을 쳐다보고 계셨다. 그분에게 다가가 물으니 그 길은 귀래면으로 가는 길이라며 다시 돌아 나가라고 친절하게 가르쳐주셨다. 여쭙는 김에 왜 동네 이름이 '비두냄이'냐고 물으니 자세히 알려주셨다.

"우리는 비두네미라고 하는데 군에서 저렇게 써 붙여놓았구먼. 동네 이름은 비두리라고 합니다."
"왜 비두리라고 해요?"

그러자 촌로는 길 한쪽을 가리키며 말했다.

"저쪽에 비석받침 돌거북이가 하나 있어서 비석 비(碑) 자에 머리 두(頭) 자를 써서 비두리(碑頭里)라고 불렀다오."

비두리 귀부와 이수

촌로의 손가락이 가리킨 방향으로 가보니 길가에 우람한 비석받침 돌거북이 생뚱맞게 놓여 있었다. 문화재 이름으로 '비두리 귀부(龜趺)와 이

| **비두리 귀부와 이수** | 비두리 귀부와 이수(강원도 유형문화재 제70호)는 규모도 웅장하거니와 귀부의 귀갑문과 이수의 운룡 조각이 매우 뛰어나다. 우람한 몸체의 목에 돋은 비늘이 선명하고 고개를 돌린 모습까지 사실적이다.

수(螭首)'(강원도 유형문화재 제70호)다. 그것은 뜻하지 않은 답사의 횡재였다.

'비두리 귀부와 이수'는 규모도 웅장하거니와 귀부의 귀갑문과 이수의 운룡 조각이 매우 뛰어나다. 우람한 몸체의 목에 돋은 비늘이 선명하고 귀갑무늬가 정연하며 등판과 꼬리까지 사실적이다. 용머리이수는 사방으로 6마리의 운룡이 온몸을 뒤틀며 용틀임하고 구름무늬도 겹겹이 묘사돼 동감이 생생하다.

이 돌거북을 보는 순간 나는 웃음을 참지 못했다. 통일신라 이래로 무수한 비석이 돌거북받침으로 되어 있지만 비두리 돌거북처럼 능청맞게 고개를 돌려 비석을 바라보고 있는 모습은 드물기 때문이다. 마치 "어떤 놈이 무겁게 내 등 위에 있느냐?"라는 듯이 고개를 뒤로 젖히고 있다. 대단한 유머 감각이다.

본래 유머 감각이란 내용이 충실하면서 슬쩍 집어넣을 때 그 효과가 커진다. 내용이 부실하면 오히려 불성실 내지는 장난기 정도로 전락한다. 그런 점에서 볼 때 비두리 돌거북은 확실히 유머 넘치는 멋진 조각품이다.

비석을 볼 때 사람들의 관심이 비문 자체에 쏠리다보니 귀부와 이수의 조각은 부차적인 것으로 소홀히 넘기는 수가 많다. 그러나 귀부와 이수는 당대를 대표하는 당당한 조각품인 경우가 많다.

우리나라 비석은 661년에 세워진 신라 태종무열왕릉비(국보 제25호)부터 귀부와 이수로 만드는 게 하나의 정형이 됐다. 거북 모양의 잔등에 장방형의 받침인 비좌(碑座)를 마련하고 그 위에 비석을 세운 다음, 용을 조각한 머릿돌을 얹었다. 이를 귀부와 이수라고 부른다. 귀(龜)는 거북이, 부(趺)는 책상다리한다는 뜻이고 이(螭)는 이무기, 수(首)는 머리를 뜻한다.

광개토왕비와 진흥왕순수비를 비롯하여 삼국시대까지만 해도 자연석을 그대로 이용하던 우리 비석이 당나라 유행 양식을 받아들여 귀부는 정확히 거북의 머리이고 이수는 몸을 비비 꼰 이무기라는 교룡(蛟龍)으로 조각됐다.

미술사에 나타난 모든 새로운 형식은 최초가 가장 아름답다. 삼층석탑은 감은사탑이 가장 아름답고, 한글 서체는 훈민정음체가 가장 아름답듯이 비석은 태종무열왕릉비의 돌거북과 용머리가 가장 아름답다.

이렇게 하나의 정형이 탄생하고 나면 곧이어 형식에 변형이 일어난다. 그래서 하대신라로 들어서면 돌거북의 머리가 용으로 변하기도 하고 사실적인 형태에서 추상적인 형태로 바뀌며 장식성이 높아지기도 했다. 그러다 고려시대로 들어오면 변형과 과장이 심하게 일어난다. 이것이 양식(style)의 흐름이고 '양식사(樣式史)로 보는 미술사'가 그래서 가능하다.

돌거북이 고개를 돌린 이유는

남한강변의 폐사지를 답사하다보면 절터마다 돌거북을 한 마리 이상씩 만나는데 모두 다르게 생겼다. 큰 흥밋거리이자 볼거리이며 미술사적 연구 대상이다. 거돈사터에서는 거북머리가 양처럼 바뀌었고, 법천사터에서는 거북머리가 턱수염이 길게 난 용머리였다. 이제 흥법사터로 가면 여의주를 문 전형적인 용머리 거북을 보게 되며 고달사터로 가면 천하장사를 방불케 하는 우람한 거북을 만나게 된다.

그런데 비두리 돌거북은 고개를 뒤로 돌린 것이다. 이처럼 고개를 외로 돌린 비석이 몇 있다. 여기에서 그리 멀지 않은 천안 성환읍의 '봉선 홍경

사 갈기비'(奉先弘慶寺碣記碑, 국보 제7호)가 유명하다(홍경사의 사적事蹟을 새긴 비갈碑碣이라고 해서 이런 이상한 이름이 되었다). 그러나 그것은 고개를 돌려 딴 데를 바라보는 모습이어서 비두리 돌거북 같은 유머가 아니라 생동감을 나타내려는 변형으로 보인다. 그 점에서 비두리 돌거북은 홍경사 거북보다 한 발짝 더 나아간 해학이 담긴 조각이다.

그때 이후 남한강변 폐사지를 다니면서 더는 길을 잃는 일이 없어서 다시는 비두리로

| 천안 홍경사 갈기비 | 비두리 돌거북처럼 고개를 외로 돌린 비석이 몇 있는데, 천안 성환읍의 '봉선 홍경사 갈기비'(국보 제7호)가 유명하다. 그러나 그것은 고개를 돌려 딴 데를 바라보는 모습이어서 비두리 돌거북 같은 유머가 아니라 생동감을 나타내려는 변형으로 보인다.

가지 않게 되었다. 답삿길에 유적지 하나를 더 보려면 오고 가고 사진 찍는 데 최소한 30분에서 1시간이 소요되니 거돈사터·법천사터를 답사한 뒤에는 곧장 문막으로 향하게 되기 때문이다.

그러다 한번은 버스 안에서 이 웃기는 돌거북 얘기를 재미 삼아 들려주었더니 답사객들은 돌거북의 모습이 다양하다는 사실에 새삼 흥미를 느끼면서 비두리 돌거북이 도대체 어떻게 생겼을까 몹시 궁금해하는 것이었다.

답사회원들은 웬만해서는 답사 일정을 바꾸지 않는다는 내 원칙을 잘 알기 때문에 감히(?) 부탁하지 못한다. 그럴 때면 마음씨 좋은 김효형 총무(도서출판 눌와 대표)한테 가서 애교를 부리며 부탁도 하고 떼도 쓴다. 그러면 마음 약한 총무는 나에게 와서 답사객들의 요망 사항을 전하면서 "선생님, 게릴라 답사로 다녀가죠"라고 건의한다. 그것은 5분 안에 후딱 보고 사진만 찍고 간다는 뜻이다.

사실 이 돌거북은 바로 길가에 있기 때문에 버스를 세워둘 곳도 없다. 총무 체면을 봐서 비두리에 들러 얼른 다녀오라고 하니 답사객들은 신이 나서 달려가 이리 보고 저리 보고 사진 찍고 분주히 돌거북을 한 바퀴 맴돌고는 버스로 올라왔다. 버스로 들어오면서 신나는 표정으로 저 나름대로 한마디씩 하는데 그 내용이 가지각색이다.

"진짜로 '어느 놈이 무겁게 하는 거야' 하는 표정이다."

"내가 보기엔 비문에 뭐라고 쓰여 있나 읽고 있는 모양 같던데."

"나는 지붕돌의 이무기가 지금도 잘 있는가 궁금해서 보는 것 같더라."

사람의 눈이란 이렇게 다 다르다. 나는 그들의 반응에서 새로운 것을 배웠고 그들은 이번 답사에서 의외의 보너스를 받았다며 즐거워했다. 돌거북의 모습이 이렇게 재미있고 다를 줄은 몰랐다는 것이다.

비두리 돌거북의 내력

그런데 이 돌거북 비석받침이 왜 절터도 아닌 길가에 있을까? 참으로 이상스러운 일이다. 동네 이름이 비두리이고 고개 이름이 '비두네미', 즉 '비두'와 '넘이'의 합성어라는 것도 뭔가 내력이 있을 성싶다.

알고 보니 이 비석받침 돌거북이 처음 있었던 곳은 여기서 북쪽 2킬로미터 되는 곳인 문막읍 후용리 용바위골이었다고 한다. 이것을 언젠가 원주시 학성동의 군부대에서 법웅사(法雄寺)라는 법당을 지으면서 절간 장식품 삼아 옮겨갔는데, 1976년에 비두리 주민의 건의에 따라 지금 이 자리로 다시 옮겨왔다고 한다.

그러면 비두리 주민은 왜 자기 마을에서 가져가지도 않았는데 이 돌거북을 돌려달라고 했을까? 사연인즉 석질이 비두리 화강암으로 되었기 때문이란다. 예로부터 비두리는 질 좋은 화강암이 많이 나와 부근 석조물들은 거의 다 비두리 화강암으로 만들었다는 주장이었다. 대단한 향토적 자부심과 사랑이 아닌가! 우리나라 시골 곳곳에는 이처럼 향토애를 보여주는 곳이 의외로 많다.

비두리 돌거북이를 정식으로 찾아가자면 문막에서 귀래면 방향으로 가야 한다. 비두초등학교 조금 지나면 길 왼편에 있다. 얼마 전에 돌거북이 잘 있는가 궁금해서 한번 가보았더니 지금은 주변이 정비되어 보호각이 세워졌고 반듯한 돌축대에 문화재 안내판도 있었다.

문막의 섬강

거돈사터·청룡사터·법천사터·비두리에 이어 남한강변의 폐사지를 순례하는 우리의 다음 행로는 문막의 흥법사(興法寺)터이다. 흥법사터의 정확한 주소지는 원주시 지정면 안창리 517-2번지이다. 그럼에도 나에게 문막의 흥법사터로 각인된 까닭은 문막에서 섬강 다리만 건너면 바로 나오고 또 절터에서 내려다보이는 넓은 들판이 문막평야이기 때문이다.

문막은 제법 넓은 들판이고 그 한가운데를 가로질러 섬강이 흐른다. 문막(文幕)은 섬강의 물을 막았다는 '물막이'라는 이름을 한자로 표기한 것이다. 섬강은 참으로 아름다운 강이다. 송강 정철이 「관동별곡(關東別曲)」에서 "흑수(黑水)로 돌아드니 섬강은 어드메뇨 치악(雉岳)이 여기로다" 하고 읊었던 그 유서 깊은 강이다.

섬강의 물줄기는 멀리 횡성 쪽 태기산에서 발원해 물길이 200리가 넘는다. 안도 다다오(安藤忠雄)가 설계한 '뮤지엄 산(SAN)'으로 더욱 유명해진 한솔 오크밸리가 바로 이 섬강의 상류에 있다. 산자락을 이리 피하고 저리 피하며 굽이굽이 돌면서 칼날 같은 기암절벽, 구름 같은 백사장을 이루다가 간현리에 이르면 또 다른 샛강인 삼산천을 받아들이면서 수량이 제법 거대해진다. 이곳이 간현협곡이다.

간현은 섬강 중에서도 가장 아름다운 곳이다. 그래서 1985년 나라에서 국민관광지로 개발했다. 그러나 그것은 큰 실수였다. 국민관광지로 개발한다면서 상춘객과 유흥객에게 편의를 제공하려고 넓은 주차장과 식당가를 만들어주었다. 그 탓에 천혜의 자연 풍광은 치명상을 입고 시끄러운 유흥지로 변해버렸다. 1980년대만 해도 우리의 생각이 그렇게 짧았다. 거창의 수승대, 영춘의 온달산성, 문막의 간현협곡 등 국민관광

| 문막 간현유원지 절벽 | 흥법사터로 가는 길의 문막 간현협곡은 국민관광지로 선정될 정도로 뛰어난 명승지였는데 관광지로 개발한 탓에 더는 옛 시인들이 말한 천혜의 승경이라고 말하기 힘들게 됐다.

지로 선정한 곳은 모두 뛰어난 명승지였는데 관광지로 개발한 탓에 더는 옛 시인들이 말한 천혜의 승경이라고 말하기 힘들게 됐다.

간현협곡 강가의 기암절벽에는 토정(土亭) 이지함(李之菡)이 썼다고 전하는 '병암(屏巖)'이라는 큼직한 글씨가 새겨져 있다. 그 병풍바위 위에는 마치 두꺼비 한 마리가 올라앉은 듯해 두꺼비 '섬(蟾)' 자를 쓰는 섬바위가 있다. 여기서 섬강이라는 이름이 생겨났다고 한다. 섬강의 유래에는 또 다른 설이 있다. 본래 이 강의 이름은 달강(月江)이었는데 두꺼비가 달의 상징인지라 섬강이 되었다는 것이다.

달강이라! 강물에 비친 달빛이 얼마나 아름다웠기에 이런 이름으로 불렸을까. 그런 섬강이었다. 흥법사터로 들어가기 위해 섬강 다리를 건너자면 나는 옛사람들의 시정을 불러일으켰던 아름다운 자취를 억지로라도 되살려보려고 강줄기 먼 곳으로 시선을 돌려 한참을 아련히 바라보며 지나가곤 하는데, 국민관광지로 변해버린 간현에서는 더 이상 그런 시정을 찾을 수 없다.

김제남 신도비

섬강 다리를 건너 왼쪽으로 3킬로미터쯤 가면 김제남 사당이 있고 그 맞은편에 흥법사터로 가는 좁다란 농로가 나오는데 100미터쯤 들어가면 '김제남 신도비'(원주시 지정면 안창리 산67-3번지)가 먼저 나온다. 비두리 귀부와 이수를 본 다음이라면 이 김제남 신도비를 보지 않고 갈 수 없다. 왜냐하면 이 비석 돌거북도 고개를 뒤로 돌린 재미있는 모습이기 때문

이다. 세월로 따지자면 비두리보다 500년 뒤에 세운 비석 돌거북인데 이 고장의 전통에 따라 고개를 외로 돌렸을 뿐만 아니라 거북의 조각도 용머리 지붕돌의 이무기 조각도 더 정교하고 우수하다. 전통은 이렇게 무서운가 싶을 정도로 참으로 긴 생명력과 강한 전파력을 가졌다.

신도비(神道碑)란 고인의 평생 업적을 기록해 후세에 전하고자 그의 묘 가까이에 세워두는 비석을 말한다. 원래는 종2품 이상의 벼슬을 한 분에게만 세울 수 있는 것이었다. 그래서 신도비가

| **김제남 신도비** | 신도비란 고인의 평생 업적을 기록해 후세에 전하고자 그의 묘 가까이에 세워두는 비석을 말하는데, 신도비가 있다면 그만한 사회적 지위가 있던 인물이라는 뜻이다. 이 비의 주인공은 김제남으로 인목대비의 아버지였다.

있다면 그만한 사회적 지위가 있던 인물이라는 뜻인데 이 비의 주인공은 김제남(金悌男, 1562~1613)이다.

역사책으로만 읽으면 김제남이 누구인지 별로 주목하지 않을 것이다. 그러나 답삿길에 이 신도비를 만나면 그가 누구인지 궁금해서라도 알아보게 된다. 그래서 답사를 많이 다니면 상식이 늘고 에피소드도 많이 알게 된다. 그게 답사의 큰 매력이기도 하다. 김제남은 바로 사극에 자주 등장하는 인목대비(仁穆大妃)의 아버지이니 한번 그 일생을 들어볼 만하다.

김제남은 연안(延安) 김씨 명문 출신으로 문과에 급제한 뒤 이조좌랑에까지 올랐다가 1602년 둘째딸이 선조의 계비로 들어가 인목왕후가 되면서 임금의 장인 자격으로 연흥부원군(延興府院君)에 봉해졌다. 1606년에 인목왕후가 아들을 낳았으니 그가 영창대군이었다.

당시 왕세자는 공빈 김씨의 소생인 광해군이었고 1608년 선조가 죽자 광해군이 예정대로 왕위에 올랐다. 이때 소북파(小北派)에서 광해군은 서자라며 영창대군을 옹립하려는 움직임이 일어났고 대북파(大北派)는 광해군을 지지했다. 힘겨루기에서 대북이 이겼다.

결국 광해군 5년(1613), 김제남은 영창대군을 왕으로 추대하려 했다는 누명을 쓴 채 사약을 받고 세 아들과 함께 죽임을 당했다. 그의 딸인 인목왕후는 서궁(경운궁)으로 쫓겨나 폐비가 되었으며, 영창대군은 강화도로 유배되었다가 이듬해인 1614년 사람을 방에 가둔 채 불을 때 죽이는 증살(蒸殺)을 당했다. 게다가 1616년엔 폐모론이 일어나면서 죄가 재론되어 김제남은 부관참시까지 당했다.

1623년 인조반정이 일어나 정권이 바뀌면서 인조 2년(1624)에 김제남은 명예가 회복돼 그를 위한 사당이 지어지고 이 신도비가 세워졌다. 이때 제주도에 유배됐던 며느리 정씨와 손자 김천석은 살아 돌아왔고 인목

| 흥법사터 전경 | 원래 흥법사는 1만 평에 이르는 대찰이었다. 그러나 폐사된 후 절터는 완전히 농가와 논밭으로 변했다. 밭에는 지금도 깨진 돌조각이 나뒹군다. 주위 농가를 보면 집은 다 쓰러져가지만 옛 절집의 주춧돌과 장대석을 가져다 지어 석축만은 반듯반듯하다. 이를 보고 있으면 세월의 무상함이 절로 다가온다.

왕후가 대비의 자격으로 국정에 손을 대니 이때부터 인목대비라 불렸다.

김제남 사당은 '의민공 사우(懿愍公祠宇)'라는 이름으로 번듯하게 지어졌지만 몇 차례 불이 나서 소실되었고 지금 건물은 근래 복원된 것이어서 고풍이 없다. 김제남의 묘소는 사당에서 산속으로 400미터는 들어가야 나온다. 그러나 길가 해묵은 느티나무 아래 세워진 이 김제남 신도비가 있어 지나가는 답사객의 발길을 멈추게 하니 역시 역사의 증언으로 비석을 등진 돌거북만 한 게 없다고 할 만하다. 이 또한 예술의 힘이라고 말할 수 있지 않은가.

흥법사터 삼층석탑과 돌거북

김제남 신도비를 지나 마주 오는 차가 비켜가기도 힘든 좁은 시멘트

| 흥법사터 거북이와 삼층석탑 | 흥법사터 삼층석탑(보물 제464호)은 2중 기단에 3층 몸돌을 한 전형적인 나말여초 석탑이며, 삼층석탑 바로 곁에 있는 진공대사 탑비 귀부와 이수(보물 제463호)는 당당한 조각품이다. 여의주를 입에 문 전형적인 용머리 돌거북이다.

도로를 따라 들어가다 산비탈 모퉁이를 돌아가면 약 1킬로미터 떨어진 곳에 석탑 하나가 외롭게 서 있는 것이 보인다. 그곳이 흥법사터다. 삼층 석탑 앞에 서면 절터는 언덕배기에 높직이 올라앉아 앞으로는 섬강 너 머 문막 들판이 내다보이고 뒤쪽으론 영봉산 자락에 포근히 기대고 있 어 앉은자리는 아늑하고 전망은 시원스럽다. 옛 절터들은 어쩌면 이렇게 도 좋은 자리에 있었던가 다시 한번 감탄사가 절로 나온다.

원래 흥법사는 1만 평에 이르는 대찰이었다. 그러나 절이 폐사된 이후 절터는 완전히 농가와 논밭으로 변했다. 밭에는 지금도 깨진 돌조각이 나뒹군다. 주위 농가를 보면 집은 다 쓰러져가지만 옛 절집의 주춧돌과 장대석을 가져다 지어 석축만은 반듯반듯하다. 이를 보고 있으면 세월의 무상함이 절로 다가온다.

'흥법사터 삼층석탑'(보물 제464호)은 2중 기단에 3층 몸돌을 한 전형적인 나말여초 석탑으로 특별한 특징이 있지는 않다. 기단 면석에는 안상과 꽃무늬가 새겨져 장식을 아름답게 하려고 애쓴 흔적은 있으나 그 시대 형식을 답습한 매너리즘적 타성이 있어 별 감동을 주지는 않는다.

그러나 삼층석탑 바로 곁에 있는 '진공대사 탑비 귀부와 이수'(보물 제463호)는 당당한 조각품이다. 거돈사터·법천사터·비두리의 돌거북과 달리 여의주를 입에 문 전형적인 용머리 돌거북이다. 쌍계사 진감선사 탑비(887), 보령 성주사터 낭혜화상 탑비(890) 등 하대신라의 전통을 그대로 이어받은 것이다.

거북 조각은 근육질이 느껴질 정도로 정교하고 깊게 새겨 힘이 장사로 느껴지며 거북의 엄청난 발이 지면을 힘차게 누른다. 거북 등은 육각형의 귀갑무늬를 겹으로 조각하고 그 안에 연꽃무늬와 만(卍) 자를 번갈아 새겨 단아하게 장식했다.

이수의 정면에는 '진공대사'라 쓰인 전액을 중심으로 대칭을 이룬 두 마리의 교룡이 힘찬 구름무늬와 조화롭게 어울린다. 보존 상태도 양호하고 귀부의 높이는 75센티미터, 이수 높이는 99센티미터 되는 대작이어서 대단히 웅장하다는 인상을 준다.

진공대사

흥법사는 원래 하대신라에 창건된 작은 선종 사찰이었는데 이 비석의 주인공인 진공대사(眞空大師, 869~940) 대에 와서 비로소 대찰이자 명찰이 됐다. 대사의 속성은 김씨이며, 경주의 귀족 출신으로 법호는 충담(忠湛)이다. 스님은 일찍이 부모를 여의고 출가해 진성여왕 3년(889) 나이 21세에 구족계를 받고 율장(律藏)을 공부했다. 그뒤 당나라에 유학해 운개사(雲蓋寺)의 정원대사(淨圓大師)를 찾아가 법을 묻고 교학을 연구하

| **진공대사 승탑과 석관** | 현재 국립중앙박물관 옥외전시장에 전시된 진공대사 승탑은 석관과 함께 있는 구조여서 더욱 이채롭다.

는 등 선종과 교종을 두루 섭렵하고 918년, 나이 50세에 귀국했다.

당시 도당(渡唐) 유학승의 평균 유학 기간은 무려 30년이나 됐다. 한때 외국 가서 박사 받고 오면 국내에서 극진한 대접을 받았듯이 그들도 귀국 후에는 큰 대우를 받았다. 진공대사가 귀국하자 고려 태조는 곧 스님을 왕사로 임명하고 극진한 예우를 다하여 이곳 흥법사를 중건케 해주었다. 이때부터 흥법사는 흥법선원이 되고, 선수행을 닦고자 찾아오는 스님이 수백 명에 이르렀다. 대사가 72세로 입적하니 태조는 시호를 진공(眞空)이라 내리고 비석과 승탑이 여기에 세워졌다.

진공대사의 승탑과 비는 모두 천하의 명작이었다. 그러나 미인의 팔자가 박복하다더니 흥법사가 폐사되면서 수난을 당해 모두 도난당하고 제자리를 떠났다. 진공대사 승탑(보물 제365호)은 1931년 총독부박물관에서 서울로 옮겨가 지금은 국립중앙박물관 옥외전시장에 전시돼 있다. 전형적인 팔각원당형 승탑인 진공대사탑은 석관(돌함)이 딸려 있는 당대의 명작이다. 돌거북이 등에 지고 있던 비석은 깨어진 채 국립중앙박물관에 소장돼 있고 오직 돌거북만 제자리에 남아 그 옛날을 증언하고 있을 뿐이다.

원주 반절비의 당 태종 글씨

진공대사 탑비는 문장과 글씨 모두 대단히 드문 예에 속한다. 비문은 태조 왕건이 직접 지은 것이고 글씨는 당(唐) 태종(太宗, 598~649)의 글씨를 집자(集字)해서 새겼으니 그 귀함이 여느 비석보다 더하다. 그 때문에 이 비는 일찍부터 천하의 명비(名碑)로 이름 높았다.

당 태종은 신라의 삼국통일 때 원군을 보낸 황제이기 때문에 우리에게 낯익은 이름이지만 그는 중국 서예사에서 손꼽히는 당대의 명필일 뿐만 아니라 중국 서예사의 기틀을 다진 장본인이었다. 그의 후원 아래 우세남(虞世南)·구양순(歐陽詢)·저수량(褚遂良) 같은 명필이 배출되었다. 이들은 모두 방정한 글씨체를 보여주며 독자적인 서법을 확립하였다.

우세남의 글씨는 부드러우면서 우아한 아름다움으로 유명했고, 구양순은 해서의 교과서가 될 모범적인 서체를 보여주었다. 그래서 장회관(張懷瓘)의 『서단(書斷)』에서는 "우세남의 글씨는 안으로 아름다움을 감추었고 구양순의 글씨는 근골(筋骨)이 밖으로 드러났다"고 했다.

이에 반해 저수량의 글씨는 같은 해서체라도 획의 구사가 어여뻐서 "봄날 아리따운 여인이 얇은 비단옷을 입고 거니는 것 같은데 그렇다고 해서 색태(色態, 색시한 분위기)가 드러나는 것은 아니다"라는 절묘한 평을 얻었고 안진경은 종이를 뚫을 듯한 강력한 필력에다 필획에 근육이 있어 '안근(顏筋)'이라는 말이 나올 정도로 강인한 서체를 보여주었다.

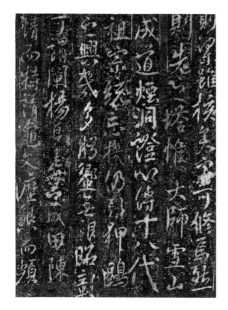

　당 태종은 이 세 대가에게 정말로 아낌없는 지원을 보냈다. 그리하여 당나라 때 중국 서예의 전성시대를 맞이하게 된 것이었다. 당 태종 자신은 글씨의 이상을 앞 시대의 왕희지(王羲之)에게서 찾았다. 특히 그는 왕희지의 유명한 「난정서(蘭亭序)」를 좋아해 임종할 때 자신의 무덤 안에는 다른 것은 필요 없고 오직 왕희지의 「난정서」만 넣어달라고 유언할 정도였다. 그래서 왕희지의 「난정서」는 지금도 전하지 않는다.

　진공대사 탑비에는 이러한 당 태종 글씨의 멋이 잘 드러나 있다. 신운(神韻)이 감도는 듯한 리듬이 있다. 익제(益齋) 이제현(李齊賢)은 이 비석의 가치를 다음과 같이 말했다.

말뜻이 웅장하고 깊고 위대하고 고와서 마치 검은 홀(笏)을 쥐고 붉은 신을 신고 낭묘(廊廟)에서 읍양(揖讓)하는 듯하다. 글씨를 보면 큰 글자와 작은 글자, 해서와 행서가 서로 섞여 있어 마치 난봉(鸞鳳)이 일렁이듯 기운이 우주를 삼켰으니 진실로 천하의 보물이다.

이런 명비이건만 크게는 두 동강, 작게는 네 동강으로 나뉘어 원주 반절비(半折碑)라고 불리며 현재 국립중앙박물관에 보관돼 있다. 이 비가 동강 난 사연을 영조 때 금석학자인 이계 홍양호(洪良浩)는 『이계집(耳溪集)』의 「원주 반절비에 제(題)함」이라는 글에서 이렇게 말했다.

원주 영봉산 반절비는 고려 태조가 짓고 최광윤(崔光胤)이 왕명을 받들어 당 태종의 글씨로 집자한 비다. 임진왜란 때 왜놈들이 수레에 싣고 가다가 죽령에 이르렀을 때 비가 두 동강 났다. 이에 왜놈들은 반을 버리고 갔다. 난리가 평정된 뒤 관동의 수령이 원주로 다시 가져오니 '원주 반절비'라고 불리게 되었다.
내가 그것을 탁본해와 글씨를 보니 호방하고 웅장하기가 실로 천인(天人)의 필적이었다. (…) 당 태종 글씨는 판각에 판각을 거듭해 원래의 모습을 잃었지만 오직 이 비만이 옛 모습을 온전히 전하니 중국에서도 찾아보지 못할 천하의 보배이다. 언젠가 중국에서 이 비문을 보게 된다면 나의 말에 수긍할 것이다.

아닌 게 아니라 이 원주 반절비는 중국의 금석학자도 귀하게 여기고 있다고 한다.

진공대사 탑비의 태조 왕건의 문장

진공대사 탑비는 글씨뿐만 아니라 그 비문 또한 명문이다. 우리는 임금이라면 막연히 통치자로만 기억하고 그가 닦은 학문적 수련은 생각조차 해주지 않는 경향이 있다. 그러나 태조 왕건도 당 태종도 대단한 학식의 문장가였고 명필이었다.

왕건은 비문에서 "과인은 어려서 위무(威武)는 숭상했으나 학문에는 힘을 쓰지 아니한 탓으로 선왕(先王)의 법도를 알지 못합니다"라고 자신을 낮춰 말했지만 그것은 겸손이었다. 왕건은 진공대사의 행적을 일일이 비문에 밝히고 난 뒤 대사의 열반을 애도하는 대목에서는 이런 비유로 표현했다.

지금 비록 스님의 육체는 사라졌지만 그 진실인 법체(法體)는 길이 남아 있도다. 전에는 물이 고이니 고기가 찾아옴을 기꺼워했건만 이제는 숲이 없어지니 날아가는 새를 슬퍼하도다.

학식이 얕은 사람이 쓸 수 있는 문장이 아니다. 그리고 왕건은 대사를 추모하는 명(銘)을 지으면서 다음과 같이 글을 맺었다.

보배를 감추고 법인(法印)을 알았도다.
자비의 그 배는 풍랑에 빠졌고
지혜의 등불은 그 빛을 잃지만
은빛 석등의 불꽃은 영원히 비추리.

이 비석은 뒷면에도 글이 새겨져 있다. 이는 진공대사가 태조 왕건에게 올린 글을 최광윤이 직접 쓴 것이다. 임금이 비문을 지었기 때문에 임금에게 예의를 다한다는 뜻에서 대사가 왕에게 표했던 글을 새겼다. 그래서 이 비는 일찍부터 금석학자들이 앞뒷면 글씨 모두를 다투어 탁본해가곤 했다.

흥법사터의 망실 유물들

흥법사가 언제 폐사가 되었는지는 명확하지 않다. 아마도 조선 초 폐불 정책 때가 아닐까 싶다. 그러나 일제강점기로 들어서기 전까지는 비록 폐사는 되었을지언정 석조 유물은 모두 그대로 남아 있었던 게 분명한데, 이 유서 깊은 절의 아름다운 석조미술품은 도굴꾼의 표적이 돼 하나씩 절터를 떠나 지금은 상처받은 대로 국립중앙박물관에 보관되어 있다.

그중 미스터리의 하나가 유명한 국보 제104호 '전 흥법사터 염거화상 승탑'이다. 이 승탑은 하대신라 팔각당 승탑의 출발을 알려주는 기념비적 유물이다. 염거화상(廉居和尙)은 하대신라 선종의 개산조인 도의국사(道義國師)의 법을 이은 제2조로 그의 법맥이 제3조인 보조선사(普照禪師) 체징(體澄)에게로 이어졌다. 그리고 체징이 장흥 가지산에 보림사(寶林寺)를 개창한 것이 하대신라 구산선문의 제1가람이 됐으니 염거화상의 불교사적 위상을 더 이상 말하지 않아도 알 만한 일이다.

염거화상 승탑은 일제강점기 곤도 사고로(近藤佐五郞)라는 일본인이 흥법사터에서 불법 반출해 일본으로 가져가려다 실패한 후 1914년 무렵 회수돼 서울 탑골공원에 두었다가 경복궁으로 옮겨졌으며 현재는 국립중앙박물관에 있다.

이 승탑은 서울로 옮겨질 때 해체되면서 신라 문성왕 6년(844)에 건립됐다는 금동제 탑지(塔誌)가 발견돼 조성 연대와 스님의 이름이 확실한 우리나라 최초의 팔각원당형 승탑이 되었다. 너무도 중요한 유물인지라 1929년 총독부박물관은 도굴꾼이 가져왔다는 흥법사터를 조사했지만 현장을 확인하지 못했다.

해방 후 정영호 교수 등 미술사학자들이 원위치라 전하는 흥법사터를 다시 샅샅이 조사했지만 기단부를 확인하지 못하여 여기서 반출됐다는 뚜렷한 증거를 찾지 못한 채 미스터리로 남았다.

염거화상은 주로 설악산 억성사(億聖寺)에 머물면서 선종의 포교에 힘썼다고 한다. 그러나 억성사가

| **염거화상 승탑** | 일제강점기 한 일본인이 흥법사터에서 불법 반출해 일본으로 가져가려다 실패한 후 회수돼 현재는 국립중앙박물관에 있다. 이 승탑은 흥법사터에서 옮겨왔다고 전하지만 절터에서는 그 원래 자리가 확인되지 않았다.

어디인지도 아직 확실치 않아 이 염거화상 승탑 자리는 도굴꾼의 진술대로 '전(傳) 흥법사터'로 일컬어지고 있다. 최근 미술사학계에서는 양양 선림원(禪林院)터가 억성사였다고 보고 염거화상 승탑은 선림원터에서 가져온 것으로 추정하는 학설이 강하게 대두되고 있다.

흥법사터는 몇 차례 정비사업이 있었다. 그런 중 1989년 정비사업 때는 1191년 4월에 만들었다는 동종(銅鐘)이 땅속에서 발견돼 현재 국립중앙박물관에 보관돼 있다. 아담하고 전형적인 이 고려 동종은 화상이나 상처를 입은 흔적이 없어 폐사될 때 매장됐다고 추정된다.

따라서 흥법사터뿐만 아니라 남한강변 폐사지 답사의 종점은 국립중앙박물관 옥외전시장이 된다. 거기에 가면 '거돈사 원공국사 승묘탑' '흥법사 진공대사 승탑' '염거화상 승탑'이 있고 또 경복궁 고궁박물관 뒤뜰

엔 '법천사 지광국사 현묘탑'이 있다.

그러나 일제강점기 이전만 해도 이 유물들이 모두 절터에 그대로 남아 있었으니 그때의 답사객은 천하의 명작들을 현장에서 보는 행복을 누렸었다. 조선 초기 성종 때 대학자인 서거정은 우리가 다녀온 법천사와 흥법사 등 남한강변의 사찰을 여행하면서 지은 시에서 이렇게 읊었다.

법천사의 뜰에서는 탑을 보며 시를 읊고   法泉庭下詩題塔
흥법사의 대 앞에선 비석을 탁본하네   興法臺前墨打碑

문막 반계리 은행나무

이제 원주의 남한강변 폐사지 답사를 마치고 여주의 고달사터로 가려면 다시 문막으로 나가야 한다. 문막은 섬강이 남한강과 합류하는 지점이어서 넓은 평야가 펼쳐진다. 이 문막평야는 강원도에서 철원평야 다음으로 넓은 들판으로 여주·이천 평야로 이어진다.

문막이 우리에게 널리 알려지게 된 것은 영동고속도로에 문막휴게소가 생기고부터다. 그러나 문막은 본래 경기도와 강원도의 경계선상에서 원주의 초입이 되는 오래된 마을이다. 문화재 조사에서 첫 단계인 지표조사를 할 때는 우선 나무부터 살펴본다. 근처에 오래된 느티나무가 있으면 마을이 있었다는 증거이고 감나무가 많으면 민가가 있었다는 증거다. 그리고 해묵은 은행나무가 있다면 마을 역사가 그 나이만큼 올라간다는 뜻이다. 문막에는 흥법사의 연륜과 맞먹는 은행나무가 있다. 바로 천연기념물 제167호인 '반계리 은행나무'(원주시 문막읍 반계리 1495-1번지)다.

남한강변 폐사지 답사 때 나는 이 은행나무를 일정표에 넣지 않고 시

| 반계리 은행나무 | 문막에는 흥법사의 연륜과 맞먹는 은행나무가 있다. 천연기념물 제167호인 반계리 은행나무이다. 품이 넓기로는 우리나라에서 최고다.

간이 허락되면 보너스 코스로 삼곤 했다. 그럴 때면 답사객들은 예기치 않은 답사에 본봉보다 푸짐한 보너스를 받았다고 무척이나 즐거워했다.

은행나무는 지구상의 생물 중 가장 오래된 것이고 수명도 어떤 식물보다도 길다. 특히 우리나라 은행나무에서는 혈액순환 개선제인 양질의 징코라이드가 추출되는 것으로 유명하다. 우리나라에는 수령이 오래된 은행나무가 아주 많다. 현재 천연기념물로 지정된 노거수 총 142주 중 은행나무가 22주다. 이와 별도로 명승과 지방기념물로 지정된 은행나무가 77주 있다. 합쳐서 근 100주의 은행나무가 자연문화재로 지정된 것이다.

각지의 은행나무는 저마다 우리나라에서 가장 크고, 가장 오래된 은행나무라고 자랑한다. 용문사 은행나무, 부여 주암리 은행나무, 함양 운곡리 은행나무……

어느 것이 진짜로 가장 오래되었는지는 확실치 않지만 다만 반계리 은행나무의 키가 가장 크고 둘레도 가장 굵다. 높이는 32미터이고 가슴 높이의 둘레가 16미터로 어른 8명이 팔을 둘러야 잡힌다. 그러나 이보다도 반계리 은행나무의 더 큰 자랑거리는 가지들이 사방으로 퍼진 웅장한 모습이다. 반계리 은행나무는 외줄기로 올라가지 않고 아래서 2개, 2.5미터 높이에서 다시 7개로 뻗어올라 전체가 둥근 공처럼 부풀었으며 사방으로 번진 폭이 11미터에서 14.5미터에 이른다.

반계리 은행나무는 건물도 나무도 없이 논밭으로 이루어진 허허벌판 한가운데 있어 맘껏 활개를 펴고 자라났다. 하도 품을 넓게 잡아 어떤 가지는 부러질 염려 때문에 바지랑대로 받쳤다. 장대하고 탐스럽고 거룩하기까지 한 은행나무가 들판 너머 멀리 치악산을 배경으로 펼쳐져 있으니 그 모습이 어찌 장관이 아니겠는가.

전설에 의하면 이 마을에 살던 성주 이씨 한 사람이 나무를 심고 관리하다가 마을을 떠났다고도 하고, 어떤 큰스님이 이곳을 지나는 길에 물을 마시고 지녔던 지팡이를 꽂고 갔는데 그 지팡이가 자랐다는 이야기도 있다. 또한 나무 안에 흰 뱀이 산다고 하여 아무도 손을 대지 못하는 신성한 나무로 여겼으며, 가을에 단풍이 한꺼번에 들면 그해에는 풍년이 든다고 믿었다. 무엇이 맞든 문막의 신목(神木)이라는 얘기다.

반계리 은행나무는 사계절 모두 아름답다. 한여름 잎이 무성할 때는 줄기가 보이지 않고 온통 푸르름이다. 가을날 단풍이 물들 때면 그야말로 환상적이다. 그때 탄성이 나오지 않으면 인간의 감성을 가진 사람이라고 할 수 없다. 겨울이면 아름다움이 덜할 듯하지만 그 많은 가지가 저마다의 방향으로 뻗어나간 모습은 그 자체로 하나의 조형미를 보여준다. 손장섭 화백이 처연한 회색 톤으로 그린 「문막 은행나무」라는 작품의 모델이 바로 이 나무다.

아쉬움이 있다면 이 은행나무는 수나무인지라 은행이 열리지 않는다는 것이다. 한번은 내가 답사객들에게 그것을 아쉬움으로 말하자 곁에서 내가 하는 말을 귀 기울여 듣던 동네 어른이 내 말을 가로채면서 나섰다.

"이 은행나무가 수나무라는 건 맞는 말이여. 그래서 은행을 맺지 않는다는 것도 맞는 말이여. 그러나 이 은행나무가 있어서 사방 10리 안에 있는 은행나무 암컷 100여 그루가 실한 은행을 맺고 있으니 그게 얼마나 고마운 일인감. 서운키는 뭐가 서운하단 말이여!"

왜 잘 알지도 못하면서 남의 동네 신목에 와서 흠을 잡느냐는 호통이었다. 그때 답사회원들은 반계리 촌로에게 우레 같은 박수를 보냈다. 그 박수는 분명 깊은 향토애를 나타내는 촌로에게 존경의 뜻으로 보냈음이 틀림없다. 그러나 항시 답사 질서를 지키라고 회원들을 야단치면서 엄하게 굴던 인솔자가 보기 좋게 녹다운된 모습이 고소해서 박수 소리가 더 커졌다는 것도 내가 잘 안다.

비두리나 문막에서 겪었듯 시골 촌로들의 향토애는 참으로 귀하고 존경스러운 것이다. 반계리 촌로의 일갈 이후 나는 그동안 언필칭 객관적으로 말한답시고 그야말로 '남의 동네 얘기하듯' 해온 걸 미안하고 죄스럽게 생각하며 다시는 답삿길에 남의 동네 가서 아쉽다느니 어디 있는 무엇에 비해 못하다느니 하는 말을 하지 않게 되었다. 이것을 아는 데까지 30년이 걸렸다.

고달사터 상교리 마을

이제 나는 남한강변 폐사지 답사의 마지막을 장식할 고달사터로 향한

| **고달사터의 옛 모습** | 고달사터 앞은 아주 평온한 시골 마을이어서 폐사지 못지않은 향수를 일으켰다.

다. 고달사터는 여주군 북내면 상교리라는 아늑한 산마을 깊숙이 들어서
있다. 요즘은 고달사터 한쪽으로 지방도로가 뚫려 이포나루에서 곧장 들
어갈 수 있게 되었지만, 원래는 여주에서 양평으로 가다가 상교리라는
입간판을 보고 산자락을 꺾어들어 이정표를 따라 한가로운 시골길로 들
어서면 20여 호의 농가가 도란도란 머리를 맞대고 있었다.

마을 한가운데에 있는 수령 400년 된 느티나무 아래에는 항시 동네 분
들이 모여 담소를 나누고 있었고, 한쪽 샘물가에선 빨래하는 아낙네를 볼
수 있었다. 어느 해 겨울에 갔을 때는 동네 아이들이 비료 부대를 들고 눈
덮인 언덕에서 미끄럼을 타며 놀고 있었다. 그런 정겨운 시골 마을이었다.

그러나 지금 고달사터는 사적지로 정비하면서 정자나무 주위의 집들
이 모두 철거되었고 샘물가 빨래판으로 쓰이던 옛 절터의 주춧돌도 제
자리를 찾아 깔끔하게 정비되었다. 불상 좌대가 있는 금당터도 알아볼

| 고달사터 불상 좌대 | 고달사터는 시원하게 트인 앞면을 제하고는 삼면이 야트막한 산봉우리들로 싸여 수행터로 더없이 좋은 곳이었음을 짐작게 한다. 지금도 입구로 들어서면 금당 위에 변함없이 남아 있는 불상 좌대가 보인다.

수 있게 해놓았고, 산자락에 있는 국보와 보물로 지정된 두 승탑을 둘러볼 수 있는 관람로가 잘 나 있다. 그리고 한쪽에는 조계종 고달사라는 이름의 작은 새 절이 들어서 있다. 그래도 나에겐 그 첫인상이 잊히지 않아 자꾸 옛날 상교리 마을을 그려보게 된다.

고달사의 불상 좌대

고달사터는 혜목산(慧目山)을 등지고 산비탈에 자리잡고 있다. 시원하게 트인 앞면을 제하고는 삼면이 야트막한 산봉우리들로 폭 싸여 수행터로 더없이 좋은 곳이었음을 짐작게 한다. 정자나무 지나 입구로 들어서면 바로 금당 위에 변함없이 남아 있는 불상 좌대가 보인다.

이 불상 좌대는 높이 약 1.5미터로 상·중·하대석과 지대석을 다 갖추

| 복원된 원종대사 탑비 | 원래 비석은 1915년 봄에 쓰러져 지금은 국립중앙박물관에 보관 중이다. 그러다 사적으로 정비하면서 원래 모습대로 복원한 비석을 얹어놓아 옛 모습을 능히 상상할 수 있게 해놓았다.

고 있는 우리나라에서 가장 크고 잘생긴 방형대좌이다. 중대석에는 안상 (眼象)이 명확히 새겨져 있다. 안상이란 밋밋한 면에 곡선을 주는 장식으로 마치 코끼리 눈처럼 생겼다고 해서 얻은 이름이다. 통일신라 이후 유행하여 조선시대 목기에도 나타나는 단아한 장식 방법이다.

상하 지대석에는 각각 앙련(仰蓮)과 복련(覆蓮)이 아름답게 장식되어 있는데 꽃잎이 옆으로 펼쳐진 모습까지 나타내고 있다. 옛날 불상 좌대의 높이는 우리들의 눈높이에 맞추었기 때문에 1.5미터가 보통이었다. 이 멋진 좌대에 올라앉았을 불상을 상상해보면 아마도 보원사터에서 출토된 것과 비슷한 거룩한 철불이었을 것이라는 생각을 갖게 된다.

불상 좌대에서 위로 올려다보면 보물 제6호 원종대사 탑비가 보인다. 이 비는 1915년 봄에 쓰러지면서 비석이 여덟 동강으로 깨져 지금은 국립중앙박물관에 보관되어 있다. 그리고 그 자리에는 귀부 위에 이수가

| 복원되기 전 원종대사 탑비의 귀부와 이수 | 이 탑비의 귀부와 이수는 우리나라에서 가장 크고 우람한 형상을 보여주는 것으로 이름나 있다. 어떤 천하장사도 덤빌 수 없을 것 같은 힘과 신령스러움이 넘친다.

얹혀 있었다. 그러다 사적으로 정비하면서 비석을 원래 모습대로 복제·복원하여 이수를 비석 위에 얹어놓아 옛 모습을 능히 상상할 수 있게 해놓았다. 문화재 정비 복원의 아주 훌륭한 사례라는 칭찬이 절로 나온다.

이 탑비의 귀부와 이수는 우리나라에서 가장 크고 우람한 형상을 보여주는 것으로 이름나 있다. 그동안 우리는 남한강 폐사지를 답사하면서 가는 곳마다 돌거북을 보아왔지만 이렇게 힘찬 조각은 처음일 것이다. 어떤 천하장사도 덤빌 수 없을 것만 같은 힘과 신령스러움이 넘친다. 거북의 등판도 정연한 귀갑무늬이고 목덜미가 선명히 드러나 있고 발톱은 힘 있게 대지를 누르고 있다. 지붕돌의 용과 구름 조각도 동감이 역력하다.

그리고 지붕돌 한가운데 있는 비액(碑額)에는 이 비의 이름인 '혜목산 고달선원 국사 원종대사 지비(慧目山高達禪院國師元宗大師之碑)'라 쓰여

있어 맞은편 산자락에 있는 원종대사 승탑과 짝을 이루고 있다. 이 비문
에는 대사의 일대기와 함께 고달사의 내력이 자세히 실려 있다.

봉림산문의 고달선원

고달사는 764년(경덕왕 23년)에 창건되었다고 전하나 자세한 것은 알
수 없고, 원감대사(圓鑑大師) 현욱(玄昱, 787~868)이 이 절에 주석하였
다는 것은 분명하다. 현욱의 속성은 김씨로 경주의 귀족 출신이었으며
당나라에 유학하고 창원 봉림사에서 선풍을 일으키고 나이 54세 되는
840년에 혜목산 기슭에 고달사라는 토굴을 짓고 지내다 82세로 입적하
였다.

현욱의 가르침은 제자인 진경대사(眞鏡大師) 심희(審希, 855~923)가
이어받아 마침내 창원 봉림사에서 봉림산문(鳳林山門)을 개산하여 구산
선문 중 하나가 되었다. 그후 봉림산문을 이끌어간 분은 원종대사(元宗
大師) 찬유(璨幽, 869~958)였다.

원종대사는 신라 경문왕 9년(869)에 태어나 13세에 출가하고 24세에
당나라에 유학해 경명왕 5년(921)에 귀국하여 창원 봉림사에 머물며 현
욱과 심희의 법맥을 이어갔다. 국사의 자리에 오른 원종대사는 고려 태
조 이후 역대 왕실의 돈독한 귀의에 힘입어 이곳 고달선원에 28년간 주
석하면서 전국 제일의 선찰로 가꾸어 문경의 희양원, 양주의 도봉원과
함께 3대 선원으로 불렸다.

그때가 이 절의 전성기였다. 사방 30리가 모두 절 땅이었고 수백 명의
스님들이 도량에 넘쳤다고 한다. 그가 고려 광종 9년(958)에 세수 90세로
입적하자 다비를 하고 세운 것이 원종대사 승탑과 탑비이다.

비문은 김정언(金廷彦)이 짓고, 당대의 명필인 장단열(張端說)이 정간

선을 그어 해서로 비문을 쓰고 또 비액도 전서로 썼다. 이 비문의 글씨에 대하여는『동국금석평(東國金石評)』『서청(書鯖)』『조선금석고』에서 모두 명비로 소개하고 있다.

원종대사 승탑과 국보 제4호 승탑

원종대사 탑비에서 맞은쪽으로 곧장 난 길을 따라가면 산비탈에 자리 잡은 원종대사 승탑이 나온다. 보는 순간 그 장대한 스케일에 압도된다. 이렇게 크고 아름다운 승탑이 다 있는가 큰 감동을 받게 된다. 나말여초에 유행했던 전형적인 팔각원당형 승탑 형식으로 받침대·기단부·몸돌·지붕돌·상륜부로 구성되었는데 기단부의 용틀임이 역동적이고 몸돌을 받치고 있는 복판앙련(複瓣仰蓮)이 아름답다. 몸돌은 팔각으로 다듬어 정면에 문짝과 사천왕상을 번갈아 새겼고 지붕돌 천장에는 비천상을 새겼다. 탑비의 우람한 조각과 과연 잘 어울리는 한 쌍이라는 생각을 갖게 된다. 이 승탑은 원종대사 입적 19년 만인 경종 2년(977)에 세워진 것이다.

여기서 탐방로를 따라 산자락 위로 더 올라가면 이번엔 국보 제4호 고달사터 승탑을 만나게 되는데 이 승탑은 한눈에 원종대사 승탑과 비슷한 것에 놀라고 또 전체적인 균형미와 조각의 생동감이 조금 전에 보았던 원종대사 승탑보다 한 차원 높다는 사실에 다시 한번 놀라며 자꾸 비교하게 된다.

받침대·기단부·몸돌·지붕돌·상륜부로 구성되어 기단부의 용틀임이 역동적이고 몸돌을 받치고 있는 복판앙련이 아름다우며 몸돌은 팔각으로 다듬어 정면에 문짝과 사천왕상을 번갈아 새겼고 지붕돌 천장에는 비천상이 새겨져 있는 점 모두가 같다. 무엇이 다른가?

기단부의 용틀임을 보면 여기서는 머리를 정면으로 곧게 내밀고 양

| 원종대사 승탑(보물 제7호) | 보는 순간 그 장대한 스케일에 압도된다. 이렇게 크고 아름다운 승탑이 다 있는가 큰 감동을 받게 된다. 나말여초에 유행했던 전형적인 팔각원 당형 승탑 형식으로 받침대·기단부·몸돌·지붕돌·상륜부로 구성되었다.

날개를 편 듯 입체적으로 묘사된 반면에 원종대사 승탑에서는 다소 평면적이다. 몸돌의 문짝에 자물통을 새긴 것이나 창살무늬 사천왕의 부조도 여기가 훨씬 또렷하다. 상륜부 천장의 비천상도 여기가 참으로 아름답고 율동적이다.

| 고달사터 승탑(국보 제4호) | 이 승탑은 한눈에 원종대사 승탑과 비슷한 것에 놀라고 또 전체적인 균형미와 조각의 생동감이 조금 전에 보았던 원종대사 승탑보다 한 차원 높다는 사실에 다시 한번 놀라며 자꾸 비교하게 된다.

전체적으로 균형과 조화, 그리고 디테일이 훨씬 우수하다는 인상을 받고 이것이 국보와 보물의 차이라는 것에 동의하게 된다. 크기도 높이 3.4미터로 우리나라 승탑 중 가장 크다.

그리하여 올라온 길을 내려가 다시 원종대사 승탑 앞에 서게 되면 아까 처음 올라갈 때 감동했던 기분은 사라지고 자꾸 국보 제4호 승탑과 비교하며 무엇이 부족한가를 따져보게 된다. 그리고 그사이 자신의 눈에 일어난 변화에 스스로 놀라게 된다.

이 점은 구례 연곡사 동승탑과 북승탑의 차이와 똑같은 것이다. 둘 다 하나는 하대신라에 창작된 승탑이고 다른 하나는 이를 모본으로 하여 고려시대에 본뜬 것이다. 창작과 모방적 재현의 차이가 이처럼 명확히 드러나는 것은 미술사적 안목 훈련에 더없이 좋은 계기가 된다. 그래서 절대평가를 잘하려면 상대평가의 경험이 많아야 하는 것이다.

국보 제4호의 주인공은 원감대사 현욱?

그런데 국보 제4호는 누구의 승탑인지 모른다는 점에서 문화재로서 결정적인 결함을 갖고 있다. 그러나 많은 미술사가들이 이 승탑은 다름 아닌 원감대사 현욱의 승탑일 것이라고 생각하고 있다.

봉림산문의 법통은 1대 현욱, 2대 심희, 3대 찬유로 이어진다. 이중 원종대사 찬유의 승탑은 이곳 고달사에 탑비와 함께 있고, 심희의 승탑(보물 제362호)과 탑비(보물 제363호)는 창원 봉림사에 있었다가 지금은 국립중앙박물관 옥외전시장에 옮겨져 있다. 창원시 지귀동에 있는 봉림사터에는 삼층석탑(경상남도 유형문화재 제26호)이 남아 있다.

그렇다면 현욱의 승탑만 확인되지 않았다는 얘기인데 시대로 보나 내력으로 보나 양식으로 보나 국보 제4호의 이름 없는 승탑이 바로 원감대사 현욱의 승탑이라고 추정하게 하는 것이다.

고달사터에는 다 부서진 돌거북이 하나 있다. 목도 잃고, 발도 잘리고 이수도 없이 비석받침 파인 자리만 보이며 풀섶에 묻혀 비석받침인지도 모르고 사람들이 지나치곤 하였다. 지금은 주위를 정비하면서 모습을 드

| **고달사터의 부서진 돌거북** | 고달사터에는 다 부서진 돌거북이 하나 있다. 목도 잃고, 발도 잘리고 이수도 없이 비석받침 파인 자리만 보이며 풀섶에 묻혀 있어 사람들이 지나치곤 했다. 나는 이 비석이 필시 고달사를 처음 세운 원감대사 현욱의 탑비일 것이라고 생각하고 있다.

러내니 망실된 비석과 조각이 안타깝기만 하다. 나는 이 비석이 저 국보 제4호의 이름 모르는 '고달사터 승탑'과 짝을 이루는 것으로 필시 고달사를 처음 세운 원감대사 현욱의 탑비일 것이라고 생각하고 있다. (혹자는 원종대사 탑비의 짝이 국보 4호라고 주장하기도 한다.) 그렇다면 더 이상 국보 제4호를 '고달사터 승탑'이라고 부르지 말고 '전(傳) 원감대사 승탑'이라고 부르는 것이 어떨까 하는 생각을 해보게 된다. 그것이 잃어버린 유물을 다시 찾는 일만큼이나 중요한 것이 아닐까.

고달사터에는 지금보다 훨씬 많은 석조문화재가 있었을 것이 분명하다. 지금 국립중앙박물관 옥외전시장에는 고달사터 승탑 앞에서 옮겨왔다는 석등(보물 제282호)이 있다. 사자 한 쌍이 무거운 석등을 등에 지고 있는 모습이 퍽 이채롭다. 스님이 모두 절을 떠나고 난 뒤 고향을 잃은 유물이다.

고달사는 대략 17세기 후반 무렵에 폐사된 듯하다. 절터마저 한갓진 곳에 자리잡고 있어 향화(香火)가 멈춘 지 오래인 오늘날은 고달사터를 아는 이조차 드물어 나도 이 절터에 와본 것은 미술사를 전공한 뒤의 일이었다.

고달사터는 내가 잊을 수 없는 유적이다. 1985년 가을, 내가 '젊은이를 위한 한국미술사' 공개강좌를 개설하고 수강생들을 인솔하여 떠난 첫 답사의 첫번째 유적지였고 나에게 폐사지의 아름다움을 절감케 해준 곳이다.

그때 내 나이는 30대였고, 수강생들은 20대였다. 개강한 지 두 달이 지나 많이들 친해진 11월 둘째 주 일요일, 우리는 여주 세종대왕 영릉과 신륵사로 당일 답사를 떠났다. 그때나 지금이나 답사를 인솔할 때면 내가 아직 가보지 않은 곳을 하나 넣어 나의 견문을 넓히곤 하는데 그때 고달사터를 처음 가보게 된 것이었다.

그리하여 우리는 서울을 떠나 첫 유적지로 고달사터부터 답사하게 되었는데 당당한 유물들이 즐비한 것에 놀랐다. 책에서만 본 국보 제4호 고달사 승탑은 그 명예에 값하고도 남음이 있었고, 보물 제7호와 제6호로 지정된 원종대사 승탑과 비석받침은 그에 못지않은 뜻밖의 명작이었다.

스산스러울 것 같았던 폐사지가 마치 명작으로 이루어진 공원 같아 보였다. 어떤 명찰(名刹)보다도 오히려 역사적 향기가 짙게 풍기었다. 학생들도 즐거운 감동을 이기지 못하여 고달사터를 맴돌며 떠날 줄 몰랐다.

그때 20대 학생들도 다 50대를 넘겼을 텐데, 지금 고달사터 답사기를 쓰고 있자니 30년 전 그때 수현이, 창흠이, 호신이, 태원이, 원정이, 기대, 태후, 종구, 연수, 은주…… 걔네들이 때마침 잘 익은 산수유 빨간 열매를 한 움큼씩 따 입에 물고 빈터를 거닐던 모습이 흘러간 영상처럼 떠오른다.

2015.

594

남한강변의 명승 탐방

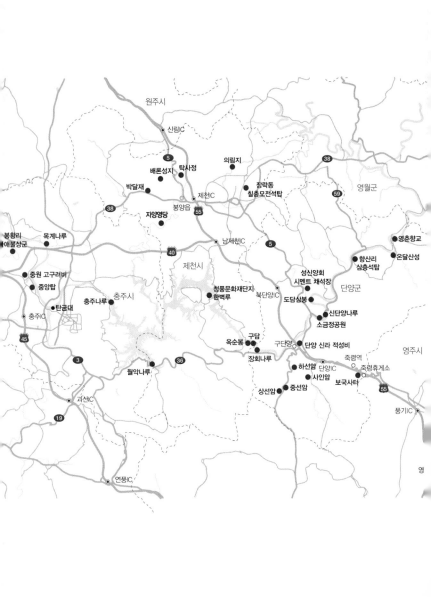

원주시

신림IC

5

배론성지   탁사정

의림지

장락동
칠층모전석탑

영월군

박달재

제천IC

59

봉양읍

38

자양영당

55

봉황리
애불상군   목계나루

남제천IC

5

영춘향교

온달산성

중원 고구려비

제천시

향산리
삼층석탑

중앙탑

성신양회
시멘트 채석장

단양군

탄금대

충주나루   충주시

청풍문화재단지
한벽루

북단양IC

도담삼봉

신단양나루

충주IC

45

소금정공원

구담

영주시

옥순봉

구단양

단양 신라 적성비

죽령역

3

36

장회나루

단양IC

죽령휴게소

월악나루

하선암

55

사인암

보국사터

괴산IC

상선암   중선암

풍기IC

19

연풍IC

영

누각 하나 있음에 청풍이 살아 있다

청풍명월의 고장 / 청풍 김씨 / 청풍문화재단지 / 한벽루 /
망월산성 / 하륜의 「한벽루기」 / 한벽루에 부친 시 / 황준량 상소문

청풍명월의 고장

충청북도가 내건 지역 홍보용 캐치프레이즈는 '청풍명월(淸風明月)의
고장'이다. '맑은 바람에 밝은 달'이라는 이 청명한 이미지는 산은 아름
답고 물은 맑다는 산자수명(山紫水明)과 함께 어우러진다.

충청북도의 상징적인 대처(大處)는 청주와 충주이고, 유명한 명산대
찰은 보은의 속리산 법주사이고, 대표적인 서원(書院)은 괴산의 화양동
구곡이 있는 화양서원이지만, 충북이 내세우는 청풍명월의 고장은 제천
과 단양이다.

현대에 들어 제천과 단양은 시멘트로 널리 알려졌고, 30년 전 충주댐
건설 이후엔 청풍면과 단양읍 전체가 호수에 잠기면서 세상 사람들에게
수몰지구로 각인되었지만 조선시대엔 남한강이 지나가는 제천·청풍·단

양·영춘 네 고을을 통칭 사군(四郡)이라 묶어 부르며 수많은 문인 묵객들이 산자수명하고 청풍명월한 이곳을 찾아와 많은 시와 그림과 기행문을 남겼고, 이중환(李重煥)의 『택리지(擇里志)』에서도 이 네 고을을 사군 산수로 지칭했다.

단양8경의 하나인 중선암엔 '사군강산 삼선수석(四郡江山三仙水石)'이라는 큰 글씨가 새겨져 있고 조선 후기의 대문장가인 신광하(申光河)가 네 고을을 두루 유람하고 쓴 기행문의 제목도 「사군기행」이다.

충주댐이 담수되면서 아쉽게도 유서 깊은 강변 마을의 풍광이 많이 사라졌지만 그 대신 남한강 물줄기가 넓고 깊게 차오르면서 드넓은 호수로 변신하여 전에 볼 수 없던 새로운 풍광을 연출해내고 있다.

마을을 삼킨 호수는 육중한 산자락 허리까지 차올라 산상의 호수가 되었고 산허리 높은 곳으로 새로 난 찻길은 호숫가를 따라 굽이굽이 돌아가는 그야말로 환상의 드라이브 코스가 되었다. 물길 따라 충주·월악·청풍·장회·신단양 나루터로 이어지는 유람선이 진작부터 다니고 있다.

그 유람선을 타고 아름다운 비봉산·옥순봉·구담봉을 올려다보며 지나가자면 차라리 이국적인 정취조차 일어난다. 약간 과장해서 말하자면 스위스 루체른에 있는 산상의 호수(피어발트슈테터호)를 연상시킨다.

그리하여 충청북도가 산자수명하고 청풍명월하다는 이미지는 여전히 제천과 단양이 갖고 있다.

청풍명월 순례, 1박 2일

답사기를 새로 펴낼 때면 언제나 그랬듯이 나는 지난 2015년 1월 5일, '청풍명월 순례'라는 이름으로 답사단을 꾸려 1박 2일로 다녀왔다. 내가 처음 제천과 단양에 가본 것은 대학 3학년 때 4·19초혼제를 지내고 중석

| 청풍호 | 충주댐이 담수되면서 청풍면 전체가 수몰되어 드넓은 호수로 변했다. 이곳 사람들은 충주호를 청풍호 또는 청풍호반이라고 부른다.

이·재현이와 함께 유람한 것이었고, 수몰되기 직전인 1983년엔 단원(檀園) 김홍도(金弘道)가 그린 옥순봉이 물에 잠기기 전 모습을 사진 찍어두기 위해 당시 전남대 교수였던 이태호와 함께 갔었다. 그뒤로는 유람선을 타보기 위해, 또 청풍문화재단지를 구경하기 위해 답사객을 이끌고 두어 차례 다녀온 바도 있다.

그러나 모든 것이 하도 잘 바뀌는 세상인지라 최근의 상태가 어떠한지 확인할 필요가 있었고, 무엇보다도 남들이 보는 이 고장의 인상과 이야기를 곁들기 위해서였다.

답사 코스는 내가 즐겨 해온 대로 짰다. 중앙고속도로를 타고 내려가 첫 기착지를 청풍문화재단지로 잡아 여기서 청풍호반의 그윽한 풍광을 만끽하면서 한벽루와 수몰지구에서 옮겨온 유적·유물들을 관람한 뒤 그곳에서 점심을 먹는 것으로 시작했다.

오후에는 단양8경 여덟 명승을 두루 돌아본 다음 신단양의 숙소에 묵었다. 여름날이라면 단양의 적성과 영춘의 온달산성에 오르는 것도 가능했겠지만 한겨울인지라 해가 짧고, 연로하신 분들을 고려해 비교적 일정을 느긋이 잡은 것이었다.

그리고 이튿날은 제천으로 올라가서 장락동 칠층모전석탑과 의림지를 답사한 다음 황사영 백서사건의 배론성지와 한말 의병운동의 발상지인 자양영당을 둘러보고 박달재마을에서 점심을 먹은 뒤 충주 목계나루에서 서울로 돌아오는 일정이었다.

창비 식구와 내 식구들로 답사단을 꾸미는데 뜻밖에도 인기가 있었다. 한겨울인데도 시인 신경림, 언론인 임재경, 역사학자 강만길, 국문학자 임형택 선생 등 70, 80대의 연로하신 선생님들이 모두 오셨다.

내 친구 유인태 의원은 자기 고향 제천답사인데 아니 갈 수 있느냐고 했고, 도종환 시인은 충북답사에 빠질 수 있느냐고 했다. 강만길 선생은 청풍엘 평생 와보지 못해 따라나섰다고 했고, 무수히 남한강을 드나들었던 신경림 시인은 청풍명월의 한겨울 풍광이 그리워 참가했다고 했다. 여기에 고정 멤버인 나의 친구와 화가들도 참가하여 내가 좋아하는 선생님·선배·친구·후배·제자로 이루어진 장대한 '창비 답사단'이 되었다.

충주호인가 청풍호인가

우리는 아침 일찍 서울에서 출발하여 곧장 청풍문화재단지로 향했다. 청풍으로 가는 길은 여러 방법이 있으나 약간 돌더라도 가장 간단한 방법은 중앙고속도로를 타고 내려가다 남제천나들목에서 들어가는 것이다.

버스가 고속도로를 빠져나와 남쪽으로 뻗은 2차선 도로(82번 지방도로)로 접어들자 길은 산허리를 타고 구불구불 넘어간다. 그러다 산자락 높은 곳으로 난 길로 들어서면서 차창 밖 저 아래쪽으로 호수의 푸른 물이 아스라이 펼쳐진다.

겨울철인지라 물이 많이 빠졌지만 호숫가로는 충주댐 만수 때 차오르는 선이 생땅으로 또렷이 나타나 있다. 거기까지 물이 찼겠거니 생각하면 호수가 정말로 깊고 넓게 퍼져간 것을 실감할 수 있다. 바로 뒷자리에 앉아 있던 강만길 선생이 내 어깨를 당기며 묻는다.

"이 호수가 충주댐으로 생긴 충주호가 아닌가요?"
"맞아요."
"그런데 도로표지판이 청풍호(淸風湖)로 되어 있네요."

여기엔 사연이 있다. 충주댐은 1980년에 착공되어 1985년에 준공된 다목적댐이다. 북한강에는 소양강댐·의암댐·청평댐 등이 있지만 남한강에는 이 충주댐이 유일하다. 충주시 종민동과 동량면 조동리 사이의 좁은 수로에 만든 높이 약 100미터, 길이 약 450미터의 댐으로 만수위 때의 수면 면적은 약 3,000만 평(9,700만 제곱미터)이다. 이 댐으로 약 40만 킬로와트의 전기가 생산되고 있고, 충주·제천·단양 지역에 각종 용수가 공급되고 있으며, 하류 지역의 만성적인 홍수와 가뭄 피해를 막는 역할을 하고 있다.

이 다목적댐 건설을 위하여 수몰된 면적은 약 2,000만 평이나 된다. 단양은 단양읍 전체를 비롯하여 3개 면 26개 리의 2,684가구가, 제천은 5개 면 61개 리의 3,301가구가 수몰되었다. 그중 청풍면은 전체 27개 마을 중에서 25개가 물에 잠겼다.

주로 단양·제천 지역이 수몰되어 이루어진 호수이지만 댐 이름을 따라 충주호라고 불리고 있다. 그러자 제천시에서 여기에 이의를 제기하고

| **청풍호에 떠가는 유람선** | 마을을 삼킨 호수는 육중한 산자락 허리까지 차올라 산상의 호수가 되었고 산허리 높은 곳으로 새로 난 찻길은 호숫가를 따라 굽이굽이 돌아가는 그야말로 환상의 드라이브 코스가 되었으며 물길 따라 충주·월악·청풍·장회·신단양나루터로 이어지는 유람선이 진작부터 다니고 있다.

나섰다. 청풍면 전체가 수몰되어 청풍 땅이 호수가 되었으면 청풍호라고 하는 것이 당연하지 않으냐는 것이다.

그리하여 제천시는 주민청원 서명을 첨부하여 국토부와 행정안전부에 건의하기에 이르렀는데 별무소득이었다. 게다가 충주시가 반대하고 나섰다. 그러나 제천시는 이에 굴하지 않고 여전히 청풍호라고 주장하며 관광 팸플릿, 도로표지판에 청풍호, 또는 살짝 비켜서 청풍호반이라고 쓰고 있었다. 이에 내가 제천시 관계자에게 이렇게 해도 별문제가 없느냐고 물어보았더니 대답이 그럴듯했다.

"충주호라고 하는 건 행정명칭일 뿐이쥬. 그러나 세상엔 애칭두 있구 별칭이라는 것두 있는 거 아뉴. 제천 송학면 시곡리를 그곳 사람들은 깊은골·안골·곰바우골이라고 나눠서 불러유. 그래야 외레 잘 통하는 걸유."

그래서 한번은 충주시에 갔을 때 제천에서 청풍호라고 부르는 것을 어떻게 생각하느냐고 슬쩍 물어봤더니 관계자가 펄쩍 뛰면서 이렇게 말했다.

"말도 안 되쥬. 충주댐이면 당연히 충주호지유. 충주호가 어디 청풍 땅만 수몰했나유. 충주는 옳구 단양은 옳대유? 자꾸 그렇게 나오면 충주댐 수문을 확 열어서 청풍 물을 다 빼버릴 모양이유."

이에 이번엔 단양에 갔을 때 그곳 관계자에게 이 문제를 물었더니 그쪽 대답이 희한했다.

"냅둬유. 충주호면 어떻구, 청풍호면 어때유. 관광객만 많이 오면 제일이지유. 어차피 배 타면 다 단양으로 오게 되어 있어 우린 신경 안 써유. 그래두 충주호라고 해야 많이들 오지 않겠슈. 청풍이라면 그 산골을 누가 안대유."

일행들에게 이 얘기를 들려주고 의견을 물었더니 청풍명월의 이미지에는 청풍호가 어울린다며 우리는 애칭으로 불러주자고들 했다.

청풍 김씨의 관향

우리의 버스가 청풍의 새 마을인 물태리로 들어서자 강만길 선생이 곁에 있는 임재경 선생에게 "여기가 청풍인 게죠?"라고 말을 건네는데 아무 반응이 없자 혼잣말로 "수몰되기 전에 와봤어야 하는 건데"라며 말

끝을 흐리더니 이번엔 건너편 자리에 있는 임형택 선생에게로 넌지시 말을 건넸다.

"난 청풍이 처음인데 청풍이라면 청풍 김씨밖에 떠오르는 것이 없네요. 대단한 명문이었죠. 조선 말기의 대신 운양(雲養) 김윤식(金允植), 독립운동가 김규식(金奎植)이 다 청풍 김씨죠."

"명문이고말고요. 대동법을 시행한 김육(金堉)도 있죠. 왕비도 둘 배출했죠. 금곡에 청풍 김씨 묘역이 있고, 몽촌토성 안에도 있죠."

청풍 김씨는 신라 김알지(金閼智)의 후예인 김대유(金大猷)가 고려 말에 문하시중(門下侍中)을 지내고 청성부원군(淸城府院君)에 봉해진 뒤 청풍에 세거하면서 집안의 시조가 되었다. 그 자손들이 대대로 번성하여 조선왕조에 들어와서는 상신(相臣, 영의정·좌의정·우의정) 8명, 대제학(大提學) 3명을 배출했다. 왕비도 2명이나 나왔다. 김육의 손녀딸이 현종의 비인 명성왕후(明聖王后)가 되었고, 정조의 비 효의왕후(孝懿王后)도 청풍 김씨였다.

나는 일행을 위해 마이크를 잡고 청풍 김씨의 이런 내력을 전해주고 옛날에 청풍에 와서 들은, 현종의 비가 세자빈으로 간택될 때의 이야기를 들려주었다.

왕비가 처녀일 때 하루는 어머니가 어젯밤 꿈에 조상님이 나타나 "내일 찾아오는 손님을 극진히 모셔라" 하고 사라졌단다. 이에 처녀는 그날 손님이 오기만 기다렸는데 해 질 무렵 허름한 차림의 한 선비가 찾아와 하룻밤 묵어갈 수 없느냐고 하여 안으로 안내하고 저녁밥을 지어 올렸다.

처녀는 과연 이 선비가 어머니가 꿈에서 들었다는 귀인인지 아닌지 궁금했다. 그렇지만 감히 물을 수도 없는 일이었다. 그래서 밥상에 뉘(도

| 청풍 김씨 상여 | 김우명은 딸이 현종의 왕비가 되는 덕에 청풍부원군이 되었고, 춘천에 있는 그의 묘소는 명당으로 유명하다. 그때 사용한 상여는 지금까지 전해지는 몇 안 되는 옛 모습 그대로여서 중요민속문화재로 지정되었다.

정 안 된 법씨) 15개를 소복이 얹어 올렸단다.

선비는 뉘를 왜 15개 놓았을까 골똘히 생각해보고는 "옳거니, '뉘시오 (15)?'라고 묻는 게로구나" 하고는 밥상을 물리면서 반찬으로 나온 생선을 네 토막 내어 내놓았다. 그러자 처녀는 생선(魚)이 네(四) 토막인 것을 보고 어사(御史)임을 알아챘다고 한다.

그 어사가 바로 세자빈 간택을 나온 분이었다고 한다. 왕비가 그만큼 총명했다는 얘기다. 바로 이분이 숙종의 어머니인 명성왕후로 장희빈을 궁궐 밖으로 내쫓은 장본인이며, 임금을 잘 받들어 현종은 끝내 후궁을 들이지 않았다고 한다.

이 명성왕후의 아버지인 김우명(金佑明)은 딸이 왕비가 되는 덕에 청풍부원군이 되었고, 춘천에 있는 그의 묘소는 운구하던 도중 명정(銘旌)이 바람에 날아간 곳에 자리잡았는데 그 묏자리가 명당으로 유명하여 풍수 연구가들의 필수 답사처가 되었다. 그래서인지 청풍 김씨의 자손들은 대대로 크게 번성했다.

그리고 그때 사용한 상여는 지금까지 전해지는 몇 안 되는 옛 모습 그대로여서 국가의 중요민속문화재 제120호로 지정되어 현재 국립춘천박물관에 전시되어 있다. 내 얘기가 이렇게 끝나자 강만길 선생은 나의 잡학에 놀랐다며 다시 물었다.

"유선생은 참 별난 것도 많이 아네요. 그러면 청풍 김씨가 요새도 인물이 많나요?"

"많겠죠. 그러나 요즘 누가 관향을 따지나요. 다만 연예인들은 신상이 노출될 수밖에 없어 좀 알려졌지요. 강선생님, 혹시 김태희라는 미녀 배우를 아세요?"

"잘 모르겠는데."

"그러면 가수 김세레나는 아시겠죠."

"그야 알지."

"그들이 모두 청풍 김씨예요. 사회 잘 보는 김제동도 청풍 김씨구요."

그러나 청풍 김씨의 어제오늘 명사들은 관향이 청풍일 뿐 모두 서울, 울산 등 외지에 사는 분들이고 막상 청풍엔 청풍 김씨가 몇십 세대밖에 없다고 한다.

청풍문화재단지

청풍은 오늘날 제천시의 일개 면이지만 역사적으로는 제천 못지않은 위상을 갖고 있던 때도 있었다. 고구려 때는 사열이현(沙熱伊縣)이었다

| **망월산성과 청풍문화재단지** | 호수가 내려다보이는 망월산성 자리에 수몰지구에서 옮겨온 건조물들로 역사공원을 조성하고 이름하여 청풍문화재단지라 했다. 약 1만 6,000여 평의 대지에 옛 청풍 관아 건물 5채, 고가 4채 등 43점의 문화재를 이전하고 1985년 12월 23일 개장했다.

가 신라 경덕왕 16년(757)에 우리나라의 토속적인 지명을 모두 한자 이름으로 바꾸면서 청풍으로 고쳐져 내제군(제천군)에 속하는 현이 되었다.

고려 때는 충주에 속했다가 조선왕조 들어 청풍군이 되었고, 1660년(현종 1년) 청풍에서 왕비를 배출하게 됨으로써 예우 차원에서 청풍도호부로 승격되었다. 그리고 1895년(고종 32년) 지방제도 개편 때 다시 청풍군이 되었으며, 1914년 일제강점기에 서너 개의 현이 하나의 군으로 통폐합될 때 제천군에 병합되어 청풍면이 되었다.

그러다가 1985년 충주댐으로 청풍면 전체가 수몰되기에 이른 것이다. 그때 떠날 사람은 떠나고 고향 가까이에 남고 싶은 사람들은 다시는 수몰되지 않을 높은 곳에 집단 이주하여 새 마을을 형성했는데 그 동네 이름이 하필이면 물태리였다고 한다. 이를 두고 예언이라고 해야 할까, 운명이라고 해야 할까.

물태리 동북쪽, 호수가 내려다보이는 망월산성(望月山城) 자리에 수몰지구에서 옮겨온 건조물들로 역사공원을 조성하고 이름하여 청풍문화재단지라 했다. 청풍문화재단지는 1982년부터 3년 동안 약 1만 6,000여 평(54,486제곱미터)의 대지에 옛 청풍 관아 건물 5채, 고가(古家) 4채 등 43점의 문화재를 이전하고 1985년 12월 23일 개장했다.

그중 핵심을 이루는 것은 충청북도 유형문화재로 지정된 팔영루(八詠樓)·금남루(錦南樓)·금병헌(錦屛軒)·응청각(凝淸閣) 등 옛 관아 건물과 청풍향교, 그리고 청풍문화재단지의 하이라이트라 할 청풍 관아의 누각인 보물 제528호 한벽루(寒碧樓)이다.

이외에도 물태리 석조여래입상(보물 제546호), 황석리 고인돌, 관아 앞 비석들, 무덤가의 문인석 등을 곳곳에 배치하고 옮겨온 고가에는 수몰지구에서 수집한 농기계·생활용구·민속품 등을 전시하여 야외전시실이자 학습장을 겸하게 했다. 문화재단지 한쪽에는 향토유물전시관을 지어 선사시대부터 조선시대까지 청풍·제천 지역의 역사와 생활사를 엿볼 수 있게 했다.

보기에 따라서는 문화유산의 진실성은 보이지 않고 역사 테마공원처럼 되었다고 불만을 말하는 분도 있을 것 같은데, 본래 있었던 것이 아니라 새로 조성된 문화재단지임을 감안하면 수몰지구에 이런 역사공원이 있는 것을 오히려 다행이라고 볼 수 있겠다. 더욱이 아직 나라 경제에 여유가 없던 1980년대에 꾸며진 것치고는 제법한 문화역량을 보여준 것으로 받아들일 수도 있다.

더욱이 이곳에는 한벽루라는 조선시대 최고 가는 누각이 있고, 그 위치가 다름 아닌 망월산성 자리이기 때문에 여기에서 아름다운 청풍호반을 한껏 바라보는 것만으로도 답사객을 실망시키지 않는다.

망월산성은 삼국시대에 축조되어 조선시대까지 산성으로 기능해왔으

| **팔영루** | 청풍문화재단지 넓은 주차장에 당도하면 높직이 올라앉은 팔영루라는 성문이 한눈에 들어온다. 그 옛날 엔 청풍 고을로 들어가는 성문이었는데 지금은 청풍문화재단지 출입문이 되었다.

며 본래 우리나라의 산성이 사방을 조망할 수 있는 곳에 축조된 만큼 그 전망이 뛰어나다. 그래서 청풍문화재단지는 역사 드라마 「일지매」「대 망」「장길산」「태조 왕건」 등의 세트장이 되기도 했다.

팔영루 돌계단에서

청풍문화재단지 넓은 주차장에 당도하면 높직이 팔영루(八詠樓)라는 성문이 한눈에 들어온다. 그 옛날엔 청풍 고을로 들어가는 성문이었는데 지금은 청풍문화재단지 출입문이 되었다. 처음엔 남덕문(覽德門, 덕을 열 람하는 문)이라는 자못 도덕적인 이름을 갖고 있었으나 고종 때 민치상(閔 致庠)이라는 청풍부사가 '청풍8경'을 읊은 시를 현판에 새겨 걸면서 팔 영루라고 고쳤다고 한다. 모르긴 해도 낭만적인 부사였던 것 같고 이 문루(門樓)에서 보는 풍광이 아름다웠다는 얘기이기도 하다.

팔영루 안으로 들어가기 위해 돌계단 앞에 모여 있는 일행들을 향해 나는 간단히 청풍문화재단지에 대해 설명하고 이렇게 말했다.

"팔영루를 들어서면 오른쪽으로는 민가의 고가들이 있고 왼쪽으로는 관아 건물들이 배치되어 있는데 관아의 누각인 한벽루가 드라마틱하게 나타날 것입니다.

한벽루는 흔히 진주의 촉석루(矗石樓), 밀양의 영남루(嶺南樓)와 함께 남한 3대 누각으로 꼽히는 희대의 명루입니다. 혹은 호남 제1루로 남원 광한루(廣寒樓), 영남 제1루로 밀양 영남루, 호서 제1루로 청풍 한벽루를 꼽는 데 아무 이론이 없습니다.

청풍이 그 옛날이나 지금이나 유서 깊은 고을로서 명성을 유지할 수 있는 것은 이 한벽루가 있기 때문이고 내가 사군산수 답사의 첫번째 고장으로 청풍을 찾은 것도 이 한벽루가 있기 때문입니다. 한벽루 하나만을 보기 위해 청풍에 온다 해도 수고로움이 헛되지 않을 것입니다."

이렇게 한껏 기대를 부풀게 해놓으니 모두들 누문 안으로 들어가 보고자 했는데, 아뿔싸, 이게 웬일인가. 한벽루는 한창 수리 중으로 공사 가림막이 높이 둘러져 있었다. 일부 부재만 교체할 예정이었는데 막상 공사를 시작해보니 서까래가 많이 부식된 것이 발견되어 해체 수리가 불가피해졌다는 것이다.

모두가 실망스러움을 감추지 못하고 가림막에 큼직하게 붙여놓은 한벽루 옛 사진을 보면서 허망을 달랠 뿐이었다.

| 한벽루 | 청풍문화재단지의 하이라이트는 청풍 관아의 누각인 보물 제528호 한벽루로, 흔히 진주의 촉석루, 밀양의 영남루와 함께 남한 3대 누각으로 꼽히는 희대의 명루이다. 이 사진은 1995년에 찍은 것이다.

청풍 관아 동헌

나는 풀 죽은 강아지처럼 고개를 숙이고 일행들과 함께 한벽루 곁에 있는 옛 청풍 관아 쪽으로 발걸음을 옮겼다. 동헌 건물인 금병헌은 청풍이 당당한 도호부 고을이었음을 은연중 자랑하고 있었다. 정면 6칸, 측면 3칸에 팔작지붕으로 제법 듬직하고 준수하게 생겼다. 대청마루 안쪽에는 '청풍관(淸風館)'이라는 아주 크고 멋진 글씨의 현판이 걸려 있는데 이는 추사(秋史) 김정희(金正喜)의 절친으로 시서화 모두에서 추사에 버금갔던 이재(彝齋) 권돈인(權敦仁)의 글씨다.

동헌과 일직선상에는 관아의 문루인 금남루가 당당히 버티고 있다. 앞쪽으로 가서 정면에서 바라보니 '도호부 절제 아문(都護府節制衙門)'이라는 긴 현판이 청풍의 프라이드를 직설적으로 말해주고 있다.

동헌과 한벽루 사이에는 응청각이라는 아주 독특한 건물이 있다. 아

| 청풍문화재단지 시설들 | 1. 청풍관 현판 2. 금남루 3. 응청각 4. 청풍 수몰지구에서 옮겨온 민가

래층은 창고 구조인데 위층은 잠잘 수 있는 방으로 되어 있다. 아마도 청
풍에 묵어가는 길손이 많아 기존 곳간 위에 손님방을 들인 것이 아닐까
짐작한다.

망월산성 망루에서

동헌 뒤쪽은 석물 공원으로 조성되어 있다. 한가운데는 '청풍명월'이
라 길게 새긴 큰 빗돌이 우뚝 서 있고 한쪽으로는 수몰지구에서 옮겨온
고인돌을 넓게 배치하고 그 곁으로 역대 청풍부사의 공덕비 수십 개를
줄지어 놓았다. 강만길 선생과 임형택 선생은 비석을 하나씩 짚어가며
역대 부사들의 이름 석 자를 읽어가고 있다.

| **청풍부사 공덕비** | 청풍 관아 동헌 뒤쪽은 석물 공원으로 조성되어 있다. 한가운데는 '청풍명월'이라 길게 새긴 큰 빗돌이 우뚝 서 있고 한쪽으로는 수몰지구에서 옮겨온 고인돌을 넓게 배치하였으며 그 곁으로 역대 청풍부사의 공덕비 수십 개를 줄지어 놓았다.

　"곡운(谷雲) 김수증(金壽增)도 있었네요."

　"여긴 그 조카인 농암(農巖) 김창협(金昌協)도 있어요. 삼촌과 조카가 한 고을 부사를 지낸 셈입니다."

　"지촌(芝村) 이희조(李喜朝)도 있네요."

　"지촌은 우암(尤庵) 송시열(宋時烈)의 문인이었죠."

　"다 노론 전성시대 인물들입니다. 세력 좋은 골수 노론들이 지방관으로 나올 때 풍광 좋은 청풍을 택했구면요."

　이렇게 선생님들끼리 주고받는 인물 이야기를 곁들으며 살살 뒤따라가는데 반대쪽에서 비석을 살피고 오던 지리학자 기근도 교수가 재미있다는 표정을 지으면서 내 팔을 당기며 저 앞쪽으로 끌고 갔다.

| **물태리 석조여래입상** | 수몰지구에서 옮겨온 물태리 석조여래입상은 보물 제546호로 청풍문화재단지 내 유일한 불교 문화재이다. 이처럼 불교 문화재가 적은 것을 보면 확실히 청풍은 양반 고을이었다는 생각이 든다.

　"여기 좀 보세요. 이 비석들을 보면 이 동네에서 나오는 각종 돌들이 다 있어요. 이건 화강암, 이건 수성암, 이건 편마암, 이건 퇴적암······ 정말 희한하네요. 이런 암석 진열대가 없어요."

　누가 그랬던가! 아는 만큼 보인다고.

　단지 내에는 수몰지구에서 옮겨온 고인돌도 있고 민가도 있지만 불교 유물로는 물태리 석조여래입상이 유일한 것이 좀 의아했다. 확실히 청풍은 양반 고을이었다는 생각이 든다. 우리는 내친김에 망월산성 망루까지 오르기로 했다. 망루까지는 관람 데크가 놓여 있고 성벽엔 깃발이 줄지어 있어 옛 산성의 분위기를 연출해준다. 얼마 안 되는 높이지만 산성의 전망대로 세운 망월루 정자에 오르니 굽이굽이 펼쳐지는 청풍호반의 풍광이 너무도 아름답다. 발아래 물에 잠긴 곳이 옛 청풍 고을인데 높직이 가로지른 청풍대교 너머로 호수는 한없이 멀어져간다. 누군가가 "마치 다도해 같다"고 감탄을 발하자 이때를 기다렸다는 듯이 우리를 마중 나온 제천시 관광과 공무원이 한 말씀 하신다.

"저쪽에 보이는 산봉우리는 새가 날갯짓하는 것처럼 보인다고 해서 비봉산인데유, 거기 올라가서 보면 섬이 15개 있는 바다처럼 보여유. 다도해보다 아름답지유. 다도해 가봤자 어디서 15개 섬이 한꺼번에 보이남유."

이에 모두들 한바탕 웃고 망월산성을 서서히 내려갔다.

한벽루의 멋과 현판

망월루에서 바라보는 청풍호반의 풍광이 너무도 아름답기에 모두들 한벽루를 보지 못한 서운함을 삭인 듯했다. 그러나 서운하기는 내가 더 했다. 나는 이 희대의 명작을 소리 높여 설명하지 못한 것이 못내 아쉬움으로 남았다.

한벽루가 언제 처음 세워졌는지는 알 수 없다. 다만 고려시대 주열(朱悅, ?~1287)이라는 분이 한벽루를 읊은 시를 지었으니 그전에 창건된 것이 분명하고 고려 충숙왕 4년(1317)에 청풍 출생의 혼구(混丘)라는 분이

| **내륙의 바다 청풍호** | 망월루 정자에 오르니 굽이굽이 펼쳐지는 청풍호반의 풍광이 너무도 아름답다. 발아래 물에 잠긴 곳이 옛 청풍 고을인데 높직이 가로지른 청풍대교 너머로 호수는 한없이 멀어져간다. 누구든 "마치 다도해 같다"고 감탄을 발하게 된다.

충숙왕의 왕사(王師)로 책봉됨으로써 청풍군으로 승격된 것을 기념하여 중창했다고 전하니 그 연륜이 퍽 오랜 것만은 알 수 있다.

한벽루는 그 구조가 아주 멋스럽다. 처음 보는 사람은 너나없이 우리나라 정자 중에 저렇게 멋있는 게 다 있었던가 놀란다. 정면 4칸, 측면 3칸의 팔작지붕 누각을 몸체로 삼고 오른쪽에 정면 3칸, 측면 1칸 맞배지붕의 계단식 측랑(側廊)을 잇대었다. 그 구성이 슬기롭고 건물의 높이와 넓이가 알맞아 간결하면서도 단아한 인상을 주며 누구든 거기에 올라가보고 싶은 충동을 느끼게 된다.

한벽루는 100년, 200년 꼴로 중수와 개건을 거듭하면서 그 위용을 자랑해왔다. 그때마다 정자의 모습이 약간은 달랐던 듯, 1803년에 기야(箕野) 이방운(李昉運)이 그린 한벽루의 모습은 오늘의 모습과 약간 달라 측랑에서 누마루로 오르는 나무계단이 나 있다. 그래도 기본 골격은 변하

| **한벽루 송시열 편액** | 1972년 홍수로 한벽루에 걸려 있던 10여 개의 편액은 무심한 강물이 다 휩쓸어 삼켜버려 사라지고 우암 송시열의 편액과 하륜의 기문만 복원되어 있다. 사진은 원래 있던 송시열의 편액을 찍은 것이다.

지 않았던 것으로 생각된다.

20세기 들어서는 한국전쟁 때 난간과 계단이 파괴되어 전후에 곧바로 보수되었는데 1972년 8월 19일 남한강 대홍수 때 누각 전체가 쓸려나갔다. 이때 여기에 걸려 있던 현판들이 모두 유실된 것은 돌이킬 수 없는 문화재 손실이었다.

당시까지만 해도 현판이 모두 10여 개가 있었다고 한다. 우암 송시열, 추사 김정희, 청풍부사 박필문(朴弼文), 김도근(金度根)이 쓴 '청풍 한벽루' 액자만도 4개 있었고, 청풍부사 김수증이 쓴 '제일강산(第一江山)'이라는 대액자와 누가 썼는지 모르지만 '만고청풍 한벽루(萬古淸風寒碧樓)'라는 긴 액자도 있었다. 그리고 고려 때 주열이 쓴 시도 편액으로 걸려 있었고, 하륜의 기문도 걸려 있어 한벽루의 말할 수 없는 큰 자랑이었는데 무심한 강물이 다 휩쓸어 삼켜버려 사라지고 말았다. 나는 한 번도 본 일이 없어 옛 사진이라도 구하고자 했으나 오직 우암 송시열의 편액 하나만 볼 수 있을 뿐이니 더욱 안타깝다.

1972년 홍수 피해 이후 한벽루는 4년 뒤인 1976년 4월에 다시 복원되었는데 마침내는 1985년 충주댐 건설로 인한 수몰 대상이 되어 이곳 청풍문화재단지로 이건된 것이니 장소의 진정성마저 사라진 것이다. 그러나 역대의 시인 묵객들이 한벽루에서 읊은 시문과 중수 때마다 쓰인 기문들이 한벽루의 역사적·인문적 가치를 변함없이 전해주고 있다.

하륜의 「한벽루기」

옛날엔 하나의 건물이 창건되거나 크게 수리를 하게 되면 그 내력과 뜻을 밝혀두는 기문(記文)이 쓰였다. 기문은 고을의 수령이 쓰거나 당대의 문사에게 의뢰했다. 얼핏 생각하면 하나의 의례적인 격식으로 보일 수 있지만 매스컴이 없던 시절 이 기문은 대단한 '특별기고'에 해당하는 것이었다.

정자에 걸린 기문은 거기에 오른 사람이면 누구나 한번 읽어보게 되었으니 '만년 굳짜' 대자보인 셈이었다. 그래서 문사로서 기문을 청탁받은 것은 큰 영광이었고 자신의 학식과 인문정신을 세상에 한껏 펼 수 있는 기회였다. 그래서 수많은 명문이 누정의 기문에서 나왔다.

한벽루도 중수 때마다 기문을 남겨 5, 6편의 기문이 전하는데 그중 1406년 하륜(河崙, 1347~1416)의 「한벽루기(寒碧樓記)」는 천하의 명문으로 이름 높다. 공주 취원루(聚遠樓)에 부친 서거정(徐居正)의 기문(이 책의 191~92면)과 채제공(蔡濟恭)의 평양 보통문(普通門) 중수기(『나의 문화유산답사기』 4권 82~84면)와 함께 3대 기문으로 꼽히고 있다. 하륜은 전에 충청도관찰사로 있을 때 안성군의 지사로 있던 정수홍(鄭守弘)이 청풍군수가 되어 한벽루 기문을 부탁하자 이렇게 지었다.

지금 정수홍 군이 편지로 내게 청하기를, 이 고을의 한벽루가 한 방면에서 이름나 기이하고 빼어나니 구경할 만하나 수십 년 동안 비에 젖고 바람에 꺾여 거의 못쓰게 될 지경에 이르렀는데 그가 고을에 이르러 다행히 나라가 한가한 때를 만나 금년 가을에 장인을 불러 들보·도리·기둥·마루의 썩고 기울어진 것을 새 재목으로 바꾸어 수리하고는 나에게 기문을 지어서 뒤에 오는 사람에게 보여줄 수 있게 해달라는 것이었다.

생각건대, 누정을 수리하는 것은 한 고을의 수령 된 자의 마지막 일거리〔末務〕에 지나지 않는다. 그러나 그것이 잘되고 못됨은 실로 다스림, 즉 세도(世道)와 관계가 깊은 것이다. 세도가 일어나고 기욺이 있으매 민생의 편안함과 곤궁함이 같지 않고 누정의 잘되고 못됨이 이에 따르니, 하나의 누정이 제대로 세워졌는가 쓰러져가는가를 보면 그 고을이 편안한가 곤궁한가를 알 수 있고 한 고을의 상태를 보면 세도가 일어나는가 기우는가를 알 수 있을지니 어찌 서로 관계됨이 깊지 않겠는가.

지금 이 누각이 수십 년 꺾이고 썩다가 정군이 정사하는 날에 이르러 중수하여 새롭게 했으니, 세도가 수십 년 전과 다름이 있음을 볼 수 있다. (…) 정군과 같은 이는 세도를 좇아 다스림을 하는 이라 할 만하다. (…)

또 계산(溪山)의 빼어난 경치와 누각의 아름다움은 눈으로 보지 않으면 자세히 알 수 없으나, 청풍(淸風)이라는 호칭과 한벽(寒碧)이라는 이름은 듣기만 해도 오히려 사람으로 하여금 뼈가 서늘하게 하리라.

참으로 서정과 경륜이 넘치는 명문이다. 이 기문 중 '하나의 누정이 제대로 세워졌는가 쓰러져가는가를 보면 민생과 세도를 알 수 있다'는 구절은 하륜이 자신의 고향인 진주 촉석루에 부친 기문에도 그대로 나온

| **기야 이방운이 그린 한벽루** | 기야 이방운이 그린 사군산수 화첩에 들어 있는 이 한벽루 그림을 보면 누각 가운데로 계단이 놓여 있어 훨씬 기능적으로 보인다.

다. 이처럼 두 기문에 반복된 문장이 나오는 것은 요즘 같은 세태라면 교수들이 논문을 '자기 복제'한 것처럼 비난받을 수도 있다. 그러나 당시엔 대중을 위한 출판이라는 것이 미미했던 것을 생각하면 이는 강조에 강조를 더한 하륜의 지론이었음을 말해준다 할 수 있다.

한벽루의 시

청풍 한벽루에 부친 시는 많고도 많다. 옛날에 서울에서 경상좌도 안동 쪽으로 가는 길은 조령(새재)과 함께 죽령이 가장 일찍 열려 있었다. 서울에서 남한강을 따라 거슬러 올라오다 충주 목계나루를 지나면 뱃길

│ 겸재 정선의 무낙관 그림 「청풍부」 │ 화가를 알 수 없는 화첩 중 청풍 관아를 그린 그림으로 당시 청풍 관아의 중심이 한벽루였음을 잘 보여준다.

은 한수·청풍·단양으로 이어지고 단양에서 죽령을 넘어가면 풍기가 된다. 이 여정에서 나그네는 반드시 청풍을 지나가게 되어 있다.

청풍에서 묵어가든 그냥 지나가든 문인들은 이 유서 깊은 강변 고을의 아름다운 한벽루에서 저마다의 서정을 발하는 시를 남기곤 했다. 그중 대표적인 예로 퇴계 이황, 서애 유성룡, 고산 윤선도, 다산 정약용의 시를 꼽을 수 있으니 웬만한 학식·문장·경륜으로는 여기에 어깨를 나란히 하기 힘들 것이다. 이들은 한결같이 한벽루를 신선이 사는 집에 비겼다.

다산(茶山) 정약용(丁若鏞)은 부친이 근무하던 울산에 다녀오는 길에 청풍을 지나면서 한벽루에 올라 "한가로이 말을 세워 구경하자니 (…) 여기가 다름 아닌 선관(仙官)이로세"라고 했고 고산(孤山) 윤선도(尹善道)는 28세 때 이곳에 하룻밤 머물면서 "한벽루는 선경(仙境)을 차지했고 누각은 맑고 또 호방하다"고 했다.

그런가 하면 퇴계(退溪) 이황(李滉)은 고향 안동으로 돌아가기 위해 청풍에서 하루 묵으면서 무슨 큰 근심스러운 일이 있었는지 "맑은 밤 선관(仙館)에서 구름 병풍 마주했는데 (…) 소쩍새의 슬픈 울음은 무슨 하소연인가"라며 수심 가득한 심사를 읊었다.

그런 중 서애(西厓) 유성룡(柳成龍)이 임진왜란을 치르던 중 경상도로 가는 길에 지은 「숙청풍한벽루(宿淸風寒碧樓)」는 지금 읽어도 사람의 심금을 깊이 울린다.

지는 달은 희미하게 먼 마을로 넘어가는데	落月微微下遠村
까마귀 다 날아가고 가을 강만 푸르네	寒鴉飛盡秋江碧
누각에 머무는 나그네는 잠 못 이루고	樓中宿客不成眠
온밤 서리 바람에 낙엽 소리만 들리네	一夜霜風聞落木
두 해 동안 전란 속에 떠다니느라	二年飄泊干戈際
온갖 계책 근심하여 머리만 희었네	萬計悠悠頭雪白
쇠잔한 두어 줄기 눈물 끝없이 흘리며	衰淚無端數行下
일어나 높은 난간 향하여 북극만 바라보네	起向危欄瞻北極

'한국의 이미지'로서의 정자의 미학

우리나라는 정자(亭子)의 나라이다. 헤아릴 수 없이 많은 정자가 있어 그저 일반적인 것으로 생각하기 쉽지만 유럽은 물론이고 중국과 일본의 정자 문화와는 완연히 다르다.

해마다 가을이면 한국국제교류재단에서는 외국의 박물관 큐레이터들이 참여하는 한국미술사 워크숍이 열린다. 이 프로그램에 줄곧 참여해온

| 조선시대의 대표적인 누각들 | 1. 진주 촉석루 2. 평양 연광정 3. 안주 백상루 4. 밀양 영남루

서양의 한 큐레이터에게 한국의 이미지에 대해 물으니 그녀는 단숨에 정자를 꼽았다. 한국의 산천은 부드러운 곡선의 산자락이나 유유히 흘러가는 강변 한쪽에 정자가 하나 있음으로 해서 문화적 가치가 살아난다며 이처럼 자연과 친숙하게 어울리는 문화적 경관은 다른 나라에서는 찾아볼 수 없는 한국의 표정이라고 했다.

정자는 누마루가 있는 열린 공간으로 2층이면 누각, 단층이면 정자라 불리며 이를 합쳐 누정(樓亭)이라 하고 흔히는 정자로 통한다. 정자는 사찰·서원·저택·마을마다 세워졌지만 그중에서도 관아에서 고을의 랜드마크로 세운 것이 규모도 제법 당당하고 생기기도 잘생겼다. 정자는 생김새보다 자리앉음새가 중요하다. 그래서 강변에 세운 관아의 정자에 명작이 많다.

진주 남강의 촉석루, 밀양 밀양강의 영남루, 청풍 남한강의 한벽루 같은 3대 정자 외에도 평양 대동강의 부벽루와 연광정, 안주 청천강의 백상루, 의주 압록강의 통군정 등이 예부터 이름 높다.

정자는 고을 사람들의 만남과 휴식의 공간이면서 나그네의 쉼터이다. 그래서 대부분의 정자에는 여기에 오른 문인 묵객들이 읊은 좋은 시들을 현판으로 새겨 걸어놓고 그 연륜과 명성을 자랑하고 있다. 이를 국문학에서는 '누정문학'이라고 부른다.

우리나라 정자의 미학은 이웃 나라 중국이나 일본의 그것과 비교할 때 확연히 드러난다. 중국의 정자는 유럽의 성채처럼 위풍당당하여 대단히 권위적이고, 일본의 정자는 정원의 다실로서 건축적 장식성이 강한 데에 반하여 한국의 정자는 삶과 유리되지 않은 생활 속의 공간으로 세워졌다. 그 친숙함이야말로 우리나라 정자의 미학이자 한국미의 특질이기도 하다.

일찍이 일본인 민예학자 야나기 무네요시(柳宗悅)는 한·중·일 3국의 미술적 특성을 비교하면서 '중국 미술은 형태미가 강하고, 일본 미술은 색채감각이 뛰어나며, 한국 미술은 선이 아름답다'면서 중국 도자기는 권위적이고, 일본 도자기는 명랑하고, 한국 도자기는 친숙감이 감도는 것이 특징이라고 했다. 그래서 중국 도자기는 멀리서 감상하고 싶어지고, 일본 도자기는 곁에 놓고 사용하고 싶어지는데 한국 도자기는 손으로 어루만져보고 싶어진다고 했다. 그런 친숙감이 우리나라 정자에도 그대로 어려 있다.

한국문화에 대하여 줄곧 애정 있는 충고를 해온 프랑스의 석학인 기 소르망(Guy Sorman)이 올해(2015) 6월 초, 한국외국어대에서 열린 특강에서 '한 국가의 문화적 이미지는 경제와 산업 분야에 막대한 영향을 미친다'며 이제 한국은 문화적 정당성을 인지하고 그 이미지를 만들어야 하는 시기가 도래했다고 역설했다. 그리고 자신에게 한국의 브랜드 이미지를 정해보라고 한다면 백자 달항아리를 심벌로 삼겠다고 했다. 기 소르망은 모나리자에 견줄 수 있는 달항아리의 미적 가치를 왜 한국의 이미지 메이킹에 활용하지 않는지 모르겠다고 말했다.

권위적이지도 않고, 뽐내지도 않는 평범한 형식 속에 깊은 정감이 서려 있는 친숙감과 생활 속에서 은은히 일어나는 미감은 다른 나라에서는 찾아보기 힘든 한국미의 특질이다. 이런 우리 도자기의 미적 특질은 우리나라 정자 건축에도 그대로 대입된다. 확실히 정자는 한국의 이미지를 대표할 만한 우리 문화의 자랑이다.

사또 앞에서 문초당하는 백성

망월루에서 내려와 다시 관아 앞을 지나는데 역사학자인 안병욱 교수가 동헌 마당에 관광객을 위하여 전시한 마네킹을 보고 눈살을 찌푸리며 내게 한마디 한다.

"자네는 문화재청장을 4년간 지냈으면서 저런 것 하나 고치지 못하고 무얼 했나! 어쩌다가 원님 사또의 이미지가 오랏줄에 묶여 무릎 꿇고 있는 백성을 문초하는 것으로 되었느냐는 말이네. 여기뿐만 아니라 민속촌을 가든, 역사공원을 가든 전국 어디든 동헌 앞마당엔 이런 마네킹이나 곤장 맞는 장면으로 되어 있으니 한심하고 화가 나지 않겠는가."

이건 정말로 유감스럽고도 잘못된 일이다. 조선시대 지방 수령인 군수나 현감은 한 고을의 행정·군사·사법권을 모두 가졌기 때문에 흔히는 원님, 사또 나리라고 불렸지만 그 본연의 임무는 고을 백성들의 삶을 보살피는 것이어서 목민관(牧民官)이라 했다. 사극에서는 춘향전의 변사

| **문초당하는 백성을 재현한 마네킹** | 관아 앞에는 문초당하는 백성의 모습을 재현해놓은 마네킹이 있다. 많은 민속촌이나 역사공원에서 사또의 이미지가 이렇게 오랏줄에 묶인 백성을 문초하는 것으로 되어 있는 것은 참으로 유감이다.

또처럼 못된 수령을 탐관오리의 상징으로 곧잘 등장시키지만 참된 지방수령은 백성을 위하여 헌신했기 때문에 목민관이라 불렸던 것이다.

사실 나도 이 점을 안타깝게 생각하여 단양 답사기에는 조선시대 목민관의 사표인 단양군수 황준량(黃俊良)의 눈물 어린 상소문을 꼭 소개할 마음을 갖고 있었고, 단양 수몰이주기념관 앞마당에 있는 그의 선정비를 다 함께 답사할 예정이었다.

황준량은 단양의 은인이자 역사상 가장 훌륭한 목민관으로 꼽힌다. 우리 역사에 이처럼 훌륭한 목민관이 있었다는 것이 얼마나 고맙고 자랑스러운지 모른다.

청풍을 떠나 단양으로 가는 버스 안에서 나는 마이크를 잡고 일행들에게 이 장문의 상소문을 호소하는 목소리로 읽어내려갔다.

목민관 황준량의 눈물 어린 상소문

때는 16세기 중엽, 조선 명종 연간 이야기다. 을사사화를 비롯하여 온
갖 변란이 일어나던 정치적 혼란기에 백성들이 무거운 세금을 감당하지
못하여 도망가는 유망(流亡)이 도처에서 일어났다. 임꺽정이 등장한 것
도 이 시기였다. 이때 단양군수로 부임한 황준량은 고을의 참상을 살피
고는 장문의 상소를 올렸다.

신(臣)이 삼가 살피건대, 단양은 본디 원주의 조그마한 고을이었는
데 외적을 섬멸한 공로가 있어 군으로 승격된 곳입니다. (…) 농토가 본래
척박해서 홍수와 가뭄이 제일 먼저 일어나는 곳이어서 사람들이 모두
흩어져 항산(恒産)을 가진 사람이 없습니다. 그래서 풍년이 들어도 반
쯤은 콩을 먹어야 했고 흉년이 들면 도토리를 주워 연명했습니다. (…)
그런데 살아갈 길이 날로 옹색해지자 이제는 부역에 나아갈 수 있
는 민가가 겨우 40호에 불과합니다. 경지 면적도 300결이 되지 않으며
창고의 곡식 4,000석도 징수할 곡식의 반밖에 되지 않는 데다 그나마
도 피가 많이 섞여 있습니다. 그런데도 부역의 재촉과 가혹한 세금은
다른 고을보다 심해 가난한 자는 더욱 곤궁해지고, 곤궁한 자는 이미
아내와 자식을 데리고 사방으로 흩어졌습니다.
아, 새들도 남쪽 가지에 둥지를 틀고, 짐승도 자기가 살아가던 언덕
을 향해 머리를 돌린다고 하는데, 고향을 떠나기 싫기는 사람이 더욱
심한 것 아니겠습니까. 그럼에도 백성들이 농토와 마을을 버리고 돌
아오지 않는 것이 인정이 없어서 그런 것이겠습니까. 살을 에고 골수
를 뽑는 참혹한 형벌 때문에 잠시도 편히 살 수가 없어 마침내 온 고을
이 폐허가 되기에 이르렀으니 (…) 반드시 비상한 방도가 있어야 할 것

입니다. 이에 신이 외람되게 세 가지 계책을 진달하겠사오니 삼가 전
하께서는 살펴주시옵소서.

황준량이 제시한 상중하 대책

그리고 황준량은 상책·중책·하책의 세 가지 계책을 제시하는데 그 내
용이 상상을 초월하는 파격적인 것이었다.

지금부터 10년간 모든 부역을 완전히 면제해주십시오. 그리하여 백
성들이 즐거이 살면서 일하게 한다면 (…) 모두들 돌아오고자 할 것이
고 황폐해진 100리 땅도 다시 살아나 근본이 이루어질 것입니다. 이것
이 상책입니다. 따지기 좋아하는 자들은 10년이 너무 길다고 하겠지
만 이는 근본을 아는 자의 말이 아닙니다. (…) 10년간 부역을 면제하
면 100년을 보장할 수 있지만 3년, 5년에 그친다면 도로 피폐하게 될
것이니 원대한 계획이 되지 못합니다.

이렇게 단호하게 요구하면서 만약 이것이 받아들이기 힘들다면 중책
이라도 받아달라며 이렇게 말했다.

만약에 단양의 조공만 10년간 면제할 수 없다면 차라리 군에서 현
으로 강등시켜 아직 남아 있는 백성들이라도 참혹한 피해를 면하게
해주십시오.

그리고 이마저 들어줄 수 없다면 최후의 하책으로 백성들을 고통스럽
게 하는 큰 폐단 열 가지라도 제거해야 한다며 이를 적시했는데 요지만 정

리하자면 다음과 같다.

첫째는 목재의 폐단입니다. 조정에 공납해야 할 목재가 큰 것만 400, 작은 것이 수만에 달해 이미 감당할 수 없습니다. 40호의 인구로 험한 산을 오르고 깊은 골짜기를 건너 목재를 운반하자면 남녀가 모두 기진하고 소와 말이 죽는 일도 생겨 온 고을의 농가에 수십 마리의 가축도 없으니 백성의 곤궁이 극도에 이르렀습니다.

둘째는 종이의 폐단입니다. 종이를 만드는 부역은 다른 일보다 배나 힘든데 유독 이 고을만 공납할 양이 많아 백성들이 지탱하기 어렵게 된 지가 오래입니다.

셋째는 사냥의 폐단입니다. 1년간 공물로 바치는 노루가 70이고 꿩이 200이니, 바라옵건대 숫자를 줄여주십시오.

넷째는 대장장이 일의 폐단입니다. 머릿수는 정해놓고 사람은 없으니 민가에서 책임을 지고 있습니다.

다섯째는 악공(樂工)의 폐단입니다.

여섯째는 보병(步兵)의 폐단입니다.

일곱째는 기인(其人) 제도(지방관의 자제를 서울로 올려보내는 제도)의 폐단입니다.

여덟째는 병영에 바치는 가죽의 폐단입니다.

아홉째는 이정(移定)의 폐단입니다. 본 고을의 조공도 견디기 어려운데 공주의 사노비, 해미의 목탄, 연풍의 목재, 영춘의 벌집, 황간의 기인(其人) 등 다른 고을 세금까지 떠맡고 있습니다.

열째는 약재의 폐단입니다. 무지렁이 백성들에게 이름도 모르는 약재를 부담시켜 포목으로 사서 바치고 있으니 불쌍한 백성들이 하소연할 데가 없습니다.

황준량 상소에 대한 조정의 결단

그리고 황준량은 이 열 가지 폐단이란 극히 피해가 심한 것만을 말한 것일 뿐 전체적으로 볼 때 겨우 10분의 2쯤 되는 것이니 이것조차 개혁하지 못한다면 백성을 소생시킬 수 없다며 다시 눈물로 호소한다.

아, 영동의 조그마한 고을이 이 지경에 이르러 한 가지 부역도 대비하기 어려운데 까다로운 법령과 번거로운 조항을 들어 남아 있는 백성에게 책임을 나누어 기필코 그 숫자를 채우려 하니 어떻게 배를 채우고 몸을 감쌀 수 있겠습니까. 이는 물고기를 끓는 솥에다 기르고 새를 불타는 숲에 깃들이게 하는 것과 다를 것이 없습니다. (…)
지난해처럼 관례대로 긴급하지 않은 공물이나 감면해주고 만다면 비록 감면해주었다는 말은 있어도 실상은 소생할 길이 없을 것입니다. (…) 지금 집도 없이 떠도는 백성이 궁벽한 산골짝에서 원망에 차서 울부짖는 자가 얼마인지 알 수가 없습니다. (…) 신은 두려움을 견디지 못하며 삼가 상소를 받들어 올립니다.

황준량의 상소문이 조정에 도착하자 대신들의 논의가 일었다. 혹자는 10년은 너무 길다고도 했고, 혹자는 다른 고을과 형평성 문제가 생긴다는 주장도 했다. 그런가 하면 일찍이 제갈량(諸葛亮)의 「출사표(出師表)」를 읽고도 눈물을 흘리지 않는 이가 있다면 그는 인간의 마음을 갖고 있지 않은 자라고 했는데, 조금이라도 어진 마음이 있는 자라면 이 글을 다 읽기도 전에 목이 멜 것이라고 했다. 이에 임금은 다음과 같은 소견을 말했다.

지금 상소한 내용을 보건대 10개 조항의 폐단을 진달한 것이 나라를 걱정하고 임금을 사랑하고 백성을 위하는 정성이 아닌 것이 없어 내가 이를 아름답게 여긴다.

이후 갑론을박 끝에 상소한 지 꼭 열흘째 되는 5월 17일, 마침내 황준량의 상책에 따라 단양의 조세와 부역을 10년 동안 모두 감면한다는 조치가 내려졌다.

실로 감격적인 결정이었다. 힘찬 박수를 보내고 싶을 정도다. 한 올바른 목민관이 피폐한 고을을 이렇게 살려낸 것이다. 훗날 퇴계 이황은 황준량의

| 군수 황준량 선정비 | 조선 명종 때 단양군수로 부임한 황준량은 단양 백성을 도탄에서 구해낸 역사상 가장 훌륭한 목민관으로 꼽힌다. 지방 수령의 근본은 모름지기 백성의 삶을 보살피는 목민관이다. 단양 수몰이주기념관 앞마당에 있는 황준량의 선정비는 그야말로 우리가 영원히 잊어서는 안 될 영세불망비(永世不忘碑)이다.

행장(行狀)을 지으면서 "공의 정성이 하늘을 감동시키지 않았더라면 어찌 전례 없는 이러한 은전을 얻었겠는가"라고 칭송했다.

지방자치제 이후 도지사·시장·군수 자리가 정치인의 몫으로 된 요즘 세태를 보면, 이 지위를 옛날 원님이나 사또 벼슬로 생각하거나 정치적 출세를 위한 발판 정도로 삼는 안타깝고 씁쓸하고 괘씸한 일들이 일어나고 있다.

그러나 지방 수령의 근본은 모름지기 백성의 삶을 보살피는 목민관이다. 목민관 황준량의 선정비는 그야말로 우리가 영원히 잊어서는 안 될 영세불망비(永世不忘碑)이다.

2015.

단양의 명성은 변함없이 이어질 것이다

단양8경 / 옥순봉과 구담 / 단원의 「옥순봉도」 / 능호관과 단릉 /
퇴계와 두향 / 상·중·하선암 / 사인암 / 탁오대 / 성신양회 채석장

단양8경의 유래

청풍에서 단양으로 가는 길은 예나 지금이나 남한강 물줄기를 따라
일단 제천 수산면으로 내려간 다음 거기서 수몰되기 이전 단양의 다운
타운이었던 단성면, 속칭 구(舊)단양으로 들어가게 되어 있다. 그 수산면
과 단성면이 경계를 이루는 남한강변 산자락은 예로부터 풍광이 아름답
기로 이름나 있었다. 그중 빼어난 봉우리가 옥순봉(玉筍峰)과 구담(龜潭)
이다. 여기부터 그 유명한 단양8경이 시작된다.

단양8경이란 옥순봉·구담·도담·석문·사인암·상선암·중선암·하선암
등 8곳을 말한다. 단양8경은 관동8경과 함께 대표적인 8경으로 꼽히고
있지만 그 명칭이 생긴 것은 그리 오래지 않다.

본래 8경이라는 개념은 11세기 북송 때 송적(宋迪)이라는 화가가 동

정호로 들어가는 소강(瀟江)과 상강(湘江)의 사계절을 이른 봄에서 늦겨울까지 여덟 경치로 그린 「소상8경도」에서 유래했다. 늦가을을 그린 「동정추월(洞庭秋月, 동정호에 뜬 가을 달)」과 이른 겨울을 그린 「평사낙안(平沙落雁, 모래사장에 내려앉은 기러기)」이 대표적이다.

이후 소상8경은 자연에 대한 서정을 나타내는 하나의 장르가 되어 우리나라에 와서는 이상적인 관념산수로 받아들여졌다. 그리하여 중국 문화를 액면 그대로 받아들이던 조선 초기 화가와 문인들은 한 번도 가본 일이 없는 소상8경을 즐겨 그림으로 그렸고, 다투어 시로 읊었다.

그러다 훗날 민족적 자각과 향토적 자부심이 생기면서 자기 고장의 명승을 사계절에 맞추어 제시한 것이 한양8경, 영주(瀛洲, 제주도)8경 등이고 오늘날에 와서는 거의 모든 지자체들이 나름의 8경을 제시하고 있다.

그러나 단양8경은 이런 유의 8경이 아니다. 조선 후기에 산수기행이 크게 유행하면서 유람자들이 그 지역의 빼어난 명승을 여덟 가지로 꼽아보면서 생긴 것이다. 관동8경과 관서8경도 비슷한 예이다.

단양엔 8경 이외에도 운암, 은주암, 봉서정, 이요루, 강선대, 장회나루, 연자산 같은 명승이 즐비하다. 그것이 지금의 8곳으로 압축되는 데는 긴 시간이 걸렸다. 대중적 동의를 얻는 데 필요한 기간이었다.

조선시대 유람객들의 사군산수 기행문을 보면 대개 단양의 명승을 5암2담(五巖二潭)으로 지목하곤 했다. 5암은 상·중·하선암, 사인암, 운암 등 5곳이고 2담은 도담(島潭)과 구담이다. 기록상 단양8경이라는 이름이 처음 나타나는 것은 권신응(權信應, 1728~86)의 「단구(丹丘)8경」이다. 단구는 단양의 별칭이다.

그가 이 그림을 그리게 된 것은 할아버지인 옥소(玉所) 권섭(權燮)이 단양의 산수를 무척 사랑하여 자주 여기에 들렀는데 어느 날 몸져누워 더 이상 단양 유람을 할 수 없게 되자 할아버지가 즐겨 다니시던 곳을 그림으로 그려드려 누워서 감상할 수 있게 한 것이었다. 본래 산수화의 유래는 이런 와유(臥遊)에 있었다.

권신응의 「단구8경」에선 옥순봉이 빠져 있고 석문(石門)은 도담과 하나의 명승으로 다루었으며 그 대신 운암(雲巖)과 은주암(隱舟巖)이 들어 있다. 이런 식으로 사람마다 이것이 좋으니 저것이 좋으니 하며 설왕설래하다가 마침내는 종래의 5암2담에서 운암이 빠지고 그 대신 옥순봉과 석문이 들어가 오늘날의 단양8경으로 고착된 것이다.

2014년 충북향토문화연구소에서 펴낸 『충북의 팔경과 팔경시』에 따르면 문헌상으로 단양8경의 명칭이 명확히 나타나는 것은 1977년에 간행된 『단양군지』가 처음이라고 한다.

그렇다고 해서 단양8경 개념이 이때 생긴 것이라고 생각되지는 않는다. 왜냐하면 단양8경에는 저 유명한 영춘의 북벽(北壁)이 포함되지 않았고 오직 단양현 지역 명승들로만 이루어져 있기 때문에 영춘현이 단양에 편입되는 1914년 이전에 생긴 것으로 짐작되며 그 시기는 대략 19세기 말, 20세기 초로 보인다.

남한강의 명승, 단양8경

단양8경이라는 명성이 생기면서 단양은 어느 시군보다 높은 지명도를 갖게 되었다. 그래서 단양이라고 하면 누구나 단양8경을 먼저 떠올릴 것이고 단양답사라면 당연히 단양8경을 찾아가는 것으로 생각할 것이다. 그러나 명성만 듣고 잔뜩 기대에 부풀어 찾아온 분은 실망하기 일쑤다. 대표적인 예로 조선 철종 때 문인인 이유원(李裕元)이 『임하필기(林下筆記)』에서 말한 다음과 같은 혹평을 들 수 있다.

| 단양8경 | 1. 구담 2. 옥순봉 3. 도담 4. 석문 5. 사인암 6. 상선암 7. 중선암 8. 하선암

　(혹자는) 사군(四郡)의 산수를 보고 금강산과 엇비슷하다고들 하는
데 금강산은 산이 높고 바다가 깊다. 이에 반해 사군에는 기이한 바위
가 우뚝하여 그중 뛰어난 것으로 옥순봉, 구담봉, 도담봉을 들 수 있으
나 이것을 동해 가운데 갖다놓으면 작은 돌덩이에 불과할 것이다.

　생각건대 지금도 단양8경을 여행한 다음 이렇게 말할 사람이 없지 않
을 것도 같다. 그러나 이는 올바른 평이 아니다. 단양8경의 아름다움이
란 산의 높이와 크기에 있는 것이 아니다. 관동8경은 동해안의 아름다운
정자만을 주로 꼽은 것이듯 단양8경은 강변의 수려한 봉우리와 계곡의
빼어난 바위에만 한정했음이 뚜렷하다.

　일찍이 효종·현종 때 문인인 윤선거(尹宣擧)가 「파동기행(巴東紀行)」
에서 언급했듯이 단양8경의 아름다움은 그것이 남한강과 함께 어우러

지고 있다는 데 있다. 이 점을 18세기에 편찬된 『여지도서(輿地圖書)』에서는 다음과 같이 말했다.

금강산에는 이러한 물이 없고, 한강의 다른 곳에는 이러한 산이 없으니 우리 조선에서 제일가는 강산이 된다.

단양8경의 참된 가치는 바로 여기에 있는 것이다.

옥순봉의 유래와 구담

청풍에서 단양으로 들어가자면 가장 먼저 나타나는 단양8경은 옥순봉(해발 286미터, 명승 제48호)이다. 그런데 이 옥순봉은 행정구역상 제천시에 속하여 오늘날 '제천8경'의 하나로도 꼽히고 있다.

이 산봉우리를 옥순봉이라 이름 지은 분은 퇴계 이황(李滉, 1501~70)이다. 퇴계 선생은 학문에만 열중하고 싶어했으나 조정에서 자꾸 관직을 내려주자 이를 마냥 거절할 수만은 없어 48세 되는 1548년 외직(外職)을 자임하여 단양군수로 부임했다. 그런데 얼마 뒤 형이 충청도관찰사가 되어 직속상관이 되는 바람에 경상도 풍기군수로 자리를 옮기게 되어 단양에 재직한 기간은 9개월에 그쳤다.

단양군수 시절 퇴계의 자취는 곳곳에 남아 있다. 퇴계는 단양의 산수를 사랑하여 일찍이 성종 때 단양군수 임제광(林霽光)이 단양의 가볼 만한 곳을 소개한 글의 속편 격으로「단양산수 가유자 속기(丹陽山水可遊者續記)」를 찬술하기도 했다. 그러던 중 제천과 경계를 이루는 산봉우리가 죽순처럼 뾰족하게 생긴 것이 너무도 아름다워 '옥순봉'이라 이름 짓고는 청풍군수 이지번(李之蕃)에게 이를 단양 땅으로 넘겨줄 것을 요청했으나 이지번은『토정비결』을 쓴 이지함(李之菡)의 형님으로 그 또한 누구 못지않게 산수를 아끼는 바가 있어 퇴계의 요구를 거부했다는 이야기도 있다.

이에 퇴계는 옥순봉 아랫자락으로 돌아가는 길목에 '단양으로 들어가는 입구'라는 뜻으로 '단구동문(丹丘洞門)'이라는 글씨를 새겨두었다. 그러나 이 바위 글씨는 안타깝게도 충주호 수몰로 물에 잠겨 더 이상 볼 수 없게 되었다.

퇴계는 옥순봉뿐만 아니라 구담도 좋아했다. 특히 퇴계가 구담을 사랑한 것은 그 아름다움도 아름다움이지만 성리학을 완성한 주희(朱熹)가 칩거했던 무이구곡(武夷九曲)이 이런 곳이 아니겠는가라는 생각에서였던 것으로 보인다. 퇴계는 구담을 다음과 같이 노래했다.

뭇 골짜기가 동쪽에서 나와 서쪽으로 달리다가　　　衆壑趨西出自東

| **옥순봉 장회나루** | 옥순봉의 참모습을 보자면 충주호 유람선을 타야 하는데 이 유람선은 충주나루·월악나루·청풍나루·장회나루·신단양나루로 연결된다. 이중 유람선 관광의 하이라이트는 청풍나루와 장회나루 사이의 옥순봉과 구담이기 때문에 이 구간만 오가는 왕복 배편이 따로 운영되고 있다.

협곡 어귀에서 여세를 몰아 가로질러 통했구나	峽門餘怒始橫通
격랑은 다투듯 일어나 구름 위로 흩어져 가더니	幾爭激浪崩雲上
간신히 맑은 담(潭)에 들어와 거울처럼 닦였도다	纔入淸潭拭鏡中
귀신이 새겼는가 천 가지 형상이 바위에 드러나고	鬼刻千形山露骨
신선이 노닐었나 만 길의 학바위에 바람이 일어나네	仙游萬仞鶴盤風
은암(隱巖) 남쪽 물가의 돌엔 이끼가 끼었으니	隱巖南畔苔磯石
그 신령스러운 경지란 구곡(九曲) 같지 아니한가	靈境依然九曲同

미술사에서 옥순봉과 구담

우리는 일정상 충주호 유람선을 생략했기 때문에 단양으로 들어가는

| **배에서 본 옥순봉** | 1983년 여름, 나는 수몰되기 전 옥순봉과 구담을 보기 위해 당시 전남대에 재직 중이던 이태호와 함께 단양을 답사했다. 우리는 단원이 옥순봉을 그린 시각을 포착하기 위해 수상보트를 빌려 타고 옥순봉 가까이 다가갔다.

옥순대교에서 잠시 차를 세우고 멀리 호수 위로 비치는 옥순봉과 구담을 비껴보는 것으로 만족해야 했다. 그러나 옥순봉의 참모습을 보자면 충주호 유람선을 타야 한다. 충주호 유람선은 충주나루·월악나루·청풍나루·장회나루·신단양나루로 연결된다. 이중 유람선 관광의 하이라이트는 청풍나루와 장회나루 사이의 옥순봉과 구담이기 때문에 이 구간만 오가는 왕복 배편이 따로 운영되고 있어 나는 우리 학생들과도 타보았고, 답사회원들과도 두어 번 다녀왔다.

옥순봉과 구담의 진면목은 수몰되기 이전의 풍광이라고 할 수 있다. 30년도 더 된 얘기다. 1983년 여름, 나는 수몰되기 전 옥순봉과 구담을 보기 위해 당시 전남대에 재직 중이던 이태호와 함께 단양을 답사했다. 그때 태호는 조선시대 진경산수의 현장을 찾아 전국 곳곳을 헤매고 다니던 때였고, 나는 단양의 산수를 사랑했던 문인화가 능호관 이인상의 예술세계를 석사학위 논문으로 준비하던 참이었다.

우리는 대전에서 만나 시외버스를 두 번 갈아타고 단양에 도착했다. 그때 단양은 담수를 위한 마무리 공사가 한창이어서 벌겋게 드러난 생땅과 아무렇게나 버려진 폐가, 그리고 어처구니없이 높은 교각만 교차하는 수몰지구의 황량함과 을씨년스러움뿐이었다. 옥순봉으로 가는 길도 없어졌고 아직 유람선도 없었다.

우리는 한동안 멀리 있는 옥순봉과 구담을 망연히 바라만 보았다. 이윽고 태호는 있는 돈을 다 털어서라도 수상보트를 빌려 타고 옥순봉 사진을 찍자고 했다. 수몰되면 끝인데……

우리가 옥순봉과 구담에 그렇게 집착했던 이유는 여기가 조선시대 회화사의 현장이기 때문이었다. 태호는 단원 김홍도가 그린 「옥순봉도」의 실제 모습을 포착하여 어디까지가 실경이고 어디까지가 화가의 변형인지 비교해보고 싶어했고, 나는 옥순봉과 구담 사이에 있었다는 능호관의 자취를 확인하고자 했던 것이다.

단원 김홍도의 「옥순봉도」

단원의 「옥순봉도」는 1796년, 그의 나이 52세에 그린 작품으로 단원 산수화는 물론 단원 화풍의 변천 과정에서 거의 기준작이 되는 명작이다. 많은 사람들이 단원 김홍도라고 하면 풍속화를 잘 그린 화가로 알고 있지만 그것은 단원의 아주 작은 단면이고 또 나이 30대의 일이다. 단원은 그의 스승 표암(豹菴) 강세황(姜世晃)의 표현대로 산수·화조·초상·풍속·신선·인물 등 모든 장르에 무소불능의 솜씨를 보인 불세출의 명수(名手)였다.

그리하여 20대에 도화서 화원이 된 후 궁중의 그림에 관계되는 일을

| 김홍도의「옥순봉도」| 단원 김홍도가 연풍현감에서 파직된 이듬해인 병진년(1796)에 그린 『병진년화첩』 20폭 중
에는 도담삼봉·사인암·옥순봉 등 단양의 풍광을 그린 것이 3폭 들어 있다. 그의 나이 52세에 그린 이 그림은 연풍현
감 이전의 단원 화풍과는 완전히 다른 원숙한 경지를 보여준다.(삼성미술관 리움 소장)

도맡았다. 정조가 '지난 30년간 궁중의 회사(繪事)는 모두 단원에게 맡겼
다'고 했을 정도였다. 단원은 세 차례나 임금의 초상을 그렸는데 그 공로
로 47세 되는 1791년 연풍현감이 되었다. 중인 출신의 도화서 화원으로
서는 가장 높은 직위에 오른 것이었다.

    그러나 단원은 풍류화가였지 행정력을 갖춘 인물은 아니었다. 결국
'연풍의 행정이 해괴하다'는 보고가 들어와 관찰사의 감사를 받고 재임
3년 만에 파직되고 말았다. 그때의 일이 『일성록(日省錄)』에는 "김홍도
는 여러 해 동안 관직에 있으면서 잘한 일이 하나도 없고, 관장(官長)의
신분으로 기꺼이 중매를 하고, 하리(下吏)에게 집에서 기르는 가축을 강

제로 바치게 했다"라고 기록되어 있다. 조정에서는 처벌을 주장했지만 정조는 해직하는 것으로 끝내고 더 이상 문제 삼지 말라고 끝까지 단원을 보호해주었다.

이 일로 인해 단원은 도화서로 복귀하지 못하고 궁중의 회사에 참여하는 일도 없게 되었다. 단원으로서는 불명예이고 직장의 상실을 의미하는 것이었지만 한편으로는 모처럼 자유인이 되어 자신이 그리고 싶은 그림을 마음껏 그릴 수 있는 계기가 되었다.

단원이 연풍현감 자리에서 파직된 것은 1795년 1월이었다. 그해에 그가 그린 8폭의 산수화첩이 『을묘년화첩』이고 그 이듬해인 1796년에 산수와 화조 각각 10폭을 그린 삭품이 『병진년화첩』(보물 제782호, 삼성미술관 리움 소장)이며 이 화첩에는 「도담삼봉도」「사인암도」「옥순봉도」 등 단양의 실경을 그린 것이 3폭 들어 있다. 단원이 현감을 지낸 연풍이 바로 단양의 옆 고을이기 때문에 익히 유람했을 것이 분명하다.

이 『병진년화첩』에 실린 단원의 「옥순봉도」는 참으로 아름답고 사랑스러운 작품이다. 40대까지만 해도 그의 그림엔 화원다운 섬세함이 있었다. 작가적 개성이 아니라 대상을 정확히 묘사해내는 '환쟁이로서의 기술', 즉 정밀묘사가 뛰어났던 것이다. 그러나 이 「옥순봉도」에서는 대상의 묘사에 생략이 많고 붓질에 강약의 리듬을 능숙하게 구사하여 진짜 화가다운 면모를 유감없이 보여준다.

특히 화강암의 절리(節理)현상으로 인해 수평 수직으로 결을 이루는 옥순봉의 자태를 독특한 선묘(線描)로 나타낸 것이 일품이다. 이를 동양화에서는 '주름 잡는 법'이라는 뜻으로 준법(皴法)이라고 하는데 「옥순봉도」에 보이는 그의 독특한 준법은 가히 단원준(檀園皴)이라고 부를 만한 것이었다.

단원의 개성적인 화풍은 이렇게 50대에 확립되었고 이후 타계할 때까

| **김홍도의「옥순봉도」** | 간송미술관에는 단원이 그린 또 다른「옥순봉도」가 한 폭 있다.『병진년화첩』에서는 배를 타고 옥순봉을 바라보는 장면임에 반해 이 작품은 나귀를 타고 옥순봉 아랫자락을 돌아가는 그림으로 필치의 강약이 더욱 리드미컬하게 구사되어 있다.

지 10년간 무수히 많은 명작을 남겼다. 그 점에서 단원의 예술은 연풍현감 이후에 완성되었다고 할 수 있다. 마치 추사 김정희가 제주도 유배 생활 이후에 추사체를 완성한 것과 같은 맥락이다.

간송미술관에는 단원이 그린 또 다른「옥순봉도」가 한 폭 있다.『병진년화첩』에서는 배를 타고 옥순봉을 바라보는 장면임에 반해 이 작품은 나귀를 타고 옥순봉 아랫자락을 돌아가는 그림이다. 이 작품에서는 필치의 강약이 더욱 리드미컬하게 구사되었다. 이럴 때 단원은 더욱 단원다웠다.

내가 이렇게 말하면 간혹 산수화라는 것이 다 그런 것 아니냐면서 어떻게 그렇게 단정적으로 평할 수 있느냐고 반문하는 이가 있다. 이런 질문은 시각적 훈련이 부족한 데서 온다. 올바른 절대평가를 위해서는 상대평가를 많이 해본 경험이 필요하다. 만약에 이와 비슷한 그림을 제시

| 김하종의 **「옥순봉도」** | 단원 화풍을 따른 김하종이 단원의 「옥순봉도」를 충실히 모방한 작품이다. 둘을 비교해보면 김하종의 작품은 단원의 그것과 구도만 같을 뿐이고 중간 톤이 없어 대상과 대상 사이의 연결이 부자연스럽다.

하면서 어느 것이 더 좋은 작품이냐고 묻는다면 그 답은 자명해진다.

단원의 화풍은 조선적인 산수화의 전형이 되어 당대는 물론이고 후대까지 그를 충실히 따르는 화파가 형성되었다. 불국사 석가탑이 이후 모든 통일신라 삼층석탑의 모듈이 된 것과 마찬가지다. 이런 전형의 창조는 문화의 내용을 풍부하게 만드는 에너지로도 되지만 한편으로는 맥없이 형식만 모방하는 매너리즘도 낳는다.

단원 화풍의 매너리즘 화가로 김하종(金夏鐘)이라는 화원이 있다. 마침 그가 단원의 「옥순봉도」를 충실히 모방한 작품이 있는데 둘을 비교해보면 단원의 예술성이 얼마나 뛰어난지 단박에 알 수 있다.

김하종의 작품은 단원의 그것과 구도만 같을 뿐이고 중간 톤이 없어 대상과 대상 사이의 연결이 부자연스럽다. 이는 매너리즘에 빠진 화가의 공통점이다. 이에 반해 단원의 「옥순봉도」를 보면 곳곳에 가해진 담묵의 처리가 은은하고 산봉우리와 산자락에 적당히 배치된 아름다운 소나무들이 마치 살아 있는 듯하다. 그래서 단원의 그림에서는 말할 수 없이 짙은 시정이 화면 가득 풍기는 것이다.

능호관 이인상과 단릉 이윤영

조선시대 화가 중 단양을 진정 사랑했던 분은 영조시대의 문인화가인 능호관(凌壺觀) 이인상(李麟祥, 1710~60)과 단릉(丹陵) 이윤영(李胤永, 1714~59)이었다. 능호관과 단릉은 그림자 같은 친구로 모두 시서화에서 일가를 이루었다. 능호관은 특히 그림과 글씨에 능했고, 단릉은 시를 잘 지어 18세기 조선 인물지인 『병세재언록(幷世才彦錄)』에 그 이름이 올라 있다.

단릉은 평생 벼슬살이를 하지 않은 국중의 고사(高士)로 그의 집이 있는 반송정에서는 뜻 맞는 많은 명사들이 모임을 가져 겨울이면 얼음장에 촛불을 켜고 시를 읊었고, 여름이면 연꽃을 보면서 풍류를 즐겼다.

그러던 1751년, 단릉은 단양군수로 부임하는 부친 이기중(李箕重)을 따라 단양에 와서 이곳 산수에 심취하여 호를 단릉산인(丹陵山人)이라 하고 5년간 여기에 살았다.

능호관은 백강(白江) 이경여(李敬輿)가 고조부이며 완산 이씨 명문 출신이지만 증조부가 서출이라는 굴레를 벗어날 수 없어 마음고생이 심했다. 능호관은 신분상의 제약 때문에 현감 이상 벼슬에 오를 수 없었는데 음죽현감 시절 관찰사와 대판 싸우고는 현감을 사직하고 다시는 벼슬살이를 하지 않겠다며 단릉을 따라 단양에 은거할 뜻을 품고 당호(堂號)를 '다백운(多白雲)'이라 지어두었다. 단릉은 이때 능호관의 사정을 「운담서루기(雲潭書樓記)」에서 이렇게 말했다.

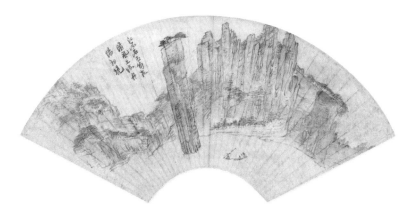

| 이윤영의 「옥순봉도」 | 단릉 이윤영은 그림 솜씨가 아마추어였기 때문에 뛰어난 작품은 아니시만 넓은 부채에 옥순봉의 이미지를 담박한 필치로 그렸다.

구담과 옥순봉 사이에는 적성산(赤城山)을 마주 보는 누(樓)가 있으니 이는 나의 벗 능호관이 복거(卜居)할 곳이다. (…) 그러나 능호관은 집이 가난하여 돈이 없어 산을 살 수 없었다. (…) 게다가 집에는 그의 뜻을 따라 멀리 갈 수 없는 노친이 계셨다.

능호관의 단양 은거 계획은 이렇게 무산되었지만 단양은 이들 마음의 고향이 되어 곳곳에 그 자취가 남아 있다. 사인암에는 누구의 글씨보다 아름다운 단릉과 능호관의 글씨가 새겨져 있어 지금도 볼 수 있고, 구담과 옥순봉 사이의 소석대(小石臺)라는 바위에는 능호관이 쓴 '유수고산(流水高山)'이라는 글씨가 새겨져 있다는데 물에 잠겨 볼 수 없다.

단릉은 그림 솜씨가 아마추어였기 때문에 뛰어난 작품은 아니지만 넓은 부채에 그린 옥순봉 그림이 전하고 있는데 조선 후기에 진실로 문인화의 참멋을 보여준 능호관의 「옥순봉도」는 아직껏 발견되지 않았다.

| **윤제홍의 「옥순봉도」** | 학산 윤제홍이 지두(指頭)로 그린 옥순봉 그림은 거친 먹맛이 일품이다. 그중 한 폭에 실린 화제를 보면 능호관이 그린 옥순봉 그림에 정자가 들어 있었음을 알 수 있다.(왼쪽 삼성미술관 리움 소장, 오른쪽 개인 소장)

　능호관이 옥순봉을 그렸다는 사실은 학산(鶴山) 윤제홍(尹濟弘, 1764~ 1844 이후)의 「옥순봉도」에서 확인할 수 있다. 학산은 정조·순조 연간의 문인화가로 특히 손가락으로 그리는 지두화(指頭畵)의 대가였다. 때문에 그의 작품은 대단히 거칠게 보이지만 붓으로 그린 그림에서는 볼 수 없는 먹맛이 일품이다. 그는 59세인 1822년 무렵에 청풍부사를 지냈는데 청풍향교도 그가 부사 시절에 중수한 것이다.

　문인화가였던 만큼 그는 풍류를 즐겨 청풍 한벽루에 부치는 시를 짓고는 '벽루(碧樓) 주인(主人)'이라고 낙관하기도 했고, 단양과 제천 일대를 두루 유람하면서 벗들과 한벽루에서 놀다가 이윽고 배를 불러 기생과 피리 부는 적공(笛工)을 데리고 한바탕 신나게 놀았던 일을 글로 남기기도 했다.

학산은 단양의 실경을 두루 그렸는데 옥순봉을 그린 것이 두 폭 전하고 있다. 그중 한 폭(삼성미술관 리움 소장)에는 다음과 같은 화제가 들어 있다.

내가 옥순봉 아래 놀러 갈 때마다 절벽 아래에 정자 하나 없음이 늘 안타까웠는데 근래에 능호관 이인상의 화첩을 본즉, 이 그림이 나의 아쉬움을 홀연히 씻어주었다.

그리하여 학산은 실경에 없는 강변의 정자 하나를 옥순봉 아래에 그려넣었다. 옛 문인화가늘의 풍류와 시정이라는 것은 이런 것이었다.

구담과 옥순봉 사이

구담봉(龜潭峰, 명승 제46호)은 옥순봉에서 멀지 않은 같은 산자락에 있다. 절벽 위의 바위가 거북이를 닮아 산봉우리가 물에 비치면 거북의 등판을 연상시키는 무늬를 나타내는 것이 신비롭기 때문에 구담봉이라는 이름을 얻었고, 줄여서 구담이라고 한다.

구담봉은 깎아지른 듯한 장엄한 기암절벽으로 주변의 산세에 감싸인 강변의 준수한 산봉우리여서 예로부터 퇴계 이황, 율곡 이이, 서포 김만중, 추사 김정희 등 수많은 문인 묵객들이 그 절경을 노래한 바 있다. 그중 한진호(韓鎭戶)가 1823년 4~5월 한 달 동안 배를 타고 남한강을 유람할 때 지은 「구담을 지나며(過龜潭詩)」는 한 폭의 그림같이 구담을 묘사했다.

강 기운은 맑고 서늘하여 길이가 가을날 같고　　　　江氣淸凉長似秋

기이한 바위는 거듭 쌓여 거북의 머리와 같네	奇巖重疊倣龜頭
구름이 지나는 기둥엔 날던 학이 쉬어가고	雲間迥柱休過鶴
물밑에 어리는 빛은 조는 갈매기에게 다가가네	水底脩光襯睡鷗
(…)	
병풍은 백 길이 넘고 난간은 천 굽이인데	屏風百大欄千曲
벌여놓은 것이 마치 화폭을 가지런히 한 듯만 하네	鋪置依如畫裏收

태호와 수상보트를 대절해 옥순봉과 구담 사이를 지날 때 나는 구담 건너편을 뚫어져라 바라보았다. 혹시나 능호관 이인상이 집터로 잡았다는 곳이 보일까 해서였다. 강기슭 펑퍼짐한 곳을 지날 때 저기쯤이었겠지 하고 카메라 셔터를 눌렀다. 나는 지금도 거기가 능호관의 다백운 자리라고 생각하고 있다.

세월이 많이 흘러 우리 학생들을 데리고 갔을 때는 내가 사진 찍은 곳마저 물에 잠겨버렸고, 옥순봉 맞은편 제비봉 기슭에는 기생 두향(杜香)이의 묘만 또렷이 보였다.

퇴계 선생과 기녀 두향

퇴계 선생이 단양군수로 부임해온 것은 48세 때였고 그때 고을의 관기(官妓)였던 두향은 18세였다. 퇴계는 엄격한 학자이면서 속으로는 인간미 넘치는 분이었는데 당시 부인과 아들을 잇달아 잃었던 터라 외로워서인지 이내 두향이와 사랑을 하게 되었다.

두향은 외모도 아름다웠고 글솜씨며 거문고 솜씨도 빼어나서 퇴계의 귀여움과 사랑을 듬뿍 받았다. 그런 지 9개월이 지나 퇴계는 경상도 풍기군수로 옮겨가게 되었다.

| 능호관의 다백운 터 | 능호관 이인상은 옥순봉과 구담 사이에 은거할 집을 짓고자 '다백운'이라 이름까지 지었다. 그러나 가난하여 그 뜻을 이루지 못했다고 하는데 구담 건너편의 이쯤 되는 곳이 아닐까 추정한다. 지금은 이곳마저 수몰되어 찾아볼 수 없다.

관기는 지역을 떠나지 못하는 당시의 풍속 때문에 두향은 결국 퇴계와 생이별을 하게 되었다. 떠나기 전 마지막 밤에 두향은 이렇게 읊었다고 한다. 두보의 시 「꿈에서 이백을 보다(夢李白)」의 한 구절이다.

죽어 이별은 소리가 나지 않는다는데   死別己吞聲
살아 이별은 슬프기 그지없네   生別常惻惻

이후 퇴계와 두향은 다시는 만나지 못했다. 두향은 퇴계 선생과 즐거운 한때를 보냈던 강선대(降仙臺)에 움막을 짓고 오매불망 선생만 생각하며 여생을 살았다고 한다. 그러나 서신 왕래는 있었던 것으로 보이며 퇴계 역시 두향을 그리워했던 것 같다. 사람들은 퇴계의 다음 시를 두향에게 보낸 시라고 생각하고 있다.

| **구담** | 구담은 옥순봉에서 멀지 않은 같은 산자락에 있다. 절벽 위의 바위가 거북이를 닮아 산봉우리가 물에 비치면 거북의 등판을 연상시키는 무늬를 나타내는 것이 신비롭기 때문에 구담봉이라는 이름을 얻었고, 줄여서 구담이라고 한다.

누렇게 바랜 옛 책 속에서 성현을 대하면서	黃卷中間對聖賢
비어 있는 방 안에 초연히 앉았노라	虛明一室坐超然
매화 핀 창가에서 봄소식을 다시 보니	梅窓又見春消息
거문고 마주 앉아 줄 끊겼다 한탄 말라	莫向瑤琴嘆絶絃

　퇴계는 본래 매화를 사랑하여 100편 이상의 매화시를 지었는데 그중 91수를 직접 써 목판에 새긴 시첩이 지금도 전한다. 그런데 세상에 전하기로 퇴계가 풍기로 떠나갈 때 꾸린 짐 속에는 두향이가 준 수석 두 개와 매화 화분 한 개가 있었다고 한다.

　퇴계의 매화 사랑을 두향이와 연관 짓는 것이 맞는지 틀리는지 나로서는 알지 못하는데 퇴계 선생이 돌아가시면서 제자에게 하신 마지막 말씀, "저 매화나무에 물 줘라"를 두향이를 염두에 둔 말이라고 주장하는 이도 있다.

퇴계 선생은 1570년 70세로 세상을 하직했고, 두향은 여전히 강선대에서 살다 얼마 뒤 세상을 떠났다. 혹은 두향이 남한강에 몸을 던져 선생을 따라 세상을 떠나며 유언으로 강선대 아래 묻어달라고 했다고도 한다.

퇴계와 두향의 애틋한 사랑 이야기는 일찍부터 전해져 강선대를 지나는 사람들을 감회에 젖게 했다. 숙종 때 문인 수촌(水村) 임방(任埅)은 두향의 묘 앞에서 이렇게 읊었다.

외로운 무덤 하나 두향이라네	一點孤墳是杜秋
강선대 그 아래 강변에 있네	降仙臺下楚江頭
어여쁜 이 멋있게 살던 값으로	芳魂償得風流債
경치도 좋은 곳에 묻어주었네	絶勝眞娘葬虎丘

강선대에 있던 두향의 묘는 충주댐 수몰로 위쪽으로 이장되고 '두향지묘(杜香之墓)'라 새긴 조촐한 묘비가 세워졌다. 퇴계 종가에서는 시월 시묘가 끝나면 제사 소임을 맡은 분이 여기에 와서 두향의 묘에 제사 드리며 그녀의 넋을 기리고 있다고 하며, 단양에선 해마다 '두향제'를 열고 있다.

상·중·하선암

단양에 오면 궁금해서라도 8경을 다 보고 싶은데 이 여덟 경승을 두루 돌아보는 일은 그리 간단치 않다. 단양8경은 한곳에 모여 있는 것이 아니라 단양 읍내를 기준으로 보자면 동서남북 네 구역으로 흩어져 있다.

옥순봉과 구담, 도담과 석문, 상·중·하선암이 세트를 이루고 사인암은 따로 떨어져 있어 이를 다 찾아가자면 발품이 많이 든다.

창비 답사 때 나는 시간상 하선암(下仙巖)·중선암(中仙巖)·상선암(上仙巖)을 생략하고 사인암으로 갈 생각이었다. 그런데 단양군청에서 마중 나온 분이 중선암에서 사인암으로 질러가는 길이 뚫렸으니 그쪽으로 돌아가도 시간상 큰 차이가 없다고 하여 주마간산으로 볼지언정 들러보게 되었다.

사실 오늘날의 상·중·하선암은 그 옛날의 삼선(三仙)계곡이 아니다. 1994년 대홍수 때 계곡이 다 쓸려나가 옛 모습을 크게 잃어버리고 말았다. 계곡을 따라 나 있던 그윽한 분위기의 옛길은 유실되어 계곡 곳곳에 잔편만 드러내고 있고 새로 닦은 2차선 찻길이 휑하니 뻗어 있어 여기가 과연 삼선계곡인가 의심스러울 정도였다.

30년 전 태호하고 왔을 때와 변하지 않은 곳은 그때 우리가 묵었던 중선암 계곡가의 허름한 2층집 여관뿐이었다. 그때 여관방에 들어가니 계곡물 소리가 마치 폭우가 쏟아지는 소리 같아 둘이 큰 소리로 대화해야 했던 삼선계곡이었다.

삼선계곡은 수리봉 기슭에서 흘러내려 남한강으로 합쳐지는 단양천 상류를 거슬러 올라가는 자리에 있다. 계곡물은 차고 맑은, 그야말로 청계옥류이고 집채만 한 멋진 바위와 대갓집 마당보다 넓은 너럭바위들이 곳곳에 퍼져 있다.

누구든 삼선계곡으로 들어서면 그 이름이 허사가 아니라며 선경(仙境)을 예찬했다. 추사 김정희는 상선암에서 "가도 가도 길은 굽어 있고 봉우리는 감돌았다"고 했고, 이정의(李正義)라는 분은 중선암에서 "붉고

| 상선암(위), 중선암(가운데), 하선암(아래) | 오늘날의 상·중·하선암은 1994년 대홍수 때 계곡이 다 쓸려나가 옛 모습을 크게 잃어버렸지만 핵심이 되는 바위들만은 여전히 건재하다.

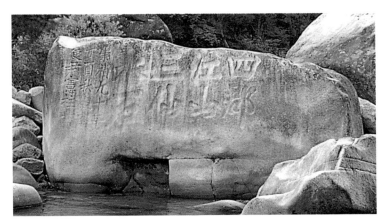

푸른 석벽이 병풍같이 둘렀다"고 했고, 퇴계 이황은 하선암에서 "흰 돌이 층층이 쌓여 하얀 단을 이룬 듯하다"라고 감탄했다.

생각하자니 그 옛날의 삼선계곡이 아깝고 안타깝기 그지없다. 비록 그 옛날의 선경을 보여주지는 못하지만, 상선암·중선암·하선암의 핵심적인 경관은 그대로 남아 있어 단양8경으로 꼽히던 저력은 여전하다.

하선암은 삼선계곡의 첫머리로 100여 평이나 되는 흰 너럭바위가 넓은 마당을 이루고 그 위에 엄청나게 큰 바위가 올라앉아 사람들이 미륵바위, 또는 불암(佛岩)이라고 불렀던 것을 성종 때 군수 임제광이 하선암으로 개칭했다고 한다.

중선암은 김수증이 이름 지은 것으로 계곡 한가운데 두 개의 웅장한 바위가 있어 명경대(明鏡臺) 혹은 옥염대(玉艷臺)라 불리는데 옥염대에는 1717년에 충청도관찰사 윤헌주(尹憲柱)가 쓴 '사군강산 삼선수석(四郡江山三仙水石)'이라는 웅혼한 글씨가 자랑스럽게 새겨져 있다.

656

상선암은 삼선계곡의 가장 위쪽으로 하늘이 넓게 열려 있어 밝은 기상이 느껴지는데 풍수가들은 옥녀가 베틀을 짜는 형상이라며 '옥녀직금형(玉女織錦形)'이라고 한다. 옛날 같지는 않지만 아직도 주변엔 울창한 숲과 노송이 둘러 있고 길고 널따란 바위 사이로 맑은 계곡이 흐르며 작은 폭포와 소(沼)를 이루고 있어 상선암이라는 이름값을 여전히 하고 있다.

이 상선암은 우암 송시열의 수제자인 수암(遂菴) 권상하(權尙夏)가 칩거하여 산수와 벗하며 학문을 닦은 곳으로 상선암 이름도 그가 지은 것으로 전한다.

사인암

삼선계곡을 일별한 우리 일행은 단양군에서 나온 길라잡이를 따라 새로 난 길로 가로질러 사인암(舍人巖)에 도착했다. 사인암 또한 홍수 때 계곡이 망가져 지금은 계곡가에 나무 데크로 탐방로를 둘러놓아 전혀 옛 맛을 느낄 수 없고 계곡을 가로지르는 긴 구름다리가 놓여 맨발로 계곡을 건너가던 정취는 다 사라져버렸다. 오직 변하지 않은 것은 사인암의 높고 큰 벼랑뿐이다.

사인암은 단양군수 임제광이 옛날 고려 때 단양 사람으로 주역의 대가였던 역동(易東) 우탁(禹倬, 1263~1342)이 사인(舍人) 벼슬로 있을 때 이곳에 은거했던 것을 기념하여 이름 지은 것이다.

깎아지른 암벽이 하늘에서 내려뜨린 병풍처럼 서 있고 그 아래로는 계곡의 맑은 물이 넓게 퍼져 흐른다. 높이 솟은 바위벽은 화강암의 절리가 발달하여 가로세로로 금이 가서 마치 큰 붓으로 죽죽 그은 산수화의 준법을 입체화시킨 듯하다. 빛깔도 암벽 군데군데에 철분이 녹아내려 황토색과 밝은 노란색이 교차되고 그 틈새에 끼어 자라는 소나무와 들꽃,

| **사인암의 성명 각자들** | 사인암을 찾아온 이들은 저마다 유람을 기념히여 이름 석 자를 새겨놓았는데 더 이상 새길 곳이 없을 정도로 빼곡하다.

단풍나무들이 점점이 붉고 푸른 색을 띠어 대단히 회화적이고 조형적인 벼랑이다.

　사인암은 단양을 찾는 사람들이 가장 많이 찾아와 쉬어가던 곳이다. 얼마나 많은 사람이 이곳에 와서 쉬어갔으면 암벽 아래 계곡의 너럭바위에 바둑판과 장기판이 새겨져 있을까. 바둑판을 새긴 바위 곁에 바둑 재미에 도낏자루 썩는 줄 모른다는 뜻으로 '난가(爛柯)'라 새겨놓은 것이 재미있다.

　사인암을 찾아온 이들은 저마다 모처럼의 유람을 기념하여 이름 석 자를 새겨놓았는데 더 이상 새길 곳이 없을 정도로 빼곡하다. 『단양 금석문 기초조사』(단양군청 2011)에서 조사된 바에 의하면 131명의 이름이 확인되었다고 한다. 그 이름을 하나씩 읽어보는 것이 호사가들의 큰 일거

| **사인암** | 사인암은 단양군수 임제광이 옛날 고려 때 주역의 대가였던 역동 우탁이 사인 벼슬을 하며 이곳에 은거했던 것을 기념하여 지은 이름이다. 홍수로 계곡이 망가졌어도 사인암의 높고 큰 벼랑은 변하지 않았다.

| **사인암 바둑판** | 사인암 암벽 아래 계곡의 너럭바위에는 바둑판과 장기판이 새겨져 있다. 바둑판을 새긴 바위 곁에 바둑 두는 재미에 도낏자루 썩는 줄 모른다는 뜻으로 '난가(爛柯)'라 새겨놓은 것이 재미있다.

리이고 재미인지라 창비 답사 일행 중 국학 관계자들은 사인암을 맴돌아가며 저마다 아는 사람 이름을 부르고 있었다.

낭원군, 김수증, 민우수, 이태중, 윤심형, 이유수, 정만석, 김상묵……

사인암엔 이름 석 자가 아니라 심오한 글귀를 아름다운 글씨로 새겨놓은 것도 적지 않다. 특히 사인암 뒤쪽 높은 계단으로 오르는 삼성각 주변 바위의 글씨들은 그 자체로 뛰어난 작품이다. 그중 가장 빼어난 글씨는 웅장한 필치의 전서체로 退藏(퇴장)'이라고 새긴 두 글자이다. '세상에서 물러나 몸을 감춘다'는 뜻인데 아래에 '운수(雲叟)'라고만 낙관되어 있다.

사인암 각자에서 빼어난 솜씨를 보여주는 것은 단연코 능호관 이인상

660

| 사인암에 새겨진 능호관의 글씨 | 사인암 글씨 중 빼어난 솜씨를 보여주는 것은 단연코 능호관 이인상과 단릉 이윤영이다. 능호관 이인상은 1751년에 단릉 이윤영, 몽촌 김종수와 함께 이곳에 와 사인암을 찬미하는 글을 새겼다.

과 단릉 이윤영이다. 능호관 이인상은 1751년에 단릉 이윤영, 몽촌(夢村) 김종수(金鍾秀)와 함께 이곳에 와 다음과 같이 사인암을 찬미하는 글을 새 겼다.

> 뻗어오른 것은 곧고 수평은 반듯한데 　　　　繩直準平
>
> 옥빛에 금 같은 소리 어리어 있네 　　　　　玉色金聲
>
> 우러러보니 아득 높아 　　　　　　　　　　仰之彌高
>
> 우뚝할손 비할 데 없구나 　　　　　　　　　巍乎無名

　그리고 단릉 이윤영은 단정한 전서체로 자신이 단양에 은둔한 뜻을 『주역』의 '택풍대과(澤風大過)'에 나오는 다음과 같은 구절을 빌려 새겨 놓았다.

| '퇴장'(왼쪽)과 단릉 이윤영의 글씨(오른쪽) | 사인암 뒤쪽 높은 계단으로 오르는 삼성각 주변 바위에는 웅장한 필치의 전서체로 새긴 '退藏(퇴장)'과 단릉 이윤영이 단정한 전서체로 단양에 은둔한 뜻을 새겨놓은 글씨들이 있다.

홀로 서니 두려운 것이 없고   獨立不懼

세상을 은둔하니 근심이 없다   遯世無悶

    그런데 사인암에 이런 정성스러운 작품은 적고 마구 새겨놓은 이름 석 자들이 가득한 것이 눈에 거슬렸는지 능호관은 단릉이 운화대(雲華臺)라 이름 지은 바위 곁에 다음과 같은 글을 단아한 전서체로 아름답게 새겨놓았다.

향기는 날로 더하고 빛 또한 영롱하니 구름꽃 같은 이 절벽에 삼가
이름을 새기지 말지어다.(有暖芬盡 有色英 雲華之石 愼莫鐫名)

단양 수몰이주기념관

사인암을 떠나 도담으로 가기 위해 구단양을 지나면서 우리는 잠시
단양 수몰이주기념관을 들르기로 했다. 옛 단양은 충주댐으로 거의 물에
잠겨버렸다. 군청소재지였던 단양읍 등 3개 면 26개 리에 살던 2,684세
대는 1984년부터 이듬해까지 상류에 새로 형성된 신단양으로 이주하거
나 아예 타향으로 떠났다. 그 구단양 산자락 한쪽에는 1990년에 건립된
수몰이주기념관이 있다.

안내 나온 군청 직원 하는 말이 요즘은 찾아오는 이가 없어 아예 문을
닫아버렸다고 한다. 그래도 나는 수몰지구에서 기념관 마당으로 옮겨온
옛 단양의 석조 유물들을 보기 위해 반드시 가야 한다고 주장했다.

길 아래 버스를 세워놓고 비탈을 걸어 올라가니 기념관 마당은 예상
외로 깔끔하고 안내판도 잘 되어 있었다. 이런데도 찾아오는 사람이 없
어 문을 닫았다니 안타깝다.

먼저 눈에 띄는 것은 영조 29년(1753) 단릉 이윤영의 아버지인 단양군
수 이기중이 단양천에 돌다리를 놓고 우화교(羽化橋)라 이름 지은 것을
기념한 '우화교 신사비(新事碑)'다. 우화란 몸에 날개가 돋아 하늘로 날
아가 신선이 된다는『진서(晉書)』의 구절에서 온 것이다.

그 옆에는 퇴계 선생의 친필을 새긴 '탁오대(濯吾臺)'와 '복도별업(復
道別業)'이라는 바위 글씨를 그대로 옮겨놓았다. '나를 씻는 곳'이라는 뜻
의 탁오대는 우화교에서 단양천 상류로 약 200미터 올라간 곳에 있던 계

| 탁오대 탁본 | 퇴계 선생의 친필을 새긴 '탁오대(濯吾臺)'라는 바위 글씨는 '나를 씻는 곳'이라는 뜻으로 글씨도 아름답고 의미도 깊어 많은 사람들이 이를 본떠 정자 이름으로 삼곤 한다.

곡가 바위로 퇴계 선생이 공무를 마친 후 단양천을 거슬러 오르며 산책하다가 이 바위 아래 맑은 물에 손발을 씻고 쉬며 마음을 가다듬었다고 한다.

'복도별업' 암각자는 탁오대에서 다시 단양천 상류로 500미터쯤 올라간 길가에 있었다. 여기는 퇴계가 단양군수 시절 농사에 필요한 물을 대도록 단양천에 둑을 쌓아 만든 보(洑)가 있던 곳이다.

'복도'란 '도를 회복한다'는 의미이고, '별업'은 별장이라는 뜻이다. 이 못에서 목욕을 하면 몸뿐 아니라 마음까지 맑아진다고 하여 이런 이름을 붙인 것이다. 수몰되기 전까지 이 복도소(復道沼)는 여름마다 어린이들의 수영장이 되곤 했다고 한다.

그리고 그 옆에 눈물 어린 상소문을 쓴 황준량 군수의 선정비가 있어 모두들 새삼 감격스러운 마음으로 어루만져들 보곤 했다.

여기에 오면 내 머릿속에는 떠오르는 그림이 한 폭 있다. 그것은 겸재(謙齋) 정선(鄭敾)의 「봉서정도(鳳棲亭圖)」라는 작품이다. 봉서정은 다름 아닌 단양 옛 관아의 누정이었다.

이 그림을 보면 단양천변 높은 축대 위에 봉서정이 있고 그 곁에는

664

| 단양 수몰이주기념관 | 1. 단양 수몰이주기념관 2. 탁오대 3. 우화교 신사비 4. 복도별업 암각자

2층 누각인 이요루(二樂樓)가 있다. '봉서정'은 봉황이 깃드는 정자라는 뜻이니 단양이 선경(仙境)임을 은근히 내세운 것이고, '이요루'란 산을 좋아하고 물을 좋아한다는 '요산요수(樂山樂水)'에서 나온 것이니 단양의 풍광을 즐기는 누정 이름으로 삼아 과할 것이 없다.

관아의 누정이 둘이나 된다는 것은 그만큼 이 누정에 오르는 일이 많았다는 얘기다. 워낙에 타지에서 오는 손님이 많아 그분들을 따로 모시기 위한 배려가 아닌가 싶다. 그 누정 뒤로 보이는 것이 바로 관아의 건물들이다. 겸재의 눈에 단양 관아의 핵심적 이미지는 객사와 동헌이 아니라 두 누정에 있는 것으로 보였던 모양이다.

화면 하단 오른편 구석을 보면 다리 하나가 보이는데 이것이 바로 우

| **정선의 「봉서정도」** | 겸재 정선이 그린 이 그림은 단양 옛 관아의 모습을 보여준다. 그림을 보면 단양천변 높은 축대 위에 봉서정이 있고 그 곁에는 2층 누각인 이요루가 있다. '봉서정'은 봉황이 깃드는 정자라는 뜻이고, '이요루'란 산을 좋아하고 물을 좋아한다는 '요산요수'에서 나온 이름이다.

화교다. 겸재가 그릴 때만 해도 아직 나무다리였다. 그렇다면 화면 아래 쪽, 그러니까 상류로 더 올라가면 퇴계의 탁오대가 있었을 것이다. 이것 이 구체적인 이미지로 전하는 조선시대 단양 관아의 모습이다.

매포의 석회석 노천 광산

나는 답사 다니면서 민폐나 관폐를 끼치지 않는 것을 원칙으로 삼고 있다. 그러나 창비 답사 때는 단양군청에 연락해 성신양회 채석장 안에 들어가볼 수 있게 해달라고 특청했다. 그리하여 우리는 도담삼봉을 답사하기 전에 해 질 녘의 채석장을 깊숙이 들어가볼 수 있었다.

내가 여기를 꼭 가보고 싶은 이유가 있었다. 여행과 마찬가지로 답사도 어디에 가느냐 못지않게 누구와 가느냐가 중요하다. 나에게 가끔 누구와 답사할 때가 제일 좋으냐고 물어오는데 인솔자가 아니라 한 사람의 회원으로 회비 내고 길 때가 정말 좋다. 그렇게 편할 수가 없다 더욱이 고등학교·대학교 친구들과 함께하면 버스 안에서 젊은 시절을 회상하며 희희낙락하는 즐거움이 따른다. 그리고 제각기 인생살이를 하고 만난 것이어서 배우는 것도 많다.

나의 단양답사 중 잊을 수 없는 추억은 고등학교 동기 동창, 특히 3학년 4반 애들하고 갔을 때다. 충주에서 유람선을 타고 옥순봉 지나 장회나루에 내린 다음 도담삼봉을 보고 제천으로 가기 위해 매포읍을 지나고 있을 때였다. 차창 밖으로 한일시멘트의 육중한 공장 시설이 엄습해오면서 단양이 우리나라 최대 시멘트 생산지이고 석회석 광산이 있는 고장임을 한눈에 말해주고 있었다.

수려한 단양8경에서 잿빛 시멘트 공장으로 급변하는 시각적 충격에 모두들 눈이 휘둥그레지면서 한마디씩 했다.

"우아! 굉장하다."

"여기가 그 유명한 단양 시멘트인가?"

"시멘트 공장이 몇 개나 되나?"

"이 동네 이름이 뭐냐?"

이들은 다 단양 시멘트에 대해서는 하수들이다. 본래 하수들이 먼저 잘 나선다. 하수들이 물러서자 이번엔 조금 안다는 친구들이 나섰다.

"여기가 매포라고 하는데 우리나라에서 돼지고기 삼겹살 소비량이 제일 많대. 진폐증에 효과가 크다고 해서."
"그게 확실한 건 아니라던데."
"아무튼 공장 사람들한테 삼겹살 표를 나눠주고 있어."

동창들 중에는 건설회사 출신도 있었지만 대개는 문외한들이었다. 그런데 듣다 못했는지 상수가 홀연히 나타났는데 용국이었다.

"단양 매포엔 한일시멘트, 현대시멘트, 성신양회 세 곳이 있어. 우리나라 10개 시멘트 공장 중 셋이 모여 있으니 대단한 곳이지. 너희들 살고 있는 아파트들이 다 이 시멘트 신세를 지고 있는 거야."

김용국은 대덕연구단지 쌍용양회 중앙연구소(지금은 쌍용기술연구소)에 근무하고 있는 진짜 전문가였다. 모두들 더 듣기를 원하니 그는 모처럼 마이크를 잡고 동창들 앞에 서게 되었다.

"시멘트는 지구 표면에 가장 많이 존재하는 천연광물만을 사용한, 인간이 발명한 가장 경제적인 건축 재료예요. 지금의 현대적 시멘트가 없었다면 산을 덮고 있는 저 푸르른 나무들, 북한산의 백운대와 인수봉 화강암도 모조리 잘려서 여러분의 집을 짓고 길바닥 포장하는 데 쓰였을지도

| 단양 시멘트 공장지대의 산 | 단양은 우리나라 최대 시멘트 생산지로 석회석 광산이 가장 많은 고장이다. 단양의 산들은 석회석 채광으로 이렇게 변해버렸다. 이를 다시 복원하고자 식재한 나무들이 어렵게 자라고 있다.

모르지. 다행히 강력한 무기질 접착제인 시멘트가 있어서 여기에 물과 모래를 섞으면 모르타르가 되어 석조물을 붙이는 데 사용하고, 자갈을 보태면 콘크리트가 되어 빌딩도 되고 고속도로, 댐도 만들 수 있는 거야.

시멘트라는 말은 라틴어 caeder(부순 돌)에서 나왔고 그 기원은 고대 이집트까지 올라가는데, 그 기술이 점점 발달하여 강력한 접착력을 갖는 오늘날의 시멘트에서 제일 중요한 원재료가 석회석이거든. 근데 우리나라엔 단양·제천·영월 지역과 동해·삼척 지역에 많은 양의 석회석이 매장되어 있어 대형 시멘트 공장이 주로 여기에 있어요."

우리 같은 하수들도 다 알아듣게 낮은 목소리로 진득하게 이야기를 풀어가니 '야, 용국이가 저런 애였구나' 새삼 감동하며 조용히 경청한다. 그는 내친김에 우리나라 얘기로 들어섰다.

"우리나라도 이미 한성백제 때 몽촌토성 축성에 소석회를 사용한 흔적을 확인할 수 있지만, 현대적인 시멘트 공장은 일제강점기 때인 1919년에 일본 오노다(小野田)사가 평양 교외 승호리에 세운 것이 처음이에요. 해방 전까지 그들이 세운 공장은 6개이지만 삼척 시멘트 공장 외에는 모두 북한에 있어서 우리나라를 대륙 침략의 전진기지로 사용하려는 그들의 속셈을 보인 거지.

해방 후 1957년에 국제연합한국재건단(UNKRA) 지원으로 문경에 시멘트 공장이 설립되고, 삼척시멘트(오늘의 동양시멘트) 공장이 1961년에 보수를 마쳐서 그때서야 우리나라에 현대적 시멘트 산업이 시작된 거야.

1962년 이후 3차에 걸친 경제개발 5개년계획 기간 중에는 시멘트 산업을 국가기간산업으로 육성하기로 해 단양·제천·영월 지역에 한일·현대·성신·아세아·쌍용 시멘트 공장, 그리고 동해·삼척 지역에는 동양·쌍용·한라 시멘트 공장 등이 생산 설비를 신설하거나 증설했지. 그후로 우리나라는 1997년도에는 시멘트 생산량이 6,000만 톤이 넘어 시멘트 선진국이 되었고, 이제는 해외 수출은 물론 에티오피아 등 후진개발국에 기술원조도 하고 있어요.

또한 그간의 자연환경 파괴, 공해 유발, 에너지 다소비 산업이라는 인식을 벗어나기 위해 석회석 채굴 광산에 나무와 잔디를 심어 주민 편의시설로 쓰게 하고 있고, 제철 부산물인 슬래그와 폐타이어 등 산업폐자원을 적극적으로 활용하기도 하고, 철저한 분진 제거와 폐열 발전을 통한 에너지 회수에 많은 노력을 기울이고 있지.

2009년 현재 우리나라는 세계 7대 시멘트 생산국이고 세계 5대 시멘트 소비국이야. 이 정도로 마치자."

| 석회석 노천채석장 | 길가에 차를 세워두고 고갯마루에서 석회석 채석장을 내려다보면 그 광활함과 허망함, 그리고 황당함에 모두들 잠시 넋을 잃게 된다.

　우리는 용국이에게 감동의 박수를 보냈다. 농담 잘하는 영우는 내가 끽소리도 못하고 듣고만 있는 것이 고소했던지 "홍준인 답사 전문가라며 우리에게 뭘 보여줄 거냐?" 하고 놀렸다. 그때 내가 동창들에게 보여준 것이 성신양회 노천채석장이었다. 길가에 차를 세워두고 고갯마루에서 채석장을 내려다보니 그 광활함과 허망함, 그리고 황당함에 모두들 잠시 넋을 잃었다. 산 하나를 다 파고 땅속으로 파들어가는데 그 길이가 얼마나 되는지, 그 깊이가 얼마나 되는지 알 수가 없었다. 마치 그랜드캐니언의 한 장면 같다고들 하면서 내가 역시 답사 전문가라고 치켜세웠던 일이 있다.

　그때부터 나는 이 채석장 안에도 한번 들어가보고 싶었는데 드디어 단양군청의 협조로 우리는 성신양회 채석장에 들어갈 수 있었다. 현장에 당도하자 모두들 눈이 휘둥그레지면서 할 말을 잃었다. 위에서부터 맴을

| 성신양회 채석장 풍경 | 성신양회 채석장은 엄청난 규모로 보는 이들이 할 말을 잃게 한다. 위에서부터 맴을 돌면서 포클레인. 화물차가 다니는 길을 내놓았는데 저 아랫바닥에서 작업하는 트럭이 장난감같이 쪼끄맣게 보이고, 석회석을 퍼내는 포클레인이 방아깨비가 고갯짓하는 것처럼 보인다.

돌면서 포클레인, 화물차가 다니는 길을 내놓았는데 일곱 층이 더 되어 보였다. 저 아랫바닥에서 작업하는 트럭이 장난감같이 쪼끄맣게 보였고, 석회석을 퍼내는 포클레인이 방아깨비가 고갯짓하는 것처럼 보였다.

공장 관계자가 나와 설명해주는데 채석장의 넓이는 150만 평(480만 제곱미터), 채석장의 깊이는 해수면 기준으로 최고 260미터에서 최저 140미터라고 했다. 그리고 앞으로 채굴 가능 매장량이 약 5억 톤이라고 했다.

나는 예술가들이 어떻게 감동하나 살펴보았다. 연신 스케치를 하고 있는 김정헌 화백에게 말을 걸었다.

672

　"놀라 자빠질 거 같지 않아요?"
　"항시 현실이 작가적 상상력을 뛰어넘어서 화가가 맥을 못 춘다니까."

이번엔 임옥상 화백에게 물었다.

　"이미 이걸 많이 그린 화가가 있는 거 같지 않아?"
　"누가 그렸어? 내가 제일 먼저 그리려고 정헌이 형보다 빨리 그리고 있는데."
　"안젤름 키퍼(Anselm Kiefer)의 대폭 풍경 같지 않아? 메마른 풍경과 잿빛 빛깔이."

"그래, 맞다. 근데 안젤름 키퍼도 여길 보면 자신의 스케일이 얼마나 작았는지 반성하고 다 다시 그리고 말걸. 저 스산한 풍광 좀 봐."

이번엔 신경림 시인에게 가서 시상(詩想)이 떠오르지 않느냐고 했더니 너무 엄청나서 말이 안 나온다며 이런 건 고은 시인이 읊어야 제격이라고 물러섰다. 그래서 도종환 시인에게 물으니 이런 경우는 첫 문장이 중요한데 좀처럼 떠오르지 않는다고 했다.

날이 어두워지는 줄도 모르고 엄청난 풍광에 눌려 마냥 구경하고 나서 이제 그만 가자고 재촉하는데 도종환 시인이 첫 구절이 떠올랐다고 한다.

"아, 우리가 이렇게 파먹고 살았단 말인가!"

2015.

시와 그림이 있어 단양은 더욱 아련하네

단양 적성 / 단양 신라 적성비 / 수양개 선사유적지 / 시인 신동문 /
도담삼봉 / 삼봉 정도전 / 소금정공원 / 옥소 권섭 / 신동문 시비

구단양의 뒷산, 적성

2014년 겨울 창비 답사는 1박 2일 일정으로 단양8경뿐만 아니라 제천
의 한벽루·배론성지·자양영당·박달재 등으로 짰기 때문에 부득불 단양
의 다른 유적지들은 생략할 수밖에 없었다. 그러나 단양·청풍·영춘·제
천 이른바 사군(四郡) 지역을 제대로 답사하자면 2박 3일 일정으로 해서
단양 적성, 죽령 옛길, 영춘 온달산성까지 다녀와야 진국을 맛볼 수 있다.
그래서 평소 나의 단양답사는 구단양에 오래 머문다.

사실상 단양의 아이덴티티는 구단양에 있다. 단양향교도 여기에 있
고, 단양의 옛 이름이기도 한 적성(赤城. 사적 제265호)의 산성에는 신라 진
흥왕 때 세운 '단양 신라 적성비'가 있다. 적성대교 건너편 남한강변 수
양개(垂楊介)에는 구석기시대 유적지가 있고 죽령도 구단양에서 시작된

다. 최소한 단양 적성은 다녀와야 단양을 답사했다고 할 수 있다.

적성이 있는 성산(성재산, 해발 324미터)은 구단양의 뒷산으로 수몰이주기념관에서 위쪽으로 난 산길을 따라 15분 정도 올라가면 정상에 다다를 수 있다. 구단양 주민들이 산책 삼아 등산을 즐기기도 하는 곳으로 현주소로는 단성면 하방리 산3-1번지 일대이다.

적성은 무너진 지 오래되어 그 이름도 잊힌 채 성산 또는 성산성이라 불렸다. 『신증동국여지승람』에도 "둘레가 1,768척이고 안에는 큰 우물이 있었다"고 하면서 고성(古城)으로만 기록되어 있다. 그러다 1978년, 이곳에서 신라시대에 세운 비가 발견되면서 비로소 이 무너진 고성이 적성이라는 사실을 알게 되었다.

단양 땅은 고구려 영토이던 때부터 적성이라 불렸으며 신라시대에도 지명을 적성현이라 했다. 그러다 고려 초에 단산(丹山)현이 되었다가 충숙왕 5년(1318)에 단양군이 되었다.

힘들 것 없이 길 따라 서너 굽이를 돌아가면 군데군데 옥수수밭과 도라지밭이 나타나고 산비탈엔 엉겅퀴 같은 억센 풀들이 그야말로 야생화로 자라고 있다. 산성인지라 다른 야산과 달리 울창한 숲은 보이지 않고 키 큰 나무 몇 그루만이 비탈을 지키고 있을 뿐 사방으로 시야가 훤히 트여 있다.

돌계단을 따라 오르다보면 무더기 지어 흘러내린 크고 작은 돌덩이를 만나게 되는데 그것이 성벽 무너진 자취임은 설명 없이도 알 수 있다. 그쯤에서 주위를 둘러보면 긴 포물선을 그리며 이어지는 적성산성이 먼 산을 배경으로 드러난다. 그리고 저편으로는 중앙고속도로가 가로질러 뻗어가고 그 아래쪽으로는 단양휴게소가 한눈에 드러난다.

적성비 발견 이후 산성은 잘 정비되어 성벽의 자태가 제법 깔끔한 모습으로 단장되었고, 단양휴게소(상행)에서도 오를 수 있는 탐방로가 마련

| 단양 적성의 정비 전 모습 | 적성산성은 산 정상을 둘러싼 테뫼식 산성으로 북동쪽으로는 성벽이 비교적 잘 남아 있으나 남쪽은 이미 허물어진 지 오래되었다. 지금은 많이 정비되었지만 한동안 적성은 이런 상태로 남아 있었다.

되어 있다.

적성산성은 산 정상을 둘러싼 테뫼식(山頂式) 산성으로 둘레가 약 1킬로미터, 성벽 최대 잔존 높이 3미터, 면적 약 2만 6,000평(88,648제곱미터)이다. 북동쪽으로는 성벽이 비교적 잘 남아 있고 남쪽은 이미 허물어진 지 오래되었다.

그러나 삼국시대의 산성은 성벽의 축조보다도 자리앉음새에 더 큰 의미가 있다. 지세와 방어 방향에 맞추어 산성을 경영했는데 적성은 신라가 북쪽의 고구려와 맞서 쌓은 성이기 때문에 북쪽은 절벽을 이용하여 성벽을 굳게 쌓아 높고, 남쪽은 사람과 말이 자유롭게 다닐 수 있도록 낮게 열어두었다. 성문 또한 남서쪽·남쪽·동남쪽 세 군데에 내고 북쪽에는 없다.

적성 북쪽 정상을 향해 올라가자면 포물선을 그리며 멋지게 돌아가는 낮은 성벽 너머로 소백산맥 준령이 겹겹이 펼쳐진다. 특히나 겨울철에

| 단양 적성 | 적성 북쪽 정상을 향해 올라가자면 포물선을 그리며 멋지게 돌아가는 낮은 성벽 너머로 소백산맥 준령이 겹겹이 펼쳐진다. 특히나 겨울철에 가면 하얗게 눈 덮인 산자락을 타고 내려오는 나목들의 행렬이 굵고 긴 선을 그리는 것이 산수화를 그릴 때 쓰는 준법을 보여준다.

가면 하얗게 눈 덮인 산자락을 타고 내려오는 나목들의 행렬이 굵고 긴 선을 그리는 것이 산수화를 그릴 때 쓰는 준법을 여지없이 보여준다.

정상에 올라 성벽에 바짝 붙어 아래쪽을 내려다보면 눈앞에는 남한강이 유유히 흐르고 동쪽으로는 죽령천, 서쪽으로는 단양천이 남한강을 향해 흘러드는 것이 훤히 조망된다. 삼면이 강과 하천으로 자연 해자(垓字)를 이루는 천연의 요새임을 한눈에 알 수 있다. 그 장쾌한 경관 때문에 일정이 허락되지 않을 때면 서울로 올라가는 길에 잠시 이 휴게소에 들러 적성을 답사하곤 했다.

성안에서는 투석용으로 추정되는 둥근 돌덩이인 석환(石丸)이 무더기로 출토되었고 철로 만든 칼·화살촉·둥근장식편·못 등이 출토되어 산성으로 기능했음을 보여준다. 그러나 형태를 분간하기 어려울 정도로 모두 녹이 슬고 삭아서 이미 오래전에 폐성이 되었음을 말해준다.

단양 신라 적성비의 발견

이 무너진 고성에서 1978년 1월 6일, '단양 신라 적성비'(국보 198호)가 발견된 것은 역사학계의 큰 사건이었다. 이 비는 이듬해에 발견된 '중원 고구려비'와 함께 해방 후 남한 금석문 발견의 기념비적인 성과로 기록되고 있다.

이 비는 적성 중턱 평퍼짐한 곳에서 발견되었다. 단국대 정영호 교수는 죽령 일대의 삼국시대 유적을 조사하기 위하여 사학과 학생들을 데리고 단양에 왔다. 군청에 들러 적성을 조사하러 왔다고 하니 "그동안 여러 대학 여러 학자분들이 벌써부터 여러 차례 조사하고 갔으니 별것 없을 것"이라고 대수롭지 않게 듣더라는 것이다.

무슨 기대를 갖고 시작한 것이 아니기에 무너진 성벽을 따라 곳곳을 살펴보는데 그날따라 눈보라가 심하게 몰아쳤단다. 오후 4시쯤 되자 어두워지기 전에 산성을 내려오기 위해 이곳을 지나는데 땅 위로 머리를 불쑥 내밀고 있는 돌을 보게 되었단다. 이 돌은 한쪽 끝이 삐죽하게 깨져 있어 성재산에 오른 등산객들이 눈이나 비가 오는 날이면 신발에 묻은 진흙을 비벼 털곤 하던 돌이라고 한다.

정영호 교수는 돌의 생김새가 그냥 자연석이 아닌 것 같아 파보니 깊이 30센티미터 정도에서 비석 전체가 드러나고 글자가 줄줄이 새겨져 있는데 '적성'이라는 글자가 먼저 눈에 띄고 이어서 '이사부(伊史夫)' 등 신라인의 이름들이 보이더라는 것이다. 정영호 교수는 그때의 놀라움과 감격을 평생 잊을 수 없다고 했다. 이리하여 '단양 신라 적성비'가 발견된 것이다.

단양 신라 적성비의 형식

비석은 땅 위로 머리를 내민 윗부분이 누군가가 정으로 찍은 듯 떨어져나갔고 몸체가 두 동강 나 있다. 비의 형태는 역사다리꼴로 위가 넓고 아래가 좁은 둥그스름한 화강암 자연석을 다듬은 것이었다. 높이는 1미터가 채 안 되고 윗너비는 약 1미터, 아랫너비는 0.5미터 정도다.

두께도 밑으로 내려오면서 얇아져 위쪽은 22센티미터, 아래쪽은 5센티미터이다. 비의 모양으로 보아 뚜껑돌은 본래부터 없었던 것 같고, 밑부분이 좁은 것을 보면 대석(臺石)이 있었을 것으로 생각되는데 발견되지는 않았다.

비문은 자연석 한 면을 잘 다듬어 새겼다. 오랜 세월 땅에 묻혀 있어 비면이 깨끗하고 자획이 생생하여 삼국시대 어떤 비문보다도 명확히 글자를 드러내고 있다. 비문은 가로세로 줄을 반듯이 맞추어 얕게 음각으로 새겨졌다.

글자 크기는 2센티미터 내외로 모두 22행이며 19행까지는 20자씩, 20행과 21행은 19자, 마지막 22행은 12자로 전체 명문의 글자는 430자로 추산된다. 지금 남아 있는 글자는 284자로서 완벽한 판독이 가능하다.

비석 발견 이후 3개월에 걸쳐 주변 일대를 발굴하여 여러 비편을 찾아내었는데 파편에서 성재(城在), 아간(阿干) 등 21자를 읽어낼 수 있어 이제까지 판명된 비문 글자 수는 총 305자이다. 그리고 글자가 없는 비편 23조각도 발견되었는데 그중 9조각이 둥근 모양이어서 비석의 윗부분이 둥근 형태였음을 확인할 수 있게 됐다.

비석 주변을 발굴한 결과 인위적으로 다듬은 토축 흔적과 더불어 길이 7.5미터, 폭 7미터의 옛 건물터가 확인되었고 근처에서 기왓장, 삼국시대와 통일신라시대의 토기 조각, 칼이나 화살촉 등 금속제 유물들도

수습되어 당시 산성의 지휘본부가 있었던 곳으로 추정되었다.

그리고 건물터 서편으로 또 다른 석렬(石列) 자리가 있고 그 사이에 3미터 너비의 툇간이 있어 이곳이 비석을 보존했던 곳으로 추정되었다. 바로 그 자리에 비각을 세워 이 비석을 보호하고 있다.

단양 신라 적성비의 내용과 연대

비문의 문장은 신라비 중 가장 해석하기 어려운 것으로 유명하다. 향찰식도 아니고 그렇다고 한문체로도 통하지 않는 데다 중간중간에 탈락된 곳이 많기 때문이다.

대략 그 내용을 요약해보면 왕명으로 이사부를 비롯한 여러 명의 신라 장군이 출정하여 고구려 지역이었던 적성을 공략한 뒤, 그들을 도와

공을 세운 고구려인 야이차(也爾次)와 가족 등 주변 인물을 포상하고 동시에 장차 신라에 충성을 다하는 사람에게도 똑같은 포상을 내리겠다는 내용이다.

그런데 불행히도 비문의 첫머리가 마모되어 "○○年 ○月中 王教"로밖에 읽을 수가 없어 정확한 건립 연도를 확정지을 수 없다. 그러나 문장 첫머리에 왕교(王教)를 받은 고관 10인의 벼슬이 나오고 있어 그 행적을 『삼국사기』와 비교해보면 대략 그 연대를 추정할 수 있다.

10인의 고관 중에는 울릉도 정벌로 유명한 이간(伊干) 이사부(伊史夫)와 『국사(國史)』를 편찬한 대아간(大阿干) 거칠부(居柒夫)가 있다. 『삼국사기』 「신라본기」와 「거칠부전」에 의하면 진흥왕은 545년 7월, 이사부의 건의에 따라 거칠부 등에게 『국사』를 편찬하도록 했으며, 그 공으로 파진찬(波珍飡)의 벼슬을 주었다고 한다. 그러니까 이 비는 『국사』가 완성되어 거칠부가 파진찬이 되기 전인 545년 무렵에 건립된 것이다.

또 고관 중에 아간 비차부(比次夫)가 나오는데 그는 551년 고구려를 치기 위해 파견한 '대아간 비차부'와 동일인이니 비차부가 아간에서 대아간으로 승진하기 이전, 즉 551년 이전에 건립되었음을 입증한다.

이상을 종합해볼 때 이 비의 건립 연대는 545년에서 551년 사이로, 창녕의 진흥왕 척경비, 북한산·마운령·황초령의 진흥왕 순수비와 마찬가지로 새로운 점령지의 민심을 무마하는 취지로 건립되었음을 알 수 있으며 현재까지 알려진 5개의 진흥왕 시대 비 중 가장 이른 시기의 것이다.

단양 신라 적성비의 문화사적 의의

그런데 이 비의 이름을 '단양 신라 적성비'라고 하여 일반인들은 '신라 시대에 적성을 쌓고 세운 산성수축비'로 오해하곤 한다. '중원 고구려비'

라고 하듯 '단양 적성 신라비'라고 해야 맞다.

진흥왕은 신라의 영토를 대대적으로 확장하고 나서 새로 편입된 영토를 직접 순수(巡狩)하며 비를 세웠다. 그 대표적인 예가 진흥왕 29년(568)에 북한산·마운령·황초령 세 곳에 세운 진흥왕 순수비이다.

그런데 이상하게도 『삼국사기』에는 진흥왕 비에 대한 기록이 나오지 않는다. '순수비'란 비문 속에 모두 '순수관경(巡狩管境)'이라는 말이 들어 있어 붙인 이름이다.

그러다 1914년에는 창녕에서 소풍 온 초등학생이 글씨가 있는 바위가 있다고 신고해서 새로 진흥왕 비가 발견되었다. 이 비는 진흥왕 순수비보다 7년 전인 진흥왕 22년(561) 2월 1일, 왕이 42명의 신하를 거느리고 새로 점령한 가야의 창녕 지방을 돌아본 내용이 적혀 있다. 그러나 창녕비에는 '순수관경'이라는 표현이 들어 있지 않아 국경을 개척한 내용이라고 해서 '척경비(拓境碑)'라 부르고 있다.

그런데 이번에는 단양 적성에서 진흥왕 때 세운 비가 또 발견된 것이다. 진흥왕이 직접 순행한 것이 아니고 정확한 연대를 잃어버렸지만 545년에서 551년 사이에 새로 정복한 고구려 지역의 백성을 진휼(賑恤. 흉년에 가난한 백성을 도와줌)하기 위해 세워진 것만은 틀림없다. 그렇다면 이 비는 '단양 적성 진흥왕 척경비' 또는 '단양 적성 진흥왕 진휼비'라고 해야 맞다. 최소한 '적성비'는 아니다.

이 기회에 그동안 발견된 5개의 진흥왕 시대 비를 살펴보면 신라 문화의 급격한 발전상을 한눈에 볼 수 있다. 진흥왕이 새로 점령한 지역을 진휼·척경·순수하면서 세운 가장 빠른 비는 단양 적성의 비이다. 이때는 직접 가지 않고 장군들을 보냈다.

그리고 그로부터 10년 내지 15년 뒤인 561년에 새로 편입된 창녕의 가야 지역을 직접 순행하여 비를 세운 것이 창녕 진흥왕 척경비이다. 그

| 북한산 진흥왕 순수비(왼쪽)와 황초령 진흥왕 순수비(오른쪽) |

리고 또 7년이 지난 568년 진흥왕은 새로 정복한 한강 이북 지역을 직접 순수하며 북한산·마운령·황초령에 진흥왕 순수비를 세웠다.

이 일련의 과정에서 진흥왕 시대의 문화가 비약적으로 발전하는 모습이 비문의 형식과 내용에 그대로 나타나 있다. 단양 적성의 비와 창녕의 척경비는 비석 형식을 갖추지 않고 자연석에 새긴 것이고, 문장은 전통적인 향찰에서 한문으로 옮겨가는 과도기적 단계의 글이며, 글씨도 아직 정제되지 않고 글자 크기도 일정하지 않은 고졸한 것이었다.

이에 반해 순수비에 이르러서는 인공적으로 비를 다듬어 지붕돌까지 씌운 반듯한 형식을 갖추었고, 문장도 유려하고 글씨는 질박하면서도 굳센 느낌의 해서체로 되어 있다. 진흥왕 순수비는 추사 김정희 등 조선 후기 학자들이 탁본하여 청나라 금석학자들에게 소개한바, 강유위(康有爲)는 『광예주쌍집(廣藝舟雙楫)』에서 역대의 서품(書品)을 논정하면서 이 비를 신품(神品)의 반열에 넣었다.

이처럼 단양 적성의 진흥왕비에서 진흥왕 순수비에 이르는 20년 사이 신라의 문화는 놀라울 정도로 비약적으로 발전했다. 그 문화능력이 바로 신라가 삼국을 통일하는 밑거름이 되었던 것이다.

단양 수양개

우리 일행은 아쉬움을 남긴 채 예정대로 마지막 남은 단양8경인 도담 삼봉을 답사하기 위해 신단양 쪽으로 향했다. 신단양으로 가는 길은 단양이 남한강변의 옛 고을임을 실감케 한다. 길은 사뭇 남한강을 곁에 두고 뻗어 있다. 일행은 모두 차창 밖으로 펼쳐지는 강변 풍경을 망연히 바라보는데 신경림 선생이 내게 묻는다.

"저 강 건너가 수양개이지?"
"예, 단양 수몰 때 구석기시대 유물이 쏟아져나왔어요."

신경림 선생이 구석기 유적지를 묻는 것이 의외였다. 수양개 유적은 충주댐 수몰지역에 대한 일체 유적조사를 실시할 때 1980년 7월 충북대 조사단의 이융조 교수에 의해 발견되었다.

1983년부터 본격적으로 조사에 들어간 결과 유적층이 광범위하여 지금까지 10여 차례에 걸쳐 발굴이 이루어졌으며 1997년에 사적 제398호로 지정되었다.

지금까지 조사된 바에 의하면 중기 구석기시대부터 청동기시대까지 여러 개의 문화층이 층위를 이루고 있음이 확인되었다. 본래 단양과 제천 지역은 선사인들이 좋아하는 강변인 데다 석회암 동굴이 많아 구석기인의 터전으로 제격이었다. 그래서 일찍이 제천 점말동굴, 단양 금굴

| **수양개선사유물전시관의 전경** | 수양개는 우리나라의 대표적인 구석기시대 유적지로 여기에는 멋진 선사시대 유물 전시관이 세워져 있다.

에서 구석기인의 자취가 확인되었는데 그 규모로 보나 발굴 유물로 보나 수양개 유적이 압도적으로 크고 다양하다.

특히 수양개 유적은 10만 년 전부터 시작된 중기 구석기시대의 뗀석기 전통을 뚜렷이 드러내 주먹도끼·찍개·주먹칼·밀개·긁개·새기개·간돌도끼 등 정형화된 여러 유형의 석기가 출토되었다. 특히 많은 수의 좀돌날몸돌·슴베찌르개와 함께 잔석기가 출토되어 다양한 연모 제작 수법을 알아볼 수 있다.

하나의 석기를 이리저리 사용하는 다목적 석기가 적고 1연모 1기능의 단순연모가 많다는 것은 석기가 세분화되어 발달하고 있음을 보여주는 것이다. 그리하여 수양개 유적은 공주 석장리 유적, 연천 전곡리 유적과 함께 한반도의 대표적인 구석기시대 유적, 특히 강가의 양달유적으로 꼽히고 있다.

게다가 청동기시대부터 원삼국시대에 이르는 집터가 20여 곳이나 발견되어 수양개에서 오랫동안 사람들의 삶이 이어져왔음을 알 수 있다. 이처럼 구석기시대 유적이 신석기시대를 거쳐 청동기시대까지 이어지는 곳은 함경도 굴포리 선사유적지 외에는 아주 드물어서 주목받고 있다.

지금 수양개에는 멋진 선사시대 유물 전시관이 세워져 있다. 단양 수몰이주기념관과는 격이 다르다. 1980년대와 2000년대 문화수준의 차이를 보여준다고나 할까.

잠시 뜸을 들인 뒤 신경림 선생이 다시 묻는다.

"이번엔 거기에 안 가지?"

"예, 일정이 짧아서 못 들러요. 왜, 꼭 가고 싶으셨어요?"

"아니, 그쪽으로 가면 애곡리에 있던 신동문 선생이 가꾸던 과수원이 어떻게 되었나 한번 보려고 했지."

아차 싶었다. 지금 우리는 '창비 답사'를 하고 있는 것이 아니던가. 나는 미안한 마음을 금치 못하며 이렇게 얼버무렸다.

"듣기로는 그대로이긴 한데 돌보는 사람이 없어서 엉망이라고 해요. 그래서 신단양 읍내에 있는 신동문 시비를 답사하려고 해요."

시인 신동문

나는 신동문(辛東門) 시인을 사적으로 만나뵌 일이 없다. 다만 그분의 후배 시인이고 나에게는 대선배이신 신경림·구중서·강민·신기선 같은 분들이 자주 이야기하셔서 곁에서 들은 바 정도만 있다. 그러다 근래에

| 신동문 선생과 그의 유고시집 「내 노동으로」 |

출간된 『시인 신동문 평전: 시대와의 대결』(김판수 지음, 북스코프 2011)을 읽고 비로소 그분의 삶과 문학을 구체적으로 알 수 있었다.

신동문은 1927년 충북 청원에서 태어났다. 아버지를 일찍 여의고 5세 때 청주로 이주하여 초·중·고등학교를 다녔고 서울대 문리과대학에 입학했으나 몸이 허약하고 등록금을 마련하지 못하여 중퇴했다. 한국전쟁이 일어나자 1951년 공군에 자원입대하여 제주비행장에 근무하면서 연작시 「풍선기(風船期)」를 쓰기 시작했고 만기제대 뒤에는 청주에서 시 쓰기에 전념했다.

1956년에 『조선일보』 신춘문예에 연작시 「풍선기」(제6~20호)가 당선되면서 본격적인 문학 활동을 시작하여 시집 『풍선과 제3포복』을 펴냈다. 결국 이것이 살아생전에 펴낸 유일한 시집이 되었다. 4·19혁명 때는 배후세력으로 몰려 서울로 도피해서는 「아! 신화(神話)같이 다비데군(群)들: 4·19의 한낮에」라는 뜨거운 시를 발표했다. 염무웅 선생은 당시를 회상하기를 "1960년대에 신동문은 혜성과도 같이 빛나는 시인"이라고 했다. 4·19혁명을 계기로 등장하는 참여시의 선구로는 신동엽(申東曄)과 김수영(金洙暎)을 꼽고 있지만 신동문이 더 앞섰다.

신동문 시인은 1960년 종합교양지 『새벽』 편집장을 맡으면서 최인훈(崔仁勳)의 「광장」을 전격적으로 전재했고, 이병주(李炳注)의 「소설 알렉산드리아」를 발굴하기도 했다. 1963년 경향신문사 특집부장을 맡으면서 필화 사건으로 중앙정보부에 연행되어 조사를 받고 나온 뒤에는 1965년 신구문화사 주간으로 『현대한국문학전집』 등을 펴내며 자신의 시 쓰기보다는 좋은 작품의 발굴에 힘쓰며 출판인으로 살았다.

이 시절 많은 문인들이 그의 사무실을 찾아와 인간적인 도움을 받았다. 그의 취미는 바둑으로, 일본어 번역을 잘하고 개성적인 글씨를 쓰시며 무소유의 삶을 실천하시던 민병산(閔丙山) 선생과는 문단에서 바둑의 최고수로 쌍벽을 이루어 관철동 한국기원과 명동 기원에서 늘 바둑을 즐겼다고 한다.

신동문 시인은 1969년부터 『창작과비평』 대표를 6년 동안 맡다가 1975년 『창작과비평』 36호에 돌아가신 리영희(李泳禧) 선생의 「베트남전쟁」을 게재했다는 이유로 다시 중앙정보부에 끌려갔다. 풀려나와서는 창비를 떠나 애곡리 수양개마을로 내려가 농장을 경영하며 문단과는 인연을 끊고 그곳 농민들과 어울리며 단양 사람으로 은둔하듯 살았다.

그는 독학으로 배운 침을 잘 놓아 주민들에게 인기가 대단했다고 한다. 하루 수십 명씩 침을 놓았는데 순서를 기다리는 줄이 굴다리까지 늘어서기도 했단다. 돈은 절대로 받지 않았고 대신 노래를 한 곡 불러야 침을 놓아주었다고 한다. 그래서 이곳에선 '신(辛)바이처'라고 불렸다고 하는데 정작 자신의 지병인 담도암은 고치지 못하고 1993년, 66세로 돌아가셨다.

그의 유언에 따라 장기(臟器)는 여의도 성모병원에 기증되었고 시신은 화장하여 수양개 근처의 남한강에 뿌려졌다. 사후 문인과 친지들이 1995년 단양 소금정공원에 시비를 세웠고, 2004년 유고시집 『내 노동으로』와 산문전집 『행동한다 그러므로 존재한다』가 간행되었다. 2005년에는 청주 발산공원에 민병산 선생 문학비와 나란히 시비가 세워졌다. 이것이 신동문 시인의 간략한 이력이다.

신동문의 「내 노동으로」

나는 신경림 선생에게 물었다.

"신동문 시인이 왜 절필하셨나요?"
"필화 사건으로 중앙정보부에 끌려갔다가 풀려나면서 '앞으로 절대로 글을 쓰지 않겠다'는 각서를 써서 그랬다고 해요. 우리 같으면 강제로 쓴 각서이니 무시해도 되겠건만 신동문은 그렇지 않았어요. 그는 매사에 철저하고 완벽한 사람이었어요. 거의 결벽증 같은 것이 있어 말과 행동은 어긋나서는 절대 안 된다는 것이 신조였거든."
"신구문화사 주간으로 있을 때 많은 문인들이 신동문 선생을 찾아와서 도움을 받았다던데요?"
"사람이 좋아서 인간적으로 많이 도와주었지. 김수영은 번역 일감 얻으려고 찾아오고 천상병, 고은, 김관식은 술값 뜯으려고 잘 왔지."

신경림 선생은 언제나 말을 아주 간략히 요점만 줄여서 하신다. 그래서 당신의 시는 짧고 서정성이 밝게 드러난다. 이에 반해 도종환 시인에게는 유장한 서사성이 있다. 서정성을 드러낼 때도 서사적으로 풀어가곤 한다. 도종환 시인에게 마이크를 넘겨주고 그가 존경하던 동향 선배 시인에 대해 물으니 역시 대답이 자상하다.

　"신동문 시인이 청주 어디 사셨어요?"

　"본래 청원군 문의(文義)에서 출생하셨죠. 고은 선생의 「문의마을
에 가서」는 삶과 죽음을 성찰하는 고은 시세계의 전환점이 되는 시인
데, 신동문 선생이 모친상을 당했을 때 문상 갔다가 쓴 거예요. 청주에
서는 상당산성 안에 민가가 있을 때 동문(東門) 가까이 사셨어요. 산성
안에서 장례를 치를 때 시신은 동문으로만 나가게 되어 있었는데 그
묘한 의미가 가슴에 와 닿는지 이름을 동문이라고 개명했어요. 본
명은 건호(建浩)죠."

　"왜 단양으로 낙향했다고 생각해요?"

　"그냥 은둔하기 위해 낙향한 건 아닌 걸로 알고 있어요. 이미 1960년
대, 그러니까 나이 30대 중반께 수양개에 야산을 사두었고 마을 주민
들의 도움을 받으며 개간해서 사과와 포도나무 5,000그루를 심었다고
해요. 이런 준비 끝에 1975년, 48세 때 완전히 귀농을 한 것이죠. 당신
은 말과 마음과 몸이 어긋나면 안 된다는 신조를 갖고 있었죠."

　『현대문학』 1967년 12월호에 실린 그의 절필(絶筆)인 「내 노동으로」
에는 시인의 이런 마음자세가 잘 나타나 있다. 내가 답사 자료집을 건네
며 낭송해줄 것을 부탁하니 도종환 시인은 자세를 고쳐 앉고는 호소력
있는 목소리로 행마다 강약을 넣어가며 중첩되는 시적 이미지를 한껏
고양시키며 쉼 없이 읽어간다. 아는 분은 다 아는 사실이지만 시 낭송은
도종환과 김사인 시인이 첫째 둘째를 주고받는 절창이다.

　내 노동으로 / 오늘을 살자고 / 결심을 한 것이 언제인가. / 머슴살

이하듯이 / 바친 청춘은 / 다 무엇인가. / 돌이킬 수 없는 / 젊은 날의 실수들은 / 다 무엇인가. / 그 여자의 입술을 / 꾀던 내 거짓말들은 / 다 무엇인가. / 그 눈물을 달래던 / 내 어릿광대 표정은 / 다 무엇인가. / 이 야위고 흰 / 손가락은 / 다 무엇인가. / 제 맛도 모르면서 / 밤새워 마시는 / 이 술버릇은 / 다 무엇인가. / 그리고 / 친구여 / 모두가 모두 / 창백한 얼굴로 명동에 / 모이는 친구여 / 당신들을 만나는 / 쓸쓸한 이 습성은 / 다 무엇인가. / 절반을 더 살고도 / 절반을 다 못 깨친 / 이 답답한 목숨의 미련 / 미련을 되씹는 / 이 어리석음은 / 다 무엇인가. / 내 노동으로 / 오늘을 살자 / 내 노동으로 / 오늘을 살자고 / 결심했던 것이 언제인데.

도담삼봉

그러는 사이 우리의 버스는 남한강 물줄기를 따라 단양역 지나 신단양을 곁에 두고 도담삼봉(嶋潭三峰)을 향해 달려간다. 도담삼봉은 신단양에서 약간 떨어진 매포읍 하괴리에 있다. 남한강이 크게 S자로 휘돌아가면서 강 가운데에 봉우리 세 개가 섬처럼 떠 있어 '삼봉'이라고 했고 섬이 있는 호수 같다고 해서 '도담'이라는 이름을 얻었다. 남한강 물줄기가 만들어낸 최고의 명장면이다.

1897년에 조선에 와 전국 팔도를 두루 여행했던 이사벨라 버드 비숍(Isabella Bird Bishop)은 『한국과 그 이웃 나라들』에서 도담의 아름다움에 취해 이렇게 말했다.

한강의 아름다움은 도담에서 절정을 이룬다. 낮게 깔린 강변과 우뚝 솟은 석회 절벽, 그 사이의 푸른 언덕배기에 서 있는 처마가 낮고

| 도담삼봉 | 도담삼봉은 남한강이 크게 S자로 휘돌아가면서 강 가운데에 봉우리 세 개가 섬처럼 떠 있어 '삼봉'이라고 했고 섬이 있는 호수 같다고 해서 '도담'이라는 이름을 얻었다. 남한강 물줄기가 만들어낸 최고의 명장면이다.

지붕이 갈색인 집들이 그림처럼 도열해 있는데 이곳은 내가 어디에서도 볼 수 없었던 아름다운 절경이었다.

그러나 도담삼봉으로 가면서 나는 사실 속으로 큰 걱정을 하고 있었다. 또 얼마나 북적거리고 시끄러울까. 도담삼봉은 관광 명소로 개발되면서 망가진 대표적인 예이다. 충주댐으로 삼봉의 3분의 1이 잠기고 강건너 모래톱이 사라지게 된 것은 어쩔 수 없다고 하겠지만 주차장 높이 올라앉은 휴게소에서 쉼 없이 틀어대는 유행가 소리와 관광버스로 밀려드는 행락객들의 소동으로 항시 만원을 이루어 편안히, 조용히 이 아름다운 풍광을 즐겨본 적이 드물다. 거기에다 광공업전시관이나 공예전시관 같은 문화시설에 음악분수까지 들어서서 그 옛날의 도담삼봉 분위기를 잃은 지 오래되었다.

| 상공에서 본 도담삼봉 |

　도담삼봉이 시끄러운 것은 유치한 전설 때문에 더하다. 모든 단양 안내책에 빠짐없이 실려 있고 관광해설사들이 소리 높여 설명한다. 세 봉우리 중에서 가운데 있는 것이 남편, 북쪽은 아내, 남쪽은 첩 봉우리란다. 남편은 아내에게 아이가 생기지 않아 첩을 얻었고, 아기를 가진 첩은 남편 쪽을 향해 자랑스레 배를 내밀며 배시시 웃고 앉았고 아내는 눈꼴이 시어 등을 돌리고 앉았다는 것이다. 이런 것도 전설이라고 들어야 한단 말인가.

　그렇다고 해서 이 천하의 경승을 보지 않고 단양을 지나칠 수는 없는 일이어서 항시 그러려니 각오하고 다녀오곤 했다. 그런데 웬일인가. 한겨울인 데다 늦은 오후에 오니 관광객은 우리밖에 없었고 휴게소의 확성기 소리도 꺼졌다. 이렇게 조용한 도담삼봉을 본 것은 처음이었다. 아, 그날 정말로 행복하게 도담삼봉을 맘껏 바라보며 즐거워했다.

도담삼봉의 여러 모습

저녁나절에 보는 도담삼봉의 모습은 이제까지 내가 대낮에 보았던 이미지와는 전혀 달랐다. 밝고 사랑스럽다고만 기억되는 도담삼봉에 땅거미가 서서히 내리자 남한강의 수문장인 양 자못 늠름하기까지 했다.

2000년 단양군에서 펴낸 『단양의 향기 찾아』라는 책을 보면 시시각각 변하는 도담삼봉의 모습을 단양 사람은 이렇게 표현하고 있다.

관능적인 여배우의 분위기 연출처럼 조석으로 그리고 기후별로 제역을 능숙하게 바꿀 줄 안다. 큰물이 내려갈 적에 떠 있는 모습이 다르고, 이른 새벽 물안개가 피어오를 때의 고고한 자태가 다르고, 이슬비가 추적추적 내릴 적에 가련한 멋이 각각 다르다. (…)

그녀는 어떤 역할도 다 소화해내는 만능 연기자이다. 어떤 때는 아무렇지도 않은 늙은 아내의 얼굴이다가 또 어떤 때는 도를 갈구하는 비구니의 모습이기도 하고, 또 어떤 때는 태백산맥처럼 억세었다가 이내 바람맞은 여인네처럼 샐쭉해진다.

점점 어둠에 덮여가는 도담삼봉을 망연히 바라보다 그 신비로움에 이끌려 답사에 동행한 지리학자 기근도 교수에게 물었다.

"지리학에서는 어떻게 저런 절경을 낳았다고 설명하나요?"

"카르스트 지형이라는 것이죠. 중국의 장가계나 베트남의 하롱베이와 똑같은 현상인데 우리나라는 노년기 지형이고 화강암이 발달하다 보니 씻겨나갈 것 다 씻겨나가고 저처럼 엑기스만 남아 있는 거예요. 장구한 세월 자연이 만들어낸 거대한 정원석이라 할 수 있죠."

그렇다. 도담삼봉은 자연이 만든 거대한 정원석이다. 그런 마음으로 보면 도담삼봉은 우리나라에서, 아니 세계에서 가장 큰 정원이라고 맘대로 생각해보게 된다.

조선시대 문인들도 도담을 예찬하기는 마찬가지였다. 퇴계 이황을 비롯하여 도담을 읊은 시는 정말로 많다. 화가도 마찬가지였다. 겸재 정선, 호생관 최북, 진재 김윤겸, 단원 김홍도, 기야 이방운, 그리고 또 누구누구, 모두 도담삼봉을 그린 작품을 남겼다. 가만히 생각해보면 이미 풍광 자체가 완벽한 회화적 구도로 잡혀 있기 때문에 한번 본 이상 그리지 않을 수 없었을 것이다.

삼봉 중 가운데 봉우리에는 정자 하나가 있어 삼도정이라 부른다. 이 정자는 1766년(영조 42년)에 처음 짓고 1807년에 목조 사각지붕으로 복원했다고 하는데 옛 그림에는 전혀 보이지 않아 자주 큰물에 떠내려간 것이 아닌가 생각된다. 지금 보이는 육각정은 1976년에 철근 콘크리트로 신축한 것이다.

도담삼봉 그림 중 압권은 단연코 단원 김홍도의 『병진년화첩』에 들어 있는 「도담삼봉도」이다. 부감법으로 위에서 내려다본 시각으로 구성하면서 강한 동세를 곁들여 도담삼봉이 사선으로 치닫는 듯하다. 마치 헬기를 타고 지나가면서 순간적으로 포착한 장면 같다. 영화로 치면 헬기 숏이다.

그것은 실경은 실경이로되 실경에 얽매이지 않는 회화미를 구현했다는, 즉 예술적으로 승화시켰다는 얘기다. 그 대담한 구도의 변형이란 차라리 현대적 어법이라 할 만한데 어떻게 200년 전 화가의 작품이 이처럼 모던할까 감탄스럽기만 하다.

| **김홍도의 「도담삼봉도」** | 단원 김홍도의 「병진년화첩」에 실린 「도담삼봉도」는 부감법으로 위에서 내려다본 시각으로 구성해 마치 헬기를 타고 지나가면서 순간적으로 포착한 장면 같은 동감이 있다.

삼봉 정도전

　도담삼봉 주차장 옆 빈터에는 조선왕조를 디자인한 삼봉(三峰) 정도 전(鄭道傳)의 동상을 근래에 세워 그가 단양과 인연이 깊었음을 보여주 고 있다. 정도전의 본관은 봉화로 고조할아버지가 봉화호장을 지냈다. 그의 출생지는 봉화라고도 하고, 혹은 외가가 있던 단양 매포읍 도전리 라고도 한다. 그가 여기서 유년 시절을 보내 호를 삼봉이라 한 것으로 전 해지고 있다.

　전설에 의하면 도담의 세 봉우리는 원래 강원도 정선에 있었는데 어 느 해 장마 때 이곳까지 흘러왔다고 한다. 그러자 정선 땅 관리들이 도담

| 정도전 동상 | 도담삼봉 주차장 옆 빈터에는 조선왕조를 디자인한 삼봉 정도전의 동상을 세워 그가 단양과 인연이 깊었음을 보여주고 있다.

을 찾아와서는 자기들 것이라면서 해마다 세금을 걷어갔단다.

그러던 어느 해 정선에서 세리(稅吏)들이 오자 한 아이가 나서 "저 삼봉은 우리가 가져온 것이 아니고 제멋대로 온 것이니 도로 가져가시오"라고 하여 그후로는 도담 사람들이 삼봉에 대한 세금을 물지 않게 되었다고 한다. 그 아이가 정도전이라고 한다.

그러나 많은 분들이 이런저런 전거로 이를 의심해오고 있는 것도 사실이다. 최근 정도전의 문집인『삼봉집』을 새롭게 국역한 심경호 교수는 「삼봉에 올라 개경의 옛 친구를 추억하며(登三峯憶京都故舊)」라는 시에서 삼봉을 서울의 삼각산으로 풀이하고 주석에서 정도전의 호 '삼봉'은 여기에서 비롯되었다고 밝혔다.

『삼봉집』에는 이외에도 삼봉이 여러 번 나오는데 그 위치를 보면 삼각산이 맞다고 했다. 이런 논증은 단양 사람들에게 서운하게 들릴지도 모른다. 그러나 사실은 사실로서 받아들이는 것이 현명하다. 허구를 사실로 끼워맞추다보면 더 큰 허구만 낳는다. '한때 정도전의 삼봉이 도담삼봉으로 알려졌다'고 한 걸음만 양보한다고 크게 달라질 것이 없다. 그런다고 도담삼봉의 가치가 떨어지는 것은 절대로 아니다.

더욱이 단양 사람들은 타지인이라도 단양을 사랑한 사람은 단양 사람이상으로 대접해온 개방적인 훌륭한 전통이 있지 않은가. 그것은 신단양 한쪽에 있는 소금정공원에서 여실히 볼 수 있다.

소금정공원에서

우리는 도담삼봉을 끝으로 단양8경 답사를 마무리했다. 삼봉 위쪽에 석문(石門)이 있지만 날이 어두워 거기까지 갈 수 없었고 그럴 정도로 정성이 있는 것도 아니었다. 그 대신 숙소로 들어가기 전에 읍내의 소금정공원에 들르기로 했다.

소금정공원은 신단양으로 이주하면서 야트막한 언덕에 만든 근린공원인데 나는 그 이름만 보고 예부터 무슨 정자가 있던 곳인 줄 알았다. 그런데 한자로 소금정(邵今鼎)이라고 한단다. 그러니 뜻을 더욱 모르겠다.

단양군에서 펴낸 『단양의 향기 찾아』에서 그 이름의 내력을 찾을 수 있었는데, 작명을 부탁받은 분이 이름을 짓기 위해 9개월간 고민했는데 어느 날 좌선 중에 신안(神眼)이 열려 한글로 '소금정'이라는 이름이 보이더라는 것이다. 그래서 글자의 획수에 풍수와 주역의 원리를 도입하여 소금정이라는 한자를 끼워붙인 것이니 한글도 한자도 아무 뜻이 없다는 것이다. 참으로 귀신에 홀린 것만 같다. 내가 아니고 단양 사람들이!

소금정공원은 1980년대에 조성되면서 구단양 수몰의 아픔과 신단양의 꿈이 한데 얽혀 수많은 조형물·설치물·건물들이 아무런 계통 없이

| 소금정공원 상휘루 | 1980년대에 조성된 소금정공원에는 구단양 수몰의 아픔과 신단양의 꿈이 한데 얽혀 있다. 1972년 대홍수 때 유실된 단양 관아의 누각인 상휘루도 이 공원에 복원되어 있다.

들어서 있다. 1972년 대홍수 때 유실된 단양 관아의 누각인 '상휘루(翔輝樓)'가 이 공원에 새로 복원되었고, 신단양 건설을 기념하는 '웅비의 탑'이 높이 솟아 있다. 공원 한가운데는 오래된 목욕탕 타일을 붙인 것 같은 분수대가 있고, 단양이 자랑하는 정도전 선생, 장충식 선생, 항일투사 김용재 선생의 추모비가 나란히 서 있으며, 한국전쟁과 베트남전쟁에 참전해 국가 훈장을 받은 단양 사람 52명의 공덕을 기린 '대한민국 무공수훈자 공적비'도 들어섰다. 그리고 내가 미처 못 본 것도 여럿 있어 어지럽기가 수몰지구보다 더하다.

그래도 내가 일행을 이곳에 안내한 것은 단양을 누구보다 사랑하여 단양에 뼈를 묻은 두 분의 시인을 기리는 시비가 있기 때문이다. 한 분은 옥소 권섭이고 한 분은 신동문 시인이다. 문화사적으로 볼 때 단양은 '지역구가 아니라 전국구'였다.

옥소 권섭

옥소(玉所) 권섭(權燮, 1671~1759)은 숙종·영조 시대의 재야 문인으로 총 60여 책에 달하는 자필본『옥소고(玉所稿)』에는 2,000여 수의 한시와 75수의 시조,「영삼별곡(寧三別曲)」등 여러 편의 가사가 실려 있다. 또 그는 대단한 여행가여서 금강산을 비롯해 지리산·가야산·관동팔경 등 명승과 평안도·함경도까지 조선 팔도를 두루 유람하고는 4권의『유행록 (遊行錄)』(1권 유실)을 남겼다. 그런가 하면 자신이 본 산천을 그림으로 그리고 남달리 음악을 즐기기도 한 풍류의 문인이었고 끝까지 자유인이었다. 한생을 그렇게 살 수 있다는 사실이 놀라울 뿐이다.

이런 옥소 권섭이 오랫동안 잊혀왔던 것은 제천에 있는 안동 권씨들이 그의 엄청난 양의 문집들을 200여 년 동안 궤 속에 깊이 묻어두고 세상에 알리지 않았기 때문이다. 이를 박요순 교수가 1974년『문학사상』에 처음 소개하고 1993년 탐구당에서『옥소 권섭의 시가 연구』를 펴낸 이후 세상에 널리 알려지게 되었고, 그의『옥소집』이 영인 출간되면서 새롭게 주목받고 있는 것이다. 특히 국문학계에서는 그의 가사에 크게 주목하여 송강 정철, 고산 윤선도를 잇는 가사문학의 대가로 평가하고 있다.

옥소는 안동 권씨 명문가 출신으로 백부는 우암 송시열의 뒤를 이은 당대의 학자인 수암 권상하이고, 외삼촌은 영의정을 지낸 이의현(李宜顯)이다. 서울에서 태어나 8세 때부터 시를 쓰는 재능을 보였다고 하며 14세 때 아버지를 여의고 나서는 백부의 보살핌을 받았다.

그의 집안은 당시 정계를 주름잡던 송시열계의 골수 노론 집안으로 처음부터 벼슬에 나갈 뜻이 없었던 것은 아니었지만 정쟁 속에 우암이 사약을 받아 죽고 노론 4대신도 사사되는 것을 보면서 평생 벼슬에 나가지 않고 자유인으로 살았다. 화가 겸재 정선, 시인 사천 이병연 등과 교

류하여 손자 권신응(權信應)으로 하여금 겸재에게 그림을 배우게도 했
으며 자신은 오직 여행과 문필에만 전념했다.

그러다 44세에 청풍으로 낙향했고 51세 되는 1721년 신임사화가 일
어나 돌아가신 백부 권상하의 관작이 없어지고 외삼촌 이의현이 벼슬
을 빼앗기는 참변을 겪으면서 가산마저 몰수당하자 제천 봉양면 신동리
선산 가까이 이사하여 30여 년 동안 거주했다. 한때는 부실(副室. 첩) 부
인이 살고 있던 문경의 화지동으로 근거를 옮겨 살기도 했다. 이렇게 제
천·청풍·문경을 오가며 살면서 그는 단양의 산수를 무척 즐겼다.

말년에 이르러 예전처럼 유람을 즐길 수 없게 되자 「몽화(夢畵)」를 제
작하여 와유의 방편으로 삼았고 손자 권신응은 「단구8경」을 그려 할아
버지가 단양 산수를 누워서 즐길 수 있게 했다.

그러나 병세가 나아지자 다시 여행을 떠났다. 87세 때는 가족의 반대
를 무릅쓰고 함흥을 여행하여 거기서 만난 기녀 가련(可憐)과 주고받은
시조를 한역하기도 했다.

| 『옥소고』(왼쪽)와 옥소 권섭 초상(오른쪽) | 옥소 권섭은 숙종·영조 시대의 재야 문인으로 총 60여 책에 달하는 자필본 『옥소고』에는 2,000여 수의 한시와 75수의 시조. 여러 편의 가사가 실려 있다. 또 대단한 여행가여서 조선 팔도를 두루 유람하고는 4권의 『유행록』을 남겼고, 자신이 본 산천을 그림으로 그리고 남달리 음악을 즐기기도 한 풍류의 문인이었다.

옥소 선생은 유난히 아끼던 손자 권시응(權時應)이 요절하자 구담봉 정상에 묻으면서 묘지명에 "산이 맑고 물이 맑은 이곳에 할아버지와 손자가 의지하여 영원히 천고를 누려보리라"라고 했다. 1759년(영조 35년) 89세를 일기로 세상을 떠나자 그의 유언대로 손자의 묘 위편에 먼저 떠난 두 부인과 합장되었다.

제천 문암영당(門巖影堂)에 백부 권상하와 함께 영정이 모셔져 있고, 문경 당포리 옥소영각(玉所影閣)에도 초상화가 모셔져 있는데 지금은 문경 옛길박물관에 기탁되어 있다. 10여 년 전부터 제천시에서는 해마다 '옥소 예술제'가 열리고 있고 안동 권씨 문중은 문암영당에 소장 중이던 고문서 330여 점을 제천시에 기증해 그중 『옥소고』는 충청북도 유형문화재 제364호로 지정됐다.

그가 살던 제천시 봉양읍 신동리마을 입구 대로변에 문학비가 세워졌고, 그가 사랑한 단양의 소금정공원에는 이 시비를 세운 것이다. 시비에는 「황강구곡가(黃江九曲歌)」중 '구담'이 새겨져 있다.

| 옥소 시비 | 옥소가 단양을 사랑한 뜻을 기려 소금정공원에 그의 시비를 세웠다. 시비에는 「황강구곡가」 중 '구담'이 새겨져 있다.

구곡(九曲)은 어드메오 일각(一閣)이 긔 뉘러니
조대단필(釣臺丹筆)이 고금(古今)의 풍치(風致)로다
저긔져 별유동천(別有洞天)이 천만세(千萬世)ㄴ가 ᄒ노라

신동문의 시비 앞에서

높은 대좌 위에 흉상까지 곁들여 거룩하게 모셔진 옥소 선생의 시비와 달리 신동문 시인의 시비는 마치 원래부터 거기에 있던 바위에 새긴 것처럼 바닥에 낮게 놓여 있다. 큼직한 화강암 바위에는 그의 「내 노동으로」가 새겨져 있다.

시비 앞에 늘어서서 한 행씩 짚어보며 읽어보는데 앞부분을 건너뛰어 줄여놓은 탓에 도종환 시인의 낭송으로 듣던 그 맛이 살아나질 않는다.

게다가 마지막 구절의 "언제인데"가 "어제인데"로 오자가 났다.

단양답사에서 돌아온 지 얼마 안 되어 문학평론가 구중서 선생이 내게 전화를 걸어 전주에서 작은 시화전을 여는데 연전에 내가 서울 전시 때 써드린 글을 재록하고 싶다고 하셨다. 얼마든지 그렇게 하시라고 답하고, 통화한 김에 단양에 다녀온 이야기를 하면서 신동문 시인이 어떤 분이셨느냐고 묻자 말수가 적은 구중서 선생은 호흡을 가다듬는 듯 잠시 아무 말 없다가 회상조로 이렇게 말씀하셨다.

"개결한 선비 같으신 분이셨지. 필화 사건으로 글을 잘 안 쓰셨지만 그 대신 출판인으로 좋은 작가를 많이 찾아냈어요. 내가 『창작과비평』에 리얼리즘론을 쓴 것, 신경림의 『농무』가 제1회 만해문학상을 받게 된 데도 신동문 선생의 역할이 있었지. 민병산 선생하고 신동문 선생은 60, 70년대 우리에게 거리의 스승 같은 분이셨어요. 진정한 4·19의 시인은 신동문 선생이었어."

『사상계』 1960년 6월호에 실린 「아! 신화(神話) 같이 다비데군(群)들: 4·19의 한낮에」는 젊은 학생 시위대를 성경에 나오는 다윗(다비데), 독재정권을 골리앗에 비유하며 이렇게 시작한다.

서울도 / 해 솟는 곳 / 동쪽에서부터 / 이어서 서 남 북 / 거리거리 길마다 / 손아귀에 / 돌 벽돌알 부릅쥔 채 / 떼 지어 나온 젊은 대열 / 아! 신화(神話) 같이 / 나타난 다비데군(群)들 //
(…)
저마다의 가슴 / 젊은 염통을 / 전체의 방패 삼아 / 과녁으로 내밀려 / 쓰러지고 / 쌓이면서 / 한 발씩 다가가는 / 아! 신화같이 / 용맹한

| **신동문 시비** | 신동문 시인의 시비는 원래부터 거기에 있던 바위에 새긴 것처럼 바닥에 낮게 놓여 있다. 큼직한 화강암 바위에는 그의 시 「내 노동으로」가 새겨져 있다.

다비데군들 //

(…)

마지막 발악하는 / 총구의 몸부림 / 광무(狂舞)하는 칼날에도 / 일사불란 / 해일처럼 해일처럼 / 밀고 가는 스크럼 / 승리의 기(旗)를 꽂을 / 악(惡)의 심장 위소(危所)를 향하여 / 아! 신화같이 / 전진하는 다비데군들 //

(…)

아! 다비데여 다비데들이여 / 승리하는 다비데여 / 싸우는 다비데여 / 쓰러진 다비데여 / (…) / 누가 우는가 / 역사(歷史)가 우는가 / 세계(世界)가 우는가 / 신(神)이 우는가 / 우리도 / 아! 신화같이 / 우리도 / 운다.

염무웅 선생은 평론집『살아 있는 과거』(창비 2015)에 실린『시인 신동문 평전』에 대한 서평에서 "4·19혁명 자체가 반세기를 넘긴 '과거지사'로 되어서인지, 시의 작자인 (4·19의 시인) 신동문도 이제는 거의 잊힌 존재로 되어가고 있다"며 '시 쓰기 너머로 그가 찾아간 곳'을 주목했다.

우리는 신동문 시인의 시비 앞에서 첫날 답사를 마무리하고 당신 살아생전에 잘 가시던 신단양 읍내 골목 안 오학식당으로 발길을 옮겼다. 식당에 들어서니 누가 알아서 미리 주문해놓았는지 밥상에는 신동문 시인이 당신을 찾아오는 손님이 있으면 잘 사주시던 도토리묵이 상마다 한 접시씩 가득 차려져 있었다.

2015.

강마을 정취가 그리우면 영춘가도를 가시오

단원의 「강마을」 / 영춘가도 / 향산리 삼층석탑 / 영춘향교 /
사의루 / 온달산성 / 옛 죽령고개 / 보국사터 석불 / 죽령역

단원의 「강마을」

충주댐 건설로 인한 수몰로 많이 변하긴 했어도 수려한 단양8경의 아름다움이 어디 간 것은 아닌데 단양에 오면 나는 왠지 무언가를 잃어버린 것만 같은 허전함이 일어난다. 남한강변 옛 고을의 아련한 정취를 어디에서도 찾아볼 수 없기 때문이다.

단양 하면 내 머릿속에는 떠오르는 그림이 있다. 단원 김홍도의 『병진년화첩』에 「옥순봉도」 「도담삼봉도」 「사인암도」와 함께 들어 있는 「강마을」이다. 어디를 그린 것인지 확정지어 말할 수는 없지만 화첩 구성을 보아 단양 풍경일 것이라는 생각을 갖게 한다.

강 건너 마을엔 강변 한쪽으로 잘생긴 정자 하나가 키 큰 나무들에 둘러싸여 있고, 돌축대 너머로 초가 마을이 보인다. 강에는 긴 다리가 놓여

| 김홍도의 「강마을」 | 단원 김홍도의 「병진년화첩」에 「옥순봉도」, 「도담삼봉도」, 「사인암도」와 함께 실린 강마을 풍경이다. 화첩 구성을 보아 단양 풍경일 것이라 추정되는데 참으로 시정 넘치는 그림이다.

있어 두 나무꾼과 지팡이 짚은 노인이 조심스레 강을 건너가는데 한편에 선 두 마리 소가 사람을 태우고 느릿하게 강을 건너가고 있고 그 뒤로 송아 지가 따라간다. 참으로 시정 넘치는 우리나라의 옛 강마을 풍경이다.

이처럼 단원의 산수화는 명승에 국한되지 않고 평범한 풍광에 시정을 듬뿍 담아낸 것이 많다. '버드나무 위의 새' '밭 가는 농부' 등 아주 일상 적인 소재를 보편적 회화미로 승화시켰다. 그래서 단원을 가장 조선적인 화가라고 하는 것이다.

이럴 때면 회화라는 장르가 얼마나 위대한가 절감할 수 있다. 겸재와 단원이 없었다면 조선시대 사람이 어떤 모습으로 살았고 그 옛날의 풍광이 어떠했는지 상상하기 힘들 뻔했다.

밀성군의 「단양 취운루」

시도 마찬가지이다. 예부터 '그림은 소리 없는 시이고, 시는 보이지 않는 그림(畵無聲詩 詩無形畵)'이라고 했다. 몇 해 전 고미술 전시회에서 밀성군(密城君)이라는 분이 단양의 취운루(翠雲樓)를 읊은 칠언율시(「단양 취운루丹陽翠雲樓」)를 잔잔한 행서체로 쓴 현판을 보았다. 강문(康文)이라는 도장만 찍혀 있는데 다른 현판에선 전재진(全在晋)이란 도장이 함께 찍힌 것을 본 일이 있다.

조사해보니 이 시는 『동문선(東文選)』에 실려 있는 아주 유명한 시이고 밀성군은 고려시대 대제학을 지낸 박윤문(朴允文)임을 확인할 수 있었다. 지나가는 길손이 시로 읊은 단양의 풍광이 자못 그윽하기만 하다.

관동으로 사명(使命)을 받들고 와 이 누대에 이르니　奉使關東一上樓
십 리 소나무 그늘이 아주 깊고 그윽하다　　　　　　松陰十里最深幽
길가로 그늘을 드리운 노목들은 옹기종기 서 있고　蔭程老樹童童立
성곽을 둘러싼 긴 강은 넘실넘실 흐르네　　　　　　遠郭長江滾滾流
들판을 가로지르는 연기 속에 길 잃은 송아지 누워 있고

　　　　　　　　　　　　　　　　　　　　　　　　橫麓斷煙迷犢臥
난간 가득 청량한 바람이 불어 가는 이를 붙드네　滿軒涼吹勸人留
이번 길에는 올라가서 감상할 겨를이 없으나　　　　此行未暇登臨賞
다른 날 다시 와서 술을 싣고 놀리라　　　　　　　他日重來載酒遊

취운루가 단양 어디에 있던 누각인지는 아직 알아내지 못했지만 이 시

| 박윤문의 칠언율시 현판 | 고려시대 대제학을 지낸 밀성군 박윤문이 지은 칠언율시를 잔잔한 행서채로 새긴 현판이다. 단양의 취운루를 읊은 시로, 지나가는 길손이 노래한 단양의 풍광이 자못 그윽하기만 하다.

를 읽으면서 나는 왠지 단원의 「강마을」이 떠올랐다. 그런데 단양 어디에서도 그런 강변의 정취를 그려볼 수 없기 때문에 허전함을 느끼는 것이다.

영춘현

단양의 모든 것이 다 그렇게 변해버렸지만 영춘(永春)만은 아니다. 오늘날 영춘은 단양의 한 면에 지나지 않지만 그 옛날엔 당당한 현(縣)으로 청풍·단양·제천과 함께 사군(四郡)을 이루던 고을이었다.

『여지도서』에 의하면 영춘은 고구려 때는 을아조현(乙阿朝縣)이었고, 신라 때는 자춘현(子春縣)으로 개칭되어 영월(내성군)의 속현이었다. 고려 때 영춘이라 불리며 원주에 속했다가 조선조 정종 때 충청도로 이속되었고, 태종 13년(1413)에 현감이 파견되었다. 그러다 1914년 일제가 행정구역을 개편할 때 단양군의 한 면이 되었다. 오늘날 영춘은 1,000여 가구가 살고 있는 인구 3,000명 정도의 산골이다.

조선시대에는 각 고을을 그린 군현지도라는 것이 제작되었는데 지금 규장각에 소장된 18세기 영춘현 지도를 보면 사방이 산으로 첩첩이 싸여 동서남북이 영월·순흥·제천·단양과 경계를 이루고 영월에서 단양 쪽

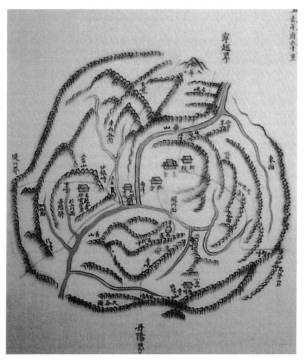

| **영춘현 고지도** | 18세기 영춘현 지도를 보면 사방이 산으로 첩첩이 싸여 동서남북이 영월·순흥·제천·단양과 경계를 이루고 영월에서 단양 쪽으로 흐르는 남한강이 굵게 표시되어 있다.(서울대 규장각 소장)

으로 흐르는 남한강이 굵게 표시되어 있다.

영월에서 서쪽으로 흘러내리는 남한강의 첫번째 고을이 영춘이고 두번째가 단양이고, 세번째가 청풍이다. 영춘·단양·청풍으로 이어지는 남한강변 길은 환상의 드라이브 길이다. 특히 단양에서 영춘으로 가는 길을 나는 '영춘가도(永春街道)'라 부르며 내가 가장 사랑하는 강변길로 간직하고 있다.

내가 구례에서 하동까지 섬진강을 따라가는 길을 우리나라에서 '둘째로' 아름다운 길이라고 한 것은 이 영춘가도와 쌍벽을 이루어 어느 것이 더 낫다고 할 수 없어 그렇게 말해두었던 것이다.

영춘가도

영춘가도는 50리 옛길이다. 근대로 들어오면서 그 길이 신작로로 닦였고, 현대로 들어서면서는 2차선 찻길이 되었지만 영춘가도는 아직도 찾아오는 사람이 뜸하여 길가로 식당·여관·가겟방이 들어서는 관광지의 상처를 받지 않았다.

길은 줄곧 남한강을 따라가며 강물이 비집고 내려오는 육중한 산줄기가 둘러 있고, 길가 산비탈엔 이따금 호젓한 마을과 외딴집들이 나타난다.

가로변엔 언제 심었는지 플라타너스와 벚나무가 제법 장하게 자라 늘어서 있고, 넓은 강둑엔 옥수수나 감자 같은 강원도 작물들이 재배되며 마을 입구 길가엔 접시꽃과 해바라기 같은 낯익은 풀꽃들이 철따라 꽃을 피우고 있다.

아, 전국을 포클레인으로 파헤쳐버린 대한민국 천지에 이런 옛길의 잔편이 남아 있는 것이 얼마나 고맙게 느껴지는지 모른다. 2015년 초여름, 이 글을 쓰기 전에 영춘가도가 혹 변하기라도 했는가 확인하기 위해 차를 몰고 학생들과 다시 찾아갔는데 지나가는 차마저 드문 영춘가도는 여전히 내가 사랑하는 그 모습 그대로였다. 영춘은 변함없이 영춘 사람들이 산자락에 기대 살며 강변과 산비탈에 부쳐 먹을 곡식과 채소를 가꾸며 사는 우리의 산촌이었다.

나는 '여울목'이라고 쓰여 있는 동네 이름에 이끌려 잠시 차를 세웠다.

| 영춘가도와 남한강 | 영춘가도는 50리 옛길이다. 아직도 찾아오는 사람이 뜸하여 관광지의 상처를 받지 않았다. 길은 줄곧 남한강을 따라가며 강물이 비집고 내려오는 육중한 산줄기가 둘러 있고, 길가 산비탈엔 이따금 호젓한 마을과 외딴집들이 나타난다.

강둑 넓은 밭엔 싱싱하게 자라는 옥수수가 드넓게 펼쳐져 있다. 밭고랑 길을 따라 강변으로 나아가니 강줄기 따라 뻗어 있는 앞산은 그리 높지는 않지만 육중한 화강암 돌산으로 둥글둥글하게 뫼 산(山) 자를 연속적으로 그리며 이어져간다. 그 산자락에 바짝 붙어 흐르는 강물이 냇돌을 헤치면서 나아가다가 여울지어 흐르면서 물고기 비늘처럼 반짝인다. 참으로 오랜만에 만나는 호젓한 아름다움이었다.

학생들 또한 이 편안한 강촌 풍광에 취해 산이며 강이며 밭이며 연신 카메라를 들이대고 찍는다. 나의 학생 중에는 지방 출신이 제법 많다. 그 중 합천에서 올라온 민규라는 학생은 지방 출신 특유의 순박함이 있어 내가 답사할 때 곧잘 데리고 다니는데 그가 옥수수밭을 가리키며 내게 묻는다.

"선생님, 옥수수가 밭고랑마다 키가 다르네요. 저긴 옥수수가 벌써

| **옥수수밭** | 강변 옥수수밭은 고랑마다 키가 다르다. 옥수수는 생육 기간이라는 것이 있어서 일찍 뿌리면 일찍 익고 늦게 뿌리면 늦게 딴다. 옥수수는 오래되면 말라서 딱딱해지기 때문에 이렇게 시차를 두고 파종하여 키운다.

달렸는데, 여기는 반도 자라지 않았고, 이 앞에 건 키가 요만해요."

아, 그건 내가 부여에서 텃밭을 가꾸면서 심어봐서 잘 안다. 옥수수는 생육 기간이라는 것이 있어서 일찍 뿌리면 일찍 익고 늦게 뿌리면 늦게 딴다. 옥수수는 오래되면 말라서 딱딱해지기 때문에 시차를 두고 파종하는 것이다. 이렇게 설명을 해주고 통박하듯 한마디 했는데 그의 대답이 아주 당당했다.

"민규야, 너는 촌에서 자랐으면서 그것도 몰랐냐?"
"전, 읍내에서 자랐는데요."

향산리 삼층석탑

지난여름 여울목에서 잠시 쉬어갈 수 있었던 것은 자동차를 몰고 갔기 때문이고 답사객을 인솔하여 버스로 갈 때는 영춘 못미처에 있는 가곡면 향산리에서 잠시 쉬어간다. 거기에는 '향산리 삼층석탑'이라는 어여쁜 석탑이 있어 결코 지나칠 수 없는 답사처이기 때문이다.

향산리는 산골치고는 제법 큰 동그만 마을인데 강변 쪽의 300년 된 늠름한 느릅나무 길 건너편으로 들어가면 뜻밖에도 마을 한가운데에 통일신라시대 삼층석탑이 있다. 향산리 삼층석탑은 높이 4미터의 전형적인 하대신라 탑으로 단아한 형태미를 잃지 않고 보존 상태도 비교적 완전한 편이어서 보물 제405호로 지정되어 있다.

가만히 생각해보면 단양에 와서 우리가 만난 보물은 이것이 처음인 것 같다. 단양8경은 모두 명승이고 '단양 적성 신라비'는 그 금석문의 가치 때문에 국보로 지정된 것이니 보물로 지정된 아름다운 건축 조형물은 이것이 유일한 셈이다.

통일신라 삼층석탑의 기본 양식은 높직하고 튼실한 2성 기단에 정연한 비례감을 지닌 3층 탑신으로 이루어진다. 하대신라로 들어오면 높이가 4.5미터 정도로 작아지고 지붕돌의 층급받침이 4개로 줄어들어 전체적으로 아담한 형태미를 보여준다.

향산리 삼층석탑은 그런 전형적인 9세기 하대신라 석탑으로 1층 몸돌에 비해 2층 몸돌의 높이가 3분의 1 정도로 줄어들어 더욱 날씬한 느낌을 주며, 지붕돌의 처마는 수평이지만 낙수면 모서리가 상쾌하게 들려있어 경쾌한 인상을 준다.

탑신부의 몸돌과 지붕돌이 모두 1개씩이어서 깔끔하고 몸돌은 모서리마다 기둥을 나타냈으며 1층 몸돌 남쪽 면에는 문틀과 2개의 문짝이 새겨져 있어 건축적 표정을 갖고 있다. 그리고 상륜부에는 각각 한 돌로 된 노반, 복발, 앙화, 그리고 불꽃 모양 보주가 그대로 남아 있어 더욱 안정감을 준다.

그런데 안내판을 보면 신라 눌지왕 19년(435)에 묵호자(墨胡子)가 깨달음을 얻은 이곳에 향산사(香山寺)를 처음 건립했고 묵호자가 죽은 뒤 제자들이 이 탑을 세우고 사리를 모셨다고 쓰여 있다. 이는 근거가 있는 이야기가 아니고 시대가 맞지도 않는다. 이런 이야기는 안내책에 전설로 소개할 수는 있어도 문화재의 핵심적 내용과 가치를 설명하는 안내판에 써서는 안 된다.

1935년 무렵 도굴꾼이 사리장치를 훔치려고 탑을 쓰러뜨린 것을 5년 후에 마을 사람들이 다시 세웠다고 하는데 건물이 있었을 자리에는 오래전부터 민가가 들어서 있어 본격적인 발굴은 못 했다. 그러나 탑 주변의 밭에서 기왓장과 청자 조각이 많이 나와 고려시대에도 여전히 절집이 있었음을 알 수 있었고 석탑은 원위치에 있는 것으로 확인되어 탑 주변만 깨끗이 정리해두었다. 그리고 1980년에는 아주 작고 귀여운 고려시대 금동불상이 발견되어 지금 국립청주박물관에 전시되어 있다.

향산리는 삼층석탑도 아름답지만 마을 자체가 정겹다. 여전히 농사를 짓고 살아가는 농민들이 있다는 것이 여간 고맙지 않다. 10년 전쯤 일이다. 농림부에서 농촌 마을을 지원하는 농촌마을종합개발사업이라는 프로젝트가 있었는데 향산리도 이 사업에 지원한 바 있었다. 그때 나는 농업 전문가 박진도 교수, '말하는 건축가' 정기용 등과 심사위원으로 향산리를 방문한 적이 있었다. 그때 어느 집 울타리에 완두콩 줄기가 올라가 어여쁜 꽃이 피어 있는 것을 보고 정기용은 내게 이렇게 말했다.

"프로젝트 심사 할 것 없이 지금처럼 옥수수 심고 울타리에 완두콩

| **향산리 삼층석탑** | 향산리 마을 한가운데에는 통일신라시대 삼층석탑이 있다. 높이 4미터의 전형적인 하대신라 탑으로 단아한 형태미를 잃지 않고 보존 상태도 비교적 완전한 편이어서 보물 제405호로 지정되어 있다.

| 향산리 삼층석탑 출토 고려 금동관음보살상 | 향산리 삼층석탑 주변에서 1980년 아주 작고 귀여운 고려시대 금동불상이 발견되어 지금 국립청주박물관에 전시되어 있다.

올리며 살아가시면 이 지원금을 마을에 다 주겠다고 하면 안 될까? 그게 농촌 마을 살리는 길인데."

나도 그럴 수만 있다면 그러고 싶었다. 지금처럼 고향을 지키고 있는 농민들이 국토의 지킴이이고 무형의 문화유산 지킴이라는 생각을 나는 지금도 갖고 있다.

영춘 옛 고을

향산리에서 다시 영춘을 향해 얼마만큼 가다가 보면 군간교(軍看橋)라는 다리가 나온다. 군간교는 군간나루 터에 놓은 다리로 옛날에 파수병을 두었던 곳이라서 군사 군(軍) 자에 볼 간(看) 자를 쓴다. 군간교 건너 영춘으로 가는 길은 1990년대 초 영춘대교가 건설되면서 새로 난 길이다.

본래 영춘으로 가는 옛길은 향산리 뒷산 넘어 구인사(救仁寺)로 들어가는 595번 지방도로이다. 엄청 구불구불한 고갯길로 그 길을 따라가면 구인사 너머 온달산성 지나 영춘으로 들어갈 수 있다. 그래서 홍수가 나거나 큰 눈이 오면 영춘은 여지없이 사방이 막힌 육지 속의 섬으로 고립되곤 했다. 그러니까 영춘이 사계절 육지로 편입된 것은 20여 년 전 영춘대교가 건설된 이후의 일이다. 영춘은 그렇게 깊은 산골이었기 때문에 아직도 호젓한 강마을 분위기를 지니고 있는 것이다.

군간교에서 남한강을 오른쪽에 두고 달리다 영춘대교를 건너면 거기가 바로 영춘면소재지, 그 옛날의 영춘이다.

영춘 고을의 자리앉음새는 마치 엄지손가락처럼 생긴 강둑에 올라앉은 것 같다. 영월에서 흘러내리는 남한강이 크게 S자로 돌아가는 곳이 세 곳 있는데, 하나는 도담삼봉이고 또 하나가 충주이고, 또 하나가 영춘이다. 고을 삼면을 강물이 감싸고 돌아가니 그 그윽한 풍광은 설명하지 않아도 알 만하지 않은가.

그러나 그 아련한 강변 고을이 일제강점기와 한국전쟁, 1972년의 대홍수로 옛 모습을 다 잃고 지금은 새 동네가 형성되어 있다. 본래 영춘 관아는 번듯하여 동헌과 객사 이외에 9칸의 전대청(殿大廳), 6칸의 동대청(東大廳), 비장청(裨將廳), 위전청(衛前廳)이 있었으며 사의루(四宜樓)라는 관아의 2층 누각도 있었다.

그러나 일제강점기에 들어 동헌은 면사무소로, 위전청은 경찰 주재소로, 사의루는 면사무소 회의실로, 전대청과 동대청은 초등학교 건물로 사용되었다. 그러던 것이 한국전쟁 중에 사의루만 남고 다 소실되어버렸고, 1972년 대홍수로 사의루마저 고을 뒤쪽 언덕배기 향교 옆으로 옮겨졌다.

| **영춘 옛 나루터** | 영춘대교가 건설되기 전에 홍수가 나거나 큰 눈이 오면 영춘은 여지없이 사방이 막힌 육지 속의 섬으로 고립되곤 했다. 영춘은 그렇게 깊은 산골이었기 때문에 아직도 호젓한 강마을 분위기를 지니고 있는 것이다.

영춘초등학교에서

본래 영춘은 『정감록』에서 피난을 위한 십승지(十勝地)의 하나로도 꼽히던 곳이어서 이렇게 옛 모습을 다 잃어버렸다는 것이 더욱 허망스럽다. 그러나 그 지세만은 아름다운 강변 마을의 아늑함을 그대로 전해준다. 관아가 있던 영춘초등학교에 가보니 학교 바로 근처에 면사무소가 있고 정문과 파출소가 맞붙어 있어 옛 관아 건물을 나누어 썼다는 것을 바로 알 수 있다. 교문 안으로 들어가자 뜻밖에도 운동장엔 인조 잔디가 깔끔하게 깔려 있는 축구장과 400미터 트랙이 있다.

학교 교사(校舍)는 긴 2층 건물로 제법한 규모인데 화단 앞에는 잘생긴 자연석에 '개교 100주년 기념비'가 자랑스럽게 세워져 있다. 2006년 6월 1일에 세웠다니 이제는 거기에 10년을 더하는 나이가 되었다. 비석 뒷면에는 '꿈과 사랑이 영글어가는 영춘초등학교'라는 제목 아래 다음

| 겸재풍 무낙관의 「영춘현도」 | 화가를 알 수 없지만 겸재풍으로 그린 이 산수화첩에는 영춘 관아의 옛 모습을 그대로 전해주는 「영춘현도」가 있어 그 옛날을 그려보게 한다.

과 같은 글이 새겨져 있다.

1906년 6월 1일 영춘 홍명학교로 개교하여 사립 영춘보통학교, 영춘공립보통학교, 영춘공립심상소학교, 영춘국민학교로 역사를 이어오다 1996년 3월 1일 영춘초등학교로 개칭되어 오늘에 이르렀다.

1907년 정미병란(丁未兵亂, 의병운동)으로 교사가 소실되어 개교한 지 1년 만에 잠시 문을 닫아야만 했으며 한국전쟁이 한창이던 1951년 1월 8일 또다시 교실이 모두 불타 배움의 터전을 잃어야만 했고, 1972년 충북 북부 지역을 휩쓸고 지나간 엄청난 수해로 운동장이 모두 유실되는 아픔을 겪으면서도 이 배움의 전당에서는 100년 동안 4,825명의 동문들이 이 나라 역사의 증인으로, 역사의 수레바퀴를 움직이는 역군으로 오대양 육대주를 누비며 오늘을 살아가고 있다.

우리는 100년의 역사와 전통을 자랑하는 모교가 무궁토록 이어지기를 소원하며 총 동문들과, 자라나는 새싹들의 꿈과 희망을 키워주시는 선생님들의 정성을 하나로 하여 이 비를 세우노라.

영춘 사람들의 고향에 대한 자부심과 애정이 물씬 묻어난다. 나 또한 영춘초등학교가 무궁히 이어지길 비는 마음이 간절해지건만 현재 학생 수가 각 학년 1개 반, 10명 안팎으로 전교생이 67명이라니 그 장래를 어떻게 보장할 수 있을까 안타까운 마음이 일어난다.

강변에 바짝 붙어 있는 학교 담장 한쪽으로 샛문이 있어 나가보니 남한강 푸른 물이 학교를 크게 맴돌아간다. 둑 위로는 강 따라 산책로가 마련되어 있고 길가로는 코스모스가 때 이른 꽃을 피우고 가볍게 불어오는 강바람에도 흐느끼고 있었다.

| **영춘향교 홍살문** | 영춘향교는 입구의 홍살문이 제자리에 번듯하게 서 있어 여기서 향교를 바라보는 시야가 아주 멋스럽다. 주변에 옥수수밭, 아주까리밭이 둘러져 있어 옛 고을의 향취를 느끼게 한다.

영춘향교에서

오늘날 영춘의 모습은 이렇게 변했지만 고을 뒤편 언덕배기에는 향교가 남아 있어 영춘의 옛 모습을 엿볼 수 있게 한다. 조선왕조는 건국과 동시에 전국 330여 군현마다 반드시 향교를 세워 공자를 모신 대성전(大成殿)에서 제를 지내고 명륜당(明倫堂)에서 학생을 가르치게 했다. 요즘으로 치면 국립 중고등학교다. 그래서 전국의 옛 관아는 다 사라졌어도 향교만은 그 옛날의 군현 숫자만큼 남아 있어 고을의 역사를 증언하고 있다. 이것이 얼마나 다행스러운 일인지 모른다.

영춘향교는 정종 1년(1399)에 처음 세워졌고 임진왜란과 몇 차례의 화재, 그리고 빈번한 수해로 소실되었다가 정조 15년(1791)에 현재 위치로 이건했다. 이후 몇 차례 중수가 이루어졌고 현재의 건물은 1977년에 전면 보수한 것이다.

| **영춘향교** | 영춘향교는 언덕의 기울기를 변형시키지 않고 건물을 배치했기 때문에 지붕들의 높낮이가 그대로 드러나 평면적이지 않고 입체적이다.

영춘향교는 향교의 기본 건물인 대성전·명륜당·동재·서재·전사청을 두루 갖추어 그 규모와 격식이 여느 향교 못지않다. 내가 영춘향교에 갔을 때는 문이 굳게 닫혀 있어 안으로 들어갈 수는 없었지만 담장을 낮게 둘러 밖에서도 그 전모를 볼 수 있었다.

특히 영춘향교는 입구의 홍살문이 제자리에 번듯하게 서 있어 여기서 향교를 바라보는 시야가 아주 멋스럽다. 언덕의 기울기를 변형시키지 않고 건물을 배치했기 때문에 지붕들의 높낮이가 그대로 드러나 평면적이지 않고 입체적이다.

나는 향교 담장을 따라 한 바퀴 돌면서 밖에서 건물 안쪽의 이모저모를 살펴보았다. 아무리 보아도 비탈을 경영한 솜씨가 일품이라는 생각이 들었고 담장은 남한강의 둥근 냇돌로 쌓아 더욱 보기 좋았는데 돌들이 호박만 한 크기인지라 여간 튼실해 보이는 것이 아니었다.

  향교 뒷담을 돌아나오니 홀연히 옥수수를 심은 비탈밭 아래로 영춘 고을의 모습이 한눈에 들어온다. 강이 끼고 도는 고을 건너편으로는 낮은 산자락이 감싸듯 펼쳐져 있어 여간 아늑하게 느껴지는 것이 아니었다. 대한민국 천지에 이처럼 아름다운 강마을이 남아 있다니. 영춘 고을이 영춘초등학교와 함께 이대로 고이 이어지기를 비는 마음이 간절하기만 하다.

사의루에 올라

  향교 바로 곁에는 옛 영춘 관아의 문루인 사의루가 있다. 1972년 홍수를 겪고 1973년에 안전한 이곳으로 옮겼다는데 이건 참으로 잘못 생각한 것이다. 누각은 건물보다도 위치가 중요한 터라, 제자리를 잃었다는

| **사의루** | 영춘향교 바로 곁에는 옛 영춘 관아의 문루인 사의루가 있다. 사의루는 정조 11년(1787) 현감 유시경이 중수하면서 지은 이름이라고 하며 네 가지 마땅함을 갖춘 누각이라는 뜻이다. 네 가지란 산·물·바람·인심이라고 한다.

것은 건축적 가치의 반을 잃어버린 셈이다.

　사의루 건물은 2층 누각으로 그 규모가 당당하고 구조가 튼튼해서 영춘의 자존심을 보여주는 듯했다. 내가 사의루에 올라갔을 때는 어르신한 분이 밀짚모자로 얼굴을 가리고 낮잠을 자고 계셨다. 곤한 잠을 깨우고 싶지 않아 뒤돌아 내려오는데 내 발소리에 잠이 깬 어른께서 괜찮다며 어서 올라오라고 했다. 그리하여 나도 누각 한쪽에 길게 누워 잠시 눈을 붙여보았는데 그 한가로움과 평화로움이 영 잊히지 않는다.

　사의루는 정조 11년(1787) 현감 유시경(柳時慶)이 중수하면서 지은 이름이라고 하며 네 가지〔四〕 마땅함〔宜〕을 갖춘 누각이라는 뜻이다. 이는 영춘이 예로부터 산(山)·물〔水〕·바람〔風〕·인심(人心)이 좋아 길지(吉地)로 인식되어온 것이 마땅하다는 뜻이라고 한다.

　신경림 선생이 일찍이 『민요기행』에서 하신 말씀이 산 좋고 물 좋고

| 돌거북 비석 | 사의루 초입에는 역대 현감의 공덕비 중 잔편만 남은 2기와 돌거북받침이 온전한 비석 하나가 서 있다. 특히 이 비석은 돌거북의 모습이 해학적이고 귀엽기만 하다.

바람 좋고 인심 좋은 곳이라는 것은 그 고을에 별 볼거리가 없다는 뜻이라고 했는데, 오늘날에 와서는 그것이 진짜 '사의'로 되었으니 영춘은 별볼 일 없는 것이 오히려 큰 볼거리가 되었다고 하겠다.

그런데 나는 이 '사의'의 뜻풀이를 약간 의심하고 있다. 다산 정약용은 강진에 유배되어 처음 4년간 동문(東門) 가까이 노파가 밥 파는 집〔賣飯家〕에서 기거했는데 다산은 이 집을 '사의재'라 한 바 있다. 다산이 말한 사의란 '맑은 생각, 단정한 용모, 과묵한 말씨, 신중한 행동' 네 가지였다. 사의루 기문(記文)을 찾아내면 명확히 알 수 있는 일이지만 꼭 다산과 같은 내용은 아니어도 그런 깊은 뜻이 들어 있었을 것만 같다.

영춘현감 기원 유한지와 사의루 현판

사의루는 현판 글씨가 아주 멋있다. 아무리 보아도 잘 쓴 글씨에 새기기도 잘했고 나이도 오래된 것 같다. 글씨도 꽤 낯이 익다. 나는 속으로 영춘현감을 지낸 기원(綺園) 유한지(兪漢芝, 1760~1834)의 글씨일지도 모른다는 생각이 들었다.

조선왕조는 기록이 풍부한 나라여서 역대 영춘현감의 이름과 재직 연도를 거의 다 알 수 있다. 본래 현감은 종6품 벼슬인 데다 벽지였기 때문에 유명한 분이 오는 일이 드물었다. 다만 남유용·홍낙인처럼 관직 초년에 영춘현감을 지내고 나중에 유명해진 분이 몇 있다.

그런 중, 영춘은 미술사와 인연이 깊어서 희원(喜園) 이한철(李漢喆)이 헌종 11년(1845)에 부임했고, 소림(小琳) 조석진(趙錫晉)이 1902년에 부임하여 1906년까지 5년간 있었다. 이분들은 어진(御眞)을 제작한 공으로 벼슬을 얻은 것이었다.

그리고 기원 유한지가 순조 23년(1823)에 영춘현감에 부임하여 임기를 마치고 갔다. 그는 화원 출신이 아니라 기계 유씨 명문가 출신이었는데 그후 벼슬에 나가지 않아 유한지라고 하면 '영춘현감'이 붙어다녔다. 글씨로 당대에 크게 이름을 떨쳐 자하(紫霞) 신위(申緯)는 "청풍군수 윤제홍의 산수화와 영춘현감 유한지의 전서·예서가 한때 뛰어났다"고 했다.

그의 작품으로는 문익점 신도비, 강릉 경포대 현판, 화성의 화홍문 현판 등이 유명하고 경남대가 소장하고 있는 데라우치 문고(寺內文庫) 중 그의 예서첩(『유한지 예서 기원첩兪漢芝隷書綺園帖』)은 보물 제1682호로 지정되어 있다. 특히 유한지는 단원 김홍도와 가까워서 단원의 『병진년화첩』에 '단원 절세보(檀園折世寶)'라는 표제 글씨를 쓰기도 했다. 또한 영조시대의 문인화가로 풍속화라는 장르를 확립한 조영석(趙榮祏, 1686~1761)

| **영춘 북벽** | 영춘의 강 건너는 깎아지른 병풍바위가 족히 400미터쯤 이어졌는데 영조 때 현감이었던 이보상이 석벽에 '북벽'이라는 글씨를 새긴 뒤 영춘 북벽이라 불리게 되었다. 영춘 제일의 명승이다.

의 유명한 작품 「조영복(趙榮福) 초상」은 1724년 그가 39세 때 이곳 영춘에 유배된 형님을 찾아뵙고 그린 작품이다. 이런 서화가들 때문에 영춘이 나에게 더욱 가깝게 느껴진 점도 없지 않다.

사의루 초입에는 역대 현감의 공덕비 중 잔편만 남은 2기와 돌거북받침이 온전한 비석 하나가 서 있다. 홍수 때 다 떠내려가고 운 좋게 남은 것을 여기에 옮겨 보존하고 있는 것이다.

그중 돌거북 비석의 글씨를 읽어보니 인조 13년(1636)에 영춘현감으로 부임한 바 있는 서정리(徐貞履)의 공덕비였다. 이 비석의 돌거북은 해학적이고 귀엽다. 대개 이런 조각은 19세기 민화가 유행할 때 많이 보이는 것인데 그 연대가 17세기 인조 연간까지 올라간다는 것이 퍽 신기했다.

사의루에서 내려와 이제 영춘을 떠나자니 좀처럼 발이 떨어지지 않는다. 영춘의 강변 정취를 한껏 느끼고 싶으면 소재지에서 좀 더 들어가면

| 베틀재 | 영춘에서 영월로 올라가는 길로 충북 · 경북 · 강원 3도가 다 조망된다는 베틀재를 넘어가는 산길(935번 지방도로)이 새로 열렸다고 하여 그쪽으로 가보았다. 듣던 바대로 깊고 깊은 산속에 베틀재 전망대가 나온다.

바로 나오는 북벽교 옆의 상리 느티마을로 나가는 것이 좋다. 강 한쪽은 호박만 한 자갈돌과 자갈이 부서져 이룬 굵은 모래가 강가까지 넓게 깔려 있다.

강 건너는 깎아지른 병풍바위가 족히 400미터쯤 이어졌는데 영조 때 현감이었던 이보상(李普祥)이 석벽에 '북벽'이라는 글씨를 새긴 뒤 이렇게 불리게 되었다. 그 강변 모래밭에 앉아 북벽과, 여울져 흐르는 남한강을 번갈아 바라보는 한가로움을 가질 수 있었던 것은 그 옛날 내가 만끽할 수 있는 답사의 여백이었다.

그런데 세월이 많이 흘러 북벽은 이제 래프팅 명소가 되어 그런 고요함이 많이 사라졌고, 느티마을은 넓은 산비탈 밭에 50만 주의 해바라기를 심어 해바라기 마을로 이름을 얻고 관광객을 부르고 있다. 해바라기 꽃밭의 풍광이 싫은 것은 아니지만 옛날 옥수수밭일 때가 훨씬 영춘다웠다는 생각을 지울 수 없다. 그래도 북벽이 건재하고 남한강 푸른 물이 초록빛으로 흐르는 한 영춘과 북벽의 아름다움과 명성은 이어져갈 것이다.

영춘에서 영월로 올라가는 데는 길이 둘 있다. 본래는 남한강을 계속 따라 올라가 영월에 이르는 길(595번 지방도로)뿐이었는데, 근래에 충북·경북·강원 3도가 다 조망된다는 베틀재를 넘어가는 산길(935번 지방도로)이 새로 열렸다고 하여 그쪽으로 방향을 잡았다.

듣던 바대로 험한 산을 오르고 또 오르다보니 베틀재 전망대가 나오고 또 거기서 또 한참을 내려가니 영월 중에서도 오지로 유명한 김삿갓면이 나왔다. 그날 영춘이 참으로 깊은 산골임을 더욱더 느낄 수 있었다.

영춘 온달산성

내가 영춘이라는 옛 고을을 처음 알게 된 것은 사실 온달산성(사적 제264호) 덕분이었다. 30년 전 내가 한창 답사를 시작할 때는 흐릿한 흑백 사진 하나를 보고 한번 찾아가보는 일종의 탐사였다. 그리하여 아무 기대도 하지 않고 어느 날 온달산성에 올라갔을 때의 황홀한 감격을 잊지 못한다.

우리나라는 산성의 나라이다. 그 많은 산성 중 가장 멋지고 감동적인 산성을 셋만 들어보라고 하면 나는 주저 없이 보은의 삼년산성, 상주의 견훤산성, 그리고 영춘의 온달산성을 꼽을 것이다.

단양 적성에서도 보았듯이 우리나라 산성의 의미는 성벽의 생김새와 구조보다도 자리앉음새에 있다. 어느 산성이든 적의 이동과 동태를 살필 수 있는 곳에 쌓았다. 한번은 고 노무현(盧武鉉) 대통령이 내게 산성에 대해 단도직입적으로 물은 적이 있다.

| **멀리서 바라본 온달산성 입구** | 우리나라는 산성의 나라이다. 많은 산성 중 가장 멋지고 감동적인 산성을 셋만 들어보라고 하면 나는 주저 없이 보은의 삼년산성, 상주의 견훤산성, 그리고 영춘의 온달산성을 꼽을 것이다. 온달산성 입구에는 사극 세트장이 있어 얼핏 보면 산성과 어울리기도 한다.

"나는 산성을 왜 쌓았는지 이해하지 못하겠어요. 적이 쳐들어오면 맞붙어서 싸워야지 왜 산성으로 도망갑니까?"

"도망가는 것이 아니라 싸우기 위해서 산성으로 올라가는 겁니다. 미리 만들어놓은 보루 같은 것이죠."

"그러면 거기에 먹을 것, 마실 것이 있나요?"

"산성엔 반드시 우물이 있어야 하고 식량은 산성에 진을 칠 때 가지고 간 것으로 생각되고 있습니다."

"산성에서 진짜 싸움이 벌어졌나요?"

"남한강 유역에서는 고구려·백제·신라가 치열하게 공방전을 치렀기 때문에 삼국이 요충지마다 산성을 쌓았어요. 그래서 충청북도에는 삼국시대 산성이 즐비합니다.

그리고 임진왜란을 치르고 나서 조정에서 새롭게 알게 된 사실은 우리가 평지 싸움에서는 전멸했지만 산성 싸움에선 크게 이겼다는 사실이었어요. 행주산성 대첩이 대표적인 예이죠. 그래서 임란 후 전국의 산성에 대한 대대적인 보수공사가 이루어졌습니다."

"듣고 보니 알겠네요. 그런데 이런 걸 왜 국민들에게 잘 설명해주지 않나요. 청장님 '답사기'에도 이런 얘기가 없지요? 있었으면 내가 알았을 텐데."

"예, 아직 충청북도 답사기를 쓰지 못했거든요. 요담에 온달산성 답사기를 쓸 때 꼭 얘기해두겠습니다."

순박하고 정직한 성품에서 나온 질문이었고 다 듣고 나서 하신 말씀은 거두절미하고 요점만 찍어 말하는 직선적인 성격을 그대로 보여준다. 아무튼 나는 당신과 한 약속을 지킨 것이다.

온달산성의 내력과 구조

온달산성은 고구려의 장수 바보 온달이 쌓았다는 전설에서 나온 이름이다. 『신증동국여지승람』에는 "둘레 1,523척, 높이 11척의 석축성으로 우물이 하나 있는데 지금은 반이 무너졌다"고 했고, 『여지도서』에는 "온달이 을아조(乙阿朝)를 지키기 위해 축조했다"는 전설이 소개되어 있다.

또 『삼국사기』 「온달전」에 보면 영양왕 원년(590)에 온달이 왕에게 "신라가 우리 한북(漢北)의 땅을 빼앗아 군현으로 삼았으나 그곳 백성들이 통탄하며 부모의 나라를 잊은 적이 없습니다. 저에게 군사를 주신다면 가서 반드시 우리 땅을 되찾겠습니다"라고 아뢰고 "계립령(하늘재)과 죽령 서쪽의 땅을 되찾지 못한다면 돌아오지 않겠다"고 맹세한 후 출정했으나 아단성(阿旦城) 아래에서 신라군과 싸우다 화살에 맞아 죽었다는

| 온달산성 | 온달산성은 서쪽으로 돌아가야 제맛이다. 그리고 동쪽 성벽에 이르는 순간 누구든 애 하는 감탄사를 발하고 만다. 성벽은 산비탈을 타고 포물선을 그리며 동벽은 앞면, 북벽은 뒷면을 엇갈려 보여주며 힘찬 움직임이 일어나는데 그 아래로 남한강은 더욱 푸르고 길게 펼쳐진다.

내용이 있다.

고구려 때 영춘의 지명이 을아조 또는 을아단(乙阿旦)이었는데 여기서 '을'은 을지문덕의 '을'처럼 위(上)를 뜻하는 것이니 아단성이 곧 온달산성이라는 것이다.

　그러나 학자들은 온달산성의 위치가 강 건너 북쪽을 겨냥하고 있는 것으로 보아 단양 적성과 마찬가지로 신라 쪽에서 쌓은 성으로 생각하고 있다. 그러므로 온달의 전설이 맞는다면 그가 이 성을 쌓았다기보다 성을 치려다 전사한 것으로 보인다. 한편 온달이 전사했다는 아단성은 서울 광나루의 아차성(峨嵯城)이라는 견해도 있다.

온달산성의 성곽 둘레는 682미터로 그리 크지는 않다. 가파른 북쪽 산자락을 방어벽으로 이용하여 쌓은 테뫼식 산성이다. 바깥쪽에서 보았을 때 북벽은 7미터 이상으로 높다. 그러나 70도 되는 급경사면에 쌓은 것이기 때문에 성 안쪽에서 보면 그리 높지 않다.

성안에는 억새와 잡목, 낙엽송이 잔뜩 자라 있었으나 근래에 관광지로 관리되면서 많이 솎아졌다. 우물은 이미 메워진 지 오래되었지만 성안 가운데쯤에는 장마 때 물이 솟는 곳이 확인되었고 곳곳에서 신라 토기들이 발견되었다고 한다.

온달산성에서

온달산성은 관광지가 되면서 넓은 주차장에 상가들이 들어섰고 드라마 「추노」 세트장이 만들어졌으며 온달동굴(천연기념물 제261호)로 들어가는 입장료도 받고 있다. 관광지로 개발되기 전에는 주차장이 전부 논이었고 입구에는 민가가 네댓 채 어깨를 맞대고 있고 한쪽 켠으로 오래된 산신당이 산성을 지키고 있어 스산한 분위기가 물씬 풍겼다.

온달산성으로 오르는 길은 경사가 매우 급해서 숨이 가쁘고 제법 높다. 성벽까지 오르자면 족히 30분가량 가파른 산을 미끄러지면서 올라가야 했는데 지금은 계단이 있어 그리 힘들지 않다. 중턱에 사모정(思慕亭)이라는 정자가 있어 여기에서 잠시 숨을 고르고 또 그만큼 올라가면 제법 거대하고 튼튼해 보이는 온달산성 북벽에 다다른다.

성안으로 들어가 나무 그늘에 앉아 성벽 아래쪽을 내려다보면 남한강 물줄기가 훤히 드러나고 영춘대교 너머로 영춘 옛 고을이 한눈에 들어온다. 그 장쾌한 눈맛을 나는 여기서 다 표현하지 못한다.

| **온달산성 오르는 길** | 온달산성 성벽은 말끔히 보수했을 때보다 이처럼 풀들이 자연스럽게 덮여 있을 때가 더 역사적 정취를 느끼게 했다.

| 온달산성에서 보이는 소백산 | 온달산성 성문터에서는 겹겹이 펼쳐지는 소백산 산자락이 그림처럼 다가온다. 가운데 보이는 봉우리가 소백산 연화봉이다.

　누구든 힘들여 올라온 값으로 성벽을 한 바퀴 돌아보고 싶어지는데 성벽은 서쪽으로 돌아가야 제맛이다. 산성의 남쪽으로 돌아서면 무너진 성벽 사이로 소백산 연화봉이 그림같이 펼쳐진다. 그리고 동쪽 성벽에 이르는 순간 누구든 아! 하는 감탄사를 발하고 만다. 성벽은 산비탈을 타고 포물선을 그리며 동벽은 앞면, 북벽은 뒷면을 엇갈려 보여주며 힘찬 움직임이 일어나는데 그 아래로 남한강은 더욱 푸르고 길게 펼쳐진다.

　영춘 고을의 나직한 집들과 점점이 이어지는 밭들이 강줄기 따라 펼쳐지는 모습을 넋 놓고 바라보고 있자면 내가 옛 전쟁터의 산성에 올라 있다는 생각은 까맣게 잊고 그림 같은 평화로움이라고 말하고 싶어진다. 언젠가 건축가 민현식도 이 온달산성에 다녀온 뒤 내게 이렇게 말했다.

　"우리나라의 자연과 건축이 얼마나 잘 어울리는가를 온달산성보다 감동적으로 보여주는 곳은 없다. 그것은 전쟁에 대한 기억이 아니라 자연을 경영하는 인간의 자세를 보여준다고 해야 한다."

내가 이 온달산성에 오른 것이 벌써 몇 번인지 헤아리지 못한다. 단양을 답사할 때 단양8경은 스치듯 지나갈지언정 영춘의 온달산성은 빼놓은 적이 없다. 온달산성에 올라 성벽에 아무렇게나 걸터앉아 우리 산천의 산과 강과 들과 마을과 사성을 망연히 바라보는 그 맛에 난양으로 답사를 오기도 했다.

답사객들도 나와 같은 마음이었고 산성을 내려갈 때쯤이 되어서야 우리가 오른 이곳이 온달산성임을 새삼 깨닫고 나에게 온달의 내력을 물어보곤 했다. 나는 온달이 여기서 전사했다는 전설을 믿는 편이라고 대답하고 내가 느끼는 온달에 대해 말해주곤 했다.

내가 『나의 문화유산답사기』 '북한편'에서도 이야기한 바 있지만, 나는 온달 이야기는 시답지 않은 옛날이야기로만 알고 있다가 바보 온달 이야기의 주인공은 평강공주라는 호암(湖巖) 문일평(文一平, 1888~1939) 선생의 글을 읽고 큰 깨우침을 받았다. 그런 시각에서 보면 평강공주는 아주 진보적이고 평민적이고 영웅적인 왕녀였다.

이 이야기는 바보 남편에 장님 시어머니를 모신 지극한 사랑, 끝까지 신의를 지키는 믿음, 자기 능력을 극대화하는 인간적 성실성, 바보 남편을 전쟁 영웅으로 보필하는 훌륭한 아내, 그리고 처연히 저세상으로 떠나는 대범한 죽음, 저승으로 가는 순간에도 변치 않는 사랑, 거기에다 최고의 지배층과 최하의 평민이 만나는 사회적 일체감을 다른 사람 아닌 평강공주를 통해 나타냈다는 것이다. 그러니까 고구려 사람들은 요즘 영국인들이 다이애나 왕세자비를 그리듯 평강공주를 기렸던 것이다.

죽령고개

 나의 단양 답사기는 영춘 온달산성으로 끝낼 수 있다. 그러나 이 이야기를 하지 않고 끝낸다면 단양 답사기는 부실한 것으로 될 것 같다. 바로 죽령(竹嶺) 옛길이다.

 단양이 지세가 험한 산으로 이루어진 산골인지라 예부터 사람이 적게 살았음에도 어느 고을 못지않은 전국적인 지명도가 있는 것은 죽령 때문이었다.

 옛날에 한양에서 남한강 뱃길을 이용해 경상도로 갈 때는 죽령을 넘어가는 것이 가장 빠르고 편한 길이었다. 오늘날로 치면 경부선에 해당하는 길목이었던 것이다. 단양8경의 아름다움이 세상에 널리 알려지게 된 것도 사실은 죽령 덕이 크다.

 죽령은 소백산 산자락을 비집고 넘어가는 높은 고개다. 소백산은 국망봉(해발 1,421미터)을 비롯하여 1,000미터가 넘는 준봉들이 월악산과 속리산을 향하여 남쪽으로 힘차게 치달리는데 도솔봉(해발 1,314미터)과 연화봉(해발 1,394미터) 사이 산세가 잠시 주춤하면서 낮게 굽이진 곳이 있다. 그 사이를 비집고 넘어가는 고개가 죽령이며 그 너머가 경상도 풍기이다.

 『삼국사기』에 의하면 죽령고갯길은 신라 아달라 이사금 5년(158) 3월에 열렸다고 한다. 『여지도서』에도 "아달라왕 5년에 죽죽(竹竹)이가 죽령길을 개척하고 순사하여 죽령이라는 이름이 붙었다. 고개 서쪽에 죽죽사라는 사당이 있다"고 했다. 이것이 죽령의 내력이다.

 멀리서 죽령을 바라보면 산자락 사이가 마치 말안장처럼 우묵하게 들어가 그 틈새를 가르고 고갯길이 났지만 워낙에 산이 높은지라 해발 689미터가 되는 험한 고갯길이다.

 그로 인해 죽령 옛길에는 산신각이 여러 곳에 모셔져 있다. 그중 가장

| 죽령 다자구야 산신당 | 죽령 옛길에는 산신각이 여러 곳에 모셔져 있는데 그중 가장 유명한 것은 '죽령 산신당', 속칭 '다자구야 산신당'이다. 이 죽령 산신당은 죽령을 넘어가는 5번 국도로 가다보면 오른쪽으로 안내 표시가 있어 쉽게 찾아갈 수 있다.

유명한 것은 '죽령 산신당', 속칭 '다자구야 산신당'이다. 전설에 의하면 한 할머니가 관군과 짜고 자신이 도적 소굴로 가서 도적들이 다 잠자고 있으면 "다자구야(다 잠들었구야)"라고 외칠 테니 그때 와서 소탕하라고 했단다.

할머니는 도적들에게 아들 둘을 산에서 잃어버려 찾아왔는데 한 애는 '들자구야'이고 한 애는 '다자구야'라면서 "들자구야"를 계속 불러댔다. 그러다 도적들이 다 잠들자 "다자구야"라고 외쳤고, 이에 관군들이 들이닥쳐 도적떼를 다 잡아갈 수 있었다고 한다. 이후 사람들은 할머니를 산신당에 모셨고 지금도 이곳 주민들은 해마다 두 번 할머니에게 제를 올리고 있다.

이 죽령 산신당은 죽령을 넘어가는 5번 국도로 가다보면 오른쪽으로 안내 표시가 있어 쉽게 찾아갈 수 있다.

| 죽령휴게소에서 바라본 산세 | 지금은 중앙고속도로가 죽령터널을 뚫고 가볍게 지나가지만, 5번 국도는 여전히 산자락을 굽이굽이 돌며 숨차게 올라 고갯마루 죽령휴게소에 이른다. 죽령휴게소에서 보는 소백산 겨울 풍경이다.

죽령휴게소

지금은 중앙선 철길이 넘어가고 중앙고속도로가 죽령터널을 뚫고 가볍게 지나가지만, 5번 국도는 여전히 산자락을 굽이굽이 돌며 숨차게 올라 고갯마루 죽령휴게소에 이른다.

이 5번 국도는 내가 지난 세월 영주 부석사, 순흥 소수서원, 안동 하회마을을 답사할 때마다 넘어가던 고갯길이다. 지금은 왕복 3차선 도로로 닦여 별로 힘들이지 않고 넘어가지만 그것은 근래의 일이다.

10여 년 전만 하더라도 덩치 큰 버스로 비좁은 편도 1차선 고갯길을 넘어가자면 우리 답사회의 마기사님, 조기사님이 핸들을 꼭 잡고 몸을 좌우로 크게 움직이며 삼각함수 풀이하듯 사인(sin), 코사인(cos) 곡선을 그리며 넘어갔다. 가다가 앞에 화물차라도 만나면 마냥 꽁무니만 보고 엉금엉금 기어올랐다.

왜 그리도 화물차가 많았던지! 그런데 화물차 운전사 입장에선 앞이 건 뒤건, 버스건 승용차건 여간 신경 쓰이는 것이 아닌지라 굽이마다 클랙슨을 울려대며 돌아가는데 차 뒷면에는 온갖 경고문이 다 쓰여 있다. '위험물' '화기물' '폭발물' '접근 금지' '책임 안 짐'…… 그리고 해골바가지 그림까지 곁들이며 뒤차에게 안전거리를 확보하라고 경고한다. 그 화물차 경고문 중 정말로 겁이 나서 가까이 접근하기 무섭게 하는 기발한 문구가 있었다.

"초보운전"

그래서 노자(老子)는 부드러운 것이 강한 것을 이긴다며 "유능제강(柔能制剛)"이라고 했고, 나는 "인생도처유상수(人生到處有上手)"라고 했던 것이다.

그렇게 고갯마루에 오르면 죽령휴게소에서 으레 한숨을 돌리고 한참을 쉬어갔다. 휴게소에서 고개 아래로 펼쳐지는 장쾌한 소백산맥을 바라보는 풍광은 가히 일품이다.

그러다 어느 해인가 휴게소 아래로 난 죽령 옛길을 답사한 적이 있다. 죽령 옛길 어드메에 보국사(輔國寺)터라는 폐사지에 머리를 잃은 커다란 석불 입상이 하나가 있는데 이것이 신라 화랑 죽지랑(竹旨郞)의 설화와 연관이 있다는 것이었다.

그래서 보국사터를 찾아갔다가 이름 없는 산신당만 보았을 뿐 길을 헤매다 돌아왔다. 그러고는 오랫동안 잊어버리고 있었는데 이를 확인하지 않고는 단양 답사기를 마무리 지을 수 없어 지난 초여름 차를 몰고 학생들과 석불을 찾아 나섰다.

| 죽령 옛길의 접시꽃 | 가파른 계곡에서 쏟아지는 물소리가 진동하고 울창한 숲을 비집고 길이 구불구불 돌아가는
데 간간이 몇 채의 집들이 다정히 이웃하여 담을 맞대고 있다. 돌담가로 접시꽃이 무성히 피어 있었다.

보국사터의 석불 입상

옛날과 달리 요즘 죽령 옛길은 '소백산 자락길'의 일부로 정비되어 있
어 쉽게 찾아갈 수 있었다. 단양에서 옛날에 '초보운전' 뒤꽁무니를 따라
갔던 그 5번 국도로 들어서니 길은 3차선으로 닦여 있고 얼마만큼 가다
보니 길가에 '소백산 자락길, 죽령 옛길'이라는 표지판이 나왔다. 그리고
한쪽엔 '용부원2리 샛골'이라는 큼직한 빗돌 아래쪽으로 승용차 한 대가
다닐 수 있는 길이 나 있었다.

그 길로 들어서니 바깥과는 전혀 다른 세상이었다. 가파른 계곡에서
쏟아지는 물소리가 진동하고 울창한 숲을 비집고 길이 구불구불 돌아가
는데 간간이 몇 채의 집들이 다정히 이웃하여 담을 맞대고 있다. 돌담가
로 접시꽃이 무성히 피어 있는 것이 여간 보기 좋은 것이 아니었다.

얼마 안 가서 길가 한쪽에 보국사터를 알리는 문화재 안내판이 나왔

다. 안내판 옆으로 나 있는 돌계단을 오르자 나뭇가지 사이로 석불입상의 몸체가 드러나는데 나는 순간 깜짝 놀랐다. 이렇게 크고 당당하고 아름다운 석불일 줄 몰랐다. 마치 그리스 신전의 파손된 신상을 보는 듯한 감동이었다.

비록 얼굴을 잃었고 가슴에 상처를 입었지만 하반신에 새겨져 있는 옷자락의 의습선(衣褶線)이 정밀하고 옷에 감싸인 육체의 볼륨이 은은히 드러나 있다. 현재 남아 있는 석불의 크기가 4미터라니 얼굴까지는 아마도 4.5미터였을 테고 그렇다면 장육존상(丈六尊像)이다. 부처님의 키는 1장 6척이었다고 했다. 경주 황룡사에 모셔진 불상도 장육존상이었다. 늦어도 9세기 하대신라의 여래입상이다. 비슷한 예를 찾자면 거창 양평동의 석조여래입상과 같은 양식인데 조각 솜씨가 훨씬 홀륭하고 시대도 좀 이른 느낌이다.

무게감 있으면서도 곱게 다듬은 연꽃좌대의 정밀한 돋을새김을 보니 완전했을 때는 정말로 통일신라 석불의 진면목을 보여주었을 것이라는 생각이 든다. 보면 볼수록 이 불상을 파손한 조상이 원망스럽기만 하다.

| 보국사터 불상의 **연꽃좌대** | 무게감 있으면서도 곱게 다듬은 연꽃좌대의 정밀한 돋을새김을 보니 완전했을 때는 정말로 통일신라 석불의 진면목을 보여주었을 것이라는 생각이 든다.

이처럼 당당한 불상이 죽령의 사찰에 모셔졌다는 것은 예삿일이 아니다. 단양 사람들이 술종공의 미륵불이라고 주장하고 싶어하는 데에는 그만한 이유가 있어 보였다.

향가, 죽지랑을 사모하는 노래

『삼국유사』에 나오는 「모죽지랑가(慕竹旨郎歌, 죽지랑을 사모하는 노래)」의 이야기는 이렇다. 술종공(述宗公)이라는 분이 삭주(강원도)의 지방관이 되어 죽지령을 지나갈 때 길을 닦고 있는 한 거사를 만났다. 술종공은 거사가 범상치 않은 분이라 생각했고 거사는 술종공의 위풍당당한 자세에 감탄했다. 임지에 온 지 한 달쯤 되었을 때 술종공은 죽지령에서 만났던 거사가 자기 집으로 들어오는 꿈을 꾸었다. 그런데 부인도 똑같은 꿈을 꾸었다는 것이다. 술종공은 이상하게 생각되어 죽지령에 사람을 보내 알아보니 꿈을 꾼 날 거사가 죽었다는 것이다.

이에 술종공은 죽은 거사가 부인의 몸을 통해 환생하는 것이라 여기고 거사의 주검을 죽지령 북쪽 봉우리에 후하게 장사 지내고 무덤 앞에는 돌미륵을 세워주었다고 한다(단양 사람들은 그 돌미륵이 바로 이 보국사터 석불 입상이라고 주장하는 것이다). 그리고 꿈을 꾼 날부터 아내에게 태기가 있었고 후에 아들을 낳자 술종공은 거사를 만났던 죽지령의 이름을 따서 죽지랑이라고 했다고 한다.

이 이야기는 향가 「모죽지랑가」로 이어진다. 그 죽지랑이 화랑이 되었을 때 그를 따르는 무리 중에 득오곡(得烏谷)이 있었는데 갑자기 열흘 가까이 나타나지 않으므로 죽지랑이 그의 어미를 불러 연유를 물으니 아간(阿干) 익선(益宣)이 그를 갑자기 부산성의 창고지기로 임명하여 미처 인사도 못 여쭙고 떠나게 되었다는 것이다.

이에 죽지랑은 낭도 137인을 거느리고 떡과 술을 가지고 가서 밭에서 일하는 득오곡을 위로하고 휴가를 얻어 함께 돌아갈 수 있게 해주었고, 이에 득오곡이 죽지랑을 사모해서 노래를 지었다는 것이다.

간 봄 그리워하매 / 모든 것이 서러워 시름하는데 / 아름다움을 나타내신 얼굴이 / 주름살을 지으려 하옵내다. / 눈 돌이킬 사이에나마 / 만나뵙도록 하리이다. / 낭(郞)이여, 그리운 마음의 가는 길이 / 다북쑥 우거진 마을에 잘 밤이 있으리이까. (최철 풀이)

나는 이 석불입상이 술종공의 미륵불과 일치하는 것인지 아닌지에 대해서는 단양 사람들 마음을 잘 알기에 더 이상 따지지 않기로 했다. 단양군에서 펴낸 『단양의 향기 찾아』의 저자는 이 점에 대해 아주 위트 있게 말했다.

돌미륵을 술종공의 미륵과 일치시킬 것이냐 말 것이냐 하는 문제가 있는데, 더 정확한 증거가 나타나 이를 증명할 때까지 믿지 않는 것이나, 일단 믿고 일치하지 않는다는 증거가 나올 때까지 기다리느냐 하

| **죽령역** | 죽령역은 문을 닫았지만 조촐한 역사가 잘 보존되어 있어 고맙고 안심이 되었다. 언제 어느 곳에서 보아도 시골의 작은 간이역 건물은 소박하고 아담하고 정겹다.

는 것은 피장파장이라고 생각된다.

  최근 단양은 관광객을 부르며 '사랑의 고장'이라고 내세우고 있다. 구담에는 퇴계와 두향이의 사랑이 서려 있고, 온달산성에는 바보 온달과 평강공주의 사랑이 들어 있고, 죽령에는 「모죽지랑가」가 있다는 것이다. 그렇게 해서라도 단양에 많은 사람들이 찾아오고 많은 사람들이 단양을 사랑해주기 바라는 단양 사람들의 절박한 마음을 나는 이해한다.

죽령역에서

  보국사터 석불입상을 한껏 감상하고 길을 돌아나와 다시 단양으로 들어가면서 오랜만에 죽령역에 들러보았다. 다시는 죽령역에 기차가 서는

| 죽령 철길 | 역사 옆으로 돌아 들어가니 철길은 여전히 평행선을 그리면서 소백산맥 옆자락을 돌아 길게 뻗어 있다. 철길가로 누가 심은 일 없을 황계국이 이제 마지막 꽃송이를 피우며 제철을 마무리하고 있었다.

일이 없게 되었다는데 그 간이역의 모습은 그대로 잘 있나 궁금해서였다. 나는 옛날 역사(驛舍) 건물을 아주 좋아한다. 추억이 있어서가 아니라 건축이 지닌 정직하고 소박한 아름다움 때문이다.

서울과 경주를 잇는 중앙선 철길의 옛 이름은 경경선(京慶線)이었다. 그러나 실제로는 죽령이 가로막혀 경경북부선과 경경남부선으로 나뉘어 있었다. 그러다가 1941년, 죽령 밑으로 4,500미터의 죽령터널을 뚫어 중앙선이 비로소 연결되었다. 이때 죽령을 넘어가는 길이 급경사여서 철길을 곧장 내지 못하고 원형의 '또아리굴'을 파서 360도 회전하는 루프식 터널을 건설한 것으로 유명하며 터널의 단양 쪽에 죽령역, 풍기 쪽에 희방사역이 개설되었다.

세월이 흘러 죽령역은 문을 닫았지만 조촐한 역사가 그대로 맑게 단장하고 잘 보존되어 있어 고맙고 안심이 되었다. 언제 어느 곳에서 보아도 시골의 작은 간이역 건물은 소박하고 아담하고 정겹다. 건축가들의 개성이 시각적 폭력으로 자주 나타나는 요즘 세상에 죽령역은 침묵으로 건축의 존재감을 드러내준다. 마치 조선시대 백자가 큰 기교 없이 더 큰 맛을 보여주는 것처럼.

역사 옆으로 돌아 들어가니 철길은 여전히 평행선을 그리면서 소백산맥 옆자락을 스치며 한없이 길게 뻗어 있다. 철길가로 누가 심은 일 없을 황계국이 아무렇게나 자라다가 이제 마지막 꽃송이를 피우며 제철을 마무리하고 있는 것이 안쓰러워 보였다. 기차가 지나가는 것을 보면 죽령역에도 생기가 돌 것 같아 기다려보았지만 좀처럼 오지 않았다. 마냥 기다릴 수도 없는 일이기에 그냥 돌아서니 아무도 찾아오는 일 없는 죽령역엔 침묵만이 낮게 깔려 있다. 나의 단양답사는 언제나 끝이 이렇게 스산하다.

2015.

산은 날더러 잔돌이 되라 하네

장락동 칠층모전석탑 / 의림지 / 자양영당 / 제천 의병운동 /
배론성지 / 신유박해 / 황사영 백서 / 박달재 / 철수네 화실 /
목계나루

제천의 역사와 범위

창비 답사 둘쨋날, 우리는 본격적인 제천답사를 위해 아침 일찍 단양
을 떠났다. 내가 남한강 답사기에 제천도 쓸 것이라고 말하면 사람들은
제천에 뭐가 있다고 쓰나 고개를 갸우뚱거리곤 했다. 제천 사람들도 마
찬가지였다. 우리 과의 제천 출신 대학원생도 반가워하기는커녕 의외라
며 이렇게 말했다.

"정말요? 저는 미술사학과에 들어와 제천에 문화유산이 없어서 주눅이
많이 들었어요. 선생님의『한국미술사 강의』에도 제천은 나오지 않잖아
요. 저는 의림지 외에는 떠오르지 않는데, 제천 어디를 쓰려고 하세요?"
"너, 정말 그렇게 생각했니? 우선 제천 시내에 장락동 칠층모전석탑

(보물 제459호)이 있지, 그리고 청풍 한벽루(보물 제528호)가 있고, 월악산엔 사자빈신사터 4사자 구층석탑(보물 제94호)과 덕주사 마애여래입상(보물 제406호)이 있고, 물태리 석조여래입상(보물 제546호)이 있고, 나도 아직 가보지 않았지만 제천 신륵사 삼층석탑(보물 제1296호)이라는 것이 있지. 국가에서 보물로 지정한 것만 6개인데 없다구? 단양8경의 옥순봉도 실은 제천에 속하는 것이야. 너 혹시 제천이라고 하면 옛날 제천읍 시절의 시내만 생각한 거 아니니?"

"예, 사실 그랬어요."

"그리고 나는 미술사 답사기가 아니라 문화유산답사기를 쓰고 있잖아. 한말 의병운동의 본거지였던 자양영당과 황사영 백서 사건의 현장인 배론성지도 중요한 답사처이고 「울고 넘는 박달재」도 얼마나 유명하니. 내가 아는 것만도 그렇다."

"확실히 선생님이 저보다 제천을 더 많이 아시네요."

"'아시네요'가 아니라 지역을 생각하는 자세의 문제야. 청풍군과 제원군을 흡수해서 제천시가 되었으면 그곳을 제천으로 품어 안아야 하는 거 아닌가."

거기에는 역사적 내력이 있다. 제천은 그 범위가 여러 번 변했다. 삼한시대엔 마한 땅이었다가 4세기 초에는 백제의 영토가 되었고, 5세기에는 고구려 영토로 되어 내토군(奈吐郡)이라 했다. 그때 청풍은 사열이현(沙熱伊縣)으로 제천이 아니었다.

6세기에 신라 영토로 편입되어 통일신라 때 내제군(奈堤郡)으로 개칭되면서는 청풍이 내제군 관할로 들어왔다. 고려시대엔 제주군(堤州郡)으로 개칭되었는데, 조선시대엔 제천은 현, 청풍은 도호부로 위상이 역전되었다.

| **제천의 보물** | 왼쪽은 덕주사 마애여래입상, 오른쪽은 사자빈신사터 4사자 구충석탑이다.

일제강점기 들어 1914년 군현을 통합·개편할 때 다시 청풍을 흡수
하여 제천군이 되었다. 그리고 1980년 제천읍이 시로 승격하면서 읍
이외 지역은 제원군(나중에 제천군)으로 독립해 있다가 1995년에 제천
시로 다시 통합되어 오늘에 이르고 있는 것이다.

이렇게 제천의 행정구역에 출입이 잦아 옛 읍내만 생각하는 경향이
생긴 것이다. 이 점에 대해 내 친구 인태는 자기 고향인 제천을 어떻게
생각하고 있는지 슬쩍 물어보았는데 그의 대답이 의외였다.

"너는 제천이란 곳을 어떻게 생각하니?"
"무얼 어떻게 생각해?"

"제천 땅이 갖는 특징 말이야."

"다른 건 몰라도 제천의 면 이름 하나는 정말 잘 지었어. 다른 시군
에 가보면 군내면·군북면·군남면·산내면·산외면·산북면·동면·서
면·남면 하면서 방향만 가리키고 있어서 각 고을의 정체성이 보이질
않아요. 그런데 제천은 봉양·청풍·한수·백운·송학·덕산·금성…… 얼
마나 멋있고 서정성이 있냐. 그 점에서 지자체 중 제천이 가장 좋은 전
통을 갖고 있다고 생각해. 어때? 너도 잘 몰랐지?"

뜻밖이었다. 인태에게 이런 서정성이 있었다니, 정말 놀라웠다.

제천의 자존심, 장락동 칠층모전탑

제천의 첫 답사지는 장락동의 칠층모전석탑으로 잡았다. 답사 일정표
를 짜면서 나는 잠깐 고민했다. 명성으로 보면 당연히 의림지가 먼저이지
만 답사객들을 감동시키기 위해선 장락동을 먼저 가야 한다고 생각했다.

사실 의림지는 이름만 높지 막상 현장에 가면 옛 자취가 없는 공원이
어서 허망할 수 있다. 반면에 난생처음 듣는 장락동의 모전석탑에 대해
서는 어떤 기대감도 없겠지만 뜻밖의 아름다움에 감동할 것이고 그러고
나면 제천의 이미지가 확 달라질 것이라고 생각했기 때문이다.

안목 있는 사람만이 아니라 누구든 처음 이 탑을 보는 순간 저렇게 멋
있는 탑이 제천 시내에 있고 그것도 세상에 잘 알려지지 않았다는 사실
에 놀랄 것이다. 20년 전 나도 처음 이 탑을 보고 얼마나 반가웠는지 모
른다. 장락동은 제천 시내이지만 동북쪽 구릉지대에 있어 들어가는 진입
로를 찾기가 복잡하고 버스는 들어갈 수도 없었다. 그때는 절도 퇴락했
지만 탑 앞 빈터에는 과수원이 있어 키 작은 사과밭 너머로 솟아 있는 탑

| **장락동 칠층모전석탑** | 높이가 9미터로 훤칠하게 클 뿐만 아니라 높고 넓은 토축 위에 모셔져 있기 때문에 더욱 안정감도 있고 거룩해 보인다. 보호 철책도 토축 바깥쪽으로 넓게 둘러 있어 감상에 전혀 방해가 되지 않는다.

| 장락사 **칠층모전석탑과 아파트 단지** | 안목 있는 사람만이 아니라 누구든 처음 이 탑을 보는 순간 저렇게 멋있는 탑이 제천 시내에 있고 그것도 세상에 잘 알려지지 않았다는 사실에 놀랄 것이다.

이 더욱 멋있어 보였다.

　사실 장락동으로 가면서 나는 이 절터가 어떻게 변했을까 궁금하기도 하고 걱정스럽기도 했다. 내가 본 것은 20년 전 일이고 장락동엔 주공아파트 단지가 4단지까지 생겼다고 하여 불안한 마음이 있었다.

　큰길가에 버스를 세워놓고 사방을 살피니 다행히도 주공아파트는 개울 건너편에 있어 이 탑에 큰 영향을 주지 않았다. 탑 쪽으로 눈을 돌리자 과수원은 없어지고 그 대신 잔디가 넓게 깔려 있는데 새로 지은 법당이 뒤에서 탑을 받쳐주고 있었다. 그리고 그 뒤로는 여전히 구릉 위에 자란 무성한 숲이 병풍처럼 둘러 있었다. 얼마나 고마웠는지 모른다.

　탑을 바라다보며 무리 지어 오솔길을 걸어가는 일행들 속에서 "멋있는데" "주변이 훤해서 좋다" "생각보다 크다" "하얀 탑만 보았는데 까만 탑도 멋있네" 하는 소리들이 들렸다. 그리하여 탑 앞에 넓게 퍼져 저마다 우뚝한 탑을 올려다보며 조용히 감상했다.

이 탑은 높이가 9미터로 훤칠하게 키가 클 뿐만 아니라 돌계단이 대여섯 단이 되는 높고 넓은 토축 위에 모셔져 있기 때문에 더욱 안정감도 있고 거룩해 보인다. 보호 철책도 토축 바깥쪽으로 넓게 둘러 있어 감상에 전혀 방해가 되지 않는다.

원로 언론인으로 한겨레신문사 부사장까지 지내신 임재경 선생님은 나의 영원한 바둑 맞수로 나와 바둑 두는 재미로 항시 답사에 참여해오셨는데 단 한 번도 유적·유물을 보고 멋있다거나 내게 묻거나 하는 일이 없으셨다. 그런데 우정 내 곁에 와서 묻는다.

"이게 언제 세워진 것이라고?"

"통일신라시대 양식이에요."

"구조가 어떻게 된 거야?"

"얼핏 보면 벽돌을 쌓아 만든 것 같지만 실은 짙은 회색 점판암을 벽돌만 하게 잘라 쌓은 탑이에요. 그래서 전탑의 구조와 생김새를 모방했다고 모전석탑이라고 해요."

"경주 분황사탑 식이구먼. 이런 탑이 많나?"

"왜, 안동답사 때 임청각 앞에서도 보았고, 권정생 선생 사시던 조탑동에서도 봤잖아요. 안동 영양 지방에만 대여섯 기가 있어서 통일신라시대 안동 지방 양식으로 분류하고 있지요. 그 문화권이 죽령 너머 여기까지 뻗어 있는 겁니다."

"근데 말이야, 이 탑은 1층 모서리하고 문틀, 문짝이 화강암으로 되어 있어서 더욱 멋있는 거 같아. 검은 돌과 대비도 되고 쭉 올라간 느낌이 생기잖아. 당신 『한국미술사 강의』에도 나오겠지?"

"아뇨."

그건 나의 큰 실수였다. 그때 통일신라시대 이형탑(異型塔)을 설명하면서 왜 이 탑을 빠뜨렸는지 모르겠다. 개정판에 꼭 반영해야겠다. 임선생님이 또 나를 붙잡고 말씀하신다.

"이 탑은 시내에 있다는 것이 아주 중요한 거 같아요. 저기 고층아파트를 배경으로 보아도 전혀 이상하지 않고, 오히려 제천이 문화적으로 역사가 깊고 당당하다는 걸 보여주잖아. 유럽에 가면 중세시대 건물이 도심 속에 있는 것이 얼마나 멋있던가.

그러니까 자네도 문화재 행정 경험이 있는 사람으로서 이런 점을 강조해야 해요. 이 앞에 있는 잔디밭에 무얼 짓거나 그러는 건 아니겠지? 그러다간 끝장나는 거지."

"옙, 명심하겠습니다."

임재경 선생님께 문화재에 대한 이런 소견이 있는 줄은 정말 몰랐다. 이번 제천답사에서는 유인태에게 그런 서정성이 있다는 것과 임선생님의 안목이 깊다는 것을 새삼 알게 되었다. 확실히 여행은 그 사람의 새 모습을 자연스럽게 드러내준다.

제천답사 후 나는 제천시장에게 전화를 걸어 임재경 선생님과 나눈 이야기를 전하고 가능하면 모전석탑 앞 잔디밭은 옛날처럼 사과나무 과수원으로 하면 문화재 환경으로서 가치가 있고 더 아름다울 것이라고 내 의견을 말해주었다. 중국 시안(西安)에 있는 진시황릉은 그 앞이 온통 석류밭이어서 석류꽃 필 때와 석류가 익어갈 때 더욱 사람을 매료시키는 것처럼.

| 제천 시내 전경 | 제천은 높은 고원지대에 있어 올 때마다 호쾌함과 아늑함을 동시에 느끼곤 한다.

의림지

장락동을 떠나 우리는 의림지(義林池)로 향했다. 이동 거리는 얼마 안 되지만 차창 밖으로 제천 시내의 모습이 한눈에 들어온다. 올 때마다 느끼는 것이지만, 제천은 고원지대의 분지가 지닌 호쾌함과 아늑함이 함께 느껴진다. 높게 올라앉은 평평한 대지에 먼 산이 낮게 둘러 있어 편안함도 있고, 기상도 있다.

의림지(명승 제20호)는 밀양 수산제, 김제 벽골제, 상주 공갈못과 함께 중학교 때부터 교과서에서 삼국시대 인공 수리시설로 배우고 외워서 익히들 알고 있을 것이다. 이것이 왜 중요하냐 하면 그때 이미 관개용 저수지를 만들어 농지를 관리할 정도의 사회구조를 갖고 있었다는 물증이 되기 때문이다.

의림지는 제천시 북쪽 끝자락 용두산(해발 871미터)에서 흘러내리는 계

| **의림지** | 삼한시대 저수지의 하나로 익히 알려진 의림지는 제천시 북쪽 끝자락 용두산에서 흘러내리는 계곡물을 막아 이룬 저수지로서 그 옛적부터 오늘날까지 주변 농사의 젖줄이 되어왔다.

곡물을 막아 이룬 저수지로서 그 옛적부터 오늘날까지 주변 농사의 젖줄이 되어왔다. 간혹 의림지가 삼한시대에 만든 것이 아니라는 주장도 나온다.

또 전해오기로는 신라 진흥왕 13년(552)에 악성 우륵(于勒)이 의림지를 쌓았다고도 한다. 우륵은 가야금을 안고 풍광 좋은 곳을 찾아다녔는데 지금 의림지 있는 곳 동쪽의 돌봉재에서 노닐다가 이 저수지를 만들었다는 것이다. 그리고 고려시대에 박의림이라는 현감이 쌓았으므로 의림지라 부른다는 설도 있다.

그러나 제천의 고구려 적 이름이 '내토'이고 신라 때 이름이 '내제'인 것은 모두 큰 둑이나 제방을 의미하므로 의림지의 역사를 삼한시대까지 올려보는 것이 아직은 정설이다. 박의림 현감은 의림지를 수축·보완했다고 보는 편이 옳을 것이다. 충청도를 '호서'라고 하는 것은 의림지의 서쪽이라는 뜻이고 전라도는 벽골제 남쪽이라 호남이라고 부른다는 설도 있다.

문헌의 기록에 따르면 세종 때 정인지(鄭麟趾)가 충청도관찰사를 지내며 수축했고 다시 세조 때 체찰사가 되어 단종 복위운동에 대비해 군사를 모으면서 호서·영남·관동의 병사 1,500명을 동원하여 크게 보수했다고 한다.

또 일제강점기인 1910년부터 5년 동안 연인원 3만여 명이 동원되어 보수했고 1972년에는 충북 지방을 휩쓴 폭우로 둑이 터질 위험에 처하자 하류에 사는 농민들이 일부러 한 귀퉁이를 헐어 물을 빼낸 적도 있다고 한다.

그때 의림지 둑의 축조 방식이 드러났는데 기가 막힌 자연친화적 수축법이었다. 둑을 쌓기 전에 개천 바닥에는 둥근 자갈이 깔려 있었는데, 그 바닥을 깊이 파서 진흙을 깔고 그 위에 지름 30~50센티미터 되는 통나무를 가로세로로 묻어가며 버팀벽을 만들었다.

그리고 물이 닿지 않는 바깥 면은 굵은 자갈을 섞은 흙으로 덮어 마무리했지만 물에 닿는 안쪽 면은 진흙과 모래흙, 소나무 낙엽을 층층이 다져넣고 다시 굵은 자갈이 섞인 모래흙을 두껍게 덮었다. 이렇게 해서 진흙층은 물의 침투를 막고 낙엽층은 공기가 차단되어 부식되지 않은 채 버텨낸 것이다.

지금의 모습은 발굴 뒤인 1973년에 복구해놓은 것이다. 현재 의림지는 둘레 약 2킬로미터, 수심은 8~13미터가량이며 약 300정보의 논에 물을 대고 있다.

의림지는 이처럼 2,000년 가까운 수리시설로 자기 구실을 하면서 한편으로는 호반의 경승지이자 제천 사람의 휴식처 구실도 톡톡히 하고 있다. 초등학교 2학년 때까지 여기에 살던 인태는 의림지에서 스케이트

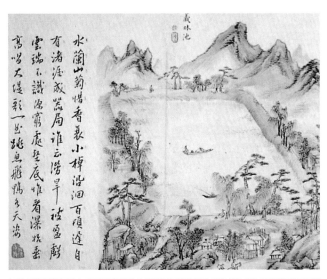

| **가야 이방운의 「의림지」** | 1801년에 청풍군수로 부임했던 조영경이 청풍·단양·영춘·제천 사군을 유람하고 8곳의 명승을 시로 읊고는 이방운에게 그림을 그리게 했다. 시화첩 속에 들어 있는 의림지 시와 그림이 특히 볼만하다.

타던 추억이 있다고 했고, 우리 과 제천 출신 대학원생은 오리배를 탔다고 즐거워했다.

의림지 주위로는 산책로가 있고 호숫가 언덕에는 잘생긴 노송들이 늘어서 솔밭을 이루고 그 사이로 1807년(순조 7년)에 세워진 영호정(映湖亭)과 1948년에 세워진 경호루(鏡湖樓)가 있다.

조선시대 이쪽을 유람하는 시인 묵객들도 의림지만은 빼놓지 않고 다녀가며 많은 시를 남겼다. 그런데 그림은 별로 없고 단지 기야 이방운의 그림이 한 폭 전한다. 이 그림은 1801년에 청풍군수로 부임하여 1년간 근무했던 조영경(趙榮慶)이 청풍·단양·영춘·제천 사군을 유람하고서 8곳의 명승을 시로 읊고는 이방운에게 그림을 그리게 한 시화첩 속에 들

어 있다. 이 시화첩의 제목은 중선암에 있는 암각 글씨를 따서 『사군강산
삼선수석(四郡江山參僊水石)』이라 했다. 화첩 중 의림지를 그린 그림과
조영경의 시는 한번 음미할 만하다.

수란(水蘭)과 산국화 향기가 시드는 것을 애석하게 여겨
水蘭山菊惜香衰
조그만 배를 타고 넓은 강을 더디게 올라가네　　　小棹沿洄百頃遲
(…)
누가 장마와 가뭄으로 차고 준다고 말하겠는가　　　誰云澇旱被盈虧
(…)
방죽 노래(大堤曲) 한 곡조를 큰 소리로 부르니　　　高唱大堤歌一曲
뛰어오르는 물고기와 나는 오리가 각기 천연의 제 모습이네
跳魚飛鴨各天姿

박달재의 아랫마을과 윗마을

이제 제천을 떠나 박달재 아래윗마을로 가자니 옛날 생각이 난다. 내
가 1991년에 처음 답사기를 쓸 때는 이처럼 오래도록 이어갈 생각이 아
니었기 때문에 앞 시기에 나온 기행문을 거의 참고하지 않았다. 더욱이
나는 기행문이 아니라 답사기를 쓴다는 생각이었고, 또 읽고 참고할 만
한 것이 많다고 생각되지 않았기 때문이다. 그러나 첫 책이 출간되자 많
은 분들이 서평을 쓰면서 내 글을 기행문학으로 평하는 것을 보고 안 되
겠다 싶어 앞 시대 글들을 찾아 읽기 시작했다.

그리하여 나에게 큰 감동을 준 책이 두 권 있었는데 하나는 육당 최남
선(崔南善)의 『심춘순례(尋春巡禮)』(1926)이고 또 하나는 역사학자 최영

희(崔永禧) 선생이 쓰신 『한국사 기행 : 그 터』(일조각 1987)였다. 특히 최영희 선생이 제천의 배론 천주교 성지와 장담(長潭)의 자양영당을 쓴 글은 아주 인상적이었다.

　이상한 일도 있다. 19세기 한국의 사상과 정치의 갈등이 충청도 제천군 박달재 산골짜기에서 이글거리고 있었다.
　박달재 마루턱에서 제천을 향해 왼쪽으로 10리에 있는 배론에서는 골수 천주교인들이 숨어 있었고 오른쪽 10리에 있는 장담에서는 골수 위정척사론인(衛正斥邪論人)들이 의병(義兵)을 일으켰다.
　상대를 사특(邪慝)한 것으로 규탄하여 타협할 수 없는 극과 극의 양극이 시기의 차이는 있었으나 박달재를 사이에 두고 산골짜기에 자리잡게 된 것은 우연한 일만은 아니었다. 사교로 몰린 천주교인들은 나라의 박해를 피해 숨어 살아야 했고, 주자학의 전통을 이은 위정척사론인들은 개화의 물결 속에서 세속을 떠나 그 전통성을 이어나가기 위해서였다.

　이 글이 나로 하여금 배론과 장담 마을을 답사하게 이끌었던 것이다. 한국사 책이면 반드시 나오는 1801년 신유박해 때 황사영 백서가 쓰인 곳이고, 1895년 을미의병운동의 첫 봉기가 일어난 곳이라니 그야말로 '한국사의 그 터'가 아니던가.

제천 봉양읍

　의림지를 떠난 우리는 일단 봉양으로 향했다. 자양영당을 가든 배론 성지를 가든 봉양을 거쳐야 한다. 그리고 박달재를 넘어가기 위하여 또

| **탁사정 계곡** | 봉양읍에는 탁사정이라는 명승 계곡이 있다. 탁사정은 규모는 작아도 참으로 어여쁘고, 그윽하고, 환하다. 제천 최고의 탁족처라 할 만하다.

봉양으로 나올 것이다. 봉양은 제천·충주·원주로 가는 세 갈래 길이 있는 교통의 요충이다. 그래서 봉양은 면이 아니라 읍이다.

봉양엔 가볼 곳도 많다. 배론성지·자양영당·박달재가 다 봉양에 있을 뿐만 아니라 지금 우리가 들르지 못하는 것이 아쉽기만 한 탁사정(濯斯亭)이 있다.

탁사정은 선조 때 임응룡(任應龍)이라는 분이 제주도수사(守使)를 지내고 귀향하면서 육지에서는 보기 드문 해송(곰솔) 8그루를 가져와 계곡 언덕에 심었는데 이 곰솔이 잘 자라자 그의 아들이 곁에 정자를 짓고 팔송정(八松亭)이라 한 데서 유래했다. 세월이 많이 흘러 팔송정이 퇴락하자 1925년 그의 후손이 복원했고 의병장 원규상(元圭常)이 탁사정이라 이름 지은 것이다.

탁사란 '이것을 씻는다'는 뜻으로 초나라 애국시인 굴원(屈原)이 「어부사(漁父詞)」에서 "냇물이 맑으면 갓끈을 씻고, 냇물이 흐리면 발을 씻는다"고 한 탁영탁족(濯纓濯足)에서 왔다. 즉 군자는 시류에 나아가기도 하고 물러나기도 할 줄 알아야 한다는 뜻이다.

이 탁사정이 멋있는 것은 사실 정자가 아니라 계곡 때문이다. 탁사정 계곡은 규모는 작아도 참으로 어여쁘고, 그윽하고, 환하다. 아마도 제천 최고의 탁족처는 탁사정계곡일 것인데 여기까지 와서 그런 여유를 갖지 못하는 것이 못내 아쉽다.

이 계곡의 물은 치악산에서 흘러내려와 주포에 이르러 다른 쪽에서 흘러오는 냇물을 받아 제법 큰 주포천이 되어 산자락을 돌고 돌아 충주호로 흘러든다. 자양영당은 이 주포천변에 자리잡고 있다.

자양영당과 위정척사

자양영당(紫陽影堂)에 당도하니 자리앉음새가 제법 넓고 밝은데 번듯한 홍살문 너머로 낮은 돌기와 지붕의 긴 콩떡담장이 둘러 있고 그 안에 있는 영당과 서사(書舍)가 밖에서도 훤히 들여다보인다. 그리고 그 곁에는 2001년에 건립된 제천의병전시관이 있고 또 의병봉기 기념 조형물이 있는 역사공원으로 꾸며져 있다.

자양영당으로 오는 길에 강만길 선생님은 의병운동에 대해 간략히 이렇게 말씀하셨다.

"19세기 말 조선왕조가 멸망의 길로 들어설 때 이에 저항하는 투쟁이 크게 두 가지가 있었어요. 하나는 의병의 근왕(勤王)투쟁이고, 하나는 만주 독립군의 독립투쟁이죠.

의병운동은 여러 가지 한계를 갖고 있었지만 조선 군대가 해산할

때 그 수가 8,800명 정도였는데 전국에서 크게 세 번에 걸쳐 일어난 의병의 전사자를 3만 내지 4만 명으로 추산하고 있으니 그 투쟁이 얼마나 컸는지 알 수 있죠. 그리고 의병운동은 자기 한계를 인식하고 결국 독립투쟁으로 이어갑니다. 이것이 의병운동의 역사적 의의입니다."

그 의병운동의 첫 봉기가 이곳에서 일어나게 된 것을 이야기하자면 먼저 자양영당에 여섯 분의 초상화가 모셔져 있는 것부터 설명할 필요가 있다.

1906년 처음 세워질 때는 주희(朱熹)·송시열(宋時烈)·이항로(李恒老)·유중교(柳重敎) 네 분이었는데 8·15해방 직후 유인석(柳麟錫)·이소응(李昭應) 두 분이 더해져 현재 여섯 분이다. 이 여섯 분은 한말의 위정척사(衛正斥邪) 사상의 한 계보이다.

조선 말기 서양 문물이 밀려들어오고 천주교를 배경으로 한 서학이 일며 서서히 개화 바람이 일어날 때 전통 유학에서는 이에 완강히 저항하며 성리학(주자학)의 전통을 더욱더 확고히 하려는 사상이 일어났다. 정학(正學)인 성리학의 질서를 수호하고(위정), 성리학 이외의 모든 종교와 사상을 사학(邪學)으로 보아서 배격하는(척사) 운동이다.

성리학은 주희에 의해 완성되었고 조선 성리학은 송시열에 의해 뿌리를 확고히 내렸다고 하여 주희와 송시열을 모신 것이고, 자양은 주희의 별호이다. 이항로는 위정척사 사상을 주창한 분이었고 그 학맥은 제자 유중교에 의해 확대되었고 또 그의 제자 유인석은 의병대장이었다.

을미의병운동의 호좌의진

제천이 의병운동의 발상지가 되는 것은 유중교가 1889년 춘천에서 이곳 장담으로 거처를 옮겨 후학 양성을 위해 창주정사(滄洲精舍)를 열면서부터이다. 그후 1893년 유중교가 죽으면서 그의 밑에서 가르침을 받았던 유인석이 그 학통을 이어가게 되었다. 1895년(고종 32년) 을미년에 명성황후가 시해되고 단발령이 내려지자 유인석은 이곳에 모인 유생들에게 세 가지를 제시하며 각자 뜻대로 하기로 했다. 그것이 유명한 처변삼사(處變三事)이다.

첫째, 거의소청(擧義掃淸): 의병을 일으켜 왜적을 소탕하는 것.
둘째, 거지수구(去之守舊): 고국을 떠나 옛 정신을 지키는 것.
셋째, 자정수지(自靖邃志): 스스로 목숨을 끊어 뜻을 이루는 것.

이에 모두가 "싸우지 않으면 죽는 길이니 모두가 죽기로 싸우자"고 했

자양영당의 의병전시관 앞에는 우리가 으레 볼 수 있는 기념탑이 있다. 국내 어디를 가나 관습상 이런 탑이 있어야 기념관이 된다는 생각을 오랫동안 갖고 있는 것을 모르는 바 아니지만 이제는 좀 달라질 때도 되지 않았나 하는 생각이 든다.

다. 이것이 한말 의병운동이 제천에서 가장 먼저 일어나게 된 내력이다.

제천의병전시관에 기록된 의병운동 연료를 보면 그해 11월에 이순신 장군의 후예인 장담 출신 이필희(李弼熙)를 대장으로 하는 의병 3,900명이 제천을 출발하여 충주성을 함락시켰다. 그리고 인근 지역의 의병들이 대거 합류하자 유인석을 대장으로 추대했다. 이 의병부대를 호좌의진(湖左義陣)이라 했다.

그러나 일본군의 공세에 유생과 평민으로 구성된 의병이 버텨낼 수 없었다. 완전히 패퇴하고 유인석은 압록강을 건너가 항일 근거지 건설에 주력하면서 호좌의진은 해산되었다.

1905년(고종 42년)에는 을사늑약에 저항하는 을사의병이 일어났고 1907년(순종 1년)에는 고종황제의 강제 퇴위와 군대해산에 저항한 정미의병이 또 일어났다. 이때 관군과 일본군에 의해 초토화된 제천의 모습

| **일본군에 의해 폐허가 된 제천** | 1907년 정미의병운동 당시 관군과 일본군에 의해 초토화된 제천의 모습을 영국 『데일리 메일』의 매켄지 기자가 『조선의 비극』이라는 책에서 "이날 제천은 지도에서 사라졌다"고 증언하기도 했다.

을 영국 『데일리 메일』(*Daily Mail*)의 매켄지(F. A. Mckenzie) 기자는 『조선의 비극』(*The Tragedy of Korea*)에서 다음과 같이 증언했다.

내가 제천에 이르렀을 때는 햇살이 뜨거운 초여름이었다. 마을이 내려다보이는 언덕 위 제천 시내 한가운데 아사봉(관아 뒤쪽에 있는 동산)에는 펄럭이는 일장기가 밝은 햇살 아래 선명하게 보였고, 일본군 보초의 총검 또한 빛났다. (…)

한 달 전까지만 해도 번화했던 거리였었는데 그것이 지금은 시커먼 잿더미와 타다 남은 것들만이 쌓여 있을 따름이었다. 완전한 벽 하나, 기둥 하나, 된장 항아리 하나 남아 있지 않았다. 이제 제천은 지도 위에서 싹 지워져버리고 말았다.

위정척사 사상과 의병운동에 대해서는 완고한 보수적 고집이라는 측면이 강한 유교의 극단적인 이단(異端)으로 보는 역사적 평가도 있다. 그러나 위정척사는 외세와 일본의 침탈에 대한 완강한 저항과 투쟁이었다는 점에서 흔히 생각하는 보수 반동과는 다르다.

국가가 풍전등화로 멸망하기에 이르고, 외세의 지배를 눈으로 보고 있는 현실 속에서 이에 맥없이 굴종하는 것이 아니라 죽을 것을 뻔히 알면서도 일어선 용기에 대해서만은 누구든 경의를 표하지 않을 수 없을 것이다.

비극은 그들이 기꺼이 목숨을 바친 봉기에도 불구하고 결국 1910년 조선왕조가 일제에 의해 멸망했다는 사실이다. 그래서 우리 같은 답사객들이 큰 볼거리가 없을지라도 장담마을 자양영당을 찾아와 그때의 아픔을 새기고 그 의로운 봉기에 대한 교훈을 가슴속에 새겨보게 되는 것이다.

제천에서는 1995년 을미의병운동 100주년을 계기로 해마다 10월이면 '제천 의병제'를 개최해오고 있다.

배론과 황사영

우리는 자양영당을 떠나 봉양을 거쳐 배론성지로 갔다. 배론은 산골짝 지형이 배처럼 생겼다 해서 붙은 이름이고 한자로는 주론(舟論)이라고 쓴다. 배론은 제천시 중심가에서 15킬로미터 정도 떨어진 봉양읍 구학리에 있다. 옛날에는 산길로 40리라고 했다. 일찍부터 도점촌(陶店村)이라고 했으니 오래전부터 옹기 굽는 마을이었음을 알 수 있다.

옛날에 배론은 70여 호의 가구가 옹기종기 모여 살던 곳으로 옹기 굽는 깊은 산속의 어둡고 음울한 곳이어서 쉽게 찾아가기 어려웠다. 그래서 박해를 피해 숨어든 힘없는 천주교도의 마을이 되었다.

그런 배론이 세상에 드러나게 된 것은 1801년(순조 1년) 신유박해 때 황사영(黃嗣永, 1775~1801)이 배론의 토굴에 숨어 청나라 주교에게 호소문을 써서 보내다 발각되어 능지처참되는 '황사영 백서(帛書) 사건'의 현장으로 지목되면서였다.

황사영은 1775년 강화도에서 태어났다. 다산 정약용의 형님인 정약종(丁若鍾)을 사사(師事)하여 1790년(정조 14년) 약관 16세에 사마시에 합격하여 진사가 되었다. 이때 정조가 그를 불러 특별히 격려하고 손을 잡아주자 이후 황사영은 임금과 잡았던 손에 비단을 감고 다녔다고 한다. 이렇게 촉망받는 인재였던 그는 정약종의 맏형인 정약현(丁若鉉)의 딸 명련(命連)과 혼인하여 명문가의 사위가 되었다. 다산의 조카사위였던 셈이다.

그는 스승이자 처삼촌인 정약종에게서 교리를 배우고 천주교에 입교했다. 세례명은 알렉시오였다. 입교 직후에 발생한 신해박해의 와중에서도 신앙을 굳게 지켜 조상에 대한 제사를 중단하고 관직 진출을 단념했다.

초기 교회의 지도자들이 1794년 말에 청나라 신부 주문모(周文謨)를 영입하며 조직적인 교회 활동을 펴자 황사영은 주문모의 측근으로 활동했으며, 1798년 경기도 고양에서 서울 애오개(아현동)로 이사하여 서울 지역의 지도적인 활동가로 활약했다.

1800년 천주교는 교인 1만 명으로 교세가 확대되었다. 이러한 천주 신앙의 전파에 대하여 천주교를 공격하는 공서파(攻西派)의 성토와 상소가 불같이 일어났다. 그러나 정조는 "정학(正學, 유학)을 크게 천명한다면 사설(邪說)은 일어났다가도 저절로 없어질 것이다"라며 적극적으로 박해하지는 않았다.

그러나 천주교를 묵인하던 남인 시파(時派)의 재상 채제공(蔡濟恭)이 1799년 세상을 떠나고 이듬해인 1800년 정조마저 타계하자 정계의 주도세력이 벽파(僻派)로 바뀌면서 1801년 신유박해가 일어났다.

신유사옥과 배론의 토굴

신유박해는 무자비했다. 역사상 유례없는 일종의 반국가 사상범 체포·소탕 작전이었다. 전국의 천주교도를 수색하여 300여 명의 교인이 희생되었다. 이때 자진해서 순교한 신도도 적지 않았다고 한다. 주문모 신부는 스스로 의금부에 나타나 취조를 받은 뒤 새남터에서 군문효수(軍門梟首)되었다.

이승훈·정약종 등 6명은 서소문 밖에서 참수되었고, 이가환·권철신은 옥사했다. 왕족인 은언군(恩彦君)의 부인과 며느리도 사사(賜死)되었다. 수많은 지방 교회 지도자들도 순교했다. 정약전은 흑산도로, 정약용은 강진으로 유배되었다.

이때 황사영은 상복으로 위장하고 배론으로 피신하여 옹기 굽던 신자인 김귀동의 집에 숨었다. 김귀동은 황사영이 숨을 곳을 마련해주었는데 혹은 토굴이라고 하고 혹은 옹기 굽던 가마라고도 한다. 샤를 달레(Charles Dallet)의 『한국천주교회사』(Histoire de l'Église de Corée)에서는 지하실을 만들고 통로를 옹기로 덮었다고 했다.

최영희 선생의 『한국사 기행』에 의하면 1923년 뮈텔(Mutel) 주교의 부주교인 드브레(Devred) 신부가 처음으로 이 움집을 찾아 나섰고, 1972년 유홍렬 박사와 한국교회사 연구소장 최석우 신부 일행이 조사했으나 모두 발견하지 못했다고 한다. 현재 배론성지에 있는 토굴은 1988년 양대석 신부가 이원순 교수의 고증에 의해 복원한 것이다.

우리는 토굴부터 답사했다. 전형적인 옹기 저장고 모습으로 입구가 아주 좁았다. 토굴 안은 한 사람이 충분히 눕고 앉아서 글을 쓸 만했다. 내 느낌보다는 김훈이 소설 『흑산』에서 묘사한 것이 더 실감날 것 같다.

| 배론성지 황사영 토굴 | 현재 배론성지에 있는 토굴은 1988년에 복원한 것이다. 전형적인 옹기 저장고 모습으로 입구가 아주 좁았다. 토굴 안은 한 사람이 충분히 눕고 앉아서 글을 쓸 만했다.

　나무로 기둥을 세우고 진흙을 구워서 벽을 치고 기둥을 덮었다. 입구와 지붕 위에 깨진 옹기 조각을 쌓아서 토굴은 옹기 창고로 보였다. 토굴 뒤쪽에 개구멍을 뚫어서 드나들게 했고, 사람이 안으로 들어가서 오지로 구운 뚜껑을 덮으면 개구멍은 보이지 않았다. (…) 바닥에는 고래가 없었고 모래에 부들자리를 깔아서 습기를 막았다. 천장에 봉창이 뚫려 있었는데 낮에는 옹기를 덮어서 막았고 밤에만 열어서 바람을 통하게 했다. 어두워서 낮에도 등잔을 켜야 했다. 작은 서안과 밥상, 밥그릇, 이부자리 한 채와 요강이 놓여 있었다.

　토굴 안 벽에는 그 유명한 '황사영 백서'의 실물대 사본이 걸려 있었다.

황사영 백서

'황사영 백서'는 길이 62센티미터, 너비 38센티미터의 흰 비단에 극세 필 붓을 사용하여 먹으로 쓴 깨알 같은 글씨 1만 3,311자로 이루어진 장문의 편지이다. 누구든 이 편지를 보면 내용은 둘째 치고 그 정성에 감복하지 않을 수 없다. 2013년 울산 대곡박물관에서는 '천주교의 큰 빛, 언양'이라는 기획전을 하면서 이 황사영 백서의 정밀 복제본을 전시했는데 박미연 학예사의 말에 의하면 천주교인들은 그 내용보다 깨알 같은 글씨를 보면서 울먹이며 기도하더라는 것이다.

황사영이 얼마나 걸려서 썼을까. 그가 토굴에 들어온 것은 1801년 음력 2월이었다. 그는 여기서 각지의 천주교인 박해 상황에 관한 정보를 수집하고 토굴로 찾아온 교우 황심(黃沁)과 조선 교회를 구출할 방법을 상의한 끝에 백서를 썼다고 하는데 완성된 날이 음력 9월 22일이니 7개월 이상 걸렸다는 얘기다.

황사영이 흰 비단에 쓴 편지는 청나라 북경교구장인 구베아(Gouvea, 湯士選)에게 보내는 장문의 호소문이다. 그 내용은 크게 두 가지로 첫째는 주문모 신부의 처형과 신유박해의 실상, 조선에서의 천주교 박해 실태에 대한 고발이다.

아, 죽은 자들은 이미 목숨을 던져 진리를 증명했으나 (…) 저희들은 양떼가 흩어져 달아난 것처럼 산골짜기로 도망쳐 숨고 길에서 헤매며 눈물을 삼키고 숨죽이고 있습니다. (…) 저희들은 백번 생각해보아도 살길이 없습니다.

두번째는 조선에서 천주교를 부흥하기 위한 방안의 제시인데 그는 서

승없이 외국 군대가 쳐들어와야만 구제될 수 있다고 했다.

　그 방안으로서 그는 첫째로 교황이 청나라 황제에게 편지를 보내어 조선도 선교사를 받아들이게 하거나, 둘째로 조선을 청나라의 한 성(省)으로 편입시켜 감독하게 하거나, 셋째로 서양의 그리스도교 국가들에 호소하여 군함 수백 척과 5, 6만 군대를 데리고 오거나, 그러지 못하면 수십 척의 군함에 5, 6천 명의 군대라도 가능하다고 했다.

　서양은 곧 성교(聖教)의 근본이 되는 땅으로 2,000년 이래로 모든 나라에 성교가 전해져 귀화하지 않은 곳이 없는데 홀로 탄환만 한 작은 이 나라만이 명령에 순종하지 않을 뿐만 아니라 도리어 교화를 방해하고 성교를 잔혹하게 해치고 성직자를 학살하고 있습니다. (…) 성경에서 기독교의 전교를 용납하지 않는 죄는 소돔과 고모라보다도 무

| 황사영 백서의 글씨 실물 크기 | 깨알 같은 이 글씨를 보면 누구든 내용은 둘째 치고 그 정성에 감복하지 않을 수 없다.

겁다고 했으니 비록 이 나라를 섬멸한다 하여도 성교의 명분에 해로울 것이 없을 것입니다.

그의 다급한 심정을 토로한 이 문장은 당시는 물론이고 오늘날까지 두고두고 황사영 개인의 신앙과 사상의 문제일 뿐만 아니라 천주학의 도덕성에 상처를 주게 되었다.

액면 그대로 본다면 신앙의 자유를 위하여 외세의 무력 진압을 요구한다는 것은 국가의 존재를 부정하는 것이라고 분개할 수밖에 없는 얘기다.

그런가 하면 한편에선 당시 20대였던 그가 1만 명의 목숨이 위태롭고 자신도 죽음의 공포에 떠는 급박한 현실을 호소하고자 극단적인 표현을 쓴 것이며 사실상 실현 가능성 없는 호소였음을 감안해야 한다고 그를 이해해주려는 분도 있고, 오늘날과 같은 민족주의가 성립하기 이전의 생각이니 이를 오늘의 잣대로 무조건 반민족주의라고 몰아붙일 수만은 없다고 비호하는 분도 있다.

황사영 백서, 그후

황사영은 이 백서를 황심과 옥천희(玉千禧)에게 맡겨 1801년 10월에 북경으로 떠나는 동지사(冬至使, 동짓날에 맞추어 정례적으로 중국에 보내던 사신) 일행 편에 끼워 보내려고 했다. 그러나 관계자들의 혹심한 고문으로 토굴이 발각되어 음력 9월 29일 체포되었다. 그는 서울로 압송된 뒤 대역부도(大逆不道) 죄로 음력 11월 5일 서소문 밖에서 능지처참되었다. 그때 그의 나이 26세였다.

그의 어머니·작은아버지·아내·아들은 모두 귀양 가게 되었다. 황사영의 아내 정명련은 제주 대정현의 관비가 되어 떠나는 길에 두 살 난 아들 황경한을 노비가 되지 않도록 추자도에 내려놓고 갔다고 한다.

한편 조정에서는 10월에 파견하는 동지사에게 진주사(陳奏使, 중국에 보고할 일이 있을 때 보내는 사신)를 겸하게 하여 신유박해의 정당성과 중국인 주문모 신부의 처형 등에 관해 해명하는 내용을 담은 토사주문(討邪奏文)을 보냈다.

그때 조정에서는 황사영 백서 중에서 중국의 보호 감독을 요청하는 내용은 빼고 서양 선박과 군대를 동원하여 조선을 멸망시키려 한 부분을 강조하여 10분의 1도 안 되는 923자로 축소해 만든 가짜 백서(假帛書)를 청나라 예부(禮部)에 제출하며 천주교도들이란 서양 군대를 끌어들여 나라를 멸망시켜도 좋다는 생각을 갖고 있는 나쁜 무리임을 물증으로 제시하는 데 사용했다.

황사영 백서의 원본은 압수된 후 의금부에 계속 보관되었다. 그러다

| 배론성지 전경 | 배론성지에는 황사영이 백서를 썼던 토굴뿐 아니라 우리나라 두번째 신부인 최양업 신부의 묘가 있고 최초의 신학교인 성요셉신학교가 있어 현재는 천주교 성지로 말끔히 조성되어 있다.

세월이 90여 년 지난 뒤 세상에 모습을 드러내게 된다. 1894년 갑오개혁 후 옛 문서를 파기할 때 당시 조선교구장이던 뮈텔 주교가 인수했고 1925년 한국순교복자 79위 시복식(諡福式, 신앙을 위해 목숨을 바친 순교자들을 공식적으로 복자福者로 인정하고 선포하는 행사) 때 교황에게 전달되었다. 그래서 황사영 백서의 원본은 현재 로마 교황청에 보관되어 있다.

배론을 떠나며

황사영 백서 사건 이후 50여 년 지난 1855년(철종 6년), 이곳 배론에 조선 최초의 신학교인 성요셉신학교가 세워졌다. 그러나 11년 만에 병인박해가 일어나면서 강제 폐쇄되었다.

그러다 천주교 박해가 끝나고 신앙의 자유를 얻게 된 후 배론은 다시

| 지학순 주교의 묘소 | 배론성지에는 1970년대 유신독재에 항거한 가톨릭 원주교구 지학순 주교의 묘소가 있다. 신부님은 민청학련 사건 때 배후세력으로 몰려 징역 15년을 선고받고 투옥되기도 했다.

교우촌으로 형성되었다. 일제강점기였던 1922년에는 배론 공소 강당을 신축했고 1940년에는 제천 본당 관할이 되었으며 1945년에 우리나라 두번째 신부인 최양업 신부의 묘소가 정비되었다.

1956년 배론공소에 강당과 사택이 완공되고 1988년에는 황사영이 숨어 백서를 집필했던 토굴을 복원했다. 2003년에는 한국전쟁 때 불탄 성요셉신학교가 복원되었고 2006년에는 배론공소가 배론성당으로 승격되었다. 현재는 천주교 원주교구에 속한 성당이다.

배론은 이처럼 황사영이 백서를 썼던 토굴이 있을 뿐만 아니라 우리나라 두번째 신부인 최양업 신부의 묘가 있고, 최초의 신학교인 성요셉신학교가 있어 현재는 천주교 성지로 말끔히 조성되어 있다.

경내에 '순교자들의 집' '성요셉성당' '황사영 순교 현양탑' '사제관' '경당' '최양업 신부 기념성당' '봉쇄수녀원' 등이 곳곳에 들어서 있다.

그래서 전국 각지의 성지순례 신자들이 끊임없이 찾고 있다고 하는데 우리 같은 답사단도 이따금 다녀간다고 한다. 우리는 온 김에 이곳저곳을 산보 삼아 거닐었다. 현대식 성당 건물도 있고, 개량한옥 건물도 있고, 흉상도 있고, 기념조각도 있어 대충 보고 나오는데 인태가 내 팔을 당기며 저 위 성직자 묘소에 지학순(池學淳) 주교 묘소가 있다니 절이라도 올리고 오자고 했다.

요즘 젊은 사람들이야 지학순 주교를 잘 모르겠지만 나이 드신 분들은 다 한 번쯤 들어보았을 것이다. 원주교구의 주교로 원주가 유신 항쟁의 진원지이자 민주화투쟁의 성지가 된 것은 지주교 덕분이었다. 지주교는 1974년 민청학련 사건 때 배후세력으로 몰려 징역 15년을 선고받고 투옥되었다. 그때 박형규(朴炯圭) 목사와 지학순 주교의 투옥으로 민청학련이 좌익세력이 아니라 순수 학생운동임을 세상 사람들이 인식하게 되었으니, 그야말로 정의구현 신부님이셨다. 인태와 나하고는 '공범'인 셈이었다.

그러던 분이 5공 군부독재 시절 북한을 방문하여 누님을 상봉하고 돌아온 뒤로는 일체 바깥세상과 인연을 끊고 사셨다. 왜 그러셨는지는 아직 알려진 것이 없다. 그분의 묘소가 여기에 있는 것은 배론이 원주교구 관할이기 때문이다. 인태와 나는 산중턱에 있는 지주교의 묘소에 올라가 수북이 쌓인 눈 위에서 큰절을 두 번 올리고 잠시 주교님을 회상하는 묵상을 하고 내려왔다.

묘소에 다녀오느라 뒤늦게 버스에 오르니 모두들 둘이 어디 갔다 왔느냐고 물었다. 지학순 주교 묘소에 다녀왔다고 하니 왜 둘이만 갔다왔느냐고 서운해들 했다.

그렇게 우리는 배론답사를 마치고 박달재로 가기 위해 봉양읍 쪽으로 향했다. 배론답사의 여운이 좀처럼 가라앉지 않아 나는 뒤에 앉아 계신 신경림 선생님께 여쭈었다.

"선생님, 배론의 황사영을 읊으신 시가 있죠?"

"있지. 제목을 '다시 남한강 상류에 와서'라고 했을걸."

"만감이 교차하는 가운데 황사영과 부인의 아픔을 읊은 시 같은데 잘 이해되지 않는 부분이 있었어요."

배론땅은 여기서도 삼십리라 한다
(…)
사기가마 굳은 벽에 머리박고 울었을
황사영을 생각하면 나는 두려워진다
나라란 무엇인가 나라란 무엇인가고
친구들의 목숨 무엇보다 값진 것
질척이는 장바닥에 탱자나무 울타리에
누룩재비 참새떼 몰려 웃고 까불어도
불과 칼로 친구들 구하려다
몸 토막토막 찢기고 잘리고 씹힌
그 사람 생각하면 나는 무서워진다
(…)
그 아내 원통해 차마 혀 못 깨물 때
누가 그더러 반역자라 하는가
나라란 무엇인가 나라란 무엇인가고
헐벗은 가로수에 옹기전에 전봇줄에
잔비가 뿌리고 바람이 매달려 우는
다시 남한강 상류 궁벽진 강촌에 와서
그 아내를 생각하면 나는 두려워진다
내 친구를 생각하면 나는 무서워진다

"왜 친구를 생각하면 무서워진다고 하셨어요? 여기서 친구가 누구
인가요?"

"아, 그때 진짜 그런 생각을 했었어. 유신 시절에 학생들을 마구 잡아가고, 박형규 목사와 지학순 주교까지 끌어넣고, 문인간첩단을 조작해서 소설가·시인·평론가들을 옥에 가두고, 동아투위·조선투위 기자들을 잡아가고, 그러는 공포의 시절에 배론에 오니 나도 누가 빨리 와서 박정희를 쫓아내고 민주 인사들을 다 석방시킬 수는 없나 하는 생각이 들더라고. 그래서 황사영처럼 생각하게 될까봐 무서워진다고 했던 것이지."

사람들은 신경림 시인을 서정시인이라고들 하는데 내가 겪어본 바로는 오히려 인간적 이해가 많으신 휴머니스트 시인이다. 인간적 한계를 용인하고 인간적 실수까지 이해해주는.

박달재

제천에서 충주로 가자면 봉양면에서 백운면으로 넘어가는 박달재를 넘어야 한다. 산에 박달나무가 많이 자생하여 생긴 이름이겠건만 사람들은 박달이와 금봉이의 이루지 못한 사랑 이야기를 더 좋아한다.

옛날에 박달이라는 청년이 과거 보러 가는 길에 고개 아래 마을 금봉이와 눈이 맞아 사랑을 했는데 급제해서 돌아오겠다고 약속하고 떠나서는 낙방하여 돌아오지 못했고 기다리다 지친 금봉이는 가슴앓이하다 죽고 금봉이를 끝내 못 잊어 뒤늦게 찾아온 박달이는 금봉이의 허상을 보고 껴안다가 절벽 아래로 떨어져 죽었다고 한다.

이 고개는 「단장의 미아리고개」 등 서민들의 애환이 서린 고갯마루를 유행가 가사로 많이 쓴 반야월(半夜月, 1917~2012)이 1948년에 「울고 넘는 박달재」를 발표해 크게 히트하면서 전국적인 지명도를 갖게 되었다.

박달재(해발 453미터)는 유행가 가사 때문에 천등산 고개인 줄 알지만 실

| 박달재 비 | 대중가요 「울고 넘는 박달재」는 제천에서 충주로 넘어가는 박달재고개를 노래한 것이다. 박달재 비에는 제천 출신으로 1960, 70년대 대표적인 언론인이었던 천관우 선생이 박달재의 내력을 쓴 글이 새겨져 있다.

제로는 구학산(해발 983미터)과 시랑산(해발 691미터) 사이 폭 내려앉은 능선을 가로지르고 천등산은 남서쪽으로 조금 떨어진 곳에 있다.

지금은 박달재에 터널이 뚫려 쉽게 넘어가는데 우리는 우정 고갯마루 휴게소에 들렀다 가기로 했다. 버스에서 내리니 스피커에서는 쉼 없이 이 노래의 여러 버전을 틀어주고 있었다. 나는 이 유행가 가사 중 '물항라 저고리'가 무언지 몰라 이참에 신경림 선생님께 여쭈었더니 역시 우리말에 밝으셨다.

"물빛처럼 연한 파란색으로 물들인 '항라' 저고리란 뜻이지."

그렇다면 알겠다. 석가탑 사리장치에서 항라(亢羅) 조각이 나왔다는 것이 이것이었구나. 항라는 비단처럼 촘촘히 짜지 않고 성글게 짜기 때문에 구멍이 송송 뚫어져 속이 얼비친다. 그렇다면 '연한 하늘빛 시스루 저고리'란 뜻인가보다.

유행가의 파워는 대단하여 박달재고개에는 커다란 노래비가 새겨져 있고 금봉이와 박달이 동상도 서 있다. 그런 것을 이리저리 살피고 있는데 강만길 선생님이 이것 좀 보라며 나를 부른다. 제법 오래된 '박달재비'였다. 비문을 읽어보니 문장이 유장하다. 그리고 "1216년 고려의 김취려(金就礪) 장군이 거란의 대군을 여기서 물리쳤고 1268년에 고려의 이 고장 별초군(別抄軍)이 또한 여기서 몽고의 군사를 막아냈다"는 구절이 눈에 띄었다. 언론인 천관우(千寬宇)의 글이었다. 그분은 제천 출신이었다.

천관우는 1960, 70년대 대표적인 언론인이셨다. 그때는 각 분야에 원로라는 거목들이 있어서 언론계에서는 최석채·홍종인·천관우 같은 분들의 일갈이 세상을 울렸다. 그는 대단한 문필가로 우리 고등학교 다닐 때 그의 기행문「그랜드캐넌」이 국어교과서에 실려 있었다. 지금도 잊히지 않는 것은 사방이 지평선으로 보이는 대평원을 지나면서 '기차는 원의 중심을 달린다'라고 한 오묘한 표현이다. 이 말을 이해 못하는 학생을 위해 선생님이 칠판에 원을 그리며 줄을 그으셨던 것도 생각난다. 천관우는 역사학자로서도 큰 업적을 남겼다. 강선생님이 말씀하신다.

"내가 천관우의 책을 서평으로 쓴 적이 있는데, 그가 대학 졸업논문으로 쓴「반계 유형원 연구」는 1952년『역사학보』에 상·하 2회에 걸쳐 실렸어요. 요즘 박사논문보다 뛰어났지. 이는 실학 연구의 단초를 연 해방 후 최고의 논문으로 평가되고 있어요. 문필가로도 뛰어났고 동아일보 주필 시절에도 꿋꿋했는데…… 그만 아까워."

이때 곁에서 가만히 듣고 있던 임재경 선생이 끼어들면서 말을 막았다.

"천관우는 1980년으로 끝이야. 더 이상 얘기하지 마."

　그분이 어쩌다 1980년 신군부독재에 침묵의 협력을 했는지에 대해서는 세상 사람들이 아직도 의아해한다. 그것이 무엇이든 생사를 뛰어넘어 자신의 소신을 지켰던 옛 분들의 자취가 생생한 박달재 아래윗마을을 답사하고 온 뒤끝이기에 더욱 쓸쓸한 마음을 지우기 힘들다.

철수네 화실에서

　우리는 박달재를 떠나 박달이가 금봉이를 만났다는 아랫마을, 을미년 제천 의병들이 충주로 쳐들어가기 위해 박달재 너머 하룻밤 야영하며 진을 쳤다는 평동마을에 있는 '철수네 화실'로 향했다.

　이철수는 1980년대 초 '현실과 발언' '임술년' 그룹 등 민중미술의 소집단들이 여기저기 일어나고 있을 때 단기필마로 등장하여 오윤(吳潤)의 뒤를 잇는 목판화가 중 한 명으로 맹활약을 했다. 나는 그의 개인전 때마다 팸플릿 서문을 썼다. 그것이 세 번이나 된다.

　그리고 1987년 6월 민주항쟁 이후 나는 한국미술사로 돌아섰고, 철수는 박달재 아랫마을로 와서 고요히 대상을 관조하는 목판화가로 변신했다. 초기의 「우리 집」 같은 작품에는 사물을 긍정적으로 해석하는 서정성이 보였다. 그러다 그의 그림은 점점 선미 넘치는 명상적 분위기로 나아갔다. 법정스님이 철수를 좋아한 것은 그런 면 때문이었다.

　섬진강 저녁나절 수만 마리의 도요새떼가 하루를 마치고 잠들기 전에 마지막 비행을 하는 장면을 무수한 점묘로 화면을 가득 채운 작품을 보면서 나는 무릎을 쳤다. 그의 목판화에는 간략한 도상에 으레 한두 마디의 화제를 달았는데 그 내용과 글씨체가 그림과 아주 잘 어울린다.

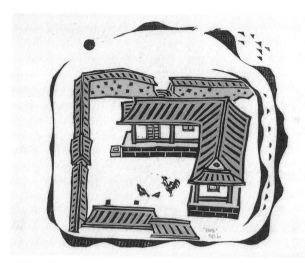

| 이철수 판화 「우리 집」 | 80년대 민중미술 판화가였던 철수는 90년대 들어와 박달재 아랫마을로 와서 고요히 대상을 관조하는 목판화가로 변신했다. 초기의 「우리 집」 같은 작품에는 사물을 긍정적으로 해석하는 서정성이 보인다.

그런 철수이기 때문에 나에겐 남이 아니었고 사실상 그는 창비 식구나 진배없었다. 철수는 우리가 온다고 자기 동네 어귀에 있는 '열두달밥상' 집에 점심을 차려놓았다. 그 집 가마솥 곤드레밥은 일품이었다.

식사 후 동네 깊숙이 들어앉은 그의 화실로 가서 낙향하여 사는 모습과 요즘 그리는 작품을 두루 둘러본 다음 이제 떠나려 하니 좀 더 있다 가라고 붙잡는다. 그래도 일정대로 가야 한다고 서둘러 나서자 그러면 목계나루까지는 배웅하겠다며 따라나섰다.

목계나루

목계나루는 남한강 뱃길이 열려 있던 시절 충주 어귀에 있던 나루터

였다. 서울로 올라가는 길목일 뿐만 아니라 물산(物産)이 모이는 곳이어서 옛날엔 엄청 큰 장이 열렸다. 이곳에서 그리 멀지 않은 노은면에 사시던 신경림 선생은 어렸을 때 처음 목계장터를 보고 세상에 이런 대처가 있는가 놀랐다고 한다.

배가 닿을 때면 사람들이 벌떼처럼 모여들었고 대보름에 여기서 벌어지는 줄다리기는 서민들의 대단한 축제였다. 그 모든 것을 생각하며 쓴 신경림 선생의 「목계장터」 시비가 목계나루 강언덕에 세워져 있다. 넓적한 화강암 바위에 철수의 글씨로 새겨져 있는데 위에는 구름, 아래는 산이 아주 작게 그려져 있다.

> 하늘은 날더러 구름이 되라 하고
> 땅은 날더러 바람이 되라 하네

| **신경림 시비** | 목계나루 강언덕에 세워진 신경림 선생의 시비는 넓적한 화강암 바위에 「목계장터」가 이철수의 글씨로 새겨져 있는데 위에는 구름, 아래는 산이 아주 작게 그려져 있다.

청룡 흑룡 흩어져 비 개인 나루

잡초나 일깨우는 잔바람이 되라네

뱃길이라 서울 사흘 목계나루에

아흐레 나흘 찾아 박가분 파는

가을볕도 서러운 방물장수 되라네

산은 날더러 들꽃이 되라 하고

강은 날더러 잔돌이 되라 하네

산서리 맵차거든 풀 속에 얼굴 묻고

물여울 모질거든 바위 뒤에 붙으라네

민물새우 끓어넘는 토방 툇마루

석삼년에 한 이레쯤 천치로 변해

짐 부리고 앉아 쉬는 떠돌이가 되라네

하늘은 날더러 바람이 되라 하고
산은 날더러 잔돌이 되라 하네

'산은 날더러 잔돌이 되라 하네'라는 마지막 구절은 우리 남한강답사
의 마침표를 찍는 데 제격이었다. 창비 답사 1박 2일은 그렇게 대단원의
막을 내렸다.

2015.

여주 신륵사와
충주 탄금대

절집에 봄꽃 만발하니 강물도 붉어지고

여강 / 강월헌 / 신륵사 다층전탑 / 나옹선사 / 보제존자 석종 승탑 /
목은 이색 / 조사당 / 신륵사 유감

외국인을 위한 당일 답사 코스

답사기를 쓰기 시작한 이래 나에게 심심치 않게 걸려오는 문의 전화
가 있다.

"외국에서 온 손님이 하루 동안 우리나라의 자연과 문화유산을 보
고 싶다고 하는데 어디로 모셔가면 좋을까요?"

얼마 전에는 메세나협회장이 전화를 걸어왔고, 5년 전에는 미국의 박
물관 큐레이터를 안내하는 분이 물어왔으며, 10년 전 대영박물관장이
한국에 왔을 때도 똑같은 자문을 청해왔다. 그럴 때마다 나는 마치 준비
라도 해두었다는 듯이 다음의 두 코스를 권한다.

A코스는 서산 마애불, 보원사터, 개심사, 추사 고택을 둘러보는 것이고, B코스는 여주의 세종대왕 영릉, 효종대왕 영릉, 고달사터, 신륵사를 돌아보는 일정이다. 두 코스 모두 우리나라 절집의 고즈넉한 분위기와 폐사지의 역사적 정취, 그리고 편안하고 정겨운 한옥의 멋을 골고루 즐길 수 있다.

A코스에는 비산비야(非山非野)의 부드러운 내포평야 들판과 함께 백제시대 대표적인 불상 조각의 아름다움이 곁들여져 있으며, B코스에서는 엄숙하면서도 품위 있는 조선 왕릉과 남한강의 풍광을 만끽할 수 있다.

이 두 답사 코스는 내가 미술사학과 학생들과 봄가을 당일 답사로 자주 다녀오는 곳이기도 하다. A코스는 봄이 아름답고, B코스는 가을날의 서정이 일품이다.

나는 이 두 코스를 서울을 찾는 외국인을 위한 정기 관광투어로 실시해야 한다고 생각한다. 외국의 역사도시에 가면 시티 투어 이외에 매일 정기적으로 교외 유적지로 떠나는 당일 관광 코스가 있다. 중국 베이징(北京)에는 만리장성·이화원(頤和園)·천단(天壇, 톈탄) 등을 잇는 정기 투어가 있고, 일본 나라(奈良)에서는 아스카(飛鳥)·법륭사(法隆寺, 호류지)·당초제사(唐招提寺, 도쇼다이지)·약사사(藥師寺, 야쿠시지)를 잇는 '비둘기 버스'가 매일 떠난다.

서울을 찾는 외국인 관광객들이 이를 위해 하루를 더 머물게 된다면 한국 문화유산에 대한 이해도 높이고 또 그것이 바로 관광 수입으로 연결될 것이다.

남한강변 절집 신륵사의 비경

내 추천대로 외국인을 A, B 두 코스로 안내한 분들은 모두 내게 감사인사와 함께 외국인들이 친숙하면서도 편안한 느낌을 주는 한국의 자연과 문화유산에 큰 감동을 받았다는 말을 전해주곤 한다. 특히 어디를 좋아하더냐고 물어보니 A코스에서는 예상대로 개심사를 최고로 꼽았고, B코스에서는 의외로 신륵사를 좋아하더라는 것이다. 그것은 뜻밖이다. 내가 B코스를 추천해주면 내국인은 대개 신륵사가 뭐가 좋으냐고 되묻곤 하는데 정작 외국인들은 그곳의 풍광에 매료되더라는 것이었다.

확실히 외국인의 눈에 비친 한국적인 아름다움은 우리의 그것과 차이를 보이는 듯하다. 미국의 뉴스 전문 채널 CNN은 2009년에 '지역을 보고, 세계를 경험한다'(Local Insights, Global Experiences)를 주제로 한 아시아 문화 정보 사이트 'CNN GO'를 출범하고 2012년 '한국에서 가봐야 할 아름다운 50곳'을 선정 발표했는데 여기에 여주 신륵사가 들어 있었다.

신륵사는 우리나라뿐만 아니라 중국과 일본에서도 보기 드문 강변 사찰이다. 절집이라면 대개 깊은 산중이나 시내에 있는 것이 보통이다. 그러나 남한강변의 높직한 절벽 위에 자리잡은 신륵사는 유유히 흐르는 남한강을 내려다보며 여봐란듯이 가슴을 젖히고 있다. 강물은 쪽빛으로 흐르고 강 건너 은모래 백사장은 눈부시게 빛난다. 그들이 말하는 신륵사의 아름다움이란 곧 신륵사에서 바라보는 남한강의 아름다움인 것이다.

여강이라는 남한강 물줄기

신륵사(神勒寺) 앞으로 흐르는 남한강 물줄기는 '여강(驪江)'이라는 별칭을 갖고 있다. 정확히 말해서 여주군 점동면 삼합리부터 금사면 전북리까지 총 40여 킬로미터에 이르는 100리 물길을 여강이라고 한다. 서거정은 여강에 대해 이렇게 말했다.

| **신륵사 앞 강변 전경** | 여주 신륵사에서 보는 여강은 고려시대부터 남한강에서 가장 아름다운 곳으로 손꼽혀왔다. 여말선초의 이규보·이색·정도전·권근·서거정 같은 당대의 명류가 여기에서 운치 있는 뱃놀이를 하고 아름다운 시를 남기면서 더욱 유명해졌다.

> 월악(月岳)에서 근원하여 (…) 섬강(蟾水)과 만나 달려 흐르며 점점 넓어져 여강이 되었다. 물결이 맴돌아 세차며 맑고 환하여 사랑할 만하다.

충주 쪽에서 흘러오는 남한강 본류가 원주 섬강의 물을 받으면서 장하게 불어나 도도한 강물로 신륵사를 지나 이천 쪽으로 돌아나가는 것을 말한 것이다. 여강이란 이름은 여주의 옛 이름인 황려(黃驪)에 뿌리를 두고 있다.

고려시대 문인인 이규보(李奎報)의 증언에 따르면 영웅스러운 기상을 갖고 있는 신기한 두 마리의 말이 물가에서 나왔는데 한 마리는 누런 황마(黃馬)였고 또 한 마리는 검은 여마(驪馬)였단다. 그래서 고을 이름이 황려(黃驪)로 되었고 이것이 또 여주와 여강이라는 이름을 낳은 것이라고 했다.

여주 신륵사에서 보는 여강은 비단 외국인의 눈에만 그렇게 아름답게 비치는 것이 아니었다. 여강은 고려시대부터 남한강에서 가장 아름다운 곳으로 손꼽혀왔다. 여말선초의 이규보·이색·정도전·권근·서거정 같은 당대의 명류(名流)가 여기에서 운치 있는 뱃놀이를 하고 아름다운 시를 남기면서 더욱 유명해졌다. 이후 조선 후기에도 무수한 문인 묵객이 여강의 아름다움을 노래했다. 그중 목은(牧隱) 이색(李穡, 1328~96)은 이렇게 노래했다.

여강의 형승은 천하에 드문데 　　　　　　驪江形勝天下稀
사시 풍광이 천지의 비밀을 헤쳐 보이누나 　四時風景披天機
(…)
백 척 누각에서 두 눈으로 멀리 바라보니 　郡樓百尺縱雙目
들은 평평하고 산은 멀어 안개가 아득하네 　野平山遠收煙霏
(…)
흐르는 강물에 흥겨움이 높이 일고 　　　　臨流高興知者少
(…)
봄꽃이 만발하면 물결 밑이 붉어지고 　　　春花滿山波底紅
가을 달은 구슬을 잠그는 듯하네 　　　　　秋月沈璧天無風

신륵사의 꽃 강월헌

여강 중에서 가장 아름다운 곳은 신륵사이고 신륵사에서 가장 풍광이 수려한 곳은 강변의 정자인 강월헌(江月軒)이다. 본래 정자란 그 건물의 생김새보다도 자리앉음새에 의미가 있다.

강월헌은 고려 말의 고승인 나옹선사(懶翁禪師)의 당호에서 딴 이름이다. 나옹선사가 신륵사에서 입적한 후 추모의 뜻을 담아 세운 정자가 강월헌이다. 원래 강월헌은 삼층석탑 바로 곁에 있었는데 1972년의 대홍수로 정자가 떠내려가버리자 약간 자리를 이동하여 지금의 자리에 철근 콘크리트로 다시 세운 것이다.

강월헌 정자에 올라가면 멀리서 굽이쳐 흘러오는 남한강 물줄기가 장하게 펼쳐지고 강 건너 은모래 백사장을 감싸안은 강마을의 평화로운 모습이 아련히 다가온다. 뛰어난 풍광 때문에 인기리에 방영된 바 있는 TV 드라마 「추노」에서 좌의정 이경식(김응수 분)이 도망친 노비를 잡는 추노꾼인 이대길(장혁 분)에게 거금을 내걸며 송태하(오지호 분)를 잡아오라고 하는 장면을 이 신륵사 강월헌에서 찍기도 했다.

특히 해 질 녘 강월헌에서 강물이 보랏빛으로 물들고 은은히 들려오는 신륵사 저녁 종소리를 들을 때면 차마 그곳을 떠나지 못한다. 그래서 여주8경에서 첫째로 꼽는 경치가 신륵모종(神勒暮鐘), 즉 신륵사의 저녁 종소리다.

강월헌이 있는 신륵사 강변의 절벽을 절집에서는 동대(東臺)라고 부른다. 이 동대에는 아담한 삼층석탑과 준수하게 치솟아 올라간 벽돌탑도 있다. 이방인들은 탑들이 왜 거기에 서 있는지에 대해서는 아무런 의문도 없이 이 예스러운 축조물이 있음으로 해서 단순한 자연 풍광이 아니라 역사적 인문적 경관을 갖고 있는 것을 즐기며 연신 사진을 찍곤 한다.

그러나 한국미술사, 또는 우리 문화유산에 기본 상식이 있는 사람들은 다소 의아한 표정을 지으며 강한 의문을 품는다.

"쌤, 왜 절벽에 탑이 두 개씩이나 있어요?"

신륵사에 올 때마다 학생들에게 듣는 질문이다. 본래 탑이란 법당 앞

| 신륵사 삼층석탑 | 신륵사 강변의 절벽을 절집에서는 '동대'라고 부른다. 이 동대에는 아담한 삼층석탑과 준수하게 치솟아 올라간 벽돌탑이 있다. 그중 삼층탑은 상륜부와 삼층 몸돌을 잃어 불품이 없지만 나옹화상을 다비한 곳에 세운 기념탑이다.

에 놓이는 것이런만 왜 이 강변 절벽에 세워졌으며, 그것도 하나가 아니라 둘이나 있는 것일까? 신륵사의 수수께끼이기도 하다. 나 역시 한동안 명확한 답을 구할 수 없었다. 그러나 이제는 비록 전해오는 이야기와 역사적 상상력에 근거한 것이지만 대략 그 궁금증을 풀 수 있는 실마리만은 말할 수 있다.

신륵사 동대의 삼층석탑

탑이란 본래 부처님의 사리를 모시는 축조물이다. 그렇다고 모든 탑에 사리를 봉안한 것은 아니다. 수정 같은 보석으로 사리 대용품을 넣기도 하고 불상이나 불경으로 사리를 대신하기도 한다. 그렇게 되면 탑은 절대자의 분신이 모셔져 있다는 성역의 의미보다 모뉴멘털한 성격을 갖게 된다. 그 경우엔 법당 앞에만 세우는 것이 아니라 기념비적인 장소에 상징적으로 세우는 일도 있었다. 충주 중앙탑이 대표적인 예이다.

강월헌 곁의 아담한 삼층석탑은 나옹선사가 입적하자 스님을 다비(화장)한 장소에 성스러움을 기리고자 세운 것이다. 신라 문무왕을 화장한 곳에 능지탑을 세웠던 예가 있듯이 얼마든지 가능한 일이다.

그리고 바로 곁에 정자를 짓고 나옹선사의 당호를 따서 강월헌이라고 했다는 것이다. 그렇다면 이 삼층석탑은 '강월헌 삼층석탑'이라고 불러야 맞으며, 강월헌은 지금의 콘크리트 정자 대신 홍수에 떠내려간 목조건축물로 삼층석탑 곁에 나란히 세워야 원래의 뜻에 맞다.

삼층석탑은 상륜부와 3층 몸돌을 잃어 볼품이 없지만 양식상으로 보면 2중 기단에 3층 구조를 한 고려 석탑이 분명하다. 그래서 여기에 올 때면 저 허물어진 석탑을 다시 보수해 삼층석탑으로 제 모습을 찾아주고, 강월헌도 제자리를 찾아서 그 곁에 다시 세워야 한다고 생각하곤 한다. 나는 그저 마음뿐이고 실행에 옮기지 못했지만 언젠가는 현명한 후손이 나서서 그렇게 해주리라고 믿는다.

랜드마크로서의 벽돌탑

강월헌 삼층석탑은 전설에 입각해 그렇다 치고 그 위쪽에 있는 벽돌탑은 과연 무엇일까? 탑 전체를 벽돌(塼)로 쌓아올린 다층전탑(보물 제226호)은 언제 세워졌는지 명확하지 않다. 탑 위쪽에 영조 2년(1726)에 수리했다는 비석이 있을 뿐인데 벽돌에 새겨진 문양이나 벽돌탑 양식을 보면 고려 때 건립됐을 것으로 추정된다. 아마도 고려 때 신륵사를 중창하면서 절마당에는 대리석 석탑을 세우고 강변 벼랑에는 별도로 벽돌탑을 더 세운 것이 아닌가 싶다.

| **신륵사 벽돌탑** | 삼층석탑 위쪽에 있는 벽돌탑(보물 제226호)은 탑 전체를 벽돌로 쌓아올린 다층전탑으로 언제 세 워졌는지 명확하지 않다. 탑 위쪽에 영조 2년(1726)에 수리했다는 비석이 있을 뿐인데 벽돌에 새겨진 문양이나 벽돌 탑 양식을 보면 고려 때 건립됐을 것으로 추정된다.

이미 오래전부터 신륵사를 노래한 시에는 '벽절〔甓寺〕'이라는 표현이 나온다. 이를 보면 이 벽돌탑이 신륵사의 상징이었음을 알 수 있다. 나는 신륵사 동대의 벽돌탑은 부처님의 사리를 봉안하는 스투파(stupa)로서의 탑이 아니라 절집의 랜드마크로 세운 이정표라고 생각한다.

마치 경주 남산 용장사터 삼층석탑이 용장골에서 절집으로 올라오는 사람들에게 이정표 역할을 했듯이 남한강 뱃길에서 이 앞을 지나는 사람들에게 신륵사가 여기 있음을 알려주는 랜드마크 역할을 한 건축물로 생각되는 것이다.

조선 초기의 문인인 김수온(金守溫)은 「신륵사기(神勒寺記)」에서 "여주는 나라의 상류에 있다"라고 썼는데 이는 바로 충주에서 서울에 이르는 한강의 뱃길을 말한다. 신작로나 철길이 뚫리기 전까지는 경상도와 강원도, 충청도의 물산이 한강 뱃길을 타고 서울에 닿았으므로 한강 뱃길이 곧 나라의 길이었던 것이다.

여주에는 배 닿는 곳이 많았다. 이포나루·조포나루·새나루·흔암나루·찬우물나루·상자포나루 등 많은 나루터가 있었다. 조선시대 4대 나루(광나루·마포나루·조포나루·이포나루) 중 여주에 조포나루와 이포나루 두 군데가 있을 만큼 여주는 사람과 물자가 수시로 드나들던 수운(水運) 요지였던 것이다. 신륵사 아래가 바로 조포나루터이다. 사람을 실어나르던 황포돛배와 영월과 정선에서 뗏목을 만들어 서울로 가던 떼꾼, 소금을 싣고 강원도로 가던 소금배가 조포를 이용했다.

조선 정조 때 화가인 지우재 정수영은 1796년 여름부터 이듬해 봄까지 한강과 임진강을 유람하고는 길이 약 16미터에 달하는 「한강·임진강 명승도권(漢臨江名勝圖卷)」이라는 긴 두루마리 그림을 남겨 지금 국립중앙박물관에 전한다. 그의 유람 행로는 크게 3차에 걸쳤는데 1차 유람은 경기도 광주부 언북면, 그러니까 지금의 강남구 삼성동의 선릉과 정릉에

| **지우재 정수영의 「한강·임진강 명승도권」 중 신륵사 부분** | 지우재 정수영은 한강변 실경을 그리면서 신륵사는 "사찰의 앞면과 다르게 보여 다시 그린다"며 전탑을 포인트로 하여 한 폭 더 그렸다. 그 정도로 신륵사 전탑은 한강 물길에서 이정표 구실을 단단히 하고 있다.

서 출발하여 여주를 거쳐 원주 하류까지 갔다가 충청도 직산을 거쳐 다시 양근(지금의 양평), 여주로 돌아온 코스였다.

이 그림을 보면 한강변의 실경을 그리는 가운데 신륵사의 경우 "사찰의 앞면과 다르게 보여 다시 그린다"며 전탑을 포인트로 한 신륵사 그림을 한 폭 더 그렸다. 그 정도로 신륵사 전탑은 한강 물길에서 이정표 구실을 단단히 하고 있다.

그래서인지 이 벽돌탑은 일반적인 벽돌탑과는 달리 위로 올라가는 차례줄임이 아주 급격하고 홀수가 아니라 6층으로 돼 있다. 삐죽하게 높이 솟아 있는 것을 강조했고 벼랑에 세우기 좋은 벽돌로 쌓은 것으로 보인다.

이처럼 이 벽돌탑이 있음으로 해서 남한강을 오가는 배는 명확한 이정표를 가질 수 있었고 강변의 자연 풍광은 인문적·종교적 공간으로 전환될 수 있었던 것이다. 지금은 뱃길이 끊겨 진면목을 느낄 수는 없지만 강 건너 은모래 백사장에서 신륵사를 바라보면 정말로 이 전탑의 오롯한 모습이 한 폭의 그림으로 다가오며, 지우재가 왜 세 번이나 그 풍광을 그렸는지 이해가 간다.

물이 많은 장마철이면 정선 아우라지에서 띄운 뗏목이 서울까지 사흘이면 도착했다는데 1973년 팔당댐이 생기고 1980년부터 충주댐이 건설되면서 그 옛날 '나라의 길'이라 불리던 뱃길은 사라지고 말았다. 요즘 신륵사 앞 조포나루터에서는 관광용 황포돛대가 운영되고 있다.

신륵사 이름의 유래

신륵사의 아름다움은 여강의 아름다움에서 나오고 벽돌탑은 뱃길의 이정표로 세워졌지만 오늘날 신륵사를 찾는 발길은 육로로만 열려 있다. 여주시에서 여주대교를 건너면 낮고 부드러운 곡선의 봉미산(鳳尾山)이 둥근 언덕처럼 나타난다. 신륵사는 이 봉미산 안쪽 남쪽 기슭에 새가 둥지를 틀듯 자리잡고 남한강을 바라보고 있다.

신륵사라는 절 이름에 말을 통어하고 다스린다는 뜻의 늑(勒) 자가 들어간 것에는 두어 가지 전설이 있다. 고려 고종 때 건너편 마을에서 자주 용마(龍馬)가 나타났는데 매우 거칠고 사나워 누구도 다룰 수가 없던 것을 인당(印塘)대사라는 분이 나서서 신력으로 고삐를 잡으니 말이 순해졌다는 것이다. 또는 미륵이 사나운 말에게 굴레를 씌워 용마를 막았다고도 한다.

그러나 이것은 그저 전설일 뿐이고 신륵사 삼층석탑 중수비문에 따르면 목은 이색의 부친인 한산군(韓山君) 이곡(李穀)이 절벽의 모양새가 굴레와 비슷하다 하여 신륵이라 했다고 한다. 이로 보면 말과 관계된 것임은 알 수 있는데 신륵사 건너편에는 마암(馬巖)이 있다. 그래서 최완수

(崔完秀) 선생은 『명찰순례』(대원사 1994)에서 여주의 지명이 고구려 때 골 내근현(骨乃斤縣)이었던 것은 '굴레끈'의 한역이었을 것으로 보고 그 굴 레끈이 늠 자를 낳은 것이 아닐까 추정하기도 했다. 이처럼 신륵에 대해 서는 일찍부터 설왕설래가 있었는지 이규보는 여주를 노래하면서 그 내 력이 뭐 그렇게 세밀히 따질 것 있느냐는 듯 이렇게 읊었다.

> 시인은 옛것을 좋아하여 번거로이 캐묻지만 　　　　詩人好古煩徵詰
> 오가는 고기잡이 늙은이야 어찌 알리오 　　　　來往漁翁豈自知

나옹선사의 죽음과 신륵사

　신륵사의 창건설화는 신라시대 원효대사로 거슬러 올라가지만 그것 은 설화일 뿐 현재 남아 있는 유물이나 기록으로 보면 고려시대 창건된 것으로 생각된다. 그리고 신륵사는 절의 위상이 높지 않았다. 고려시대 3대 선원의 하나였던 여주의 고달선원에 비하면 말사(末寺) 규모라고나 할 위치였다. 그러다 신륵사가 절집으로서 명성을 얻게 된 것은 고려 우 왕 2년(1376)에 나옹선사가 여기에서 열반하여 승탑이 세워지면서부터 였다.

　나옹선사(1320~76)의 이름은 혜근(慧勤), 법호는 나옹(懶翁)이다. 선사 는 21세 때 문경 묘적암(妙寂庵) 요연(了然)선사를 찾아가 출가했다. 전 국의 사찰을 편력하면서 정진하다가 25세 때 양주 천보산 회암사(檜巖 寺) 석옹(石翁)화상에게서 크게 깨달음을 얻는다. 이후 나옹은 원나라 연 경으로 건너가 법원사(法源寺)에서 인도승 지공(指空)선사의 지도를 받 고 중국을 주유하고는 39세 때인 공민왕 7년(1358)에 귀국했다.

　귀국 후 오대산 상두암(象頭庵)에 조용히 머물러 있었으나 공민왕과 태후의 청이 하도 간곡하여 설법과 참선으로 후학 지도에 나선 곳이 황해도 신광사(神光寺)다. 이 무렵 중국의 홍건적은 쇠퇴해가던 고려를 향해 개경까지 침입해와 노략질을 일삼았고, 공민왕이 한때 안동으로 피난한 일도 있었다. 그때도 스님은 개성을 떠나지 않고 절집을 지켰다.

홍건적의 난이 진압되자 왕은 선사에게 왕사라는 벼슬과 보제존자(普濟尊者)라는 칭호를 내렸고, 왕은 또다시 불교계의 중흥을 부탁했다. 이때 선사가 불교 중흥의 터전으로 삼은 곳이 순천 송광사(松廣寺)였고, 마지막 원력을 펼치는 장으로 양주 회암사를 찾았다.

나옹선사의 지도력은 적극적인 현실 참여, 실천하는 선(禪)으로 지혜의 완성을 추구하는 것이었다. 앉아서 참을 구하는 수행법을 멀리하고 편력의 도정에서 중생을 만나고 제도했다. 염불은 곧 참선이라 했으니 나옹선사가 지었다는 「참선곡」은 오늘날까지 널리 수행의 지침으로 되어 있다.

하하 우스울사 허물된 말 우스울사
엇지하야 허물인가 본래공적 무상사(無常事)를
누설하야 일렀으니 엇지 아니 허물인가

선사의 행법은 고려 말 불교를 새롭게 고양시키는 신선한 원동력이 되었다. 이로써 회암사는 지공과 나옹에 의해 고려 말 전국 사찰의 총본산을 이루었을 만큼 위풍이 당당하고 면모가 대단한 대찰이 되었다. 이곳에 머문 승려가 3,000명이 넘었다고 전한다. 나옹은 그렇게 대중 교화에 힘썼다. 그러다 4년에 걸친 회암사 중창불사를 회향하는 낙성법회에 귀천을 따질 수 없는 부녀자들이 끊임없이 몰려들어 감당하기 어려워지자 마침내 나라의 관리가 나와 산문을 닫고 왕래를 금하기에 이르렀다.

| **나옹선사 진영** | 고려시대 마지막 고승이었던 나옹선사의 영정이 여러 폭 전하는데 그중 가장 우수한 것은 현재 평양 중앙역사박물관에 소장된 것이다. 나옹선사의 사리는 둘로 나누어 나옹선사가 주석했던 양주 회암사와 신륵사에 승탑으로 모셨다.

그리하여 왕은 나옹에게 떠날 것을 날벼락처럼 명령했다. 선사의 나이 57세, 명령이 떨어진 그날 나옹은 밀양 영원사(瑩源寺)로 떠났다. 귀양 가듯 떠나는 도중 겨우 신륵사에 당도해 열반을 맞을 만큼 중병에 들었던 듯하다. 신륵사 법상(法床) 위에 앉은 나옹선사는 이렇게 일렀다. "너희들을 위하여 열반불사를 마치겠노라." 봉미산 봉우리엔 오색구름이 덮였고, 선사를 태우고 가던 말은 먹기를 그치고 슬피 울었다고 전한다. 우왕 2년(1376) 5월 15일, 스님이 된 지 37년 만이었다.

나옹선사의 다비는 신륵사 동대에서 행해졌고 다비장에는 삼층석탑과 강월헌을 세워 선사의 행적과 뜻을 기렸으며 사리는 둘로 나누어 나옹선사가 주석했던 양주 회암사와 이곳 신륵사에 승탑으로 모셨다.

나옹선사가 지은 것으로 전하는 「청산은 나를 보고(靑山兮要我)」는 우리에게 널리 알려져 있다.

청산은 나를 보고 말없이 살라 하고	靑山兮要我以無語
창공은 나를 보고 티 없이 살라 하네	蒼空兮要我以無垢
탐욕도 벗어놓고 성냄도 벗어놓고	聊無怒而無惜兮
물같이 바람같이 살다가 가라 하네	如水如風而終我

(이 시는 다른 스님이 지은 것이라고도 하고 중국 한산(寒山)스님이 지은 것이라고도 하는데 나옹선사가 지은 것으로 더 많이 알려져 있다.)

보제존자 석종 승탑

나옹선사의 승탑은 절 북쪽의 낮은 언덕 조용한 소나무숲에 안치되었다. 서남쪽으로 한강이 내려다보이는 이 언덕은 명당으로 알려졌다. 고려 말 불교를 중흥하고 고승으로 2,000여 명의 제자를 배출했던 나옹선사의 묘역은 그만큼 정성과 공력을 들여 마련한 흔적이 역력하다. 고려 우왕 5년(1379)에 만들었다고 했으니 선사의 열반 후 3년에 걸친 대역사였다.

나옹선사의 승탑은 팔각당이라는 기존의 형식을 버리고 석종(石鐘)이라는 새로운 양식을 취했다. 방형의 넓은 기단 위에 넓고 얇은 돌을 깔고 가운데에 2단의 받침대를 놓은 뒤 높이 1.6미터, 지름 1.1미터의 석종을 안치했다. 오른쪽 계단에는 간단한 조각이 조성되어 있고, 묘역 전체에

| 나옹선사 승탑과 석등, 비석 | 나옹선사의 승탑은 팔각당이 아니라 석종이라는 새로운 양식을 취했다. 석종 권역에는 이를 지키는 석등(보물 제231호)과 나옹화상을 기리는 비석(보물 제229호)이 함께 세워졌다.

넓고 얇은 돌을 깔았다. 이름하여 '보제존자 석종'(보물 제228호)이다.

이 석종형 승탑은 제법 장중한 아름다움이 있다. 위로 올라가면서 완만한 타원형을 이루며 어깨 부분에는 보주를 묘사하고 정상부는 4면으로 나누어 불꽃 모양을 새겼는데 매우 뛰어난 솜씨다.

석종 권역에는 이를 지키는 석등(보물 제231호)과 나옹선사를 기리는 비석(보물 제229호)이 함께 세워졌다. 이처럼 승탑·비·석등이 하나의 평면에 세트를 이루고 있는 것은 나옹선사 승탑이 처음이다. 그리고 비석과 석등의 형식도 파격적이다. 비석의 형식은 기존의 관행을 버리고 대리석 비석을 전각 모양으로 감싸듯 했고, 석등도 대리석에 불밝이창을 8곳에 내면서 아주 독특한 모습을 보여준다. 누구의 설계에 의한 것인지 고려 말기 들어 불교가 사상뿐만 아니라 조형적으로도 모더니즘을 구가한 것만 같은 신선한 기풍을 느낄 수 있다.

보제존자 석종 비문

보제존자 석종의 비문은 당대의 문장가인 목은 이색이 짓고 서예가로 이름 높은 한수(韓脩)가 썼다. 일을 맡은 각신(覺信)스님이 곡성부원군(曲城府院君) 염제신(廉悌臣)에게 목은의 글을 받아달라고 부탁하여 비문으로 새기게 된 것이었다. "여흥군(驪興郡) 신륵사 보제사리석종기(普濟舍利石鐘記)"로 시작하는 목은의 이 비문은 희대의 명문으로 목은은 나옹선사의 공덕을 기록한 뒤 이렇게 말했다.

오호라! 눈병이 나면 허공에서 꽃이 보이지만 그것은 본래 꽃이 있는 것이 아니라 눈병 때문인 것이다. (⋯) (인간에게는 생生·노老·병病·사死의 사상四相이 있듯이) 이 세계에는 성(成, 이루어짐)·주(住, 머무름)·괴(壞, 무너짐)·공(空, 사라짐)의 변천이 있지만 우리들의 인성(人性)은 영원히 불변한 것이다. 보제존자의 사리가 장차 세계와 더불어 성(成)·주(住)·괴(壞)·공(空)의 변천이 있을 것인가, 아니면 인성과 같이 불변할 것인가! 이에 대하여는 비록 우부(愚夫)와 우부(愚婦)일지라도 판단할 수 있을 것이다.

후세에 이 사리에 존경을 보내는 사람들은 모름지기 보제존자의 고상한 도풍을 흠모하고 귀의하여 그의 마음을 구하는 것이어야 할 것이다. 그래야 비로소 보제존자가 세상에 끼친 큰 은혜에 보답함이 될 것이며 만약 그렇지 않다면 보제의 도덕은 보제에게만 필요한 것이지 결코 우리들에게 무슨 이익이 있겠는가!

참으로 감동적인 비문이다. 유가의 한 학자가 불가의 한 선사를 추모하면서 뛰어난 비유법과 명쾌한 논리로 심오한 뜻을 우부와 우부도 알아듣게 했으니 이런 것을 일러 명문이라 할 것이다. 교과서에서는 목은 이색이 문장이 뛰어났다는 사실만 말해주고 정작 그 문장은 가르쳐주는 일이 없었으나 여행 삼아 찾아온 신륵사에 와서 이렇게 접하고 보니 책상에 앉아서 얻지 못하는 것을 발로 공부하는 셈이라 옛 사람이 "만 권의 책을 읽고 천 리를 여행하라"고 말한 그 뜻이 새삼 다가온다. 목은의 명문장은 나옹선사의 초상에 부친 글에서 더욱 실감나게 만나게 된다.

조사당

나옹선사의 제자인 각신스님은 승탑을 세우면서 동시에 스님의 영정을 제작하고 이를 모시는 진영당(眞影堂)을 지었다. 이것이 신륵사 조사당(보물 제180호)이다. 조사당은 정면 1칸, 측면 2칸 팔작지붕의 아담하고 예쁜 건물이다. 정면 앞쪽에는 띠살무늬의 분합문 6짝을 달았다. 장대석으로 한 벌 쌓은 낮은 기단 위에 초석을 놓고 기둥을 세웠는데, 가운데 기둥을 세우지 않아 대들보가 없는 것이 이 건물의 특색이다. 측면의 간주에 의해서 그 위로 대들보가 아닌 대량이 건너가 네 모서리의 추녀 끝을 받치는 재목과 만나 건물을 이루고 있다. 걸리는 힘이 크지는 않겠지만 집이 작고 아담해 건물을 유지하는 데에는 지장이 없어 보인다.

날렵한 팔작지붕인데 멀리 떨어져서 보면 볼수록 운치와 정감이 있는 집이다. 이 집은 바로 위 보제존자 석종이 있는 곳에서 내려다보면 또 다른 아름다움이 느껴진다. 조사당은 신륵사에서 가장 오래된 건물로 1671년 무렵에 중수했다고 하는데 그때 그려진 나옹의 영정은 자취를 알 수 없고 지금은 후대에 그려진 나옹스님과 스승인 지공대사, 제자인 무학대사 세 분의 초상을 모셔놓고 있다. 회암사를 비롯하여 지공·나옹·무학 세 분의 초상이 함께 모셔지는 전통은 이렇게 생긴 것이었다. 그러

| **신륵사 조사당과 향나무** | 신륵사 조사당(보물 제180호)은 나옹선사의 영정을 모시는 진영당으로 지은 건물이다. 조사당 앞에는 수령 600년이 넘었을 향나무 한 그루가 서 있어 품위도 품위지만 신륵사의 연륜을 증언해주고 있다.

나 이 초상들은 근래에 제작된 것으로 예술적으로나 종교적으로나 큰 감동은 없다.

신륵사와 뗄 수 없는 인연을 갖고 있는 목은 이색은 나옹선사의 영정을 모신 조사당에 대해서도 우리에게 이렇게 충고했다.

스님의 행적을 돌이켜보건대 마치 밝은 달이 허공에서 떨어진 것과 같아서 그 여광(餘光)까지 이미 끝나고 없으나, 다행히도 사리를 남겨두었으므로 모두가 지극한 마음으로 받들어 모셨고 또한 생전의 거룩한 모습을 영정에 담아두었으므로 후세에 대대로 뵐 수 있을 것이다. (…) 모름지기 받들어 모시고 예배를 드려 마음이 스님의 그 모습에 합당한 것이어야 할 것이다. 만약 그렇지 않다면 높이 깨우치신 스님의 영정도 단청을 한 하나의 고물(故物)에 불과할 것이 아니겠는가. (…)

깊고 깊은 부처님의 오묘한 법이여!

그 정체는 유(有)도 무(無)도 아닐 것이다.

위대하신 우리 스님 영정이시여!

누가 감히 스님 도덕 이길 것인가.

조사당 바로 앞에는 수령이 적어도 600년 넘었을 향나무 한 그루가 서 있어 품위도 품위지만 신륵사의 연륜을 증언해주고 있다. 전하는 말로는 무학대사가 스승 나옹선사를 추모하여 심었다고 하니 그 뜻이 더욱 긴밀해진다.

예부터 내려오는 말로 '절집의 자산은 노목(老木)과 노스님이다'라는 의미심장한 경구가 있다. 지금 신륵사에 노스님이 계신지 아닌지는 알지 못하지만 나옹선사의 영당이 여기 있고 그때 심었다는 향나무가 건재하니 신륵사의 자산은 이루 말할 수 없이 크다고 하겠다.

신륵사에서 보은사로, 다시 신륵사로

나옹선사의 죽음으로 일약 유명해진 신륵사였지만 이내 고려왕조가 망하고 조선왕조가 들어서서 주도적인 이데올로기가 유교로 대전환되면서 강력한 숭유억불 정책에 의해 쇠락의 길을 면치 못하고 폐사의 위기까지 맞게 되었다.

그러나 예종 1년(1469), 경기도 광주 대모산에 있던 세종대왕의 영릉(英陵)이 이곳 여주로 이장되면서 신륵사는 영릉의 원당(願堂)사찰로 지정되어 오히려 대대적인 중창을 하게 되었다. 조선왕조가 불교를 배척하기는 했어도 죽음에 관한 한은 불교적 전통을 완전히 버릴 수 없었다. 때문에 훗날 세조의 광릉에는 봉선사, 성종의 선릉과 중종의 정릉에는 봉

은사, 사도세자의 융릉과 정조의 건릉에는 용주사가 있듯 신륵사는 영릉
의 지킴이 역할을 부여받은 것이다. 어찌 보면 세종의 영릉이 신륵사를
지켜준 셈이 되었다고 할 수 있다.

성종 3년(1472) 3월에 시작된 신륵사의 대규모 중수공사는 8개월 뒤인
10월에 200칸의 건물과 함께 완공되었다. 그리고 이듬해 대왕대비는 신
륵사를 보은사(報恩寺)로 고쳐 부르게 했다.

이렇게 새로 태어난 신륵사였지만 임진왜란 때 병화를 피하지 못해
소실되었다. 전하기로는 임진왜란이 일어나자 500여 승군을 조직해 싸
웠다고도 한다.

그러다 신륵사가 다시 중수되기 시작한 것은 현종 12년(1671) 무렵이
었다. 보은사가 언제부터 다시 신륵사로 불리게 되었는지 확실치 않지
만 이때부터가 아닌가 싶다. 이후 영조 2년(1726)에는 동대에 있는 벽돌
탑을 새로 고쳐 쌓았고, 영조 49년(1773)에는 범종을 주조했다. 그리고
정조 21년(1797)부터 3년에 걸쳐 극락보전이 수리되었으며, 결정적으로
는 철종 9년(1858) 순조의 왕비인 순원왕후가 내탕금(판공비)을 내어 크게
불사를 일으켜 여러 전각과 요사채를 중수하여 오늘의 신륵사에 이르는
모태를 완성했다. 이때의 감격을 김병익(金炳翼)은 「신륵사 중수기(神勒
寺重修記)」에서 다음과 같이 말했다.

절을 세우고 폐하는 것이 세상의 가르침일 수 없는 일이고, 유학자
로서도 이를 위하여 애쓸 일도 아니지만, 이 절을 폐하지 못하는 이유
는 그 고적이 명승지로 이름 높기 때문이었다. (…) 온 나라에서 칭송
해온 지가 이미 천 년이나 되었으니 비록 우리가 절을 세우지 못할망
정 폐할 수 있겠는가.

이데올로기를 떠나 문화유산으로서 절집의 가치를 그렇게 말하고 있는 것이다.

신륵사의 정연한 가람배치

신륵사는 가람배치가 정연하여 아주 깔끔한 인상을 준다. 나지막한 봉미산의 느슨한 비탈을 타고 10채 남짓한 건물이 기억 니은으로 배치된 것이 마치 새가 둥지를 튼 듯 아늑하다. 특히 각 건물의 레벨이 점차 높아져 있기 때문에 팔작지붕·맞배지붕들이 날갯짓을 하며 높이높이 날아가는 것만 같다. 지붕들이 높이를 달리하면서 이리 겹치고 저리 겹치며 층층이 그리는 곡선미가 일품이다. 경내를 거닐자면 걸음걸이마다 다른 경관을 연출해주는 경관이야말로 한옥의 독특한 멋이라고 칭송할 만하다.

신륵사의 절마당에는 구름과 용무늬가 아름다운 고려시대 다층석탑(보물 제225호)이 가운데 자리하고 극락보전이 축대 위에 높직이 올라앉아 이 절의 중심을 이루고 있다. 그 왼쪽에는 요사채인 심검당(尋劍堂)이, 오른쪽에는 선방인 적묵당(寂默堂)이 있다. 이는 우리나라 사찰의 기본 구조이기도 하다.

그러나 각 건물의 디테일을 보면 하나하나가 각별한 정성이 들어 있어 돌축대와 툇마루, 공간을 차단하면서 동선을 유도하는 낮은 별무늬 기와담장, 유머 넘치는 굴뚝이 이 절의 경건하면서도 멋스러운 분위기를 연출해주고 있다. 단아하고 정갈하면서도 인간적 체취가 느껴진다는 점에서 신륵사는 많은 사람에게 사랑받을 만하다.

역사문제연구소 초대 이사장을 지낸 원경스님이 신륵사 주지로 있을 때는 여기에서 역사학자들의 세미나가 자주 열렸고, 민예총과 민족미술협의회 워크숍도 열려 나는 여러 번 다녀왔다. 그리고 개인적으로 하룻

| 신륵사 전경 | 신륵사는 10채 남짓한 건물이 기역 니은으로 배치되어 마치 새가 둥지를 튼 듯 아늑하다. 특히 각 건물의 레벨이 점차 높아져 있기 때문에 지붕들이 높이를 달리하면서 이리 겹치고 저리 겹치며 층층이 그리는 곡선미가 일품이다.

밤 묵어가기도 했다.

어느 절집이나 비슷하겠지만 신륵사에서의 하룻밤은 유난히 마음이 편하고 정신이 맑아졌다. 한밤중 강월헌에 홀로 올라 유유히 흐르는 남한강을 바라보니 나도 저 강물처럼 인생을 흘려보내고 있구나 하는 생각이 들면서 절로 내가 살아온 길과 살아갈 길을 곱씹어보게 되었다. 그것은 확실히 강변 사찰이기 때문에 일어나는 상념이었다.

잠자리에 들고자 미닫이창을 닫았을 때 앞마당 대나무가 달빛에 그림자 져 창문에 어른거리는 것은 내가 본 가장 아름다운 묵죽화(墨竹畵)였다. 새벽 종소리에 선잠을 깬 채로 예불에 참여하고 대야에 더운물 받아 세수하러 갔는데 장독대에 엄청나게 큰 독이 있어 놀란 눈으로 살펴보니 손가락으로 새겨놓은 '대기(大器)'라는 글씨가 있었다. 도공도 그 크기에 스스로 놀랐던 모양이다. 아침공양을 하는데 맑은장국에 들기름에

| **신륵사 적묵당** | 신륵사의 선방인 적묵당은 콩떡담장이 정겹고 특히 뒷문 오른쪽 모서리의 벽돌굴뚝이 이채롭다.

무친 산나물이 한 상 가득하여 발우를 다 비우고도 못내 서운해했던 기억이 지금도 생생하다. 그것이 1990년의 일인데 그때 신륵사에서 『나의 문화유산답사기』 첫 꼭지를 집필했기에 나로서는 잊을 수 없는 절이 되었다.

신륵사 유감

신륵사는 이처럼 예나 지금이나 만인의 사랑을 받을 만한 아름다운 강변의 사찰이지만 서울에서 가깝다는 교통의 이로움과 풍광의 아름다움 때문에 오히려 현대에 들어 커다란 상처를 받게 되었다. 영동고속도로가 생기면서 여주는 서울에서 자동차로 불과 1시간 거리에 놓여 오늘날 공장과 골프장이 넘칠 정도로 가득 들어차고 말았다. 그 옛날의 시인들이 노래하던 아련한 여주 들판의 자연 풍광을 다시는 볼 수도 느낄 수도 없게 되었다.

신륵사의 명성이 여전하면서 사찰 입구는 요란한 관광지로 변했다. 절 바로 앞의 강변유원지가 너무도 번잡스러워 어찌할 수 없는데 요사이 아예 관광특구로 발전시키겠다고 하니 그 복잡함이 어디까지 갈지 예측도 할 수 없다. 내가 신륵사로 가는 발길이 점점 멀어진 이유도 그 장바닥을 통과할 생각을 하면 끔찍스러운 마음이 일어나기 때문이다.

신륵사 절집 자체도 주변의 번잡함에 오염되었는지 절집의 크기와 어울리지 않게 일주문을 거대하게 세우고 단청도 요란하게 하면서 고찰의 모습을 잃어간 것이 너무도 아쉽다. 게다가 4대강사업이 강행되면서 신륵사는 두 가지를 잃었다. 강월헌 건너편 은모래 백사장이 이제는 사라졌다. 그 아름다운 강마을을 대신한 고수부지식 석축엔 자전거길이 휑하니 뚫려 있을 뿐이다. 아, 그것은 너무도 아깝다.

이를 치열하게 반대하던 불교환경연대 수경스님은 2010년 3월, 4대강사업으로 파헤쳐지는 신륵사 앞 여강 둔치에 '강물처럼'이라는 뜻의 '여강선원(如江禪院)'을 개원하고 여기에 상주하며 생명살림의 참뜻을 설파했다. 그러던 중 6·2지방선거를 이틀 앞두고 선방에서 정진하던 문수스님이 4대강사업을 반대하는 글을 남기고 소신공양을 했다. 스님이 스스로 자신의 육신에 불을 붙여 이승의 삶을 끝냈다. 충격을 받은 수경스님은 그로부터 열흘이 안 돼 "내가 입고 있는 이 승복이 마치 죄수복 같다"며 조계종 승적을 내려놓고 잠적했다.

그래도 나는 신륵사에 대한 애정을 버릴 마음이 없다. 그 모두를 시행착오로 생각하고 우리 현명한 후손들이 우리 시대의 잘못을 언젠가는 바로잡아줄 것이라는 기대도 버리지 않는다. 나옹선사의 승탑이 의연히 거기에 있어 역사를 증언하고 동대의 벽돌탑이 여강의 랜드마크로 우뚝

| 강월헌에서 바라보는 강 건너 은모래 백사장 | 강월헌에서 유유히 흐르는 남한강을 바라보는 것이 신륵사 답사의 하이라이트이다.

하고 강월헌에서 바라보는 낙조는 변함없이 아름다울 것이니 신륵사가 신륵사인 이유만은 살아 있는 것 아닌가. 모든 것을 되돌려놓을 수 있는 세월이 오기를 기다려볼 뿐이다. 나는 목은 이색이 나옹선사의 승탑에 부친 비문에서 말한 바로 위안을 삼으련다.

강월헌은 보제선자 나옹스님의 당호이다. 나옹의 육신은 이미 불에 타서 없어졌으나, 여강과 달은 전일과 조금도 다름이 없다. 지금도 신륵사는 장강을 굽어보고 있으며, 석종 탑(승탑)은 강변 언덕에 우뚝 서 있다. 달이 뜨면 달그림자가 강물 속에 거꾸로 비치어서 천광(天光)과 수색(水色)과 등불 그림자와 향불 연기가 서로 교차하니, 이른바 강월헌은 천만년이 지나더라도 보제선사의 생존 시와 조금도 다름이 없을 것이다. (…) 그러므로 장차 그 이름이 영원히 빛나며, 석종 탑비도 신

륵사와 더불어 시종을 같이할 뿐만 아니라 이 여강과 저 달과 더불어
무궁할 것이다.

2015.

석양의 남한강은 그렇게 흘러가고 있었다

가흥창터 / 봉황리 마애불상군 / 중원 고구려비 /
충주 고구려비 전시관 / 중앙탑과 중원경 / 악성 우륵 /
충주읍성 / 탄금대

충주의 상징

충주라고 했을 때 먼저 떠오르는 이미지는 사람마다, 경우에 따라 제
각기 다를 것이다. 나이 드신 분은 한국전쟁이 끝나고 자유당 시절에 처
음으로 공장다운 공장으로 기공한 충주비료공장이 중·고등학교 교과서
에 반드시 나와 그것부터 생각날 것이고, 물산으로 얘기하자면 충주 사
과가 유명하고, 산을 좋아하는 분이라면 하늘재라 부르는 계립령(鷄立
嶺)이, 물을 좋아하는 분이라면 충주호 유람선, 관광지로 놀러 다니기 좋
아하는 분은 수안보온천, 역사의 자취를 찾아다니는 분은 중원 고구려비
가 먼저 떠오를 것이다.

충주 사람의 입장에서 말한다면 그 이름도 거룩한 중앙탑이 한반도 중
심에 우뚝한 것을 자랑할 것이고, 우륵의 전설과 신립 장군의 비극이 어

| 가흥창터 | 목계나루 강 건너 저편에는 고려·조선 시대 최대의 조창인 가흥창이 있었다. 여기는 그 옛날 남한강 물류의 허브였던 곳이다.

린 탄금대가 충주의 하이드 파크(Hyde Park)라고 간직하고 있을 것이다.

그런가 하면 남한강을 따라 내려오는 나의 답삿길 충주란 남한강 최대의 나루터인 목계나루인지라 청풍·단양·영춘·제천의 사군산수를 둘러본 마지막 답사를 거기에서 마무리하고 서울로 올라갔던 것이다.

그러나 목계나루는 충주답사의 출발점이기도 하다. 거리로도 그렇고, 역사적으로도 그렇고, 정서적으로도 여기서 충주로 들어가야 충주에 온 것 같다. 목계나루 강 건너 저편에는 고려와 조선 시대 최대의 조창(漕倉)인 가흥창(可興倉)이 있었다. 여기는 그 옛날에 남한강 물류의 허브였던 곳이다.

남한강의 조창, 가흥창

고려와 조선 시대에는 세금으로 거둔 조세미(租稅米)를 중앙으로 운송할 때 뱃길을 이용하면서 중요한 집하장에 창고를 설치하고 이를 관할하였다. 이를 조창이라고 한다. 각 조창에 집결된 조세미는 다시 뱃길을 이용해 고려시대에는 예성강을 통해 개성으로 들어갔고, 조선시대에는 한강 용산의 경창(京倉)으로 옮겨졌다.

고려시대 13곳의 조창 중 11곳은 서해와 남해의 바닷길을 이용한 해운창(海運倉)이었고, 강을 이용한 수운창(水運倉)은 2곳이었다. 조선시대 수운창은 한강에만 3곳이 있어 북한강에는 춘천의 소양강창, 남한강에는 원주의 흥원창과 충주의 가흥창이 있었다. 가흥창에서 서울의 용산창까지는 260리 뱃길이었다. 수운창에는 대개 200석 적재량의 평저선(平底船)을 20여 척씩, 해운창에는 1,000석 적재량의 초마선(哨馬船)을 6척씩 배치했다.

가흥창은 조선 전기에 충청도 동북부의 13개 고을과 경상도 세곡까지 수납하여 조선 초 9개 조창 중 세곡 수납 범위가 가장 넓었다고 한다. 『경국대전(經國大典)』에는 "충주의 가흥창은 충청도와 경상도의 전세(田稅)를 수납한다"라고 기록되어 있다.

그러나 후기로 들어가면 전세를 면포나 돈으로 환산하여 받고 경상도에도 3조창이 설치되어 정조 이후로 가흥창은 호서 6읍의 전세만 수납하였다.

그러다 조선 말기로 들어 관선(官船) 조운(漕運)이 쇠퇴하고 민간 사선(私船)업자에게 넘어가 각 고을이 조세미를 곧장 서울로 올려보내면서 조창은 이름만 남고 사라지게 되었고 지금은 옛 조창터라는 안내석만 달랑 서 있다.

가흥창을 읊은 김종직의 시

조창에는 판관(判官)이 배치돼 조운 사무를 관장하고, 중앙에서 감창사(監倉使)를 파견해 부정행위가 없도록 감독했다. 그러나 그것이 제대로 될 사회구조가 아니었다. 다산 정약용은 「책문(策問)」에서 조운책(漕運策)을 말하면서 이렇게 통탄했다.

법령이 해이되고 명령이 시행되지 않아서 (…) 호조(戶曹)의 세입(歲入)이 도합 12만 석인데, 그중에서 제대로 도착하는 것이 열에 네댓이요 지연되지 않고 도착하는 것이 열에 서넛이다. 이리하여 국가의 재용이 모자라고 백성들의 식량이 부족하여 허둥지둥 어찌할 바를 모르게 된다.

이런 부패상은 조선 초부터 내려오는 뿌리 깊은 악행으로 김종직(金宗直, 1431~92)의 「가흥참(可興站, 가흥 역마을)」이라는 시를 읽다보면 당나라 유종원(柳宗元)이 농민의 아픔을 읊은 「전가(田家)」라는 유명한 시와 비견하게 된다. 이 시에서 북인(北人)은 서울 양반, 남인(南人)은 남쪽 백성으로 번역하였다.

우뚝 솟은 저 계립령이	嵯峨鷄立嶺
예로부터 남북을 가로막았네	終古限北南
서울 양반들은 호화로운 생활을 다투는데	北人鬪豪華
남쪽 백성들은 기름과 피를 짜는구나	南人脂血甘
(…)	
밤 강가에선 (일꾼들이) 서로 베고 자는데	江干夜枕藉

(…)

| 아전들은 방자히 취해서 떠들어대네 | 吏姿喧醉談 |

(…)

관에서 부과한 건 십분의 일인데	官賦什之一
어찌하여 십분의 이삼을 바치게 하나	胡令輸二三
강물은 스스로 도도히 흘러가고	江水自滔滔

(…)

서울에서 내려와 다투어 실어가네만	北下爭驂驔
남쪽 백성들 얼굴 찡그리고 보는 것을	南人蹙頞看
북쪽 양반들 누가 알 수 있겠는가	北人誰能諳

지금 가흥창은 흔적도 없이 사라졌고 조창이 있던 강언덕은 사철 소채가 재배되는 비탈밭으로 변한 지 오래되었다. 빈터 한쪽에 '가흥창터'라는 푯말 하나만 남아 있어 그 옛날을 알려주고 있을 뿐이다. 가흥창터 언덕밭에 서면 저 멀리 목계다리를 건너온 남한강이 원주 흥원창을 향하여 유유히 흘러가는 것이 보인다.

봉황리 마애불상군

가흥창터에서 남한강을 뒤로하고 돌아서면 바로 마주 보이는 둥근 산이 봉황산(장미산)이다. 그 산자락에는 장미산성(薔薇山城)이 있고 그 안쪽 산속에는 봉황리 마애불상군(보물 제1401호)이 있다.

장미산성은 고구려가 이곳을 지배하면서 수축한 것으로 생각되지만 성은 이미 허물어진 지 오래되어 아직 확정지어 말할 수 없고, 전문가도 아닌 답사객 입장에선 그쪽으로 발길이 닿은 적 없이 멀리서 바라보며

| **봉황리 마애불상군** |　먼저 만나는 마애불상군은 암벽 높이 1.7미터, 너비 5미터 되는 화강암 바위에 새겨져 있다. 비바람에 마모되고 바위가 갈라지고 일부는 떨어져나갔지만 그래도 원래의 형태를 상상해낼 수는 있다.

지나갈 뿐이다.

　그러나 산자락 돌아 조금 안쪽으로 들어가면 바로 나오는 마애불상군은 비록 감동스러운 명작은 아니지만 내가 충주답사 때면 즐겨 찾아가는 곳이다. 표지판 따라 찾아가기도 쉽고 빈터엔 버스도 능히 주차할 수 있다. 그리고 벼랑 위에 새겨진 불상 위까지 철제계단이 놓여 있어 바로 앞까지 올라갈 수 있고 거기서는 남한강을 멀리 조망하는 시원한 눈맛을 만끽할 수 있다.

　봉황리 마애불상군은 1978년에 발견되었다. 전형적인 삼국시대 불상인데 한강 유역에서 6세기 삼국시대 불상이 발견되면 미술사가와 불교사가의 머리가 복잡해진다. 아무 기록이 없는데 양식만 보고 삼국 중 어느 나라일까 그 국적을 밝혀내야 하는 어려운 과제가 놓이기 때문이다.

　이 불상이 처음 발견되었을 때 학계에선 대체로 삼국시대 불상으로

| 봉황리 마애불 | 위쪽에 있는 마애불은 산자락 바위에 독립된 도상으로 새겨져 있다. 사실성이 추구된 것은 아닌지라 고졸한 인상을 주는데 광배에 새겨진 화불이 아주 또렷하다.

애매하게 인식하는 경향이 있었다. 그러나 이듬해 중원 고구려비가 발견되면서 대체로 고구려 불상으로 보는 데 동의하고 있다. 그렇다면 이 불상이 지닌 장소적 의의는 백제의 서산·태안·예산 마애불만큼이나 큰 것이다.

봉황리 마애불은 이곳 사람들이 햇골산이라 부르는 산중턱 바위에 돋을새김으로 새겨져 있다. 높이 30미터쯤 되니 그리 높은 편은 아니지만 가파른 돌계단과 철제계단을 오르자면 숨이 가빠진다. 그러다 철계단 난간 너머로 마애불이 드러나면 절로 반가워 다시 한번 바라보게 된다.

마애불은 바로 이웃한 두 절벽에 새겨져 있다. 먼저 만나는 불상군은 암벽 높이 1.7미터, 너비 5미터 되는 화강암 바위에 새겨져 있다. 비바람에 마모되고 바위가 갈라지고 일부는 떨어져나갔지만 그래도 우리나라 화강암이 워낙에 경질이어서 원래의 형태를 상상해낼 수는 있다.

가운데 있는 여래상은 오른손은 들고 왼손은 내린 전형적인 삼국시대 불상의 손모습으로 오른손은 두려움을 없애준다는 뜻의 시무외인(施無畏印)이고, 왼손은 소원을 들어준다는 여원인(與願印)이다. 얼굴과 옷자락의 표현이 섬세한 것이 아니라 선이 굵고 형태를 간략히 했다는 것이 또한 삼국시대 특징인데 전체적으로 힘이 있어 보이는 것은 고구려 양식으로 통한다.

| 건흥 5년명 금동삼존불 광배 | 노은면에서 출토된 '건흥 5년명 금동석가삼존불 광배'(국립청주박물관 소장). 건흥 5년은 잃어버린 고구려 연호로 추정되며 명문에 병진년이라 쓰여 있어 536년이나 596년으로 추정된다.

그 옆에는 공양상, 반가사유상 등 5구의 불보살상이 있는데 세장(細長)한 체구에 단정한 모습이라는 인상을 줄 뿐 정확한 표정은 알아볼 수 없어 아쉽기만 하다.

다시 철계단을 지나 까만 돌로 반듯하게 깔린 길을 따라 몇 발짝 더 올라가면 이번엔 큰 마애불좌상이 나온다. 높이 3.5미터, 너비 8미터 화강암 자연석에 결가부좌로 앉아 있는 이 마애불좌상은 무릎이 넓고 높아 인체 비례가 맞지 않지만 얼굴은 둥글고 네모난 모습으로 눈코는 길고 가늘어 고졸한 인상을 준다. 그런 중 머리의 나발만은 명확히 나타냈고 머리 주위로 연꽃대좌에 앉아 있는 화불(化佛) 5구가 광배처럼 장식되어 있다.

이러한 양식은 봉화 북지리 마애불상의 선행 양식으로 생각게 하는데 이것이 아래쪽 마애불과 함께 조성된 고구려 불상인지 나중에 신라시대

로 들어와 따로 제작된 것인지는 학자마다 견해가 좀 다르다.

또 한편으로는 이 부근(노은면)에서 출토된 것으로 알려진 '건흥 5년명 금동석가삼존불 광배'(국립청주박물관 소장)와 비슷한 양식을 하고 있는 것이어서 주목된다. 건흥 5년은 잃어버린 고구려 연호로 추정되며 명문에 '병진년'이라 쓰여 있어 536년 또는 596년으로 추정되고 있다.

봉황리 마애불상을 뒤로하고 앞을 내다보면 눈앞에는 낮은 지붕의 마을, 길고 느릿한 산자락, 유유히 흐르는 강과 함께 중원들판이 넓게 펼쳐진다. 전형적인 충청도 시골 풍광으로 마애불의 모습만큼이나 평온하고 아늑하다는 생각이 절로 나온다. 그래서 불상을 볼 때는 부처님이 바라보고 있는 곳을 바라보는 것이 가장 좋은 전망이라는 말이 맞는 생각이 든다.

중원 고구려비

중원 고구려비는 한반도에서 발견된 유일한 고구려비로 5세기 말에 세워진 것으로 추정된다. 비의 높이는 2미터, 폭은 55센티미터, 두께는 33센티미터이고 충주시 중앙탑면 용전리 입석마을에 있었다. 발견 당시 행정구역이 중원군이었기 때문에 '중원 고구려비'라는 이름을 갖게 되었다. 그래서 이를 '충주 고구려비'라고 부르기도 한다.

1979년 4월 22일, 중원 고구려비 현장설명회에서는 열띤 취재 경쟁이 벌어졌다. 이튿날 경향 각 신문은 1면부터 대서특필하여 이 비에 대해 상세히 보도했다. 이날 현장설명회에 참가한 전문가를 보면 당대 역사학·금석학·한문학·미술사·고고학의 원로·태두들이 다 모였음을 알 수 있다.

이병도, 이선근, 최영희, 이기백, 김철준, 변태섭, 신석호, 임창순, 권오돈, 황수영, 진홍섭, 김정기, 김동현, 안휘준, 김석하, 차문섭, 서길수……

아마도 이분들이 이렇게 한자리에 모인 일은 이때가 처음이었을 것이다. 마침 바로 전해(1978)에 '단양 적성 신라비'가 발견되었기 때문에 더욱 학계를 흥분시켰던 점도 있다. 진흥왕의 순수·척경비는 5개나 되어 문헌에 나오는 신라 영토를 물증으로 확인할 수 있지만 고구려는 광개토왕비 외에는 그 영토 범위를 확정지을 수 있는 금석 유물이 발견되지 않아 학계를 안타깝게 했는데 이제 충주에서 고구려 남하 정책의 실체를 보게 되었다는 사실이 학계를 흥분시키고도 남음이 있었던 것이다. 해방 후 최대의 금석문 발견이었다.

그러나 이 비는 안타깝게도 건립 시기 부분의 글자를 잃어버렸기 때문에 유물 명칭을 고구려비라고만 한 것이다.

예성동호회의 비석 발견

이 비는 1979년 2월, 충주의 문화유산을 사랑하는 '예성(蘂城)동호회' 회원들이 처음 발견하고 4월 단국대박물관 조사단이 정밀조사하여 고구려비임을 확인함으로써 세상을 놀라게 했다.

예성동호회는 1978년에 만들어진 충주 지역 문화재 애호가 모임이다. 예성은 충주의 옛 지명 중 하나로 꽃술 예(蘂) 자, 재 성(城) 자, '꽃성'이라는 예쁜 이름이다. 이 모임을 주도한 분은 당시 충주 검찰지청 유창종 검사였다. 그는 우리나라 와당(瓦當)에 관심을 갖고 수집하여 2002년에 약 2,000점의 와당과 전돌을 모두 국립중앙박물관에 기증했고, 이후 다시 와당을 수집하여 '유금와당박물관'이라는 와당 전문 사설박물관을

세우고 관장으로 계신 분이다.

예성동호회는 고교 교장과 교사, 병원 원장, 군청 간부, 문화예술인 등이 창립 발기하였고 그 산파역인 유창종 검사가 회장을 맡았다. 그런데 유 검사가 그해 3월 2일 의정부 검찰지청으로 전보 발령을 받게 되어 2월 24일 송별기념 답사가 있었다.

이들은 먼저 중앙탑을 답사하여 기와편들을 수습한 뒤 '단양 적성 신라비' 같은 것이 충주에도 있을지 모른다는 생각에 장미산성에 올랐다가 아무 성과 없이 귀가하는 길에 가까이 있는 용전리 입석마을의 이른바 백비(白碑)라도 보고 가자는 의견이 나왔다.

이 비석은 오래전부터 이 마을에 있었기 때문에 '입석마을'이라는 이름이 생겼고, 팔십 노인의 말로는 당신이 어렸을 때는 대장간집 기둥이었다고 했다. 비석처럼 생겼으나 글자가 없다고 해서 백비라 불렸고, 혹은 이씨 집안의 사패지비(賜牌地碑)라고도 했다. 1972년 충북 지역 대홍수 때 쓰러졌던 것을 동네 청년들이 '칠전팔기(七顚八起)의 마을'이라는 글씨를 새긴 비를 세울 때 마을 입구에 나란히 세워놓았던 것이다.

회원들이 입석마을에 와서 비면을 들여다보는 순간 누군가가 글자가 보인다는 말을 하였고, 석양빛 때문에 글자 비슷한 인공의 흔적이 역력하게 드러나 보였다. 이들은 모두 드디어 진흥왕비를 찾았다는 들뜬 마음에 흥분을 감출 수가 없었다고 한다. 누구도 고구려비일 것이라고 상상하지 못했다. 이리하여 중원 고구려비가 세상에 첫 모습을 드러내게 되었다.

신라비에서 고구려비로

유창종 검사는 그날 밤 서울의 황수영 박사(당시 동국대박물관장)에게 진흥왕비를 발견한 것 같으니 빨리 충주에 다녀가시도록 당부하였다. 그리고 회원인 장준식 교사는 대학원 지도교수인 단국대 정영호 교수에게 이 사실을 알렸다.

그리하여 4월 5일, 황수영 박사와 정영호 교수가 일본인 학자 몇 명과 내려왔다. 전년도(1978)에 발견된 봉황리 마애불상군을 답사하고 이 비석도 조사하러 온 것이었다.

황박사 팀이 봉황리를 다녀오는 동안 정교수는 이 비를 탁본했고, 이를 다방에 들어가 병풍에 걸쳐놓고 조사하면서 두 분은 드문드문 읽히는 글자들을 보면서 신라비가 맞다며 흥분을 감추지 못하였다고 한다. 그때까지 누구도 고구려비가 여기 있으리라고는 상상하지 못했던 것이다.

그리고 이틀 뒤인 4월 7일, 단국대박물관 학술조사단(단장 정영호 교수)이 충주에 내려와 본격적으로 이 비를 조사하기 시작했다. 청태와 이끼를 정성스럽게 제거한 뒤 정밀하게 탁본하고 다음 날부터는 비문을 철저히 조사했다.

그러나 워낙에 글자 마모가 심하여 판독하기 어려웠다. 광개토왕 비문에도 나오는 '고모루성(古牟婁城)' 같은 글자가 확인되기는 했으나 비석 서두 부분의 이끼가 너무 심해 탁본에 나타난 '○○대왕'이 누구인지가 좀처럼 보이지 않았다. 그리하여 다시 끓는 물을 부어 이끼를 불린 뒤 손톱으로 한 획 한 획 긁어내기를 30분간 계속하니 '고려대왕(高麗大王)'이라는 글자가 선명하게 나타났다. 탁본을 지휘하던 정단장은 감격의 눈물을 흘렸다고 한다.

이에 4월 22일 임창순 선생을 비롯한 금석학 전문가들을 모셔 판독 가능한 글자들을 확인하고 세상에 공개하게 된 것이다.

| **중원 고구려비** | 한반도에서 발견된 유일한 고구려비로 5세기 말에 세워진 것으로 추정된다. 높이는 2미터, 폭은 55센티미터, 두께는 33센티미터이고 충주시 중앙탑면 용전리 입석마을에 있었다. 발견 당시 행정구역이 중원군이었기 때문에 '중원 고구려비'라는 이름을 갖게 되었다. '충주 고구려비'라고 부르기도 한다.

중원 고구려비의 내용

중원 고구려비는 자연석을 돌기둥 모양으로 다듬고 글씨를 새길 면을 갈아 비문을 새긴 것이다. 얼핏 보아도 광개토왕비와 아주 닮았다. 다만 키가 3분의 1도 채 안 되어 만약 둘을 나란히 놓고 본다면 아버지가 어린 아들을 데리고 있는 형상이 될 것이다.

비문은 예서체로 한 글자의 크기가 대략 3~5센티미터 정도이며, 1행 23자꼴이어서 4면 전체에 새겨진 글자의 총수는 730여 자로 추정되는데 판독 가능한 글자는 270여 자 정도이다.

비문은 아직 완전하게 판독하지 못했고 중간중간에 탈락한 글자가 많아 문맥이 정확지 않을 뿐만 아니라 글자 하나하나에 대해서도 학자들 간에 이견이 많아 해석도 여러 가지다. 비문 중 가장 주목받고 있는 부분만 간추리면 다음과 같다.

5월 중 고려태왕은 조왕(祖王)이 명령하신 대로 신라의 매금(寐錦, 신라왕)과 세세토록 형제처럼 상하가 서로 화목하기를 원하여 하늘에 맹세함을 지키고자 동쪽으로 왔다 (…) 12월 23일 갑인에 동이(東夷, 신라) 매금의 상하가 우벌성에 이르니 교를 내려 (…) 300명을 모집하였다. 신라토내당주(新羅土內幢主, 직함)는 (…) 신라토내 중인들을 움직였다.

五月中 高麗太王祖王令○新羅寐錦 世世爲願 如兄如弟 上下相和守天東來之 (…) 十二月卄三日甲寅 東夷寐錦上下至于伐城敎 (…) 募人三百新羅土內幢主 (…) 新羅土內衆人○動○

이 비문을 보면 고구려(당시 고려라고도 했음)는 왕을 '태왕'이라고 칭하

면서 신라는 '동이'라 하고 신라왕은 '매금'이라고 낮추어 불렀다. '매금'
이란 문자 그대로 '비단 잠자리에 드는 고귀한 분'이라는 뜻이다. 그리고
상하가 형제처럼 화목하기를 원한다는 것은 고구려는 형, 신라는 아우임
을 나타낸 것이다.

'신라토내당주'는 신라의 영토 내에 주둔하는 고구려 군사의 지휘관
을 의미한다. 그렇다면 391년 가야와 왜가 신라에 처들어왔을 때 광개토
왕이 5만의 군대를 보내 함안 종발성까지 물리친 이래로 고구려 군대가
신라에 주둔해 영향력을 행사하고 있었음을 뜻한다. 이는 『일본서기(日
本書紀)』 웅략(雄略) 8년, 즉 464년(고구려 장수왕 52년, 신라 자비왕 7년) 2월조
의 다음과 같은 기사를 연상케 한다.

이때 신라왕이 고구려가 거짓으로 지켜주고 있다는 것을 알고 급히
사신을 보내 고하기를 집에서 기르고 있는 수탉을 죽이라 하니, 나라
사람들이 그 뜻을 알고 국내에 있는 고구려인들을 모두 죽였다.

수탉이란 고구려인들이 머리관에 새털을 꽂고 있었던 것을 암시하는
것이다. 결국 이 비가 고구려가 충주 지방을 지배하고 세운 비라는 데는
아무 이론이 없다. 그러나 이 비는 건립 연도를 밝혀줄 글자가 마멸되고
말았다.

다만 '12월 23일 갑인'이라는 날짜가 이 비의 건립 연도를 추정하는
데 중요한 정보를 제공하는데 12월 23일이 갑인일인 때는 480년(장수왕
68년)과 506년(문자왕 15년)으로 압축된다. 그중 480년으로 보는 견해가 우
세한데 그렇다고 해서 이 날짜가 곧 비의 건립 연도를 의미하는 것은 아
니며 대체로 문자왕(재위 491~519) 연간인 495년에 건립된 것으로 보는
견해가 우세하다.

| **중원 고구려비 비각** | 현재 이 비각은 없어졌고, 중원 고구려비는 전시관 안으로 옮겨져 있다.

충주 고구려비 전시관의 시말

지난겨울 나는 충주 답사기를 쓰기 전에 이 중원 고구려비의 현재 상태를 확인하고자 현장을 다시 찾았다. 와서 보니 '충주 고구려비 전시관'이라는 아주 특이한 전시관이 세워져 있었다. 전시관 안으로 들어가기 전에 비각이 어떻게 되었는지 보고자 했는데 비가 보이지 않았다. 이게 어찌 된 일인지 관계자에게 물어보니 비가 전시관 실내에 모셔져 있다는 것이었다.

전시관 안으로 들어가니 이건 중원 고구려비 전시관이 아니라 고구려 역사 교육관으로 되어 있고 마지막 전시실에 비가 놓여 있었다. 전시 형태의 졸렬함은 말할 것도 없고 멀쩡한 비가 전시관 안에 갇혀 있다는 것에 너무 놀라서 할 말을 잃었다.

그런데 전시관 개관을 기념하여 지역신문에 예성동호회 회원이 기고

| **충주 고구려비 전시관** | 이 중원 고구려비 전시관은 고구려 역사 교육관으로 되어 있고 마지막 전시실에 비가 놓여 있어 찾아온 사람을 당황스럽게 한다. 문화재청은 전면적인 재검토에 들어갔다.

한 「충주 고구려비에 관한 일반적인 보고서」(『동양일보』 2012년 7~8월)에 다음과 같은 글이 실려 있는 것이었다.

2004년 10월 고구려비를 방문한 당시 유홍준 문화재청장이 고구려비 보존의 문제점과 환경오염 등을 제기하며 종합정비계획을 지시함으로써 고구려비 보존에 새로운 국면 전환이 이루어졌다. 2010년 4월 착공된 전시관의 설계는 건축학도의 롤 모델이라고 할 수 있는 이로재의 승효상 대표의 작품으로 그의 건축철학인 '공간을 나누고 비움으로써 숨 쉴 수 있는 건축물'이 우리의 눈앞에 와 있게 됐다.

내가 돌아와 승효상에게 이 사실을 말하니 "아니! 그 건물이 지어졌단 말입니까?" 하고 놀라면서 "그건 내가 설계한 것 아닙니다!"라고 단호히 말하며 정정할 수 있게 해달라는 것이었다.

그 시말(始末)은 이렇다. 우리나라 석조문화재 보존의 가장 큰 문제점은 산성비와 강풍에 의한 풍화에 있다. 내가 2004년 9월에 부임해 한 달도 안 된 10월에 중원 고구려비를 방문한 것은 이 문제를 해결하기 위해서였다.

내가 보존과학계의 원로이신 화학자 이태녕 박사(1924~)께 자문하였더니 화강암으로 된 비석은 적당한 광선과 통풍이 있어야 건강을 유지한다는 것이었다. 그러니까 보호각이 만능도 아니고 실내로 옮기는 것도 보호책이 아니라는 것이다.

그러면서 제시하시는 것이 형태는 건축가가 알아서 할 것이고 유리로 되었건 아크릴로 하건 보존과학 입장에선 광선이 들어오고 통풍이 되면서 산성비와 강풍을 막는 것이 최선이라는 것이었다. 이미 그런 방식을 취한 것이 유리 보호각 안에 보존되고 있는 서울 종로 탑골공원의 원각사 십층석탑이다.

그러나 이건 누가 보아도 잘못된 보호책이다. 어떻게 하면 보존과학의 요구에 맞는 비석 보호각과 멋진 전시관을 만들 수 있을까? 이 점을 승효상에게 의뢰한 것이었다. 그러나 당시 기준으로 3,000만원 이상 되는 용역이나 설계는 조달청에서 공개 입찰을 해야 한다.

그래서 내가 생각해낸 것이 기본계획이라는 것이었다. 승효상은 통풍과 채광이 모두 충족되는 보존과학 입장의 현대식 유리비각을 설계하고 그 곁에 검소하면서도 아주 모던한 전시관을 그린 기본계획을 내놓았다.

나는 이 기본계획안의 실시설계와 시공을 조달청의 공개 입찰로 넘겼다. 그러나 내가 청장으로 있는 동안은 이 제약 많고 골치 아픈(?) 프로세스가 진행되지 않았다.

그리고 내가 2008년 청장을 떠난 뒤 공개 입찰을 하여 2010년에 착공된 것이 이 전시관이다. 승효상 안을 실시설계한 것이 아니고 전시관의 외부 형태만 '커닝'하여 자기들 맘대로 바꾼 것이다. 승효상의 유리보호 각은 없어지고 전시실 안으로 들어가버린 것이었다.

전시설계가 엉망으로 된 것은 쓸데없이 각종 마네킹을 과도하게 만들었기 때문이다. 건축 철학과 미학은 사라지고 예산만 잔뜩 들어간 토목사업이 된 것이다. 이것이 우리나라 행정과 예산 집행의 후진적 실상이다.

이참에 세상에 대고 한마디 건의한다면, 좋은 건축을 지으려면 공개입찰이 아니라 좋은 건축가를 모셔올 수 있는 시스템을 마련해야 한다. 공개 입찰을 하더라도 가격 평가가 아니라 질, 퀄리티의 평가가 이루어져야 한다. 그런 바람직하고도 선진적인 예산 집행 시스템이 우리나라에서 언제 시행될 수 있을까? 생각하자니 답답하고, 씁쓸하다.

나는 승효상에게는 미안하다고 사과하고 현직 문화재청장에게 이 사실을 알려주고 시정해줄 것을 간곡히 부탁했다. 이후 문화재청에선 곧바로 현장조사가 이루어졌고 뒤이어 담당 과장은 전시 내용과 비석의 위치 및 환경에 대한 전반적인 리모델링을 위해 2015년도 추가예산을 반영하였다고 내게 알려왔다. 이것이 전화위복의 계기가 되기를 바라는 마음이다.

신경림 생가 앞의 느티나무

중원 고구려비 답사는 탑평리 중앙탑으로 이어지게 된다. 그러나 몇 해 전 충주답사 때 나는 중원 고구려비에서 멀지 않은 노은면 연하리의 신경림 시인 생가를 들러보았다. 차로 불과 10분 거리인 데다 표지판이 있어 쉽게 찾아갈 수 있었다. 그러나 남의 집이 된 지 오래여서 마을만 둘러보고 당신이 다닌 노은초등학교로 가서 교정에 있는 「농무」 시비만

보고 왔다.

그런데 신경림 시인이 연전에 펴낸 『사진관집 이층』(창비 2014)에 실린 「다시 느티나무가」라는 시를 읽고 큰 감동을 받아 다음번에 답사 가면 이 느티나무 앞에 잠시 쉬었다 가야겠다는 생각을 갖고 있었다. 신경림 시인은 일찍이 「더딘 느티나무」라는 시를 쓰신 바 있다. 그리고 팔순 나이에 이 느티나무를 보고 느끼는 새로운 감회가 있어서 '다시' 읊은 것이다.

고향집 앞 느티나무가
터무니없이 작아 보이기 시작한 때가 있다.
그때까지는 보이거나 들리던 것들이
문득 보이지도 들리지도 않는다는 것을 알면서
나는 잠시 의아해하기는 했으나

내가 다 커서거니 여기면서,
이게 다 세상 사는 이치라고 생각했다.

오랜 세월이 지나 고향엘 갔더니,
고향집 앞 느티나무가 옛날처럼 커져 있다.
내가 늙고 병들었구나 이내 깨달았지만,
내 눈이 이미 어두워지고 귀가 멀어진 것을,
나는 서러워하지 않았다.

다시 느티나무가 커진 눈에
세상이 너무 아름다웠다.
눈이 어두워지고 귀가 멀어져
오히려 세상의 모든 것이 더 아름다웠다.

　인생에서 노년의 너그러움이 무엇인가를 말해주는 처연한 시다. 충주
가 신경림 시인을 갖고 있다는 것은 문화적으로 큰 복이다. 어쩌면 신경
림 시인이 충주 남한강변 고을에서 태어난 것이 더 큰 복인지도 모르는
일이지만.

국원성과 장미산성

　중원 고구려비는 고구려의 남하 정책을 명확히 증언한다는 점에서 더
없이 중요한 유물이지만 한편으로는 충주 땅 중에서도 바로 이 자리에
있다는 의미도 중요하다. 중원 지역을 차지한 고구려가 충주에 국원성
(國原城)을 설치하였다는 것은 익히 알려져왔지만 그 국원성의 위치에

| **장미산성** | 고구려의 국원성은 중원 고구려비와 멀지 않은 곳에 있었던 것이 분명한데 북쪽 봉황산 자락에는 고구려시대 산성인 장미산성이 있고, 남쪽 남한강변에는 훗날 신라의 중원경 자리라고 생각되는 곳에 중앙탑이 있다.

대해서는 아직도 확정짓지 못해왔다. 그러나 국원성은 중원 고구려비와 멀지 않은 곳에 있었던 것이 분명해지는데 바로 앞 북쪽 봉황산 자락에는 고구려시대 산성인 장미산성이 있고, 남쪽 남한강변에는 훗날 신라의 중원경(中原京) 자리라고 생각되는 중앙탑이 있다.

『삼국사기』「지리편」을 보면 "중원경은 본래 고구려의 국원성인데 신라가 평정하였다"고 하였다. 그렇다면 중원 고구려비는 국원성과 장미산성을 잇는 길목에 있는 것이다. 국원성의 다운타운이 중앙탑 공원이고, 전투를 대비한 산성이 장미산성인 것이다.

중원의 상징, 중앙탑

중앙탑공원은 근래에 공원을 조성하면서 지은 이름이고 본래 이곳은 중원군 가금면 탑평리로 강변 한쪽 들판에 우뚝 서 있는 이 탑은 '탑평리 칠층석탑'이라고 불리며 일찍이 국보 제6호로 지정되었다.

탑평리 칠층석탑은 중앙탑공원 한가운데 높직한 축대 위에 있어 멀리서도 한눈에 보이고 가까이 가면 더욱 우뚝해 보인다. 석탑의 구조와 양식을 보면 통일신라 전성기에 세워진 것이 틀림없는데 동시대에 유행한 삼층석탑과는 달리 7층 구조이고 높이도 14.5미터로 가장 높다.

1916년도 조사 때 기단부 일부가 파손되어 점차 기울어지게 되자 다음 해에 전면적인 해체복원공사가 진행되었는데 그때 탑신부와 기단부에서 사리장치가 발견되었다.

6층 탑신에서 문서편과 동경(銅鏡) 2점, 목제칠합, 은제사리합 등이 나오고, 기단부에서는 청동합이 나왔다. 은제사리합 안에는 사리가 든 유리사리병이 들어 있었는데 동경과 청동합은 고려시대 유물이어서 고려시대에 수리하고 사리장치가 봉안된 것으로 생각되고 있다.

이 탑에 대하여는 아무런 기록도 없고 사찰 이름도 알려진 것이 없다. 그동안 이 탑 주위는 경작지로 변했고 가끔 연화문 기왓장이 출토되어 신라시대 절터라고 생각해왔다.

이 탑과 관련해 전해오는 설화가 하나 있다. 신라 원성왕(785~98) 때 신라 국토의 중앙 지점을 알아보기 위해 남북 끝 지점에서 같은 날 같은 시간에 같은 보폭을 가진 사람을 출발시켰더니 이곳에서 만났기에 이곳에 탑을 세웠다는 것이다. 중앙탑이 있는 가금면에는 '안반내'라는 지명이 있는데 남북 끝에서 반이 되는 지점의 개울이라고 해서 반내(牛川)라고 했다고 한다.

그리하여 이 탑은 언제부터인지 중앙탑이라고 불려오고 있다. 사실 그동안 학자들 중에는 이 탑이 일반적인 사찰의 탑과는 달리 경덕왕 16년(757) 중원경을 설치하면서 상징탑으로 세운 것이 아닐까 생각하는

| **중앙탑** | 중앙탑공원은 근래에 공원을 조성하면서 지은 이름이고 본래 이곳은 중원군 가금면 탑평리이다. 강변 한 쪽 들판에 우뚝 서 있는 이 탑은 '탑평리 칠층석탑'이라고 불리며 일찍이 국보 제6호로 지정되었다. 이 탑은 통일신라 전성기에 세워진 것으로 동시대에 유행한 삼층석탑과는 달리 7층 구조이고 높이도 14.5미터로 가장 높다.

분들이 있어왔다.

이를테면 선덕여왕이 황룡사 구층탑을 세운 것도 신라가 외적을 물리치기 위한 것으로 신라에 무릎을 꿇어야 할 아홉 나라로 1층은 일본, 2층은 중화, 3층은 오월, 4층은 탁라(탐라), 5층은 응유, 6층은 말갈, 7층은 단국, 8층은 여적, 9층은 예맥을 상징한다는 것은 널리 알려진 이야기이다. 또 여주 신륵사 강변 절벽에 높이 세운 다층전탑도 남한강 뱃길의 이정표 같은 역할을 했다고 생각되고 있다.

탑평리 칠층석탑의 높은 토축 가운데로는 위로 올라갈 수 있는 계단이 있다. 이를 따라 올라가보면 석탑 앞에는 석등받침으로 보이는 팔각 연화대석이 남아 있고 탑은 더욱 고준하여 첨탑을 보는 것만 같다. 그리고 사방이 훤히 열려 있는 넓은 전망을 갖고 있다. 그 옛날을 생각하자면 이 탑은 더욱더 중원경의 상징적인 타워로 다가온다.

고대도시 유적, 국원경과 중원경

문화재청에는 부속 연구기관으로 국립문화재연구소와 5곳의 지방 문화재연구소가 있다. 국립경주문화재연구소, 국립부여문화재연구소, 국립나주문화재연구소, 창원의 국립가야문화재연구소, 그리고 충주에 국립중원문화재연구소가 있다.

그중 가장 나중에 설립된 국립중원문화재연구소는 그동안 고고학적·미술사적으로 소외되었던 이 지역 유적의 실체를 밝히는 데 큰 역할을 하고 있다. 이 연구소의 큰 업적 중 하나가 '고대도시 유적 중원경' 발굴 조사이다.

중앙탑 주위는 그동안 부분적인 조사가 이루어졌지만 본격적인 발굴은 2008년부터 3차에 걸쳐 국립중원문화재연구소에서 진행한 것이다.

그 결과 4~5세기 백제문화층과 6세기의 고구려 유물이 일부 확인되었고, 주로 6~7세기 신라 유물들이 대량으로 출토되어 백제·고구려·신라로 이어지는 이 땅의 역사를 그대로 반영하는 것을 확인했다.

그러나 탑 주위로는 여전히 사찰의 흔적을 찾을 수 없고 그 대신 대형 건물지와 창고 및 생산 시설 등 생활 유적들이 발견되어 이곳을 중원경 자리로 추정할 수 있으며 이 탑은 일반적인 절집 탑과 다른 상징적 타워였을 가능성이 높다는 의견이 제시되었다.

그동안 이 탑의 조형미에 대해서는 높이에 비해 너비의 비례가 적어서 지나치게 삐죽한 느낌을 주어 안정감이 적어 보인다는 평이 일반적이었다. 그러나 이것이 법당 앞의 탑이 아니라 중원경의 타워라는 상징을 갖는다면 저 높이 치솟은 상승감이 오히려 볼만한 것이다. 이 탑이 높은 석축 위에 모셔진 것도 이 뜻에서 멀지 않을 것 같다.

지금 중앙탑은 공원으로 조성되었지만 1972년 폭우가 있기 전에는 넓은 밭과 민가들로 둘러싸여 있었다. 10여 년 전만 하더라도 빈터에 홀로 우뚝한 중앙탑은 중원경의 상징 타워라고 느끼기에 충분했다. 공원으로 조성된 뒤 중앙탑이 갖는 중원경의 타워라는 이미지가 많이 약해졌지만 야간이면 라이트업이 되는 이 탑을 보면서 충주 시민들이 그 옛날의 상징성을 가슴 듬뿍 새기길 바라는 마음이다.

신라의 중원경

탑평리 칠층석탑은 중앙탑이라는 사실뿐만 아니라 바로 이 자리가 중원경의 센터였다는 사실도 증언해준다. 중원경 이전에는 국원(國原) 소경(小京)이었다. 이에 대해서는 『삼국사기』 「신라본기」 진흥왕 18년(557)조에 다음과 같은 기사가 나온다.

진흥왕 18년, 국원을 소경으로 삼았다.

진흥왕은 신라의 영토를 넓혔을 뿐만 아니라 국가를 새로 디자인한 장본인이다. 경주에 2만 5,000평에 달하는 황룡사를 짓기 위해 17년간 터를 닦은 것도 진흥왕이었다. 그는 그런 원대한 구상을 갖고 새로 차지한 국토 경영에 나섰다.

그것이 충주의 국원에 제2의 수도로 소경을 둔 것이었다. 이는 당시

| 중원경 전경 | 진흥왕은 고구려의 국원성이던 충주 지역에 소경을 설치하고 우륵을 비롯해 가야의 귀족과 인재들을 대거 이주시켰다. 신라시대 제2의 도시였던 자리다.

충주가 신라에서 차지하는 비중이 얼마나 큰지를 말해준다.

이후 통일신라로 들어서면 기존의 국원 소경을 비롯하여 전국에 5곳의 소경을 두었다. 신라 5소경이다. 이것을 경덕왕 때 이름을 고쳐 중원경(中原京, 충주)·북원경(北原京, 원주)·김해경(金海京)·서원경(西原京, 청주)·남원경(南原京)이라 하였다.

진흥왕이 새로 개척한 영토를 관리하기 위하여 직접 순수·관경하며 순수비를 세운 것은 너무도 잘 알려져 있다. 진흥왕은 그렇게 영토만 순수·관경한 것이 아니었다. 중앙의 인재들을 대대적으로 국원 소경으로 이주시켜 충주를 제2의 수도답게 건설하도록 했다. 『삼국사기』 「신라본기」 진흥왕 19년(558)조에는 이 사실이 다음과 같이 쓰여 있다.

진흥왕 19년 2월, 귀족의 자제와 6부의 부호를 국원에 이주시켰다.

진흥왕 때 충주로 이주한 인재 중 하나가 탄금대 전설의 주인공인 우륵이다. 진흥왕이 우륵을 국원 소경으로 보냈다는 것은 충주 지역을 군사적으로뿐만 아니라 문화적으로도 발전시키려는 큰 뜻이 있었던 것이다. 진흥왕은 문화적으로도 진흥왕이었다.

이런 연유로 충주는 역사적 인물들을 많이 배출하게 되었다. 통일신라의 강수(強首), 김생(金生), 고려시대의 보각국사(普覺國師), 대지국사(大智國師), 조선시대의 권근(權近), 임경업(林慶業)…… 오늘날에는『충주의 인물 33인선』이라는 책이 나올 정도인데 반기문(潘基文) 유엔 사무총장도 충주에서 학교를 다녔다고 충주인으로 끌어안았다.

악성 우륵

우륵(于勒, ?~?)은 대가야의 악사로 고구려의 왕산악(王山岳), 조선의 박연(朴堧)과 함께 우리나라 3대 악성(樂聖)으로 꼽힌다. 출생지에 대해서는『삼국사기』에서 성열현(省熱縣) 사람이라고 하였는데 청풍의 옛 이름이 사열이현(沙熱伊縣)이어서 청풍이라는 설이 있다.

그는 대가야 가실왕의 명을 받들어 중국의 악기인 쟁(箏)을 모방해 가야금(伽倻琴)을 만들고 12악곡을 지었다. 훗날 나라가 어지러워지자 진흥왕에게 귀부하여 대가야의 음악을 신라에 전수하였다.

우륵은 진흥왕 12년(551) 3월에 낭성(娘城)의 하림궁(河臨宮)에 행차한 진흥왕 앞에서 가야금을 연주해 보였다. 낭성은 충주의 국원 소경의 별칭으로 생각되고 있다.

진흥왕은 우륵을 국원에 안치하고, 제자 세 사람을 시켜 우륵에게 대가야의 음악을 배우게 했다. 세 사람은 우륵으로부터 각각 가야금과 노래와 춤을 배웠는데, 우륵에게 전수받은 12곡을 음란한 음악이라며 5곡으로 줄여버렸다. 우륵은 이에 분노했지만, 음악을 들어보고 나서는 "즐거우나 넘치지 않고 슬프면서도 비통하지 않다"고 평하며 그들이 바꾼 음악을 인정하였다.

신라의 대신들은 진흥왕에게 "가야를 망친 망국(亡國)의 음악 따위는 본받을 것이 못 됩니다"라고 가야악을 받아들이지 말 것을 간언하였지만, 진흥왕은 "가야왕이 음란해 망한 것이지 음악이 무슨 죄가 있는가. 성인(聖人)이 음악을 만드신 뜻은 사람의 감정에 호소해 법도를 따르게 하고자 한 것이다"라고 하여, 결국 우륵이 전수한 가야악이 신라의 궁중 음악으로 받아들여졌다고 한다.

이러한 우륵의 전설이 깃든 곳은 제천 의림지의 우륵정, 경북 고령의 금곡(琴谷)을 비롯하여 아주 많다. 그중 가장 유명한 곳이 그가 가야금을 연주했다는 탄금대이다. 다산 정약용도 『아방강역고(我邦疆域考)』에서 우륵이 노닐던 곳으로는 충주의 탄금대와 사휴정(四休亭)이 있다고 하였다. 그래서 충주를 답사하면 자연히 탄금대를 한번 가보게 된다.

충주읍성

중앙탑에서 탄금대(彈琴臺)로 가자면 달천(達川)다리 건너 시내 쪽으로 들어가야 한다. 충주는 남한강 물줄기가 단양·청풍·제천의 산자락을 비집고 흘러내리다 마침내 넓은 들판을 S자로 휘돌아가는 강변에 위치해 있다. 이런 경우 도시는 대개 엄지손가락처럼 머리를 내민 강변 언덕에 형성되는데 충주는 반대로 강줄기 바깥쪽으로 크게 맴돌면서 넓게 퍼졌다.

그리고 충주는 남쪽에서 흘러들어오는 달천이 도시를 둘로 갈라 중앙

| 관아공원 청령헌 | 충주읍성은 일제강점기 들어 신시가지를 건설한다며 모두 헐리고 말았다. 오늘날엔 성내에 남아 있는 청령헌을 중심으로 공원을 조성하고 관아공원이라 부르고 있다.

탑이 있는 서쪽은 신라의 중원경이 있던 옛터로 남아 있고 동쪽은 고려·조선 시대를 거쳐 오늘에 이르기까지 충주의 도심이 되었다.

충주읍성은 신라 문무왕 13년(673)에 쌓은 낭자성(娘子城)으로 추정되기도 하는데, 고려 충렬왕 3년(1277)에 다시 쌓아 당시에는 예성(蘂城), 즉 꽃성이라 불렸다고 한다.

오늘날 충주읍성은 자취를 알아볼 수 없을 정도가 되어 성내동이라는 이름만 남겼고 옛 충청감사가 근무했던 관아는 관아공원이 되어 시민들의 쉼터가 되었다.

마지막 충주읍성은 1866년(고종 3년) 병인양요를 치른 뒤 흥선대원군이 전국의 읍성을 수축하여 유사시에 대비하라고 명을 내려 1869년(고종 6년) 2월 충주목사 조병로(趙秉老)가 개축하여 10개월 만인 11월에 완성하였다. 이때 개축된 성의 둘레가 약 1킬로미터, 두께 7.5미터, 높이 6미

| 관아공원 밖 느티나무 | 관아공원은 옛 감영의 모습을 엿볼 수 있게 했으나 역시 새로 지은 건물인 터라 공원의 분위기가 앞서고 옛 충주의 영광을 증언하는 것은 꿋꿋이 노목으로 살아남은 담장 밖의 느티나무 한 그루였다.

터였다고 한다.

그러나 기껏 새로 쌓은 충주읍성은 불과 30년도 안 되어 1896년 제천 을미의병군의 첫번째 공격 대상이 되어 4개의 문루가 다 소실되었다. 그러고는 이내 일제강점기로 들어가 신시가지를 건설한다는 명분으로 모두 헐리고 말았다. 그리하여 성내에 있던 44칸의 객사와 60칸의 장대한 관아 건물이 다 사라지고 현재는 청령헌(淸寧軒)과 제금당(製錦堂)이 남아 있어 옛 관아의 면모를 보여줄 따름이다.

충주시는 옛 관아를 공원으로 조성하면서 '충청감영문(忠淸監營門)'이라는 자랑스러운 현판이 걸린 누문(樓門)도 복원하였다. 충청도라는 말이 충주와 청주에서 나왔음을 강조하는 듯했다. 『조선왕조실록』을 보관하던 4곳의 사고(史庫) 중 하나였던 충주사고도 임진왜란 때 불탔던 것을 복원했다.

이렇게 옛 감영의 모습을 엿볼 수 있게 하였으나 역시 새로 지은 건물은 공원의 분위기가 앞서고 옛 충주의 영광을 증언하는 것은 모진 풍파에도 꿋꿋이 노목으로 살아남은 담장 밖의 멋진 느티나무 한 그루였다.

탄금대

가만히 보니 충주는 역사유적을 공원으로 많이 만들었다. 중앙탑공원과 관아공원이 그렇고, 탄금대공원이 그렇다. 역사유적을 보존하는 차원이 아니라 현대 작가의 조각품을 많이 설치한 조각공원이라는 인상이다.

탄금대는 남한강과 달천이 합류하는 지점의 벼랑 언덕에 자리잡고 있다. 어디에 탄금대가 따로 있는 것이 아니라 공원 전체가 탄금대이다. 탄금대를 일주하는 산책로를 따라 거닐다보면 1953년에 세운 탄금대비를 비롯하여 근래에 세운 악성 우륵 선생 추모비, 신립 장군 전적비, 권태응(權泰應)의 감자꽃 노래비, 그리고 탄금정 정자, 충혼탑, 충주문화원, 야외음악당 등이 있다.

산책로를 따라 발걸음을 옮길 때마다 조각 작품이 하나씩 나타나는데 눈에 띄는 명작은 아니어도 크게 눈에 거슬리는 것도 없다. 나는 그것만으로도 높이 평가한다.

그리고 조각 작품의 배치에 나름대로 기준이 있는 듯 크기와 주제, 그리고 받침대 등이 그런대로 주변 환경과 잘 어울린다. 한 가지 재미있는 것은 넓은 주차장 맞은편에 있는 충주문화원 건물 뒤쪽으로 화장실이 있는데 그 화장실 가는 솔밭에 맵시 있는 누드 조각 세 점이 있는 것이었다. 가만히 생각해보니 어린이도 많이 오는 공원이니 19금 조각은 잘 안 보이는 데에 배치한 것이 아닌가 싶다. 그러나 실은 애고 어른이고 가장 많이 오는 길이 여기 아니던가.

| 탄금대공원 | 왼쪽은 우륵 추모비, 가운데는 팔천고혼위령탑, 오른쪽은 감자꽃 노래비이다.

　탄금대의 하이라이트는 역시 탄금정 정자가 있는 열두대이다. 우륵이 여기서 12곡을 작곡했다는 강변의 절벽이다. 높은 벼랑에 세워진 정자는 우륵이 가야금을 탔다는 전설적인 낭만을 전해준다. 여기서 바라보는 풍광은 가야금 소리가 아니라도 참으로 그윽하다. 오른쪽을 보면 짙고 푸른 남한강 물줄기가 긴 포물선을 그리며 유유히 굽이져 흐르는데 그 너머로는 충주 시내 고층아파트가 비껴 보인다. 충주가 정말로 아름다운 물의 도시임을 한눈에 말해준다.

　고개를 돌려 왼쪽을 바라보니 달천과 만나는 물목에 있는 긴 섬이 그림같이 펼쳐지며 석양에 역광으로 어스무레 비치는 것이 사뭇 서정적이다.

　그러나 여기는 임진왜란 때 신립(申砬) 장군이 배수진을 치고 싸우다

| 탄금대에서 바라본 강변 풍경 | 탄금대에서 바라보면 남한강 물줄기가 긴 포물선을 그리며 유유히 흐르는데 그 너머로는 충주 시내 고층아파트가 비껴 보인다. 충주가 정말로 아름다운 물의 도시임을 한눈에 말해준다.

순절한 비극의 현장이기도 하다. 정자 아래 절벽으로 내려가는 나무계단 한쪽에는 신립 장군이 죽은 곳이라는 비석이 세워져 있다.

신립은 당시 여진족의 침범을 막아낸 용장(勇將)이었다. 그러나 그가 조령을 지키지 않고 이곳 탄금대에 배수진을 치고 전멸한 것은 뼈아픈 실책이었다. 1801년 다산 정약용은 유배를 떠나는 길에 탄금대를 지나면서 이렇게 읊었다.(「탄금대를 지나며 過彈琴臺」)

강 복판에 불쑥 탄금대가 튀어나왔네   江心湧出彈琴臺
신립을 일으켜서 얘기나 좀 해봤으면   欲起申砬與論事
어찌하여 문을 열고 적을 받아들였는지   啓門納寇奚爲哉

| 탄금정 | 탄금대의 하이라이트는 열두대의 탄금정 정자이다. 열두대는 우륵이 이 절벽에서 가야금을 타며 12곡을 작곡했다고 하여 붙은 이름이다.

신립 장군을 위한 변명과 교훈

왜장 고니시 유키나가(小西行長)는 상주를 지나 조령에 닥쳐 숲속에 매복이 있으면 큰일이라 생각했는데 새들이 자유롭게 나는 것을 보고 안심하고 고개 너머 충주로 진격했다고 한다. 명나라 지원군 사령관인 이여송(李如松)도 훗날 조령을 지나면서 혀를 끌끌 차며 "이런 천혜의 요새지를 두고 지킬 줄 몰랐다니 신립은 지모(智謀)가 부족한 장수였구나!"라고 탄식했다고 한다.

이로 인해 임진왜란 때 왜군이 서울로 곧장 쳐들어오게 된 것을 모두 신립이 덮어쓰게 되었다. 유성룡(柳成龍)은 『징비록(懲毖錄)』에서 이렇게 말했다.

원래 신립은 날쌘 사람으로 그 당시에 비록 이름은 있었지만 주도

| 신립 장군의 순국을 기린 비석 | 탄금대는 임진왜란 때 신립 장군이 배수진을 치고 싸우다 순절한 비극의 현장이기도 하다. 정자 아래 절벽으로 내려가는 나무계단 한쪽에는 신립 장군이 죽은 곳이라는 비석이 세워져 있다.

면밀한 전략에는 능하지 못했다. 옛사람이 말한 바 '장수가 군사 쓸 줄을 알지 못하면 그 나라를 적에게 주는 것과 마찬가지다'라고 한 것이 바로 이를 두고 한 말일 것이다. 지금 와서 후회한들 무슨 소용이 있으랴. 다만 뒷날을 위해서 경계해야 할 것이기에 여기에 덧붙여 써둘 따름이다.

당대 사람들은 신립의 배수진에 대한 통한의 안타까움을 이렇게 거듭 말하였다. 그러나 세월이 흘러 임진왜란이 먼 옛날 이야기가 되면서 신립에 대한 동정, 그를 위한 변명, 나아가서는 옹호까지 말하게 되었다. 요지인즉, 적들에겐 조총이라는 신식 무기가 있지만 활과 창으로 이에 맞서야 했던 군 장비의 열세도 있었고, 전쟁 경험이 없는 오합지졸 8,000명으로 10만 대군을 상대해야 했는데 자신이 북방을 지킬 때 훈련시킨 500의 기병이야말로 믿을 수 있는 유일한 군대였으니 들판에서 죽기를 각오하고 기마전으로 싸우기 위해 배수진을 친 것이라고 분석하기도 한다.

신립은 전설적인 장군이었기 때문에 그의 삶과 죽음에 관한 두 가지 전설이 전해온다. 신립이 젊은 시절에 요괴(또는 도적)에게 납치된 젊은 처녀를 구출해주었는데 처녀는 신립이 거두어주기를 청했지만 이를 거절하자 자살했다. 그 처녀의 혼이 신립의 꿈속에 나타나 "탄금대에서 싸우세요"라고 하여 앙갚음을 했다며, 여자가 한을 품으면 한여름에도 서리가 내린다는 얘기로까지 이어진다.

또 하나는, 신립의 유해를 경기도 광주부(廣州府)로 옮겨 장사 지냈는데 그후부터 묘지에서 얼마 떨어지지 않은 곳에 있는 고양이 모양의 커다란 바위 앞에선 말이 좀처럼 앞으로 가지 않으려 했단다. 그러던 중 한 장군이 이 근처를 지나다 신립의 묘소를 찾아가 왜 지나는 사람들을 괴롭히느냐고 호통치자 갑자기 벼락이 떨어져 바위가 쪼개지며 괴이한 모습은 없어지고 그 옆에 연못이 크게 생기면서 더 이상 그런 일이 일어나지 않았다고 한다. 이때부터 이곳을 만 곤(昆), 연못 지(池), 바위 암(巖), 곤지암(昆池巖)이라고 부르게 되었다고 한다.

그리하여 우암 송시열은 「신립 장군 묘갈명(墓碣銘)」을 지으면서 그를 두둔하였고, 나라에서는 그에게 영의정을 추증하였으며, 충주 탄금대에는 그의 순절비와 전적비를 세워 넋을 기리고 있다.

이렇게 내 머릿속에 맴도는 이런저런 이야기를 어지럽게 말하고 있자니 그렇다면 탄금대가 말해주는 역사의 교훈이란 도대체 무엇이냐는 질문이 일어난다. 얼마 전 사마천(司馬遷)의 『사기(史記)』에서 읽은 이런 구절이 문득 떠오른다. 요순시대 고요(皐陶)라는 신하가 순(舜)임금과 훗날 임금이 되는 우(禹), 충절의 상징인 백이(伯夷) 앞에서 정치를 논하

면서 마지막에 한 얘기다.

그 사람이 그 자리(관직)에 있을 만한 인물이 못 되면, 이는 하늘을 어지럽게 하는 일이 된다.(非其人居其官 是謂亂天事)

석양의 탄금대 아래로는 검붉게 물든 남한강이 그 모든 사연을 담고 그렇게 흘러가고 있었다.

2015.

답사 일정표와 안내 지도

이 책에 실린 글을 길잡이로 직접 답사하실 독자분을 위하여 실제 현장답사를 토대로 작성한 일정표와 안내도를 실었습니다. 시간표는 휴일·평일에 따라 차이가 있을 수 있습니다.

일러두기

1. 서울을 비롯한 다른 지역에서 출발해도 오후 1시경에 1차 목적지나 주요 접근지(고속도로 나들목 등)에 도착하는 것으로 일정을 설계했다.

2. 답사일정은 1박 2일을 원칙으로 하며 늦어도 1시경에는 출발지로 떠나는 것으로 했다.

3. 이 책에 소개된 유적지를 답사하는 것을 기본으로 하되 상황에 따라 코스를 추가하거나 삭제했으며 일부 코스는 나누기도 했다.

회상의 백제행 — 공주와 부여

첫째 날

13 : 00	당진-영덕고속도로 공주IC
13 : 10	공산성
14 : 20	출발
14 : 25	무령왕릉과 송산리 고분군
15 : 00	출발
15 : 05	국립공주박물관
15 : 55	출발
16 : 00	곰나루
16 : 20	출발
17 : 00	능산리 고분군
17 : 50	출발
18 : 00	부여 읍내 숙소 도착

둘째 날

09 : 00	출발
09 : 10	부소산성 고란사에서 유람선을 타고 구드래나루까지
11 : 00	출발
11 : 05	정림사터(박물관)
12 : 00	점심식사
13 : 00	국립부여박물관
14 : 00	출발
14 : 05	궁남지
14 : 35	출발
14 : 40	신동엽 생가
15 : 00	출발
15 : 05	백마강변 신동엽 시비
15 : 25	귀가

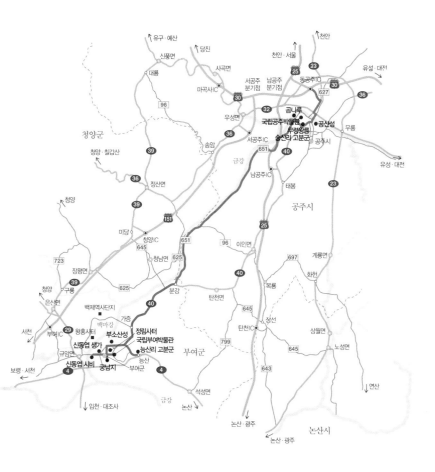

내 고향 부여 이야기 —보령·부여·논산

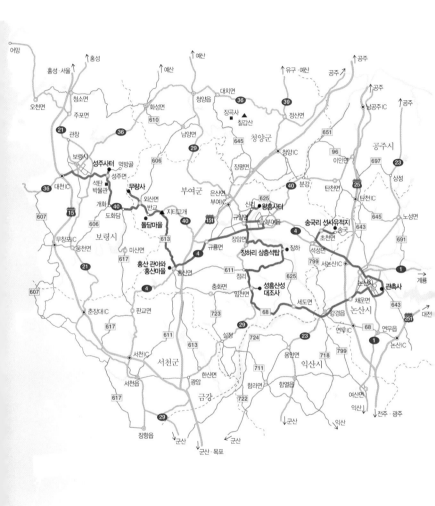

어맹

오천면
청소면 ↑홍성
홍성·서울↑
주포면
↑홍성
화성면
↑예산
청양읍
↑예산
대치면
36
장곡사
칠갑산
39
정산면
↑유구·예산
공주↑
↑공주
↑공주
남공주IC
↑공주
공주시
21
관창
36
610
남양면
645
청양군
651
96
이인면
697
23
상성
보령시
석탄
박물관
성주사터 멍방골
성주면
무량사
외산면
반교
지티고개
부여군
29
장평면
청양IC
청양
40
분강
25
탄천면
탄천IC
645
노성면
691
36 대천IC
15
개화
40
도화담
돌담마을
613
은산면
부여IC
신리
625
왕흥사터
규암면
부여읍
송국리 선사유적지
4
송국
초천면
643
799 서논산IC
1
↑계룡
607
무창포IC
웅천면
607
미산면
617
규암면
4
규암면
장암면
장하리 삼층석탑
장하
611
성흥산성 대조사
625
서성면
논산시
관촉사
643
대전
251
21
홍산 관아와
홍산마을
홍산면
4
충화면
임천면
세도면
68
강경읍
논산IC
연무읍
1
서천IC
춘장대IC
판교면
723
29
설정
724
용학면
23
연무IC
799
718
718
607
617
611
613
서천군
한산면
711
함라면
함열읍
익산시
서천읍
광암
금강
722
↓군산
↓익산
어산면
익산↓
↓전주·광주
29
장항읍
군산
군산
군산·목포

내포 땅의 사랑과 미움 — 예산 수덕사와 가야산 주변

첫째 날

13 : 00	당진–대전고속도로 고덕IC
13 : 10	예산 화전리 사면석불
13 : 30	출발
13 : 50	남연군 묘와 보덕사
14 : 50	출발
15 : 00	예덕상무사와 윤봉길 의사 기념관
15 : 50	출발
16 : 00	수덕사와 정혜사
18 : 00	출발
18 : 10	덕산 숙소 도착

둘째 날

09 : 00	출발
09 : 20	삽교 석조보살입상 (덕산 숙소 세심천 온천 뒤)
09 : 40	출발
10 : 00	홍성 이응노 생가 기념관
11 : 00	출발
11 : 20	해미읍성
12 : 00	점심
13 : 00	출발
13 : 20	개심사
14 : 30	귀가

---

* 예산·서산 일대는 경부고속도로, 천안–논산고속도로, 서해안고속도로, 당진–대전고속도로가 지나는 교통의 요지이므로 여러 지역에서 쉽게 찾아갈 수 있다. 따라서 위에 제시하는 답사 동선에 예산 추사 고택이나 서산 마애불, 보원사터 등을 추가해도 알찬 답사가 될 것이다. (예산 추사 고택: 충청남도 예산군 신암면 용궁리 798 / 서산 마애불, 보원사터: 충남 서산시 운산면 용현리)

* 수덕사 일대 사하촌에는 숙박 시설이 많아 그리 불편하지 않고 가까운 덕산은 온천으로 널리 알려진 곳이며 깨끗하고 시설 좋은 숙박처가 많다. 정혜사나 덕숭산 정상까지 산행을 했다면 온천에서 피로를 씻을 만하다.

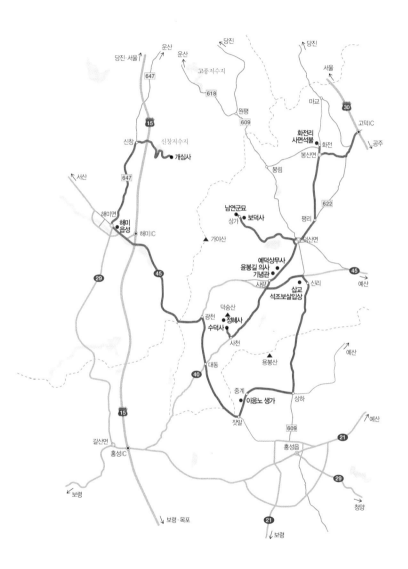

백제의 미소를 찾아서 — 서산과 태안

첫째 날

13 : 00 당진-대전고속도로 고덕IC

13 : 10 예산 화전리 사면석불

13 : 30 출발

13 : 50 서산 마애삼존불

14 : 30 출발

14 : 40 보원사터

15 : 30 출발

16 : 00 개심사

17 : 00 출발

18 : 20 천리포해수욕장 숙소 도착

둘째 날

09 : 00 출발

09 : 10 천리포수목원

10 : 40 출발

11 : 00 신두리 해안사구
　　　　 (천연기념물 제431호)

12 : 00 점심식사(신두리해수욕장)

13 : 00 출발

13 : 25 태안 마애삼존불

14 : 00 귀가

＊천리포수목원은 30명 이상 단체는 미리 예약을 하고 관람 안내를 받아야 한다. 개별 또는 소수의 인원이 관람
하고자 할 때도 누리집을 참고하는 것이 좋다.

＊태안 마애삼존불을 답사하고 귀가할 때 태안 굴포운하 유적을 짬내어 돌아보는 것도 좋다. 조선시대에 삼남 지
방의 세곡을 서울로 운송할 때 반드시 태안반도의 안흥량을 통과해야만 했는데, 안흥량은 수로가 매우 험하고
암초가 많았다. 그 때문에 사고를 방지하고 서울까지의 항해 시간을 단축하기 위해 굴포운하를 계획한 것인데,
끝내 완공되지 못했다. 현재 태안군 태안읍 인평리와 서산시 팔봉면 어송리 사이에 7킬로미터에 달하는 운하
유적이 남아 있는데, 귀가하는 길인 태안-서산간 32번 국도의 인평교(인평저수지／팔봉휴게소) 주변에서 그 흔
적을 볼 수 있다.

868

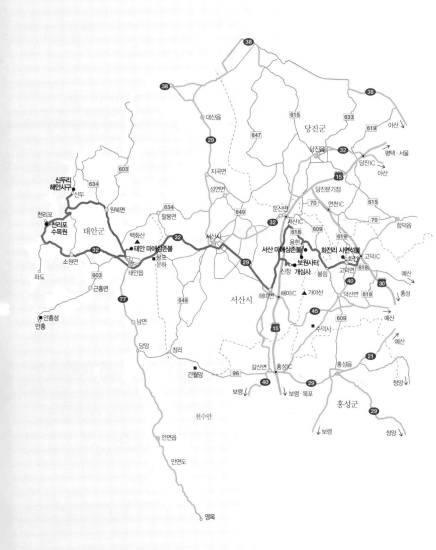

38

38

대산읍

당진군

615

633

619

아산

647

29

당진읍

32

평택·서울

당진IC

아산

지곡면

15

603

성연면

당진분기점

신두리
해안사구

634

신두

운산면

70

면천IC

615

원북면

팔봉면

634

649

32

서산IC

618

609

70

합덕읍

천리포

천리포
수목원

태안군

백화산

32

서산시

32

서산 마애삼존불

용현

화전리 사면석불

619

고덕IC

소원면

태안 마애삼존불

당포

화산

보원사터

618

고덕면

예산

파도

603

태안읍

운하

29

신창 개심사

봉림

40

30

근흥면

77

해미면

가야산

덕산면

619

홍성

안흥성

남면

649

해미IC

45

609

예산

안흥

당암

창리

15

수덕사

예산

간월암

96

갈산면

홍성IC

21

40

29

홍성읍

청양

천수만

보령↓

보령·목포

홍성군

29

안면읍

↓보령

청양↓

안면도

영목

오대산의 고찰과 관동 지방의 폐사지

첫째 날

13 : 00 영동고속도로 진부IC

13 : 20 월정사

14 : 20 출발

14 : 35 상원사 → 적멸보궁

16 : 00 출발(오대산휴게소 휴식 포함)

17 : 20 동해고속도로 북강릉IC

18 : 00 숙소(낙산도립공원)

둘째 날

08 : 45 출발

09 : 00 낙산사

10 : 00 출발

10 : 20 진전사터

11 : 20 출발(국도 56번 휴게소에서 점심)

13 : 00 선림원터 입구 미천휴양림교 도착
　　　　 →도보로 선림원터 출발

13 : 30 선림원터

14 : 30 도보로 미천휴양림교 출발

14 : 50 귀가

---

* 오대산의 고찰과 관동 지방의 폐사지 답사 코스는 오대산의 진고개와 설악산의 한계령에 걸친 백두대간을 넘나드는 코스로 도로가 나 있긴 하지만 간혹 겨울철 큰눈이 내리면 교통이 통제되기도 한다.

* 오대산의 고찰과 관동 지방의 폐사지 답사 코스는 문화유산뿐만 아니라 빼어난 자연경관도 함께 누릴 수 있는 곳이다. 이곳의 자연경관은 사철 아름답지만 특히 봄가을이 빼어나다. 그러나 가을 단풍철에는 교통이 막히기도 한다.

* 낙산사의 일출은 답사 코스에서 따로 제시하지 않았다. 각자의 상황에 따라 개별 답사를 권한다.

* 선림원터 답사를 마친 뒤 처음 출발지로 되돌아가는 경우 서울을 비롯한 수도권 지역은 양양군 서면 서림리에서 418번 지방도로를 이용해 인제군 진동계곡을 넘어가고, 강원도 남쪽 지역은 56번 국도를 계속 따라서 홍천군 구룡령과 운두령을 넘어가는 것을 권한다. 이 길은 모두 뛰어난 자연경관이 함께한다.

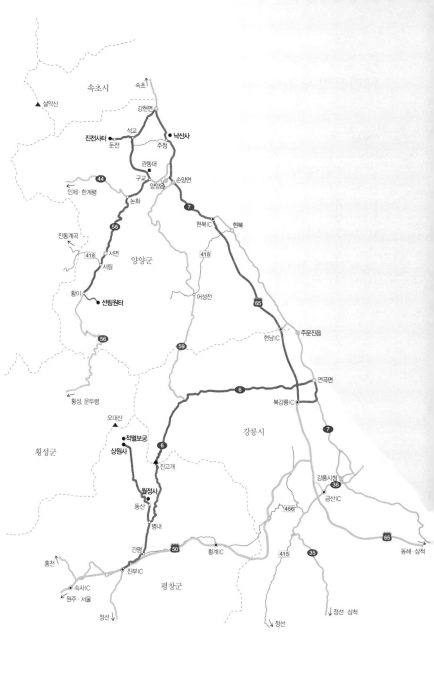

속초시

▲ 설악산

속초

강현면

석교

진전사터 ● 낙산사
둔전   주청

관동대
구교
44   양양읍
인제·한계령   손양면

논화   7

현북IC   현북

진동계곡   56
418   418
서면

서림

황이 ● 선림원터   어성전
양양군

56   65

59   주문진읍
현남IC

연곡면

6
횡성·운두령   북강릉IC

▲ 오대산   강릉시

● 적멸보궁
상원사   7
6
진고개

원정사   강릉시청
동산   36
금산IC

병내
456

간평   50
홍천   415   65
횡계IC   동해·삼척
진부IC   35

속사IC   평창군
원주·서울

정선   정선·삼척

정선

횡성군

메밀꽃밭을 지나 아라리를 찾아 — 평창과 정선

첫째 날

13 : 00 영동고속도로 장평IC
13 : 10 봉평 이효석 생가
14 : 30 출발
14 : 35 팔석정
14 : 55 출발
15 : 00 봉산서재
15 : 15 출발
16 : 30 여량 아우라지
18 : 00 여량 숙소

둘째 날

09 : 00 출발
09 : 40 병방치 전망대에서 동강 조망
10 : 10 출발
11 : 10 정암사
12 : 00 출발
12 : 10 점심식사(고한읍)
13 : 00 출발
14 : 00 영월 장릉
14 : 35 출발
14 : 40 청령포
15 : 30 귀가

---

* 봉평은 가산문학관 등 이효석을 기리는 여러 시설들을 만들어 호젓한 답사지보다는 관광지 성격이 강하나, 축제를 위해 일부러 키운 메밀꽃이 피는 9월 초는 일대가 소금을 뿌려놓은 듯 메밀꽃으로 장관을 이룬다. 관광객과 섞여 혼잡하나 이때 찾으면 소설 속의 무대를 그나마 느낄 수 있다.

* 여량은 작은 면소재지로 마땅히 숙식할 곳이 드물다. 옥산장(강원도 정선군 여량면 여량리 149-30, 033-562-0739)에 묵으면 정선아리리를 체험하고 배울 수 있다.

* 동강의 비경이 한눈에 조망되는 병방치 전망대까지는 승용차가 다닐 수 있으나 버스는 다닐 수 없다. 버스를 이용한 답사의 경우 정선읍에서 평창으로 가는 42번 국도로 가다 광하교에서 강을 따라 난 길을 이용해 가수리까지 가도 역시 때 묻지 않은 동강의 자연을 만날 수 있다. 특히 이 길은 초봄 동강할미꽃이 자생하는 지역으로 평소에는 호젓하나 여름철에는 휴가객들이 붐벼 혼잡하다. 여름철은 되도록 피하는 것이 좋다. (병방치 전망대: 강원 정선군 정선읍 귤암리)

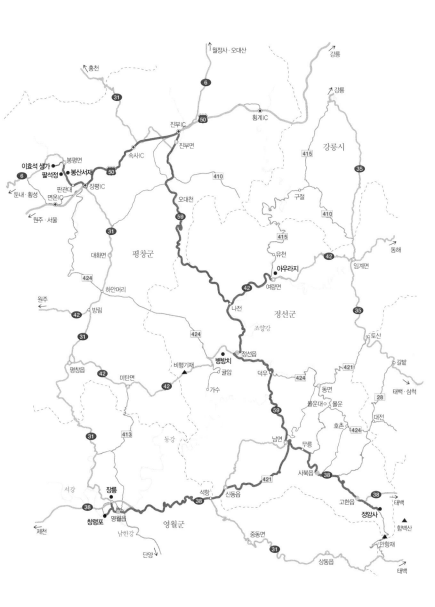

영월·단양·제천·충주 2박 3일(2015년 가을)

첫째 날

08:00 출발

10:00 요선정과 요선암

10:45 출발

11:00 법흥사

12:00 점심식사(법흥사 앞)

13:00 출발

13:40 장릉

14:30 출발

14:40 청령포

15:30 출발

16:00 온달산성

17:00 출발

17:10 영춘향교

17:45 출발

18:00 향산리 삼층석탑

18:15 출발

18:40 단양 숙소 도착

둘째 날

08:30 출발

08:45 단양 적성과 수몰이주기념관
　　　(단양향교)

10:40 출발

11:00 청풍문화재단지와 한벽루

12:00 점심식사(물태리)

13:00 출발

13:30 청풍나루에서 장회나루까지
　　　유람선 왕복(옥순봉, 구담)

14:40 출발

15:00 상·중·하선암과 사인암

16:40 출발

17:00 도담삼봉

17:30 출발

17:40 매포 성신양회 시멘트 채석
　　　장

18:00 출발

18:15 소금정공원
　　　(옥소 권섭과 신동문 시비)

18:30 단양 숙소 도착

셋째날

08:00 출발

08:30 장락동 칠층모전석탑과
　　　의림지

09:30 출발

09:50 배론성지

10:30 출발

10:45 자양영당

11:30 출발

11:45 박달재

12:00 점심식사

13:00 출발

13:30 탄금대

14:15 출발

14:30 중앙탑(탑평리 칠층석탑)

15:00 출발

15:15 중원 고구려비

15:40 출발

16:00 봉황리 마애불상군

17:00 출발

17:15 목계나루터(신경림 시비)

17:45 귀가

단양·제천·충주 1박 2일(창비 답사, 2014년 겨울)

첫째 날

08:00 출발

11:00 청풍문화재단지와 한벽루

12:00 점심식사(물태리)

13:00 출발

13:30 옥순봉과 구담, 상·중·하선암,
       사인암, 도담삼봉

17:20 출발

17:30 소금정공원
       (옥소 권섭과 신동문 시비)

18:00 단양 숙소 도착

둘째 날

09:00 출발

09:10 매포 성신양회 시멘트 채석장

09:30 출발

10:00 장락사 칠층모전석탑과
       의림지

11:00 출발

11:20 배론성지와 자양영당

12:45 출발

13:00 박달재

13:30 점심식사(평동마을)

14:30 출발

15:00 목계나루터(신경림 시비)

16:00 출발

16:30 중원 고구려비

17:00 귀가

남한강 1박 2일(답사회 정기 답사, 2009년 여름)

첫째 날

08:00 출발
10:00 법천사터
11:00 출발
11:15 거돈사터
12:15 출발
12:45 점심식사(목계나루)
13:45 출발
14:00 중원 고구려비
14:45 출발
15:00 봉황리 마애불상군
16:00 출발
16:15 중앙탑(탑평리 칠층석탑)
17:00 출발
18:30 단양 숙소 도착

둘째 날

06:00 아침 산책, 단양 적성
07:50 아침식사
08:30 출발
09:00 향산리 삼층석탑
09:30 출발
09:15 온달산성
11:30 출발
11:45 영춘향교
12:15 점심식사(장릉 앞)
13:00 장릉과 청령포
14:30 출발
14:50 요선정과 요선암
15:30 귀가

남한강변의 폐사지(답사회 당일 답사, 2010년 여름)

당일 답사

08:00 출발
10:00 거돈사터
10:40 출발
11:00 법천사터
11:45 출발
12:00 점심식사(문막)
12:50 출발
13:05 흥법사터
13:35 출발
14:00 고달사터
15:00 출발
15:20 신륵사
16:10 출발
16:20 세종대왕 영릉과 효종대왕 영릉
17:30 귀가

남한강변 폐사지와 '뮤지엄 산'(미술사학과 답사, 2014년 가을)

당일 답사

08:00 출발
10:00 거돈사터
10:45 출발
11:00 법천사터
11:45 출발
12:00 점심식사(문막)
13:00 출발
13:30 한솔 '뮤지엄 산'
16:00 귀가

여행자를 위한
나의 문화유산답사기 1
중부권

초판 1쇄 발행 2016년 6월 15일
초판 9쇄 발행 2023년 1월 2일

지은이 / 유홍준
펴낸이 / 강일우
책임편집 / 창비 교양출판부
디자인 / 디자인 비따
펴낸곳 / (주)창비
등록 / 1986년 8월 5일 제85호
주소 / 10881 경기도 파주시 회동길 184
전화 / 031-955-3333
팩시밀리 / 영업 031-955-3399 편집 031-955-3400
홈페이지 / www.changbi.com
전자우편 / nonfic@changbi.com

© 유홍준 2016
ISBN 978-89-364-7291-7 04810
      978-89-364-7965-7 (세트)